번역문학의 상상력과 동아시아

엮은이

등천 鄧倩, Deng Qian

고려대학교 국어국문학과 박사. 중국해양대학교 한국어학과 교수. 주요 논문으로 「해방 직후 귀환 서
사에 나타난 여성 귀환자 연구」(2019), 「총성 없는 전쟁터-1950년대 중국에서의 북한문학 번역 장」
(2020), 「한국전쟁 시기 북한의 대(對)중국 번역 기획-북한의 대외 홍보 기관지 『새조선(新朝鮮)』연
구」(2023), 「북한 전쟁 서사에 나타난 애정담의 번역 양상 연구」(2024), 「세계문학으로서의 북한문학-
중국 『세계문학』 잡지의 북한문학 수용(1953~1966)」(2025) 등이 있다. dengqian003@163.com

박진영 朴珍英, Park Jin-young

연세대학교 국어국문학과 박사. 성균관대학교 국어국문학과 교수. 주요 저서로 『번역과 번안의 시대』
(2011), 『책의 탄생과 이야기의 운명』(2013), 『탐정의 탄생』(2018), 『번역가의 탄생과 동아시아 세계문
학』(2019), 편저 『번안소설어 사전』(2008), 『신문관 번역소설 전집』(2010), 『번역가의 머리말』(2022),
역서 『근대 일본의 번역론』(2025) 등이 있다. bookgram@skku.edu

번역문학의 상상력과 동아시아

초판발행 2026년 3월 30일

엮은이 등천·박진영

펴낸이 박성모
펴낸곳 소명출판
출판등록 제1998-000017호
　　　주소 서울시 서초구 사임당로14길 15 서광빌딩 2층
　　　전화 02-585-7840
　　　팩스 02-585-7848
　　이메일 somyungbooks@daum.net
　홈페이지 www.somyong.co.kr

　　ISBN 979-11-7549-050-5 93800
　　정가 37,000원

이 저서는 2022년도 대한민국 교육부와 한국학중앙연구원(한국학진흥사업단)의 해외한국학중핵대학육
성사업의 지원을 받아 수행된 연구임(AKS-2022-OUC-2250001).

중국해양대학교
해외한국학중핵대학사업단

중국해양대학교
한국연구소 총서 16

번역문학의 상상력과 동아시아

홍 석 표
김 미 지
박 진 영
두 신 광
손 성 준
장 내 우
김 성 연
한 효
조 윤 정
이 동 매
다 카 하 시
아 즈 사
등 천
김 민 선
신 선 옥

등천 · 박진영 엮음

들어가며

근대 동아시아의 형성과 변천은 언제나 '번역'이라는 역사적 실천과 긴밀하게 얽혀 있다. 번역은 단순한 언어 변환을 넘어 로컬을 잇는 지식과 사상의 흐름을 구축하고 새로운 상상력을 가능하게 하는 동력이다. 『번역문학의 상상력과 동아시아』는 바로 그러한 번역의 역사적 역동성과 문화 정치학을 재조명하고, 번역을 통해 동아시아가 어떻게 서로를 이해하고 서양이라는 타자와 마주하며 '하나이면서도 여럿인 세계'를 상상해 왔는지 탐구한다.

19세기 말 이래 한문 중심의 전통적 지식 질서가 해체되고 서구 문물과 문화가 대거 유입되면서 번역은 동아시아 근대를 구성하는 핵심 기제이자 지식과 사상의 인프라로 자리 잡았다. 정치, 경제, 사회 전반의 핵심적인 개념들은 물론 학문, 문학, 예술의 기틀 또한 번역을 거쳐 도입되고 재맥락화되었다. 그러한 도정에서 로컬로서 '동아시아'라는 개념 역시 텍스트의 순환과 변주를 통해 새롭게 구성되었다. 번역은 외부를 받아들이는 창일 뿐 아니라 동아시아 내부를 연결하는 다리로 작동하면서 서로를 인식하고 매개하는 '상상된 공동체'의 지평을 확장해 왔다.

번역이 발휘한 효과 가운데 무엇보다 중요한 것은 단지 타자의 것을 받아들이는 데에서 그치지 않고, 비로소 자신을 발견하고 근대를 자기 것으로 상상하기 시작했다는 사실이다. 타자와의 조우 없이는 자아가 포착되지 않으며, 타자와 함께하지 않는 고립된 주체란 존속할 수 없게 마련이다. 동아시아에서 번역이 떠맡은 중차대한 사명과 역할을 바로 여기에서 찾을 수 있으며, 동아시아의 근대성을 번역과 떼어 놓고 생각할 수 없는 까닭 또한 여기에 있다.

이러한 문제의식을 바탕으로 『번역문학의 상상력과 동아시아』는 번역 실천이 빚어낸 동아시아적 상상력의 다층적 면모를 조감한다. 이 책에 실린 14편의 글은 근대의 서막이 오른 때부터 제국주의 침략과 한국전쟁을 거쳐 냉전 체제에 이르기까지, 그리고 식민지 조선과 남북한, 중국과 일본을 가로지르며 이루어진 번역을 아우른다. 이 글들은 시대·지역·언어 사이를 운동하는 번역이란 한갓 원문을 이동시키는 행위를 넘어 창조적 변용과 이념적 재배치, 그리고 새로운 문화적 주체성을 이끌어 내는 동역학적 과정임을 입체적으로 보여준다.

제1부 '동아시아적 번역과 실천'은 동아시아와 세계가 번역으로 마주친 역사적 풍경을 살핀다. 루쉰의 사상적 지평과 헝가리 시인 페퇴피 샨도르의 교차, 사회주의 여성 해방 담론의 동아시아 유통, 펄 벅을 통해 재현된 아시아 여성의 이미지와 혼혈의 상상력을 통해 번역이 세계와의 대면을 촉발하며 지적·정동적 연대를 구축하는 능동적 실천이자 역사적 운동임을 조명한다.

제2부 '번역으로 상상하는 근대'는 역사적 전환기에 번역이 구체적으로 어떻게 근대적 상상력을 발동했는지 추적한다. 일본 정치소설의 동아시아 여행, 량치차오 저술의 번역과 자유·여성 담론의 파급, 5·4신문화운동과 문학혁명의 한국 전파와 수용, 크리스마스 문학과 문화 번역의 역사는 동아시아 내에서, 또 동아시아와 서양 사이에서 번역의 상상력이 지향한 근대성의 면면을 생생하게 보여준다.

제3부 '식민지를 가로지르는 시선'은 일본의 침략과 폭력적 질서 아래 제국, 식민지, 반식민지의 경계를 넘나든 텍스트와 언어의 이동에 주목한다. 장광츠를 비롯한 혁명문학의 한국어 번역과 수용, 상하이에서 중국어로 번역된 한국 전래 설화와 동화의 동아시아성, 장혁주와 김사량이 창출한 초국적 문학 장은 동아시아 전역에서 작동한 번역의 탈식민적 상상력에 대한 성찰로 이끈다.

제4부 '번역되는 한국전쟁'은 냉전 시기 사회주의권의 문화 정치 속에서 번역이 수행한 이념적 역할과 문학적 상상력에 집중한다. 북한 전쟁 영웅과 여성 서사의 중국어 번역, 중국 연극의 북한 수용 및 북한 희곡의 중국어 번역이 일으킨 파장은 한국전쟁을 둘러싼 번역이야말로 사회주의 문학 네트워

크의 구심점일 뿐 아니라 동아시아 문화 냉전의 최전선임을 잘 드러내 준다.

동아시아의 20세기는 번역을 통해 형성되고 경합하며 재편되어 온 역사다. 서구 텍스트의 도입과 재창조, 그리고 동아시아 내부에서 일어난 번역의 순환은 동시에 근대적 주체성의 탄생과 로컬적 연대의 가능성을 열어 주었다. 간단없는 텍스트의 이동과 교류를 잇는 다리 위에서 동아시아는 여전히 번역되며 소통되고 있다. 이 책이 그 장대한 여정의 다음 장을 여는 새 출발점이 되기를 기대한다.

중국해양대학교 한국연구소는 2022년부터 해외한국학중핵대학육성사업 제3단계 연구를 수행하고 있다. 이 책은 그 가운데 "공동 문언문의 해체와 경계를 넘나드는 번역"이라는 의욕적인 주제 아래 매년 국제학술회의를 통해 축적해 온 연구 성과를 모은 결실이다. 특히 제3단계 연구에서 처음으로 번역문학 분과를 기획하여 꾸준히 국제 공동 연구를 진척시켜 온 것은 매우 뜻깊은 일이다. 한중 양국에서 이제 막 연구가 활성화되고 있는 번역문학 연구가 착실하게 자리를 잡아 가는 데 더없이 보탬이 되고 있기 때문이다. 이 책이 동아시아 번역문학 연구의 획기적인 전환점이자 학문적 모범이 되리라 믿는다.

그동안 공동 연구에 기꺼이 참여하여 값진 문제의식을 나누며 글을 집필해 주신 필자들께 깊은 감사의 뜻을 거듭 전한다. 또 이 책의 출간을 흔쾌히 맡아 애써 주신 소명출판 박성모 대표와 조주연 편집자를 비롯한 관계자 여러분께도 진심 어린 감사를 드린다.

2026년 3월
필자들을 대표하여
등천·박진영

차례

제1부

동아시아적 번역과 실천

루쉰의 희망과
절망의 사상

홍석표洪昔杓
이화여자대학교
중어중문학과 교수

1. 루쉰의 페퇴피 샨도르 시 번역과 산문시 「희망」의 창작

루쉰魯迅은 「『자선집』 자서」에서 "신해혁명을 보았고, 2차 혁명을 보았고, 위안스카이袁世凱의 칭제稱帝와 장쉰張勳의 복벽復辟을 보았는데, 이런저런 것들을 다 보다 보니 회의가 일기 시작했고, 그리하여 아주 실망한 나머지 몹시 의기소침해졌다"고 밝힌 바 있다.[1] 루쉰은 자신의 실제 역사적 경험을 통해 희망이 실망으로 바뀐다는 점을 절실하게 깨달은 것이다. 하지만 그는 예의 글에서 "나는 나 자신의 실망에 대해서도 회의하고 있다. 왜냐하면 내가 본 사람과 사건은 몹시 제한적이기 때문이다. 이런 생각이 내게 붓을 들 힘을 주었다. '절망이 허망한 것은, 희망이 그러한 것과 같다'"고 했는데,[2] 희망을 회의하면서도 실망絶望 또한 회의함으로써 문필 활동을 지속할 수 있었다. 여기

---

[1] "見過辛亥革命, 見過二次革命, 見過袁世凱稱帝, 張勳復辟, 看來看去, 就看得懷疑起來, 于是失望, 頹唐得很了." 魯迅, 「『自選集』自序」(1932.12.14), 『魯迅全集』 4, 北京 : 人民文學出版社, 2005, 468면.

[2] "不過我卻又懷疑了自己的失望, 因爲我所見過的人們, 事件, 是有限得很的, 這想頭, 就給了我提筆的力量. '絶望之爲虛妄, 正與希望相同.'" 위의 글, 468면.

서 루쉰은 실망에 대한 회의를 예증하기 위해 "절망이 허망한 것은, 희망이 그러한 것과 같다"라는 구절을 인용했는데, 이 구절은 루쉰의 산문시집 『야초野草』에 수록된 산문시 「희망」에 인용한 헝가리의 애국 시인 페퇴피 샨도르 Petöfi Sándor, 1823~1849의 말이다. 루쉰은 이 산문시 「희망」에서 페퇴피의 시 「희망」을 인용하고 예의 페퇴피의 말도 인용하며 희망과 절망에 대한 자신의 관념을 의미심장한 시적 언어로 풀어냈다.

사실 루쉰은 청년 시절인 1907년에 발표한 문예평론 「악마파 시의 힘摩羅詩力說」에서 악마파 시인들과 그들의 작품을 분석·소개하며 절망과 희망의 의미를 적극적으로 탐색한 바 있다. 그는 이 글에서 절망적인 상황에도 불구하고 절망에 맞서 분전奮戰한, 영국의 바이런과 셸리, 러시아의 푸시킨과 레르몬토프, 폴란드의 미츠키에비치와 스워바츠키, 헝가리의 페퇴피 등 악마파 시인들의 정신적 특질과 그들의 작품에 나오는 주인공의 복수 정신을 높이 평가했다. 이를테면 루쉰은 영국 시인 바이런의 시극 『맨프레드Manfred』를 예로 들어 "사랑을 잃고 절환絶歡하여 거대한 고통에 빠졌으나" "의지로써 그 고통을 극복한" 주인공 맨프래드의 성격을 서술한 뒤 "맨프레드의 의지력은 이처럼 강했고 바이런 역시 그러했다"고 강조했다.[3] 이어 그는 바이런과 푸시킨의 차이를 설명하는 가운데 한 비평가의 말을 빌려 바이런의 정신적 특질을 "절망하여 분전했고, 의지가 대단히 높았다"고 평가했다.[4] 또한 루쉰은 미츠키에비치와 스워바츠키에 대해 "두 시인은 절망에 빠졌기 때문에 마침내 적에게 재앙을 주는 것이라면 무엇이든지 할 수 있었다"고 소개했고,[5] 페퇴피의 작품 『교수 집행인의 밧줄A Hóhér Kötele』에 나오는 주인공의 보복을 설명하면서 "피해를 받으면 반드시 보복하고, 게다가 더 심하게 보복해도 무방하다는 것"이라고 서술했다.[6] 그

---

3 "以失愛絶歡, 陷于巨苦." "以意志制苦." "曼弗列特意志之强如是, 裴倫亦如是." 魯迅, 「摩羅詩力說」, 『魯迅全集』 1, 79면.
4 "絶望奮戰, 意向峻絶." 위의 글, 90면.
5 "上二士者, 以絶望故, 遂于凡可禍敵, 靡不許可." 위의 글, 98면.
6 "受施必復, 且不嫌加甚焉." 위의 글, 101면.

리하여 루쉰은 "두루 싸우며 반항한"[7] 바이런과 셸리의 정신이 미츠키에비치와 페퇴피로 계승되었다고 강조하면서 '절망'에 빠져 그것을 '복수'의 공격으로 전환한 악마파 시인들의 정신적 특질을 높이 평가하고 그러한 정신적 특질을 지닌 '정신계의 전사精神界之戰士'가 중국에도 태어나길 기대했다. 이처럼 루쉰은, 절망에 빠졌으나 강인한 의지력으로 그것을 극복하며 희망으로 나아간 악마파 시인들의 정신을 기리고 그들을 중국에 소개하는 데 주력한 바 있다.

루쉰은 이러한 경험이 있었기에 산문시 「희망」을 창작한 시점인 1925년 1월 1일을 전후하여 악마파 시인 중에서 그가 '경앙敬仰한 시인'[8]인 페퇴피 샨도르의 작품을 탐독하며 번역을 시도했다. 그는 산문시 「희망」에서 페퇴피의 시 「희망」을 인용하고, 페퇴피가 친구에게 보낸 편지에 나오는 "절망이 허망한 것은, 희망이 그러한 것과 같다"는 구절도 인용한다. 또한 그는 페퇴피의 시 5편을 번역하여 「희망」을 창작한 직후인 1925년 1월 12일과 26일에 주간지 『위쓰語絲』에 발표했다. 더욱이 그는 1925년 1월 17일에 발표한 「시가의 적詩歌之敵」에서 "온 인간 세상을 느끼고, 동시에 천국의 극락과 지옥의 대고뇌를 이해하는 시인의 정신"을 강조하면서 당시 중국의 문단 상황과 관련하여 "몇 사람이 우연히 신음하고 있으나 마치 겨울꽃이 매서운 바람에 떨고 있는 것과 같다"고 비평한 후,[9] 시인의 고뇌와 창작과의 관계를 설명하면서 페퇴피가 쓴 「V. Sz. 부인의 사진에 덧붙인 시」실제로 이 시의 정확한 제목은 「V. Sz. 부인의 비망록 안에」이며,[10] 이하 「V. Sz. 부인의 비망록 안에」로 표기한다—필자의 내용을 다음과 같이 인용한 바

---

7   "轉戰反抗." 위의 글, 102면.
8   "他是我那時所敬仰的詩人." 魯迅, 「『奔流』編校後記12」, 『魯迅全集』 7, 197면.
9   "詩人的感得全人間世, 而同時又領會天國之極樂和地獄之大苦惱的精神." "有幾個人偶然呻吟, 也如冬花在嚴風中顫抖." 魯迅, 「詩歌之敵」, 『文學週刊』 5; 위의 책, 246·248면.
10 루쉰의 원문에는 "B. Sz. 부인의 사진에 덧붙인 시(題 B. Sz. 夫人照像的詩)"로 되어 있으나 실제로 이 시의 정확한 제목은 「V. Sz. 부인의 비망록 안에」다. 제2장에서 검토하겠지만, 루쉰은 페퇴피의 시를 번역할 때 1883년 골드슈미트(Goldschmidt)가 번역 출간한 독일어본 『알렉산더 페퇴피의 시(Gedichte von Alexander Petöfi)』를 저본으로 삼았는데, 이 책에서 장식체로 되어 있는 'V'는 'B'처럼 보여 'V. Sz.'을 'B. Sz.'으로 착각한 것이다.

있다. "당신은 당신의 남편을 행복하게 해 준다고 들었어요. 나는 이렇게 하지 않기를 바라요. 왜냐하면 그는 고뇌의 밤꾀꼬리인데, 지금 행복 속에 침묵하고 있기 때문이에요. 그를 가혹하게 대해 주세요. 그가 그로 인해 늘 감미로운 노래를 부르게 해주세요."[11] 페퇴피의 이 시는 시인의 고뇌가 오히려 아름다운 시 창작으로 전환될 수 있음을 보여주는데, 루쉰은 1935년 3월 「『중국신문학대계』 소설 2집 서」에서도 이 시를 다시 한번 그대로 인용하면서 "나는 고뇌가 예술의 근원이며 예술을 위해서 작가들은 응당 영구히 고뇌에 빠져야 한다고 말하려는 것이 결코 아니다. 그러나 페퇴피 때는 이 말이 어느 정도 진실한 것이었다. 10년 전의 중국에서도 이 말은 역시 어느 정도 진실한 것이었다"고 했다.[12] 루쉰은 10년 전의 중국 상황이 페퇴피의 작품에 묘사된 시적 진실과 유사하다는 점을 지적하였는데, 10년 전이라면 바로 루쉰이 산문시 「희망」을 창작하고 「시가의 적」을 썼던 그 무렵이다. 루쉰은 「희망」을 창작하던 그 무렵에 페퇴피의 시적 진실에 크게 공감해 페퇴피의 작품을 탐독하면서 페퇴피의 시를 자신의 글에 직접 인용하거나 번역·소개한 것이다.

주지하듯이 루쉰은 "청년들의 의기소침함에 놀라서 「희망」을 지었다"고 했듯이[13] 산문시 「희망」에는 청년들에게 주는 희망과 절망에 관한 메시지가 집중적으로 체현되어 있어 희망과 절망에 대한 루쉰의 관념을 탐색하는 데 반드시 거쳐야 하는 텍스트다. 그동안 루쉰의 「희망」 작품에 관해서는 많은 연구가 진행되어 왔다.[14] 그런데 「희망」에는 페퇴피의 시와 문장이 인용되어 있

---

11 魯迅, 「詩歌之敵」, 앞의 책, 249면.

12 魯迅, 「『中國新文學大系』小說二集序」, 『魯迅全集』 6, 253면.

13 "因爲驚異于靑年之消沉, 作「希望」." 魯迅, 「『野草』英文譯本序」, 『魯迅全集』 4, 365면.

14 이를테면, 1990년대 초 한 연구자는 루쉰의 산문시집 『야초』를 사상적 저작, 즉 일종의 완결된 인생철학 체계로 간주하고 해석하면서 그것이 정점에 도달한 지점으로서 「희망」 작품에 나오는 '절망이 허망한 것은, 희망이 그러한 것과 같다'라는 말을 인용한 후 "루쉰은 '허망'의 진실성으로써 '절망'과 '희망'을 동시에 부정하고, 생명의 전체 의의를 인간의 현실적 선택, 즉 '이러한 공허 속의 암야에 육박하다'는 것으로 귀결시켰으며, 그리하여 이중의 '절망'과 '허무'에 직면해서도 생존하고 항전할 수 있는 근거가 되는 철학―'절망에 반항하는' 인생철학을 구축하였다"고 설명했다. 汪暉, 『反抗絶望―魯迅的精神結構與『吶喊』『彷徨』研究』,

어 루쉰이 페퇴피의 작품을 어떻게 읽고 번역하였는지, 그리고 페퇴피의 시적 진실이 산문시 「희망」 텍스트 내에서 어떠한 의미망을 형성하는지를 좀 더 세밀하게 고찰할 필요가 있다. 그러니까 루쉰의 희망과 절망의 관념은 작품 내에서 페퇴피의 시와 문장을 인용하는 가운데 시적 언어로 표현되기에 그것이 페퇴피의 희망과 절망의 관념과 어떠한 연관이 있는지를 따져 보아야 한다. 이러한 연관을 토대로 「희망」에 등장하는 다양한 개념과 이미지가 텍스트 내에서 어떻게 구조화되어 있는지 분석하여 루쉰의 희망과 절망의 관념을 재구성할 필요가 있다.

이 글은 루쉰이 번역한 페퇴피의 시 작품, 그리고 산문시 「희망」에 인용된 페퇴피의 시와 문장을, 루쉰이 페퇴피 시 번역의 저본으로 삼은 골드슈미트 Goldschmidt의 독일어 번역본 및 페퇴피 작품의 헝가리어 원문과 상호 비교하면

上海 : 上海人民文學出版社, 1991, 254면. 그는 『야초』의 작품, 특히 「희망」을 근거로 루쉰의 '절망에 반항하는' 인생철학의 의미를 심도 있게 분석하여 체계화하는 데 크게 공헌했다. 또 최근에 또 다른 한 연구자는 루쉰의 『야초』 작품, 특히 「희망」에서 표출된 희망과 절망의 의미를 분석하여 "루쉰은 희망과 절망보다 더 큰, 더욱 심각한 우주관을 가지고 있었다. 루쉰의 표현법으로 서술하면, 이것은 '망망한 동방' 역사가 낳은 생명철학이다. 이러한 생명철학은 간단히 니체의 생명철학 속으로 집어넣을 수 없는 것이다. 당연히 그것을 불교의 '무(無)'의 개념으로 환원할 수도 없으며, 혹은 장자의 철학으로써 그것을 해석할 수도 없다. 이것은 중국 전통으로서 인문 정신 속의 가장 이해하기 어려운, 그렇지만 대대로 우수한 지식인들이 전승해 온 생명 감각이다. (…중략…) 루쉰의 이러한 생명 감각은 절망·희망보다 더 큰, 절망과 희망의 대립보다 더 큰, 절망에 대한 절망보다 더 큰, 이 모든 정감보다 더 큰 철학 범주를 구성해 냈다"고 설명했다. 그녀는 루쉰의 희망과 절망의 관념이 중국의 인문 정신 속에 면면히 이어져 온 지식인의 생명 감각, 즉 동방의 생명철학이 구현된 것으로 이해하고자 했다. 그래서 그녀는 루쉰의 감정 방식이 희망과 절망보다 더 큰, 즉 '희망과 절망 바깥(希望和絶望之外)'에 자리하고 있다고 보고, 그것은 바로 "중국 전통 철학이 맥을 이어온 자연의 생명철학, 즉 중국식 자연관"이라고 결론지었다. 孫歌, 「絶望與希望之外 – 魯迅散文詩集『野草』析論」, 『上海師範大學學報(哲學社會科學版)』, 2020(1), 55·60면). 그녀는 루쉰의 희망과 절망의 관념을 중국의 전통 철학을 구성하는 자연의 생명철학에 귀결시킴으로써 그것의 중국 사상사적 의의를 규명한 것이다. 이러한 논의들은 루쉰의 『야초』 작품을 사상적 저작으로 간주하고 특히 「희망」 작품에서 표출된 루쉰의 희망과 절망의 관념을 철학적 범주에서 추상화하여 루쉰 사상을 체계화하는 데 크게 공헌했다. 하지만 이들은 루쉰의 희망과 절망의 관념을 철학적 범주에서 추상화함으로써 텍스트 내에서 그것의 시적 의미 형성의 구조적 맥락을 충분히 숙고하지 않은 것도 사실이다.

서 「희망」에 등장하는 다양한 개념과 이미지를 분석하여 루쉰의 희망과 절망의 관념을 새롭게 조명하고자 한다. 이를테면 '암야'와 '망망한 동방', '절망'과 '희망', '공허'와 '허망', '희망의 방패'와 '절망의 광기' 등의 개념과 이미지가 텍스트 내에서 어떠한 상호 구조적 관계에 놓여 있는지를 분석하면서 루쉰의 희망과 절망의 관념을 고찰할 것이다. 이들 개념과 이미지는 대체로 주체 외부의 객관 현실 및 주체 내부의 주관 정서[15]라는 두 범주에 각각 귀속시킬 수 있는데, 희망과 절망에 대한 반성적 사유로 인해 그 절대성을 부정함으로써 촉발된 시적 화자인 '나'의 내부의 주관 정서로서 '허망'이 어떻게 '절망의 광기'라는 무기로 전환하여 객관 현실 속에서 '내'가 '공허 속의 암야에 육박하는' 실천의 길로 나아가는지를 해명할 것이다. 이는 결과적으로 『야초』의 「희망」을 통해 드러난 루쉰의 희망과 절망의 정신 구조를 밝히는 일이 될 것이다.

2. '절망의 광기'와 '절망적 항전'

루쉰은 『야초』를 단행본으로 출판할 때 「희망」 작품의 결미에 '1925년 1월 1일'이라는 날짜를 기록했는데, 이 날짜는 「희망」이 쓰인 시점을 밝혀 준다. 「희망」에는 페퇴피의 작품이 직접 인용되어 있는 만큼 루쉰은 1925년 1월 1일을 전후해서 페퇴피의 작품을 집중적으로 읽고 번역한 듯하다. 이를테면 1925년 1월 3일 루쉰의 일기에는 "밤에 『문학주간文學週刊』을 위해 쓴 글 한 편을 마무리했다"고 기록하고 있는데,[16] 이 글이 바로 앞서 언급한 「시가의 적」이라는 글이며, 여기에 페퇴피의 시 「V. Sz. 부인의 비망록 안에」가 인용되어 있다. 그다음 날인 1월 4일 루쉰의 일기에는 "페퇴피의 시 3편의 번역을 끝마

---

15 여기서 정서(情緒, emotion)란 다양한 감정, 생각, 행동과 관련된 정신적·생리적 상태를 말하며, 기분, 기질과 같은 주관적 경험을 가리킨다.

16 "夜爲『文學週刊』作文一篇訖." 魯迅, 『魯迅全集』 15, 547면.

쳤다"고 기록하고 있는데,[17] 루쉰은 동년 1월 12일 주간지『위쓰』제9기에 페퇴피의 시「나의 아버지의 손재주와 나의 손재주我的父親的和我的手藝」, 「나는 나무 되리, 만약 네가……願我是樹, 倘使你……」를 번역·발표하였고,[18] 동년 1월 26일『위쓰』제11기에 페퇴피의 시「태양이 뜨겁게 비추고太陽酷熱地照臨」, 「무덤에서 쉬고 있네……墳墓裏休息着……」, 「나의 사랑은―결코……아니다我的愛―幷不是……」를 번역·발표하였으니,[19] 일기에 기록된 '페퇴피의 시 3편'은『위쓰』에 발표된 이들 시로 짐작된다. 원래 루쉰의「희망」은 1925년 1월 19일『위쓰』제10기에 발표되었을 때 작품의 결미에 날짜가 적혀 있지 않았다.[20] 여타의『야초』의 작품도『위쓰』에 발표될 때는 모두 날짜가 적혀 있지 않았다. 루쉰이『위쓰』에 발표한 '야초'의 작품을 묶어 1927년 7월 단행본『야초』를 출판할 때 각 작품의 결미에 창작 시점을 밝히는 날짜를 덧붙여 기록한 것이다. 그렇다면「희망」의 결미에 기록된 '1925년 1월 1일'이라는 날짜는 일정한 시간이 지난 후 루쉰이 새로 추가한 것인 만큼 그것은 대략적인 창작 날짜를 가리킬 것이다.「시가의 적」이라는 글도 루쉰의 일기에는 "1월 3일에 마무리했다"고 기록하고 있지만, 루쉰이 1925년 1월 17일『문학주간』제5기에 그 글을 발표할 때 글의 결미에 '1925년 1월 1일'이라는 날짜를 기록하였는데, 그 날짜가 대략적인 창작의 시점을 가리키는 것임을 알 수 있다. 또한 루쉰의「희망」은『위쓰』제10기에 발표되었으니『위쓰』제9기에 발표된 페퇴피의 시 2편은「희망」의 창작보다 앞서 번역이 마무리된 것임을 알 수 있다. 이러한 정황으로 보아 루쉰은「희망」을 창작하던 그 시점을 전후하여 페퇴피의 작품을 집중적으로 읽고 번역하고 있었으며, 그 과정에서 어떤 창작의 모티프를 얻어「희망」을 창작한 것으로 여겨진다.

---

17 "譯彼象飛詩三篇訖." 위의 글, 547면.
18 L. S.(魯迅) 譯,「A. Petöfi的詩」,『語絲』9, 語絲社, 1925.1.12.
19 L. S.(魯迅) 譯,「A. Petöh的詩」,『語絲』11, 語絲社, 1925.1.26.
20 魯迅,「希望―野草之七」,『語絲』10, 語絲社, 1925.1.19.

루쉰이 「희망」을 창작할 무렵 페퇴피의 작품을 집중적으로 읽고 번역했다고 할 때, 그가 어떤 페퇴피의 작품집을 읽고 번역했을까? 루쉰이 독일어 판본의 페퇴피 작품집을 읽고 번역한 사실은 널리 알려 있지만, 그것이 어떤 독일어 판본인지는 잘 알려 있지 않다. 그럴 만한 상황이 존재한다. 루쉰은 1929년 6월 24일 일기에서 "저녁에 20일 보낸 수칭淑卿, 즉 쉬셴쑤(許羨蘇)의 편지와 『페퇴피집裴象飛集』 2본을 받았다"라고 기록했는데,[21] '『페퇴피집』 2본'은 루쉰이 일본 유학 시기에 도쿄의 마루젠丸善 서점을 통해 독일로부터 구입한 독일어본 페퇴피의 작품집을 가리킨다. 루쉰은 쉬셴쑤許羨蘇에게 부탁해서 베이징의 집에 소장하고 있던 이 두 책을 상하이로 부쳐 달라고 해서 받은 것이다. 그리고 루쉰은 이틀 뒤인 6월 26일 일기에서 "러우스柔石에게 부탁하여 바이망白莽, 즉 인푸(殷夫)에게 편지와 함께 Petöfi집 두 책을 부쳤다"고 기록했는데,[22] 러우스를 통해 당시 페퇴피의 작품을 번역한 바 있는 바이망인푸에게 이 두 책을 선물로 보낸 것이다. 그런데 바이망이 1931년 1월 17일 국민당 당국에 체포되는 바람에동년 2월 7일 러우스와 함께 '좌련 오 열사(左聯五烈士)'의 한 사람으로 처형됨 그때 이 두 책도 몰수되어 없어진 것이다.

하지만 19세기 말 독일에서 출판된 페퇴피의 시집을 조사해 보면, 루쉰이 산문시 「희망」에 인용한 페퇴피의 시 「희망」, 「시가의 적」에 인용한 「V. Sz. 부인의 비망록 안에」, 그리고 『위쓰』에 번역·발표한 페퇴피의 시 5편, 이들이 모두 수록된 시집은 골드슈미트Goldschmidt가 독일어로 번역하여 1883년 독일의 레클람Reclam 출판사에서 출판한 『알렉산더 페퇴피의 시Gedichte von Alexander Petöfi』라는 시집임을 알 수 있다.[23] 이 시집의 독일어 원문과 루쉰의 번역문을

21 "晚得淑卿信, 二十日發, 幷『裴象飛集』二本." 魯迅, 『魯迅全集』 16, 140면.

22 "托柔石寄白莽信幷Petöfi集兩本." 위의 글, 140면.

23 이 글이 완성된 후 리둥무(李冬木) 교수는 기타오카 마사코(北岡正子) 교수의 글 「루쉰과 페퇴피―「희망」 재원고(魯迅與裴多菲―「希望」材源考)」를 필자에게 소개해 주었다. 北岡正子, 李冬木 譯, 『魯迅救亡之夢的去向』, 北京 : 生活·讀書·新知三聯書店, 2015, 183~212면. 이 논문을 참고할 수 있도록 해 준 리둥무 교수께 감사드린다. 기타오카 마사코 교수는 이 논문에서 루쉰이 산문시 「희망」에서 페퇴피의 시 「희망」을 번역·인용할 때 골드슈미트의 독일어

대조해 보면, 루쉰이 이 시집을 읽고 번역한 것임을 확인할 수 있다. 루쉰이 번역한 페퇴피의 시를 골드슈미트의 독일어 번역본에 수록된 순서대로 배열하면, 1843년 항목에 있는 작품인 「태양이 뜨겁게 비추고」, 1844년 항목에 있는 작품인 「나의 사랑은－결코……아니다」, 「V. Sz. 부인의 비망록 안에」, 1845년 항목에 있는 작품인 「나의 아버지의 손재주와 나의 손재주」, 「무덤에서 쉬고 있네……」, 「나는 나무 되리, 만약 네가……」, 「희망」의 순서가 된다.[24] 다만 루쉰이 소장하고 있던 또 다른 한 권의 페퇴피의 작품집이 어떤 독일어 판본인지는 현재로서는 확인하기 어렵다.

어쨌든 루쉰은 골드슈미트의 『알렉산더 페퇴피의 시』에서 작품을 골라 중역重譯했는데, 루쉰이 골드슈미트의 번역본을 토대로 페퇴피의 시를 어떻게 번역했는지 검토해 보자.

먼저 「나의 아버지의 손재주와 나의 손재주Meines Vaters und mein Handwerk」의 일부를 보자. 이 시의 전체 8행 중 제5·6행은 "Mit deinem Werkzeug schlägst du

---

본 『페퇴피 시집』(레클람 문고)을 저본으로 한 것임을 언급했다. 그런데 그는 골드슈미트의 독일어본 『페퇴피 시집』의 내용을 소개하면서도 독일어본 페퇴피의 시 「희망」을 직접 인용하지는 않았다. 루쉰이 독일어본 페퇴피의 시 「희망」을 어떻게 번역했는가는 중요한 문제인데, 그는 "'레클람'의 독일어본 및 루쉰과 쑨융(孫用)의 중문본을 원시(原詩)와 대조하여 번역한다"고 말하고, 이어 자신이 번역한 페퇴피의 시 「희망」을 소개했다. 그가 왜 이런 식으로 페퇴피의 시 「희망」을 번역·소개했을까? 그 의도가 분명하지 않다. 아마도 그는 골드슈미트의 독일어본 『페퇴피 시집』을 직접 보지 못했을 듯하다. 그가 스스로 "현재 내 수중에는 케페츠 벨라가 엮은 페퇴피의 시문집 『반역자인가, 혁명가인가?－페퇴피 샨도르』가 있다", "이것은 영역본이다"라고 하였는데, 그는 이 영역본에 기대어 페퇴피의 시문(詩文)을 이해했던 것으로 짐작된다. 만일 그가 골드슈미트의 독일어본 『페퇴피 시집』을 직접 보고 읽었다면, 루쉰이 잡지 『위쓰』 등에 번역·발표한 페퇴피의 여타의 시들에 대해서도 언급할 수 있었을 것이다. 루쉰은 산문시 「희망」을 창작할 무렵 페퇴피의 시 「희망」 이외도 페퇴피의 시 6편을 번역하였는데, 이들은 모두 골드슈미트의 독일어본 『페퇴피 시집』에 수록되어 있다. 사실 이들은 루쉰의 산문시 「희망」을 해독하는 데 중요한 단서를 제공해 준다는 점에서 의미심장하다.

24 이들 작품의 독일어 제목을 차례대로 예거하면 다음과 같다. "Die Sonne brennt gar heiß…"(69면), "Meine Liebe － ist nicht…"(76~77면), "Frau V. Sz. ins Stammbuch"(81면), "Meines Vaters und mein Handwerk"(82~83면), "In dem Grabe ruht…"(135면), "Baum sei ich, wenn du…"(138면), "Hoffnung"(146면). J. Goldschmidt, *Gedichte von Alexander Petöfi*, Leipzig : Reclam, 1883 참조.

Ochsen, / Mein Kiel schlägt auf die Menschen los당신은 당신 도구로 소를 때려잡고, / 나의 펜은 사람들을 두들겨 패지요"[25]로 되어 있다. 루쉰은 이를 "你用了你的家伙擊牛, 我的柔翰向人們開仗당신은 당신의 도구로 소를 공격하고, 내 붓은 사람들을 향해 싸움을 벌이지요"라고 번역했다.[26] 여기서 "사람들을 향해 싸움을 벌이지요向人們開仗"라는 구절은 의미심장하다. 루쉰은 러시아 작가 아르치바셰프의 『노동자 셰빌로프工人綏惠略夫』를 독일어 번역본을 저본으로 삼아 번역한 후 1922년 5월 상하이 상무인서관商務印書館에서 출간하였고, 기 출판된 『노동자 셰빌로프』를 1926년 8월 다시 출간할 생각을 밝히면서 다음과 같이 말한 바 있다. "셰빌로프의 말년의 사상은 상당히 두렵습니다. 그는 사회를 위해 일을 했는데 사회가 그를 핍박하고 심지어 그를 죽이려 하자 돌변하여 사회에 복수를 합니다. 모든 것에 복수하고 모든 것을 파괴합니다."[27] 페퇴피의 시에 나오는 "사람들을 향해 싸움을 벌이지요"라는 구절은 사회적 계몽에 초점이 맞춰 있다고 하더라도 '셰빌로프'의 사회를 향한 복수를 연상시키기에 어쩌면 루쉰이 페퇴피의 시에 크게 공감한 것도 이 대목일 것이다.

특히 루쉰의 산문시 「희망」 창작과 관련하여 「나의 사랑은—결코……아니다Meine Liebe—ist nicht……」라는 시는 시사하는 바가 크다. 이 시에는 절망에 대한 페퇴피의 관념이 담긴 "그의 검은 절망의 광기他的劍是絶望的瘋狂"라는 시구가 나오기 때문이다. 이 시는, '나의 사랑'은 '한 마리 밤꾀꼬리'도, '울창한 수풀'도, '즐겁고 조용한 집'도 아니며, '황량한 사막과 같다'고 읊고 있는데, 루쉰이 중국어로 번역한 이 시의 후 절반을 보자.

---

25 J. Goldschmidt, *Gedichte von Alexander Petöfi*, 83면. 이 시의 헝가리어 제목은 "Apám mestersége s az enyém"이며, 인용한 두 구절의 헝가리어 원문은 다음과 같다. "Te a taglóval ökröt ütsz, / Tollammal én embert ütök —" (당신은 도끼로 수소를 내려치고, / 저는 펜으로 사람들을 내려칩니다 —). Petöfi Sándor, *Petöfi Sándor Összes Költeményei*, Budapest : Az Athenaeum Irodalmi és Nyomdai R.-Társulat Kiadása, 2012, 190면.

26 L. S. (魯迅) 譯, 「A. Petöfi的詩」, 『語絲』 9, 語絲社, 1925.1.12.

27 魯迅, 「記談話」, 『語絲』 94, 語絲社, 1926.8.28;『魯迅全集』 3, 376면.

나의 사랑은 결코 기쁘고 평안한 집이 아니다,

화원처럼, 평화라는 문을 걸어 잠그고,

그 속에 '행복'이 자애롭게 오가며,

저 '기뻐하는', 예쁜 요정을 부양하는 그런 곳이 아니다.

나의 사랑은 황량한 사막과 같아 —

대도大盜처럼 질투를 품고 거기 군림하여;

그의 검劍은 절망의 광기,

찌를 때마다 각양각색의 모살謀殺이 있도다.[28]

루쉰은 이 시를 번역·발표한 후 10년이 지난 1935년 9월 12일에 쓴 「일곱 번째 '문인상경'을 논함」이라는 글에서도 이 시의 후 절반을 그대로 인용한 바 있다. 루쉰은 예의 글에서 '흑백을 뒤섞어 버리거나混淆黑白' '시비를 말살하는抹殺是非' '가련한可憐' 중국 상황을 언급하면서 "냉랭하고 음산하며 평안한 옛 무덤 속에 어떻게 살아있는 사람의 기운이 있을 수 있을까?"라고 반문한 뒤, 문인들에게 "열렬한 증오로써 '자기와 다른 자異己者'를 향해 공격해야 할 뿐만 아니라 열렬한 증오로써 '죽은 설교자死的說敎者'를 향해 항전해야 한다"고 주문하면서 예의 페퇴피 시를 인용하며 끝을 맺은 것이다.[29] 루쉰은 '열렬한 증오'로써 공격하고 항전한 문인을 예증하기 위해 페퇴피의 시를 인용하였는데, 페퇴피의 정신적 태도는 "그의 검은 절망의 광기, / 찌를 때마다 각양각색의 모살이 있도다"라는 구절에서 두드러지게 표현된다. 루쉰이 페퇴피의 이 시를 번역·발표한 후 10년이 지난 시점에서 다시 인용한 것은 "그의 검은 절망의 광기"라는

---

28 "我的愛幷不是歡欣安靜的人家, / 花園似的, 將平和一門關住, / 其中有'幸福'慈愛地往來, / 而撫養那'歡欣', 那嬌小的仙女. / 我的愛, 就如荒凉的沙漠一般, / 一個大盜似的有嫉妬在那里霸着; / 他的劍是絶望的瘋狂, / 而每一刺是各樣的謀殺." L. S.(魯迅) 譯, 「A. Petöfi的詩」, 『語絲』 11, 語絲社, 1925.1.26.

29 "冷水水陰森森的平安的古塚中, 怎麽會有生人氣？""不但要以熱烈的憎, 向'異己'者進攻, 還得以熱烈的憎, 向'死的說敎者'抗戰." 魯迅, 「七論"文人相輕"─兩傷」, 『魯迅全集(6)』, 419~420면.

구절을 포함하는 마지막 두 개의 시구에 크게 공감했기 때문일 것이다.

　루쉰이 공감한 "그의 검은 절망의 광기"라는 시구를 어떻게 이해할 것인가? 루쉰이 번역한 이 시구를 이해하기 위해서는 독일어 번역문과 헝가리어 원문을 함께 비교할 필요가 있다. 이 시는 페퇴피가 1844년에 쓴 작품으로서 원제는 「나의 사랑은…Az én szerelmem…」인데, 이 시의 마지막 두 행의 헝가리어 원문은 다음과 같다.[30]

　　Kezében tőr : kétségbeesés vagyon,
　　Minden döfése százszoros halál.[31]

　　그의 손에 들린 검 : 절망의 재산,
　　한번 찌를 때마다 백번의 죽음.

골드슈미트가 이를 독일어로 번역한 시구는 다음과 같다.

　　Ihr Dolch ist der Verzweiflung Raserei,
　　Und jeder Stich ist tausendfacher Mord.

　　그의 단검은 절망의 광기,
　　찌를 때마다 천 번의 모살이 있도다.

　골드슈미트는 헝가리어 원문 '절망의 재산kétségbeesés vagyon'을 독일어로 '절망의 광기der Verzweiflung Raserei'로 번역했는데, '재산vagyon'을 '광기Raserei'분노'의 뜻도 지

30　필자가 페퇴피 작품의 헝가리어 원문을 한국어로 번역하고 페퇴피의 전기적 사실을 이해하는 데 한국외대 헝가리어과 한경민 교수의 도움을 받았음을 밝힌다.

31　Petőfi Sándor, *Petőfi Sándor Összes Költeményei*, 179면.

22　제1부　동아시아적 번역과 실천

ㅂ로 번역한 것은 의미심장하다. 페퇴피가 '절망의 재산'인 '검'을 손에 들고 있다고 표현한 데 대해, 골드슈미트는 '절망'이 광기분노를 촉발하여 무기로서 '검'이 될 수 있다고 보아 페퇴피의 시적 진술의 의미를 좀 더 분명하게 표현하기 위해 '재산'을 '광기'로 번역한 것으로 짐작된다. 페퇴피가 1844년에 쓴 「그 (마을) 지역의 대장장이─네 개의 노래로 엮은 영웅시A HELYSÉG KALAPÁCSA : H sköltemény négy énekben」에는 "나는 너의 머리를 내려치네… / 나는 절망하네"라 말하는 장면이 나오는데,[32] 이는 절망이 죽음을 불러오는 복수의 무기로 전환되고 있음을 보여준다. 그리고 페퇴피는 1846년에 쓴 「내 머릿속엔 밤이 있어…Fejemben éj van…」라는 시의 결미에서 "절망은 나의 동거인, / 광기는 나의 이웃"이라고 읊었는데,[33] 절망과 광기를 병치하고 있음을 본다. 또한 페퇴피는 1847년 5월 23일 친구 프리게스 케레니에게 보낸 편지에서 "사랑하는 친구여, 이것이 나의 마지막 편지가 될 것이라면, 내가 사랑의 절망과 광기에 의해 죽었음을 세상에 알려 주게나"라고 하였는데,[34] 역시 절망과 광기를 병치하고 있다. 이들 작품에서 진술된 '광기'는 그 앞의 '절망'과 관계를 맺어 '절망의 광기'를 표현한 말이라 할 것이다. 골드슈미트는 페퇴피의 작품에 등장하는 '절망'과 '광기'의 관계를 잘 파악하고 있었기에 페퇴피의 시적 진술인 '절망의 재산'을 '절망의 광기'로 번역할 수 있었던 듯하다. 그렇다면 루쉰은 헝가리어 원문 '절망의 재산'을 독일어 '절망의 광기'로 번역한 골드슈미트의 창조적 번역을 거쳐, '절망'의 정서가 '광기'인 '열렬한 증오'를 촉발하여 공격의 무기인 '검'이 될 수 있다고 암시한 페퇴피의 시적 진술에 크게 공감한 것이다.

---

32 "Én ütlek agyon… / Én vagyok a kétségbeesés". Petöfi Sándor, "A HELYSÉG KALAPÁC-SA : Hősköltemény négy énekben," *Petöfi Sándor Összes Költeményei*, 37면.

33 "Laktársam a kétségbeesés, / Szomszédom a megőrülés." Petöfi Sándor, *Petöfi Sándor Összes Költeményei*, 257면.

34 헝가리어 원문은 다음과 같다. "kedves barátom! ha ez talál utolsó levelem lenni, add tudtára világnak, hogy a szerelem kétségbeesése, őrültsége ölt meg." Petöfi Sándor, "Úti levelek Kerényi Frigyeshez / V. Nagy-Bánya, május 25.1847", *Petöfi Sándor Útirajzok*, Budapest : Neumann Kht., 2002; https://mek.oszk.hu/06100/06125/html/petofiu0002.html.

주지하듯이 루쉰은 1925년 3월 18일 쉬광핑許廣平에게 보낸 편지에서 "내 작품은 너무 어둡습니다. 나는 '암흑과 허무'만이 '실유한다'고 느끼면서도 기어코 이런 것들을 향해 절망적 항전絶望的抗戰을 하려고 하기 때문에 극단적인 소리가 아주 많이 들어 있습니다"라고 말한 바 있다.[35] 루쉰은 '실유하는實有' '암흑과 허무'로 인해 '절망'에 빠질 수 있지만, '기어코 이런 것들을 향해 절망적 항전을 하려는' 강인한 의지를 표명했는데, 여기서 '극단적인 소리偏激的聲音'는 주체 내부의 '절망'의 정서로부터 촉발된 '열렬한 증오'의 '광기'가 외부로 표출된 물질적 언어라 할 수 있는바, '절망'이 공격의 무기로 전환하고 있음을 보여준다. 말하자면 루쉰은 '절망의 광기'로부터 '절망적 항전'을 이끌어 낸 것이라 할 만하다. 루쉰은 1925년 10월 21일에 완성한 단편소설 「상서傷逝」에서 "사위가 광대한 공허요, 죽음의 정적이다. 사랑 없이 죽은 사람들의 눈앞에 펼쳐진 어둠黑暗이 나에게 하나하나 보이는 듯했고, 일체의 고민과 절망의 몸부림의 소리가 들리는 듯했다"고 묘사했다.[36] '고민과 절망의 몸부림苦悶和絶望的掙扎'이 주인공 '나'의 내부의 '절망의 광기'를 의미한다면, '고민과 절망의 몸부림의 소리苦悶和絶望的掙扎的聲音'는 '절망의 광기'가 외부로 표출된 물질적 언어로서 곧 '절망적 항전'을 의미할 것이다. 더욱이 루쉰은 1925년 4월 11일 자오치원趙其文에게 보낸 편지에서 『야초』의 작품 「과객過客」에 대해 "말하자면 비록 앞길이 무덤임을 분명히 알지만, 기어코 나아가는 것이 바로 절망에 반항하는 것입니다. 왜냐하면 나는 절망에 반항하는 것이 어려우며, 희망 때문에 전투하는 것보다 더 용맹하고 더 비장하다고 생각하기 때문입니다"라고 말한 바 있다.[37] '앞길이 무덤임'을 깨닫는 것은 절망적 상황에 대한 인식을 드러내며, '기어코 나아

35　"我的作品, 太黑暗了, 因爲我只覺得'黑暗與虛無'乃是'實有', 却偏要向這些作絶望的抗戰, 所以很多着偏激的聲音." 魯迅, 「致許廣平」(1925.3.18), 『魯迅全集』11, 466~467면.

36　"四圍是廣大的空虛, 還有死的寂靜. 死于無愛的人們的眼前的黑暗, 我仿佛一一看見, 還聽得一切苦悶和絶望的掙扎的聲音." 魯迅, 『魯迅全集』2, 131면.

37　"即是雖然明知前路是墳而偏要走, 就是反抗絶望, 因爲我以爲絶望而反抗者難, 比因希望而戰鬪者更勇猛, 更悲壯." 魯迅, 「致趙其文」(1925.4.11), 『魯迅全集』11, 477~478면.

가려는 것'은 절망적 상황과의 항전을 뜻하기에 '절망에 반항하다'는 곧 '절망적 항전'과 동일한 의미를 함축한다.

요컨대 '절망적 항전' 또는 '절망에 반항하다'는 말은 루쉰이 페퇴피의 시를 번역하고 산문시 「희망」을 창작한 이후에 쓴 편지에 등장하므로 그러한 관념을 구체화하는 데 골드슈미트의 독일어 번역의 굴절을 거친 "나의 검은 절망의 광기"라는 페퇴피의 시적 진술이 일정한 영향을 끼쳤을 것으로 짐작된다. 페퇴피의 시적 언어로 표현된 "나의 검은 절망의 광기"에서의 '절망'은 외부의 객관 상황 자체를 가리키는 것이라기보다 외부의 객관 상황이 촉발한 '나'의 내부의 주관 정서에 가깝다. 그렇기에 '절망의 광기'는 '절망'이 '열렬한 증오'를 촉발하여 공격의 무기로 전환하는 주체 내부의 정신적 태도에 초점이 맞춰져 있는 것이다. 그에 비해 루쉰이 언급한 '절망적 항전' 또는 '절망에 반항하다'는 '절망의 광기'의 의미를 내포하지만, 바로 그 '절망의 광기'로 외부의 절망적 상황에 맞서 항전하는 구체적인 행위에 초점이 맞춰져 있다고 할 수 있다. 결국 '절망적 항전' 또는 '절망에 반항하다'는 외부의 절망적 상황이 촉발한 내부 절망의 정서가 '열렬한 증오'의 '광기'로 바뀌어 공격의 무기인 '검'의 기능을 수행하는 정신적 태도를 함축하지만, 궁극적으로 그 '검'은 내부 절망의 정서를 촉발한 근원인 외부의 절망적 상황을 겨냥할 수밖에 없기에 외부의 절망적 상황과 맞서는 항전 행위가 되는 것이다. 그렇다고 루쉰의 '절망적 항전' 또는 '절망에 반항하다'라는 관념이 전적으로 페퇴피의 시적 진술에서 비롯되었다는 것은 아니다. 앞서 언급했듯이 루쉰은 청년 시절 「악마파의 시의 힘」에서 바이런의 정신적 특질을 '절망하여 분전하다'라는 말로 표현하고 그 정신을 이어간 악마파 시인들의 절망과 복수의 정신을 강조한 바 있으니 일찍부터 그러한 관념이 형성되어 그의 내부에 깊숙이 자리 잡고 있었다고 할 수 있다. 다만 루쉰은 산문시 「희망」을 창작할 무렵 페퇴피의 작품을 읽고 번역하는 과정에서 "그의 검은 절망의 광기"라는 시적 진술에 주목함으로써 '절망'이 오히려 '열렬한 증오'의 '광기'를 촉발하여 공격의 무기인 '검'

이 될 수 있음을 더욱 절실하게 깨달은 것이다. 그리하여 그는 자신의 '실망'절망의 경험과 그에 맞서 항전해 온 실제 경험을 바탕으로 그러한 관념을 응축시켜 "절망적 항전" 또는 "절망에 반항하다"라는 말로 표현한 것으로 보인다.

3. 청춘의 생명 발현과 암야에의 육박

루쉰의 산문시 「희망」에는 화자인 '나'가 등장하는데, '나'는 시적 화자인 만큼 꼭 작자 루쉰과 일치한다고 할 수 없지만, 작품이 산문의 속성도 지니고 있기에 루쉰의 목소리를 대변한다고 할 만하다. 작품은 "나의 마음은 유달리 적막하다. 하지만 나의 마음은 평안하다; 애증도 없고, 애락도 없고, 색깔과 소리도 없다"라는 말로 시작한다. '나'는 그런 까닭이 '내'가 늙었고 그에 따라 영혼도 늙었기 때문이 아닌가 반문하는데, 그것은 여러 해 전의 일이며, 더욱이 그보다 훨씬 "그 이전에 나의 마음도 피비린내의 노랫소리—피와 쇠, 화염과 독, 회복과 복수로 충만했다"라고 말한다. 여기서 '피비린내의 노랫소리'는 지금의 '평안한' '나'의 '마음'과 정반대되는, 오래전 '나'의 내부의 주관 정서로서 어쩌면 '절망의 광기'를 시적 언어로 표현한 것인지도 모른다. '나'는 곧 이어 다음과 같이 진술한다.

그런데 갑자기 이들이 모두 공허해졌으며, 하지만 때론 고의로 어찌할 수 없는 자기기만의 희망으로 메꾸어 보았다. 희망, 희망, 이 희망의 방패로 저 공허 속의 암야의 습격에 항거했다. 비록 방패 뒷면도 여전히 공허 속의 암야였지만. 그런데 바로 이렇게 하여 나의 청춘을 계속 소모하였다.

'내' 마음에 충만했던 '피비린내의 노랫소리'를 부연하는 '피와 쇠, 화염과 독, 회복과 복수'라는 말은 '절망의 광기'가 외부로 드러난, 이른바 공격의 무기로서 '절망의 검'을 실천하는 '나'의 행위를 상징하는 시적 언어라 할 수 있다. 이는 '나의 청춘의 소모'를 표상한다. 그런데 이런 것들이 갑자기 '공허'해지자 '나'는 그 '공허'를 메꾸기 위해 '자기기만'의 '희망의 방패'로 '암야'에 항거하며 '청춘을 계속 소모하였다'고 진술하는데, '희망의 방패'는 바로 '절망의 광기'가 공격의 무기로 전환한 '절망의 검'과 대비되는 이미지라 할 것이다. 그러니까 '나'는 '그 이전'에 '절망의 검'으로 '암야'에 맞섰지만 아무런 효과를 낳지 못했으니, 방법을 달리하여 '희망의 방패'로 '암야'에 항거하며 청춘을 소모해 온 것이다. 이때 '희망의 방패'는 루쉰이 「광인일기」에서 '광인'의 내면 독백의 목소리로 '아이를 구하자'라고 외치고, 「아Q정전」에서 화자의 목소리를 개입시켜 '아Q'의 내면 독백으로 '사람 살려救命'라고 외치는 서사 전략을 연상시킨다. 더욱이 '암야'는 '내'가 맞닥뜨린 절망적인 객관 현실로서 중국 사회 전반을 상징할 것이다. 루쉰은 1925년 3월 18일 쉬광핑에게 보낸 편지에서 "중국은 아마 너무 늙어버렸습니다. 사회에서 벌어지는 일들은 대소를 막론하고 열악하기 짝이 없습니다. 마치 검은색의 염색 독에 어떤 새 물건을 넣어도 다 칠흑으로 변해 버리는 것처럼 말입니다"라고 말한 바 있다.[38] 모든 것을 '칠흑'으로 변하게 만드는 '검은색의 염색 독'은 중국의 객관적인 사회 현실을 비유하는 만큼 '암야'는 바로 그것에 대한 시적 언어라 할 것이다. 이렇게 보면, '나'는 '절망의 검'에서 '희망의 방패'로 전환하여 계속 '암야'에 항거하며 청춘을 소모해 온 것이다. 루쉰은 『야초』의 첫 작품 「추야秋夜」에서, 마지막 남은 대추마저 사람들이 다 따 가고 잎들도 모두 떨군 채 '기괴하고도 높은' '밤하늘'을 '묵묵히 쇠꼬챙이처럼 곧바로 찌르는' '가지만 앙상한 一無所有的幹子' '대추나무'를 형상화하였는데, 그 '대추나무'는 '암야에 항거하며' '청춘을 계속 소모한' 현재 '나'의 모습과 겹친다.

---

38 "中國大約太老了, 社會里事無大小, 都惡劣不堪, 像一只黑色的染缸, 無論加進什麼新東西去, 都變成漆黑, 可是除了再想法子來改革之外, 也再沒有別的路." 魯迅, 「致許廣平」(1925.3.18), 위의 책, 466면.

그런데 '암야'에 항거하며 청춘을 소모해 온 '나'는 '나의 청춘이 이미 사라졌다는 것을' 벌써 알고 있지만, "그래도 몸 밖의 청춘은 그대로 있으리라 여겼으나" "지금 너무나 적막하여" "몸 밖의 청춘도 모두 사라지고 세상의 청년들도 대부분 늙어 버렸단 말인가?"라고 반문한다. 이때 '피와 쇠, 화염과 독, 회복과 복수'라는 말로 표상된 과거 '나의 청춘'과 달리 '몸 밖의 청춘'은 "별, 달빛, 굳어 떨어진 나비, 어둠 속의 꽃, 부엉이의 불길한 말, 두견새의 피 울음, 웃음의 아득함, 사랑의 너울춤……"이라는 말로 표상되는데, 이들 이미지는 모두 밤과 연관된 것들이다. 이들은 '암야'에서만 볼 수 있는 것으로서 '몸 밖의 청춘'의 실존적 양태를 암시한다고 할 수 있다. 이들 이미지는 그동안 충분히 설명되어 왔으므로[39] 군이 부연할 필요가 없을 것이다. 다만 '굳어 떨어진 나비'에 대해서는 조금 더 설명이 필요할 듯하다. 일반적으로 나비는 주행성晝行性 곤충으로 알려져 있는데, 밤에는 활동을 멈춘다. 주행성 곤충인 나비는 밤에 활동을 멈추기에 '굳어 떨어진'이라는 수식어는 '암야'의 지속으로 인해 아름답게 날지 못하는 나비의 실존적 양태를 형상화한 것으로 볼 수 있다. '굳어 떨어진 나비'는 암야 속에서 굳어진 채 활동을 멈추고 있으나 낮이 되면 다시 아름답게 날 수 있는 나비를 비유한다고 할 수 있다. 루쉰은 「추야秋夜」에서 '밤하늘夜的天空'이 된서리를 뿌려 '차가운 밤기운冷的夜氣' 속에서 '얼굴빛이 얼어 시뻘겋게 된 채 여전히 움츠리고 있는' '작은 분홍꽃小粉紅花'을 형상화한 바 있는데, '굳어 떨어진 나비'는 바로 이 '작은 분홍꽃'의 이미지와 겹친다. 더욱이 '작은 분홍꽃'은, 야윈 시인이 봄이 오면 '나비가 어지럽게 날 것胡蝶亂飛'임을 알려 주는 꿈을 꾸는데, 바로 '굳어 떨어진 나비'는 봄에 '어지럽게 나는 나비'와 대비되는 '암야' 속의 나비인 것이다.

39　쑨위스(孫玉石)는 이 책에서 이러한 이미지들에 대해 "이들은 각각 청년들이 암흑의 사회 속에서 드러내고 있는 미약한 광명을 대표한다"고 설명했다. 개별 이미지들이 지닌 상징적 함의에 대해서는 쑨위스의 책을 참조하면 좋을 것이다. 孫玉石, 『現實的與哲學的―魯迅『野草』重釋』, 上海 : 世紀出版集團·上海書店出版社, 2001, 84~86면 참조.

그런데 '나'는 이들에 대해 "서글프고도 어렴풋한 청춘이라 하더라도 어쨌든 청춘이 아닌가"라고 말하는데, '나의 청춘'의 과거 이력이 예증하듯이 '청춘'은 본질적으로 '서글프고도 어렴풋하기'에 '몸 밖의 청춘'도 결국 '공허'해질 수 있음을 암시한다. 루쉰은 1925년 12월 31일에 쓴 『화개집華蓋集』의 「제기題記」에서 "나는 일찍이 중국의 청년들이 일어서서 중국의 사회, 문명에 대해 조금도 기탄없이 비평해 주기를 희망했었다"라고 말하고 "나의 생명은, 적어도 그 일부분은 이미 이런 무의미한 것들을 쓰는 데 소모되어 버렸고, 내가 얻은 것이라곤 겨우 나 자신의 영혼의 황량함과 거칢뿐이다"라고 했다.[40] '나의 생명'은 곧 '나의 청춘'인바, 그것의 소모로 "내가 얻은 것이라곤 겨우 나 자신의 영혼의 황량함과 거칢뿐"이라는 진술에서 보듯이 '청춘의 소모'가 '공허'해졌음을 보여준다. 그렇다면 '몸 밖의 청춘'의 '소모'도 결국 공허해질 수 있는 것이다. 여기서 주의할 것은 '공허'의 의미다. '공허'는 '나'의 내부의 주관 정서를 함축하는 것이라기보다 '나'의 '청춘의 소모'가 실제로 아무런 효과도 낳지 못했음을 드러내는 외부의 객관 현실의 양태를 표현한 말로 이해해야 한다. 루쉰의 단편소설 「상서」에는 "회관 안쪽 외진 데에 있어서 잊힌 이 낡은 방은 고요하고寂靜 공허하기 그지없다", "사위가 광대한 공허요, 죽음의 정적이다"라는 묘사가 나온다.[41] 여기서 '공허'는 '정적寂靜'이라는 말과 연결되어 외부의 객관적 상황을 표현한 말임을 알 수 있다. 그래서 '공허'는 외부의 객관 현실인 '암야'와 연결되어 '공허 속의 암야'라는 말로 표현될 수 있으며, '공허 속의 암야'는 결국 '나'의 '청춘의 소모'가 '몸 밖의 청춘'인 '청년'들조차 일깨우지 못한 채 '정적寂靜'의 '암야'가 지속되고 있는 외부의 객관적 상황을 함축하는 것이다.

'청춘의 소모'가 공허해질 수 있다면, 과연 그것은 어떤 의의가 있을까? 루

40   魯迅, 「題記」, 『魯迅全集』 3, 4~5면.
41   "會館里的被遺忘在偏僻里的破屋是這樣地寂靜和空虛." "四圍是廣大的空虛, 還有死的寂靜."
      魯迅, 「傷逝」, 『魯迅全集』 2, 113・131면.

쉰은 1926년 8월 22일 베이징여자사범대학에서 행한 강연에서 "희망은 존재에 붙어 있는 것이고, 존재가 있으면 곧 희망이 있으며, 희망이 있으면 곧 광명이 있습니다"라고 말하고, "암흑은 다만 점차 죽어 가는 사물에만 붙어 있을 수 있습니다. 그것이 죽게 되면 암흑도 함께 죽게 되어 암흑은 영원하지 않습니다. 그렇지만 장래는 영원히 존재하는 것이며, 또한 언제나 광명으로 밝을 것입니다. 암흑에 달라붙지 않고 광명을 위해 죽는다면 우리에겐 틀림없이 유구한 장래가 있을 것이며 또한 틀림없이 광명으로 밝은 장래가 될 것입니다"라고 말한 바 있다.[42] 이 글은 청년들을 향한 강연의 기록이므로 '존재'란 '청년들'을 상기시키며, 곧 '청춘'의 '존재'를 의미할 것이다. '청춘'의 '존재'에 '희망'이 붙어 있다는 말은 '청춘'이 곧 '희망'임을 암시한다. 루쉰은 '암흑'은 '점차 죽어 가는 사물'의 속성일 뿐이며, '광명'은 '장래'의 속성인바, 그 '광명을 위해 죽는다면', 즉 현재의 '존재'가 '청춘'을 소모해 나간다면, '광명'의 속성을 지닌 '장래'가 실현될 수 있다는 것이다. 이렇게 보면, '암흑'의 대립적 속성은 원칙적으로 '광명'이겠지만, '광명'은 앞으로 실현될 장래 현실의 속성을 암시할 뿐 지금 현실 속의 실체적 속성은 아니다. 그래서 루쉰은 지금의 현실에서 '암흑'에 대립하는 실체적 속성을 '청춘'으로 표상한 것이다. '암흑'의 대립적 속성으로서 '청춘'은 '내'가 소모해 온 과거의 청춘과 더불어 '몸 밖의 청춘', 즉 '청년들'의 청춘을 포함하는바, '청춘'의 '존재'가 그 생명을 발현할 때 '희망'은 가시화된다.

루쉰은 『야초』의 작품인 「죽은 불死火」에서, '나'의 '온열溫熱'로 인해 다시 '타오른燃燒' '죽은 불死火'을 통해 '존재'의 '생명' 발현의 의미를 구체적으로 탐색한 바 있다. 이 작품에서 '얼음 계곡冰谷'에 버려져 '얼어붙은冰結' '죽은 불死火'은 '머지않아 멸망할不久就須滅亡' 절망적인 존재 양태로 등장한다. 그런데 '나'의 '온열'로 다시 '타오른' 그 '불'은 '놀라 깨어난驚醒' 희망적인 존재 양태로 거

42 魯迅, 「記談話」, 『魯迅全集』 3, 378면.

듭난다. 그런데 이 희망적인 존재 양태인 '타오르는' '불'은 '오래도록 타고 나면永得燃燒' '다 타 버릴燒完' 것이기에 결국 죽을 운명에 처해 있다. 그렇다고 타지 않고 '얼음 계곡'에 그대로 남는다면 역시 '얼어 죽을凍滅' 것이기에 그 '타오른' 불'은 '다 타 버릴' 것을 결심하고 '나'의 도움으로 얼음 계곡을 빠져나온다. '죽은 불'은 '다 타 버릴' 것을 알면서도 '타오름'을 실천하는, 즉 생명을 발현하는 존재로 거듭난 것이다. 그 '불'이 '타오른' 뒤 '다 타 버림'은 '광명'을 위한 죽음이므로 장래를 더 밝게 하여 유구한 장래를 구축할 수 있다. '죽은 불'의 희망적인 존재 양태가 '타오름'에 있다면, '타오름'을 실천하여 끝내 '다 타 버리는', '존재'의 생명 발현이 바로 진정한 희망이 되는 것이다. 결국 '청춘'의 '소모'는 '다 타 버린다'는 점에서 본질적으로 '공허'하지만, 그것이 '존재'의 생명 발현의 과정이기에 진정한 희망을 함축하는 것이다.

이렇게 '청춘'을 소모해 온 '나'는 그것이 '공허'해진 것을 깨닫고 그 '공허'를 메꾸기 위해 '희망의 방패'로 암야에 항거하며 계속 청춘을 소모해 왔지만, '그대로 있으리라固在' 기대했던 '몸 밖의 청춘'인 청년들마저 사라진 게 아닌가 하고 의심하기에 이제 혼자서라도 암야에 육박肉薄하려는 결단을 내리지 않을 수 없다.

나는 혼자서라도 이 공허 속의 암야에 육박肉薄[43]할 수밖에 없다.

---

43 '육박(肉薄)'이라는 말은 한국어에서 '바싹 가까이 다가붙다'의 뜻을 지닌 '육박(肉薄)'이라는 말과 비슷하다. 보통 '肉薄'는 현대 중국어에서 '肉搏'(맨손이나 칼 따위로 육박전을 하다)라는 뜻을 지니는데, 쑨거는 이를 두고 루쉰이 일본어 '肉薄'(にくはく, 바싹 다가섬, '肉迫'라고도 함)의 뜻으로 사용한 것으로 설명했다. "這裏的'肉薄'是日語詞, 並不是'肉搏'的意思, 也就是說, 不包含'短兵相接地搏鬥'的意思. '肉薄'的日語含義是近距離的'逼近''迫近', 所以也寫爲'肉迫'." 孫歌, 「絶望與希望之外－魯迅散文詩集『野草』析論」, 53면. 루쉰은 1925년 6월 16일에 쓴 「잡다한 추억」이라는 글에서 "강적과 육박전을 하다(肉搏强敵)"(「雜憶」,『魯迅全集』 1, 238면)라고 하였는데, '육박전을 하다'라는 뜻으로 '肉搏'이라는 어휘를 사용한 것으로 보아 '肉薄'와 '肉搏'을 구별한 듯하다.

'내가 혼자서라도 이 공허 속의 암야에 육박할 수밖에 없는' 것은, '자기기만'의 '희망의 방패'로 '암야'에 항거해 보았지만 '방패 뒷면도 여전히 공허 속의 암야였다'는 진술에서 보듯이 방패 뒷면도 '공허 속의 암야'로서 그 방패로는 '암야'를 전적으로 막을 수 없었기 때문이다. 결국 '암야에 육박하려는' '나'의 결단은 '몸 밖의 청춘'마저 사라진 듯한 상황에서 어쩔 수 없는 자기희생의 절박함에서 비롯된 것이기도 하지만, '자기기만의 희망'은 '암야'의 습격을 막으려는 방패일 뿐 '암야'를 직접 공격하는 무기가 되지 못한다는 자각에서 비롯된 것이기도 하다. '나'는 '희망의 방패로 암야에 항거하던' 데서 이제 직접 '암야에 육박하는 것'으로의 방법적 전환을 시도하지 않을 수 없다. 이는 이른바 '절망의 광기'를 공격의 무기로 전환하는 '절망의 검'을 다시 실천하는 방법적 결단을 의미할 것이다. 루쉰은 1925년 5월 14일에 발표한 「베이징통신北京通信」에서 "생명은 나 자신의 것이니까 나 자신은 아무것도 두렵지 않습니다. 그래서 나는 내가 나아갈 만하다고 생각하는 길을 향해 큰 걸음으로 나아가도 무방합니다. 설사 앞이 심연, 가시밭, 협곡, 불구덩이라 하더라도 내 자신이 책임지면 됩니다"라고 말한 바 있다.[44] '암야에의 육박'은 앞이 심연, 가시밭, 협곡, 불구덩이라 하더라도 생명을 소모하며 길을 뚫고 열어가는, '절망의 검'을 실천하는 행위인 것이다.

'암야에 육박하려고' 결단한 '나'는 결국 '희망의 방패'를 내려놓고 페퇴피 샨도르의 '희망'의 노래에 귀를 기울이는데, 이는 '나'의 결단의 절박성을 예증하기 위한 것이다.

희망이란 무엇이냐? 창기:

그녀는 누구에게나 고혹하고, 모든 것을 바친다;

그대가 수많은 보배를 희생하고 나면 —

---

44 "我自己, 是什麼也不怕的, 生命是我自己的東西, 所以我不妨大步走去, 向着我自以爲可以走去的路; 即使前面是深淵, 荊棘, 狹谷, 火坑, 都由我自己負責." 魯迅, 「北京通信」, 『魯迅全集』 3, 54면.

그대의 청춘을—그녀는 그대를 버린다.

希望是甚麼? 是娼妓:

她對誰都蠱惑, 將一切都獻給;

待你犧牲了極多的寶貝—

你的青春—她就棄掉你.

이 시는 페퇴피가 1845년 헝가리의 페스트에서 쓴 「희망」이라는 작품인데, 앞서 언급했듯이 골드슈미트가 번역한 독일어본 『알렉산더 페퇴피의 시』에 수록되어 있다. 골드슈미트가 번역한 독일어 번역문은 다음과 같다.

Was ist Hoffnung? Eine feile Dirne :

Jeden lockt sie, gibt hin allen sich;

Hast du ihr den reichsten Schatz geopfert —

Deine Jugend—da verläßt sie dich.[45]

희망이란 무엇이냐? 매춘부 :

그녀는 모든 사람을 유혹하고, 모든 사람에게 자신을 바친다;

그대가 그녀에게 가장 풍부한 보물을 희생하면—

그대의 청춘을—그때 그녀는 그대를 떠나간다.

루쉰의 번역문과 골드슈미트의 독일어 번역문을 비교해 보면, 루쉰이 골드 슈미트의 독일어 번역문을 중국어로 옮겼음을 알 수 있다.[46] 루쉰은 독일어

---

45   J. Goldschmidt, *Gedichte von Alexander Petöfi*, 146면.

46   이 「희망(Remény)」의 헝가리어 원문은 다음과 같다. "Mi a remény?…förtelmes kéjleány, / Ki minden embert egyaránt ölel. / Ha rá pazarlod legszebb kincsedet, / Az ifjuságot : akkor elhagy, 'feile Dirne^{매춘부}'를 '창기娼妓'로, 독일어 'reichsten'^{'가장 풍부한', '풍부한', '부유한', '숱한', '많}은'의 뜻을 지닌 'reich'의 최상급 형용사을 '수많은極多'으로, 독일어 'verläßt'^{'떠나다', '버리다', '(누구}를 버리고) 떠나가다'의 뜻을 지닌 'verlassen'의 3인칭 단수형를 '버리다棄掉'로 번역하였는데, 대체로 골드슈미트가 번역한 독일어의 의미를 그대로 살린 것이다.

페퇴피는 이 시에서 '희망'은 누구나 고혹하여 청춘을 바치게 한 후 청춘이 다 소모되면 그를 배반하여 버리는 기만적인 그 무엇으로 묘사하고 있는데, '내'가 앞서 진술한 '자기기만의 희망'을 예증해 준다. 페퇴피의 이 시를 인용한 후 '나'는 페퇴피의 '죽음이 슬프지만 "더욱 슬픈 것은, 그의 시가 지금까지도 죽지 않았다는 점이다"라고 말하는데, '내'가 앞서 진술한 '자기기만의 희망'을 페퇴피의 시를 통해 예증한 것임을 알 수 있다. 어쩌면 앞서 진술한 '자기기만의 희망'에 대한 '나'의 관념은 페퇴피의 「희망」에 담긴 시적 진실을 선행적으로 표출한 것인지도 모른다. 루쉰의 '희망'에 대한 이러한 관념은 이후 그가 쉬광핑에게 보낸 편지에서 산문적 진술로 좀 더 구체적으로 표현된다. 루쉰은 1925년 3월 18일 쉬광핑에게 보낸 편지에서 '이상가들'이 '장래를 희망한다'고 할 때, 그 '장래'는 반드시 오겠지만, 그때가 되면 '장래'는 '그때의 현재'가 될 뿐이므로 '현재의 현재'에 대해 약 처방을 내놓는 것이 더 시급하다고 했다.[47] 또한 루쉰은 1925년 3월 23일 다시 쉬광핑에게 보낸 편지에서 '장래를 희망한다'는 의미를 부연하여 "소위 '장래를 희망한다'는 것은 곧 자위 ─ 혹은 그야말로 자기기만 ─ 의 방법입니다. 즉 소위 '현재에 순응한다'는 것과 똑같습니다"라고 말하고, "검은색 염색 독을 파괴하지 않으면 중국은 희망이 없습니다"라고 했다.[48] 페퇴피의 시가 증명하듯이 '장래를 희망

el!" (Pest, 1845. október 16~november 25. között) Petőfi Sándor, "Fejemben éj van…," *Petőfi Sándor Összes Költeményei*, 240면. 이를 한국어로 옮기면 다음과 같다. "대체 희망이란 무엇이냐?… 끔찍한 매춘부, / 찾아오는 모든 이를 끌어안는. / 가지고 있는 제일 소중한 보물인, / 청춘이 지나가면 : / 그때에 떠나가지, 떠나가!"(한경민이 번역한 '페퇴피 샨도르 시선집』『민족의 노래』(한국외국어대 지식출판콘텐츠원, 2023, 84면)에 나오는 「희망」을 토대로 행 가름을 약간 수정했음.)

47 魯迅, 「致許廣平」(1925.3.18), 『魯迅全集』 11, 466면.

하는' '희망'은 '자기기만'의 방법이자 '현재에 순응하는 것'과 다르지 않기에 '희망의 방패'를 내려놓고 '현재'의 '검은색 염색 독을 파괴하는' 이른바 '암야에 육박하는' 것이야말로 진정한 희망이 되는 것이다.

4. 희망과 절망의 절대성 부정

'자기기만의 희망'을 페퇴피의 「희망」이라는 시를 통해 예증한 '나'는 '암야에 육박해야' 하는 당위성을 '절망'에 대한 페퇴피의 또 다른 말을 인용하여 예증한다.

> 하지만, 참담한 인생이여! 페퇴피와 같은 굳세고 용맹한 사람조차도 마침내 암야를 마주하여 걸음을 멈추고, 망망한 동방을 돌아보았다. 그는 말했다:
> 절망이 허망한 것은, 희망이 그러한 것과 같다.
> 만일 내가 밝지도 않고 어둡지도 않은 이 '허망함' 속에서 구차히 살아가야 한다면, 나는 그래도 저 지나가 버린 서글프고도 어렴풋한 청춘을 다시 찾아야 한다. 하지만 내 몸 밖에서라도 무방하다. 몸 밖의 청춘이 소멸하고 나면, 내 몸 안의 황혼마저도 곧 시들어버릴 테니까.

루쉰이 인용한 '절망이 허망한 것은, 희망이 그러한 것과 같다'라는 페퇴피의 말은 루쉰의 '절망'에 대한 관념을 응축하여 표현하고 있기에 세밀하게 검토할 필요가 있다. 이 구절은 '굳세고 용맹한' 페퇴피조차 '마침내 암야를 마주하여 걸음을 멈추고, 망망한 동방을 돌아보며' 한 말로 인용되어 있는데, 이는 페퇴피의 구체적인 전기적 사실에 근거한 것이라기보다 작가의 상상력이

---

48 위의 글, 468면.

개입된 시적 진술로 보아야 한다.

"절망이 허망한 것은, 희망이 그러한 것과 같다"라는 구절은 페퇴피의 산문집 『여행 편지*Úti levelek*』 중에서 「프리게스 케레니에게 보낸 여행 편지 14*Úti levelek Kerényi Frigyeshez XIV*」에 나온다. 이 편지는 페퇴피가 1847년 7월 17일 써트마르*Szatmár*에서 친구 프리게스 케레니에게 보낸 편지인데, 루쉰은 이 편지의 내용을 독일어본으로 읽었을 수도 있으나 현재로서는 확인할 길이 없으므로 그 구절의 의미 맥락을 파악하기 위해 헝가리어 원문을 검토할 필요가 있다. 그 구절이 나오는 편지 첫 단락의 헝가리어 원문을 번역하면 다음과 같다.

드디어 약속의 땅 써트마르에 도착했습니다. 이곳에 도착한 지 5일째인데, 이번 달 13일, 올해 여행에서 한 번도 타 본 적이 없는 말을 타고 베레그싸스에서 출발했습니다. 이 재수 없는 둔한 말들을 보고 공포에 질려 머리가 쭈뼛 서기도 했지만, 마을 전체에 다른 말이 없었기 때문에 선택의 여지가 없었습니다. 절망적으로 나는 마차에 탔습니다 ― 9월이 돼야 선서를 할 수 있다는 건 사실이지만, 그때까지 이 살아있는 해골을 타고 여기까지 오지는 못할 것 같았습니다. 하지만 친구여, 절망은 희망처럼 그렇게 기만적입니다. 이 나쁜 망아지들이 나를 하루 만에 여기 써트마르에 데려왔습니다. 건초와 귀리를 배불리 먹고 자란 귀한 말들에게조차 자랑거리가 되었을 것입니다. 맹세코 내가 그대들에게 말하건대, 겉모습으로 판단하지 말지니, 그대들이 진실을 얻지 못할 것이기 때문입니다.[49]

---

49 헝가리어 원문은 다음과 같다. "Itt vagyok végre az igéret földjén, Szatmárban. Ötöd napja, hogy ide értem, folyó hó 13-án indultam Beregszászról oly rosz lovakon, amilyeneken még nem jártam, idei utamban. Hajam fölmeredt a borzalom miatt, mikor e szerencsétlen gebéket megpillantám, de válogatnom nem lehetett, mert dolog ideje lévén, az egész városban nem kaptam más lovakat. Kétségbeesve ültem a szekérre; az igaz, hogy csak szeptemberben esküszöm, de azt hittem, hogy akkorára ide nem érek ez élő csontvázakon. Hanem, barátom, a kétségbeesés csakúgy csal, mint a remény. E rosz csikók úgy ide tettek egy nap alatt Szatmárra, hogy szénán-zabon telelt arisztokratikus lovaknak is becsületére vált volna. Bizony-bizony mondom ti néktek, ne itéljetek a külszinről, mert történni fog, hogy nem leszen igazságtok." Petöfi Sándor, "Úti levelek Kerényi Frigyeshez : Szatmár, julius 17. 1847." *Petöfi Sándor Útirajzok.* https://

위 인용문에서 보듯이 "절망은 희망처럼 그렇게 기만적입니다"라는 의미의 문장을 루쉰은 "절망이 허망한 것은, 희망이 그러한 것과 같다"라고 옮긴 것이다. 여기에 등장하는 베레그싸스는 현재 우크라이나에 속해 있으며 헝가리의 동북쪽 국경을 맞대고 있는 도시이고, 써트마르는 현재 루마니아에 속해 있으며 역시 헝가리의 동북쪽 국경을 맞대고 있는 도시인데,[50] 써트마르는 베레그싸스로부터 남쪽으로 대략 자동차 거리 81km 떨어진 곳에 있다. 그렇다면 루쉰은 "절망이 허망한 것은, 희망이 그러한 것과 같다"라는 페퇴피의 말을 인용할 때, 베레그싸스에서 써트마르까지 마차를 타고 간 페퇴피의 전기적 사실을, "암야를 마주하여 걸음을 멈추고, 망망한 동방을 돌아보았다"라는 시적 진술로 바꿔 놓은 것이다. 사실 당시 페퇴피는 헝가리 곳곳을 다니면서 헝가리 문화를 발굴하고 정리하려던 목적으로 베레그싸스와 써트마르 두 지역을 여행하고 있었는데, 루쉰은 그러한 배경을 파악하기 어려웠을 것이다. 루쉰은 페퇴피가 '베레그싸스'에서 마차를 타고 '약속의 땅az igéret földjén'인 '써트마르'에 도착한 사실에 근거해 시적 상상을 가미하여 출발지를 '암야'로 설정하고 목적지인 '약속의 땅'을 '망망한 동방'으로 바꾸어놓은 것으로 볼 수 있다. '망망한 동방'의 '동방'은 원래 지리적인 동쪽 지역을 가리키지만, '암야'와 상대적인 뜻을 함축하여 '암야'가 물러가고 날이 밝아오는 곳, 즉 '약속의

mek.oszk.hu/06100/06125/html/petofiu0002.html. 2005년 중국의 인민문학출판사에서 출판된 『루쉰 전집』 제2권에 실린 「희망」의 주석에서는 페퇴피의 편지의 첫 단락을 일부 생략하여 다음과 같이 중국어로 번역해 놓았다. "這個月的十三號, 我從拜雷格薩斯起程, 乘着那樣惡劣的駑馬, 那是我整個旅程中從未碰見過的. 當我一看到那些倒霉的駑馬, 我吃驚得頭髮都豎了起來 (…중략…) 我內心充滿了絶望, 坐上了大車, (…중략…) 但是, 我的朋友絶望是那樣地騙人, 正如同希望一樣. 這些瘦弱的馬駒用這樣快的速度帶我飛馳到薩特馬爾來, 甚至連那些靠燕麥和干草飼養的貴族老爺派頭的馬也要爲之贊賞. 我對你們說過, 不要只憑外表作判斷, 要是那樣, 你就不會獲得眞理." 魯迅, 『魯迅全集』 2, 183~184면.

50 써트마르는 원래 헝가리 영토였으나 1920년에 땅의 2 / 3가 루마니아로 귀속되었으며, 베레그싸스도 원래 헝가리 영토였으나 1920년에 체코슬로바키아에 편입되었다가 1938년에 다시 헝가리로 반환되었고 2차 세계대전 후 소련연방에 합병되있다가 소련연방이 해체된 1991년에 우크라이나의 영토가 되었다.

땅'을 의미하는 것이다. 루쉰이 바꿔 놓은 시적 진술 속에서 페퇴피가 마주한 '암야'는 '현재' 현실의 절망적 상황을 비유한다면, '동방'은 '암야'가 물러가고 날이 밝아올 '장래'의 희망적 상황을 비유할 것이다.[51] 다만 '동방'은 '망망한' 이라는 말로 수식되어 있는데, '망망한'은 멀리 떨어진 공간적 거리감과 먼 장래의 시간적 거리감을 나타내지만, 동시에 장래의 희망적 상황이 불확실하다는 점도 암시한다.

그런데 루쉰은 시적 진술로 페퇴피가 "망망한 동방을 돌아보았다回顧着茫茫的東方了"라고 표현한 점에 주목할 필요가 있다. '회고回顧'는 사전적 의미로 '고개를 돌려 과거를 돌아보거나 미래를 전망하다'라는 의미를 지니는데, 그다음에 동작의 지속을 나타내는 조사 '着'이 있어 '회고'의 행위가 한참 동안 지속되고 있음을 보여준다. 그렇다면 '돌아보았다回顧着'는 '망망한 동방'을 다시금 되새기는 반성적 사유를 함축한다고 할 수 있다. 이는 페퇴피가 자신의 「희망」이라는 시에서 표출한 시적 진실인 '자기기만'의 '희망'을 '절망'과의 관계 속에서 새롭게 인식하게 되었음을 보여준다. '돌아보았다'라는 표현은 '굳세고 용맹한' 페퇴피조차 '암야를 마주하고 걸음을 멈춘' 채 '망망한 동방'을 다시금 사유하게 되었음을 암시한다. 말하자면 그는 불확실한 '망망한 동방'이라 하더라도 어쨌든 '암야'가 물러가고 밝아올 '동방'이기에 그것에 대한 기대를 저버릴 수 없는 것이다. 이러한 '망망한 동방'에 대한 반성적 사유는 이후 페퇴피가 '암야'를 마주하고 멈춘 걸음을 다시 옮길 수 있는 내적 동력이

---

51 쑨거는 '동방'을 실재의 지리적 동방, 즉 '중화 문명(인도 문명 포함)을 낳은 곳'을 가리키는 이미지로 해석한 바 있다. 그녀는 "이 동방은 아마 더 실재적인 동방, 즉 서구·동구 바깥 동측의·동방의 세계일 것이다. 그것은 지리 공간의 이미지이며, 중화 문명과 인도 문명을 낳은 곳이다"라고 했고, 또 "이러한 상황 속에서 견뎌온 루쉰은 희망과 절망보다 더 큰, 더욱 심각한 우주관을 가지고 있었다. 루쉰의 표현법으로 서술하면, 이것은 '망망한 동방' 역사가 낳은 생명철학이다"라고 했다. 孫歌, 「絶望與希望之外－魯迅散文詩集『野草』析論」, 53·55면. 그런데 '망망한 동방'은 루쉰이 시적인 상상력을 동원하여 '암야'와 상대적인 이미지로 표현한 상징적 언어로 볼 수 있는바, '동방'을 구체적인 지리적 공간으로서 '중화 문명과 인도 문명을 낳은 곳'을 가리키는 이미지로 해석하기는 어려울 것이다.

될 것이다. 사실 '자기기만의 희망'을 표현한 페퇴피의 「희망」은 1845년에 쓰인 것이고, 프리게스 케레니에게 보낸 여행 편지는 1847년에 쓰인 것인데, 두 글이 2년여의 시차를 두고 쓰인 점을 고려하면 그사이 희망에 대한 페퇴피의 관념이 다소 달라진 것을 확인할 수 있다. 이를테면, 1847년 5월 25일에 쓴, 「프리게스 케레니에게 보낸 여행 편지5」에서 페퇴피는 "모두를 수용하는 나의 심장차별 없이 모두를 수용하려는 마음—인용자이 기쁨에 강하게 쿵쿵 뛰었습니다. 왜냐하면 세상의 미래에 대한 저의 대담한 꿈이 결코 실현 불가능한 꿈이 아니라는 희망이 저를 뜨겁고도 강하게 감싸안아 주었기 때문입니다"라고 말했는데,[52] 그는 이 편지를 쓸 무렵 세상의 미래를 향한 꿈이 실현될 수 있다는 희망을 품고 있었다. 루쉰은 희망에 대한 페퇴피의 관념이 다소 바뀐 점을 은연중에 포착하고 그것을 "망망한 동방을 돌아보았다"라는 시적 진술로 표현한 것인지도 모른다.

더욱이 루쉰은 페퇴피의 헝가리어 원문 "절망은 희망처럼 그렇게 기만적이다A kétségbeesés csak úgy csal, mint a remény"라는 뜻의 문장을 "절망이 허망한 것은, 희망이 그러한 것과 같다"라고 번역하였는데, '기만적이다csal'라는 의미의 말을 '허망하다虛妄'라고 번역한 것은 왜일까? '기만적이다'라는 어휘는 외부의 사실에 대한 어떤 객관적인 판단을 드러내는 말이라 한다면, '허망하다'라는 어휘는 외부의 '기만적인' 사실에 의해 촉발되는 내부의 주관 정서에 초점을 맞춘 말로 이해할 수 있다. 그러니까 루쉰은 산문적 진술로 표현된 페퇴피의 문장을 중국어로 옮기는 과정에서 시적 표현을 강화하기 위해 '절망絶望, jue-wang'–'허망虛妄, xuwang'–'희망希望, xiwang'으로 이어지는 시어의 운韻, rhyme을 고려하는 한편 내부의 주관 정서를 두드러지게 표현하기 위해 '허망'이라는 어휘

---

52 헝가리어 원문은 다음과 같다. "demokratikus szívem hangosan dobogott örömében, mert szorosan és forrón ölelte meg a remény, hogy merész álmaim a világ jövendőjéről nem teljesülhetetlen álmak." Petöfi Sándor, "Úti levelek Kerényi Frigyeshez / V. Nagy-Bánya, május 25.1847," *Petöfi Sándor Útirajzok.* https://mek.oszk.hu/06100/06125/html/petofiu0002.html.

를 사용한 것으로 볼 수 있다. 페퇴피는 위 편지에서 "절망적으로 나는 마차를 탔습니다"라고 서술하였는데, '절망적으로'라는 말은 '둔한 말들'이 '써트마르'까지 태워줄 수 없을 것에 대한 페퇴피의 내부의 주관 정서를 대변해 준다. 루쉰은 '절망'과 '희망'이 모두 페퇴피의 내부의 주관 정서를 드러내는 언어라는 점을 깨닫고 '기만적이다'라는 말보다 주관 정서에 초점을 맞춘 '허망'이라는 말을 선택하여 번역한 것으로 짐작된다.

'허망'이 내부의 주관 정서를 드러내는 말이기에 '나'는 곧이어 "만일 내가 밝지도 않고 어둡지도 않은 이 '허망함' 속에서 구차히 살아가야 한다면"이라고 진술하게 되는데, '허망'이 '밝지도 않고 어둡지도 않은不明不暗'이라는 말로 수식되고 있다는 데 주목해 보자. '밝지도 않고 어둡지도 않은 허망'은 이것도 저것도 아닌 회색 지대에 처한 '나'의 주관 정서를 대변한다고 볼 수 있는바, 이는 앞서 '청춘의 소모'가 '공허해졌다'라고 말한 '나'의 진술에서의 '공허'와 짝을 이룬다. '공허'는 '청춘의 소모'가 아무런 효과도 낳지 못한 외부의 객관적 상황을 표현한 것이라 할 때, 그에 상응하는 내부의 주관 정서가 바로 '허망'인 것이다. 그래서 '허망'의 내부 정서를 떨쳐버리기 위해서라도 '나'는 '지나가 버린 청춘' 또는 '몸 밖의 청춘'을 다시 찾지 않을 수 없다. 왜냐하면 '서글프고도 어렴풋한 청춘'이라 하더라도 '청춘'의 생명만이 내부의 '허망'과 외부의 '공허'를 극복하여 앞으로 나아갈 수 있는 진정한 희망이기 때문이다. 그 '청춘'의 생명은, 루쉰이 1919년 11월에 발표한 「생명의 길生命的路」에서 "생명의 길은 전진하는 길이다. 언제나 무한한 정신 삼각형의 사변을 따라 위로 올라가며 그 어떤 것도 그것을 저지할 수 없다"라고 말하고 "생명은 죽음을 두려워하지 않으며, 죽음 앞에서 웃고 날뛰며 멸망하는 사람들을 뛰어넘어 앞을 향해 나아간다"고 말한,[53] 바로 그 생명과 같다.

그런데 '밝지도 않고 어둡지도 않은不明不暗'이라는 말은 또 다른 의미를 함

53　魯迅, 「生命的路」, 『魯迅全集』 1, 386면.

축한다는 데 주의할 필요가 있다. '광명光明'이 '희망'을 유발하는 외부의 객관 현실의 양태를 표상하고, '암흑暗黑'이 '절망'을 유발하는 외부의 객관 현실의 양태를 표상한다고 할 때, '밝음明'과 '어둠暗'은 외부의 객관 현실의 양태를 내부 주관에서 각각 절대화하여 표현한 말이라 할 수 있다. 그러니까 '밝지도 않고不明', '어둡지도 않은不暗' '허망'은 '밝음明'과 '어둠暗'을 각각 부정하는 것이기에 절대적인 '광명'도 없고 절대적인 '암흑'도 없다는 뜻을 함축하게 된다. '희망'과 '절망'의 내부 정서를 유발하는 외부의 객관 현실의 양태가 절대적이지 않다면, 그 '희망'과 '절망' 역시 절대성을 상실하게 될 것이다. 그래서 '밝지도 않고 어둡지도 않은不明不暗' '허망'은 '희망'과 '절망'의 절대성을 부정하는 의미를 함축한다. 루쉰이 쉬광핑에게 보낸 편지에서 '장래를 희망하는' '공상'도 '그것이 틀림없는 공상이라고 증명할 수 없듯이', '암흑과 허무만이 실유한다'는 것도 '실증할 수 없다'고 한 말은 바로 '희망'과 '절망'의 절대성을 부정하는 산문적 진술로 이해해도 좋을 것이다. 루쉰이 '암흑과 허무만이 실유한다고 느낀' 것은 그것이 '나'의 내부의 주관 정서에서 그렇다는 것이며, '증명할 수 없다'는 것은 '암흑과 허무'를 외부의 객관 현실로서 절대화할 수 없다는 점을 시사한다. 루쉰이 페퇴피의 '기만적이다'라는 의미의 말을 시적 진술로 바꾸어 '허망하다'라는 말로 번역한 것은, '희망'의 장래가 없다기보다 '희망'의 장래의 절대성을 부정하기 위한 것이며, '절망'의 현실이 없다기보다 '절망'의 현실의 절대성을 부정하기 위한 것이다. 페퇴피가 '암야를 마주하고 걸음을 멈춰' '돌아본' '망망한 동방'의 '망망한'은 '동방'과의 공간적·시간적 거리감을 표현한 것이기도 하지만, 그 '동방'을 현재로서는 '증명할 수 없다'는 점에서 그 절대성을 부정하는 의미도 지닌다. 그런데 바로 그 '망망한 동방'을 다시금 반성적으로 사유하지 않을 수 없는 것은 '암야'의 객관 현실로부터 유발되는 내부의 주관 정서로서의 '절망'도 그 절대성이 부정되어야 하기 때문이다. '절망'도 '희망'처럼 절대적인 것이 아니라면 그 '절망'에서 벗어날 수 있는 길은 항상 열려 있다. 페퇴피가 '둔한 말' 앞에서 '절망적으로' 느꼈지만 결국 '약속의 땅' 써트마르에 도착할 수 있었듯이 '암야'를 관통하는 그 길은 '망망한 동방'으로 열려 있다.

이렇게 보면, 페퇴피의 시적 언어로 진술된 '동방'이 낙관적인 장래 현실을 비유한다면 '희망'은 장래 현실인 '동방'을 대하는 내부의 주관 정서를 대변하며, '암야'가 외부의 절망적인 현재 현실을 비유한다면 '절망'은 비극적인 현재 현실인 '암야'를 대하는 내부의 주관 정서를 대변한다. 그러므로 '마침내 암야를 마주하여 걸음을 멈춘' 페퇴피는 그의 「희망」이라는 시를 통해 표현한 바 있는 '자기기만의 희망'도 내부의 주관 정서로서 '허망할'^{기만적일} 뿐이므로 '망망한 동방'을 반성적으로 사유하는 가운데 역시 내부의 주관 정서에 지나지 않는 '절망' 역시 허망하다^{기만적이다}는 것을 자각한 것이다. '망망한 동방'은 '희망'이 '허망하다'는 점을 함축하지만 '절망'도 '허망하기'에 '암야'가 물러갈 때 마침내 밝아올 그 무엇이기에 페퇴피가 '암야'를 마주하고 멈춤 걸음을 다시 옮길 수 있는 내적 동력이 된다. 루쉰은 1925년 3월 18일 쉬광핑에게 보낸 편지에서 "'장래'라는 것은 정황이 어떨지는 알 수 없지만, 있기야 반드시 있을 것인데, 우려되는 것은 그때가 되면 그때의 '현재'가 되어 버린다는 것입니다. 그렇지만 사람들은 꼭 이렇게 비관적일 필요는 없는데, '그때의 현재'가 '현재의 현재'보다 조금이라도 낫다면, 그것으로 좋고, 이것이 바로 진보입니다"라고 말하고, 어떤 것도 모두 '칠흑漆黑'으로 만들어버리는 '검은색의 염색 독黑色的染缸'과 같은 중국의 사회 현실에서도 "다시 방법을 생각해서 개혁하는 것 이외에 다른 길은 없습니다"라고 했다.⁵⁴ 루쉰이 '개혁의 길'을 제시한 것은 페퇴피의 시적 진술로 표현된 '망망한 동방'으로 향하는 길이 열려 있다고 믿고 있었기 때문이다.

이렇게 페퇴피의 언어를 통해 '절망'의 절대성을 부정한 '나'는 '공허 속의 암야에 육박하려는' 결단, 즉 '절망의 검'을 실천하려는 의지를 또다시 표출

54　魯迅, 「致許廣平」(1925.3.18), 『魯迅全集』 11, 466면.

한다. "나는 혼자서라도 이 공허 속의 암야에 육박할 수밖에 없다. 설사 몸 밖의 청춘을 찾지 못한다고 하더라도 어쨌든 스스로 내 몸 안의 황혼이라도 투척하지 않으면 안 된다." 왜냐하면 "지금은 별과 달빛도 없고, 굳어 떨어진 나비며 웃음의 아득함이며 사랑의 너울춤도 없다"라는 '나'의 말처럼, '몸 밖의 청춘'이 사라진 것과 같이 "청년들이 너무나 평안하기" 때문이다. 이제 '나'는 '나'의 '청춘'의 잔여물인 '내 몸 안의 황혼我身中的遲暮'마저 투척하기로 결심한 것이다. '내 몸 안의 황혼'마저 투척하려는 결심은 마지막 남은 생명마저 소진燒盡하려는 강렬한 의지를 드러낸 것인데, 「죽은 불」에서 '내'가 '죽은 불'을 다시 '타오르게' 하여 '얼음 계곡'으로부터 벗어나게 해 준 후 스스로는 갑자기 돌진해 온 '큰 돌수레大石車'의 '수레바퀴에 깔려 죽는' 것과 같다.[55] 앞서 인용한 바 있거니와 루쉰이 "나는 '암흑과 허무'만이 '실유한다'고 느낀다"고 했을 때 그것은 '암야'라는 현실의 절망적 상황을 표현한 것이기도 하지만 '몸 밖의 청춘'이 사라진 듯이 '청년들이 너무 평안한' 데 대한 가중된 내부 절망의 정서가 반영된 것이기도 하다. 절대화된 '희망'을 부정해야 하듯이 절대화된 '절망'도 부정하지 않을 수 없기에 마지막 남은 '몸 안의 청춘'인 '황혼'마저 투척하겠다는 '나'의 결심은 '나'의 생명의 소진에 대한 강렬한 의지를 드러내는 것이자 생명의 소진만이 진정한 희망임을 '몸 밖의 청춘'에게 일깨우는 것이기도 하다.

그런데 '나'는 '몸 안의 황혼'마저 투척하며 '공허 속의 암야에 육박하려' 하지만, "암야는 또 어디에 있는가? (…중략…) 더욱이 내 앞에는 마침내 진정한 암야조차도 없어졌다"라고 말하고, 페퇴피의 말을 자신의 언어로 바꾸어 "절망이 허망한 것은, 희망이 그러한 것과 같도다!"라는 말로 끝을 맺는다. '나'는 왜 페퇴피의 말을 반복한 것일까? 이를 이해하기 위해서는 우선 '진정한 암야'가 없어졌다는 '나'의 인식을 검토해야 한다. '진정한 암야가 없어졌

---

55 "有大石車突然馳來, 我終於碾死在車輪底下." 魯迅, 「死火」, 『魯迅全集』 2, 201면.

다'는 '나'의 인식은 당시 루쉰이 처한 실존적 상태를 진술하게 드러낸 것으로 볼 수 있다. 루쉰은 1926년 11월 11에 쓴 「『무덤』 뒤에 쓰다」에서 "만일 다른 사람에게 길을 인도하고 있다고 말한다면, 그것은 더욱 쉽지 않은 일이다. 왜냐하면 나 자신조차도 어떻게 길을 가야 할지 아직 모르기 때문이다. (…중략…) 비록 지금도 가끔 찾고 있지만 나는 정말 어느 길이 좋은지 알지 못하고 있다"고 말했다.[56] 이는 길을 찾고 있는 루쉰의 당시 실존적 상태를 잘 보여준다. 그러니까 '공허 속의 암야에 육박하려는' 결단에도 불구하고 '나'는 육박의 대상인 '진정한 암야'를 찾지 못하고 있는 것이다. 이는 현실이 '암야'임은 분명하지만 육박하려는 대상으로서 '진정한 암야'를 찾지 못한 '나'의 가중된 절망적 상황을 드러내 준다. 그래서 '절망이 허망한 것은, 희망이 그러한 것과 같다'라는 페퇴피의 말을 반복함으로써 '나'는 가중된 절망적 상황에서도 '망망한 동방'으로 열려 있는 길을 찾으려는 '나'의 강렬한 의지를 다시 한 번 표출한 것이다. '암야'의 현실이 자명하다고 하더라도 육박의 대상인 '진정한 암야'를 찾지 못하고 있는 '나'의 실존적 상태에서는 '진정한 암야'를 찾는 일이 급선무다. 하지만 그 '암야에 육박하지' 않고서는 육박의 대상인 '진정한 암야'도 찾을 수 없다. '진정한 암야'를 발견하는 것은 암야에 육박하기 위한 선결 조건이지만, 그것은 암야에 육박하는 것과 동시에 진행되어야 한다. 루쉰은 단편소설 「상서」에서 주인공 '나'를 통해 이를 형상적으로 보여준다. 사랑을 잃고 '고민과 절망'의 '암흑'에 맞닥뜨린 '쯔쥔子君'이 죽음을 선택하자 주인공 '나'는 '광대한 공허와 죽음과 같은 정적' 속에서 "나는 살아 있으며, 나는 새로운 삶의 길을 향해 발을 내딛지 않으면 안 된다. (…중략…) 나는 새로운 삶의 길을 향해 첫걸음을 내딛으려 한다"고 말한다.[57] 이는 희망이 공허로

---

56 "倘說爲別人引路, 那就更不容易了, 因爲連我自己還不明白應當怎麼走. (…중략…) 我可正不知那一條好, 雖然至今有時也還在尋求." 魯迅, 「寫在『墳』後面」, 『魯迅全集』 1, 300면.

57 "我活着, 我總得向着新的生路跨出去, (…중략…) 要向着新的生路跨進第一步去." 魯迅, 「傷逝」, 『魯迅全集』 2, 133면.

바뀐 현실의 진실성을 보여주며, '살아 있는 내'가 '새로운 삶의 길을 향해 첫 걸음을 내딛는', '고민과 절망'의 '암흑', 즉 '암야'에의 육박을 결행하는 것이야말로 '진정한 암야'를 찾아 나서는 방법이기도 하다는 점을 보여준다.

요컨대 루쉰이 페퇴피의 산문적 진술을 자신의 시적 진술로 바꾸어 표현한 "절망이 허망한 것은, 희망이 그러한 것과 같다"라는 말은 '희망'의 절대성을 부정해야 하듯이 '절망'의 절대성도 부정함으로써 '망망한 동방'을 반성적으로 사유하며 '절망'에서 벗어나는 길을 모색할 수 있음을 보여준다. 결국 페퇴피의 말을 예증으로 삼아 '절망'의 절대성을 부정함으로써 '몸 밖의 청춘'마저 사라진 듯한 상태에서 '몸 안의 청춘'인 '황혼'마저 투척하며 '공허 속의 암야에 육박하려는' '나'의 결단은 '진정한 암야'조차도 찾기 어려운 이중의 절망적 상황임에도 불구하고 '절망의 검'을 실천하려는 '나'의 강렬한 의지를 드러낸 것이다.

5. '희망의 방패'냐, '절망의 검'이냐?

루쉰은 1919년 11월 1일 『신청년』에 발표한 「불만不滿」이라는 글에서 "불만은 향상을 위한 수레바퀴로서 자신에게 만족하지 않는 인류를 싣고서 인도人道를 향하여 전진한다. 자신에게 만족하지 않는 사람이 많은 종족은 영원히 전진하고 영원히 희망이 있다"고 하였는데,[58] 이는 현실에 대한 불만으로부터 향상을 위한 전진이 가능하고 그 결과 희망이 배태된다는 점을 보여준다. 루쉰에게 희망은 고정된 하나의 사건으로 완결되는 것이 아니라 스스로 만족하지 않고 끊임없이 향상을 위해 나아가는 이행 과정에서 실현된다. 최종 도달점을 명시적으로 제시한 희망은 실제로 실현된 적이 없으니 '장래 희망'도 그

---

58 "不滿是向上的車輪, 能夠載着不自滿的人類, 向人道前進. 多有不自滿的人的種族, 永遠前進, 永遠有希望." 魯迅, 「不滿」, 『魯迅全集』 1, 376면.

때가 되면 그때의 실제 현실과 어긋나기에 허망한 것으로 귀결된다. 루쉰이 단편소설 「고향」의 결미에서 희망을 '땅 위의 길地上的路'에 비유하며 "걸어 다니는 사람이 많아지면, 곧 길이 생기는 것이다"라고 말한 것은 이 때문이다.[59] 또 루쉰은 『야초』의 작품 「그림자의 고별影的告別」에서 '그림자'의 목소리를 빌려 "내가 원하지 않은 것이 천당에 있다면, 나는 가지 않으련다. 내가 원하지 않는 것이 지옥에 있다면, 나는 가지 않으련다. 내가 원하지 않은 것이 장래의 황금세계에 있다면, 나는 가지 않으련다"라고 하였는데,[60] 이는 그가 명시적으로 제시하는 최종 도달점으로서의 희망을 부정하고 있었음을 보여준다. 더욱이 루쉰은 『야초』의 작품 「과객」에서 쉬지 않고 '무덤墳'을 향해 '걸어가는走' '과객'의 형상을 창조해 냈는데, '과객'은 이행 과정으로서의 희망을 실천하는 가장 전형적인 인물이다. '무덤'은 생명의 인간이면 누구나 끝내 도달하는 종점이며, 누구도 '무덤'을 향한 죽음에서 벗어날 수 없다. 그런데 인간은 죽음을 향해 나아가기에 본질적으로 절망적이지만, 죽음에 이르는 그 길은 생명이 발현되어 가는 과정이기도 하므로 희망을 함축한다. 희망은 인간이 자신의 생명을 끊임없이 발현해 나갈 때 가시화되는 것이다. 그래서 루쉰에게 '적막'평안은 생명의 발현이 멈춘 상태를 의미하며, 절망은 생명을 발현하지 못한 채 '적막'평안의 정서에 갇혀 있을 때 맞닥뜨리게 된다. 인간의 생명 발현은 '살아 있는 사람活人'의 '행行'[61] 속에서 구체화되며, 절망에서 벗어나는 길은 생명의 발현을 최후까지 밀고 나가는 데 있다. 「그림자의 고별」에서 '내'가 사람들에게 줄 수 있는 선물로 '무소유無所有'를 제시한 것은, "암흑 속에 침몰하여 그 세계가 전부 나 자신에게 속하길"[62] 바라는 '내'가 그러한 행위로써 생명을 다 소진한 최후의 실존적 양태가 '무소유'이기 때문이다.

---

59 "走的人多了, 也便成了路." 魯迅, 「故鄕」, 『魯迅全集』 1, 510면.

60 "有我所不樂意的在天堂里, 我不願去; 有我所不樂意的在地獄里, 我不願去; 有我所不樂意的在你們將來的黃金世界里, 我不願去." 魯迅, 「影的告別」, 『魯迅全集』 2, 169면.

61 魯迅, 「靑年必讀書」(1925.2.10), 『魯迅全集』 3, 12면.

62 "只有我被黑暗沉沒, 那世界全屬于我自己." 魯迅, 「影的告別」, 『魯迅全集』 2, 170면.

이제까지 루쉰이 페퇴피의 작품을 어떻게 읽고 번역했는지를 검토하면서 이를 토대로 산문시 「희망」에서 시적 언어로 표현된 다양한 개념과 이미지를 분석하여 루쉰의 희망과 절망에 대한 관념을 고찰해 보았다. 루쉰의 「희망」은 그가 페퇴피의 시를 읽고 번역하는 과정에서 창작된 것인 만큼 페퇴피의 작품과 상호 텍스트적 관점에서 해명할 수 있다. 희망과 절망에 대한 루쉰의 관념을 종합적으로 이해하기 위해 작품에 등장하는 다양한 개념과 이미지가 텍스트 내에서 어떻게 구조화되어 있는지를 정리하면 다음 표와 같다.

〈표 1〉 시적 개념과 이미지의 구조

	그 이전	여러 해 전	현재	장래
외부의 객관 현실	암야(암흑) →	공허 속의 암야		→ 동방(광명)
내부의 주관 정서	절망(암) →		허망(불명불암) (희망과 절망의 절대성 부정)	→ 희망(명)
'나'의 내부 주관 정서의 양태	피비린내의 노랫소리-절망의 광기	자기기만의 희망	적막(평안)	절망의 광기
'나'의 외부 실천의 양태	피와 철, 화염과 독, 복수와 회복 (청춘 소모)-절망의 검의 실천	희망의 방패로 항거 (청춘 소모)	구차히 살아감 (偸生)	암야에의 육박 (황혼 투척)-절망의 검의 실천
'청년'에 대한 기대와 그 실존적 양태	-	몸 밖의 청춘 (별, 달빛, 굳어 떨어진 나비, 어둠 속의 꽃, 부엉이의 불길한 말, 두견새의 피울음, 웃음의 아득함, 사랑의 너울춤)	적막(평안) (별도 달빛도 굳어 떨어진 나비도 웃음의 아득함도 사랑의 너울춤도 없음)	몸 밖의 청춘 찾기

위 표에서 알 수 있듯이 루쉰은 산문시 「희망」에서 피비린내의 노랫소리로 충만했던 '그 이전'의 청년 시절에서부터 자기기만의 희망을 방패로 삼아 암야에 항거하던 '여러 해 전'의 시기를 거쳐 적막^{평안}한 '현재'까지 청춘의 생명을 소모해 온 '나'의 이력을 묘사하고, 이어 '내'가 기대했던 몸 밖의 청춘마저 사라진 지금, 적막^{평안} 속에서 허망의 정서로 구차히 살아갈 수 없기에 이제 청춘의 잔여물인 몸 안의 황혼마저 투척하며 공허 속의 암야에 육박하려는 '나'

의 결연한 의지를 드러낸 것이다.

　요컨대 루쉰은 청년 시절에 그가 경앙한 시인 페퇴피의 시적 진술을 다시금 소환하여 반성적 계기로 삼고 내부의 주관 정서로서의 '희망'과 '절망'의 절대성을 부정하며 그로부터 촉발되는 '허망'의 내부 정서에서 벗어나기 위해 '공허 속의 암야에 육박하려는' 방법적 결단을 내린 것이다. 그러니까 루쉰은 희망을 부정한 것이 아니라 희망의 절대성을 부정함으로써 '허망한' '장래 희망'보다는 오히려 현재의 객관 현실에서 희망의 실체적 속성을 청춘으로 표상하고 청춘의 생명 발현이 진정한 희망임을 제시하고자 했다. 또한 그는 절망의 절대성도 부정함으로써 절망의 내부 정서를 '광기'로 전환하여 공격의 무기인 '절망의 검'을 실천하기 위해 마지막 남은 청춘의 잔여물인 황혼을 투척하며 객관 현실인 '공허 속의 암야에 육박하려는' 강렬한 의지를 표명한 것이다. 결국 루쉰은 페퇴피의 시적 진술을 예증으로 삼아 '희망'과 '절망'의 절대성을 부정하는 것과 동시에 그로부터 촉발되는 '허망'의 내부 정서에서 벗어나기 위해 '희망의 방패'로부터 '절망의 검'으로의 방법적 전환을 결행하고, 이로써 청춘의 생명인 청년들에게 현재의 '적막'^{평안}으로부터 벗어나서 청춘의 생명을 소진하는 길로 나아갈 것을 요청한 것이다.

참고문헌

페퇴피 샨도르, 한경민 편, 『민족의 노래―페퇴피 샨도르 시선집』, 한국외대 지식출판콘텐츠원, 2023.

魯迅, 『魯迅全集』 1·2·3·4·6·7·11·15·16, 北京 : 人民文學出版社, 2005.

北岡正子, 李冬木 譯, 『魯迅救亡之夢的去向』, 北京 : 生活·讀書·新知三聯書店, 2015.

孫歌, 「絶望與希望之外―魯迅散文詩集『野草』析論」, 『上海師範大學學報(哲學社會科學版)』 2020(1).

孫玉石, 『現實的與哲學的―魯迅『野草』重釋』, 上海 : 世紀出版集團·上海書店出版社, 2001.

汪暉, 『反抗絶望―魯迅的精神結構與「吶喊」「彷徨」研究』, 上海 : 上海人民文學出版社, 1991.

J. Goldschmidt, *Gedichte von Alexander Petöfi*, Leipzig : Reclam, 1883.

Petöfi Sándor, *Petöfi Sándor Útirajzok*, Budapest : Neumann Kht., 2002.

_____, *Petöfi Sándor Összes Költeményei*, Budapest : Az Athenaeum Irodalmi és Nyomdai R.-Társulat
　　Kiadása, 2012.

아우구스트 베벨의
『여성과 사회주의』를 둘러싼
번역 실천과 젠더 역학

김미지金眉志
단국대학교
국어국문학과 교수

1. 동아시아에 수용된 사회주의 고전 베스트셀러

채만식이 1933년 『조선일보』에 연재한 소설 『인형의 집을 나와서』에는 주인공 임노라가 『부인론』이라는 책을 사회주의자 병택으로부터 건네받아 읽는 장면이 등장한다. "파르스름한 포장을 한 사륙판의 조그만한", 그러나 꽤 두꺼운 이 책은 바로 "베벨의 부인론"이다.[1] 입센의 희곡 『인형의 집』의 '집 나간 노라'에서 모티프를 얻어 '조선판 노라'의 후일담을 그린 이 소설에서 노라는 집 밖에서 마주치게 되는 혹독한 시련들을 겪어 나가며 점차 노동자로 각성해 나가는데, 그 과정에서 마주친 책이 베벨의 『부인론』이었다. 노라는 "군데군데 붉은 연필로 언더라인이 치어" 있는 (책을 건넨 사회주의자 병택이 남긴 흔적일) 이 책을 읽어 보려 서문을 붙잡고 한참을 씨름하지만 이해하기 어려

---

[1] 채만식, 「인형의 집을 나와서－일명 노라의 후일담34」, 『조선일보』, 1933.7.1. 이 소설은 1933년 5월 27일부터 11월 14일까지 『조선일보』에 연재되었다. 1988년 창작과비평사에서 출간된 채만식 전집에서는 『인형의 집을 나와서』라는 연재본 제목으로 나왔고, 이후 유족들이 보관하고 있던 저자의 육필 수정본 『인형의 집을 나온 연유』가 2009년 예옥출판사에서 '저자 교정본'이라는 이름으로 출간되었다.

워 무진 애를 먹는다. 여기서 사회주의 입문자의 필독서로 암시되어 있는 베벨의 『부인론』 즉 *Die Frau und der Sozialismus*여성과 사회주의는 1879년 독일에서 처음 출간된 이후 20개 이상의 언어로 번역되어 세계적인 베스트셀러에 등극한 사회주의 여성 해방론이었다. 처음에 저자가 옥중에서 비밀리에 출판했을 당시에는 판본당 2,500부씩 인쇄했는데 훗날 베벨이 사망한 1913년까지 최고 인쇄 부수는 14만 부에 달했다고 전해진다.

『인형의 집을 나와서』에서 노라가 손에 쥔 책은 "파르스름한 포장을 한 사륙판"이라 묘사되어 있는데, 1930년대 당시 조선에는 영역본, 일역본뿐만 아니라 조선어 역본, 중국어 역본이 모두 나와 있었다. 뒤에 자세히 밝히겠지만 1920년대 사회주의의 시대 다른 말로 하면 사회주의 서적의 홍수 시대에 다른 저작들과 마찬가지로 베벨의 이 책 또한 일찍이 한·중·일에서 앞다투어 (더 정확히 말하면 연쇄적으로) 번역 출간된 바 있다. 그런데 사회주의 여성운동가 콜론타이의 『붉은 연애赤戀』나 엘렌 케이의 『연애와 결혼』 등의 저작들이 당시 남녀 학생 및 지식인들에게 일종의 연애 지침서 또는 성적 해방의 교과서로 받아들여진 것은 잘 알려져 있고 그만큼 수도 없이 연구가 이루어졌으나[2] 베벨의 이 저작에 대한 연구나 한국에서 번역 수용에 대한 논의는 거의 찾아보기 힘들다.[3] 콜론타이의 책이 1923년 러시아에서 출간된 뒤 '혁명적 연애론'으로 널리 확산된 것에 비할 때 그보다 거의 반세기 전인 19세기 말에

---

2 콜론타이의 국내 수용에 관한 연구는 대표적으로 다음과 같은 것들이 있다. 서정자, 「콜론타이즘의 이입과 신여성 기획」, 『여성문학연구』 12, 한국여성문학회, 2004; 김은실, 「소비에트 사회에서의 여성해방론―콜론타이의 여성해방론을 중심으로」, 『아시아여성연구』 43(2), 숙명여대 아시아여성연구원, 2004; 한정숙, 「알렉산드라 콜론타이와 여성주의」, 『러시아연구』 18(2), 서울대 러시아연구소, 2008; 배상미, 「식민지 조선에서의 콜론타이 논의의 수용과 그 의미」, 『여성문학연구』 33, 한국여성문학회, 2014; 노지승, 「식민지 시기 콜론타이즘 수용의 유산들」, 『한국근대문학연구』 23(1), 한국근대문학회, 2022; Urvantseva, Ekaterina, 「1920~30년대 콜론타이 연애론에 대한 담론 연구―조선과 일본의 담론 비교를 중심으로」, 연세대 석사논문, 2023. 한편 여성 사회주의자 정칠성을 논하며 베벨의 영향력을 언급한 것으로는 박순섭, 「1920~30년대 정칠성의 사회주의 운동과 여성해방론」, 『여성과 역사』 26, 한국여성사학회, 2017.

나온 독일 '남성' 지식인 베벨의 책은 일찍이 '고전'의 반열에 올랐을지언정 당대적 시효성과 파급 효과가 상대적으로 적었으리라 추측할 수 있다. 특히 1920년대가 사회주의의 시대일 뿐만 아니라 소위 '연애'를 둘러싼 다양한 담론이 경합하던 시대라는 점에 비춰 보면, 동지적 사랑과 성적 해방으로서의 연애를 앞세운 콜론타이의 책이 갖는 시대적 의의가 더 직접적이고 폭발적이었다는 점도 중요한 이유가 될 것이다. 남성 사회주의자들이 지지했던 맑스주의적 여성론의 초점이 결혼 제도에 맞춰져 있었던 데에 반해 콜론타이의 그것은 연애와 성도덕에 있었다는 점에서 주류에서 벗어나 있었고[4] 이 역시 남성들보다는 여성들에게 더 환영받았던 이유였을 것이다. 그런데 정작 콜론타이의『붉은 연애』는 당대에 조선어로 번역된 적은 없었고 일역본『赤い恋』으로 또는 풍문으로만 떠돌았다.[5]

특기할 만한 것은 1920년대 이후 한국에서 베벨의『여성과 사회주의』를 번역하거나 소개하는 다양한 시도들이 나타났다는 점이다. 1925년과 1926년에 배성룡, 신종석에 의해 두 종류의 번역 단행본이 연이어 등장했고, 1932년에는 잡지『동광』에 일부분이 번역 게재되었다. 그리고 해방 직후 1946년에 김삼불金三佛에 의해『부인론』이라는 제목의 상하 두 권이 출간된 바 있다. 일역본 도서들의 서적 광고가 당시 국내 신문 지면에 버젓이 등장하던 시기,[6] 하나의 조선어 번역서가 나오기도 쉽지 않은 상황에서 이렇게 연달아 번역이 시도되

---

3 채만식의 작품과 베벨의『부인론』을 연관시킨 논문이 하나 있는 정도다. 소산산,「『인형의 집을 나온 연유』와『부인론』의 관련 양상 연구」,『현대문학이론연구』56, 현대문학이론학회, 2014. 이 논문은 '동반자 작가'로서 채만식이 베벨의『부인론』의 영향하에 사회주의적 여성 해방론의 실현 가능성을 소설 속에 구현한 것으로 파악한다.

4 김경일,「1920~30년대 한국의 신여성과 사회주의」,『한국문화』36, 서울대 규장각한국학연구소, 2005, 285~286면.

5 일역본은 コロンタイ, 松尾四郎 譯,『赤い恋』, 世界社, 1927. 이 책의 한국어 역본이 나온 것은 2013년으로『붉은 사랑』이라는 제목으로 출간되었다. 콜론타이, 정호영 역,『붉은 사랑』, 노동사회과학연구소, 2013.

6 예컨대 엥겔스의 저작으로 사카이 도시히코(堺利彦)가 번역한『社會主義の發展』(白楊社)은 1920년대 말부터 꾸준히『동아일보』지면에 대대적으로 광고가 실려 있다.

었다는 것은 무엇을 말하는 것일까? 물론 이는 '세계적 베스트셀러'가 된 이 책의 명성과 아울러 사회주의 서적 출판의 유행, 독자층의 증가라는 현상과 맞물려 있는 문제라고도 할 수 있다. 이에 대한 접근이 그간 거의 이루어지지 않았다는 점에서, 이들 번역이 사회주의 및 여성 해방 서적의 번역 출판 그리고 수용의 맥락에서 갖는 의의를 고찰해 봄 직하다.

우선 베벨의 『여성과 사회주의』는 원저인 독일어판 자체가 베벨이 사망한 해인 1913년까지 약 30여 년에 걸쳐 수도 없이 개정되고 증보되어 수십 종의 판본이 존재한다. 베벨이 옥중에서 쓰기 시작한 원고가 점차 확대되어 소위 완성판으로 불리는 제25판이 나온 것이 첫 출간으로부터 10여 년 뒤인 1895년의 일이었다.[7] 여기에는 비스마르크 시대 '사회주의 진압령'으로 인해 수없이 금지 및 압수당하면서 위장 제목을 내세우기도 하고 비밀 출판되기도 하는 등의 사정도 있었다. 게다가 수많은 언어의 역본들이 저마다 다른 저본들을 바

7　그간 밝혀진 출간본들의 서지를 바탕으로 독일어 원저의 판본 사항을 간략하게 정리하면 다음과 같다.

〈표 1〉독일어 원전의 주요 판본

	연도	제목	출간 사항	비고
1	1879	*Die Frau und der Sozialismus* (여성과 사회주의)	『엥겔스, 통계, 제5호』라는 위장 제목으로 출간	출판 금지
2	1883	*Die Frau in der Vergangenheit, Gegenwart und Zukunft* (과거, 현재, 미래의 여성)	2차(3차) 개정판	출판 금지
3	1886	과거, 현재, 미래의 여성	4차 개정판	2,500부 인쇄
5	1891	여성과 사회주의 (과거, 현재, 미래의 여성)	9차 완전 개정판, 10차 개정판	문체 변경 및 추가
6	1893	여성과 사회주의	17차 개정판	7만 부 인쇄
7	1895	여성과 사회주의	25차 기념판(완성판)	자료 및 부록 추가
8	1902	여성과 사회주의	33차(34차) 개정판	마지막 문장 추가
9	1910	여성과 사회주의	50차 기념 개정판	수정 개편, 표지 교체
10	1913	여성과 사회주의	총 15개 언어로 번역	2부 7장에서 15장으로

탕으로 어지럽게 얽혀 있다는 점도 저본과 역본 사이의 관계를 파악하는 데에 큰 난점으로 작동한다. 일찍이 독일어 원본들과 일역본 및 중역본의 서지 사항 들에 대해서는 일목요연하게 정리한 논문이 일본에서 나온 바 있어, 일문역과 중문역 사이 텍스트의 번역과 출판을 살피는 데에 좋은 참고가 된다.[8]

이 글에서는 우선 그동안 한국어 번역본들에 대한 파악이 시도되지 않았 던 만큼 각각의 번역들을 둘러싼 기본 사실들 즉 역자, 저본, 역본의 특징, 출 간 사항 등을 일차적으로 파악해 보고, 각각의 시도들이 갖는 특징과 의의 그 리고 당대 사상계나 독서계에 수용된 양상과 맥락을 재구성하는 것을 연구 의 목적으로 삼는다. 사실 1980년대 이전까지 이 책의 한국어 완역본은 나온 바 없는데, 대신 그 빈자리를 메운 것은 번역물 자체라기보다 다양한 버전의 '번역 실천translation practice'[9]이었다. 당대의 동아시아 서적 출판 시장 그리고 문 학 장에서 번역의 제국이기도 했던 일본의 번역물들완역본이 미친 영향력이 절 대적이었다는 사정을 고려해 볼 때, 중요해지는 것은 번역된 결과물의 수준 이나 완성도라기보다는 어떠한 상황과 맥락에서 그러한 시도들이 이루어졌 으며 또 상호 관련되고 앎의 형성을 촉진했는가 하는 점이라고 할 수 있다. 또 당시 식민지 조선에서 이루어진 『여성과 사회주의』의 번역은 많은 조선어 역 본들이 그러했던 것처럼 중역重譯이라는 맥락을 피할 수 없다는 점, 일본과 달 리 전적으로 남성 지식인에 의해 번역되었다는 점도 고려되어야 할 점이다.

베벨의 『여성과 사회주의』가 번역된 배경과 조건 그리고 그러한 실천이 가 능했던 상황과 맥락 자체도 고찰해 볼 만한 문제겠지만 사실 더 중요한 것은 그것이 당대의 여성 해방론, 사회주의적 여성주의 담론의 생성과 확장에 어

---

8 이 글에서도 역본들 사이의 비교를 위해 판본 정리를 일부 시도할 터이지만 독일어, 영어, 일 본어, 중국어 판본들에 대한 세밀한 정리와 목차 비교, 저본 확인 등은 伊藤セツ·王宓,「20 世紀初頭歐米女性解放思想の日本·中國への傳達の過程—August Bebel : Die Frau und der Sozialismusの場合」,『昭和女子大學大學院生活機構硏究科紀要』8, 1999 참고.

9 번역을 단지 언어 간 변환 작업이 아닌, 사회적이고 물질적으로 매개된 실천으로 보는 견해는 다음에서도 확인할 수 있다. Maeve Olohan, *Translation and Practice Theory*, Routledge, 2020. 이 저작은 번역가의 작업을 지식 노동의 일환으로 보고 그 사회학적 조건들을 탐색한 것이다.

떤 기여를 했으며 또 어떤 자리를 차지했는가 하는 점일 터다. 이는 번역 텍스트만이 아니라 이를 바탕으로 한 또는 전후로 한 파생 텍스트 또는 수용자의 반응과 담론장 내의 목소리들을 폭넓게 고찰해야 할 문제다. 사실상 남성 원저자와 남성 번역자, 그리고 독자 대부분을 차지하는 남성 수용자로 이어지는 번역과 수용의 과정에서 과잉되거나 억압된 지점은 없는지 또한 첨예한 쟁점들은 무엇인지 물어야 하는 것이다. 이 연구에서는 번역의 역사를 재구성하는 것을 넘어서서 번역 실천에 관여한 젠더 역학까지 가능한 한 검토해 보고자 한다.

2. 복수의 번역본, 미완과 은폐의 번역 실천

독일 사회민주당의 당수 베벨이 옥중에서 쓴 『여성과 사회주의』는 1879년 처음 세상에 나온 당시에는 검열을 피해 원제를 숨긴 채 『엥겔스, 통계, 제5호』라는 위장된 제목으로 출간된 것으로 알려져 있다.[10] 그럼에도 책은 나온 지한 달이 채 못 되어 출판 금지되었고, 제2판은 또 다른 위장된 제목, 즉 잘 알려진 『과거, 현재 그리고 미래의 여성*Die Frau in der Vergangenheit, Gegenwart und Zukunft*』이라는 제목으로 출간된다. 원래의 제목인 『여성과 사회주의』를 되찾은 것은 독일에서 '사회주의자 진압법*Sozialistengesetz*'이 폐지된 뒤인 1891년 제9차 완전 개정판이 나오면서다. 다시 말해 이 책은 태생에서부터 검열과의 숨바꼭질 속에서 탄생하고 생명을 부지했던 것이다. 이러한 사정은 다른 언어권에서도 크게 다르지 않아서 제목만 해도 통일되지 않은 채 매우 다양한 시도와 형태들이 나타났음을 확인할 수 있다.

한국어 역본으로 가장 먼저 확인되는 것은 공산주의자의 한 사람인 배성룡

---

10 Heinrich Gemkow, *August Bebel*, Leipzig : Bibliographisches Institut, 1986, 54면.

이 펴낸『부인 해방과 현실 생활』^{조선지광사, 1925}이다. 배성룡은 1920년대 초 사회주의적 색채가 짙었던『조선일보』에서 기자로 있으면서「사회 변혁과 사상적 고찰」,「농민운동의 현재 급 장래」등을 장기 연재하며 언론인으로서도 수많은 글을 쓴 인물이다. 그는 일본 니혼대학에서 유학한 뒤 기자 생활을 거쳐 제2차 조선공산당의 주요 인물로 자리 잡게 되는데,[11] 그 시기 직접 번역 및 발행한 책이『부인 해방과 현실 생활』이었다. 그는 1925년 책을 출간하기 전 1924년 1월 초부터 약 두 달여에 걸쳐『조선일보』지면에 책의 일부분을 산발적으로 번역 연재한 바 있다. 연재 당시의 구체적인 서지 사항은 다음과 같다.

「베펠 부인론의 서론1~5」,『조선일보』, 1924.1.6~9.^{제5회는 제4회의 오식}

「성적 존재와 현대 부인1~5」,『조선일보』, 1924.1.10~14.

「현대의 성적 결합1~7」,『조선일보』, 1924.1.15~21.

「결혼과 이혼의 현실 문제1~8」,『조선일보』, 1924.1.22~29.

「여성의 생활수단과 결혼1~12」,『조선일보』, 1924.1.30·2.3·2.5~11.

「여성의 과잉과 결혼의 기회−베펠에서1~7」,『조선일보』, 1924.2.19~25.

이 연재물들에는 역자의 이름이 전혀 등장하지 않고, 베벨이 원작자라는 사실도 처음과 마지막 연재분의 제목^{'베펠'}에서 외에는 밝혀 놓고 있지 않다. 단행본『부인 해방과 현실 생활』의 표지에도 저자와 역자의 이름은 등장하지 않고, 책의 마지막 판권지에도 배성룡이라는 이름은 '편집자 겸 발행인'으로만 기입되어 있다. 역자는 이 책의 '서언^{序言}'에서 내용 상당 부분을『조선일보』에 연재했던 사실을 밝히고, 베벨의『과거 현재 급 미래의 부인』^{過去現在及未來}

---

11 배성룡의 인적 사항과 행적에 대해서는 다음 글을 참조할 수 있다. 이공순,「발굴 한국 현대사 인물 69−배성룡」,『한겨레』, 1991.5.31. 한편 배성룡에 대한 연구 논문으로는 다음이 있다. 유찬근,「'합리성'의 합리화와 지식인의 생존 전략−배성룡, 근현대 지식인의 '주변적 전형'(1922~1957)」, 서강대 석사논문, 2024; 김기승,「배성룡의 정치·경제 사상 연구−민족협동전선론을 중심으로」, 고려대 박사논문, 1991.

의 婦人』을 발췌 초역抄譯한 것이라는 점을 명시해 놓았다.[12] 여기서 『過去現在及未來의 婦人』이라는 제명의 책은 한·중·일에서 존재한 적이 없으므로 이는 베벨의 제2판 제목인 *Die Frau in der Vergangenheit, Gegenwart und Zukunft*를 직역했음을 알 수 있다. 일찍이 일본에서는 1903~1904년에 이 독일어 제목의 영문 버전인 *Woman in the past, present and future*가 사회주의 단체 '평민사'의 기관지 『평민신문平民新聞』에 처음 소개되었고 부분 번역되었다.[13] 뒤에 살펴보겠지만 이 제2판의 제목을 차용하여 나온 이후의 일역본들은 『부인의 과거·현재·미래婦人の過去·現在·未來』라는 제목을 공통적으로 달고 있다.

배성룡은 이 책이 "세계적 명저라는 세계적 정평이 있는 걸작물"로서 "부인 문제와 사회 문제에 대한 세상의 이해를 더욱 심화 촉진함에 호대浩大한 공효功效를 끼친 대기록"이라는 점을 첫머리에 내세우며 다음과 같이 번역자의 변을 쓰고 있다.

> 베펠의 부인론은 세계의 부인에 관한 저서 중에 가장 저명한 명저라 한다. 따라서 그 관찰이 그만치 충실하고 그 내용이 그만치 철저하다. 이에 역재하는 글은 그 부인론의 서론이다. 또 이 외에도 각 장을 따라 현대의 조선 신여자에게 참고될 만한 각 장을 발췌하여 계속 역재코자 한다.(역자)[14]

그는 이어서 "일반적으로 조선 여자들"의 지능, 지위, 생활, 환경이 저열하고 열악한 상태에 있으며 특히 "사상 방면이 맹목적인 경역을 벗어나지 못한 이때" 자신의 번역이 "결코 무의미한 것이 아닐" 것이라 주장한다.[15] 연재본과

---

12 "본 책자에 수록된 논문은 독일인 '베벨'의 저작한 『過去現在及未來의 婦人』이라는 책자 중에서 몇 가지를 임의로 취사선택하여 초역(抄譯)한 것인데 그 대부분은 이미 작추(昨秋) 이래 신문 『조선일보』 지상에 연재한 것이다." 배성룡 역, 「서언」, 『부인 해방과 현실 생활』, 조선지광사, 1925, 1면.

13 자세한 서지 내용은 伊藤セツ·王宏, 앞의 글, 35면.

14 「베펠 부인론의 서론」, 『조선일보』, 1924. 1. 6, 1면.

15 현재 종로도서관에 소장된 이 책은 서문 대부분과 목차의 첫 페이지가 낙장으로 누락되어

단행본에 나타난 역자의 변을 통해 볼 때 이 책을 번역한 동기는 크게 두 가지로, 하나는 이 책이 "부인 문제에 관한 세계적인 명저"라는 점, 다른 하나는 "열악한 지위에 있는 조선의 신여자에게 좋은 참고"가 된다는 점이다. 검열을 의식한 탓이겠지만 '사회주의적 여성론'이라는 흔적은 전혀 비치지 않고 있다. 이 역본은 총 4부(제1부 과거의 여성, 제2부 현재의 여성, 제3부 국가와 사회, 제4부 사회의 사회화)의 총 30장으로 구성된 베벨의 완성판『여성과 사회주의』가운데 9개의 장만을 선택하여 편성해 놓은 것이다.

역서의 제1장 '부인 문제 개론'은 베벨 원저의 '서문'을 초역한 것이고 마지막 제9장 '미래 사회 부인론'은 원저 제4부 28장 '미래의 부인'을 가져온 것이다. 제2장부터 제8장까지는 원저의 제2부 '현재의 여성'을 구성하는 총 9개의 장 가운데 '가족의 붕괴'와 '매음' 두 부분을 제외한 7개의 장을 순서대로 엮어 놓고 있다. 이 책이 가진 가장 큰 특징이라면 바로 제4부에 속하는 '미래 사회의 부인'을 포함하고 있다는 점이다. 이는 베벨의 원저 가운데에서도 가장 나중에 쓰인 것으로, 도래할 사회주의 시대의 여성 해방을 전망하는 내용이기에 검열에서 가장 문제가 될 수 있는 부분이기 때문이다. 이후의 번역본은 대부분 제4부가 삭제된 채 발행되었다.

배성룡과 마찬가지로 번역자 겸 발행자로 이름을 올린 신종석의『과거 사회와 부인』춘추각 출판부, 1926은 제목에서 나타내듯이『여성과 사회주의』의 제1부 즉 '과거의 여성'만을 발췌 번역한 것이다. 역자 신종석은 '머리말'에서 저본이 무엇인지 직접 언급하지는 않았으나 "일역과 영역[16]을 대조하여 번역"했다고 쓰고 있다. 그렇다면 역자는 이 책을 어떤 동기와 이유로 번역한 것일까? 다음은 번역자가 이 책을 "세계에 유가 드문 명저"라며 밝힌 번역의 변이다.

외역外譯이라 하여도 일어일종一語一種에 지止치 아니한다. 일례를 보더라도 영역은

있어 서문에서 번역의 저본을 밝혔는지에 대해서는 확인하지 못했다. 책에는 경성도서관 본관의 직인과 경성부립도서관 종로분관의 직인이 찍혀 있다.

오류 종이 있다 하며 일역으로도 수삼 종이 있는 듯하다. 어쨌든 세계 문명족의 언어 문자가 있는 수대로는 번역되고 오직 우리의 말이 그 가운데에 빠짐을 좀 부끄럽게 생각하여 충분치 못한 역이나마 차ᄴ를 간행하는 바이다.[17]

세계적 명저로 널리 알려져 하나의 언어로 하나의 역본만이 있는 것이 아니라 영역본은 5~6종, 일역본도 수삼종이 있는 마당이라는 것, 우리의 말이 그 가운데 빠진 것은 '세계 문명족'으로서 부끄러운 일이라는 것을 역자는 지적한다. 이 책이 '부인 문제뿐만 아니라 인간 사회를 숙고'함에 있어 '경전'의 지위에 있기 때문이기도 하지만, 문명족의 언어를 가진 우리로서 그 번역의 대열에 빠질 수 없다는 것이다. 그런데 역자가 '하나의 언어 다종의 번역'이라는 일견 단순해 보이는 번역의 논리를 내세우고 있기는 하나, 이 역본은 배성룡의 선행하는 역본과 전혀 겹치는 내용이 없다는 점에 주목할 필요가 있다. 위에 밝힌 바대로 제2부인 '현재'를 소개한 배성룡의 역본과 제1부인 '과거' 편을 가져온 신종석의 역본은 한데 합쳐질 때 베벨의 원저에 좀 더 다가갈 수 있게 되는 것이다.

화요파 공산주의자로 활동했던 배성룡의 경우에는 남긴 자료가 방대할 뿐

---

16 영역본의 서지 사항은 다음과 같다.

<표 2> 영역본의 주요 판본

	연도	역자	제목	출판사	저본
1	1885	H. B. Adams Walther	Woman : in the Past, Present, and Future	Modern Press, London	-
2	1886	H. B. Adams Walther	Woman : in the Past, Present, and Future	J. W. Lovell Co., New York	-
3	1893	H. B. Adams Walther	Woman : in the Past, Present, and Future	William Beeves, London (개정판)	-
4	1904	Daniel De Leon	Woman under Socialism	New York Labor news company	33(34)차 개정판
5	1910	Meta Lilienthal Stern (Hebe)	Woman and Socialism	Socialist Literature Co., New York	50차 개정판 공인 번역본

17 신종석, 베벨, 신종석 역, 「머리말」(역자 서문), 『과거 사회와 부인』, 춘추각 출판부, 1926, 1면.

만 아니라 해방 이후 남한에서 또한 문필 활동을 계속했기에 행적이 잘 알려진 편에 속하는데, 신종석이 어떤 인물인지에 대해서는 자료가 충분치 않다. 기존 연구에 따르면 그는 "1920년대 후반에 춘추각 출판부의 발행인으로서 바쿠닌, 크로포트킨의 사상을 번역, 출판한 아나키스트"로,[18] 일찍이 1920년부터 잡지 『서광』의 편집 실무자로서 사회주의 아나키즘 방면의 활동가이자 이론가로 활약했다.[19] 그리고 또 확인되는 것은 1930년에 작가이자 언론인인 전무길이 펴낸 잡지 『대조大潮』에 필자로 몇 차례 참여했다는 점인데, 여기서도 그는 「생존 상의 부조적扶助的 원칙」제5호, 「사회 병리 관견管見」제6호과 같은 글을 통해 아나키즘적 지향을 보인 바 있다. 같은 지면 창간호에 「직업 부인의 가정 문제」제1호와 같은 여성 관련 글을 발표한 것으로 보아 베벨의 이 책을 번역한 것이 같은 흐름에 있음을 알 수 있다.[20] 고향이나 이후의 행적에 대해서는 알려진 자료가 없지만 황해도 평산군 한포 곡물조합 임원 명단[21]이나 한포의 야학 후원회 명단 등에서 '신종석愼宗錫'이라는 이름이 등장하는 것으로 보아 전무길과 같은 황해도 출신으로 추정된다. 이렇게 추정하는 이유는 전무길의 잡지 『대조』가 황해도 출신 인사들의 네트워크로 이루어져 있다는 점 때문이기도 하다.[22]

1925~1926년에 걸쳐 이 두 종의 역본이 돌출할 수 있었던 데에는 당시 1920년을 전후로 일본에서 여러 번역자들에 의해 번역의 시도가 이어졌고, 특히 1923~1925년 야마카와 기쿠에山川菊榮의 완역본 『부인론』이 등장한 것

---

18 박종린, 「1920년대 사회주의 사상의 수용과 『社會改造の諸思潮』의 번역」, 『역사문제연구』 20(1), 역사문제연구소, 2016.

19 김현주·조정윤, 「『신생활』 이후의 신생활사―1920년대 전반기 사회주의 계열 대중 출판 운동의 편린」, 『대동문화연구』 120, 성균관대 대동문화연구원, 2022.

20 이 밖에도 1919년 창간된 한성도서주식회사의 잡지 『서울』 창간호의 '부인란'에도 '신종석 역'으로 독일 여성의 상황(저자 불명)에 관한 글을 수록한 바 있다.

21 「새로이 조직된 한포곡물조합 신임원 선정」, 『조선중앙일보』, 1933.5.21.

22 『대조』 및 전무길과 황해도 인사들의 관계에 대해서는 김미지, 「재북(월북) 작가 전무길과 식민지 시기 언론·문화 네트워크」, 『구보학보』 29, 구보학회, 2022 참조.

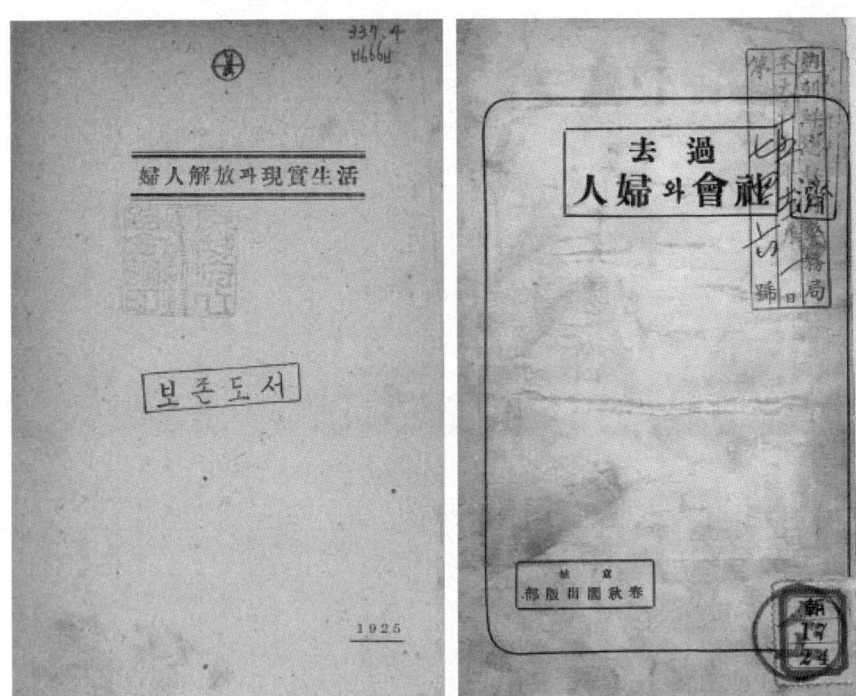

〈그림 1〉(좌) 베벨, 배성룡 역, 『부인 해방과 현실 생활』, 조선지광사, 1925
〈그림 2〉(우) 베벨, 신종석 역, 『과거 사회와 부인』, 춘추각 출판부, 1926

을 중요한 배경으로 들 수 있다.<표 3> 참조 그런데 이 조선어 역본들은 일역본에
서 통용된 제목인 『부인론』을 내세우지 않고 원저의 제목은 물론 일역본의
제목으로부터도 거리를 두고 있다. 물론 이는 이 책들이 완역본이 아니기 때
문일 수도 있지만 일종의 은폐의 전략을 쓰고 있는 것으로도 볼 수 있다. 당시
의 사회주의 서적들에 행해진 검열 상황을 염두에 둘 때, 두 책이 모두 베벨
이 처음 그랬던 것처럼 표면에 '사회주의'라는 말을 내세우지 않고 있다는 점
을 주목할 수 있다. 더구나 두 책 모두 책의 표지에 베벨의 저서라는 점이 전
혀 명시되어 있지 않아서 책 내부의 서문이나 본문을 통해서만 저자를 알 수
있게 되어 있다. 1920년대에 '사회주의'를 표제에 포함한 책들이나 글들은 무
수히 많았고, 이는 신문 잡지의 기사들뿐만 아니라 '신간 소개'나 '광고'에서
도 어렵지 않게 볼 수 있다. 그럼에도 이 책의 본래 서명인 '여성과 사회주의'
가 명시되어 출판된 경우는 일제강점기뿐만 아니라 그 이후에도(심지어 완역본

의 경우에도) 한국에서는 단 한 차례도 없었다. 이렇게 해서 베벨의 이 책은 적지 않은 이명異名으로 존재하게 되는데 이는 한국에서만이 아니라 중국과 일본에서도 마찬가지였다. 다음 〈표 3〉, 〈표 4〉, 〈표 5〉는 한·중·일 번역본들의 서지 사항과 특징을 간략하게 정리해 놓은 것으로, 번역의 저본 표시는 각 번역서의 역자 서문이나 역자 후기를 통해 확인이 가능한 것들을 밝힌 것이다.

〈표 3〉한국어 번역본

	년도	역자	제목	출판사(발표지)	구성	저본
1	1924	배성룡	「베펠 부인론의 서론」 외	『조선일보』	초역(抄譯) 연재	-
2	1925	배성룡	『부인 해방과 현실 생활』	조선지광사	2부의 9장, 초역	-
3	1926	신종석	『과거 사회와 부인』	춘추각 출판부	1부 총 15장, 초역	영역, 일역
4	1932.1	미상	「직업으로서의 결혼」	『동광』 30	1부의 8장 1절	중문역(?)
5	1946	김삼불	『부인론』 상·하	민중서관	발췌역	1903 영역
6	1982	선병렬	『여성과 사회 – 과거 현재 편』	한밭출판사	제1·2부	
7	1987	이순예	『여성론』	까치글방	제1·2·3부	독어 50판
8	1988	정윤진	『여성과 사회』	보성출판사	제1·2부	6과 동일[23]
9	1990 (1995)	이순예	『여성론』	까치글방	완역본(최초)	-

〈표 4〉중국어 번역본

	년도	역자	제목	출판사(발표지)	비고
1	1920	李漢俊	女子將來的地位	『新青年』8(1)	-
2	1927	夏衍(沈端先)	婦人和社會	開明書店	제50판 일역본
3	1929	高聖希	倍倍爾的婦女論[24]	『泰東月刊』1월	重譯, 抄譯
4	1949	沈端先	婦人與社會主義	開明書店	-
5	1955	沈端先	婦女與社會主義	三聯書店	영역 대조
6	1995	葛斯·朱霞	婦女與社會主義	中央編譯出版社	독일어판 완역

23 1982년과 1988년에 나온 두 번역본 〈표 3〉의 6과 8은 제1부(과거)와 제2부(현재)만 번역한 것으로 역자의 이름만 바뀌었을 뿐 판형과 번역문, 서문 및 페이지까지 완전히 같은 동일본이다.
24 이 역본은 확인하지 못했는데 앞서 소개한 伊藤セツ·王宓(1999)에서 가져온 것이다. 그런데 이 논문에서도 미확인으로 되어 있다.

〈표 5〉 일본어 번역본

	년도	역자	제목	출판사	비고	저본
1	1919	村上正雄	社會主義と婦人	東京：三田書房	14장 구성	영역본, 과거 편
2	1923	牧山正彦	現代の婦人 上・下 (婦人と社會主義)	京都：弘文堂書房	제1편 1922, 제2・3편 1923 제4편 1924	제50판 독어본
3	1923	山川菊榮	婦人論：婦人の過去・現在・未來	東京：アルス	-	제50판 영역본
4	1925	山川菊榮	婦人の過去現在未來	長崎村(東京府)出版社, 世界文獻刊行會	世界婦人文獻 제7권	-
5	1927	加藤一夫	婦人論	東京：春秋社	세계대사상전집 제33집	제50판 영독 대조
6	1928	山川菊榮	婦人論：婦人の過去・現在・未來 上・下	東京：アルス	-	-
7	1928	草間平作	婦人論 上・下	巖波書店	巖波文庫 395~399	-
8	1929	山川菊榮	婦人論	改造社	改造文庫 제1부 제15편	-
9	1952	草間平作	(改訂版) 婦人論 上・下	巖波書店	-	-

위의 표에서 볼 수 있듯이 이 책은 사회주의 서적으로서도 여성 해방론으로서도 이례적으로 많은 판본 또는 이본의 번역본을 낳았다. 일차적으로는 앞서 밝힌 대로 베벨의 원저 자체의 판본이 긴 수정 보완 과정을 거치느라 오랫동안 확정되지 않았고 검열을 피해 여러 제목으로 출간되었다는 점, 따라서 동아시아에서 주요한 저본으로 활용된 영역본과 일역본의 판본 역시도 그에 따라 다종 다기할 수밖에 없었다는 점에서 기인한다. 그런데 더 중요한 점은 이 모든 책들이 사회주의 검열의 시대를 거치며 일어난 연쇄 효과이자 연쇄적 실천의 과정으로서 서로 긴밀히 얽혀 있다는 사실이다. 예컨대 〈표 3〉의 4의 부분 번역은 주요한이 주관한 잡지 『동광』의 특성상 중문역의 중역일 가능성을 놓고 검토해 본 결과 샤옌夏衍[25]의 중문역〈표 2〉의 2을 저본으로, 또는 일문 역본과 중문 역본을 모두 참조한 것으로 보인다.[26]

일역본이나 중역본과 달리 한국에서 완역본〈표 3〉의 9이 나온 것은 냉전적 검열이 완화된 1990년대에 이르러서의 일이었다. 그리고 최종 완역본의 제목 또한 『여성론』으로, 일제강점기에 통용된 제목 『부인론』과 같은 제호 전략을 따르되 '부인'이 갖는 협소하고 오해의 여지가 있는 제목 대신 '여성'으로 제명을 변경하였다.[27] 일본에서는 『사회주의와 부인』이라는 제목의 발췌 번역이 1910년대에 일찍이 나온 적이 있지만, 1920년대 일본의 대표적인 여성 사회주의자 야마카와 기쿠에가 『부인론婦人論』을 채택한 이후<표 3>의 3, 4, 6, 8 그 제목으로 굳어지고 널리 쓰이게 된다. 영어판을 중역한 것으로 밝힌 야마카와의 역본은 일본에서 나온 최초의 완역본이었다. 한편 해방 이후 김삼불金三佛이 번역해서 나온 『부인론』<표 3>의 5 역시 이 제목을 따르고 있는데, 이 책은 전체 4부 30장의 체제를 모두 갖추고 있는 최초의 시도라는 점에서 의미가 있다. 그러나 역시 분량을 축소한 발췌본이라는 점, 역자가 쓴 '서문'에서 1903년 영역본독일어 제33판을 텍스트로 삼았다고 밝혀 놓았다는 점을 통해 볼 때, 완성판독일어 제50판으로부터 상당한 거리가 있다.[28]

위에서 보듯이 한·중·일에서 『여성과 사회주의』 번역의 역사는 검열 상황 속의 긴장을 빼놓고 설명하기 힘들다. 실제로 배성룡과 신종석의 책과 이름 모두 1929년 『조선출판경찰월보朝鮮出版警察月報』의 '조선 내 발행 사상 관계 서적 목록'에 나란히 등록되었다.[29] 일찍이 완역본이 나온 중국에서도 처음 제목은 『부인과 사회』였으며, 1949년에 이르러서야 『부인과 사회주의』라는 원제에 충실한 제목이 처음 등장하게 된다. 야마카와 기쿠에의 일본어 완역본

---

25 5·4운동 이후 1920년 일본 유학을 떠난 샤옌은 유학 중 마르크스 레닌주의 서적을 탐독하고 수십 편의 번역과 논문을 남겼다. 샤옌의 번역 활동과 중국 문학 및 연극, 영화 운동에서의 활약에 대해서는 郭聰·嚴程極, 「飜譯家夏衍的 『譯言譯行』」, 中國社會科學網, 2021. 9. 20; https://www.zjskw.gov.cn/art/2021/9/17/art_1229556940_40925.html.

26 이 역문의 비교 검토는 김미지, 「접경의 도시 상해와 '상하이 네트워크'—주요한의 '이동'의 궤적과 글쓰기 편력을 중심으로」, 『구보학보』 23, 구보학회, 2019, 56~60면에서 일부 행한 바 있어 이 글에서는 관련 사실을 언급하는 데 그친다.

27 아우구스트 베벨, 이순예 역, 「역자 후기」, 『여성론』, 까치글방, 1987, 389면.

28 아우그스트 베벨, 김삼불 역, 「머리말」, 『부인론』 상, 민중서관, 1946, 8면.

29 「사조(思潮)—선내(鮮內) 발행의 사상 관계 출판물」, 『조선출판경찰월보』 8, 1929. 5. 1.

들 역시 검열에 의한 복자 처리 및 삭제의 흔적들이 고스란히 남아 있다.[30] 식민지적 검열이 끝나도 냉전 체제 독재정권 하에서의 검열은 유사한 상황을 재연시키는데, 이순예[31] 번역의 두 판본이 이를 증명하고 있다. 〈표 3〉의 7에는 사회주의적 전망을 다룬 제4부가 누락되어 있고, "나머지 제4부도 곧 출판될 수 있기를 희망한다"[32]는 역자의 후기가 부기되어 있다. 직접적인 검열 상황 또는 출판계에 내면화된 검열을 우회적으로 지적한 것으로 볼 수 있다.

그렇다면 "부인 해방의 성서聖書"라고까지 불렸다는[33] 이 책이 당대의 검열을 뚫고 어떤 통찰 또는 영감의 원천이 되었는지, 서구 지식인 남성 사회주의자의 여성 담론이 당대 조선의 여성 담론 및 해방 담론의 전개에서 어떠한 접속의 지점을 형성하며 담론적 특이성을 낳았는지에 대해 다음 장에서 다뤄보도록 하겠다.

3. 남성 지식인들이 전유한 『부인론』과 불화하는 연대

베벨의 『여성과 사회주의』는 수십 년에 걸쳐 베벨이 수집한 자료들과 사실들이 풍부하게 녹아 있는 기록의 보고이기도 하다. 물론 그것이 과학적 접근이자 학문적 고찰의 결과인가에 대해서는 당대에도 논란거리였고 늘 비판의 대상이었지만[34] 그의 거칠고 단순하면서도 명확한 주장과 명제들은 당대 사회주의적 유물론적 여성 해방론의 전개에 매우 중요한 참고, 인용, 응용의 대

---

30 야마카와 기쿠에의 네 종류의 번역 판본을 검토한 伊藤セツ・王宏, 앞의 글, 39면에 따르면 이 판본들은 베벨의 '서문'을 삭제해 놓았으며 매번 검열과 삭제의 흔적이 남아 있었다.

31 번역 당시 역자는 서울대학교 독문과 대학원생이었는데, 이후 아도르노, 칸트, 벤야민 등 철학과 미학 분야의 책을 최근까지도 다수 번역했고 현재는 홍익대 독문과 교수로 재직 중이다.

32 아우구스트 베벨, 이순예 역, 「역자 후기」, 앞의 책, 389면.

33 「신간 소개」, 『조선일보』, 1925.11.8, 3면.

34 베벨은 동시대 학자들로부터 비과학적 논변이라는 비난을 자주 들었으며 이에 대해 판을 거듭하면서 반박과 보완을 하고 이를 개정판의 서문마다 밝히는 전략을 취한 바 있다.

상이 되었음은 부인할 수 없다. 식민지 조선에서 논의된 베벨의 입론들은 거의 1920년대 초중반에 집중되어 있는데 이는 1920년대 말부터 대대적인 사회주의 사상관계 서적 압수 단속과 금지가 이루어졌던 상황과 맞물려 있다.[35] 당대 여성 담론 및 여성 해방 담론의 전개 과정에서 베벨을 주요하게 원용하거나 활용하고 있는 글들을 목록화해 보면 다음과 같다.

〈표 6〉 베벨 『부인론』 관련 파생 텍스트

	필자	제목	발표 지면	비고
1	魚秀甲	「一夫一婦制의 역사」	『동아일보』, 1924.2.18~25	-
2	-	「부인 운동」	『동아일보』, 1925.1.1	-
3	박원희	「諸家의 연애관」	『조선일보』, 1926.1.16	-
4	梁明	「유물사관으로 본 부녀의 사회적 지위」	『신여성』 24·25, 1926.3~4	-
5	송양파	「종교와 부인」	『조선일보』, 1926.6.15	-
6	月下洞人	「미래의 여성」(부인 강좌)	『동아일보』, 1927.9.8~10	대의 요약
7	燕京學人	「매음 제도」	『조선일보』, 1927.9.29	-
8	고영환	「과기 일 년 구미 정국 개황」	『조선일보』, 1929.1.1~20	필자 : 경제학사
9	梁明	「양성 문제 남녀 관계의 사적 고찰」	『별건곤』 19, 1929.2	-
10	李周淵	「부인 문제 강화」(전 37회)	『조선일보』, 1929.10.15~12.10	내용 요약
11	朴露兒	「여성 공황 시대」	『별건곤』 30, 1930.7	-
12	유상규	「조선 여성과 산아 제한」[36]	『신여성』, 1932.3	필자 : 의학교수
13	양재하	「세계 각국의 이혼법제와 조선 이혼법」	『동아일보』, 1933.11.3~12.1	-

위 목록에서도 엿볼 수 있는 것처럼 이 글들은 모두 남성 지식인 또는 사회주의자들에 의해 쓰인 것으로, 대체로 결혼 제도일부일처제, 부부 관계양성 관계에 초점을 맞추고 있음을 알 수 있다. 먼저 〈표 6〉의 1 「일부일부제의 역사」의 필자 어수갑 즉 어성룡은 1920년대 『시대일보』 기자를 거쳐 화요파 조선공산

---

35 농민조합이나 청년회 회관을 수색하여 압수한 책들의 목록을 당시 신문 지면에서 종종 확인할 수 있다. 예컨대 「정평농민조합(定平農民組合) 회관을 또 검색」, 『조선일보』, 1931.5.20. 이 기사에서는 압수 서적으로 『자본론』, 『사적 유물론 이론』, 『유물사관 연구』, 『자본 축적론』, 『부인에 여할 부인의 해방과 정치』, 『유물사관 해설』, 『제국주의론』, 『예술과 사회주의』, 『부인론』 등의 서명이 거론되었다.

36 이 글은 의사의 입장에서 "빈민 여성들의 산아를 제한해야 한다"는 주장을 하기 위해 쓴 것으로 "여성운동과 사회운동은 함께 나아가야 한다"는 베벨의 문장을 탈맥락적으로 부당하게 인용한 사례다.

당원으로 활동한 인물이다.[37] 이 글은 모건의『고대 사회』, 엥겔스의『가족 사유재산 국가의 기원』을 참고하여 원시 가족 형태로부터 현재의 일부일처제에 이르기까지의 역사를 요약 제시한 뒤 일부일처제의 문제와 모순을 지적하고 있다. 그는 글의 말미에 베벨의 유명한 문장 즉 "압제라는 것이 태고로부터 부인과 노동자가 수曼한 공통의 운명이었다", "역사의 시초와 동시에 여자는 노예로 그 생애를 시작하였"[38]다는 문장을 인용한 뒤, 부권父權에 기반을 둔 일부일부 제도가 여성의 정복으로 시작하여 이를 고정하는 방향으로 나아갔음을 강조한다. 이 대목은 베벨의 저서 제1부 제1장 '원시 사회의 여성의 지위'에 등장하는 부분으로, 현대어로는 다음과 같이 번역된 바 있다.

같은 피억압 계층으로서 여성과 노동자의 지위에는 공통점들이 많이 있지만 다음과 같은 점에서 여성이 보다 심각한 상태에 있다. "여성은 노예의 일에 종사한 최초의 인간이었다." 즉 소위 노예제도가 존재하기 이전부터 이미 노예로 존재했던 것이다. 사회적 억압과 종속은 모두 압제자에 대한 '경제적 종속'에서 비롯된다. 그런데 여성이 훨씬 오래전부터 이와 같은 상태에 빠져 있었음은 인류 사회 진보의 역사가 증명한다.[39]

베벨의 책에서 여성의 과거를 다룬 제1부는 어수갑의 글에서처럼 모건과 바호펜, 엥겔스 등의 저작들에 기대어[40] 고대로부터 가족 형태의 변화와 모권에서 부권으로의 이행 과정을 논하고 있다. 그런데 어수갑의 글은 베벨의 논의에서 핵심이라 할 '경제적 예속'과 '사유재산 제도'의 문제 즉 "부권의 발흥

---

37 김포 출신인 어수갑(어성룡)은 한국전쟁기 국군의 서울 수복 이후 부역죄로 총살된 것으로 알려졌다.

38 어수갑,「일부일부제(一夫一婦制)의 역사」,『동아일보』, 1924. 2. 25.

39 아우구스트 베벨, 이순예 역,『여성론』, 까치글방, 1987, 16면.

40 엥겔스의『가족 사유재산 국가의 기원』은 베벨의『여성과 사회주의』초판이 나오고 5년 뒤인 1884년에 출간되었는데, 베벨은 동시대에 속속 줄간된 사회주의자들의 지작과 새로 수집되는 자료들을 계속 추가해 가며 개정판을 거듭 발행했다.

은 사유재산의 지배와 더불어 여성의 예속과 억압이 시작되었음을 의미한다"
는 대목은 제쳐 놓고, 문제의 시작과 원인을 단지 '일부일처제'로 환원하는 기
술에 그치고 있다. 엥겔스가 일찍이 논한바 '사유재산제-축적과 잉여-계급
사회의 등장-남성 지위의 상승과 일부일처제의 발흥'이라는 일련의 논리를
단순화한 것으로 볼 수 있는 대목이다. 그는 이러한 상황에서 앞으로 나타날
여성 해방 운동이 어떠한 목표와 방향으로 나아가야 할지를 의문에 부친 채
글을 마무리한다. 이는 검열을 의식한 것일 수도 있으나 여성 문제를 결혼 제
도의 문제에 국한시킨 데 따른 결과로 보인다.

　마찬가지로 〈표 6〉의 2의 「부인 운동」이라는 짤막한 글은 "여성의 지위상
진보가 없이는 인류의 진보는 절망적이다"라는 베벨의 서문 한 대목[41]을 인
용하며 "진실한 의미의 부인 해방 운동은 오직 일반 사회운동과 함께 근본 운
동에 그 입각과 기초"를 두어야 함을 역설한다. 이는 베벨뿐만 아니라 마르크
스주의 여성 해방론의 일반적인 공리이기도 했다.[42] 베벨은 이 대목에서 "남
녀평등권 획득이라는 시민계급 여성운동의 목표에만 국한시키지 않고 (…중
략…) 한쪽의 성이 다른 성을 지배하는 구조 자체를 변화시키는 일이 무엇보
다 중요한 문제"라고 쓴 바 있다. 「부인 운동」은 말미에 "조선이나 일본이나
중국이나 만천하의 부인 운동이 모두 여사한 경로를 취하여야 마땅히 그 사
명을 다할 것"이라는 말로 한·중·일 여성 운동의 공통의 방향성을 제시하고
있으면서도, 베벨이 말한 '구조적 변혁'을 '근본 문제'라는 말로 암시적으로만
처리하고 있다. 이는 베벨이 말한 '사회의 구조적 모순'을 앞서 배성룡의 역본
에서 "빈부의 격절"[43]로 순화 또는 축소 번역하고 있는 것과 대응된다.

　한편 여성을 속박하고 억압하는 제도의 문제를 다루면서 남성 지식인들은

41　"남녀의 평등과 독립을 보장하지 않는다면, 인간해방은 결코 실현될 수 없다." 이순예 역, 앞
　　의 책, 10면.
42　조세핀 도너번, 김익두·이월영 역, 『페미니즘 이론』, 문예출판사, 1993, 142~143면.
43　「베펠 부인론의 서론」, 『조선일보』, 1924.1.6.

결혼 제도^{일부일처제}와 함께 매음의 문제를 주로 거론하고 있다는 점도 특기할 만하다. 이때 일부일처제는 남성에 의한 여성의 '매수'를, 그리고 매음 제도는 여성의 '임시 고용'을 의미한다거나^{<표 6>의 2}, 결혼이라는 제도가 곧 매음 제도에 다름없다는 인식으로 나타난다.^{<표 6>의 7, 10} 특히 연경학인[44]의 글^{<표 6>의 7}「매음 제도」는 모든 것이 매매로 이루어지는 "현대 사회에서 여성은 누구나 다 매음부가 되지 아니할 수 없다"라고 쓰며 이를 아마카와 기쿠에로부터 빌려온 것이라 밝히는데 이는 과장된 표현에 가깝다. 이 대목은 베벨의 책 제2부^{현재 편} 제8장 '현대의 결혼'에서 근거를 찾을 수 있다.

> 현대 사회가 이전의 어떤 때보다도 더 높은 강도로 결혼을 파괴하는 요소들을 결혼생활 속으로 밀어 넣고 있지는 않은가 하는 의문을 제기해 볼 일이다.
> 오늘날 우리의 결혼은 위험할 정도로까지 물질적 투기의 대상으로 전락하고 있다. (…중략…) 과거 그 어떤 시대에도 결혼이 오늘날과 같은 파렴치한 방법으로 공공연하게 시장에서 투기와 단순한 금전 거래의 대상이 되었던 적은 없다.[45]

베벨은 매매혼과 매음의 문제를 특히 '자본주의에서의 결혼과 성적 관계의 타락', '특정 계급의 도덕적 타락'[46]으로 귀결시키고 있는데 「매음 제도」는 이를 단지 여성의 정조 유린 문제, 경제적으로 열악한 여성의 불가피한 선택으로 이해한다. 이러한 인식은 따라서 여성의 몰각성과 무자각을 질타하며 '노예 도덕'이라 칭하는 사태에까지 이르고 있다. 〈표 6〉의 8 고영환[47]의 「과거 일 년 구미 정국 개황」이라는 글은 19세기 말 비슷한 시기에 세상에 나온 베

---

44 연경학인은 〈표 6〉의 4와 9를 쓴 양명의 또 다른 필명으로 짐작된다. '연경(북경)'이라는 필명 때문이기도 하지만, 양명과 비슷한 시기인 1927년 무렵에 『조선일보』와 『동아일보』 그리고 『현대평론』에 사회주의, 여성, 중국과 관련한 글들을 다수 발표한 바 있다.

45 아우구스트 베벨, 이순예 역, 앞의 책, 128면.

46 위의 책, 132면.

47 도쿄 유학생 출신으로 『학지광』, 『현대』, 『문예월간』 등의 잡지에 필진으로 이름을 올린 바 있다.

벨의 『부인론』과 입센의 『인형의 집』이 미친 '굉장한' 효과를 다음과 같이 정리한다. 이 저작들은 한편으로는 전 구주歐洲 남성의 사상계에 전고미증유의 큰 동요를 일으켰으며, 다른 한편으로는 "아양兒羊과 같이 유순하여 재래의 편무적片務的 도덕즉 노예도덕에 만족하던 여성의 각성을 촉진"했다는 것이다.[48] 여기에서 '사상계 남성' 즉 남성 (사회주의) 지식인의 여성 해방론이 가진 시혜적인 시각 그리고 이를 남성의 진보성을 보증하는 수단으로 삼는 편협함을 노출하고 있음을 알 수 있다. 이러한 남성의 태도는 여성들에 대한 '의식적인 선한 의도' 밑바닥에 깔린 '무의식적인 악한 의도'로 해석되기도 하는데, 즉 남성 정체성과 남성 지배를 철회하지 않는 한에서의 선함이라는 것이다.[49] 이러한 태도는 〈표 6〉의 11 박노아의 「여성 공황 시대」에서 "여성의 해방은 오직 무산자의 해방 운동에 의해서만 수행된다"는 문장으로 베벨을 인용하면서 과연 여성들은 "자기가 소속하고 있는 착취 기관 속에서 자본주를 대립해 나갈 만한 준비"가 되어 있는지 묻는 데에서도 드러나 있다.

남성 지식인의 거침없는 언사는 양명이 쓴 일련의 글 〈표 6〉의 4와 9에서도 발견된다. 양명은 제주도(또는 통영, 거제) 출신으로[50] 1919년 베이징대학에 유학한 뒤 1925년 귀국했으며 『조선일보』 정치부 기자 생활을 거쳐 조선공산당에 입당한 인물이다. 1928년 제3차 조선공산당 검거 사건으로 상하이에 망명한 뒤 줄곧 중국과 러시아에서 활동한 것으로 알려져 있다. 그는 '여성의 지위' 그리고 '남녀 관계'를 논한 이 글들에서 조선 여성의 현재 상태와 미래

---

48 고영환, 「과거 일 년 구미 정국 개황」, 『조선일보』, 1929.1.17.

49 이종영, 『성적 지배와 그 양식들』, 새물결, 2001, 227~232면. 여기서 저자는 진정한 여성 해방을 위해서는 성적 지배의 근간이 되는 남성 정체성의 폐기가 필요한데 이는 남성들의 언어와 무의식의 파괴로만 가능하다고 역설한다.

50 그간 인물백과사전과 박노자의 『조선 사회주의자 열전』(나무연필, 2021)에서는 그를 통영 (거제) 출신으로 설명하고 있는데, 당대의 여러 증언들 가운데는 그의 고향이 제주도라고 밝힌 것들이 몇 있다. 관련된 기록은 「현대 여류 사상가들 3 – 붉은 연애의 주인공들」, 『삼천리』 17, 1931.7 참조. 그가 제주의 여성들을 소재로 글에 종종 활용했던 것으로 볼 때 제주 출신으로 보는 것이 타당해 보인다(예컨대 〈표 6〉의 8).

에 대해 매우 적나라하고 신랄한 비평을 펼치고 있다. 다음은 〈표 6〉의 4 「유물사관으로 본 부녀의 사회적 지위」의 한 대목이다.

모든 자본주의 국가에서는 부녀의 사회적 지위는 남자의 그것에 비하여 심한 차별이 있거니와 금일의 조선에는 특히 이것이 심하다. 첫째로 여자는 법률상에 있어서 미성년자나 또는 금치산자禁治産者와 꼭 같은 대우를 받는다. 남편 있는 여자는 남자의 승낙이 없이 남과 계약할 권리가 없고 재산을 처분할 권리가 없고 자녀에게 대하여 남편과 동등의 친권親權을 행사하지 못한다. (⋯중략⋯)

노예는 해방되고 인신을 매매하는 것은 각국에서 법률로 금지되어 있다. 하지만 분 바르고 기름 바른 아름다운 노예는 도처에서 공공연히 매매된다. 모 신문의 보도에 의하면 경성 시내에서만 1개년에 매매되는 것이 3만 인 이상에 달하고 그를 전업하는 '뚜쟁이'는 약 5, 6백에 달한다고 한다.[51]

양명은 여성의 법률적 지위가 '미성년자나 금치산자'와 다를 바가 없다는 등 강한 어조와 표현을 동원한다. 이는 『여성과 사회주의』 제2부현재 편 제15장 '여성의 법률적 지위'를 염두에 둔 서술이지만 베벨의 문장을 역시 거칠게 고쳐 쓴 것이다. 베벨은 제15장 제1절 '사법상의 평등권을 얻기 위한 투쟁' 그리고 제2절 '정치적 평등권을 얻기 위한 투쟁'에서 여성의 법적 권리의 변화와 각 국가에서의 사례들을 세밀하게 비교하면서 권리를 위한 투쟁이 미국 등 일부 지역에서 성과를 거두고 있음을 제시하고 있다. 물론 양명이 위 글에서 그러한 맥락을 소거하고 여성의 '미성년자 또는 금치산자'적인 상태를 강조한 것은 특히 열악한 '조선 여성의 상태'를 강조하기 위함이라고 읽을 여지가 있다. 그런데 이 글이 또한 문제적인 것은 여성의 사회적 지위를 결혼 문제와 특히 결부시키고 있는 대목이다. 그는 자유로운 결합이 아닌 중매결혼을

---

51 양명, 「유물사관으로 본 부녀의 사회적 지위1」, 『신여성』 24, 개벽사, 1926.3.

곧 매매혼이라고 단정하며 "분 바르고 기름 바른 아름다운 노예는 도처에서 공공연히 매매"되고 있다고 쓰고 있는 것이다. "계급이 계급을 착취하고 성이 성을 지배하는 낡은 사회는 영구히 소멸"[52]할 것임을 주장하는 그의 주지를 고려하더라도, 이 글에서 발견되는 여성에 대한 다분히 악의적인 표현은 남성이 성적 표준인 사회에서 혐오의 언어가 정상적이고 자연스러운 반응으로 받아들여짐을 예증한다.[53] 이는 일찍이 1900년대 초 일본의 초기 아나키스트 사회주의자 고토쿠 슈스이가 여성을 "남자의 애완물이며 기생충" 상태에 있다고 혹평한 것과도 그리 멀리 떨어져 있지 않다.[54]

함경남도 단천 출신의 공산주의자로 해방 이후 북한의 부수상에까지 오른 이주연이 연재한 「부인 문제 강화」<표 6>의 10는 『부인론』을 "가정에서 밥 짓고 빨래하는 어머니와 누님들이" 쉬는 시간에 쉽게 읽을 수 있게 하고 싶다는 의도에서 "늙은 어머니에게 이야기하는 태도로" 쓴 것이다.[55] 총 37회에 걸쳐 『여성과 사회주의』의 제1부 과거 편을 매우 쉬운 언어와 경어체로 풀어놓고 있다. 이는 번역과도 다르고 요약이나 논설과도 거리를 둔 '다시 쓰기'의 형태로서 고답적이고 계몽적인 지식인의 어조와 시선을 의식적으로 소거해 놓았다. 베벨을 적극적으로 원용하며 여성 해방론을 소개하고 주장하는 이상의 글들은 결혼 제도와 남녀 관계에 대한 여성들의 자각과 각성, 투쟁을 위한 의지와 노력을 촉구하고 있는데, 결과적으로 다분히 '여성들을 가르치는 남성'이라는 구도를 벗어나지 못하고 있다.[56] 그러나 여전히 번역 가능성 또는 그

52 양명, 「양성 문제 남녀 관계의 사적 고찰」, 『별건곤』 19, 개벽사, 1929.2.
53 잭 홀런드, 김하늘 역, 『판도라의 딸들 여성 혐오의 역사』, ㅁ, 2021, 254면.
54 천성림, 『산업화가 유교 체제하 중국 여성의 지위에 미친 영향』, 집문당, 2005, 197면. 고토쿠 슈스이는 사회주의 세상이 되면 여성은 저절로 해방이 된다고 하는 사회주의 일원론에 갇혀 있었고 여자 교육의 목표를 현모양처론 안에서 사고하는 시대적 한계를 노출했던 것으로 평가된다(198면).
55 이주연, 「부인 문제 강화1」, 『조선일보』, 1929.10.15.
56 천성림은 중국 페미니즘을 탄생에서부터 남성 지식인이 주도했고, 사회개조 및 국민국가 형성을 위한 투쟁과 혁명에 동원되었음을 지적한 바 있는데, 이는 한국과 일본 역시 크게 다르지 않다. 천성림, 「구국과 여권 사이에서─중국 페미니즘 100년사」, 『여성신문』, 2017.7.23.

결과물의 산출이 열악했던 당시의 시대 상황에 비춰 볼 때 다양한 형태의 '번역 실천' 또는 현지화의 시도들이 이들을 통해 도출되었다는 점은 곱씹어 볼 여지가 충분하다. 문제는 19세기 후반 서구 남성 지식인 베벨이 진단하고 전망한 여성의 '현실'이, 수십 년 뒤 조선에서 남성 지식인이 아닌 '여성'들에게 실제로 반향을 불러일으키고 해방의 담론으로까지 확대되기에는 여전히 큰 격차가 있었다는 점이다.[57] 『부인론』이 당대의 여성 식자층과 여학생들에게 많이 읽힌 책으로 자주 꼽히고정칠성, 허정숙, 주세죽, 노천명 등 독서 목록에서 흔히 발견되지만, 많은 여성 독자들의 경우 아이러니하게도 자신들의 '노예 상태'를 확인하는 데에 베벨의 명제를 주로 동원하고 있음을 볼 수 있다.

일찍이 베벨은 말하되 "일절 사회의 관계는 경제권 유무에 있다. 여자는 예로부터 경제적 독립권이 없은 것이 남성의 노예 된 원인이라고" 하였다. 우리는 이 말에 공명하지 않을 수 없고 또한 부인할 수 없다.[58]

베벨의 부인론에 "부인은 노예 상태에 들어간 최초의 인간이다. 남자의 노예가 아직 생기기 전에 부인은 벌써 노예로 되어 있었다"는 말이 쓰여 있는 것을 처녀 시대에 읽은 일이 있다. 그런데 이 말의 참뜻을 오늘날 내가 직접 체험으로써 깨닫게 될 줄이야 꿈엔들 생각하였으랴![59]

위에 인용한 글들은 1930년대 후반에 나온 여성들의 현실 또는 목소리를

---

57 그런 점에서 어떤 사회적 자본도 없었으며 또 남성 동지 또는 남성 동반자라는 '붉은 연인'의 존재도 없었던 정칠성이 동시대 다른 여성 사회주의자들과 달리 진정 남성으로부터 독립이라는 외로운 싸움을 한 것이라는 지적도 음미해 볼 만하다. 이에 대해서는 노지승, 「젠더, 노동, 감정 그리고 정치적 각성의 순간—여성 사회주의자 정칠성의 삶과 활동에 대한 연구」, 『비교문화연구』 43, 경희대 글로벌인문학술원, 2016, 38~39면.
58 「거리의 여학교를 찾아서, 연애 금제(禁制)의 화신여학교(和信女學校), 제복의 처녀 백사십명」, 『삼천리』 7(10), 삼천리사, 1935.11.
59 허영순, 「일인일언(一人一言) 15—주부와 시간」, 『동아일보』, 1937.6.24.

담고 있다. 그들은 자신들의 시대로부터 약 50년 전에 나온 베벨의 말(여성이 노예 상태에 있다는)이 전혀 틀리지 않음을 몸소 겪고 있다고 말하고 있는 것이다. 이보다 10년 전쯤인 1928년 여학교경성여자상업학교 졸업생으로 중국 광둥사관학교 진학을 꿈꾸었던 여학생 김재은의 다음과 같은 말은 어디론가 흩어져 자취를 감추었다.

광둥에서 사관학교를 마치고는 노서아 사관학교로 가렵니다. (…중략…) 작년 봄부터 비로소 사상 방면에 서적을 탐독하게 되었습니다. 山川菊榮의 저서와 팸플릿을 많이 읽었고 『유물사관』, 『사회주의와 부인관』, 『베벨의 부인론』, 『資本主義ノカラクリ』 등과 기타 농촌 문제, 여자 해방 문제에 관한 서적을 읽었습니다.[60]

사회주의의 시대가 낳은 붉은 여학생 김재은의 행로가 이후 어떻게 펼쳐졌을지 확인할 수 있는 자료는 거의 없다.[61] 그녀가 애독했다는 야마카와 기쿠에는 조선 여성들에게 전하는 「동양 부인의 해방」이라는 글에서 다음과 같은 말을 전한 적이 있다.

"미래는 우리의 것입니다. 다시 말하면 부인과 노동자의 것입니다" 독일사회민주당 수령 '베벨'은 부르짖었습니다. 우리는 그 빛나는 미래를 자손에게 남겨 주기 위하여 현재 이 암흑의 면사画紗를 찢어 버릴 용기와 희생적 정신이 필요합니다. 일본의 무산 부인과 조선 부인이 서로 손을 잡고 이 험한 길을 밟아 나아갈 때에는 그 단결한 힘만으로도 벌써 승리는 절반이나 얻은 것입니다.[62]

---

60 「새봄 맞아 교문 나서는 재원 각 여학교 줄업생을 찾아서 5―여군인으로 활약 상녀(商女) 소녀 웅변가 김재은 양」, 『조선일보』, 1928.3.8.

61 그녀가 경성여자상업학교의 후신인 서울여자상업고등학교의 초대 동창회장이 되었다는 사실은 학교 홈페이지를 통해 확인되는데 실제로 상하이로 광둥으로, 그리고 러시아로 모험을 감행했는지는 확인되지 않는다.

이 글은『동아일보』1925년 1월 3일 5면에 남편 야마카와 히토시山川均의 글「무산계급의 운동 방향」과 나란히 실려 전면을 차지하고 있다. 사회주의의 시대를 증명하는 또 하나의 광경이라고도 할 수 있는데, 여기서 두 사람이 공통으로 내세우는 주지는 다음과 같다. 즉 일본 자본주의가 점차 발달함에 따라 무산계급에 대한 착취가 한층 심해지고 있으며 이는 조선 무산대중 노동자에게도 미치고 있다는 것,[63] 따라서 일본과 조선 남녀 노동자들의 협력과 연대가 요구된다는 점이다.

위에서 야마카와 기쿠에가 인용한 베벨의 문장은『여성과 사회주의』제33판1902부터 책의 마지막에 수록되면서 유명해진 것으로, 원문은 "Dem Sozialismus gehört die Zukunft, das heißt in erster Linie dem Arbeiter und der Frau미래는 사회주의의 것, 다시 말해 노동자들과 여성들의 것이다"이다. 필자인 야마카와 기쿠에 또는 조선인 편집자는 베벨의 이 문장을 검열 탓인지 저본영역본 탓인지 "미래는 사회주의에 있다" 대신에 "미래는 우리의 것입니다"라고 바꾸어 놓았다.[64] 그런데 여기서 미래의 주인인 '우리'는 과연 누구인가? 일본 독자들에게라면 이는 일본의 노동자와 무산계급 여성을 지칭하는 것이 될 터다. 그런데 이 글은 수신자를 '동양 부인', 조선인 여성으로 하고 있다. 야마카와 기쿠에는 "일본의 무산 부인과 조선 부인"이 서로 손을 잡는다면 "승리는 절반이나 얻은 것"이라고 말하고 있는데, '일본의 무산 부인'과 '조선 부인'의 조합을 그냥 지나치기 어렵다. 이 글에는 번역자가 따로 표시되어 있지 않고 원문의 표기를 확인할 길도 없지만, '조선의 무산 부인'이라고 쓰지 않은 것은 무엇 때문일까? 야마카와 부부는 일본 제국과 전쟁을 비판하며 식민지 사회주의자들과도 교류한 인물들이다. 이

---

62 山川菊榮,「동양 부인의 해방」,『동아일보』, 1925.1.3.

63 山川均,「무산계급의 운동 방향」,『동아일보』, 1925.1.3. 그는 조선 노동자들은 "일본 내지의 노동자와 동일한 자본가에게 착취를 당하는 노동자가 되지 않을 수 없다", "일선(日鮮)의 무산계급이 뿌리치 못할 경제적 이해의 일치로 융합"되었다고 쓰고 있다.

64 뉴욕에서 발간된 De Leon의 번역본 *Woman Under Socialism*은 마지막 문장을 다른 역자들과는 달리 'Socialism'을 삭제하고 'Ours is the future'로 적고 있다.

들은 일본의 발전 단계를 부르주아 혁명이 완성된 사회로 바라보았고 따라서 일본에 무산계급 혁명의 시대가 도래했다고 판단했다.[65] '동양'으로 뭉뚱그려 놓고 있으나 이 글에는 이러한 발전 단계의 차이에 대한 또는 민족 차이에 대한 무의식이 반영된 것이 아닐까? 이렇게 본다면 여기서 말하는 '승리' 또한 제국-식민지 관계 안에서 제국의 자본주의 착취 체제에 편입된 조선 여성들의 협조를 수반하는 일본 계급 혁명의 승리를 말하는 것이 된다.

야마카와 기쿠에는 선구적인 일본 여성 사회주의 이론가 및 운동가로 수많은 사회주의 서적을 번역했으며,[66] 일본의 사회주의 여성 해방론을 정초하고 또한 1980년 90세로 사망할 때까지 일본의 여성운동과 교육에 평생을 바친 인물이다. 그의 저서 『무산계급의 부인 운동』은 1930년 강영원康永源[67]의 번역으로 영창서관에서 간행된 바 있고 그 밖에도 그의 저작들은 자주 당대의 지식인들에게 인용 또는 언급되었다.[68] 위의 야마카와 기쿠에의 글처럼 소중한 첫발을 내디딘 일본 여성과 조선 여성의 연대가 결국 피상적으로 머물 수밖에 없었던 이유는 무엇일까? 이는 결국 남성 사회주의자베벨 등들을 매개로 한 여성 사회주의 운동 또는 사회주의적 여성 해방론에 대한 진지하고 반성적인 성찰이 부족한 데에서 그 연유를 찾을 수 있을 것이다. 엥겔스 이래 거의 모든 마르크스주의 여성 해방론의 교의가 된 '여성의 공적 생산 영역 진출과 사적

65 송연옥, 「야마카와 기쿠에와 황신덕-제국 일본과 식민지 조선의 여성 리더의 만남과 엇갈림」, 『여성과 역사』 15, 한국여성사학회, 2011.

66 베벨의 책 외에도 E. 카펜터의 『여성 중심과 동성애』, 레스터 워드의 『여성 중심설』, 존 리드 등이 쓴 『여명기의 러시아』, 래퍼포트의 『사회 진화와 여성의 지위』, 콜론타이의 『부인과 가족 제도』 등을 번역했으며, 『부인 문제와 부인 운동』, 『무산계급의 부인 운동』, 『일본의 민주화와 여성』, 『부인 해방론』, 『일본 부인 운동 소사』 등의 저서를 남겼다. 야마카와 기쿠에 전집이 전 10권으로 출간되어 있다. 『山川菊榮集』, 巖波書店, 1982.

67 강영원은 이 밖에도 『맑쓰 평전』, 『맑쓰 사상과 그 생애』와 『맑쓰 사회학』 등을 쓰고 『부인 문제의 본질』(사카이 도시히코, 영창서관, 1930)을 번역한 인물이다.

68 「노동운동의 제1선에 입(立)한 주세죽 양」, 『매일신보』, 1924.6.14; 윤성상, 「산아제한의 절규!! 선전과 실행이 필요」, 『삼천리』 5, 삼천리사, 1930.4; 안덕근, 「모윤숙·나혜석 씨의 연애관 비판」, 『삼천리』 10(5), 1938.5.

인 영역의 공산화'라는 원칙이 실제 여성의 생활과 현실 즉 현장 속에서 철저하게 질문되고 논의될 수 있는 여지가 없었기 때문이기도 하다. 그러나 이 글에서 검토해 본 이런저런 실천들과 시도들-통일성이나 철저성이 결여되었다고 할지언정-은 저 입론이 100년이 지난 지금도 여전히 현재 진행형의 물음이라는 사실을 강하게 환기하고 있다는 점에서 의의가 있다.

4. 검열의 시대를 통과하는 상호 텍스트적 번역 실천

사회주의 저작의 고전이자 일찍이 유물론적 여성 해방론의 선구로서 널리 알려진 아우구스트 베벨의 『여성과 사회주의』는 동아시아에서 『부인론』이라는 제목으로 통용되었는데, 1920년대 이래 사회주의자들에 의해 한국에서도 여러 차례 번역되었다. 당대에 이 책의 영향력을 거론하고 인용하는 글들과 증언들이 적지 않았음에도 그간 한국어 번역본들에 대한 파악이 시도된 적이 없었던 만큼, 이 글은 각각의 번역들과 관련한 기본 사실들 즉 역자, 저본, 역본의 특징, 출간 사항, 역본들의 상호 관계 등을 파악하는 것을 일차적인 목표로 하였다. 1920년대부터 시작하여 1990년의 최초 완역본에 이르기까지 총 9종의 한국어 판본이 확인되는데, 이는 단일 저서의 번역본으로서는 특히 문학서가 아닌 사회주의 서적의 역본으로서는 이례적인 현상이라고 할 수 있다. 특히 일부분만을 선택하거나 발췌하는 부분 번역으로 신문·잡지에 연재되는 일반적인 당시의 번역 형식이 아니라, 단행본으로도 대여섯 종이 나왔다는 것은 특기할 만한 일이다. 이 책이 세계적인 베스트셀러이자 저명한 사회주의 서적이기 때문이기도 하지만, 원저 자체가 1879년 처음 등장한 이래 수십 년에 걸쳐 수십 종의 개정판이 나오고 수십 개의 언어로 번역된 만큼 다양한 저본이 존재했다는 사실이 하나의 배경이 된다. 실제 한·중·일의 번역은 독일어 원전과 영역본, 일역본, 중역본 그리고 조선어 역본이 여러 층위에서 상호 텍스트를 형성하고 있었는데, 특히 검열의 시대를 거치면서 동아시아에서도 그에 응전하는 번역 실천들이 이루어졌음을 방증한다.

최초의 번역인 배성룡의 『부인 해방과 현실 생활』은 베벨의 저서 제2부 '현재의 여성'을, 이어 나온 신종석의 『과거 사회의 부인』은 제1부 '과거의 여성'을 각각 초역抄譯한 것으로, 원작자명과 원제, 그리고 역자명을 표면에서 삭제했으나 경찰 당국의 '사상 관계 출판물' 목록에 오르게 된다. 사실 이 번역본들은 일본에서 일찍이 나온 번역본들, 특히 야마카와 기쿠에의 완역본 『부인론』의 영향력에 비할 때 실제 결과물로서는 큰 의미를 가지기 어려울 수 있다. 하지만 검열을 뚫고 나온 파편들로서 일련의 맥락과 흐름을 형성한 번역 실천들이라는 점에서 주목할 만하다. 사회주의적 여성 해방의 전망을 다룬 『여성과 사회주의』 제4부는 해방 직후 김삼불의 발췌 번역에서야 처음 모습을 드러낸다. 이 부분은 1980년대에 나온 번역본들선병렬, 이순예에서도 삭제되었고, 냉전적 검열이 완화된 1990년이 되어서야 한국 최초의 완역본에서 담기게 된다.

한편 번역을 전후한 1920년대 초에서 1930년대 초까지 이 책의 파급력을 확인할 수 있는 파생 텍스트들 또한 적지 않게 산출되었음이 확인된다. 예외 없이 남성 지식인 또는 사회주의자들에 의해 베벨의 여성 해방론이 적극적으로 전유 또는 활용되고 있음을 확인할 수 있는데, 이들은 대체로 결혼 제도일부일처제 및 매음 제도또는 매매혼에 초점을 맞추고 있다는 특이점이 있다. 남성들의 관심사가 더 많이 반영된 주제 선택이라는 문제와 함께, 이들이 '조선 여성'의 현실에 초점을 맞추는 방식이 구조적인 문제를 거론하기보다 여성 혐오의 언어를 감추지 않거나 시혜적인 입장을 드러내고 있다는 문제가 있다. 이에 반해 베벨이 여성의 지위에 대해 쓴 '본원적 노예 상태'라는 표현은 여성들이 자신들의 결혼 생활이나 현실을 확인하는 데에 줄곧 쓰이는 명제가 되곤 했다. 일본의 선구적 여성 사회주의자 야마카와 기쿠에가 '동양 여성의 해방'이라는 국가를 초월한 연대의 손짓을 보여주기도 했지만, 결국 그녀가 말한 '우리의 승리'란 피착취 피억압 상태의 '조선 여성'이 일본 무산계급 운동에 포섭되는 방식으로밖에는 가능하지 않다는 인식으로 귀결된다. 말하자면 당대 남성 사회주의자들 또는 일본 여성 사회주의자가 베벨을 경유하여 도출하고 제기한 여성 해방의 쟁점들은 조선 여성의 해방과는 일정한 거리감을 가질 수밖에 없었던 것이다. 그럼에도 100년 전의 이러한 시도들과 실천들은 현재까지도 역시 '철저하게' 묻고 답해야 하는 여성 해방의 과제가 지속되고 있다는 점을 시사한다는 점에서 의미가 있다.

이 글에서는 남성 사회주의자 지식인들이 선편을 쥔 번역 및 담론 장의 맥락과 논리를 재구성하는 데에 대부분의 지면을 할애하는 가운데, 식민지 조선의 여성 식자층이나 독자층의 반응이나 여성 해방 담론 및 실천에서의 연관성을 충분히 검토하지 못했다는 아쉬움이 있다. 또 이러한 번역 실천이 사회주의 담론 장에서 갖는 의미와 당대의 사회적 파급력에 대해서도 본격적으로 조명하지 못했는데, 이러한 과제들에 대해서는 다음 기회를 기약하고자 한다.

참고문헌

김경일, 「1920~30년대 한국의 신여성과 사회주의」, 『한국문화』 36, 서울대 규장각한국학연구원, 2005.

김기승, 「배성룡의 정치·경제 사상 연구－민족협동전선론을 중심으로」, 고려대 박사논문, 1991.

김현주·조정윤, 「『신생활』 이후의 신생활사－1920년대 전반기 사회주의 계열 대중 출판 운동의 편린」, 『대동문화연구』 120, 성균관대 대동문화연구원, 2022.

노지승, 「젠더, 노동, 감정 그리고 정치적 각성의 순간－여성 사회주의자 정칠성의 삶과 활동에 대한 연구」, 『비교문화연구』 43, 경희대 글로벌인문학술원, 2016.

박노자, 『조선 사회주의자 열전』, 나무연필, 2021.

박종린, 「1920년대 사회주의 사상의 수용과 『社會改造の諸思潮』의 번역」, 『역사문제연구』 20(1), 역사문제연구소, 2016.

소산산, 「『인형의 집을 나온 연유』와 『부인론』의 관련 양상 연구」, 『현대문학이론연구』 56, 현대문학이론학회, 2014.

송연옥, 「야마카와 기쿠에와 황신덕－제국일본과 식민지 조선의 여성 리더의 만남과 엇갈림」, 『여성과 역사』 15, 한국여성사학회, 2011.

유찬근, 「'합리성'의 합리화와 지식인의 생존 전략－배성룡, 근현대 지식인의 '주변적 전형'(1922~1957)」, 서강대 석사논문, 2024.

이공순, 「발굴 한국 현대사 인물 69－배성룡」, 『한겨레』, 1991.5.31.

이종영, 『성적 지배와 그 양식들』, 새물결, 2001.

잭 홀런드, 김하늘 역, 『판도라의 딸들 여성 혐오의 역사』, ㅁ, 2021.

조세핀 도너번, 김익두·이월영 역, 『페미니즘 이론』, 문예출판사, 1993.

천성림, 『산업화가 유교 체제하 중국 여성의 지위에 미친 영향』, 집문당, 2005.

_____, 「구국과 여권 사이에서－중국 페미니즘 100년사」, 『여성신문』, 2017.7.23.

郭聰·嚴程極, 「飜譯家夏衍的"譯言譯行"」, 中國社會科學網, 2021.9.20.

伊藤セツ·王宏, 「20世紀初頭歐米女性解放思想の日本·中國への傳達の過程－August Bebel : Die Frau und der Sozialismusの場合」, 『昭和女子大學大學院生活機構研究科紀要』 8, 1999.

Gemkow, Heinrich, *August Bebel,* Leipzig : Bibliographisches Institut, 1986.

Olohan, Maeve, *Translation and Practice Theory*, Routledge, 2020.

펄 벅의 아시아 여성 재현과
혼혈의 상상력

박진영朴珍英
성균관대학교
국어국문학과 교수

1. 모국으로 망명한 이야기꾼

펄 벅Pearl S. Buck은 서로 다른 "여러 세계"에 속하면서 경계 너머에 닿지 않는 타자의 목소리를 재현한 실천적인 여성 작가이자 사회 운동가다.[1] 미국 남부 백인 중산층이자 선교사의 딸로 태어난 펄 벅은 청나라 멸망, 민국 수립과 신문화운동, 북벌 전쟁과 일본의 침공으로 이어진 격동의 아시아에서 중국어를 모어로 삼아 한평생의 절반을 지냈다. 중국에서 싸이전주賽珍珠, 한국에서는 박진주朴珍珠라는 이름을 얻었다. 펄 벅의 부모는 중국 땅에 묻혔으며, 펄 벅은 자신의 묘비명을 싸이전주로 정했다. 나머지 절반의 인생은 미국에서 아시아 여성과 혼혈아를 위해 전투적으로 쓰고 비타협적으로 싸우는 데 바쳤다. 분열된 "여러 세계"는 대화를 나누거나 화해하지 않았으며, 2차대전 후에도 펄 벅은 여전히 서로 다른 세계에서 또 하나의 모어로 타자의 이야기를 들려주어야 했다.

1 　"여러 세계"는 펄 벅이 자서전 제명으로 붙인 말이다. Pearl Buck, *My Several Worlds : A Personal Record* , N.Y. : The John Day Company, 1954.

펄 벅은 왕성한 필력과 생산성을 자랑한 다작의 작가인데, 초기 대표작으로 이미 전 세계적인 명성을 떨쳤다. 아직 중국을 떠나기 전에 출간된 『대지』1931는 곧바로 퓰리처상1932과 윌리엄 딘 하우얼스 메달1935을 수상하며 큰 인기를 끌었고, 속편 『아들들』1932과 『분열된 일가』1935가 이어져 3부작이 성공적으로 마무리되었다. 그사이 또 다른 대표작 『어머니』1934를 발표하고, 단편소설로 오 헨리 상1933, 1934, 1943을 잇달아 거머쥐었다. 또 진성탄金聖嘆이 정리한 스나이안施耐庵의 70회본 『수호전』을 옮긴 『모든 사람은 형제다』1933를 내놓기도 했다.[2] 중일전쟁 발발을 전후하여 〈대지〉1937가 영화화되고 노벨문학상1938을 수상하면서 펄 벅을 향한 갈채는 절정에 달했다.

대중적인 인기나 명성과 달리, 또는 노벨문학상의 영예에도 불구하고 펄 벅에 대한 평가는 지나치리만큼 인색했다. 펄 벅은 비유럽 출신의 이혼 여성이며, 주류 문단이나 평론계와 아무런 접점을 갖지 않은 무명의 늦깎이 작가였다. 게다가 아시아에서 성장하면서 아시아인의 삶과 운명을 그린 이방인이요 기독교 선교 사업과의 불화도 역력했다. 펄 벅의 "여러 세계"는 전전戰前 못지않게 전후戰後에도 못마땅하거나 불편한 기색을 감추지 않았다. 미국 정보 기관은 끊임없이 펄 벅의 사상을 의심했으며, 중국은 일관성 있게 펄 벅을 매도했다. 미국에서 펄 벅을 진지하게 다루거나 문학사에서 언급하는 일은 없었으며, 중국도 펄 벅을 환영하지 않았다.[3] 이유나 양상은 다를지언정 타이완과 일본에서도 사정은 매한가지였다. 펄 벅은 공산당을 경계한 것 이상으로 국민당의 부정부패를 신랄하고 줄기차게 비판했으며, 패전과 점령의 기억을 지닌 일본에서도 항일을 부르짖고 혼혈아 문제를 건드린 달갑지 않은 작가였기 때문이다.

---

2 Pearl Buck, *All Men are Brothers (Shuihu Chuan)*, N.Y. : The John Day Company, 1933. 『논어』 「안연(顔淵) 편」에 나오는 "사해지내(四海之內) 개형제야(皆兄弟也)"에서 따온 표제다. 피터 콘, 이한음 역, 『펄 벅 평전』, 은행나무, 2004, 239~240면.

3 피터 콘, 이한음 역, 위의 책, 344~347·387~389·421~422·478~479·583~586면.

한국에서는 어떠했을까? 1930년대 펄 벅은 린위탕林語堂과 나란히 동시대 중국의 역사적 현실과 중국인의 목소리를 타자의 언어로 드러낸 희귀한 작가이자 동아시아 가족사 소설의 상상력을 자극한 기념비적 모델로 떠올랐다. 특히 펄 벅은 최하층 농민과 여성의 운명에 주목한 점에서 시대적·계급적·젠더적 문제의식을 환기했다.[4] 그런데 1950년대 대중적 독서와 출판 시장에서 펄 벅과 린위탕이 뚜렷한 불연속성을 띠며 상반된 방향의 열풍을 불러일으켰다. 린위탕이 소설가라기보다 동서 문명을 통찰하는 세계적 지성이자 명수필가로 확고하게 자리 잡은 데 반해 펄 벅 소설이 지닌 민중적 가치는 보편적 휴머니즘과 모성애로 완전히 대체되었다.[5]

펄 벅은 여성 독서계를 평정한 가장 중요한 스타로 급부상했다. 펄 벅은 1950~1960년대 최고의 베스트셀러 작가일 뿐 아니라 단일 작가 선집이 출간된 최초의 여성 작가다.[6] 1960년 펄 벅의 첫 번째 방한과 거의 동시에 기념 문집이 상재되고,[7] 대표작과 자서전을 망라한 전 15권의 선집이 출간되기 시

4　朴珍英,「家族史の東アジア的想像と飜譯—パール・バックと林語堂の小說の韓國語への飜譯經緯」,『朝鮮學報』239, 天理 : 朝鮮學會, 2016, 10~16면; Park Jinyoung, "East Asian Unconscious of Translation and World Literature," *The Review of Korean Studies* 19(2), Seongnam : The Academy of Korean Studies, 2016, 230~232면; 박진영,『번역가의 탄생과 동아시아 세계문학』, 소명출판, 2019, 519~526면.

5　박진영, 위의 책, 535~537면. 한국에서 린위탕 번역과 수용이 지닌 역사성을 체계적이고 면밀하게 고찰한 성과는 왕캉닝,『린위탕과 한국—냉전기 중국 문화·지식의 초국가적 이동과 교류』, 소명출판, 2022.

6　김병철,『한국 현대 번역문학사 연구』상, 을유문화사, 1998, 22~23·61~63·187~191·248~253면. 단일 작가의 선집이 출간된 것은 앙드레 지드(전 5권, 영웅출판사, 1953~1954), 모리스 르블랑(전 5권, 삼중당, 1954), 헤르만 헤세(전 6권, 영웅출판사, 1954~1955)를 먼저 꼽아야 하지만 규모와 수준 양면에서 펄 벅에 미치지 못한다. 여성 작가로 뒤를 이은 것은 프랑수아즈 사강(전 7권, 세종출판공사, 1970)이며, 루이제 린저(전 10권, 범우사, 1975)도 방한을 계기로 붐이 일어나고 선집이 출간되었다.

7　장왕록·한말숙,『대지의 신화—펄 벅의 인간과 예술』, 신구문화사, 1960. "노벨 수상 작가 평전" 제1권으로 기획된 이 책은 실제로는 펄 벅 방한에 맞추어 펄 벅의 생애와 작품 세계, 펄 벅의 평론과 강연 요지, 신문 기사와 회고 등으로 편성되었다. 제1부 "펄 벅의 인간과 예술"은 쓰루미 가즈코(鶴見和子)의『펄 벅(パール・バック)』(巖波書店, 1953)을 체재 그대로 축약한 것으로 한말숙이 번역했다. 장왕록이 편집한 제2~4부는 당시 영문학계, 여성계, 언론

작하면서 펄 벅에 대한 평가는 사실상 완결되다시피 했다. 물론 이러한 현상은 펄 벅의 문학적 대장정과 열정적인 실천 운동 편력에 비추어 보자면 전혀 이상한 일이 아니다. 그러나 해방 직후 여성계의 펄 벅 재발견과 1960년대 수차례에 걸친 방한을 둘러싼 전유를 가로지르며 급격한 단절이 일어난 사실도 엄연하다.[8] 이를테면 2차대전 중인 1940년대 펄 벅의 과감한 정치적 발언과 국제 문제에 관한 개입이 소거되고, 중국을 배경으로 삼은 항일과 반전 주제의 소설이 더 이상 독자의 눈길을 끌지 못한 채 누락된 데에서 빚어진 일이기 때문이다. 1950년대를 풍미한 펄 벅 번역과 편향적 열기는 펄벅재단 한국지부1965, 현 한국펄벅재단와 소사희망원1967 설립, 그리고 한국을 주제로 삼은 장편소설 『갈대는 바람에 시달려도』1963와 『새해』1968로 이어지면서 최고조에 이르렀고, 그 뒤로도 오랫동안 "어머니" 펄 벅을 향한 사랑은 식을 줄 몰랐다.

막상 학계에서 펄 벅에 주의를 기울이지 않은 탓에 연구가 일천한 형편은 별다르지 않다. 펄 벅 번역과 수용 양상을 실증적으로 고찰한 바 없고, 펄 벅 애독과 열풍이 가린 이면을 깊이 들여다보지 못했다. 『대지』를 비롯한 대표작은 두말할 나위도 없거니와 한국 문제를 정면으로 다루면서 한국인에 대한 애정을 드러낸 소설조차 면밀히 연구한 일이 없다는 사실은 놀랍다. 기실 대중적인 호응과 인기를 넘어선 관심을 보인 적이 없는 셈이며, 일방적인 찬사나 환호 말고는 문학사적 평가가 전혀 이루어지지 못했다.[9] 인종, 지역, 종교,

---

계의 반응을 포괄했다.

8   류진희, 「해방기 펄 벅 수용과 남한 여성의 입지」, 『여성문학연구』 28, 한국여성문학학회, 2012, 181~204면; 김윤경, 「1950~60년대 펄 벅 수용과 미국」, 『한국문학이론과 비평』 58, 한국문학이론과비평학회, 2013, 435~457면; 류진희, 「해방기 탈식민 주체의 젠더 전략—여성 서사의 창출을 중심으로」, 성균관대 박사논문, 2015, 224~236면; 김양선, 「한국 전후 여성의 문학-교양과 펄 벅의 위치」, 『여성문학연구』 46, 한국여성문학학회, 2019, 95~116면.

9   펄 벅에 관한 학술적 접근은 2000년대 들어 조금씩 성과를 거두기 시작했다. 임선애, 「서구 작가의 한국 쓰기—펄 벅의 『한국에서 온 두 아가씨』」, 『한국사상과 문화』 45, 한국사상문화학회, 2008, 81~106면; 류진희, 위의 글, 2012, 181~204면; 김윤경, 위의 글, 435~457면; 류진희, 위의 글, 2015, 224~236면; 박진영, 앞의 책, 507~537면; 김종욱, 「번역된 토착주의—1930년대 동아시아 지평에서의 펄 벅」, 김재용·이해영 편, 『한국 근대문학과 중국』, 소명

계급, 성별의 차별에 맞선 펄 벅의 분투와 약자를 위한 민주주의적 지향이 서사적으로 재현되고 한국에서 번역된 공과를 신중하게 숙고할 가치가 있다.

먼저 1950년대 펄 벅 번역 현황을 살펴보면서 몇 가지 논점을 제시하기로 한다. 펄 벅이 집중적으로 번역된 현상을 통해 전후 한국인에게 포착된 펄 벅의 면면을 차분히 재검토할 필요가 있기 때문이다. 그중에서 특히 한국, 일본, 인도, 중국 여성을 재현하면서 펄 벅 특유의 혼혈 인식을 드러낸 소설에 초점을 맞추자.[10] 펄 벅은 첫 번째 소설 『동풍 서풍』[1930]부터 인종 간 결혼과 혼혈 문제에 관해 도전적인 시각을 제기해 왔다. 펄 벅의 일관된 관심사이자 핵심 주제로 꼽을 수 있는 혼혈 문제는 제국주의와 인종 차별에 대한 강경한 투쟁, 배타적 선교에 대한 격렬한 비판, 여성과 아동에 대한 민주주의적 태도를 관통할 뿐 아니라 전후 코즈모폴리턴의 사랑과 결혼, 가족과 시민의 실천적인 인간관계를 바라보는 색다른 문제의식을 품고 있다. 그러나 펄 벅의 계몽적 목소리가 종종 불협화음을 내곤 하는 까닭이 기묘한 가부장적 욕망에 연루되어 있다는 점도 잊지 말아야 한다.

출판, 2016, 297~323면; 김양선, 위의 글, 95~116면; 양아람, 「1960년대 펄 벅의 일본 방문과 일본의 펄 벅 수용-『대지』의 작가, 혼혈아의 어머니」, 『대동문화연구』 110, 성균관대 대동문화연구원, 2020, 423~464면; 허정애, 「펄 벅과 혼종 우월성-『숨은 꽃』과 『새해』에 재현되 '아메라시안'을 중심으로」, 『영미어문학』 138, 한국영미어문학회, 2020, 85~110면; 김미연, 「『대지』와 식민지 조선의 문학 장-번역, 비평, 독서의 교차」, 『사이間SAI』 39, 국제한국문학문화학회, 2025, 341~391면; 박연희, 「펄 벅과 냉전 아시아-냉전기 펄 벅의 방한과 문학을 중심으로」, 『부천과 박물관』 3, 부천시 박물관, 2025, 30~59면; 권은혜, 「펄 벅과 한국계 아메라시안」, 위의 책, 60~83면.

10 펄 벅에 관한 본격적인 논의 역시 아시아 여성과 혼혈을 바라보는 태도에 대한 비판에서 출발했다. 최근에 임선애, 양아람, 허정애, 김윤경의 연구가 중요한 성과를 거두었다. 임선애는 펄 벅의 한국과 한국인 재현이 미국의 오리엔탈리즘에 갇혀 있음을 분석했다. 양아람은 1960년대 일본의 사회 문화적 맥락 속에서 펄 벅의 방일과 일본 및 일본인 인식을 고찰했다. 허정애는 펄 벅 소설에 나타난 선구적인 혼종 담론이 지닌 의의를 조명했다. 특히 한국의 펄 벅 수용 과정에 개입된 가부장적 여성상과 미국 표상을 비판한 김윤경의 연구기 긴요한 시사점을 제공했다.

2. 낯선 목소리의 도래

펄 벅이 본격적으로 번역된 출발점을 짚어 두기 위해 〈표 1〉부터 살펴보자. 펄 벅이 난징에서 창작하고 뉴욕에서 출간한 두 번째 장편소설이자 대표작 『대지』는 1930년대부터 오늘날까지 한국어로 번역되지 않거나 읽히지 않은 시대란 없다. 노벨문학상 수상 이전인 1936년 심훈은 『대지』의 가치를 일찌감치 알아채고 니 이타루新居格의 일본어판 중역을 통해 처음 번역하기 시작했는데, 번역가의 급서로 초반부에 연재가 중단되었다. 1940년 노자영과 김성칠에 의해 상이한 번역이 단행본으로 각각 출간되었다. 대중 작가로 널리 알려진 노자영은 영화의 인기에 힘입어 축약된 『대지』를 선보였는데, 초기의 여성주의적 시각을 뚜렷이 보여주는 또 다른 걸작 『어머니』를 나란히 소개해서 중요하다. 농촌 문제 전문가이자 훗날의 국학자 김성칠은 당시로서는 이례적으로 영어 원작을 바탕으로 『대지』 완역에 성공했다. 김성칠의 번역은 사후인 한국전쟁 뒤에도 그대로 재출간되어 1980년대 초까지 40여 년간 10여 군데 출판사를 거치며 간단없이 읽혔다.[11]

『대지』 3부작은 1950년대 말과 1960년대 초 각각 조상원과 장왕록에 의해 완역되었다. 현암사를 설립한 출판인 조상원은 일본어 중역에 의존하되 거작의 부담을 무릅쓰며 3부작을 처음 완역했다.[12] 조상원의 값진 공적이 훗날까지 기억되지 못한 것은 아쉬운 일이다. 영문학자 장왕록은 1950년대 초부터 펄 벅과 교유하며 적극적으로 번역에 나서 오래도록 펄 벅 소개와 번역에서 권위를 얻었다. 장왕록은 1960년 펄 벅 기념 문집 출간을 주도하고, 여원사와 조선일보사 공동 초청으로 성사된 펄 벅의 첫 번째 방한에 기여한 장본인이기도 하다. 조상원과 장왕록의 선구적인 번역 이래 『대지』 3부작은 여러 차례 단행본으로 출간되고, 세계문학전집이나 각종 선집에 거듭 포함되었다.

---

11   박진영, 앞의 책, 519~525면.
12   조상원은 제2부를 먼저 번역했으며, 산둥 출신의 중국인에게 도움을 받았다.

한국전쟁 직후 김성칠의 『대지』가 재출간된 1953년부터 조상원과 장왕록의 『대지』 3부작이 완역될 때까지, 엄격히 따지자면 삼중당에서 첫 번째 작가 선집을 완간한 1962년까지 가히 펄 벅의 시대라 일컬을 만하다. 미국소설 번역이 1950년대에 급증한 것은 틀림없는데, 그중에서도 펄 벅은 압도적인 수위를 차지할 정도로 인기를 끌었다. 〈표 2〉에서 정리한바 꼭 10년 동안 출간된 단행본 가짓수는 중복되거나 재출간된 경우를 제외하고 장편소설 35권, 단편집 2권, 평론집과 자서전 각 1권, 펄 벅 걸작 선집 15권 등 총 54권이다. 펄 벅의 원작으로는 단편소설을 제외하고 23종이 번역되었는데, 그중 전전의 작품은 8종에 불과하다. 삼중당 선집에 5종이 새로 번역된 것을 포함하면 총 28종이다. 그 무렵까지 펄 벅이 발표한 작품 가운데 일부를 빼고는 거의 다 번역되었다고 보아도 무방하다. 예컨대 장편소설로는 고작 4편이 빠졌을 뿐이기 때문이다.[13]

펄 벅 번역의 정점으로 꼽을 수 있는 삼중당 선집에 대해서도 앞질러 살펴두자. 이미 언급했다시피 삼중당의 "펄 벅 걸작 선집"은 본격적인 규모의 단일 작가 선집으로는 효시나 다름없으며, 여성 작가 선집으로서도 단연 최초이자 독보적이다. 〈표 3〉의 삼중당 선집은 1960년부터 체재를 갖추기 시작해 두세 차례 일부 표제와 순서를 달리 편성하다가 1962년 말 최종적으로 완간되었다. 장왕록의 『대지』 3부작을 필두로 자서전에 이르기까지 총 24편을 추려 전 15권에 담은 "펄 벅 걸작 선집"은 주요 작품을 편향 없이 망라해 펄 벅의 작품 세계를 입체적으로 제시한 성공적인 모델이다. 명망 있는 번역가가 몇몇 작품을 재번역하는가 하면 처음 소개하는 작품을 포함했으니 1950년대 펄 벅 번역의 결정판으로 손색이 없다.

실제로 삼중당 선집 이래 1980년대까지 총 8종의 펄 벅 선집이 "전집"이라는 이름을 내걸고 꾸준히 출간되었다. 그러나 〈표 4〉에서 알 수 있듯이 어

---

13   1962년까지 번역되지 않은 장편소설은 *Other Gods : An American Legend* (1940), *China Gold* (1942), *The Promise* (1943), *Bright Procession* (1952)이다.

느 경우든 삼중당 "펄 벅 걸작 선집"의 규모나 수준에 미치지 못한 채 진작 소개된 작품을 중복하여 번역하거나 대표작만 추려 재출간을 되풀이했을 따름이다. 새로 포함된 작품은 그사이 출간된 『갈대는 바람에 시달려도』와 『새해』외에는 거의 없다시피 해서 더 이상 참신함이나 다양성을 찾아보기 어렵다. 펄 벅에 대한 애호와 영향력은 1980년대까지 사그라지지 않았으되 1950년대 번역과 삼중당 선집의 성취에 빚진 바 크다는 사실을 알 수 있다.

1950년대 펄 벅 번역은 대체로 한국전쟁 직후 처음 등장한 세대에 의해 이루어졌다. 대표적인 번역가이자 최대 공로자는 1924년생 장왕록이다. 김성칠과 조상원이 1913년생이니 10년 차이에 불과하지만 1920년대생은 해방 후 영문학을 전공하고 학계에 진입해 미국에 유학할 수 있었던 첫 세대다.[14] 장왕록은 경성제국대학 예과에 입학해 해방 후 서울대학교 영문과를 졸업하고 한국전쟁 후 교수로 재직하면서 미국에 유학했다. 장왕록의 등장은 학계의 영문학자를 중심으로 미국문학이 번역되기 시작한 사정을 반영한다. 그래서 삼중당 "펄 벅 걸작 선집" 번역진으로는 통신사 외신부장 문일영과 소설가 손소희 등 몇몇 말고는 주요 대학 영문학 교수들이 주도적으로 참여했다.[15] 장왕록과 고석구서울대, 오화섭연세대, 이장환숙명여대, 나영균과 조정호이화여대, 민재식과 조용만고려대 등이다. 그중 식민지 시기에 활동한 기자이자 구인회 출신 조용만이 1909년생으로 연배가 가장 높은데, 경성제국대학에서 영문학을 전공한 뒤 학계에 들어선 경우다.

1950년대 번역가들은 상세한 정보를 확인할 수 없는 경우가 흔한데, 편의

---

14 1910년대생으로 경성법학전문학교와 경성제국대학 법문학부를 졸업하고 서울대학교 사학과 교수를 지낸 김성칠, 보성전문학교를 마치고 영국에 유학한 뒤 고려대학교 교수를 지낸 이인수는 한국전쟁 중 비극적으로 타계했다. 경성제국대학 출신으로 고려대학교 교수를 지낸 임학수, 연희전문학교를 나온 뒤 미국에 유학한 설정식은 한국전쟁 중 월북하거나 납북되었다.

15 1950년대 번역에서 대학교수가 중요한 전문가로 등장했다. 박지영, 『번역의 시대, 번역의 문화정치 1945~1969 ─ 냉전 지(知)의 형성과 저항 담론의 재구축』, 소명출판, 2019, 216~226면. 펄 벅 번역을 선도한 장왕록의 학술적 기여에 관해서는 김양선, 앞의 글, 105~110면.

상 몇몇 번역가만 짚어 두기로 한다. 펄 벅 소설을 처음 단행본으로 출간한 최고崔杲는 1924년생인데, 보성전문학교 재학 중 항일 비밀 결사 흑백당 사건으로 옥고를 치른 뒤 영어 교사를 지낸 특이한 경력을 지녔다. 최고가 중국의 항일 투쟁을 다룬 소설을 원제와 전혀 다른 제명으로 옮긴 이유이기도 하다. 이화여자전문학교와 도후쿠제국대학 출신 홍복유洪福誘는 1913년생으로 이화여자대학교 영문학 교수를 지냈다. 김귀현은 이화여자대학교 영문과 출신의 기자로 홍복유의 제자다. 홍복유와 김귀현은 로맨스를 주축으로 삼은 원작을 골라 번역했는데, 여성 번역가 등장의 신호탄이 될 법하지만 실제로 이어지지는 않았다. 1910년생인 박홍민은 식민지 시기부터 활동한 아동문학가다. 1918년생인 극작가 주태익은 평양신학교 출신으로 기독교 잡지와 방송에 몸담았으며, 이진섭은 1922년생으로 경성제국대학 예과와 서울대학교 사회학과를 졸업한 기자 겸 시나리오 작가다. 그들의 번역도 더 뒤따르지 못했다. 중앙대학교 영문학 교수 김병철은 펄 벅이 부모의 일대기를 소설화한 작품을 처음 번역했다. 펄 벅 단편소설집을 번역한 이호성과 주요섭은 각각 동국대학교와 경희대학교 영문학 교수를 지냈다.[16]

1950년대 말에는 이미 번역된 소설을 그대로 다른 제명으로 출간하거나 출판사만 바꾼다든지 심지어 번역가 이름을 둔갑시킨 경우가 늘어났다. 〈표 2〉에서 번역가나 표제 일부만 구분된 경우는 지형紙型 자체가 동일한 단행본이다. 제명이나 출판사가 바뀌는 것은 이상한 일이 아니지만 그 과정에서 번역가 이름이 바뀌었다. 따라서 이름만으로 번역가를 확정할 수 없고, 정체를 알 수 없는 번역가도 등장했다. 또 앞선 번역을 축약해서 출간한 경우도 간혹 눈에 띈다. 번역 출판계에서 저작권에 대한 관념이 각별히 희박한 탓에 무분별하

---

16 이호성의 『순정』(1961)은 펄 벅의 첫 단편집 *The First Wife and Other Stories* (London : Methuen, 1933)에서 10편을 추린 반면 주요섭의 『펄 벅 단편선』(1962)은 그 전 해 출간된 *Fourteen Stories* (N.Y. : The John Day Comapany, 1961)에 수록된 14편을 모두 번역해서 펄 벅의 초기 단편과 동시대 단편을 나란히 선보였다.

게 자행된 관행인데, 펄 벅 소설의 인기가 갈수록 높아졌기 때문이기도 하다. 1960년대 들어 펄 벅의 수차례 방한과 더불어 출간 경쟁이 한층 치열해지다 보니 단기간에 졸속으로 번역하거나 여러 출판사가 거의 동시에 중복 출간하는 경우가 늘었다. 미처 조사하지 못한 1963년 이후의 출판 현황까지 감안하면 사태는 더 악화될 것이다.

요컨대 다채로운 이력의 번역가가 펄 벅 번역에 뛰어들었는데, 장왕록을 비롯한 영문학 교수가 앞장서면서 전문성을 갖추기 시작했다. 여전히 소수에 머물렀으나 여성 번역가가 등장한 대목도 중요하다. 대표작『대지』3부작이 두 차례 완역되었을 뿐 아니라 단편집, 평론집, 자서전에 이르기까지 펄 벅의 작품 세계를 폭넓게 접할 수 있었다. 항일 투쟁 시기의 중국과 아시아인을 그린 소설은 시의성을 잃어 간 대신 전후 미국인의 사랑과 결혼을 다룬 소설이 점차 호응을 얻었다. 실제로 전후의 펄 벅은 중국 상류 가정이나 서태후를 소설화하는가 하면 서구에서 유학하고 중국으로 돌아온 청년 세대 혹은 미국에 정착한 중국인 일가를 정면으로 묘파하기도 했다. 또 젊은 미국 여성의 자주적인 삶과 예술에도 주목했다. 서로 다른 세계를 오가는 동시대인들, 서로 다른 종교와 이념이 맞부딪치는 순간을 포착한 것은 펄 벅 특유의 장기이며, 1950년대의 다변화된 번역을 통해 한국어로 맛볼 수 있는 가장 큰 미덕이었다.

그중에서 가장 이채로운 번역은 아시아 여성을 재현하면서 혼혈을 첨예하게 다룬 일련의 소설이다. 펄 벅이 1951~1953년 잇달아 발표한『한국서 온 두 처녀』1953,『숨은 꽃』1955,『오라, 내 사랑』1957은 각각 한국, 일본, 인도 문제를 다루었는데, 장왕록이 맨 먼저 손댄 번역들이기도 해서 주목할 가치가 있다. 박희주와 양태조가 공역한『모란꽃』1959의 원작은 1948년에 출간되었지만 뒤늦게 번역된 수작이다. 중국인 혼혈 문제는 펄 벅이 일찍부터 여러 차례 그린 바 있는데,『모란꽃』은 중국의 유대인 사회를 전면화한 점에서 눈여겨보아야 한다.

3. 순혈의 가족주의 강박

1) 하얀 피부의 한국인

한국과 한국인을 다룬 펄 벅의 소설은 〈표 5〉에서 제시한 총 4편이다. 장왕록의 『한국서 온 두 처녀』는 1950년대 한국에서 가장 먼저 소개된 장편소설이다. 이 소설은 한국전쟁 기간 중인 1952년 『사랑과 한국』이라는 제목으로 일간지에 처음 연재된 후 제목을 고쳐 단행본으로 출간되었다. 삼중당 선집에는 최용진이 다시 옮겨 『사랑이 움트는 새벽』으로 수록되었다. 원작의 표제로 쓰인 "The Morning Calm"은 19세기 후반 한국을 가리키는 이름으로 통용되기 시작한 관용어인데, 두 여성 주인공이 사랑과 미래를 약속하는 새벽의 희망찬 장면을 가리키기도 한다.

그런데 『한국서 온 두 처녀』의 주인공은 한국인이 아닌 미국 백인 여성이며, 한국전쟁으로 이야기가 촉발되고 마무리되건만 한국은 먼 후경으로 물러나 있다. 두 여성은 계몽적 목소리로 초지일관하며, 돌연한 사태에 맞닥뜨려도 전혀 흔들리지 않는 도식적 인물이다. 또 한국과 한국인에 대한 애정을 숨기지 않은 것이 사실이라 하더라도 엉성한 짜임새와 설교적 태도를 버무린 졸작으로 그치고 말았다. 실제로 펄 벅은 1951년 초 잡지에 이 소설을 연재한 뒤 단행본으로 출간하지 않았다. 그 빚은 한참 뒤 2편의 장편소설 『갈대는 바람에 시달려도』와 『새해』로 갚게 되지만 여전히 한국 여성의 목소리는 들리지 않는다.

미국 선교사 부부의 딸로 한국의 시골에서 태어나 자란 10대 후반의 데브라와 메어리 자매는 한국전쟁을 피해 난생처음 뉴욕으로 와 친척 집에 의탁한다. 두 여주인공은 진실하고 순결하며, 몸에 밴 경건한 태도와 유교적 가르침뿐 아니라 깊은 신앙심으로 무장해 있다. 고향 한국을 그리워하는 두 여성은 영락없는 한국인의 모습이어서 파티에서 한복을 입기도 한다. 교조적인 태도로 미국인의 이기주의와 속물적 욕망을 경계하는 자매는 보수적이다 못해 가부장적이고 봉건적이다. 반면에 부친의 친구와 결혼해서 네 번째 부인이 되려는 친척 집 딸 세라는 재산과 사랑 사이에서 갈등하는 생생한 현대 여성이다.

한국에 남은 부모가 전염병으로 사망했다는 소식에 자매의 운명이 심각한 위기를 맞이하지만 자매 환영 겸 세라의 약혼 발표를 위한 파티가 열린다. 세라는 한국을 구하기 위해 떠나는 길에 들른 젊은 전염병학자의 구애를 뿌리친다. 이성과 과학, 희생과 헌신을 대변하는 스웨덴인 전염병학자 역시 계몽적일 뿐 아니라 남성 중심적 사고방식에 갇혀 있다. 메어리는 스웨덴인 청년과 사랑을 약속하며, 언니 데브라는 그녀에게 감화된 친척 집 아들의 고백을 받아들인다.

실망스럽게도 한국에 대한 펄 벅의 이해는 표제처럼 "고요한 아침의 나라"라는 수준을 넘어서지 못하며, 자매를 하루아침에 고아로 만든 한국전쟁의 참상이나 분단은 화두로 떠오르지 않는다. 도리어『한국서 온 두 처녀』를 지배하는 "박제된 오리엔탈리즘"의 한계는 명확하다.[17] 데브라와 메어리는 동양적이고 전통적이며, 명상적이고 이상화된 여성이다. 비현실적이며 신비롭기까지 한 이방인 여성들은 한국이나 동양의 여성을 대리할 뿐이며, 실상 펄 벅의 목소리를 전하고 있음이 분명하다.

데브라와 메어리는 순종적일 뿐 아니라 남성 중심적이고 가부장적인 목소리로 한국의 가족주의 가치관, 고대부터 변함없이 유지되어 온 대가족 제도, 노인을 공경하고 젊은이가 정신적으로 보호받는 공동체 문화의 우월성을 끊임없이 설교한다. 요컨대『한국서 온 두 처녀』에는 미국적 가치관과 서구의 물질주의적 유혹에 전투적으로 맞서는 동양의 계몽적이고 지도자적 목소리가 지나치게 크게 울린다. 그 목소리는 젊은 현대 여성의 자유와 욕망뿐 아니라 사회적 평등의 가치조차 압도하는 딜레마를 초래한다. 이를테면 자매의 태도가 주변 사람들을 변화시키고 영향을 미치지만 어설프기 짝이 없다. 자

---

17 임선애, 앞의 글, 100~102면.

매는 어느새 친척 집 부인에게 위안을 주는 존재가 되지만 권태에 빠진 중년 여성은 자신의 목소리를 내지 않는다. 자매는 흑인 하인이나 아일랜드인 하녀에게도 다정하게 대하지만 동정과 친절에 지나지 않는다. 하인의 아들이 한국에 파병되는 장면은 삽화적으로만 다루어지며, 아일랜드인 하녀는 주인 집 아들을 향한 짝사랑을 쉽게 접는다. 세라를 둘러싼 세대 갈등은 이 소설의 중요한 문제의식 가운데 하나이지만 피상적으로 다루어지면서 모호한 사랑의 가치로 봉합된다.

한국에서 태어나 한국어로 말하며 한국인처럼 자란 백인 여성 자매는 마치 펄 벅의 분신처럼 비칠 법하지만 훨씬 기계적이다. 동서양 가치관의 차이라든가 가족과 사랑에 대한 추상적 강조는 『동풍 서풍』에서도 치명적인 결점으로 드러났으나 중국 여성의 삶을 다룬 여러 소설에서 생동감 넘치는 인물과 복잡한 사건 전개를 통해 차차 극복되어 갔다. 그 밖의 소설에서도 아시아 여성을 둘러싼 극단적인 이분법은 찾아보기 힘들다. 단지 체험의 차이 때문일까? 그렇게 단순화하기는 어렵다.

펄 벅은 난징 시절 한국인 학생을 가르친 바 있고, 미국에서 기업가 유일한柳一韓을 비롯한 여러 인사와 교유하며 친분을 쌓았다. 드물기는 해도 2차대전 중 한국 독립 문제에 대해 발언하는가 하면 한국전쟁 직후 한국계 혼혈아를 입양하기도 했다.[18] 그러나 중국과 인도를 둘러싼 식민주의와 인종 차별에 명백히 반대하고, 중국인 이민 제한이나 일본인 강제 수용과 재산 몰수 등의 현안에 적극적으로 개입한 데 비하자면 한국과 한국인에 대해서는 전반적으로 무심하거나 적어도 충분히 이해하지 못했다.[19] 아시아에서 정의와 평화를 실

---

18 펄 벅, 민재식 역, 『나의 자서전』(펄 벅 걸작 선집 15), 삼중당, 1962, 180면; 피터 콘, 이한음 역, 앞의 책, 422·476·508~511·547~548면. 펄 벅은 한국전쟁에 관해 거의 발언하지 않았다.
19 1927년 3월 말 국민혁명군의 난징 공격으로 펄 벅 일가는 구사일생으로 나가사키의 운젠(雲仙)으로 피신해서 8월까지 지내다 상하이로 귀환했고, 이듬해 7월 난징으로 돌아갔다. 『숨은 꽃』에서도 잘 드러나듯이 운젠 생활이 남긴 일본의 인상과 기억은 매우 우호적이다. 펄 벅에게 일본은 "세 번째 나라"다. 그동안 펄 벅의 부친은 약 반년간 한국을 방문했는데, 대조적이리만치 부정적이다. 김병철은 해당 부분을 그대로 옮겼으나 이장환은 10여 행을 삭

현하기 위한 미국의 역할과 기여를 줄곧 강조한 펄 벅이 한국에서 발견한 것은 뜻밖에도 가족과 사랑의 가치다.

『한국서 온 두 처녀』가 보여주는 기묘한 오리엔탈리즘은 미국인의 이기적이고 속물적인 욕망을 비판하기 위한 도구나 다름없다. 역부족이지만 펄 벅은 미국이 더 평등하고 민주적인 사회로 나아갈 수 있고 그래야만 한다는 굳은 신념과 희망에 초점을 맞추려 했다. 펄 벅은 한국의 현실에서 실천적 대안을 찾기보다 "고요한 아침의 나라"라는 일그러진 거울을 사용하는 것으로 만족했다. 『한국서 온 두 처녀』의 미숙성은 일본인 여성을 다룬 『숨은 꽃』과 인도를 배경으로 삼은 『오라, 내 사랑』에서 풍부한 상상력으로 극복된 반면 훗날 한국 문제를 정면으로 소설화한 『갈대는 바람에 시달려도』와 『새해』에서는 유독 순혈의 가족주의적 역사관으로 퇴화하고 만다.

2) 남성 중심의 가족사와 미국의 책무

한국에 대한 펄 벅의 애정과 한국인의 뜨거운 기대가 조응한 『갈대는 바람에 시달려도』는 1963년 원작이 출간되자마자 한 달도 못 되어 장왕록이 조급하게 완역해서 내놓은 역사소설이다. 그사이 일간지에 줄거리가 연재되고 라디오로 낭독되는가 하면 장왕록의 영문판 주해와 또 다른 번역가에 의한 축약본도 동시에 출간되었다.[20] 영어판과 한국어판 모두 아리랑을 새긴 인상적인 표지 디자인을 채용했으며, 갈대보다 대나무가 더 어울리는 한국어 번역 표제는 장왕록이 붙인 대로 통일되어 갔다. 원작의 작품성에 대한 논란도 일어났으나 마치 『대지』 3부작의 속편이나 그에 방불한 것으로 과대평가되기

제했다고 밝혔다. 펄 벅, 민재식 역, 위의 책, 11·196~197·258~269면; 펄 벅, 김병철 역, 『아버지의 초상』, 일한도서주식회사, 1960, 242~243면; 펄 벅, 이장환 역, 『싸우는 천사·어머니의 초상』(펄 벅 걸작 선집 5), 삼중당, 1961, 193·394면.

20 1967년에 출간된 이윤석의 『바람에 시달려도 갈대는 살아 있다』는 여러 출판사가 달려든 당시 정황과 후기로 미루어 보건대 1963년 장왕록 번역과 동시에 출간되었을 가능성이 높다. 장왕록의 번역을 바탕으로 일부 문장을 삭제한 이윤석의 축약본은 1970년대에 이정환과 박도연으로 번역가 이름을 달리하고 장왕록이 붙인 표제로 바꾸어 두 차례 더 출간되었다.

도 하면서 인기를 끌었다.[21]

『갈대는 바람에 시달려도』는 1960년대 펄 벅의 잇따른 방한은 물론이려니와 1962년 4월 케네디 대통령의 백악관 만찬 발언과 무관하지 않다. 한국 문제에서 미국이 발을 빼고 일본이 충분한 역할을 담당해야 한다는 케네디의 발언은 다소 과장되었을지언정 당시 미국 정가의 일반적인 견해일 것이다.[22] 경위야 어쨌든 펄 벅은 한국에 관한 놀라운 학습력을 발휘하면서 대하 서사의 스케일을 갖춘 가족사 소설을 내놓았다. 이 소설은 1881년 조선 말부터 1945년 해방까지 이르는 격랑의 근대사를 한반도 안팎을 넘나들며 서사화했다. 조미수호통상조약 체결에서 출발해 갑신정변, 동학운동과 청일전쟁, 러일전쟁과 을미사변, 한일병합, 신민회 사건, 1차대전과 삼일운동, 국외 혁명운동과 항일 투쟁, 해방과 미군 진주에 이르는 굵직하고도 빼곡한 역사적 사건이 주인공 김일한의 3대를 꿰뚫고 지나간다. 문제는 역사적 서사의 규모에 압도되어 등장인물을 둘러싼 문학적 상상력이 몹시 빈약해졌다는 점이다.

가장 큰 난점은 『갈대는 바람에 시달려도』가 보수적인 남성 지배 계급의 시선에서 출발한 데 있다. 제1부의 주인공 김일한은 권문세족 안동 김씨의 독자이며, 흥선대원군에 대항한 민씨 일파의 젊은 수장이다. 완고한 부친에 비해 가문의 한계를 비판적으로 바라볼 줄 아는 김일한은 조선 각지를 떠돌아다니며 민족의 역사·지리 기행에 나서기도 하지만 생동감이 없을 뿐 아니라 민중적이지도 않다. 제2부는 김일한의 둘째 아들이 새로운 세대로 등장하고 기독교도가 되는 과정이 중심인데, 윌슨의 민족 자결주의를 둘러싼 과열된 시대적 흥분과 긴밀하게 결부되지 못한 채 서사가 겉돈다. 국내 부르주아 계급의 성장을 보여줄 법한 둘째 아들 일가는 삼일운동으로 학살된다. 사라진 맏아들은 제3부의 주인공으로 돌아온다. 표제가 가리키는 인물인 "살아 있는 갈대"는 김일한이 아니라 전설적인 혁명가로 성장해 국외로 탈출한 맏아들이

---

21   김윤경, 앞의 글, 450~452면.
22   피터 콘, 이한음 역, 앞의 책, 547~549면.

다. 항일과 혁명의 길에 투신했다가 만주에서 사생아를 찾아내 함께 돌아온 맏아들은 미군 진주를 환영하러 나섰다가 미군의 총격에 어이없이 사망한다.

기실 『갈대는 바람에 시달려도』는 식민지의 정치적 격동과 미국의 아시아 정책을 무리하게 접합하면서 허약한 짜임새와 빈곤한 성격 묘사를 노정했다. 남성 인물의 성격은 정치적 사건에 연루될 때만 빛나며, 여성 인물의 목소리는 들리지 않는다. 김일한의 부인 박순이, 둘째 며느리 최인덕, 도발적인 여성 혁명가 한녀는 인상적인 캐릭터이지만 남성의 강건한 목소리에 묻혀 사라진다. 어느 나라에도 속하지 않고 모든 나라에 속하는 예술가로 일컬어진 혼혈 댄서 아라키 마리코가 마지막 장면에 등장하지만 손자 세대의 반목과 분열만 불러일으킬 뿐이다.

비단 문학적 상상력의 문제일까? 펄 벅의 『갈대는 바람에 시달려도』가 한국인 독자가 아니라 미국인 독자를 의식하고 창작되었으며, 한국의 역사를 성실하게 재현하기보다 아시아에서 미국의 역사적 책임을 묻는 데 역점을 둔 것은 틀림없다. 구한말의 정치적 혼란과 식민지화를 방관한 것은 물론 분단과 한국전쟁을 초래한 미국의 분명한 부채 의식을 촉구한 펄 벅의 소설은 오늘날 시각에서 보자면 곱씹어 볼 가치가 있다.[23] 대미에 이르러 "살아 있는 갈대"가 다름 아닌 미군에 의해 사살되는 장면이야말로 상징적이다. 민중 속으로 들어가 함께 호흡하려 했던 친미 귀족 계급 가문의 허무한 몰락 역시 의미심장하다. 무참히 꺾인 "갈대"의 아들이 북행을 선택하고 한국의 운명이 다시 친미 엘리트의 손으로 넘어감으로써 다가올 긴 냉전이 예고된다.

그렇다 하더라도 명성황후를 향한 김일한의 내밀한 연정, 기독교를 앞세운 서양 세력에 대한 경계, 급진적 여성 혁명가 한녀에 대한 결벽적 태도와 친아

---

23 장왕록·한말숙, 앞의 책, 243~244면. 펄 벅의 아시아 인식은 냉전 체제에서 이른바 "중국 상실 (Loss of China)"이라는 문제와 관련되며, 한국에 대한 관심과 낭만적인 태도 역시 이와 무관하지 않다. 냉전 체제 속에서 펄 벅 소설의 정치적 독해와 기여에 관해서는 2차대전 이후 중국과 중국인을 다룬 『베이징에서 온 편지』를 비롯한 일련의 소설을 통해 재평가할 필요가 있다.

들에 대한 집념, 그리고 마지막 대목에서야 매우 조심스럽게 다룬 일본계 국제 혼혈은『갈대는 바람에 시달려도』가 한국 특유의 단일 민족 신화와 민족주의적 강박을 뿌리치지 못했음을 시사한다. 펄 벅의 여느 소설에서 찾아보기 어려운 이러한 태도는 비로소 한국인 혼혈아를 내세운『새해』에서 역설적으로 증폭된다.

3) 부계의 책임, 모계의 가족주의

만년의 펄 벅이 마지막 여덟 번째 방한을 앞두고 내놓은『새해』는 전후 미군에 의해 아시아 곳곳에 퍼져 이제 10대로 자란 아메라시안Amerasian에 관한 인도주의적 관심과 한국계 혼혈아에 대한 진심 어린 애정을 담고 있다. 미군과 아시아 여성의 혼혈로 태어나 버려진 아이들을 가리키는 아메라시안은 다름 아닌 펄 벅이 고안해 널리 사용된 명칭이다. 1949년 펄 벅의 그린힐 농장에서 웰컴하우스가 출범하고, 1964년 펄벅재단현 펄벅인터내셔널으로 확대되었다.[24] 펄벅재단은 미군이 주둔한 아시아 지역에 해외 지부를 설치하면서 그중 한국전쟁을 겪은 뒤 미군이 계속 주둔하고 있는 한국에 첫 번째 지부를 두고 유일한이 제공한 부천의 공장 부지에 소사희망원을 열었다.

『새해』역시 장왕록에 의해 곧바로 번역되었으나 상투적인 플롯과 계몽적인 화해로 그쳤다. 한국의 현실과 지나치게 유리된 묘사, 서사적으로 우연하거나 모순된 서술이 곳곳에서 불거진 것도 큰 약점이다. 게다가 미군 혼혈아의 존재가 사회적으로 매우 불편한 문제일 뿐 아니라 대규모의 한국 정규군 병력이 베트남전에 참전한 마당이기도 해서『갈대는 바람에 시달려도』만큼 반향을 얻지 못했다.

엘리트 해양학자 로라는 필라델피아의 변호사이자 주지사로 출마한 유력 후보의 아내다. 남편은 은행가의 지지와 후원을 약속받았으며, 장차 백악관

---

24 펄 벅, 민재식 역, 앞의 책, 375~380면; 피터 콘, 이한음 역, 앞의 책, 497~498면.

입성을 노리고 있다. 서로 깊이 이해하고 사랑하는 부부에게 편지가 도착하면서 파문이 인다. 12년 전 결혼 사흘 만에 남편이 한국에 파병되어 순희라는 여성과 동거하면서 낳은 아들이 느닷없이 소식을 보내왔기 때문이다. 남편은 자신이 버린 아들에 대해 책임을 느끼지만 순희를 생각하지는 않는다. 반면에 로라는 남편의 전부를 알고자 하는 욕망으로 순희를 만나려 하지만 소년에 대해서는 생각하지 않는다.

홀로 한국으로 건너온 로라는 미국 유학생 출신의 한국인 기업가 최씨의 도움을 받아 순희와 소년을 만난다. 또 워커힐에서 젊은 미군 장교들을 만나 혼혈아의 실태를 접하기도 한다. 우여곡절과 숙고 끝에 로라는 소년을 미국으로 데려간다. 로라 부부는 소년을 기숙학교에 들여보내 교육하고, 서서히 소년에게 마음을 열어 간다. 로라의 남편은 주지사에 당선되고, 그해 마지막 날 밤 파티에서 아들의 존재를 밝힌다.

소년을 '아버지의 나라' 미국으로 데려가 부부의 가족으로 받아들이기로 결심한 로라의 선택은 단지 소년의 바람 때문만은 아니다. 무엇보다 직접 만나 본 순희가 미천한 매춘부나 기지촌 위안부가 아닌 데다가 고상하고 우아하며 품위 있는 여성 예술가이기 때문이다. 순희는 단지 가난에서 벗어나기 위해, 그러나 진실한 마음과 사랑으로 남편과 동거했다. 또 최씨가 후원하고 있는 유명 요정의 마담이 된 순희는 외국인이라면 무조건 거절하기로 유명하다. 최씨의 말에 따르면 순희는 묘한 모성을 지닌 "강철 같은 여성"이며, 로라가 보기에 충분히 믿을 만하고 존중할 만한 여성 예술가다. 게다가 혼혈 소년 또한 길거리의 비참한 부랑아로 전락하지 않고 잘 교육받았으며, 총명하고 뛰어난 재능을 물려받았다. 이상화된 한국 여성과 예의 바르고 성찰적인 소년의 모습은 『한국서 온 두 처녀』를 억지로 되풀이한 데 지나지 않는다.

이는 오리엔탈리즘의 소산이라기보다 역사적 현실의 왜곡이자 의식적 기망이다. 왜냐하면 순희의 이상화는 한국전쟁 이후에도 지속된 합법적 성 착취와 기지촌에서 자행된 매매춘 문제를 은폐하며, 요정 마담을 전통 예술가나 민족주의자로 미화하는 데 지나지 않기 때문이다. 한국전쟁의 참상이나 분단으로 인한 여성의 고통은 전혀 드러나지 않는다. 고아가 아닌 혼혈 소년의 성공은 버려진 아메리시안의 비참한 삶과 사회적·계급적 차별에 눈감게 만들고 헛된 아메리칸드림을 낭만적으로 포장한다. 부계 혈통을 중시하는 역사와 "인간의 본성을 따르는 법률"로 매매춘을 옹호하기까지 하는 최씨와 이를 용인하는 미국 엘리트 여성 로라 사이에는 별다른 이견이 없다.[25] 로라는 한국의 단일 민족 신화와 순혈주의에 적극 동조한다.

문제는 또 있다. 혼혈 소년은 성공적으로 미국의 새로운 가족 일원으로 받아들여지는데, 이를 선포하는 것은 뜻밖에도 로라가 아니라 남편이다. 낭만적이고 감상적인 마지막 장면은 독단적인 백인 남성 가부장의 용기와 결단을 부각한다. 혼혈 소년은 미국이라는 "아버지"를 얻는다. 한편 한국에 남은 순희는 4,000달러의 양육비를 받고 미련 없이 직업을 버리며, 사랑을 바친 미국 백인 남성과 혼혈 아들의 사진을 태운 뒤 최씨의 후처로 들어감으로써 순혈의 가부장적 가족을 꾸린다. 순희를 저버린 남성의 해명이나 역사적 화해는 전혀 염두에 없다. 결국 『새해』는 미국 여성 로라와 한국 여성 순희의 목소리를 드러낸 것처럼 보이지만 기실 가족을 완성하는 부계 혈통과 가부장의 권위를 재확인해 준다. 여성의 몫은 다시금 모성으로 되돌아가며, 모성이 단일 민족의 신화와 순혈주의를 지탱하는 축임을 알려 준다.

치명적인 문학적 한계에도 불구하고 우리는 두 가지 점을 더 고려해야 한다. 첫째, 로라가 동식물의 중간 종을 연구하는 과학자로 설정된 것은 펄 벅의 목소리를 대변한다. 『동풍 서풍』 이래 펄 벅이 일관되게 꿈꾼 서로 다른 "여러 세계"의 다양화와 대통합이라는 과제는 인종 간의 평등한 결혼으로 태어나 미래의 새로운 인류로 성장할 혼혈아에게 주어져 있다. 혼혈아야말로 진보된 새 종족이며 세계 시민의 시조가 될 것이라는 펄 벅의 기발한 전도는 그 자체

---

25 장왕록 역, 『새해』, 민중서관, 1968, 149~152면.

로 값진 인식이다.[26] 둘째,『새해』역시『갈대는 바람에 시달려도』와 매한가지로 미국인 독자를 위한 소설임은 의심할 여지가 없다. 십분 양해하기로 한다면 펄 벅이 상정한 독자는 미국 사회에서 영향력 있는 상류층이나 지식인이며, 혼혈아 입양에 적극적으로 나서거나 후원할 수 있는 엘리트 계층이다.

만약 이러한 사정을 인정한다면『새해』에 앞서 발표된『매슈, 마크, 루크, 존 Matthew, Mark, Luke and John 』1967에도 주목해야 마땅하다. 펄 벅이 20여 편의 동화나 청소년 소설을 창작한 사실은 의외로 잘 알려지지 않았는데, 그중에서 일본을 배경으로 삼은『해일 The Big Wave 』1948이 유명하다.[27] 반면에『매슈, 마크, 루크, 존』은 한국에서 펄 벅의 인기가 한창 절정에 달했을 때 발표되었음에도 불구하고 의도적으로 외면당하다시피 해서 문제다.[28] 동맹국 주둔군 혼혈아의 시선으로 어머니에게마저 버림받을 수밖에 없는 꺼림칙한 이슈를 다룬 탓이다. 표제는 부산의 다리 밑 굴속에서 생활하는 혼혈아 4명을 가리키는데, 복음서 저자를 한국식으로 읽은 마태, 마가, 누가, 요한이라는 이름이기도 하다. 매슈는 아버지 역할을 맡으며 비참한 생활에 빠진 아메라시안 소년들을 이끈다. 그

---

26 허정애, 앞의 글, 100~106면.

27 Pearl Buck, illustrated with prints by Utagawa Hiroshige and Katsushika Hokusai, *The Big Wave*, N.Y. : The John Day Company, 1948; 펄 벅, 강유하 역, 류충렬 그림,『해일』, 내인생의책, 2002. 에도 시대의 유명한 우키요에(浮世繪)를 삽화로 곁들인『해일』은 1948년 아동연구협회 아동도서상을 수상했다. 1960년 미일 합작 영화로〈해일〉이 제작될 때 펄 벅이 많은 공을 들였으나 상영 자체가 무산되었다. 鈴木紀子,「'幻の映畵'をめぐって-『大津波』日米合同映畵製作とパール・バック」,『大妻レヴュー』48, 東京 : 大妻女子大學英文學會, 2015, 39~49면; 鈴木紀子,「アメリカと日本の架け橋に-パール・バック『大津波』と戰後冷戰期日米文化關係」,『人間生活文化研究』28, 東京 : 大妻女子大學 人間生活文化研究所, 2018, 82~96면; 양아람, 앞의 글, 441~445면. 당연히 한국에서도 영화가 소개될 수 없었는데, 펄 벅의 또 다른 자서전『인도교(The Bridge for Passing)』(1962) 출간 소식에 곁들여 영화 제작 당시 펄 벅이 남편 리처드 월시와 사별한 이야기를 전하는 정도였다.「『인도교』는 최후 작품-펄 벅 여사의 문단 고별설」,『마산일보』, 1962.4.6, 4면; 펄 벅, 염기용 역,「인도교」(전 4회),『마산일보』, 1962.6.20~23, 4면.

28 이 작품은 출간되자마자 표제를 달리해서 즉각 번역되었지만 더 이상 소개되거나 언급되지 않은 채 철저히 망각되었다. 펄 벅, 이규태 역,「너희가 잠자는 곳에」,『여원』138, 여원사, 1967.2, 302~315면.

러다 미군 샘이 매슈를 입양하기로 결정한다. 매슈는 "아버지의 나라" 미국 생활에 적응하지만 세 소년을 잊지 못한다. 샘 부부는 이웃을 설득해서 모두 입양하여 함께 지낼 수 있도록 한다. 동화다운 낭만적 결말이요 설교조도 여전하지만 자기를 증언할 수 없는 아메라시안 소년에게 시선과 목소리를 부여하고 이웃의 공감과 공동의 책임을 강조한 점은 기억할 가치가 있다.[29]

4. 아시아 여성과 혼혈의 상상력

1) 낭만적 사랑과 혼혈의 공포

패전 직후 일본 운젠을 배경으로 이야기가 시작되는 『숨은 꽃』은 일본 여대생 사카이 요시에와 점령지 주둔 장교 앨런 케네디의 사랑과 결혼을 그렸다. 미국에서 자리 잡은 의사인 요시에의 부친은 태평양전쟁 때 일본으로 강제 추방되었고, 미군으로 참전한 아들을 잃었다. 다도회에 열정적으로 빠져든 부친은 "순수한 일본 정신"을 지키며 "참다운 일본인"으로 거듭나기를 강박적으로 다짐한다. 미국에서 자라며 교육받은 요시에는 열정적인 내면을 지녔다. 우연한 만남으로 미군 장교 앨런과 사랑에 빠진 요시에는 선량하고 성실한 일본 청년 고보리와 파혼하고, 결혼을 약속한 앨런과 과감히 미국으로 건너간다. 두 남녀가 결혼하기 전부터 요시에의 부친은 물론 앨런의 상관마저 청춘 남녀의 애정이나 사랑은 별로 중시하지 않으며, 아직 일어나지 않은 혼혈에 대한 혐오와 공포를 반복적으로 강조한다. 요시에의 부친은 일본인의 순수한 혈통을 "정복자"의 피로 더럽힌다는 점에서, 앨런의 상관은 "저주스러운 전쟁의 부산물"이라는 점에서 혼혈을 극력 부정한다.[30]

---

29 박진영, 「펄 벅과 냉전의 사생아들」, 『부천과 박물관』 3, 부천시 박물관, 2025, 6~29면.

30 전후 일본의 혼혈 담론은 박이진, 「전후 일본의 혼혈 담론―GHQ 점령기를 중심으로」, 『대동문화연구』 103, 성균관대 대동문화연구원, 2018, 235~267면; 박이진, 「하프, 또 하나의

어렵게 미국에 도착한 요시에는 앨런의 모친이 두 사람의 결혼을 인정하지 않으며, 앨런의 고향인 남부에서 백인이 유색 인종과 정식으로 결혼할 수 없다는 사실을 알고 절망한다. 요시에와 앨런은 뉴욕에서 행복하게 생활하지만 곧 균열이 생긴다. 고향을 방문한 앨런은 부모의 재산을 물려받는 쪽을 택하며 요시에에게 돌아오지 않는다. 임신한 채 집을 떠난 요시에는 고보리의 도움을 받아 캘리포니아에서 아이를 낳은 뒤 입양 기관에 맡기기로 마음먹는다. 요시에의 출산을 맡은 독일인 의사 스타이너는 나치의 학살을 경험한 미혼의 유대인 여성인데, 혼혈아의 우수성을 주장하며 유색 인종 입양 차별에 분노한다. 요시에는 "세계의 어린애"를 순산하며, 스타이너는 요시에의 아이를 입양해 기르기로 한다. 스타이너는 요시에에게 아이를 함께 기르자고 권하지만 요시에는 고보리와 함께 귀국함으로써 과거와 단호히 결별하기로 결심한다.

짜임새가 탄탄하고 여성의 심리를 탁월하게 묘사한 『숨은 꽃』은 펄 벅의 장기가 잘 살아 있는 수작이다. 동양인 여성의 아름다움을 찬미하고, 과학자의 입을 빌려 혼종적 세계 시민이자 미래의 신인류인 혼혈아의 우수성을 강변하는 한계는 여전하다.[31] 그러나 남성 정복자와 패전국 여성, 법과 제도와 관습에 굴복하는 남성과 자신의 운명을 스스로 선택하고 결정하며 실천하는 자주적 여성의 입체적인 대비를 통해 열정적인 사랑과 결혼의 파탄을 섬세하게 묘파했다. 펄 벅은 비현실적인 낙관에 기대지 않고, 아시아 여성이 처한 현재와 미래를 위한 주체적 선택을 존중한다.

남부 백인 남성인 앨런의 변심은 인종 차별과 편견의 공포 때문이 아니라 안전한 미래와 타협하려는 미국적 속물주의에서 비롯된 것이다. 요시에가 스스로 떠난 사실을 알고 앨런은 비로소 안도한다. 파경의 책임을 외면한 앨런

일본인론—현대 일본 인종주의의 '전후적' 기원」, 『일본문화연구』 77, 동아시아일본학회, 2021, 109~128면; 下地ローレンス吉孝, 『「混血」と「日本人」—ハーフ・ダブル・ミックスの社會史』, 東京 : 靑土社, 2018, 61~133면.
31 허정애, 앞의 글, 94~100면.

은 남부 고향의 "완전성"을 핑계로 보수적인 부모 세대에게 자발적으로 예속되고, 고향 여성과 결혼을 꿈꾸지만 결국 거부당한다. 혼혈은 미국의 사회적 불평등과 편협한 민주주의, 미국인의 위선과 자기기만을 비판하고 여성에게 정당한 지위와 권리를 되돌려 주기 위한 펄 벅의 중요한 무기 가운데 하나다.

한편 스타이너가 요시에에게 "세계의 어린애"를 함께 기르며 살자고 권하는 대목은 여성주의적 우호와 연대의 가능성을 시사한다. 그러나 요시에는 현실과 자신의 욕망에 더 충실한 편을 선택한다. 법이 개선되고 사회가 진보하는 움직임이 시작되지만 어디까지나 미국의 미래일 뿐이며, 출산 직후 "거룩한 일주일"의 경험에도 불구하고 모성애는 더 이상 요시에가 지켜야 할 덕목이 아니다. 이 점은 요시에가 고보리와 함께 돌아가더라도 부친처럼 그전의 일본이나 일본인으로 귀환하는 것이 아님을 의미한다. 유색 인종 여성 요시에에게 요구되는 것은 과거와 단절하고 그녀 자신이 새로운 여성으로 거듭나는 일이다.

2) 혼혈과 희생적 선교의 허위

펄 벅은 『오라, 내 사랑』에서 처음으로 식민지 인도를 무대로 삼았으며, 놀랍게도 유일하게 선교사 일가를 주인공으로 내세웠다.[32] 미국 백인 상류층인 매커드 가문 4대, 즉 매커드, 데이비드, 테드, 리비가 19세기 말부터 2차대전 직후까지 반세기 넘게 인도에서 "실천적 전도 사업"에 매진하는 장대한 규모의 가족사 소설이다. 『오라, 내 사랑』은 식민지 문제와 기독교 선교를 세대 갈등과 엇갈리는 사랑 속에서 다룬 점이 뛰어나며, 마지막 세대 리비가 여성인 점도 인상적이다.

철도와 무역으로 자수성가한 젊은 실업가이자 대부호 매커드는 아들 데이비드와 인도를 여행하다가 "확장의 시대"에 걸맞게 선교사를 전문적으로 양

---

32 피터 콘, 이한음 역, 앞의 책, 524면.

성하여 파견하기 위한 신학교 설립을 구상한다. 부지 매입에 나선 데이비드는 올리비아에게 반해 청혼하지만 거절당해 낙심하고 혼자 인도로 떠난다. 매커드는 미국에서 신학교 대신 공장을 세우고, 데이비드는 현지 언어를 익히며 일방적으로 설교하지 않는 "새로운 종류의 선교"를 꿈꾼다. 데이비드는 런던에서 사귄 인도인 명문 귀족 다르야 샤프르와 교유하며, 그의 도움으로 올리비아에게 다시 청혼하여 결혼에 성공한다. 올리비아는 아들 테드를 낳은 뒤 페스트로 사망하고, 다르야 일가 역시 몰살되고 혼자 남는다.

미국에서 공부한 테드가 다시 인도로 돌아와 부친의 신학교에 부임한다. 1차대전 후 간디를 중심으로 민족주의 열풍이 불고 다르야가 체포된다. 테드는 다르야의 가르침을 따라 민중이 사는 "마을"을 여행하며 "무기 없는 백성"과 직접 만난다. 테드는 동부 주지사의 딸인 영국 여성에게 청혼하지만 그녀는 테드의 부친 데이비드와 결혼해 뉴욕에 안주하고, 테드는 가난한 선교사 부부의 딸과 결혼한다. 인도 민중은 지식인의 태도를 벗어 버리지 못한 다르야보다 민중 속에서 실천적인 삶을 수행하는 테드 부부를 따른다.

매커드, 데이비드, 테드 3대는 서로 다른 선교 시각을 갖고 충돌한다. 갑부 매커드의 선교 구상은 위선적임이 드러나고, 데이비드는 식민지 당국과 타협하며 상류층 인도인을 대상으로 시혜적 선교에 열중하지만 결국 포기한다. 테드는 가장 낮은 곳에서 민중과 함께하며 희생적이고 헌신적인 삶을 실천하는데, 이는 인도 민족주의를 넘어서는 위대한 힘을 지닌 것처럼 보인다. 그런데 2차대전 직후 인도가 독립하고 다음 세대인 딸 리비에 이르러 가장 근본적인 변화와 충격이 일어난다. 인도에서 태어나 인도인들 속에서 똑같이 생활하며 자라난 리비는 미국 유학마저 거부하며 인도인 속으로 거의 완전히 녹아들어 가기 때문이다.

결정적인 문제는 리비가 인도인 청년 의사와 사랑에 빠지면서 폭발한다. 리비는 밤마다 의사를 찾아가 깊은 사랑을 나누는데, 이를 눈치챈 인도인들은 침묵으로 리비를 보호한다. 그러나 테드는 자기 자신에 대한 질문, 평생 지켜 온 신념과 양심을 보류하며 실패를 자인한다. 테드는 새로운 세대의 사랑을 격렬하게 부정하며 딸을 데리고 미국으로 돌아간다. 인도인 청년 의사는 테드의 영혼과 육체, 이상과 실천이 분리되었음을 간파하고, 억지로 기선에 올라탄 리비는 임신을 소망하지만 이루어지지 않는다.

매커드 일가의 선교 사업은 민족주의와 민중성까지 어렵게 성취하며 서구 중심적 배타성을 극복해 왔으나 가장 최후 단계인 인종 차별과 편견에 맞닥뜨려 순식간에 무너진 셈이다. 이를 촉발한 것은 선교사 집안의 딸로 태어나 인도에 완전히 동화되다시피 한 백인 여성 리비다. 탁월하게도 펄 벅은 일관되게 부르짖어 온 혼혈의 미래적 가치를 섣부르게 내세우지 않는다. 리비의 운명은 성급한 화해 대신 다음 세대의 과제로 신중하게 이월된다. 그것은 리비와 같은 미래 세계의 새로운 여성 시민이 인종과 민족, 지역과 국가, 종교와 이념, 계급과 신분, 세대와 성별의 경계를 허물고 온갖 차별과 편견, 불평등과 억압을 타파하며 떠맡아야 할 시대적 과제가 된다.

3) 여성의 혈통과 계급

박희주와 양태조가 공역한『모란꽃』은 펄 벅 소설이 가장 많이 번역된 1959년 단행본으로 출간되었다가 1962년 삼중당 선집에 합류한 경우다. 이 소설은 원작이 1948년에 출간된 데 비해 비교적 늦게 주목되었는데, 펄 벅의 본령이라 할 중국에서도 다소 이색적인 무대를 골랐기 때문이다. 종전 후 펄 벅은 급박했던 전시와 다른 시각을 보여주기 시작했다. 이를테면『여인의 전당』1947은 난징의 상류층 중년 여성이 자주적인 삶을 선언하고, 파문당한 이탈리아인 신부를 만나 따뜻한 우정과 애정을 나누는 이야기다.『성난 아내』1947는 남북전쟁 직후로 거슬러 올라가 흑백 갈등과 인종 차별을 둘러싼 두 형제의 갈등을 그렸다.[33]『모란꽃』은 1890년대 허난성의 고도 카이펑開封에 자

---

33 피터 콘, 이한음 역, 위의 책, 482~483·487면.

리 잡은 유대인 집안의 중국인 하녀 모란의 시선을 차분하게 따라가며 여성의 운명을 조명했다.

카이펑은 송대부터 많은 유대인이 신앙을 지키며 정착한 도시인데, 점차 중국에 동화되다가 아편전쟁과 태평천국의 난이 일어난 청대 말에는 공동체가 와해된 것으로 알려져 있다. 『모란꽃』은 카이펑의 마지막 랍비가 죽으면서 유대인 가문들이 흩어지거나 중국인과 완전히 동화된 최후의 장면을 서사화했다. 슬기롭고 사려 깊은 모란의 내면을 섬세하고 세련되게 묘사한 것은 이 소설의 가장 큰 장점이다. 모란의 낮은 시선과 목소리를 통해 이방인과 그들을 둘러싼 다채로운 인물의 삶이 개성적이고 생생하게 포착되었다. 펄 벅은 생경한 설교나 계몽적 개입을 최소화함으로써 이야기꾼의 면모를 유감없이 발휘했다.

어릴 때 하녀로 팔려 온 모란은 유대 상인 에즈라 부부와 아들 데이비드를 섬기며 살아간다. 중국인 첩의 소생인 에즈라는 고집 세고 신앙심 깊은 유대 장로의 딸을 부인으로 맞이했다. 에즈라 부인은 데이비드가 눈먼 랍비의 딸 리아와 결혼해 신앙 공동체를 이어 가기를 바란다. 리아가 에즈라 집에 머물게 된 첫날 유대인과 중국인 혼혈의 카오리엔이 이끄는 캐러밴이 도착해서 유대인 핍박과 학살 이야기를 전한다. 이를 계기로 데이비드와 리아의 "민족의식"과 신앙심이 위험스럽게 깨어난다. 모란은 기회를 타서 중국인 상인 쿵첸의 딸 쿠에일랑이 데이비드와 인연을 맺을 수 있도록 조심스레 주선한다. 재능과 지혜를 겸비한 모란은 데이비드가 자기를 사랑하도록 만들 수 있으나 그러지 않으며, 자신의 안전과 행복을 위한 최선의 선택이 무엇인지 늘 고민하면서 침착하게 행동에 옮긴다. 사업 이익에 충실한 쿵첸은 외국인에 대한 편견을 갖고 있지 않지만 유대교의 선민의식과 배타성을 비판적으로 바라본다.

신앙과 사랑 사이에서 갈등하던 리아는 데이비드와 사소한 다툼을 벌이다가 칼로 데이비드를 내리친 뒤 자살하고 만다. 데이비드와 결혼한 쿠에일랑은 유대교 의식에 참여하지 않는다. 마지막 랍비와 후원자 에즈라 부인이 세상을 떠나자 신앙을 중심으로 한 유대인 공동체는 사실상 무너진다. 데이비드는 장인 쿵첸의 제안으로 일가를 이끌고 팔레스타인 대신 베이징을 여행한다. 데이비드 가족은 의화단의 난으로 피신했다가 환도한 서태후를 알현하는데, 모란에게 눈독을 들인 고관의 위협을 감지하고 급히 돌아온다. 데이비드의 첩이 되는 길 대신 모란은 절로 도피하여 덕망 있는 여승으로 일생을 보낸다.

기실 『모란꽃』의 강렬한 흡인력은 매력적인 품성의 모란과 데이비드 사이의 팽팽한 균형에서 빚어진다. 전반부에서 리아와 쿠에일랑 사이의 묘한 긴장을 자아내는 것은 모란이며, 후반부에서 데이비드의 사랑과 욕망을 자극하는 것도 모란이다. 또 유대인 집안과 중국인 집안을 오가며 인연을 잇거나 관계를 떠받치는 힘도 모란에게서 나온다. 영악하다고도 볼 법한 모란의 진중한 태도는 자기 앞 세대의 하녀나 중국인 또는 유대인 하인들에게서 물려받은 교훈이며, 외부의 권세와 위험으로부터 스스로 보호하는 방편이기도 하다. 중요한 것은 모란이 언제나 스스로 생각하고 판단하며 결정한다는 사실이다. 결국 데이비드를 떠나기로 결심하는 주체는 모란 자신이다.

얼핏 『모란꽃』은 인종과 종교 갈등을 중심에 둔 것처럼 보인다. 역사 속에서 지워져 가는 카이펑 유대인을 되살린 점에서 그러하며, 서로 다른 세계 사이의 대화와 화해를 촉구한 점에서도 그러하다. 그런데 겉보기에 민감하게 다루어진 바와 달리 정작 주인공 모란은 인종과 종교의 차이에 무감하거나 둔감하다. 모란이 인종이나 종교보다 더 중시하는 가치는 여성으로서 독립적인 내면과 자주성이며, 모란의 현명함은 오히려 하층민으로서 신분과 계급적 감각에서 우러나온다. 예컨대 데이비드 부부의 아이들에게 유대인 이야기를 들려주곤 하는 모란의 성숙한 모습은 매우 인상적이다. 펄 벅의 역사적 시선은 어김없이 중국의 하층 여성에게서 보편적 미덕을 발견한 셈이다.

5. 펄 벅의 오독 혹은 모순

펄 벅은 한국에서 동시대적으로 번역되며 가장 큰 영향력을 발휘한 여성 작가다. 1930년대『대지』의 작가 펄 벅은 1950년대 한국어 번역을 통해 대중적 독서와 출판 시장의 총아이자 보편적 휴머니즘과 모성애의 기수로 변신했다. 전후의 펄 벅은 각색의 군상, 그중에서도 아시아 여성의 다양한 삶의 방식, 사랑과 결혼, 그리고 그 산물로서 혼혈의 문제에 초점을 맞춤으로써 여성의 지위 향상과 차별 철폐에서 독특한 목소리를 냈다. 펄 벅의 소설이 한국 독자에게 인기를 끌고 호소력을 발휘한 중요한 요인 가운데 하나가 아시아 여성에게 목소리를 부여하고 자기 삶에 대한 주체적인 선택의 기회를 상상한 데 놓여 있음은 틀림없다.

한국의 편애와 달리 막상 펄 벅은 한국인을 재현하거나 약자의 목소리를 드러내는 데 실패했다.『한국서 온 두 처녀』에서 펄 벅은 동양적이거나 전통적인 가치관 이상을 발견하지 못한 채 백인 중산층 남성 중심의 이데올로기를 관습적으로 되풀이했을 따름이다. 이 소설의 두 주인공이 한국을 경험한 미국 백인 여성일 뿐이라 하더라도 1960년대『갈대는 바람에 시달려도』와『새해』가 여전히 가부장적이고 민족주의적인 인식에서 한 걸음도 벗어나지 못한 점은 심각한 문제다. 펄 벅은 미국이 여타의 침략적 제국주의 열강과 엄연히 다르며, 윌슨의 시대와 마찬가지로 전후에도 한국의 보호자이자 "아버지"로서 역할과 책임을 다해야 한다고 믿었다. 펄 벅이 혼혈 "고아"의 "어머니" 자리를 자처함으로써 "혼혈" 고아를 책임지고 미래를 약속할 가부장적 지위와 책임은 "아버지의 나라"에 주어졌다. 이는 정작 "모성"에 시종일관 냉담한 펄 벅의 태도와 부합하며, 미군 혼혈아의 존재를 꺼리고 언급 자체를 주저한 한국의 입장과도 잘 들어맞았다.

아시아 여성과 혼혈에 대한 펄 벅의 관심은 가부장의 역할이 아니라 평등한 남녀 관계와 민주적인 사회의 가능성에 주의를 돌림으로써 빛을 발했다.

아시아 점령국 일본과 패전국 독일계 유대인 여성의 목소리를 드러낸 『숨은 꽃』, 서구 중심적인 선교와 인도 민족주의 양편에 모두 거리를 두기 시작한 선교사 4세 여성을 등장시킨 『오라, 내 사랑』, 카이펑 유대인 후손에 대한 사랑을 간직하면서 자신의 개성과 독립성을 지킨 중국인 하녀의 초상 『모란꽃』이 그러하다. 이 소설들의 이면에는 미국 사회의 차별과 불평등에 항의하면서 전후의 미국적 통합의 가치를 역사적 시선으로 서사화하려는 펄 벅의 고투가 담겨 있다. 펄 벅의 가장 귀중한 공헌은 아시아 여성의 삶과 운명을 포착함으로써, 또 민중적 가치를 희석하지 않으면서 그것을 재현하려고 한 점에 있다. 특히 가부장적 욕망과 거리를 둘수록 도식적이거나 계몽적인 펄 벅의 목소리가 잦아들고 여성의 내면과 지향을 더 섬세하게 묘사할 수 있었다.

자기 자신이 외국인이자 이방인임을 자각하는 순간은 타자의 존재를 발견하고 새로운 인간관계를 맺는 첫걸음이다. 태생적으로 "여러 세계"에 속한 펄 벅은 아시아 여성의 재현과 혼혈의 상상력을 통해 인종, 지역, 종교, 계급, 성별의 경계에 끊임없이 도전했다. 전후의 펄 벅은 개인이 자유롭고 평등하며, 민주적이고 평화로운 관계를 꿈꾸었다. 그것이 이상주의적이라 할지라도, 또 미국적 이데올로기를 대변할지라도 미래의 코즈모폴리턴이 지향해야 할 공동의 가치라는 점을 양보하지 않았다. 1950년대 한국의 애독자들은 신화화된 모성이나 박제된 휴머니즘이 아니라 펄 벅이 보여준 주체적이고 실천적인 인간관계에 공명했다. 그런 점에서 펄 벅의 소설을 다시 읽고 공정하게 재평가할 필요가 있다.

〈표 1〉 펄 벅 『대지』 3부작 번역 (1936~1962)

번역가	표제	지면·출판사	출판 일자	기타
심훈	대지	『사해공론』 2(4)~2(9)	1936.4.1~9.1	전 6회, 미완 제1~6장, 머리말 윤상렬 삽화 니 이타루 중역
노자영	금색의 태양	명성출판사	1940.3.28	292면 중 1~140면 세계문학전집 1 최배근 장정 「대지」, 「어머니」, 「퀴리 부인」
	대지	학림사	1949	292면 미확인 (목록)
김성칠	대지	인문사	1940 (초판) 1941 (재판)	미확인 (광고) 완역, 450면 세계명작(소설)총서
		학림사	1949	421면
		우신사	1949	미확인 (목록)
		태극사 희문사 교양사 교양사 아동문화사 신명출판사 한양출판사 남창문화사 제문출판사	1953.8.25 1957 1958.9.15 1959.11.15 1961.9.10 1962 1965.2.25 1969 1970	421면 세계명작총서 1 (태극) 원저자 소개 (태극)
		영흥문화사 영흥문화사 오성 창일출판사 민중서관	1974 1977.9.10 1979 1981 1981	328면 세계문학 (영흥) 세계문학대전집 1 (창일) 노벨문학상전집 10 (민중)
조상원	대지 제1부 대지 제2부 대지 제3부	현암사	1부 1956.11 1958.3.5 2부 1957.1.15 1958.3.5 3부 1958.1.15	현암문고 별제판(別製版), 전 5권, 중역 머리말 (1956~1957) 제1부 398면 제2부 254·570면 제3부 249·537면
장왕록	대지	삼중당	1부 1960.8.10 2부 1961.11.15	펄 벅 걸작 선집 1~3면 머리말 (1960~1962)

번역가	표제	지면·출판사	출판 일자	기타
	아들들		1962.4.30 1962.11.10	제1권 305면 제2권 337면 제3권 326
	분열된 일가		3부 1962.6.15 1962.11.10	

〈표 2〉 펄 벅 단행본 번역 출판 (1953~1962)

번역가	표제	출판사	출판 일자	기타
최고	흑과 백	산해당	1953.2.10	316면 머리말 (1950.1.30) China Flight (1945)
	격류	산해당	1953.11.25	
장왕록	한국서 온 두 처녀	학우사 진명문화사	1953.9.5 1959	222면 『평화신문』 연재 (1952) 머리말 (1953.7) Love and the Morning Calm (1951, 연재)
홍복유	여학사(女學士)	정연사 (창문사)	1953.11.25	317면 머리말 (1953.7.31) Sylvia (1951)
김호	실비아의 사랑	세계문화사	1958.1.25	
	그 여자의 사랑	공동문화사	1962.12.30	
이진섭	인생항로	정음사	1953.12.12 (초판) 1954.8.12 (초판)	204면 『연합신문』 연재 (1952) 후기 (1953.8 말복) Journey for Life (1943)
장왕록	여인의 전당	대신문화사	1955.2.20	440면 머리말 (1954 만추) Pavilion of Women (1946)
장왕록	숨은 꽃	민중서관	1955.2.27 (초판) 1956.8.20 (재판) 1958.10.20 (4판)	442면 민중현대총서 8 후기 (1955.2) Hidden Flower (1952)
			1962 (5판)	377면, 미확인
장왕록	오라, 내 사랑	수도문화사	1957.10.15	472면 머리말 (1957.1) Come My Beloved (1953)
김해동	결혼 초상화	장문사	1957.12.7	424면 Portrait of a Marriage (1945)
박흥민	어머니	대문사 백인사	1957.12.15 1961.11.25	430면, 머리말, 중역 The Mother (1934)

번역가	표제	출판사	출판 일자	기타
김귀현	북경서 온 편지	여원사	1958.8.25 (초판) 1958.10.10 (재판) 1958.12.30 (4판)	286면, 김훈 장정 머리말 (홍복유, 1958.8.18) 후기 (1958 초추)
김성필	북경서 온 편지	진문출판사	1961.4.15	*Letter from Peking* (1957)
김성한	남성과 여성	정신사	1958.11.16	239면
이희정	여자의 길	정신사	1961.12.10	후기 (1958.7.9) *Of Men and Women* (1941)
주태익	하나님의 사람들	신교출판사	1959.1.10	319면, 상권 *God's Men* (1951)
인우성	북경서 온 편지	충문사 교양사 진문출판사	1959.3.25 1960.1.15 1969.12.20	251면, 후기 *Letter from Peking* (1957)
이호성	결혼의 생태	양문사	1959.5.31	293면 양문문고 A-5 14 서문문고 83
		서문당	1973.8.15	머리말(1959.4) *Portrait of a Marriage* (1945)
정렬	중국의 하늘 (차이나 스카이)	영학사 경문출판사	1959.9.15 1965.1.10	328면 머리말 (1959.8.27) 세계명작선집 (성동)
	대지의 사랑	대문사	1962.10.25	
고정수	대지의 사랑	성동문화사	1967.11.10	*China Sky* (1941)
김귀현	나의 자서전	여원사	1959.9.25	322면, 축약 후기 (1959 늦여름)
김귀수	나의 자서전	진문출판사	1961.4.1	노벨문학상수상작가 (진문) *My Several Worlds* (1954)
박희주 양태조	모란꽃	삼중당	1959.12.15 1962.11.10	347면, 펄 벅 걸작 선집 8 (1962) 머리말 (김말봉, 1959.12.1), 후기 *Peony* (1948)
이재열	용자	태양출판사 신생사 (아동문화사)	1959.12.20 1961.11.25	195면, 17장 태양문고 3 세계명작신생대중문고 3 *Dragon Seed* (1942)
이재열	친척	태양출판사 신생사 (아동문화사)	1959 1961.11.30	193면 중 11~181면 축약, 태양문고 16 세계명작신생대중문고 16 *Kinfolk* (1949)
심재언	숨은 꽃	동학사 합동출판사	1959 1962.10.25	264면, 축약 김종원 장정 (합동)

번역가	표제	출판사	출판 일자	기타
		청산문화사	1965 1974.10.20	순정명작소설 (청산) 세계문학선집 (1974) 후기 (1959.10) *Hidden Flower* (1952)
장왕록	영원한 사랑	범문각	1959.6.15 (초판) 1959.8.10 (재판) 1959.10.10 (3판) 1960.2.1 (4판)	345면 머리말 (1959.4) 외국문학번역총서 특제판, 보급판 *The Long Love* (1949)
이수익	북경서 온 편지	태서문화사	1959.5.10	274면, 영문판 주석 *Letter from Peking* (1957)
허문영	동풍 서풍	대동당	1960.1.20	197면, 명작소설 노벨 클럽 14 A-4 머리말 (1960.1.1) *East Wind; West Wind* (1930)
장왕록	자랑스러운 마음	양문사	상 1960.2.20 하 1960.3.20 (초) 하 1962.8.15 (재)	전 2권, 양문문고 A-17 80, 288면 A-18 81, 159면 머리말 (1959.12) *This Proud Heart* (1938)
김병철	아버지의 초상	일한도서 출판사	1960.3.25	252면 후기 (1959.7) *Fighting Angel* (1936)
원창엽	오라, 내 사랑	동학사 청산문화사	1960.7.10 1962.2.28	263면, 세계명작선집 *Come My Beloved* (1953)
이재열	궁정의 여인	신태양사 출판국	1960.9.15 (초판) 1960.11.20 (재판)	314면 (신태양) 274면 (교양)
강풍자	궁정의 여인	교양사	1961.10.10	*Imperial Woman* (1956)
옥병광	흙	대영출판사	1960.10.5	221면, 12장 머리말 (1960.9.1) *Dragon Seed* (1942)
원창엽	찔레꽃	입문사 입문사 청산서림	1959 (미확인) 1960.10.10 1961	258면 세계명작선집 (입문) 사랑의 소설 (입문) 순정명작소설 (청산) *Kinfolk* (1949)
	친척	입문사	1960 (미확인)	

번역가	표제	출판사	출판 일자	기타
원창엽	궁정의 여인	동학사	1960.11.10	242면, 세계명작선집
안동만	서태후	철리문화사 합동출판사	1961.5.15 1962.11.20	후기 (1960.10.25) *Imperial Woman* (1956)
장왕록 이진섭	여인의 전당 인생항로	정음사	1960.12.15	438면, 유윤상 장정 세계문학전집 23 해설 *Pavilion of Women* (1946) *Journey for Life* (1943)
원창엽	모란꽃	동학사 합동출판사	1960 1962.10.25	274면, 세계명작선집 후기, *Peony* (1956)
이호성	순정	양문사	1961.5.5	214면, 단편 10편 머리말 (1960.2) 양문문고 A-22 4 *The First Wife and Other Stories* (1933)
안동만	동백꽃	철리문화사 한림사	1961.9.15 1962	252면, 미확인 세계명작선
장상국	어머니	백문사	1961.10.7	200면 머리말 그린판 세계문학전집 (학진) *The Mother* (1934)
		학진출판사	1974.4.30	
양태조	성난 아내	조문사 지원사	1961.4.10 1971	281면 머리말 (1961.3.20) *The Angry Wife* (1947)
주요섭	펄 벅 단편선	을유문화사	1962.3.15	485면, 단편 14편 미국단편집, 현대미국단편소설선집 7 머리말 (1962.2) *Fourteen Stories* (1961)

〈표 3〉 펄 벅 걸작 선집 (삼중당, 1960~1962)

	번역가	표제	출판 일자	기타
제1권	장왕록	대지	1960.8.10	305면 해설 (1960.8) *The Good Earth* (1931)
제2권	장왕록	아들들	1961.11.15 1962.4.30 1962.11.10	337면 해설 (1961.11) *Sons* (1932)
제3권	장왕록	분열된 일가	1962.6.15	326면

	번역가	표제	출판 일자	기타
			1962.11.10	해설, 후기 (1962.5) *A House Divided* (1935)
제4권	문일영	동풍 서풍 외	1962.11.5	233면 단편소설 2편, 해설 *East Wind;West Wind* (1930)
제5권	이장환	싸우는 천사 어머니의 초상	1961.10.10 1962.11.10	394면 해설 (1961.7), 후기 *Fighting Angel* (1936) *The Exile* (1936)
제6권	조용만 조정호	애국자	1961 1962.11.10	296면 해설 (1961 입동) 후기 (1962.11) *The Patriot* (1939)
제7권	문일영	여인의 전당	1961.11.10 1962.11.10	422면 해설, 후기 *Pavilion of Women* (1946)
제8권	박희주 양태조	모란꽃	1959.12.15 1962.11.10	347면 머리말 (김말봉, 1959.12.1), 후기 *Peony* (1948)
제9권	오화섭	친척	1960.7.5 1962.11.10	432면 해설, 후기 (1960.6) *Kinfolk* (1949)
제10권	손소희	어머니 자라지 않는 아이 외	1961.11.20 1962.11.10	304면, 천경자 장정 단편소설 3편 해설 (1961.11), 후기 *The Mother* (1933) *The Child Who Never Grew* (1950)
제11권	나영균	신의 인간들	1961 1962.11.10	472면 해설 (1961.11), 후기 *God's Men* (1951)
제12권	고석구	도시인	1962.2.5 1962.11.10	471면 머리말, 해설, 후기(1962.1) *The Townsman* (1945)
제13권	장왕록	영원한 사랑 하녀 제시가	1962.9.20	405면 해설, 후기 (1962.9) *The Long Love* (1949) *Voices in the House* (1953)

	번역가	표제	출판 일자	기타
제14권	최용진	위대한 아침 사랑이 움트는 새벽	1961.11.15 1962.11.10	366면 해설, 후기 (1961.11) *Command the Morning* (1959) *Love and the Morning Calm* (1951)
제15권	민재식	나의 자서전	1962.11.5	431면 해설 (1962.11.1) *My Several Worlds* (1954)

〈표 4〉 펄 벅 전집 (1960~1984)

표제	출판사	출판 일자	기타
펄 벅 걸작 선집	삼중당	1960~1962	전 15권 장왕록 외 12인
펄 벅 전집	대양서적	1969 (초판) 1970.6.20 1971.1.10 1972.11.15 1973.10.20	전 5권 장왕록·양찬규 세계명저정선집 『새해』 (제1권) 『갈대』 (제2권)
펄 S. 벅 전집	광학사	1974.9.25	전 5권, 안동민 『새해』 (제5권)
펄 S. 벅 전집	한영출판사	1976	전 5권 홍사중 외 3인
펄 S. 벅 전집	예서각	1979	전 5권, 안동민 광학사 동일
펄 벅 전집	형문출판사	1980.11.10	전 5권, 홍사중 외 3인, 한영출판사 동일
펄 벅 대전집	백문당	1980.12.20	전 8권, 신역 안동민·한완일 『유혹의 밤』 (제1권) 『살아 있는 갈대』 (제4권) 『새해』 (제8권)
펄 S. 벅 전집	한국법조사	1981	전 5권 이상빈 외 4인
펄 벅 대전집	삼성문화사	1984.5.25	전 10권, 대구 안동민·한완일 백문당 재편

번역가	표제	지면·출판사	출판 일자	기타
장왕록	사랑과 한국	『평화신문』	1952.8.16 ~11.24	2면, 전 92회 김용수 삽화 *Love and the Morning Calm* (1951)
	한국서 온 두 처녀	학우사 진명문화사	1953.9.5 1959	222면 머리말 (1953.7)
최용진	사랑이 움트는 새벽	삼중당	1961.11.15 1962.11.10	펄 벅 걸작 선집 14 해설, 후기 (1961.11)
안동림	살아 있는 갈대	『경향신문』	1963.9.10 ~ 10.19	5면, 전 31회, 축약 *The Living Reed* (1963)
–	갈대는 바람에 시달려도	기독교방송	1963.9.30 ~미상	라디오 낭독 10분, 약 80회 예정
장왕록	갈대는 바람에 시달려도	삼중당	1963.9.15 (초판) 1963.10.10 (중판) 1963.11.25 (중판)	475면 후기 (1963 초추) 김성복 표지
장왕록	*The Living Reed : with Introduction and Notes*	육민사	1963.10.20	560면, 영문판 주해 현대세계영문학총서 1
이규태	「너희가 잠자는 곳에」	『여원』 138	1967.2	302~315면 펄 벅 여사의 최신작 *Matthew, Mark, Luke and John* (1967)
이윤석	바람에 시달려도 갈대는 살아 있다	평화문화사	1967.11.5	351면, 축약 후기 (1963.9) 신세계문학전집 (문해)
이정환	갈대는 바람에 시달려도	평화문화사	1972.6.15	
박도연		문해출판사	1978.1.10	
장왕록	새해	민중서관	1968.9.10	335면 후기 (1968.8.15) *The New Year* (1968)

참고문헌

권은혜, 「펄 벅과 한국계 아메라시안」, 『부천과 박물관』 3, 부천시 박물관, 2025.

김미연, 「『대지』와 식민지 조선의 문학 장ー번역, 비평, 독서의 교차」, 『사이間SAI』 39, 국제한국문학문화학회, 2025.

김병철, 『한국 현대 번역문학사 연구』 상, 을유문화사, 1998.

김양선, 「한국 전후 여성의 문학ー교양과 펄 벅의 위치」, 『여성문학연구』 46, 한국여성문학학회, 2019.

김윤경, 「1950~60년대 펄 벅 수용과 미국」, 『한국문학이론과 비평』 58, 한국문학이론과비평학회, 2013.

김종욱, 「번역된 토착주의ー1930년대 동아시아 지평에서의 펄 벅」, 김재용·이해영 편, 『한국 근대문학과 중국』, 소명출판, 2016.

류진희, 「해방기 펄 벅 수용과 남한 여성의 입지」, 『여성문학연구』 28, 한국여성문학학회, 2012.

_____, 「해방기 탈식민 주체의 젠더 전략ー여성 서사의 창출을 중심으로」, 성균관대 박사논문, 2015.

박연희, 「펄 벅과 냉전 아시아ー냉전기 펄 벅의 방한과 문학을 중심으로」, 『부천과 박물관』 3, 부천시 박물관, 2025.

박이진, 「전후 일본의 혼혈 담론ーGHQ 점령기를 중심으로」, 『대동문화연구』 103, 성균관대 대동문화연구원, 2018.

_____, 「하프, 또 하나의 일본인론ー현대 일본 인종주의의 '전후적' 기원」, 『일본문화연구』 77, 동아시아일본학회, 2021.

박지영, 『번역의 시대, 번역의 문화정치 1945~1969ー냉전 지(知)의 형성과 저항 담론의 재구축』, 소명출판, 2019.

朴珍英, 「家族史の東アジア的想像と飜譯ーパール・バックと林語堂の小說の韓國語への飜譯經緯」, 『朝鮮學報』 239, 天理 : 朝鮮學會, 2016.

박진영, 『번역가의 탄생과 동아시아 세계문학』, 소명출판, 2019.

_____, 「서태후의 기억, 혐오와 조롱의 오리엔탈리즘」, 『근대서지』 20, 근대서지학회, 2019.

_____, 「펄 벅과 냉전의 사생아들」, 『부천과 박물관』 3, 부천시 박물관, 2025.

양아람, 「1960년대 펄 벅의 일본 방문과 일본의 펄 벅 수용ー『대지』의 작가, 혼혈아의 어머니」, 『대동문화연구』 110, 성균관대 대동문화연구원, 2020.

왕캉닝, 『린위탕과 한국ー냉전기 중국 문화·지식의 초국가적 이동과 교류』, 소명출판, 2022.

임선애, 「서구 작가의 한국 쓰기ー펄 벅의 『한국에서 온 두 아가씨』」, 『한국사상과 문화』 45, 한국사상문화학회, 2008.

장왕록·한말숙, 『대지의 신화ー펄 벅의 인간과 예술』, 신구문화사, 1960.

피터 콘, 이한음 역, 『펄 벅 평전』, 은행나무, 2004.

허정애, 「펄 벅과 혼종 우월성ー『숨은 꽃』과 『새해』에 재현된 '아메라시안'을 중심으로」, 『영미어문학』 138, 한국영미어문학회, 2020.

郭英劍 편, 『賽珍珠評論集』, 桂林：灘江出版社, 1999.

鈴木紀子, 「'幻の映畵'をめぐって－『大津波』日米合同映畵製作とパール・バック」, 『大妻レヴュー』 48, 東京：大妻女子大學英文學會, 2015.

_____, 「アメリカと日本の架け橋に－パール・バック『大津波』と戰後冷戰期日米文化關係」, 『人間生活文化硏究』 28, 東京：大妻女子大學人間生活文化硏究所, 2018.

下地ローレンス吉孝, 『'混血'と'日本人'－ハーフ・ダブル・ミックスの社會史』, 東京：靑土社, 2018.

Park Jinyoung, "East Asian Unconscious of Translation and World Literature," *The Review of Korean Studies* 19(2), Seongnam：The Academy of Korean Studies, 2016.

제2부

번역으로 상상하는 근대

메이지 정치소설 『가인지기우』를 둘러싼 열정과 냉대

두신광竇新光
충칭문리대학교
중문학과 교수

1. 추종자와 방관자

시바 시로柴四朗는 1885년 10월부터 1897년 10월까지 자전적 정치소설 『가진노키구佳人之奇遇』전16권를 발표했다. 이 소설은 19세기 후반의 국제 정세를 배경으로, 일본 청년 도카이 산시東海散士의 정치 활동과 정치적 주장, 그리고 서양 미인과의 연애담을 그렸다. 메이지 시대에 등장한 수많은 정치소설들 가운데 『가진노키구』는 가장 많은 독자를 확보하고, 가장 높은 인기를 누리며, 또 가장 오래 유행한 대표작으로 평가된다.

1898년 량치차오梁啓超는 망명길의 군함 안에서 이 소설을 읽고, 일본 도착 후 요코하마에서 『청의보淸議報』를 창간하여 중국어 번역 「가인기우佳人奇遇」를 연재했다. 이 번역은 청말 중국에서 큰 주목을 받으며 뜨거운 반응을 불러일으켰고, 중국 근대 정치소설 수용과 번역문학 운동의 서막을 열었다. 이는 중·일 양국의 근대문학사 연구에서 널리 알려진 중요한 사건 가운데 하나다.

그러나 중·일 양국에서 성행한 『가인지기우佳人之奇遇』이하 『가인지기우』로 칭함가 한국에서 철저히 외면당했다는 사실은 거의 주목되지 않았다. 중국은 『가인지기우』를 열정적으로 받아들인 '추종자'였던 반면 한국은 냉정하게 바라보는 '방관자'였다. 따라서 이 소설의 동아시아 수용은 "중국에서의 열풍과 한국에서의 냉담中熱韓冷"이라는 양상을 보였다. 사실상 아시아는 물론 세계적으로도, 오직 중국만이 『가인지기우』를 즉각 번역하고 열정적으로 소개하여 일종의 '중국적 특색'을 지닌 독자적 현상을 형성했다.

쑨거孫歌는 아시아를 논하는 목적이 자신을 인식하고 세계로 나아가는 것에 있다고 보았다.[1] 우리가 동아시아의 시점에서 『가인지기우』를 논하는 목적은 자신을 인식하고 세계로 나아가는 것뿐 아니라 과거를 이해하고 미래로 나아가는 것에도 있다고 할 수 있다. 『가인지기우』라는 정치소설의 본질이 무엇이며, 왜 청말 중국에서 널리 전파될 수 있었는가? 도카이 산시를 숭고한 애국자로서 인정하는 것이 올바른 것인가? 근대 한·중 양국 지식인들이 이 작품에 대해 극명하게 상반된 태도를 보인 까닭은 무엇인가? 21세기의 동아시아인은 이 작품의 '사상적 유산'을 어떻게 재인식하고 청산해야 하는가? 이 글은 『佳人之奇遇』가 동아시아에서 탄생, 유행, 열광, 냉각을 거치는 과정을 추적하며, 일본 원작의 정치사상에 대한 분석을 토대로 하여 중국 량치차오의 번역 및 선전 전략을 고찰하고자 한다. 나아가 한국에서의 냉대와 비교함으로써 근대 중국에서의 『가인기우』 열풍을 되돌아본다.

2. 일본 국권 지상주의 『가인지기우』의 정치사상

1) "이 책을 읽지 않은 것이 수치다" 정치소설의 황금시대

일본문학사에는 문학과 정치의 관계가 극히 밀접했던 두 차례의 특수한 시기가 있었다. 메이지 자유민권운동 시기에는 정치소설이 큰 인기를 얻었고,

---

1   孫歌, 吳海清, 「'作爲方法的亞洲'的思想可能性-孫歌訪談」, 『電影藝術』, 北京 : 中國電影家協會, 2019(6), 4~7면.

쇼와 대외 침략 전쟁 시기에는 전쟁문학이 성행했다. 이 두 시기는 일본문학의 전통적 특징인 '탈정치성'[2]과 현저히 거리가 있었다. 특히 전자는 후자보다 더 크게 '탈정치성'의 궤도를 벗어났다. 후자는 국가적인 차원의 전쟁에 문학이 '협력'을 강요당한 상황이었다면, 전자는 문학 스스로 정치성과 결합했기 때문이다. 메이지 시대의 정치소설은 그 수가 무려 200여 편에 달했으며, 그중 『가인지기우』는 전 국민적 독서를 촉발하며 전례 없는 성황을 이루었다. 『가인지기우』는 정치소설이 '탈정치성' 전통을 지닌 일본문학에서 도달할 수 있는 극점을 보여주었다.

1885년 초, 32세의 시바 시로는 미국 유학을 마치고 귀국하여, 같은 해 10월 『가인지기우』 초편제1·2권을 도쿄 하쿠분도博文堂에서 간행했다. 이 책은 출간 직후 즉각적인 반향을 불러일으켰고, 독자들의 환영과 열광에 힘입어 시바 시로는 연이어 속편을 발표했다. 1886년 1월 제2편제3·4권, 1886년 8월 제3편제5권, 1887년 2월 제3편제6권, 1887년 12월 제4편제7권, 1888년 3월 제4편제8권, 1891년 11월 제5편제9권, 1891년 12월 제5편제10권, 1897년 7월 제6편제11·12권, 1897년 9월 제7편제13·14권, 1897년 10월 제8편제15·16권까지 이어졌다. 1885년부터 1897년에 걸쳐 『가인지기우』는 총 8편 16권으로 완결되었으며, 간행 기간은 장장 13년에 달했다. 각 권은 간행되자마자 불과 수개월 내에 매진되었고, 시장의 수요에 따라 끊임없이 재판되었다. 제8편이 출판될 무렵에는 누계 판매 부수가 수십만 부에 달해[3] 메이지 중기 출판계의 신화를 창조했다.

『가인지기우』의 사회적 반향을 두고 시바 시로는 1891년 말 제9권을 간행하면서 "천애 각지에서 글과 시가 쇄도하고 책상 위에는 속편을 재촉하는 편지가 산처럼 쌓였다"고 다소 자화자찬 조로 술회했다.[4] 동시대의 사쿠라 마사조는 『민간 인물론』[1888]에서 보다 신뢰할 만한 기록을 남겼다. "『가인지기우』

---

2   王向遠, 『宏觀比較文學講演錄』, 桂林 : 廣西師大學出版社, 2008, 109면.

3   鈴木亮, 『日本からの世界史』, 大月書店, 1994, 27면.

4   東海散士(柴四朗), 『佳人之奇遇』 제5편 제9권, 博文堂, 1891, 1면. 이하 편·권과 면수만 표시.

가 세상에 나오자 곧 종잇값이 치솟았고, 심지어 사람들은 이 책을 읽지 않은 것을 수치로 여길 정도였다. 시바 시로는 이로 인해 세상에 이름을 날렸다."[5] 류호로닌은 「메이지 25년 문학계」[1892]에서 『가인지기우』를 다음과 같이 찬미했다. "그 문장은 호방하고 웅장하여 구름과 하늘을 찌를 듯하며, 그 시는 비장하고 격정적이어서 위진魏晉을 훨씬 능가한다. 전서는 절의節義와 충애忠愛를 뼈대로 삼고, 인간의 정을 살로 삼았다. 용맹하고 호쾌한 기운이 전편에 충만하여, 한번 읽으면 기개가 북받쳐 고금을 굽어보고 영웅을 호령하며, 자신도 모르게 책상을 치고 크게 쾌재快哉를 외치게 된다."[6]

『가인지기우』는 특히 청년 학생들에게 매력을 발휘했다. 메이지 시대에 성장한 일본 작가들은 많은 회고담을 담겼다. 도쿠토미 로카德冨芦花는 자전적 소설 『검은 눈과 갈색 눈』에서 "그 무렵 『가인지기우』라는 소설이 나왔는데, 글자를 아는 사람이라면 누구나 읽었다"고 서술했다. 그 책은 파란색 표지의 화식 제본이 도시샤대학同志社大學의 구석구석에 놓여 있었으며, 어느 날 밤 한 학생이 교정에서 『가인지기우』를 힘차게 낭독하자 "각 기숙사의 창으로 비쳐 들어오는 고요한 불빛 아래 독서하던 300명의 청년들이 저도 모르게 매료되어 몸까지 떨었다"[7]고 묘사했다. 다야마 가타이田山花袋 또한 "그 무렵 학생이라면 누구나 한 권씩 품에 넣고 다녔다"[8]고 회상했다. 이부세 마스지는 "나는 학령에 이르기도 전에 '자유의 파종을 우러러……'라는 (소설 첫머리의) 구절을 외울 수 있었다"고 자랑했다.[9] 이처럼 『가인지기우』는 메이지 시대 청년들의 정신세계에 깊은 흔적을 남겼다.

비록 『가인지기우』는 난해한 한문조 문체로 쓰여 고사가 빈번히 등장했으

---

5 血淚居士(佐倉政藏), 『志士壯士－民間人物論』, 能勢土岐太郎, 1888, 55면.

6 流芳浪人, 「明治廿五年の文學界」, 吉田精一・浅井清 編, 『近代文學評論大系 1－明治期』 1, 角川書店, 1971, 252면.

7 德冨健次郎(德冨蘆花), 「黒い眼と茶色の目」, 『蘆花全集』 10, 蘆花全集刊行會, 1928, 92~93면.

8 木村毅, 『日米文學交流史の研究』, 講談社, 1960, 249면.

9 井伏鱒二, 「飜刻本の面白さ－佳人之奇遇について」, 『春陽堂月報』, 1930.6, 4면.

나 독자층은 상류 사회, 지식인 계층과 청년 학생에 국한되지 않았다. 1887년에는 이미 두 종의 『통속 가인지기우』가 서점에 유통되어, 문자를 간신히 아는 서민층, 여성과 아동에게까지 독자층이 확대되었다. 쇼와 초기1920년대 후반에 이르기까지 『가인지기우』는 여전히 많은 독자들을 확보하고 있었다.

『가인지기우』의 판매량, 독자 수, 유행 기간, 영향력은 메이지 시대 정치소설 중에서 독보적이었으며, 흔히 정치소설 대표작으로 불린 『경국미담經國美談』1883~1884, 『설중매雪中梅』1886조차도 그 위세에 미치지 못했다. 그리하여 『가인지기우』는 일본 정치소설 황금시대의 상징으로 자리매김하였다.

2) '애국주의'에서 '제국주의'로 텍스트 내외의 변주

『가인지기우』의 문학적 가치에 대해서는 학계의 평판이 대체로 높지 않다. 이른바 비판은 이미 1887년에 시작되었다. 도쿠토미 소호德富蘇峰는 『국민지우國民之友』에 「근래 유행하는 정치소설 평가」를 발표하여 정치소설은 줄거리가 단순하고 인물이 도식적이며 수법이 단일하다고 비판했고, 반년 뒤 「『가인지기우』 제7권 비평」에서 이 소설의 예술적 결함을 날카롭게 지적했다.

한 세기가 지난 뒤에도 일본 학계의 주류적인 평가는 크게 다르지 않았다. 문학비평가 고지마 도쿠미小島德弥는 『메이지・다이쇼 신문학사관』에서 "『가인지기우』의 문체는 유치하고 과장이 많아 결코 상급이라 할 수 없다"고 평했다.[10] 해외 연구자들의 평가는 더욱 직설적이다. 도널드 킨은 『현대 일본문학사』에서 "『가인지기우』의 문학적 가치는 미미하며, 작자는 믿을 만한 인물을 형상화하는 데 공을 들이지 않았고 장면 묘사 또한 설득력이 없다"고 말했고,[11] 나아가 "이 소설의 문학적 가치는 거의 제로에 가깝다"는 전면 부정까지 존재한다.[12] 따라서 분명히 『가인지기우』가 메이지 일본인의 마음을 사로잡

---

10   小島德弥, 『明治大正新文學史觀』, 敎文社, 1925, 47면.

11   Donald Keene, *Dawn to the West : Japanese Literature of the Modern Era-Fiction*, New York・Holt, Rinehart and Winston, 1984, 86면.

은 요인은 예술적 완성도나 문학적 가치가 아니라 다른 데 있었다.

이에 반해 이 작품의 정치적 의미는 일본 학계에서 높이 평가되어 왔다. 나라와 민중을 근심하며 호기와 열정으로 가득 찬 주인공 도카이 산시는 국제 정글 속에서 일본의 안위를 위해 호소하고 동분서주하는 인물로, 작자 시바 시로의 화신일 뿐 아니라 메이지 애국 청년의 토템으로 올라섰다. 오랫동안 일본 학자들은 『가인지기우』의 애국정신과 정치적 가치를 대체로 긍정해 왔다. 나카무라 미쓰오는 도카이 산시의 세계 인식을 수긍하며 그의 정치적 이상을 "서구의 비인간적 세계 지배에 대한 성찰과 항의"로 규정하고 "매우 큰 현실적 의의"가 있다고 평가했다.[13] 아스카이 마사미치는 이 작품을 일본이 "어떻게 식민지화의 위기를 극복할 수 있는가"를 논하는 보고서로 칭찬했고,[14] 야나기다 이즈미는 『가인지기우』를 메이지 시대 모든 소설 가운데 가장 열정적인 작품으로 보며 "이토록 진솔하게 메이지 청춘의 열정을 마음속 깊이에서 실컷 노래한 작품은 달리 없다"고 감탄했다.[15] 고지마 쇼지로는 "머리부터 발끝까지 작가의 분노 어린 열정에 흠뻑 젖었다"고 고백하면서, 그 열정이 "정의를 사랑하고 불의를 증오하는 정신으로 독자에게 달려든다"고 했고, 작가의 정치적 열정이 "심중에서 우러난 순수한 것"이라 보았다.[16] 요컨대 "대다수 일본 평론가들은 이 소설을 애국주의의 걸작으로 찬미"했고,[17] 정치적 공명과 민족 감정이라는 필터 속에서 예술적 흠결은 용서받을 수 있는 것으로 간주되었다. 바로 이러한 강력한 정치적 감화력 덕분에 『가인지기우』는 근대 일본에서 국민적 지지를 얻을 수 있었다.

국제 학계 연구자들 사이에서는 『가인지기우』의 정치적 성향을 비판적으

12 G. B. Sansom, *The Western World and Japan*, New York : Alfred A. Knopf, 1950, 414면.
13 中村光夫, 「作品解說」, 伊藤整・龜井勝一郎・中村光夫 等 編, 『政治小說集』, 講談社, 1965, 397면.
14 飛鳥井雅道, 「政治小說と近代文學」, 『思想の科學』 6, 東京 : 思想の科學研究會, 1959.6, 69면.
15 柳田泉, 「解題」, 『明治政治小說集』 2, 筑摩書房, 1967, 484면.
16 山本三生 編, 『明治開化期文學集』, 改造社, 1931, 617~618면.
17 鄭國和, 『柴四朗『佳人奇遇』研究』, 武漢 : 武漢大學出版社, 2000, 8면.

로 보는 시각이 적지 않다. 1950년 영국의 조지 샌섬은 이 작품의 위험한 함의를 비교적 이른 시기에 읽어 냈다. "피압박 민중에 대한 작자의 동정 속에는, 아시아 제국을 건설하는 것이 일본의 천부의 권리라는 신념이 엿보인다."[18] 1980년대 중국의 왕샤오핑은 『가인지기우』가 "유란幽蘭의 입을 빌려 '일본이 아시아의 맹주로서 주도권을 잡아 동아시아 민중의 절박한 위난을 구제해야 한다'고 선전"한다며 그 정치적 저의를 지적했다.[19] 정궈허鄭國和의 비판은 특히 상세한데, 그는 일본 원작에 담긴 '판칭 삼책范卿三策'과 '민비 사건'명성황후 시해 사건 등 서사의 이면에서 작동하는 제국주의적 사고를 파헤치며, "소설 전반부에 드러난 작가의 애국주의적 정신은 의심의 여지가 없지만, 후반부특히 권10과 권16에서는 작품의 제국주의적 성향이 명백히 노출된다"고 단언하며 『가인지기우』를 "한 메이지 작가의 정치적 입장이 애국주의에서 제국주의로 바뀐 과정을 체현한 작품"으로 규정한다.[20]

이에 비해 일본 학계에서는 후반부의 제국주의적 경향을 중점적으로 문제삼는 논의가 대체로 많지 않다. 1967년에 간행된 『메이지 정치소설집』 제2권에는 『가인지기우』의 전반부 10권권1~10만 수록되었고, 일본 연구자들도 이 작품을 논할 때 전반부에 초점을 맞추는 경향이 반복되어 온바, 무거운 문제를 가볍게 비껴가는 인상이 있다. 민족 감정이라는 필터 속에서 소설의 제국주의적 함의는 다수 일본 논자들이 직시하기를 꺼리는 시선의 사각 지대로 남아 있다. 이러한 상황에서 소수 일본 연구자들의 직언은 소중하다. 다케우치 가나는 도카이 산시의 조선 정책 구상이 "조선의 자주성을 고려하지 못한 일본의 일방적 강요"이며 "근대 일본의 폭력성"을 노출한다고 비판했고,[21] 다카이 다카코는 권10이 "갑자기 군국주의적 색채를 띠게 되었고" 소설 후반부의 정치

18　G. B. Sansom, *The Western World and Japan*, New York : Alfred A. Knopf, 1950, 415면.

19　王曉平, 『近代中日文學交流史稿』, 湖南文藝出版社, 1987, 193면.

20　鄭國和, 앞의 책, 218면.

21　竹内加奈, 「'敗者'のナショナリズムー東海散士『佳人之奇遇』を通じて」, 『社會科學』 43(4), 京都 : 同志社大學人文學研究所, 2014, 56면.

논조가 "군국주의적 침략으로 방향을 틀었다"고 예리하게 지적했다.[22]

정궈허는 '애국주의'와 '제국주의'가 "성격을 달리하는 두 가지 정치적 경향"이며 결코 "혼동되어서는 안 된다"고 강조한다.[23] 그러나 시바 시로와 주인공 도카이 산시에게 과연 '애국주의'와 '제국주의' 사이의 선명한 경계란 존재하는가?『가인지기우』내부에서는 정말 정치사상의 전환이나 변질이 발생하였는가? 이 소설의 심층적 논리를 다시 해부하여 이 문제를 더 깊이 살펴볼 필요가 있다.

3) 변화와 불변   일본 국권 지상주의의 양면성

필자는『가인지기우』가 '애국주의'에서 '제국주의'로 전환되었다는 것은 단지 표층적 변화에 불과하며, 소설 전편을 일관하는 심층적 논리는 '일본 국권 지상주의'라고 본다. 도카이 산시의 '애국주의'와 '제국주의'는 사실상 동전의 양면이며, '일본 국권 지상주의'를 신봉하는 정치 광인의 두 가지 얼굴일 뿐이다. '애국주의'에서 '제국주의'로의 변화라는 인식과 유사하게, 다케우치 가나는『가인지기우』의 정치사상이 '이상주의'에서 '현실주의'로 옮겨 갔다고 주장하며, 다카이 다카코는 '천부국권론'에서 '군국주의적 침략론'으로 변했다고 보았다. 두 견해 모두 이 작품의 정치사상을 내부적 대립과 전후 변질을 지닌 모순체로 이해한다. 그러나 표정과 가면은 상황과 조건에 따라 바뀔 수 있으나 그 사상의 본질은 언제나 동일하다.『가인지기우』의 '일본 국권 지상주의'라는 정치사상의 요지는 세 가지로 정리할 수 있다.

첫째, 국권은 민권보다 우위에 있다는 것이다. 메이지 일본 건국 이후, '민권론'과 '국권론'이라는 두 가지 사상 노선이 대립하였다. 민권론자는 안으로 눈을 돌려 일본 국민의 자유에 주목했고, 국권론자는 밖을 향해 일본 국가의 자

---

22   高井多佳子,「柴四朗の國權論－『佳人之奇遇』における'自由'」,『史窓』60, 京都 : 京都女子大學史學會, 2003, 18~20면.

23   鄭國和, 앞의 책, 218면.

주를 중시했다. 시바 시로는 자유민권운동에 참여했음에도 불구하고, 내심으로는 국권론을 견지했다. 『가인지기우』 초편 권2에서 도카이 산시는 이미 "지금 당면한 급무는 10척의 자유를 내적으로 신장하는 것이라기보다 1척의 국권을 외적으로 확장하는 것"이라고 천명한다.[24] 이 소설은 세계 각국의 근대 흥망사를 논하면서 국가의 몰락 원인을 민권의 "국가 오도" 탓으로 귀결시키고, 민권을 국권의 위협이자 장애물로 간주한다. 예컨대 폴란드 망국의 원인은 "백성이 개인의 자유를 최고의 자유로 삼아 국가 독립의 자유가 더욱 귀중함을 깨닫지 못했기 때문"이고,[25] 프랑스 혼란의 근원은 "개인의 자유만을 끊임없이 떠들어 국시가 흔들렸기 때문"이며,[26] 라이베리아의 문제는 "민중이 천부인권설만을 신봉하고 지나치게 과격한 정치를 좋아한 것"이라고 단언한다.[27]

도카이 산시는 세계 각국의 영웅들을 평론하는 것을 즐겼으나, 그가 존경한 인물들은 폴란드의 고절공高節公, 스페인의 유장군幽將軍, 이집트의 아라피亞刺飛, 헝가리의 코슈트噶蘇± 등 거의 모두 국권의 영웅들이지 민권의 투사들은 아니었다. 제15권에서 그는 유럽 시찰을 마치고 귀국한 뒤 자유민권운동에 참여했음에도 헌법 제정이나 국회 개설에는 무관심한 채 전적으로 '조약 개정 운동'에 열을 올리며 점진적 개정을 주장한 메이지 정부를 "나약하다"거나 "매국적이다"라며 비난하고, 여론을 선동하여 정부가 서구에 대해 보다 강경한 태도를 취하도록 압박했다. 그는 민권의 이름으로 국권을 실현하고, 민권의 수단으로 국권의 목적을 추구했던 것이다. 결국 역설적이게도 민권을 적대시하고 강경한 태도를 보인 국권주의자가 자유민권운동의 풍운아가 되었다.

이후 도카이 산시는 정치 원로와의 밀담에서 "가장 큰 요구는 성스러운 황실이 영원히 존엄을 보존하여 백성들이 신처럼 공경하고 부모처럼 흠모하며

---

24 시바 시로, 초편 제2권, 22면.
25 시바 시로, 제2편 제3권, 11면.
26 시바 시로, 제7편 제14권, 2면.
27 시바 시로, 제6편 제11권, 14면.

결코 원망하거나 경시하지 않게 하는 것"이라고 직언한다.[28] 이는 국가를 대표하는 군주의 권위를 절대적이고 불가침의 지점까지 끌어올리는 동시에 민권에 대한 제약의 굴레를 씌운 것이었다. 국권이 민권을 압도한다는 것은 자유민권운동의 내적 곤경을 드러낼 뿐 아니라 일본이 대외 팽창의 길에서 제약을 제거하고 오류를 교정할 수 있는 장치를 소거함으로써 근대 일본이 제국주의로 나아가는 사상적 토대를 제공했다.

둘째, 일본은 타국보다 우위에 있다는 것이다. 비록 작자 시바 시로는 입버릇처럼 '국권'을 말했지만 그는 결코 보편적 국권주의자는 아니었다. 보편적 국권주의자는 평등을 숭상하며 자국의 국권을 수호할 뿐 아니라 타국의 국권도 존중하고 국가의 크기와 강약을 불문하고 독립과 자주라는 불가침의 권리를 보장해야 한다고 주장한다. 그러나 시바 시로는 이러한 평등과 존중을 요체로 하는 현대적 국권관을 갖추지 못했으며, 본질적으로는 낡은 정글의 법칙과 강권의 논리를 내면화하여 오직 일본 한 나라의 존립과 지위에만 관심을 두었다.

소설 전반부에서 저자는 세계 각지 약소민족의 비참한 처지를 동정하며 서구 열강의 강권적 행위를 성토하기도 했으나 이는 당시 일본 또한 약소국으로서 서구의 위협에 직면해 있었기 때문에 도카이 산시가 강한 동병상련의 감정을 품었을 뿐이다. 그의 비분강개는 결코 순수하게 정의에 근거한 것이 아니고, 또 전적으로 타국을 위한 목소리도 아니었다. 사실상 소설에서 도카이 산시가 약소국에 대한 이른바 '지지'는 늘 구두 성원에 그쳤을 뿐, 실제 행동으로 이어진 적은 없었다.

반대로 간행 기간 동안 메이지 유신을 거치며 일본 국력이 점차 증대되자 소설의 논조는 점차 국권 수호에서 국권 확장으로 이동했다. 청일전쟁을 거쳐 일본이 열강의 반열에 들어서자 이 작품은 아시아 제패의 야심을 더 이

---

28 시바 시로, 제8편 제15권, 32면.

상 감추지 않았다. 후반부에서 소설은 판칭范卿의 입을 빌려 일본이 중국 연안을 기습 출병하여 "일본의 위명을 오대주에 울리고 용맹을 사해에 떨치며 동양의 맹주권을 장악"하자고 주장하며,[29] 또 민간 여론을 인용하여 "지금 우리나라는 마땅히 조선반도를 점거해야 하며, 사정을 조금만 아는 자라면 다 알 것이다. 만약 그들이 복종하지 않으면 군사를 일으켜 정벌하면 된다"고 말한다.[30] 소설 마지막 권에서는 도카이 산시가 직접 조선에 잠입하여 일본 공사와 함께 민비 암살을 모의하고, 그것을 일본의 조선 경영에 걸림돌을 제거한 쾌거라 자부하기까지 한다.

이처럼 타국을 무력으로 굴복시키고 심지어 타국의 황후를 살해하는 행위는 일본의 국권을 타국의 국권 위에 군림시키려는 전형적 행위로 오만과 폭력성을 드러내며 타국 국권에 대한 일말의 존중도 찾아볼 수 없다. 쉽게 알 수 있듯이 일본 국력의 증감이야말로 작품 속의 정치 태도를 좌우하는 핵심 요인이다. 일본 국력이 약할 때는 도카이 산시가 약소국피해자의 입장에서 서양 제국주의 패권을 의연히 비판했으나 국력이 강해지자 그는 강대국가해자의 입장에서 일본이 아시아에서 누려야 할 이익과 패권을 당당히 주장한다. 제국주의의 항의자로부터 실행자로의 급격한 전환 속에서 도카이 산시는 조금의 주저함도 없다. 두 가지 "의연한" 태도 이면에 일관되게 자리한 것은 일본 국권을 최상으로 두는 가치관과 자국 이익의 극대화를 추구하는 사고방식이다. 따라서 소설 전후의 태도 전환은 겉으로는 돌변처럼 보이지만 내적으로는 자가당착이 아니라는 것이다.

셋째, 정치는 모든 것에 우선한다는 것이다. 작자 시바 시로는 일본에서 가장 이른 시기에 세계를 바라본 지식인 가운데 한 사람으로, 6년간의 미국 유학1879.1~1884.12을 마친 후 1년간 세계 일주 시찰1886.3~1887.6을 경험했다. 그러나 그는 서양의 민주 제도, 법률 체계, 상품 경제, 교육 제도, 과학 기술, 사회 풍

---

29 시바 시로, 제5편 제10권, 24면.
30 시바 시로, 제5편 제10권, 3·9면.

속 등에는 전혀 감흥을 받지 않았으며, 오직 '약육강식'의 국제 '정글 사회'만을 보았다.[31] 19세기 후반 유학생이나 사절단으로 서양 사회를 직접 관찰한 다수의 동아시아 지식인들이 대개 쉐푸청薛福成처럼 "서양의 국정과 민풍의 아름다움에 감탄歎羨西洋國政民風之美"했다는 점을 고려하면 시바 시로의 시선은 매우 드문 예외였다고 할 수 있다.

소설 속에서 도카이 산시의 세계 인식은 정치적 시각에만 국한되어 문명적 차원이 결여되어 있다. 그의 마음속에는 오직 입장과 이익만 있고, 일생의 궁극적 목표는 조국 일본을 국제 '먹이 사슬'의 정점에 올려놓는 것이었다. 세계 속에 있으면서도 도카이 산시는 언제나 세계로부터 일본을 바라보는 것이 아니라 일본으로부터 세계를 바라본 셈이다. 『가인지기우』는 미국, 멕시코, 영국, 아일랜드, 스페인, 프랑스, 이탈리아, 헝가리, 폴란드, 그리스, 터키, 러시아, 아이티, 이집트, 수단, 라이베리아, 인도, 스리랑카, 중국, 조선, 베트남 등 20여 개국의 정사를 언급하며 아메리카, 유럽, 아시아, 아프리카 4대륙을 포괄하는 방대한 세계 지도를 제시한다. 그러나 이 소설에는 민족국가의 틀을 넘어서는 세계적 정서는 존재하지 않는다.

도카이 산시는 국제 정세 속 권모술수와 권력 다툼을 끊임없이 주시하며 일본 국권의 이해득실을 면밀히 계산하고 눈길을 다른 데로 돌리지 않는다. 소설 속의 사랑은 철저히 정치 서사의 주변부로 전락한다. 도카이 산시의 연애 태도는 칭송할 만한 것이 못 되고, 당대에 회자된 것처럼 "낭만적 미담"도 아니다. 그는 적극적으로 헌신하지 않으며, 서양 여인의 구애를 수동적으로 받아들일 뿐이다. 그는 한결같이 마음을 쓰지 않아 스페인 여인 유란과는 첫눈에 반하고, 이후 아일랜드 여인 홍련紅蓮과는 애매한 관계를 맺는다. 그는 진정성도 없어, 유란이 해난으로 사망했다는 소식을 들었을 때 눈물 한 방울 흘리지 않으며, 책임감도 없어 이집트를 지날 때 사랑하는 이가 옥중에서 위

---

31 시바 시로, 제5편 제10권, 29면.

기에 처했음에도 공무를 이유로 냉정하게 떠난다.

자신에게 헌신적인 서양 여인들에게 도카이 산시는 번번이 냉혹하게 대했다. 그는 두 서양 여인에 대한 '사랑'에서조차, 조연인 판칭이 보여준 우정만큼의 진실성을 드러내지 못했다. 도카이 산시가 중년에 이르러 여전히 "홀로 살아 부모도 아내도 가정도 재산도 없는" 상태였음에도 그는 "인생에 짐이 없고 나를 제약할 그 무엇도 없으니 진실로 속박 없는 독립이다. 일언일행 모두 내 뜻대로이며 온몸을 국가와 사회에 바치는 것은 속세의 삶보다 훨씬 낫지 않은가"라고 자부한다.[32] 그의 가치 서열에서 정치 사업은 개인적 감정보다 월등히 중요한 위치를 차지하며, 그는 "순간의 치정은 훗날 화근의 씨앗일 뿐"이라고 단언하며[33] 사랑을 정치 헌신의 짐과 장애물로 여겼다. 따라서 그는 결코 사랑을 위해 모험하거나 희생하지 않는다.

이처럼 국권, 일본, 정치만 중시하는 '애국적 열정'은 도카이 산시를 철저한 '정치적 동물'로 만든다. 극도의 열정은 곧 극도의 냉혈을 낳았다. 도카이 산시에게 '애국주의'와 '제국주의'는 본질적으로 차이가 없으며, 양자는 모순되거나 대립된 것이 아니라 자기 완결적 통일체였다. 그의 '제국주의'는 '애국주의'의 자연스러운 연장이자 필연적 결과에 불과하며, 소설 내부에서 정치사상의 '변질'은 존재하지 않는다.

3. 은폐와 찬양 중국어 역 『가인기우』의 성공

1) 량치차오와 『가인지기우』의 기우

『가인지기우』가 중국에 도입되는 데에는 량치차오의 역할이 결정적이었다. 량치차오는 일본에 망명하기 전부터 이미 이 작품에 대해 어느 정도 들어

---

32 시바 시로, 제5편 제9권, 21~22면.
33 시바 시로, 제3편 제6권, 24면.

알고 있었을 가능성이 있다. 오랫동안 일본 서적을 수집해 온 캉유웨이康有爲
가 1897년 『일본서목지日本書目志』를 간행했는데, 그 제14권 소설문小說門에는
"가인지기우, 10책, 도카이 산시 저, 3원"이라는 항목이 실려 있다.[34] 이는 『가
인지기우』가 중국 문헌에 등장한 가장 이른 기록으로 보인다. 같은 해 11월
량치차오는 상하이 『시무보時務報』에 「『일본서목지』를 읽은 후」라는 글을 발표
했는데, 그가 『일본서목지』를 열람했다는 것을 알 수 있다.

　1898년 9월 21일 서태후가 무술정변을 일으켜 광서제를 유폐하고 유신
파 인사를 대대적으로 체포하면서 캉유웨이와 량치차오가 주도한 무술변법
은 실패로 막을 내렸다. 9월 26일 량치차오는 일본 군함 오지마마루호를 타
고 급히 일본으로 망명하여 10월 18일 도쿄에 도착했다. 동승한 왕자오王照는
『임공선생대사기任公先生大事記』에서 "무술 8월 선생이 위험에서 탈출해 일본으
로 향했는데, 몸에 지닌 책이 하나 없자 군함장이 『가인지기우』 한 권을 주어
무료함을 달래게 했다. 선생은 읽으면서 곧바로 번역을 시작해서 이후 『청의
보』에 게재했으니, 번역의 시작은 바로 그 배 위였다"고 회고했다.[35] 량치차오
와 절친한 린즈쥔林志鈞이 편집한 『음빙실합집飮氷室合集』에서도 『가인기우』 권
말에 "임공 선생이 무술년에 출국해 일본으로 건너가면서 배 위에서 이 책을
번역하며 스스로 위로했다"고 밝히고 있다.[36] 사실 망명길에서 이 정치소설과
의 '기우奇遇'는 단순히 '무료함 달래기'가 아니라 량치차오에게 "지극히 큰 계
발과 자극을 주었"으며,[37] 그의 사상·언론·활동에 큰 영향을 미쳤다. 이는 중
국 근대문학사에서 중대한 사건으로 자리한다.[38]

34　康有爲, 姜義華 編校, 『康有爲全集』 3, 上海 : 上海古籍出版社, 1992, 1160면.

35　丁文江, 趙豊田 編, 『梁啓超年譜長編』, 上海 : 上海人民出版社, 1983, 158면.

36　梁啓超, 林志鈞 編, 『飮氷室合集·專集』 19, 上海 : 中華書局, 2015, 9670면.

37　王向遠, 『日本文學漢譯史』, 銀川 : 寧夏人民出版社, 2007, 14면.

38　「가인기우」의 번역자가 량치차오가 아니라고 보는 의견도 있다. 이에 샤샤오훙의 견해는 다
　　음과 같다. "량치차오가 1900년에 지은 「기사 이십사 수(紀事二十四首)」에서 이미 스스로
　　번역자임을 인정하며 예전에 『가인기우』를 번역하여 완성했다고 기술했음에도 불구하고 여
　　전히 일부 연구자는 이 주장에 대해 의심한다. 그 근거는 바로 당시 량치차오가 일본어를 모

망명 후 량치차오는 즉시 『청의보』를 창간하고, 그 지면에 중국어 역 「가인기우」를 대대적으로 연재하여 이 정치소설의 동아시아 전파의 바통을 이어받았다. 1898년 12월 23일부터 1900년 2월 10일까지 『청의보』는 제1~3, 5~22, 24~29, 31~35호에 걸쳐 장기간 「가인기우」를 연재했으며, 1년여 동안 중국 독자의 지속적인 관심을 불러일으켰다. 이 잡지는 요코하마에서 인쇄되어 상하이 조계를 통해 중국 각지로 유통되었고, 매호 3,000부 이상 발행되어 만청 시기 중국 지식계에 가장 큰 영향을 미친 매체 중 하나였다. 「가인기우」와 『청의보』는 상호적으로 성공을 견인했는데, 전자의 성공은 후자의 발행을 촉진했고, 후자의 성공은 전자의 전파를 가속화했다.

1901년 단행본 『가인기우』가 량치차오가 주도한 상하이 광지서국廣智書局에서 출판되었다. 1902년에는 량치차오가 편집한 『청의보 전편』 총서가 요코하마 신민사新民社에서 인쇄되었으며, 『가인기우』는 제3집 신서역총新書譯叢 제13권에 수록되었다. 같은 해 상하이 상무인서관商務印書館은 이를 설부총서說部叢書 제1집 제1편에 편입시켰고, 1907년까지 7판이 간행되었다.[39] "상무 초판, 매번 3,000부 인쇄" 기준으로 환산하면,[40] 총 발행량은 2만 부를 넘었을 것으로 추산된다. 여기에 신민사판과 광지서국판을 합치면, 중국어 역 『가인기우』 단행본은 만청 마지막 10년1901~1911 동안 최소 9차례 이상 간행되었다. 게다가 "저작권이 없어 예닐곱 곳에서 무단으로 번각하기"도 했다.[41] 따라서 "당시 사회에서 『가인기우』의 전파력과 영향력은 대단히 컸다"고 할 수 있다.[42]

1898년 초가을 차가운 바다 위에서 고단한 망명자의 심정으로 있던 량치

르므로 번역을 할 수 없었다는 점이다. 나는 이와 같은 추론은 원작자가 사용한 문체라는 중요한 사정을 간과했기 때문에 설득력이 부족하다고 생각한다." 夏曉虹, 『覺世與傳世─閱讀梁啓超』, 北京 : 東方出版社, 2019, 246면.

39 樽本照雄, 『清末民初小說目錄』 10, 清末小說研究會, 2015, 1812~1815면.

40 包天笑, 『釧影樓回憶錄』, 上海 : 上海三聯書店, 2014, 365면.

41 燕, 「經國美談與佳人奇遇」, 『珊瑚』 1(8), 1932, 1면.

42 文娟, 『前'五四'時代的文化符號─商務印書館與中國近代小說』, 桂林 : 廣西師範大學出版社, 2021, 39면.

차오에게 『가인지기우』와의 만남은 곧 "산궁수진의 절망 끝에서 맞이한 유암화명의 전환山窮水盡疑無路, 柳暗花明又一村"이었다. 무술정변의 피비린내는 아직 가시지 않았고, 백일유신의 중단은 그를 비통하게 만들었다. 그는 눈물로 「거국행去國行」이라는 시를 짓고 "사나이 서른에 기공이 없구나男兒三十無奇功"라 탄식하고, "머리 풀어 울부짖으며 허공을 바라본披髮長嘯覽太空" 채 절망했다.[43] 바로 이때 군함장이 건네준 『가인지기우』는 그의 가슴속에 새로운 희망의 불씨를 지폈고, 그는 흥분하여 "문명을 전파할 새로운 무기傳播文明之利器"로서 '정치소설'을 발견했다고 믿었다.

출국 이전의 량치차오는 언론 활동과 변법 실천에 분주하여 문학에 거의 주목하지 않았고, 문학이라는 수단을 동원한 적도 없었다. 그러나 배 위에서 『가인지기우』를 읽은 후 그는 일본에 도착하자마자 정치소설과 메이지 유신의 관계를 자세히 고찰하고 문학을 통해 변법 사상을 선전하는 새로운 경로를 확립했다. 그는 정치소설을 중국에 도입하겠다는 결심을 굳혔고, 절망 속에서 변법의 새로운 활로를 열게 되었다. 량치차오는 『청의보』 창간호에서 「가인기우」 제1회 번역문 앞에 「역인정치소설서譯印政治小說序」라는 유명한 글을 발표하여, 정치소설을 중국인에게 소개하고자 하는 절박한 심정과 거대한 계획을 드러냈다. 이는 "만청 정치소설 번역의 서막을 열었다"고 평가된다.[44]

그의 호소와 주도 아래 『경국미담』, 『설중매』, 『화간앵』, 『아여행』, 『누란동양』, 『정해파란』, 『극락세계』, 『모범정촌』 등 수십 종의 메이지 정치소설이 잇달아 번역·출판되었다. 량치차오는 중국 최초의 정치소설 『신중국미래기』를 창작하여 신민新民을 지향하는 '소설계 혁명'을 일으켰다. 량치차오가 '정치의 길'에서 '문학의 길'로 전환한 계기이자 전환점은 바로 『가인기우』의 중국어 번역이었다.

---

43 梁啓超, 戴逸 編, 馬金科 注譯, 『梁啓超詩文選』, 成都 : 巴蜀書社, 2011, 189면.

44 鄒振環, 『影響中國近代社會的一百種譯作』, 北京 : 中國對外翻譯出版公司, 1996, 131면.

2) 제국주의에 대한 은폐 번역 속의 비판적 수용

정궈허는『가인지기우』가 "명백한 제국주의적 성향을 지니고 있다"고 지적했다.[45] 이러한 일본 정치소설이 근대 중국에서 널리 환영받은 까닭은 무엇보다 량치차오가 번역 과정에서 원문을 상당히 개작했기 때문이다. 대표적인 개작의 예는 다음과 같다.

우선 량치차오는 원문 속 중국 영토에 대한 탐욕적 표현을 의도적으로 삭제했다. 중국어 역『가인기우』제2회에서 도카이 산시는 중국 지사 판칭에게 흥아책興亞策을 제시한다. 원작과 나란히 살펴보자.

지나支那는 사백여 주를 통합하여 실로 세계의 대국이다. 다만 내정을 닦지 않고 외교를 돌보지 않아 누차 치욕을 당하고 자립하지 못하고 있다. 만약 아편의 독을 금지하고 국민정신을 진작한다면 이는 흥아의 제1책이 될 것이다.[46]

余, 淸朝ヲ東ニ遷シ, 四百余州ヲ三分シ, 競爭ノ志気ヲ振起シ, 鴉片ノ鳩毒ヲ禁絶セハ, 淸人ノ元気ハ癨揮シ, 英人カ兵威ヲ頼テ印度ヲ壓制スルノ財源ハ涸レン, 是興亜ノ端緒ナルヘシト.[47]

여기서 가장 중요한 개작은 "사백여 주를 삼분한다"를 정반대 의미로 "사백여 주를 통합한다"로 옮긴 점이다. 즉 도카이 산시의 "삼분 중국" 제안을 중국이라는 "세계의 대국"에 대한 칭송과 기대의 언사로 바꾸어 버린 것이다. '사백여 주'라는 표현은 전통적으로 중국을 지칭하는 관용어이지만, 일본에서는 도요토미 히데요시가 "명나라 사백여 주를 석권하겠다"는 꿈을 꾸고,[48] 후

---

45 鄭國和, 앞의 책, 170면.

46 『佳人奇遇』, 梁啓超, 林志鈞 編, 앞의 책, 9576면.

47 시바 시로, 조편 제2권, 38면.

48 參謀本部編, 『日本戰史－朝鮮役』, 偕行社, 1924, 11면.

쿠자와 유키치福沢諭吉가 "언젠가 사백여 주를 분할할 기회를 기다리자"고 주장하며,[49] 무츠 무네미츠陸奥宗光가 "우리나라 역시 사백여 주를 분할할 사상적 준비를 갖추지 않으면 안 된다"고 말하는 등,[50] 중국 영토를 노리는 맥락에서 자주 사용되었다. 물론 도카이 산시의 제안은 일본이 직접 중국을 분할한다는 뜻이 아니라 중국 내부를 삼분하여 경쟁을 촉발시키자는 제안이었다. 그러나 만일 실제로 실행된다면 그것은 중국인의 각성을 불러일으키기보다는 일본 제국이 중국을 분할하기 쉽게 만드는 결과를 낳을 것이다. 특히 전통적으로 대일통大一統을 숭상해 온 중국 독자들에게 도카이 산시의 제안은 곧 중국 분열론으로 들릴 수밖에 없다. 이에 따라 중국어 역본은 도카이 산시의 이 제안을 은밀히 삭제하여 중국 독자들의 혐오감을 피하였다.

또 중국어 역『가인기우』는 일본인의 탈아입구론 속의 침략적 함의를 희석시켰다. 중국어 역『가인기우』제10회에서 도카이 산시는 유학을 마치고 귀국한 뒤 사람들이 모두 탈아입구를 열망하는 것을 본다. 역시 원작과 비교해 보자.

> 아시아의 풍기를 벗어나 유럽인과 어깨를 나란히 하려 한다. 그 기묘하고 민첩한 계책을 반드시 어떤 인재가 들어 맡아야만 합종연횡의 외교 속에서 승리의 길을 차지할 수 있을 것이다.[51]

> 亞細亞ノ風氣ヲ蟬脫シ, 進取活路ノ計ヲ取リ, 富強文明ノ西洋諸國ト連結シ, 機智敏捷巧ニ其間ニ処シ, 合從連衡, 東洋諸邦ノ領土ヲ占掠シ, 自ラ進テ歐人ト伍シ, 歐人ノ伴トナリ, 一ハ國土ヲ擴張シ, 一ハ歐人ノ憐情ヲ受ケ, 以テ其獨立ヲ維持セザルベカラズ.[52]

49 福澤諭吉,「眼中淸國なし」,『福澤諭吉全集』14, 巖波書店, 1970, 663면.

50 陸奥宗光, 趙戈非・王宗瑜 譯,『蹇蹇錄―甲午戰爭外交秘錄』, 生活・讀書・新知三聯書店, 2018, 121면.

51 『佳人奇遇』, 梁啓超, 林志鈞 編, 앞의 책, 9576면.

52 시바 시로, 제5편 제10권, 7면.

일본어 원작의 의미는 극히 직설적이다. 이른바 탈아입구의 궁극적 목적은 단순히 아시아를 벗어난다는 것이 아니라 오히려 아시아를 점령한다는 데 있으며, 그 첫 대상은 동양 국가들, 즉 중국과 조선이다. 그 논리는 확장을 통해 독립을 유지한다는 것으로, 물리적인 생존 공간의 확대를 통해 심리적인 안전감을 강화하려는 제국주의적 사고였다. 그러나 중국어 역본은 "동양 제방의 영토를 점령", "국토를 확장" 등의 구절을 의도적으로 삭제했다. 비록 "합종연횡"이라는 표현은 남겨 두었지만 일본어 원작에 드러난 노골적 제국주의 성향은 크게 약화되어 훨씬 완곡하고 간접적인 뉘앙스로 바뀌었으며, 중국 독자들의 감정을 자극하지 않도록 처리되었다.

도카이 산시가 청일전쟁의 성격을 규정한 대목에서 량치차오는 전복적인 개작을 가하였다. 중국어 역 『가인기우』 제16회에서 도카이 산시는 청일전쟁 문제에 대해 장문의 연설을 하며 소설을 마무리한다.

조선은 본래 중국의 속토屬土였다. 대국의 의리로 말하자면, 속토에 화란이 일어날 때 이를 평정할 책임이 있다. 당시 조선은 내우외환이 잇따라 들이닥쳤고, 원조를 구하는 서신이 도착하자 중국은 대의에 따라 병력을 파견했다. 그런데 일본은 막 메이지 유신을 진행하여 기세가 한창 드높았고, 동양에서 구실을 찾아 시험하려는 속셈을 품고 있었다. 그들은 청조가 만만하다고 여기고, 조선을 꾀어낼 수 있다고 보았기에, 조선을 끼고 청조와 분쟁을 일으켰다. 청조는 이를 제대로 살피지 못하고, 오늘날의 일본을 예전의 일본과 다름없다고 여겨 징계하여 제어하고자 했다. 동양에서 제멋대로 날뛰지 못하게 하려 한 것이다. 그러나 사물은 먼저 안에서 썩으면 벌레가 생기고, 나라는 스스로 무너지면 남이 업신여기게 된다. 태평성세의 노래와 춤이 300년이나 이어지자, 병법을 알지 못하고 군사도 명령에 따르지 않게 되었다. 이렇게 부패하고 쇠약하며 세상일에 어두운 늙고 병든 나라가 흉포한 성질과 무력을 지니면서도 문명 사상을 겸비한 신흥 일본과 힘과 지혜를 겨루니 그 형세가 본디 크게 벌어질 수밖에 없었다. 이에 조선에서 한 차례 패하고 다시 랴오둥반도에서 패망했으며, 타이완을 할양하고 막대한 배상금을 물게 되었다. 우리 일본인은 원대한 뜻을 품고 있었으나 여전히 부족하다고 여겼다. 뜻밖에도 러시아, 독일, 프랑스 세 나라가 간섭해 오자 일본은 유감을 품으면서도 형세를 살펴 물러났다. 이는 이치상 당연한 바였다. 그러나 재야의 청년 지사들은 이를 두고 정부를 탓하는 경우가 많았으니, 이는 정부의 고심을 알지 못한 것이다.[53]

그러나 이러한 내용은 일본어 원저 제16권에는 전혀 존재하지 않으며, 완전히 중국 역자가 창작한 것이다. 일본어 원저 마지막 26면에 해당하는 청일전쟁 관련 부분은 중국어 역본에서 통째로 삭제되고, 위와 같은 전혀 다른 내용으로 대체되었다.

일본어 원저의 마지막 권에서 도카이 산시의 견해는 정반대였다. 그는 "리훙장李洪章이 이 기회를 이용하여 다년간의 욕망을 채우려 하여 조선 조정의 청을 빌미로 대병을 파견하고, 명목상은 속방 조선왕을 구제하는 것이라 하였으나 실상은 더욱 침탈하고 오만을 부리려 했다"고 비판했다. 따라서 그는 "청국을 징벌하고 조선 독립을 지원해야 한다"고 주장하면서, 일본의 청국 정벌은 "조선의 독립을 보장하고 청국으로 하여금 이 땅을 조선에 반환하게 하는 것"이라고 강조했다. 더 나아가 일본 정부가 삼국간섭에 굴복하여 랴오둥반도를 반환한 것은 "눈앞의 위기를 구하고 장래의 화를 남긴 것"이라 혹평했다.[54]

그러나 개작 이후 중국어 역본의 도카이 산시는 중국의 출병 정당성과 일본 출병의 부당성을 강조하면서, 일본을 흉포하고 난폭하여 동양에서 분란을 일으키는 자로 묘사했다. 나아가 일본 정부가 삼국간섭에 굴복하여 랴오둥반도를 반환한 것을 긍정적으로 평가했다. 이 개작은 도카이 산시의 이름을 빌려 "우리 일본인我日人"의 말투로 서술되었기에 실제 효과는 중국 독자로 하여금 도카이 산시를 공도를 지지하고 중국을 편드는 외국의 친구로 오인하게 만든 것이었다.

53　『佳人奇遇』, 梁啓超, 林志鈞 編, 앞의 책, 9670면.
54　시바 시로, 제8편 제16권, 16~17·29~30면.

이러한 개작은 량치차오가 『가인지기우』의 정치적 관점을 전면적으로 받아들이지 않았음을 보여준다. 그는 일부 견해를 충분히 이해하고 있었으며, 동시에 은밀히 비판적 태도를 지니고 있었다. 실제로 『청의보』는 중국어 역 『가인기우』를 제11권까지 연재한 뒤 중단했는데, 이는 후반부에 노골적으로 드러나는 제국주의적 경향에 대한 우려 때문이었던 것으로 보인다. 이후 1년이 지나 단행본이 출판되면서야 후반부 번역이 보충되었다.

결국 중국어 역 『가인기우』는 번역자의 "성형 수술"을 거친 텍스트였다. 각종 은폐적 삭제와 개작을 통해 내부의 제국주의적 요소는 축소되었고, 표면의 제국주의적 광채도 흐려져 보다 우호적이고 긍정적인 이미지로 변모했다. 그 결과 중국 독자들에게 쉽게 수용될 수 있었던 것이다. 그러나 번역자가 이러한 텍스트 조작을 전혀 설명하지 않았기 때문에 중국 독자들은 역문과 원문 사이의 간극을 알 수 없었다. 따라서 근대 중국의 『가인지기우』 열풍은 일본 원저의 직접적 영향이라기보다 변모한 중국어 역본 『가인기우』가 불러일으킨 현상이었다고 할 수 있다.

3) 애국주의에 대한 찬양 외부에 드러난 긍정적 선전

번역 과정에서 가능한 한 제국주의적 요소를 은폐·완화한 것과는 달리 중국어 역 『가인기우』를 공개적으로 선전하는 단계에서 량치차오는 오직 애국주의적 관점에서 찬양하며, 이 작품이 국민의 애국정신을 함양하고 국가 정치의 진보를 촉진하는 데 중요한 역할을 할 수 있다고 거듭 강조했다.

1898년 12월 량치차오는 「역인정치소설서」에서 정치소설을 읽을 것을 '애국지사'들에게 호소했다. "미국, 영국, 독일, 프랑스, 오스트리아, 이탈리아, 일본 등 각국의 정계가 날로 진보한 것은 정치소설의 공이 가장 크다. 어떤 영국 명사가 말하기를 '소설은 국민의 혼'이라 하였으니, 어찌 그렇지 않겠는가! 지금 특별히 외국 명사가 저술한 것 가운데 중국의 시국과 관련 깊은 것을 차례로 번역하여 잡지에 실을 것이니 애국지사라면 반드시 보게 될 것이다."[55]

1899년 9월 그는 「음빙실자유서飮氷室自由書」에서 "메이지 유신의 대업에 공이 컸던" 정치소설 가운데 "국민 두뇌 속에 가장 효과적으로 스며든 것은 『가인 기우』와 『경국미담』 두 작품"이라고 평했다.[56] 1901년 12월, 그는 『청의보』의 역사에서 "내용상 중요한 것"으로 "정치소설 『가인기우』와 『경국미담』 등이 있어 패관소설의 재주로 정계의 대세를 묘사하였다. 미인과 향초 사이에 별 다른 감흥이 있고, 철혈의 설단에 수많은 기개 있는 자들이 있다. 한번 읽으면 무릎을 치며 감동하여 언제나 나의 정을 움직인다"고 서술했다.[57]

1902년에 그는 『청의보 전편』 서두의 「본편의 10대 특색」에서 다음과 같이 밝혔다. "본편에는 일본 정치소설의 두 대작『가인기우』, 『경국미담』이 부록 되어 있는 데, 패관의 형식을 취하여 애국의 사상을 서술하였다. 두 작품은 일본 문단에서 독보적이며, 우리 중국에는 전혀 없던 것이다. 읽으면 손에서 놓기 어렵고, 현인을 본받아 나라를 사랑하는 마음이 저절로 생겨나는데, 이는 다른 어떤 책도 미치지 못한다."[58] 같은 해 량치차오는 자신이 주간한 잡지 『신소설』의 투고 요청문에서 "본사가 가장 바라는 것은 오직 남녀의 정을 쓰되 애국의 뜻을 담아야 한다"고 강조하며,[59] 『가인기우』를 신소설의 전범으로 제시했다. 이처럼 애국은 량치차오가 『가인기우』를 선전하는 데 가장 중요한 구호였다.

량치차오의 이러한 선전은 청말 중국 독자들의 『가인기우』에 대한 인식을 결정했다. 1901년 상하이 광지서국에서 간행한 단행본 광고는 『가인기우』를 "기이하고 장대한 데다 화려하고 통쾌하여 이미 오래전부터 인구에 회자 되었으며, 단순히 소소한 오락이 아니라 국민 정치사상의 발달에 기여한다"고 홍보했다.[60] 같은 해 추수위안은 「소설과 민지民智의 관계」에서 『가인기우』

55   任公(梁啓超), 「譯印政治小說序」, 『淸議報』 1, 1898.12.
56   任公(梁啓超), 「飮氷室自由書」, 『淸議報』 26, 1899.9.
57   任公(梁啓超), 「本館第一百冊祝辭竝論報館之責任及本館之經歷」, 『淸議報』 100, 1901.12.
58   「本編之十大特色」, 『淸議報全編』 1, 新民社, 1902, 5면.
59   「本社徵文啓」, 『新小說』 1, 1902, 1면.
60   「廣告─政治小說佳人奇遇經國美談合刻」, 『淸議報』 100, 1901.12.

가 "정치상의 신사상과 극히 관련된다"고 평가하며 "이미 번역된 것이 이것 하나뿐인 것이 아쉽다. 더 많은 동지를 모아 여러 작품을 널리 번역하여 우리 국민이 신사상을 추구하는 속도를 높일 수 있기를 바란다"고 말했다.[61] 1905년 『중외일보』에 연재된 『속장해선록續莊諧選錄』은 『가인기우』를 극찬하며 "이 책은 읽으면 권태를 잊게 한다. 바라건대 우리나라 4억 인민 모두가 한 권씩 지니고 만 번 읽기를 원한다"고 했다.[62]

1908년 황바이야오는 잡지 『중외소설림』에서 "『가인기우』는 근세 번역서 가운데 유명한 소설이며, 평론가들은 모두 일본인의 애국 감정이 이 소설에 크게 의존한다고 한다"며,[63] "이를 선양하고 배양함으로써 대화혼大和魂과 무사도, 일종의 의협적 풍속이 지구상 위대한 국민의 명성을 얻게 되었다"고 평했다.[64] 같은 해 황스중은 『중외소설림』의 「소설 풍속의 진보는 번역소설이 그 기풍의 선구가 된다」라는 글에서 '동양 대소설가' 시바 시로의 이름을 무려 네 차례 언급하며 "그 이름이 찬연히 빛나니, 근래 중국의 지식인 가운데 소설의 중요성을 조금이라도 아는 자라면 모두 이를 말할 수 있다"고 했다. 그는 특히 『가인기우』의 정치적 감정을 예로 들어 "민지의 진보에서 소설이 사회에 미치는 영향은 거대하다"고 논증했다.[65] 이러한 평가들은 량치차오의 선전과 거의 한 목소리였으며, 서로 닮은 듯한 논조를 보였다.

『가인지기우』에 대한 량치차오의 긍정적 평가는 민국 시기에도 여전히 큰 영향을 미쳤다. 1930년대 9·18사변 이후 국난이 가중되면서 『가인지기우』의 중국어 역본이 다시 나타났다. 1936년 중화서국中華書局은 린즈쥔이 편찬한 『음빙실합집』을 간행하면서 량치차오가 번역한 『가인기우』를 제19권에 수록

---

61 邱煒萲(邱菽園), 「小說與民智關係」, 陳平原·夏曉虹 編, 『淸末民初小說理論資料』, 北京：北京大學出版社, 2021, 55면.

62 「續莊諧選錄」, 『中外日報』, 1905.2.13.

63 光翟(黃伯耀), 「淫詞惑世與豔情感人之界線」, 『中外小說林』 1(17), 1908, 5면.

64 耀公(黃伯耀), 「小說與風俗之關係」, 『中外小說林』 2(5), 1908, 5면.

65 世(黃世仲), 「小說風尙之進步以醜譯說部爲風氣之先」, 『中外小說林』 2(4), 1908, 1면.

하여 재출간했다. 1935년 상하이 중국서국中國書局은 전흥복임실주인田興復臨室主人이 번역한 『가인지기우』를 출판했는데, 역자는 이 책을 "구국의 기서奇書"[66]라 존숭하며 다음과 같이 서술했다. "우연히 『가인지기우』 한 책을 접하고, 그 내용과 종지를 거듭 음미하니, 절로 책상을 치며 놀라워하고 크게 기뻐하며 말하기를, 이는 실로 오늘날 중국인의 심성을 개조할 양약良藥이라 하였다." 그는 또 "양임공梁任公 선생이 『음빙실문집』에서 일본이 부강해진 원인이 『가인지기우』에 있다고 말했으니, 이 책의 잠재력과 감화력의 크기를 알 수 있다"며, "중국이 부강하려면 역시 이 책을 활용하여 이미 죽은 인심 전체를 뜨겁게 만들어야 한다"고 강조했다.[67] 이 책은 출간 후 한 달 만에 "판매 부수가 만 부를 넘어 근래 출판 기록을 돌파했다"고 전해진다.[68]

같은 해 상하이 자강서국自强書局은 허전何震이 백화문으로 옮긴 『가인지기우』를 출판했는데, 표지 앞에는 눈에 띄게 '애국소설'이라는 문구가 붙어 있었다. 역자는 "만중萬衆이 한마음이 되어 전 국민이 단결하고, 생존을 위해 투쟁하며, 위기에 처한 국세를 구제하여 부강의 지위에 이르기를 희망한다"고 번역 동기를 분명히 밝혔다.[69] 이러한 언급은 청말 시기로부터 30년이 지난 시점이었으나, 여전히 량치차오의 견해에서 벗어나지 못한 채 『가인지기우』의 애국적 열정을 높이 평가하며, 이 작품이 중국인의 애국 의식을 신속히 고취할 수 있는 양약이라고 인식했다.

주목할 점은, 1934년 다롄의 만주일보사滿洲日報社에서도 『가인지기우』 중국어 번역본을 간행했다는 사실이다. 역자는 『만주일보』 사원 류쿵장劉孔璋이었으며, 『만주일보』는 일본인 니시카타 아사조西片朝三가 창간한 중국어 신문이었다. 이 책은 그의 주도로 번역·출판되었으며, 니시카타 아사조는 서문에

---

66 「寓言小說『佳人之奇遇』出版」, 『申報』, 1935.11.4, 11면.

67 田興復臨室主人, 「佳人之奇遇序言」, 東海散士 著, 田興復臨室主人 譯, 『佳人之奇遇』, 中國書局, 1935, 1~4면.

68 「佳人之奇遇將編成新劇演爲電影」, 『申報』, 1935.11.20, 13면.

69 何震, 「卷頭語」, 東海散士, 何震 譯述, 『佳人之奇遇』, 自强書局, 1935, 3면.

서 이렇게 회고했다. "내가 젊어 독서욕이 왕성하던 시절, 도카이 산시의 저작 『가인지기우』을 접하고, 한 번 읽고 또 읽으며, 옛사람이 이른바 '좋은 책은 백 번 읽어도 싫증나지 않는다'는 말을 실감했다. 매번 책을 펼칠 때마다 감격하여 떨쳐 일어났으며, 수십 년이 지난 오늘날에도 여전히 마음에서 지워지지 않는다. 그 의미의 깊고 순수함과 사람을 감동시키는 위력을 충분히 알 만하다."[70] 이 대목을 상하이에서 간행된 여러 중국어 역본의 서문과 비교해 보면, 중·일 양국 지식인이 정치와 민족 감정이 극도로 대립하던 1930년대 중엽에조차, 『가인지기우』에 대해 이례적으로 일치된 극찬을 보였음을 알 수 있다. 이는 실로 역설적이다.

중국어 역 『가인기우』가 근대 중국에서 누린 명성과 호평의 원인은, 내부적으로는 비판적 수용을 통해 제국주의적 요소를 은폐하고 외부적으로는 긍정적 선전을 통해 애국주의적 요소를 강조한 데 있었다. 이렇게 장점을 취하고 결점을 피하는 번역·수용 전략 덕분에 중국 독자는 일본 국권 지상주의라는 동전의 앞면_{애국주의}만을 보았을 뿐 그 뒷면_{제국주의}은 제대로 인식하지 못했다. 여기에 "원문을 초월한"[71] 량치차오의 화려한 번역문이 더해지면서, 수많은 중국 독자들은 실체를 보지 못한 채 이 소설의 추종자와 신봉자가 되었다.

량치차오에게 『가인기우』의 도입은 정치소설을 번역하여 군치群治를 개량한다는 거대한 계획의 시발점이었으며, 그 계획의 성패에 직결되는 문제였다. 그런 의미에서 중국어 역 『가인기우』는 성공할 수밖에 없었고, 실패해서는 안 되었다. 그는 일본어 원저의 애국주의 사상이 지닌 협애성을 지적하지 않았고, 제국주의 사상의 위험성도 언급하지도 않았다. 그러나 일본 국권 지상주의의 사상적 바탕, 즉 국권은 민권보다, 민족은 세계보다, 정치는 모든 것보다 우위에 있다는 논리는 중국어 역 『가인기우』 속에 비교적 온전히 남아 있었으며, 관련 논조는 대체로 삭제되지 않았다. 이는 중국 독자들로부터 비

---

70 西片朝三, 「緖言」, 劉孔璋 譯, 『佳人之奇遇』, 滿洲日報社, 1934, 1면.

71 柳田泉, 『政治小說硏究』上, 春秋社, 1967, 381면.

판을 불러일으키지도 않았다. 그 까닭은 아마도 당시 동아시아인 다수가 "국권 우위, 민족 우위, 정치 우위"를 일종의 자명한 공통 인식으로 받아들였기 때문일 것이다. 다시 말해 중국의 번역자와 독자들은 국권주의 자체에 반대하지 않았고, 오히려 애국적 공감 속에서 도카이 산시의 일본 지상주의를 이해할 수 있었던 것이다. 량치차오의 번역·선전 전략과 중국 독자들의 적극적 추종은, 결국『가인지기우』에 내재한 정치 윤리의 함정을 근대 중국에서 응당 주목받아야 할 문제로 부각시키지 못하게 만들었다.

4. 경계와 무시 한국에서의『가인지기우』냉대

1) 결실 없는 기우 김옥균, 시바 시로,『가인지기우』

근대 한국인이『가인지기우』를 접한 시점은 중국인보다 더 일렀으며, 그 최초의 독자는 김옥균이었다. 쑨원孫文, 캉유웨이, 량치차오에 앞서 그는 "동아시아에서 가장 저명한 망명자"였다.[72] 김옥균은 충청남도 공주에서 태어났으며, 여섯 살에 이미 "달은 비록 작으나 천하를 비춘다月雖小, 照天下"라는 시를 지어 신동으로 칭송받았다. 청년기에 계몽사상가 박규수 문하에서 실학과 서학을 연구하며 개화사상을 형성했고, 국가 개혁을 결심했다. 1872년 과거에 급제하여 정계에 진입한 뒤 개화파의 지도자로 급속히 성장했다. 세 차례 일본을 방문하여 메이지 유신의 성과를 면밀히 조사하고 귀국한 후에는『기화근시箕和近事』등의 저서를 작성하여 조야에 널리 전파했다. 1883년 한국 최초의 근대 신문『한성순보』의 창간에 참여하고, 「치도략론治道略論」등을 발표하여 해외 정세를 소개하고 폐정을 개혁하며 개화사상을 주도했다.

그는 개혁 의지가 있던 젊은 국왕 고종의 지지를 적극적으로 얻으려 했으

---

72 許知遠,「上海的朝鮮記憶」,『睿士』2021(6), 杭州 : 浙江睿士雜誌社, 2021, 60면.

며, 보수파의 전횡과 방해에 점차 불만을 품었다. 1884년 12월 4일 우정국 낙성식을 계기로 김옥균은 박영효, 홍영식, 서재필, 서광범 등 개화파 동지들과 함께 갑신정변을 일으켰다. 그 결과 12월 5일 개화파를 중심으로 한 신정부가 수립되었다. 12월 6일 김옥균 주도로 신정부가 사민 평등, 부패 처벌, 재정 개혁, 군제 정비 등의 시정을 공포했으나 신정부는 당일 바로 진압되어 집권은 고작 사흘에 불과했다. 역사상 '삼일천하'라 불린다. 홍영식 등 다수 개화파 인사가 살해되거나 체포되었으며, 김옥균은 일본 공사관으로 피신한 뒤 인천에서 일본 군함 치토세마루호에 올라 일본으로 급히 망명했다. 그 후 10년간 일본에 머물렀고, 1894년 3월 결국 조선 조정이 보낸 자객 홍종우에게 상하이에서 암살당했다. 그의 묘비에는 박영효가 지은 비문이 새겨져 있다. "대단한 재능을 가지고도 때를 잘못 만나 대단한 공을 세우지 못하고 뜻밖에 죽음을 맞이하였네抱非常之才, 遇非常之時, 無非常之功, 有非常之死."

김옥균은 일본에 도착한 직후 『가인지기우』의 작자 시바 시로와 만났다. 1885년 초 미국 유학을 마치고 귀국한 시바 시로는 『가인지기우』 원고를 가지고 일본에 체류하던 김옥균을 방문했다. 시바 시로는 김옥균에게 동정과 존경을 표하며 갑신정변의 경위와 과정을 상세히 물은 뒤, 아직 간행되지 않은 자신의 소설 원고를 보여주며 소개했다. 이 역사적 만남의 장면은 『가인지기우』 제10권에도 묘사되어 있다. 같은 해 10월 『가인지기우』 초편이 도쿄에서 간행되었는데, 제2권 말미에 김옥균이 직접 쓴 발문이 수록되었다.

시바 시로 군은 어려서부터 위대한 재능과 기상천외한 포부를 지녔다. 미국을 유람하며 그 나라의 문물과 법제가 융성한 모습을 목격했고, 이를 통해 자신의 재능과 포부를 충분히 펼칠 수 있는 길을 찾았다. 여섯 해의 세월을 거쳐 돌아온 뒤, 그가 눈으로 보고 귀로 들은 내용을 손쉽게 기록하여 『가인기우』라는 책을 지었다. 이 책을 읽어 보면 정말 세상에 이로운 글임을 확실히 느낄 수 있다. 그중에서도 풍자와 찬양을 담아 지은 시와 노래는 우아하고 수려한 구절이 진주와 진주를 늘어놓은 듯하며,

마치 문학의 파도를 넘어 사단詞壇에 떠오르는 듯하다. 시바 군은 정말 재능 있고 포부가 큰 인물이다. 어느 날 시바 군이 야리아미鑓屋 여사旅舍로 나를 찾아와 이 글을 보여주며 한마디 평가를 청했다. 나는 이에 아래와 같이 적었다. 공자는 재능이 어렵다고 하셨는데, 재능이 있으면서 또 학문에 힘쓰는 사람은 더욱 어렵다. 시바 군은 이미 재능이 있고, 또 학문에 대한 포부를 가지고 있다. 이미 일정한 성과를 이루었으니, 더욱 폭넓은 학문을 쌓고 포부를 다져서 앞날에 필요한 때를 기다려야 한다. 세상에 필요하게 되는 것이 나의 소망이기도 하다. 시바 군의 포부는 크구나.

— 을유(乙酉) 중추, 조선 일사(逸士) 김옥균 근제(謹題)

柴君四朗, 少有偉才奇志, 遊米理堅之合衆國, 其文物法度之盛深, 有得以充然於才與志者. 經六載而歸, 瀏手掇錄目入耳到者, 名『佳人奇遇』. 讀之洶覺裨世之有用文字. 其如諷詠而爲詩與歌者, 翩翩珠璣, 若又泛文瀾而上詞壇. 柴君真才而志者也. 一日, 訪余於鎗屋旅舍, 示以此篇, 索余一言志之. 余遂書其下曰 : 子曰才難, 才而學尤難. 君既才, 而志於學. 既有成焉, 則宜復曠其學, 勉其志, 以需他日. 需世之用, 即亦余之志願也, 柴君志哉. 乙酉仲秋. 朝鮮逸士金玉均謹題.[73]

이 발문은 근대 한국인이 『가인지기우』에 대해 남긴 평론한 유일한 글이 아닌가 싶다. 이를 통해 김옥균이 『가인지기우』를 읽었을 뿐 아니라, 작자 시바 시로 본인을 직접 만났다는 사실을 확인할 수 있다. 이 글은 시바 시로의 부탁을 받아 쓴 것이어서 찬양하는 말이 많다. 김옥균은 주로 시바 시로의 재능, 포부, 문채를 칭찬했을 뿐 『가인지기우』가 지닌 정치적 함의를 충분히 중요시하지 않았다. 김옥균은 "세상에 이로운 글"이라 하였으나 그것이 구체적으로 어떻게 세상에 유용한지는 설명하지 않았다. 이후 김옥균은 시바 시로와 교류를 이어갔으나,[74] 10년간 『가인지기우』가 일본 사회에서 큰 반향을 불

---

73 김옥균, 「書佳人之奇遇後」, 시바 시로, 초편 제2권.
74 琴秉洞, 『金玉均と日本ーその滯日の軌跡』, 綠蔭書房, 1991, 658면.

러일으키는 것을 지켜보면서도 더 이상 관심을 보이지 않았으며 이 작품에 대한 언급도 남기지 않았다.

김옥균과 량치차오의 『가인지기우』와의 기우는 흥미로운 대비를 이룬다. 두 사람 모두 뛰어난 자질을 지녔고 명사의 문하에서 배웠으며, 신문을 창간하여 신사상을 전파하고 메이지 일본을 본보기로 삼아 근대화를 주장하였으며, 젊은 나이에 자국의 정치개혁 운동을 주도했다. 그러나 실패 후 일본으로 망명한 뒤 『가인지기우』를 접한 시점에서, 양자의 태도는 극명히 달랐다. 량치차오는 직접 번역에 나서고 「역인정치소설서」를 발표하여 정치소설 번역의 서막을 열고 『신중국미래기』를 창작하기까지 하였다. 반면 김옥균은 단지 의례적 발문 한 편을 남겼을 뿐 번역 의사도 행동도 보이지 않았고, 정치소설을 통한 계몽의 길로 나아가지도 않았다. 량치차오와 『가인지기우』의 만남은 결실 있는 기우였으나 김옥균과 『佳人之奇遇』의 만남은 결실 없는 기우였다. 결국 『가인지기우』에 대한 열정적 번역과 수용은 근대 중국 지식인의 선택이었지 한국 지식인의 보편적 선택은 아니었다.

2) 흔적 없는 부재 근대 한국의 정치소설 번역

근대 한국에서도 정치소설 번역의 열기가 일어난 바 있는데, 그것은 김옥균이 세상을 떠난 지 10여 년 후인 1900년대 후반이었다. 1904년 러시아와 전쟁을 선포한 일본이 한국의 군사 요충지를 점령하고, 1910년 대한제국이 일본에 강제 병합되기까지 일본 제국의 침략이 점차 가속화되면서 망국의 위기가 눈앞에 다가왔다. 이 시기에 한국 내에서는 애국계몽운동이 전개되었고, 수십 종의 해외 정치소설과 서양 영웅 서사 문학 작품이 번역되어 신문에 연재되거나 단행본으로 출판되었다. 이는 한국 민중의 애국과 구국 의식을 고취하는 데 중요한 역할을 했다. 이 가운데 비교적 큰 영향을 미친 작품으로는 『경국미담』, 『설중매』, 『서사건국지』, 『애국부인전』, 『애국정신담』, 『국치전』, 『회천기담』, 『매국노』, 『워싱턴전』, 『이태리건국삼걸전』, 『라란부인전』 등이 있다.

그러나 중·일 양국에서 가장 큰 명성을 얻고 널리 유통되며 애국주의의 걸작으로 간주된 『가인지기우』는 한국에서 모습을 드러내지 않았다. 번역되지 않았을 뿐 아니라 소개되거나 논평된 기록조차 찾기 어렵다. 이와 뚜렷한 대조를 이루는 것은 『가인지기우』와 함께 '메이지 3대 정치소설'로 불린 『경국미담』과 『설중매』가 한국에서 널리 전파되었다는 사실이다.

『경국미담』은 정치소설 가운데 가장 먼저 한국어로 번역된 작품이다. 1904년 10월 4일부터 11월 2일까지 『한성신보』에 한국어 역 「경국미담」이 16회에 걸쳐 연재되었다. 첫 회 번역 서문에는 다음과 같이 적혀 있다.

차편此篇은 일본 대사백大詞伯 야노 류케이矢野龍溪 씨가 거금 20년 전에 저작함이니 당시 일본 유지소장有志少壯이 인구일본人購一本하여 행음주송行吟走誦의 벽벽을 성성成成하더니 금일 한국 정계에 유지 인사가 망신애국忘身愛國에 개선지지改善之志를 개포皆抱하였으니 차시此時에 차편을 연독演讀하매 사기 진작에 대효大效가 생生하리니 문법 평이하고 결구結構 웅대함은 차편 특색이요 사지士志 강개하고 경륜 탁발卓拔함은 차편 특질이니 애독을 득得하면 역자 행심幸甚이로소이다.[75]

1908년 9월 경성 우문관右文館 인쇄소에서는 현공렴玄公廉이 다시 순한글로 중역한 『경국미담』을 상·하 2권으로 출판했다. 한국의 주요 신문 가운데 하나인 『황성신문』은 9월 27일부터 10월 30일까지 한 달 넘게 연속 광고를 게재하며 "차서此書는 간신奸臣이 모국謀國에 애국지사가 섭험피창涉險被創하여 간당奸黨을 주멸誅滅하고 독립기국獨立其國함을 상재詳載함"[76]이라고 홍보하며 경향 각 유명 서점에서 널리 판매했다.

『설중매』는 근대 한국에서 가장 영향력이 큰 정치소설 가운데 하나였다. 1908년 5월 경성 회동서관匯東書館에서 구연학具然學이 번안한 『설중매』가 출판

---

75 「경국미담」, 『한성신보』, 1904.10.4, 1면.
76 「광고」, 『황성신문』, 1908.9.27, 3면.

되었다. 이 작품은 일본 원작의 줄거리 틀을 대체로 따르면서도, 시공간을 자유민권운동 시기의 일본에서 갑오개혁 이후의 한국으로 바꾸었고, 등장인물 역시 일본인에서 한국인으로 바꾸었다. 남녀 주인공 이태순과 장매선은 원작의 구니노 모토이國野基와 도미나가 오하루富永ぉ春에 각각 대응한다. 이 소설은 출판 이후 큰 인기를 얻었으며 "이인직의 『은세계』와, 이해조의 『자유종』과 함께 3대 정치소설로서 통칭되어 왔"으니[77] 한국 근대문학사에서 독특한 한 자리를 차지했다.

20세기 초 한국 지식인들은 메이지 정치소설 3대 대표작 가운데 『경국미담』과 『설중매』를 수용했으나 『가인지기우』에 대해서는 무관심으로 일관했다. 이는 세 작품이 담고 있는 정치사상과 밀접한 관련이 있다. 스에히로 뎃초末廣鐵腸의 『설중매』는 일본 청년 정치가 구니노 모토이가 국회 설립과 정당 정치를 요구하며 분투하는 과정을 그리면서 주로 민권 사상을 표현했다. 야노 류케이의 『경국미담』은 고대 그리스 역사를 소재로 테베 인민이 내부적으로 민주를 쟁취하고 대외적으로 침략에 항거하는 과정을 그리면서 민권과 국권 수호 사상을 동시에 담았다. 그러나 앞서 살펴본 바와 같이 『가인지기우』은 노골적으로 국권 확장 사상을 드러냈고, 바로 이 점이 한국인들에게 일본의 제국주의적 경향에 대한 경계와 우려를 불러일으켰을 가능성이 크다.

3) 소리 없는 월경越境 중국어 역 『가인기우』의 한국 유통사

중국어 역 「가인기우」는 1898년 12월 23일부터 1900년 2월 10일까지 『청의보』에 장장 14개월 동안 연재되었다. 『청의보』는 근대 한국 지식인들에게 상당한 영향력을 지녔으며, 중국어 역 『가인기우』 역시 『청의보』를 통해 한국에 전해졌고, 적지 않은 한국 지식인들의 시야에 들어갔음이 분명하다. 19세기 후반에 태어난 한국 지식인들은 어려서부터 한문을 학습했으므로 『청의

---

77 유기룡, 「구연학의 『설중매』, 그 작품적 특질」, 김열규·신동욱 편, 『신문학과 시대의식』, 세문사, 1981, 70면.

보』에 실린 문언문을 직접 읽을 수 있었다. 그러나『청의보』에 장기간 연재된 중국어 역『가인기우』에 대해서는, 한국 지식인들은 일본 원작에 대한 태도와 마찬가지로 거의 무관심을 유지했고, 보지 않는 듯 회피하며 언급조차 하지 않았다. 따라서 중국어 역『가인기우』은 한국에 들어오긴 했으나 아무런 반향도 일으키지 못했다.

한국 지식인들이『청의보』를 입수할 수 있는 경로는 크게 두 가지였다. 첫째는 판매처를 통한 것이다.『청의보』는 한국 내에 두 곳의 고정적인 대파처代派處를 두었는데, 전기에는 경성 한성신보관漢城新報館과 인천 이타이하오怡泰號였고, 후기에는 경성 종로 수전 내전 개문사水典內前開文社와 인천 이타이하오였다.[78] 둘째는 우편 구독이었다.『청의보』는 "본관의 신문은 모두 정기적으로 발행되며, 각호 정기 구독분도 빠짐없이 발송한다. 고려高麗 지역에는 반월 이내에 도달한다"고 명시했다.[79]

『청의보』가 요코하마에서 창간되자 곧바로 한국 지식계의 관심을 불러일으켰다. 1899년 1월 13일 계몽사상가 장지연이 주필을 맡고 있던『황성신문』은『청의보』창간 소식을 다음과 같이 전했다.

요코하마에 재류在留하는 청국인이 발행하는『청의보』를 객년客年 납월臘月 23일에 초호初號를 발간하였는데 기자는 양계초 씨라. 상해『시무보』에 집필하던 사람들인데, 초호로부터 「지나 철학 신론」과 「청국 정변 시말」이란 문제의 두 논문을 발표하겠다 하고 본령은 우내치란宇內治亂의 대기大機가 일一을 유由하여 서동西東의 시국이 있으니『청의보』는 차此 시국을 통론하여 내內로 대청 사백 조兆 민인民人의 타면惰眠을 경계하고 외外로 동방 제諸 식자의 교도함을 첨앙瞻仰한다 하였더라.[80]

---

78 「本館各地代派處」,『淸議報』26, 1899.9.
79 「告白」,『淸議報』34, 1900.1.
80 「청의보」,『황성신문』, 1899.1.13, 4면.

1899년 3월 17~18일『황성신문』은 이틀 연속으로『청의보』제6호[1899.2.20]와 제7호[1899.3.2]에 실린 량치차오의「애국론」을 번역하여 게재했다. 이는 량치차오 저술이 한국어로 번역된 첫 사례였다. 번역문 서두에는 한국 역자의 소개가 덧붙여져 있었다.

여余 근일에『청의보』를 열람하다가 청국 애시객哀時客이란 지사의「애국론」을 견見함이 기其 격절적당激切適當함이 시국을 만회할 웅건필단雄健筆端이라 기其 최요最要를 적발摘發하여 아我 동포의 모색茅塞한 흉금을 개상開爽케 하노니 차此를 일일권복日日眷服하여 인인人人이 애국자의 성질을 화化하기를 심망深望하노라.[81]

1899년 5월『청의보』제15호는 중국어 역「가인기우」제5회의 연재가 끝난 다음 면에 "조선 이신전우당李莘田雨堂"의 이름으로 실린 독자투고「독청의보讀淸議報」를 게재했다. 그는 "내가 강남해, 양탁여 두 선생을 벗으로 삼고 마음으로 스승으로 여기며, 그들과 함께하는 여러 동지들의 충절 또한 조금도 흠잡을 데 없다"고 말했다.[82] 이러한 자료들은 근대 한국 지식인들이『청의보』를 중시하며 애독했음을 입증하지만, 그럼에도 그들은『청의보』에 연재된 중국어 역『가인기우』에 대해서는 일언반구도 하지 않았다.

근대 한국 지식인들은 량치차오의 저술에 깊은 관심을 기울였다. 우림걸은 한국 개화기의 애국계몽운동을 주도한 대표적 인물로 신채호, 박은식, 현채, 장지연 등을 들면서, "그들 사상과 의식의 원류의 대부분은 다름 아닌 바로 중국 양계초의 저술에서 연원된다"고 지적했다.[83] 한국 개화기 지식인들은 량치차오의 저술을 '애국 성경'처럼 받들며, 애국 계몽과 구국 운동의 사상 자원을 흡수했다.

---

81 「논설」,『황성신문』, 1899. 3. 17, 1면.
82 朝鮮李莘田雨堂,「讀淸議報」,『淸議報』15, 1899. 5.
83 우림걸,『한국 개화기 문학과 양계초』, 박이정, 2002, 2면.

1899년 『황성신문』에 「애국론」이 연재된 후 『이태리건국삼걸전』, 『월남망국사』, 『라란부인전』, 『소년중국설』, 『음빙실자유서』, 『중국혼』, 『신민설』, 『십오소호걸』 등 량치차오의 창작이나 번역 작품이 끊임없이 번역·소개되었고, 1912년 일본총독부에 의해 금서로 지정될 때까지 이어졌다. "한 개인의 저술로서 한국 개화기에 이처럼 많이 번역·소개된 것은 양계초가 유일한 작가라고" 할 수 있다.[84]

그러나 한국 지식인들은 량치차오의 저술을 이토록 추앙하면서도, 중국어 역 『가인기우』이나 량치차오가 『가인기우』를 적극적으로 선전한 글들을 번역·소개하지 않았다. 이는 『가인기우』가 다른 저술과 달리 그 속에 담긴 제국주의적 경향이 남아 있었기 때문이 아닌가 생각한다. 또 중국어 역본에서 조선을 중국의 속국으로 규정하는 의식이 내포되어 있었는데, 이는 독립 자주를 열망하던 한국 지식인들의 의지와 충돌했다. 따라서 중국어 역 『가인기우』가 일본 원작과 마찬가지로 한국 지식인들의 시야에서 배제된 것은 결코 우연이 아니었다.

『가인지기우』가 내세운 일본인의 애국주의를 두고 중국 지식인들은 '애국'에 주목한 반면 한국 지식인들은 '일본'에 주목했다. 그 결과 전자는 적극적 수용을, 후자는 소극적 거부를 야기했다. 이로써 『가인지기우』의 동아시아 전파는 "중열한랭中熱韓冷"이라는 차이를 드러냈다.

중국과 한국의 근대 지식인들이 『가인지기우』를 바라본 이러한 초점의 차이는 역사적 기억, 민족적 심리, 시대적 배경 등 여러 측면의 요인에서 비롯된다. 첫째, 한국은 고대로부터 일본의 침략을 여러 차례 받았고, 특히 임진왜란과 정유재란 당시 거의 망국 직전까지 몰린 경험이 일본에 대한 불신과 공포를 뿌리 깊게 남겼다. 반면 중국 명대에 당한 왜구의 피해는 주로 동남 연해에 국한되어 있었고, 한국이 겪은 멸망 위기와는 달랐다. 둘째, 중국인의 무의식

---

84 위의 책, 35면.

적인 '대국 심리'는 일정한 안전감을 주었지만 잠재적 위협에 대한 감각을 둔화시키는 결과를 낳았다. 반대로 한국인의 '소국 심리'는 외부 위협에 과도하게 민감하게 반응하는 면이 있었으나 그만큼 자기방어적인 민감성을 예민하게 발전시켰다. 셋째, 청일전쟁 이후 10여 년 동안 일본은 대중국 정책에서 친선을 강조하며 전쟁의 앙금을 극복하려 했고, 중국 사상계에서는 일본을 배우자는 의식이 확산되어 일시적으로 중일 관계가 우호적으로 흐르는 경향을 보였다. 그러나 대한국 정책에서는 일본의 압박과 지배가 날로 심화되었고, 한일 관계는 첨예한 대립으로 치달았다. 1905년 일본은 한국에 한국통감부를 설치하고, 1910년에는 조선총독부를 두어 한국을 완전히 병합하고 말았다.

19세기 말 20세기 초 일본 제국의 병합 위협을 가장 직접적으로 체감하던 한국 지식인들은 『가인지기우』가 드러내는 애국주의의 가면 뒤에 숨어 있는 제국주의의 야심, 약소민족에 대한 동정의 위선성, 약소국 독립을 보호한다는 기만성을 중국 동시대 지식인들보다 훨씬 더 생생히, 더 예리하게, 더 경계심 있게 간파할 수 있었다. 그들은 일본어 원작『가인지기우』및 중국어 역본『가인기우』를 번역하거나 번안하지 않고, 소개하지도 논평하지도 비판하지도 않으며 거의 무시하는 냉담한 태도를 보였다. 루쉰은 생트-뵈브의 유고에서 "오직 침묵이 최고의 경멸이다"라는 한 구절을 필사하며, 거기에 덧붙여 "최고의 경멸은 말하지 않는 것이며, 눈길조차 주지 않는 것"이라고 했다.[85] 근대 한국 지식인들의『가인지기우』에 대한 집단적 침묵은 실로 의미심장하다. 반면 근대 중국 지식인들의『가인기우』에 대한 뜨거운 추종은 또 다른 면에서 곱씹을 만하다.

---

85 魯迅,『魯迅全集』6, 北京 : 人民文學出版社, 2005, 620면.

5. 지옥으로 가는 길은 무엇으로 포장되어 있는가?

『가인지기우』의 마지막에서 도카이 산시는 조선에 잠입하여 일본 공사와 함께 명성황후 암살을 비밀리에 모의한다. 현장을 목격한 미국인의 폭로로 진상이 보도되자 국제 여론은 크게 들끓었고, 일본 정부는 압력에 못 이겨 도카이 산시 등 관련자들을 일시적으로 히로시마 감옥에 수감한다. 그러나 옥중의 도카이 산시는 어떠한 반성도 없이 오히려 온 힘을 다해 변명하며 정부가 자신의 충정을 알아주지 못함을 한탄하고 분개한다. 이 소설은 바로 이러한 자기 합리화와 억울함을 토로하는, 스스로 고결한 '애국 영웅'으로 자임하는 도카이 산시의 자기 감동 속에서 끝맺는다. 처음부터 끝까지 도카이 산시에게 애국은 최상위의 절대 정의였고, 다른 가치관은 배제되었다. 그는 목적의 정당성이 수단의 악을 합법화할 수 있다고 굳게 믿었으며, 자신의 애국은 죄가 없다고 확신했다.

도카이 산시의 정치사상에 호응하며 그를 숭배하는 자들이 적지 않았다. 1899년 6월 『청의보』 제19호에는 일본인 나카지마 료헤이가 투고한 한시가 게재되었다.[86] 이 시는 명성황후 암살에 가담한 도카이 산시에게 어떠한 비난도 가하지 않았으며, 오히려 깊은 애정을 담아 찬미와 동정을 아끼지 않았다. 이는 마궈촨馬國川의 통찰을 방증한다. "일본 역사에서의 역설은 바로 범죄 동기가 순수하며 최고도의 애국 열정에서 비롯된 것이라고 강조되면, 군인의 잔혹 행위조차 대중에게 쉽게 용서받는다는 점에 있다."[87] 근대 일본이 군국주의라는 잘못된 길 위에서 질주하며, 자국과 아시아 전체를 피와 불의 고통 속으로 끌어들인 데에는, 천황제 국가 체제의 강고함, 군부 세력의 전횡, 권

---

[86] "手排妖霧淨乾坤, 還歸湘南磊磊軒; 韓海壯圖垂有績, 廣陵慘夢覺無痕; 梅經霜雪神愈潔, 土在江湖道自尊; 懶趁風塵着吾脚, 好乘明月扣君門." 中島亮平, 「訪東海散士柴四朗」, 『清議報』 15, 1899.5.

[87] 馬國川, 『國家的歧路 — 日本帝國毀滅之謎』, 北京 : 中信出版社, 2020, 184면.

력 견제 장치의 실효失效, 언론 통제의 엄혹함 등 여러 요인이 있었다. 그러나 메이지에서 쇼와에 이르기까지 수많은 도카이 산시식 애국 청년을 길러내고, 근대 일본 민중의 집단적 정치 무의식을 심층적으로 형성한『가인지기우』와 같은 정치소설 역시 결코 책임을 면할 수 없다. 근대 일본, 나아가 동아시아의 역사적 비극을 반성할 때 도카이 산시식 애국주의의 범람은 결코 간과할 수 없다고 생각한다.

"지옥으로 가는 길은 흔히 선의로 포장되어 있다." 도카이 산시의 애국 열정은 결코 불성실하지 않았으며, 그는 개인적 이익이나 심지어 생명까지도 기꺼이 내던질 수 있었다. 그러나 이 애국 열정은 절대화·신성화된 일본 국권 지상주의를 기본 논리로 삼았기에 협소하고 열광적이며 침략적인 제국주의로 변질되는 것은 거의 필연적이었다. 국난이 극심하던 근대에『가인지기우』와 같은 정치소설로 국민의 애국심을 고취하려 한 것은 속담처럼 병이 위급하면 아무 의사에게나 치료를 청하는 것病急亂投醫이었다. 단기적으로는 즉각적인 효과를 보일 수 있을지 모르나 그 부작용은 장기적이고 심각했다. 역사를 거울삼아 볼 때 도카이 산시식 애국주의가 동아시아에 초래한 재앙과 상처는 이미 명백하다. 그러나 세월이 흐른 오늘날에도『가인지기우』속의 기본 논리와 편협한 감정은 여전히 충분히 성찰되지 못하고 있다. 무엇이 진정한 애국인가, 어떻게 애국할 것인가, 그리고 현대 정치 문명을 어떻게 수용할 것인가에 대해, 오늘날의 동아시아인들은 보다 이성적이고 건강하며 성숙한 사유를 해야 할 것이다.

참고문헌

노연숙, 「20세기 초 동아시아 정치 서사에 나타난 '애국'의 양상」, 『한국현대문학연구』 28, 한국현대문학회, 2009.

우림걸, 『한국 개화기 문학과 양계초』, 박이정, 2002.

高井多佳子, 「柴四朗の國權論－『佳人之奇遇』における'自由'」, 『史窓』 60, 京都 : 京都女子大學史學會, 2003.

琴秉洞, 『金玉均と日本－その滯日の軌跡』, 綠蔭書房, 1991.

吉田精一·淺井淸 編, 『近代文學評論大系 1－明治期』 1, 角川書店, 1971.

盧守助, 「梁啓超譯『佳人之奇遇』及びその周辺」, 『環日本海研究年報』 20, 新潟 : 新潟大學現代社會文化研究科環日本海研究室, 2013.

飛鳥井雅道, 「政治小說と近代文學」, 『思想の科學』 6, 東京 : 思想の科學研究會, 1959.6.

山田敬三, 「漢譯『佳人奇遇』の周辺－中國政治小說研究札記」, 『神戶大學文學部紀要』 9, 神戶 : 神戶大學文學部, 1981.

岳凱華, 「『佳人奇遇』－梁啓超的飜譯緣由與對中國政治小說的影響」, 『外國文學研究』 2018(6), 武漢 : 華中師範大學文學院, 2018.

王向遠, 『日本文學漢譯史』, 銀川 : 寧夏人民出版社, 2007.

王曉平, 『近代中日文學交流史稿』, 長沙 : 湖南文藝出版社, 1987.

柳田泉, 『政治小說研究』 上, 春秋社, 1967.

林原純生, 「『佳人之奇遇』の變貌」, 『日本文學』 39(11), 東京 : 日本文學協會, 1990.

鄭國和, 『柴四朗『佳人奇遇』研究』, 武漢 : 武漢大學出版社, 2000.

丁文江·趙豐田 編, 『梁啓超年譜長編』, 上海 : 上海人民出版社, 1983.

趙景達, 『近代朝鮮と日本』, 岩波書店, 2012.

竹內加奈, 「'敗者'のナショナリズム－東海散士『佳人之奇遇』を通じて」, 『社會科學』 43(4), 京都 : 同志社大學人文學研究所, 2014.

陳平原·夏曉虹 編, 『淸末民初小說理論資料』, 北京 : 北京大學出版社, 2021.

鄒波, 「政治的飜譯與飜譯的政治－政治小說『佳人奇遇』在中國的譯介」, 『東方文學研究集刊』 9, 北京 : 北京大學東方文學研究中心, 2021.

夏曉虹, 「梁啓超與日本明治小說」, 『北京大學學報(哲學社會科學版)』 1987(5), 北京 : 北京大學, 1987.

_____, 『覺世與傳世－閱讀梁啓超』, 上海 : 東方出版社, 2019.

량치차오라는 레퍼런스,
혹은 도구로서의 량치차오

『라란부인전』은 왜 「자유모自由母」가 되었나?

손성준孫成俊
성균관대학교
동아시아학술원 교수

1. 「자유모」, 최초의 한국어판 『라란부인전』

대한제국 말기의 정치적 위기 속에서 인쇄 매체를 통한 민간 차원의 계몽 운동이 활발하게 전개된 것, 그리고 그 지향이 주로 '애국'이라는 가치를 고양하는 데 초점 맞춰졌던 것은 주지의 사실이다.[1] 이러한 흐름에서 나온 주요 텍스트 중 하나가 『라란부인전』이다. 프랑스 혁명기의 여성, 롤랑 부인Marie-Jeanne Manon Roland de la Platière, 1754~1793의 번역 전기물인 이 텍스트는 1907년 5월 23일부터 7월 6일 사이 『대한매일신보』 국문판에 「근세제일 여중영웅 라란부인전」이라는 제목으로 연재된 후, 같은 해 8월 단행본으로도 출판되었다.[2]

익히 알려져 있듯, 『라란부인전』은 장지연에 의해 역간譯刊된 잔 다르크의 전

---

1   다만 '애국'의 내포는 단일하지 않았다. 손성준, 「대한제국기 잡지와 애국론의 혼종성」, 『상허학보』 70, 상허학회, 2024, 151~188면.

2   1907년의 첫 단행본은 대한매일신보사를 통해, 재판인 1908년 판본은 박문서관을 통해 출간되었다.

기물 『애국부인전』^{광학서포, 1907}과 함께 대한제국기의 대표적인 여성 영웅 전기였다. 그런 만큼 선행 연구도 어느 정도 축적된 편이다. 예컨대 우림걸은 20세기 초 량치차오의 '역사·전기 작품의 수용'을 다룬 글에서 『월남망국사』, 『이태리건국삼걸전』과 함께 『라란부인전』의 번역을 조명한 바 있다. 그는 량치차오의 「근세제일여걸近世第一女傑 라란부인전羅蘭夫人傳」³과 한국어 역본의 서지 사항과 광고문, 역본의 추가 대목 등 『라란부인전』의 기본적인 사항들을 상세하게 정리하였다.⁴ 우림걸이 『라란부인전』의 전반적인 소개에 충실했다면 송명진은 『라란부인전』이 여성을 다루는 방식에 주목하였다. 그는 『애국부인전』과 『라란부인전』을 함께 분석하여 '비극적 죽음'으로 소모되는 여성 모델의 한계와, 남성적 영웅으로 재현되었으나 결국 남성을 보좌하는 데 그치는 여성상의 이중성을 지적하였다.⁵ 김성연 역시 번역과 당대의 젠더 인식을 다루며 『라란부인전』을 분석하였는데, 「羅蘭夫人傳」의 저본이기도 했던 일본어 텍스트 『세계명부감』의 1920년대 한국어 역본을 중심으로 1907년 『라란부인전』과의 비교 연구를 수행했다는 점에서 차별화되었다.⁶ 『라란부인전』의 중역重譯 과정에 천착한 손성준의 경우, 일본어-중국어-한국어로 연쇄된 『라란부인전』의 단계별 첨삭 양상을 번역이 창출하는 '원본성'의 관점에서 고구한 바 있다.⁷ 가장 최근의 연구는 양은정의 것으로서, 조선의 상황이 반영된 한국어본 『라란부인전』의 성격이 저본보다 "한층 더 복합적이고 다중적"⁸이었다고 주장하는 한편, 중역 과정에서 발생한 언어적 문제에도 주목하였다.

---

3 이하 량치차오의 롤랑 부인 전기는 「羅蘭夫人傳」으로 약칭한다.

4 우림걸, 『한국 개화기 문학과 양계초』, 박이정, 2004, 65~70면.

5 송명진, 「여성의 국민화 기획과 그 상상된 국민의 실체」, 『역사·전기소설의 수사학』, 서강대 출판부, 2013.

6 김성연, 「국민으로서의 여성의 위치-『세계명부전』」, 『영웅에서 위인으로-번역 위인전기 전집의 기원』, 소명출판, 2013.

7 손성준, 「번역과 원본성의 창출-롤랑 부인 전기의 동아시아 수용 양상과 그 성격」, 『비교문학』 53, 한국비교문학회, 2011.

8 양은정, 「구국을 위한 중역(重譯)-「라란부인전」 한역본 연구」, 『통번역교육연구』 17(1), 한국통번역교육학회, 2019, 196면.

다만 이상의 선행 연구들에는 공통적인 한계가 하나 있다. 『대한매일신보』 연재본과 연재 직후 책으로 출판된 판본만을 시야에 넣고 있기 때문이다. 두 판본 역시 편차는 있지만, 동일 역자에 의한 작업인 만큼 번역의 경로 자체는 단일하다. 그런데 번역 경로까지 다른 이종의 한국어 『라란부인전』이 존재했다. 바로 잡지 『소년 한반도』에 「자유모自由母」라는 제목으로 연재된 텍스트가 그것이다. 「자유모」는 비록 『소년 한반도』의 종간으로 인해 완역되지는 못했지만, 잡지가 간행되던 1906년 11월부터 1907년 4월까지의 6개 호에 빠짐없이 실렸다. 『대한매일신보』의 「라란부인전」 연재가 1907년 5월부터였으니, 발표의 시점도 「자유모」가 먼저였다. 하지만 기존의 『라란부인전』 연구들은 「자유모」를 발견하지 못한 상태에서 이루어졌고, 이로 인해 『대한매일신보』 판본의 번역 양상을 토대로 당시의 번역 장 전체를 규정하는 오류를 노정할 수밖에 없었다. 가령 우림걸은 『라란부인전』 수용을 두고 역본의 종수나 독자의 반향이 『월남망국사』나 『이태리건국삼걸전』에 미치지 못했으며, 그 이유를 "라란 부인이 추구하는 자유와 공화 정체는 개화기의 한국에 있어서 부차적인 문제"[9]였다는 데서 찾았다. 량치차오가 『라란부인전』을 기획한 의도 자체가 공화 정체의 긍정과는 간극이 있어서 이 견해는 수정될 필요가 있는데, 이를 차치하더라도 우림걸의 전제인 역본의 종수 부족은 「자유모」로 인해 와해된다. 「자유모」는 한국에 최소한 『라란부인전』의 역본 3종이 존재했으며 각각 잡지·신문·단행본의 다양한 형태로 출판되었다는 증거이기 때문이다. 우림걸이 비교 대상으로 삼은 『월남망국사』나 『이태리건국삼걸전』은 단행본의 형태로만 나왔기 때문에 인쇄 매체의 다기한 유통 면에서는 오히려 『라란부인전』이 우위에 있었다고도 볼 수 있다. 게다가 『대한매일신보』 판본과 달리 국한문체로 번역되었다는 점에서 문체적 다양성까지 확보하게 된다. 요컨대 「자유모」는 『라란부인전』의 당대적 위상을 근본적으로 재고할 필요성을 역설한다.

9　우림걸, 앞의 책, 70면.

기존 연구에서 「자유모」를 본격적으로 다룬 경우는 아직 없다. 근대전환기 한국에서 량치차오가 지닌 존재감과 그에 상응하여 제출된 다수의 연구들을 감안하면 의외라 하겠다. 그동안 엽건곤, 우림걸, 허재영 등에 의해 한국에 수용된 량치차오의 글들을 목록화한 시도가 거듭 보고되었음에도 「자유모」를 포함한 경우는 없었다.[10] 이 텍스트의 존재를 량치차오와 관련하여 언급한 선행 연구는 단 두 건을 확인할 수 있다. 하나는 량치차오 관련 연구가 아닌 이인직 연구에서다.[11] 논자인 다지리 히로유키가 「자유모」를 인지할 수 있었던 것도 연구 대상인 이인직이 『소년 한반도』의 필진이었기 때문일 터다. 예상 가능하듯 해당 연구는 「자유모」의 성격과 관련해서는 어떠한 분석도 제시하지 않았다. 나머지 하나는 최근 필자가 수행한 『소년 한반도』의 매체적 특질을 검토한 논고였다.[12] 여기서는 량치차오의 여러 텍스트와 『소년 한반도』의 관계성을 함께 다루는 맥락에서 「자유모」의 성격 일부만을 소개했을 따름이다.

단일 텍스트를 저본으로 해도 수용 주체나 지면에 따라 전혀 다른 메시지를 발신할 수 있다면 시사하는 바는 자못 크다. 첫째, 당대의 번역 장을 이해하는 지평이 확장될 것이다. 양은정은 『라란부인전』 번역을 "구국을 위한 처절한 번역"으로 규정했는데,[13] 이는 과연 『대한매일신보』 연재본뿐 아니라 『소년 한반도』의 「자유모」에도 적용될 수 있는 것일까? 만약 복수의 판본이 존재한다면 마땅히 함께 검토하여 비교해 볼 필요가 있다. 둘째, 량치차오의 텍스트와 20세기 초 한국 담론장 사이의 관계성을 보다 입체적으로 파악할

---

10 엽건곤, 『양계초와 구한말 문학』, 법전출판사, 1980, 127~136면; 우림걸, 앞의 책, 30~35면; 허재영, 「근대계몽기 량치차오 『음빙실문집』 역술의 의미」, 『우리말글』 74, 우리말글학회, 2017, 256~257면.

11 다지리 히로유키, 『이인직 연구』, 국학자료원, 2006·2015, 243면.

12 손성준, 「대한제국기 잡지의 정치성과 애국 운동의 접변 - 『소년 한반도』를 중심으로」, 『한국근대문학연구』 42, 한국근대문학회, 2020. 해당 글은 일부 보완되어 권정원 외역, 『완역 소년 한반도』, 보고사, 2020 해제로 수록되어 있다.

13 양은정, 앞의 글, 195면.

수 있을 것이다. 소위 개화기 한국과 량치차오의 영향 관계에 관한 논의는 다종다양하게 제출되어 왔다. 그러나 수용 주체 본위의 분석은 여전히 희소하다. 일방향적 '영향 관계'에 천착하는 방법론만으로는 량치차오 수용의 중층성을 해명하는 일은 요원할 수밖에 없다. 본 연구는 이 두 가지 문제에 나름의 방식으로 답하는 것을 목표로 삼는다.

2. 『소년 한반도』의 특징과 량치차오라는 레퍼런스

『소년 한반도』에 대해서는 최근 진전된 논의가 제출된 바 있다. 해당 연구는 『소년 한반도』를 소년 전문 잡지 혹은 분과 학문 소개에 최적화된 탈정치적 매체로 규정해 온 시각에 문제를 제기하고, 여러 '유사 논설'과 분과 학문의 외피에 은폐되어 있던 문제적 기사들을 통해 황권을 견제하고 일본식 정당 정치를 모범으로 삼으려 했던 매체의 의도를 드러냈다.[14] 소년한반도사의 초대 사장이자 주필이었던 양재건梁在謇은 의회와 정당이 중심이 되는 입헌군주제를 지향했기에 이 방향성에 부합하는 기획용 기사들을 대거 배치하였다. 대표적인 사례가 매호 연재된 「자수론自修論」이다. 이 기사는 애초 량치차오의 「신민설新民說」 중 「의력毅力」에 해당하는 부분을 발췌 번역하며 출발했지만, 제3회 연재분에서는 돌연 '홍범 14조'가 현재 어떻게 이행되고 있는가를 평가하는 내용을 삽입했고, 제6회 연재분에서도 "대황제 폐하께서 (…중략…) 인도의 자유를 계발하신 것은 무엇인가? 바로 종묘에 서고하신 금문옥자金文玉字의 계명, 홍범 14조이다"[15]와 같이 재차 홍범 14조를 강조하는 데 본의가 있었다. 그 이유는 홍범 14조 내에 있던 왕권 견제의 기능을 환기하여 혹여 고종 황제가 현 정국에서 '잡음'을 일으키는 일을 미연에 방지하는 데 있었을

---

14   손성준, 앞의 글, 2020.
15   양재건, 「자수론」, 『소년 한반도』 6, 소년한반도사, 1907.4, 1면.

터다. 실천적 모델이 메이지 일본인 이상, 이 같은 방향은 대한제국 내에서 이미 커질 대로 커진 통감부 체제를 더욱 공고히 하려는 의도와 직결될 수밖에 없었다. 『소년 한반도』제4호부터 발행 대표자가 되었다가, 제5호부터는 소년한반도사의 제2대 사장으로 이름을 올린 조중응趙重應이 고종의 강제 퇴위 과정에 누구보다 앞장선 친일 관료였다는 점은 이를 방증한다.

하지만 당시의 계몽 잡지들이 모두 『소년 한반도』와 같은 정치적 색채를 표방한 것은 아니었다. 예를 들어 『조양보』나 『대한자강회월보』는 이토 히로부미의 대對조선 정책들을 수차례 비판한 바 있으며,[16] 『서우』는 을사늑약 직후 자결한 민 충정공의 유서를 인용하며 조선의 자유와 독립을 외치기도 했다.[17] 『태극학보』는 헤이그 특사 사건을 둘러싼 일본 언론계의 태도를 비판하는 유학생들의 목소리를 전하는 한편 한시를 통해 고종의 퇴위를 한탄하였고,[18] 조선을 삼키려는 현재 세력을 기독교 세계관의 악으로 비유함으로써 우회적으로 일본을 배격하기도 했다.[19] 확인되는 1900년대 후반의 잡지 40여 종 중에서 『소년 한반도』나 『한양보』 같은 친일 성향 매체는 소수에 불과하다. 오히려 이와는 대척점에서 자강과 독립을 설파한 매체들이 주종을 이루었던 것이다. 이 시점에서의 '독립'은 물론 일본의 압제를 의식한 표현이다.

흥미로운 것은 항일이든 친일이든 이들 매체가 공통적으로 량치차오의 텍스트를 거듭 활용했다는 점이다. '이질적 매체의 동일한 레퍼런스'라는 구도

---

16   『조양보』제11호의 「해한내충한(害韓乃忠韓)」이 대표적이다.
17   "閔忠正公 遺書에 有曰 要生者必死요 期死者得生이라 又曰 幸我同胞兄弟는 倍加奮勵하여 堅乃志氣하며 勉其學問하여 結心戮力하여 復我自由獨立 則死者當喜笑於冥冥之中이라 하였으니 噫라 此時何時耶(민 충정공의 유서에 "살고자 하는 자는 반드시 죽을 것이요, 죽음을 각오한 자는 살 것이다"라 하였고, 또 "바라건대 우리 동포 형제여, 더 분투하고 노력하여 뜻과 기개를 굳게 가져 학문에 힘쓰며 한마음으로 힘을 다해 우리의 자유와 독립을 회복하면 죽어도 마땅히 저세상에서 기뻐 웃으리라"라 하였으니, 아아! 이때가 어느 때인가)." 박성흠, 「국민의 성질과 책임」, 『서우』3, 서우학회, 1907.2, 26면.
18   「시하괴사(是何怪事)」, 『태극학보』12, 태극학회, 1907.7, 52면; 송욱현, 「비추사(悲秋詞)」, 『태극학보』13, 1907.9, 52면.
19   초해, 「역사담 크롬웰전(傳)」, 『태극학보』23, 태극학회, 1908.7, 17면.

는 무엇을 의미하는가? 대한제국 말기의 공론장에서 량치차오의 비중이 지대했다는 것은 두말할 필요가 없다. 그 양상은 각종 학회지를 중심으로 한 계몽 잡지들에서 더욱 뚜렷하게 나타난다. 가령 장지연, 박은식이 량치차오의 글을 적극적으로 수용한 것은 유명한데, 이에 따라 장지연이 주필이던 『조양보』나 박은식이 주필이던 『서우』, 그리고 둘 모두가 참여했던 『대한자강회월보』에서도 그 영향이 확인되는 것은 자연스러운 일이었다.

이 중 『소년 한반도』와 거의 같은 시점에 창간된 『서우』를 예로 들어 본다. 『서우』 제1호1906.12에는 량치차오의 「자려自勵」와 「대동지학회서大同志學會序」가 원문 그대로 실렸고, 제2호1907.1에는 「애국론愛國論」이 박은식에 의해 번역되었으며, '문원文苑'란의 첫 번째 항목에는 량치차오의 자립을 강조하는 문장이 원문 그대로 상재되었다. 제3호1907.2에는 소설 「동물담動物談」, 제4호1907.3에는 「논학회論學會」의 번역과 「유심론唯心論」의 원문이 함께 실렸고, 제5호1907.4에 실린 「사범 양성의 급무」는 량치차오가 「논사범論師範」에서 개진한 논의를 일부 차용하되 한국의 상황을 추가한 글이었다. 이 외에 연재물의 비중도 꾸준했다. 량치차오의 「학교총론學校總論」은 『서우』 제2호부터 제5호에 걸쳐, 「논유학論幼學」은 제6호부터 제10호에 걸쳐 각각 번역 연재된 바 있다. 『서우』의 편집진은 레퍼런스의 다양성 부족을 의식해서인지 출처가 량치차오의 글이라는 것을 밝히지 않는 경우도 있었고, 밝히더라도 지나인 임공, 애시객, 음빙실 주인 등 다양한 필자명을 교차로 사용하기도 했다. 이를 의식했다는 것 자체가 량치차오라는 참조항에 편중되어 있던 『서우』의 상황을 드러내 준다.

물론 량치차오의 자장은 『서우』에만 한정될 리 없었다. 1922년 『조선문학사』에서 안자산은 『조양보』와 『야뢰』를 거론하며, "이들 잡지의 글은 다 『음빙실문집』에서 번역해 낸 것이 많고 그 사상도 역시 그 시상을 화출하니 이는 중국의 사정과 조선의 시세가 동일한 형편에 열한 까닭이요, 겸하여 당시 문사가 한학가에서 많이 나와 구미 및 일본 문학을 직접으로 수입하지 못하고 중국의 손을 매개로 수입한 모양이라. 실상 『음빙실문집』은 당시 문단을 크게 도운 선생이러라"[20]며 량치차오의『음빙실문집』과 당시 잡지들의 관계를 지적한 바 있다. 다만 "이 여러 종의 잡지는 각기 다른 학술의 주장이 아니요, 그 회보에 불과하여 내용이 비슷비슷"[21]했다는 평가는 재고가 필요하다. 이는 학회들 다수의 잡지 간행과『음빙실문집』이라는 공통 분모 등에서 비롯된 선험적 판단에 가깝다. 상론했듯『소년 한반도』만 해도 정치적 지향이 전혀 달랐던 것은 부인할 수 없는 사실이다.

그런데 그런『소년 한반도』에서조차 량치차오라는 레퍼런스의 무게감은 확연하다. 전술했듯「자수론」은 기본적으로 량치차오의「신민설」을 변용한 것이었고, 잡지의 제명인 '소년 한반도' 역시 량치차오의「소년중국설」에서 영감을 받아 탄생했을 가능성이 다분하다.[22]『소년 한반도』제2호[1906.12]에는 량치차오의 글「정치학 대가 블룬칠리의 학설政治學大家伯倫知理之學說」의 일부가「논주권論主權」이라는 제목으로 권두에 역재譯載되었으며, 제4호의「파괴주의론」역시 량치차오의「파괴주의」와 연관성이 있었다. 특히 이글에서 주목하는「자유모」는 량치차오 발發 텍스트 중에서도 가장 많은 연재 횟수를 기록한 사례다.

정리하자면『소년 한반도』는『조양보』,『대한자강회월보』,『서우』등과 정치색은 전혀 달랐으나 량치차오의 글을 아낌없이 가져다 사용했다는 점에서는 흡사했다. 그렇다면 애초에 그 정치적 입장의 차이는 어떻게 구현될 수 있었던 것일까? 결국 답은 수용 주체에 의한 강조점의 변화와 새로운 배치를 통한 재맥락화 등에 있다. 이하에서는「자유모」의 번역 양상을 통해 이 문제를 보다 깊이 탐색해 보고자 한다.

20 　안자산, 최원식 역,『조선문학사』, 을유문화사, 1984, 198~199면.
21 　위의 책, 198면.
22 　이와 관련한 논의는 손성준, 앞의 글, 2020, 209~210면.

3. 「자유모」의 번역자와 번역 문체

「자유모」의 원전은 량치차오가 1902년 10월 『신민총보』를 통해 발표한 「근세제일여걸 라란부인전」이다.[23] 실제 저본은 『신민총보』 판본이 아니라 1905년판 혹은 그 이전에 유통된 『음빙실문집』에 수록된 「羅蘭夫人傳」일 것이다.[24] 요코하마에서 간행된 『신민총보』가 인천을 통해 입수되었다고는 하나,[25] 『음빙실문집』이 널리 읽히던 1906년의 시점에서 4년이나 지난 중국어 잡지를 활용할 이유는 없었다. 더욱이 『소년 한반도』에 상재된 여러 량치차오의 글들은 『신민총보』뿐 아니라 『청의보』를 통해 처음 발표된 경우도 있었다. 여러 해에 걸쳐 분산되어 있던 량치차오의 문장들이 간편하게 취사 선택될 수 있었던 데에는 역시 『음빙실문집』의 역할이 컸다. 앞서 인용했던 안자산의 문장, 즉 당대 잡지가 "『음빙실문집』에서 번역해 낸 것이 많"다는 말에는 별도의 검증이 필요하지 않을 것이다.

「자유모」의 번역자는 『소년 한반도』의 어떤 지면에서도 제시된 바 없다. 매체의 목차에서도 기사명 자체가 누락되어 있었다. 아마 원래는 「교자제신학 敎子弟新學」이라는 기사 하부에 편성되어 있었기 때문으로 보인다. 이는 다음의 두 가지 이미지를 통해 쉽게 확인된다.

목차에서 나타나듯, 「교자제신학」의 필자는 양재건이었다.<그림 1> 더불어 본문의 배치에서 「자유모」가 「교자제신학」의 일부로 포함되어 있음을 감안하면 <그림 2> 「자유모」의 역자 또한 양재건으로 간주할 수 있다.[26] 물론 기사의 위치

---

23 『신민총보』 제17~18기에 두 차례 연재되었다.
24 『음빙실문집』은 1902년부터 간행되었지만, 1905년 판본 역시 한국에 유통되었던 것이 확인된다. 『소년 한반도』가 간행되기 시작한 1906년의 시점에서는 가장 최근의 판본인 1905년판 『음빙실문집』을 입수하여 활용하는 편이 합리적이었을 것이다.
25 신승하, 「구한말 애국계몽운동 시기 양계초 문장의 전입과 그 영향」, 『아세아연구』 100, 고려대 아세아문제연구소, 1998, 222면.
26 「자유모」는 『소년 한반도』 세5호부터 편집 체재싱으로 「교자제신학」의 일부가 아니라 별도의 기사로 배치된다.

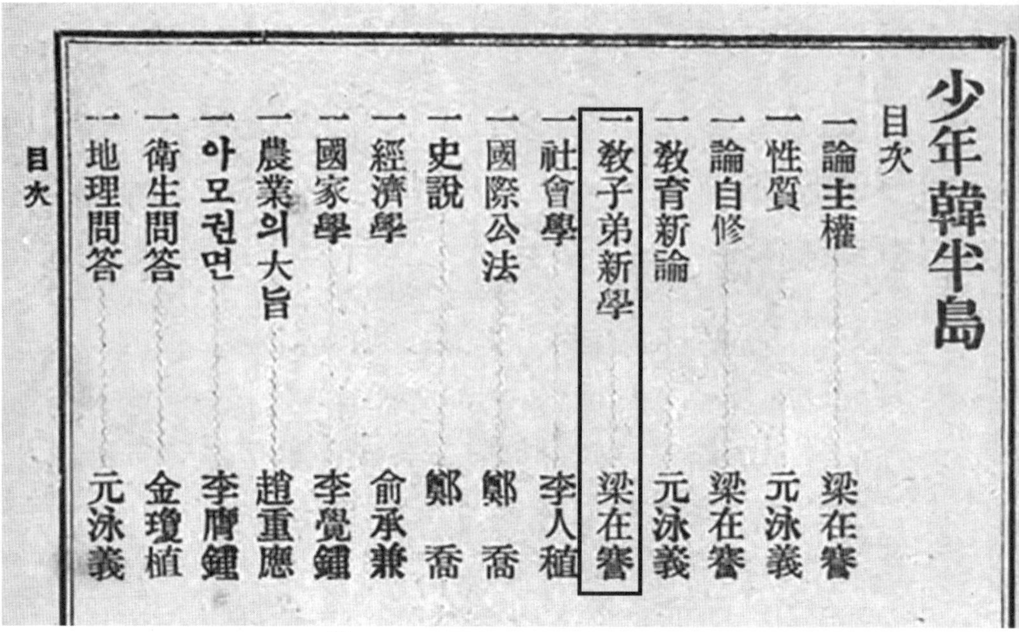

〈그림 1〉『소년 한반도』제2호 목차(일부)[27]

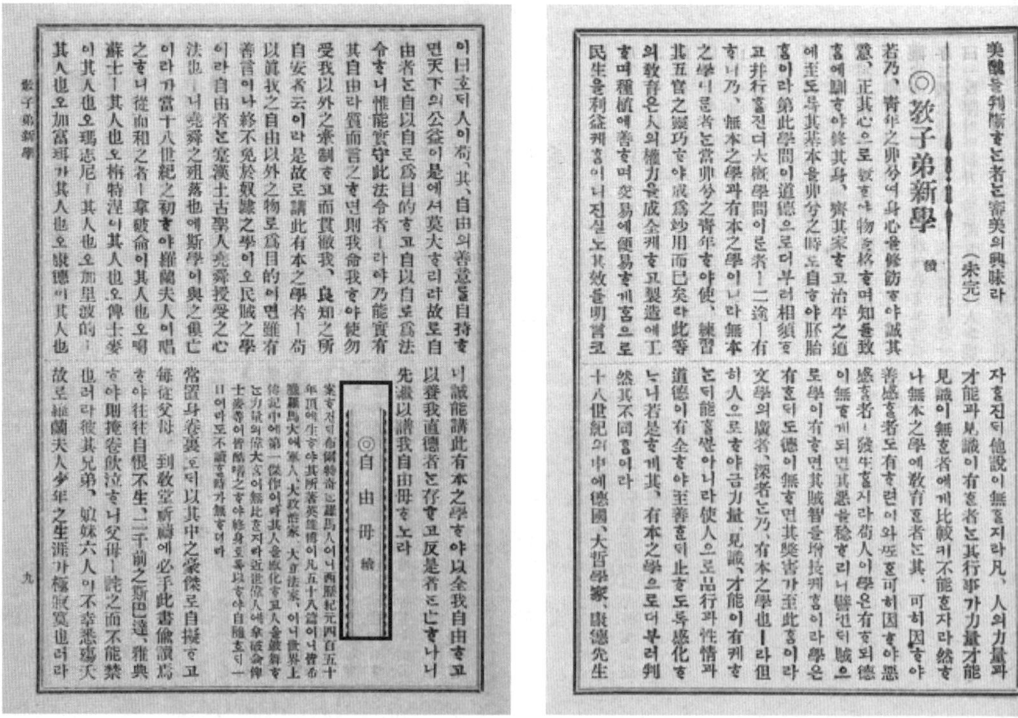

〈그림 2〉「교자제신학」과 「자유모」의 배치(제2호)

가 연결되어 있을 뿐 실제로는 번역자의 이름만 생략했을 가능성도 배제할 순 없다. 그러나 「교자제신학」과 「자유모」의 경우, 내용 자체도 서로 연동되어 있었다. 양재건은 "자유란 누구의 소생인가? 18세기 우리 자유모의 소생이다. 이에 우리 자유모의 계보를 정리하여 사랑하는 우리 어린 소년 한반도와 함께 우리 자유모를 숭배하세(自由者는 伊誰之所生고 當十八世紀中하여 我自由母之所生也라 乃譜我自由母하여 與愛我少年韓半島之ᄲᄉᄲᄉ로 崇拜我自由母하세)"[28] 처럼 「자유모」가 아닌 「교자제신학」에서부터 반복하여 '자유모'를 언급하였다. 이어서 등장하는 것이 바로 「자유모」 첫 회다. 인용한 「교자제신학」 첫 회의 마지막 부분은 「자유모」 첫 단락에서도 "20세기 소년 한반도가 롤랑 부인을 어머니로 삼지 않을 수 없고, 우리 어린 청년자제들이 롤랑 부인을 어머니로 삼지 않을 수 없도다(二十世紀之少年韓半島가 不得不, 母, 羅蘭夫人이요 我ᄲᄉᄲᄉ之靑年子弟不得不, 母, 羅蘭夫人也이로다)"와 같이 그 일부가 되풀이되었다. 「자유모」의 해당 대목은 저본에 없는 것으로서, 역자가 「교자제신학」의 논의를 강조하기 위해 의도적으로 추가했음을 알 수 있다. 동시에 위 인용문 자체가 「자유모」라는 콘텐츠를 보다 빛내기 위해 예비된 것이기도 했다. 미루어 볼 때 「교자제신학」의 필자와 「자유모」의 번역자는 모두 양재건이다. 『대한매일신보』 연재본과 단행본은 모두 역자명이 부재했으므로 「자유모」는 한국어 『라란부인전』 판본 중 번역자의 존재를 알 수 있는 유일한 사례로서의 의미를 갖게 된다.

한편 한국 최초로 「羅蘭夫人傳」을 번역한 양재건이 택한 문체는 국한문체였다. 이는 『소년 한반도』의 「자유모」와 『대한매일신보』의 『라란부인전』 사이의 가장 가시적 차이일 것이다. 왜 국한문체였을까? 계몽의 목적을 생각하면 국한문체의 확장성에 의문이 제기될 수 있다. 양적 측면을 논하자면 당연히 순국문체의 잠재적 독자층이 훨씬 컸으니 일견 순국문 번역이야말로 계몽의 이상에 부합하는 듯하다. 하지만 잘 알려진 대로 1900년대에 쏟아진 번역

---

27   제2호를 예로 든 것은 제1호 목차의 경우 필자명이 생략되어 있기 때문이다.

28   양재건, 「교자제신학」, 『소년 한반도』 1, 소년한반도사, 1906. 11, 6~7면.

서들의 표기는 대부분 국한문체였다. 그 이유로는 크게 세 가지를 들 수 있다. 첫째, 한자어가 내재된 국한문체는 그 자체로 한자권 매개어로부터의 중역重譯 작업에 거대한 이점을 지니고 있었다. 어휘를 그대로 공유하는 방식까지 가능했기 때문에, 순국문체로는 범접하기 어려울 정도의 효율성을 담보해 주는 것이었다. 둘째, 국한문체 번역은 정도의 차이가 있을 뿐 한문 통사 구조 및 한문 구절에 대한 해체가 진행된 결과물이었다. 따라서 한문 독해가 가능한 독자층도 원전을 더 정확하게 이해하는 데 유용했다.[29] 셋째, 구지식인 계몽의 긴급성을 지적할 수 있다. 전방위적인 구국 계몽 운동의 와중에도 이를 주도한 이른바 '개화 지식인' 그룹은 소수에 불과했기에 속히 '구지식인'을 포섭하여 계몽 주체의 동력을 확충할 필요가 있었다. 전통 가문의 구지식인들이 보유하던 자본과 네트워크 역시 구국 운동의 사업에 동원될 수 있을 터였다. 그런데 정작 그들은 지식 수용을 위한 표기로서의 순국문체를 불편하게 생각했을 뿐 아니라, '국어·국문'으로 인정하는 것 자체에 거부감을 갖는 경우가 많았다.[30] 세계 지知의 번역을 통해 근대 세계로의 진입과 조선어 공동체의 상을 주조해 가던 시대적 과업을 고려해 볼 때 번역은 쉼 없이 이루어져야 했지만, 적어도 순국문체는 구지식인들을 통합하기에 적절한 번역어가 아니었다. 이러한 문맥에서 절충되어 나타난 현상이 국한문체 번역의 주류성이다.

이 주류성은 순국문으로만 나온 극소수의 텍스트들을 저절로 주변화한다. 순국문체 『라란부인전』의 광고 문구는 "이 소설은 순국문으로 매우 재미있게 만들어 일반 국민의 애국 사상을 배양하는 책이오니 애국하는 유지한 남자와 부인은 많이들 사서 보시오"[31]라고 되어 있었다. 순국문의 기획이자 여성 영웅 전기였지만 '유지한 남자'까지 독자층으로 염두에 두고 있었다는 점에 유

---

29 예컨대 광학서포에서 간행한 『증수무원록대전(增修無冤錄大典)』의 광고문에는 "국한문으로 해석하여 애매모호한 구절이 없다"고 소개되어 있다. 「특별광고」, 『서우』 6, 서우학회, 1907.5, 51면.
30 권보드래, 『한국 근대소설의 기원』, 소명출판, 2000; 2012(증보판), 156면.
31 『대한매일신보』(국문판), 1907.8.31, 4면.

의해야 한다. 이때의 '남자'는 한학 소양을 쌓은 지식인 남성보다 한자어 독해가 어려운 하층민 남성일 가능성이 크다. 전통 학문을 익힌 남성들의 경우, 순국문체보다 『음빙실문집』을 통해 량치차오의 원본을 직접 읽는 것이 편했을 것이다. 그런즉 「자유모」의 존재를 모르던 기왕의 시선에서 『라란부인전』이란, 국한문과 순국문으로 모두 번역된 『월남망국사』, 『서사건국지』, 『이태리건국삼걸전』 등과는 달리 '문文'의 세계와 거리가 먼 이들을 위한 콘텐츠였다. 여성이 주인공이었다는 점은 특히나 이 텍스트가 국한문체로 번역되지 않은 사정을 당연시하게 했다. 그리고 이 익숙한 구도는 장지연에 의한 순국문체 역본만이 전해지는 『애국부인전』으로 인해 더욱 강화되었을 것이다.

하지만 국한문체로 번역된 「자유모」의 존재는 이 구도에 균열을 만든다. 기본적으로 「자유모」는 하층민 독자를 위한 콘텐츠일 수 없었다. 나아가 여성을 위한 콘텐츠도 아니었다. 전술한 순국문체 『라란부인전』의 광고 문구는 '남자'와 더불어 정확히 '부인'을 독자로 호명하고 있다. 이것은 어떻게 가능한가? 1907년 5월 23일 국문판 『대한매일신보』의 복간과 함께 '소설'란에 실린 『라란부인전』은, 순국문체로 번역되었기 때문에 곧장 여성 독자를 겨냥할 수 있었다. 반면 국한문체의 경우는 '읽을 수 없으니 독자가 될 수도 없다'는 단순한 공식이 성립된다. 하층민은 말할 것도 없지만, 당시의 여성은 하층민이 아니더라도 한학 교육의 대상과는 거리가 멀었다. 여성과 국한문체를 분리하는 태도는 『서사건국지』의 광고에서 "지사志士의 구국구민救國救民하는 사상과 인민의 애국심을 양성하는 데 긴요한 책자"[32]라거나 『이태리건국삼걸전』의 광고가 "유지군자有志君子는 불가불 좌우座右에 치置하고 상일常日에 패佩할 책자"[33]라고 선전하는 지점에서 단적으로 드러난다. 『서사건국지』와 『이태리건국삼걸전』 모두 국한문체와 순국문체 번역이 나왔지만, 국한문체 역본에 한하자면 광고에서 여성 독자에 대한 고려는 찾아볼 수 없다.

---

32 『대한매일신보』, 1907.10.26, 4면.
33 『황성신문』, 1907.11.3, 4면.

19세기 말의『독립신문』부터『제국신문』,『황성신문』,『대한매일신보』뿐 아니라 을사늑약 직후에 집중 출현한 각종 학회지에 이르기까지 여성 교육의 필요성을 성토하는 기사는 꾸준했다.[34] 진화론적 세계관이 공론장을 장악해 가던 시기, 당면한 국가적 위기 상황이 맞물리며 여성 계몽이 급선무로 대두 되었던 까닭이다. 그런데 이 계몽의 실현이란 그 내용을 여성이 읽을 수 있는 문자로 제공하는 데서 출발해야만 했다. 다시 말해 여성이 읽어야 한다는 전 제가 있는 이상, 해당 콘텐츠는 응당 순국문이어야 했다. 순국문체가 아닌 여 성용 콘텐츠가 전무했던 것은 아니지만, 이는 예외적 사례에 해당하며 일차 독자층으로서의 여성을 포기한 불가피한 선택에 가깝다. 전개 양상으로 보 면,『가정잡지』나『자선회부인잡지』처럼 여성 독자를 염두에 둔 매체가 순국 문체로 기획된 것은 말할 것도 없고, 9할 이상이 국한문체의 공간이라 할 대 한제국 말기의 잡지들조차 여성용으로 기획된 콘텐츠만은 순국문체로 작성 되었다.『조양보』의「가정학」[제1~7호]은 제목에서부터 '부인이 마땅히 읽을'이라 는 수식이 달려 있었다. 이 잡지의 유일한 순국문체 연재 기사였다.[35]『호남학 보』의「가정학설家政學說」의 경우 국한문체를 기본으로 하였지만 특이하게 일 부 내용은 순국문체 번역을 함께 제시하였다. 번역자 이기李沂는 해당 기사의 제1장인 '가정학 총론'을 전부 국한문체로 번역한 후, 제2장 '가인감독家人監督' 은 국한문체 역문과 함께 동일한 내용의 순국문체로 역문이 잇따르는 방식으 로 구성하였다. 순국문체로 함께 제시된 제2장의 세부 절 제목은 '유아를 교 육하는 대요'와 '태육胎育의 관계'다. 이론적 접근에 해당하는 제1장의 총론은 식자층 남성이 가정학을 신학문의 일종으로 학습할 수 있도록 국한문체로만

---

34 예컨대「여성의 교육과 권리」,『독립신문』1898.1.4; 김낙영,「여자 교육」,『태극학보』1, 태극 학회, 1906.8; 류동작,「여자 교육」,『서우』2, 서우학회, 1907.1; 김하염,「여자 교육의 급선 무」,『서우』15, 서우학회, 1908.2 등을 들 수 있다.

35 『조양보』를 비롯된 당시의『가정학』번역에 대해서는 임상석,「근대계몽기 가정학의 번역과 수용-한문 번역『신선가정학(新選家政學)』의 유통 사례」,『한국고전여성문학연구』27, 한 국고전여성문학회, 2013.

번역하되,[36] 실제로 태교나 유아 양육을 담당하고 있던 여성에게 긴요한 지식은 별도의 순국문체 번역을 추가한 것이다. 단일 기사 속에도 남성과 여성의 영역이 이중 문체로 구획되어 있을 만큼 당시 문자 표기의 젠더 경계는 보편화되어 있었다. '쓰기' 역시 사정은 크게 다르지 않았다. 『태극학보』에 '여사女史 윤정원尹貞媛'의 이름으로 게재된 기서奇書 「추풍일진」은 해당 호의 유일한 순국문체 기사였다. 여성이 읽기를 기대한 순국문체 기사와, 여성임을 밝힌 독자가 투고한 순국문체 기사가 시사하는 바는 동일하다. 여성이 읽고 쓰는 문체, 즉 순국문체가 여성의 문체는 아닐지 모르지만 적어도 여성의 문체는 순국문체였다. 이처럼 국한문체를 기본으로 한 매체에서의 순국문체는 그 존재 자체가 다분히 여성 독자를 의식한 데서 나왔다.

『소년 한반도』 역시 전 호에 걸쳐 순국문체 기사 하나를 연재한 바 있다. 바로 「아모兒母 권면」이다. 이 글은 미국 감리교 계열의 여성 선교사 마티 노블Mattie Noble이 1902년경 집필한 『아모 권면』의 일부를 이용종李膺鍾이 다시 옮긴 것이다.[37] 애초부터 원저자가 어머니의 육아와 위생에 초점을 두고 편찬한 내용으로, 『소년 한반도』에서도 부인 전용 콘텐츠로 가져온 것은 당연하다.[38] 역시 『소년 한반도』를 통틀어 유일한 순국문체 기사였다. 「아모 권면」이 보여주듯, 『소년 한반도』의 경우도 여성의 독해를 기대하는 콘텐츠는 순국문체를 사용했다. 하지만 「자유모」는 그렇지 않았다. 이 콘텐츠는 여성 독자를 염두에 두지 않았던 것이다. 한국어로 수용된 첫 번째 『라란부인전』은 남성의 읽을거리였다.

---

36 제1장은 다시 '가정의 관계', '가정의 필요', '가정의 책임', '가정의 대강'의 순서로 구성된다. '가정학'은 한자로 '家政學'으로서, 애초에 집안을 다스리는 머리로서의 남성을 상정하고 있었다.

37 조선혜, 「노블 부인의 선교 생활 연구」, 감리교신학대 박사논문, 2013, 246~247면. 노블 부인은 의료 전문가는 아니었지만 의사가 직접 추천할 수 있는 수준의 내용이었으며, 1906년까지 3종의 판본이 확인될 정도로 반향을 이끌어 내기도 했다.

38 「아모 권면」의 첫 챕터 제목은 '모든 아이의 어머니를 권면하다'(제1호)이며, '음식 먹이는 법'(제2호), '몸 간수하는 법'(제3호) 등의 내용이 이어진다. 여성의 영역으로 인식되던 아이 돌보기 위주의 지식이었다. 아이를 씻기는 방법이나 머리의 이를 세거하는 방법, 아이의 감기나 복통에 대처하는 방법 등 기초 가정 의학도 포함되어 있었다.

4. 「자유모」의 번역 양상

그렇다면 「자유모」의 존재 이유는 무엇인가? 이는 「羅蘭夫人傳」을 기획한 량치차오의 의도와 함께 연속적으로 사고해야 할 문제다. 량치차오는 저본인 도쿠토미 로카德富蘆花의 「불국 혁명의 꽃佛國革命の花」[39]을 번역하는 과정에서 다양한 첨삭을 시도했다. 이로 인해 주체적인 여성의 귀감을 제시하려던 저본의 의도와는 달리 결점 없는 영웅으로서의 형상이 강화되었고, 무엇보다 프랑스 혁명 중 처형당한 사실이 거듭 강조됨으로써 롤랑 부인 자체가 혁명의 폭력성을 환기하는 상징처럼 변모하게 되었다. 여기에 또 다른 첨삭을 통해 이 구도를 중화한 것이 『대한매일신보』의 연재본 「라란부인전」과 단행본 『라란부인전』이었는데, 전자가 삭제를 통해 혁명의 부정성을 일정 수준 상쇄했다면, 후자는 첨가를 통해 혁명의 긍정성을 제고하는 방식이었다.[40]

그렇다면 『소년 한반도』의 「자유모」는 어떨까? 다음은 량치차오의 「羅蘭夫人傳」과 양재건의 「자유모」에서 첫 부분을 나란히 배치한 것이다.

嗚呼, 自由自由, 天下古今幾多之罪惡, 假汝之名以行. 此法國第一女傑羅蘭夫人臨終之言也. 羅蘭夫人何人也, 比生於自由, 死于自由. 羅蘭夫人何人也, 自由由彼而生, 彼由自由而死. 羅蘭夫人何人也, 彼拿破崙之母也, 彼梅特涅之母也, 彼瑪志尼噶蘇士俾士麥加富爾之母也. 質而言之, 則十九世紀歐洲大陸一切之人物, 不可不母羅蘭夫人. 十九世紀歐洲大陸一切之文明, 不可不母羅蘭夫人. 何以故, 法國大革命, 爲歐洲十九世紀之母故. 羅蘭夫人, 爲法國大革命之母故.[41]

---

39 「佛國革命の花」는 민유샤(民友社)가 출판한 『가정잡지(家庭雜誌)』를 통해 1893년 12월부터 익년 2월까지 연재된 후 1898년 4월 『세계고금(世界古今) 명부감(名婦鑑)』이라는 단행본에 재수록되었다.

40 이상은 손성준, 앞의 글, 2011 참조.

41 "'오호라, 자유, 자유여! 천하 고금에 얼마나 얼마나 많은 죄악이 너의 이름을 빌려 행해졌던가?'라 하니, 이는 프랑스 제일의 여걸 롤랑 부인이 죽음을 앞두고 남긴 말이다. 롤랑 부인은 어떤 인물인가? 자유에 살고 자유에 죽었다. 롤랑 부인은 어떤 인물인가? 그녀는 자유에서

「嗚呼라 自由自由야 天下古今幾多之罪惡이 假汝之名以行」이라 하니 此는 佛蘭西 女傑自由母羅蘭夫人臨終之言也이라

羅蘭夫人은 何人也오 彼生於自由, 死於自由, 하니 羅蘭夫人은 何人也오 彼, 拿破倫之母也요 彼, 梅特涅之母也요 彼, 瑪志尼之母也요 彼, 噶蘇士之母也요 彼, 俾士麥之母也요 彼, 嘉富珥之姆也요 彼, **嘉禮巴地之母**也요 彼, **康德之母**也이니 質而言之則, 十九世紀歐洲大陸一切文明이 不可不, 母, 羅蘭夫人이요 佛蘭四大革命이 不可不, 母, 羅蘭夫人이요 十九世紀以後世界之自由가 不可不, 母, 羅蘭夫人이요 二十世紀之少年韓半島가 不得不, 母, 羅蘭夫人이요 我卅兮卅兮之靑年子弟不得不, 母, 羅蘭夫人也이로다[42]

이 대목은 도쿠토미 로카의 텍스트에는 없던 량치차오의 추가분으로서, 「羅蘭夫人傳」 전체를 관통하는 핵심 내용이다. 롤랑 부인의 입을 빌려 자유의 '죄악'을 고발하며 글을 시작한 데에는 당연히 량치차오만의 정치적 이유가 존재한다. 량치차오는 '자유를 추구한 혁명 때문에 되려 혁명의 어머니가

태어나 자유를 위하여 죽었다. 롤랑 부인은 어떤 인물인가? 그녀는 나폴레옹의 어머니요, 메테르니히의 어머니요, 마치니·코슈트·비스마르크·카보우르의 어머니다. 본질적으로 말하자면 19세기 유럽 대륙의 모든 인물은 롤랑 부인을 어머니로 삼지 않을 수 없고, 19세기 유럽 대륙의 모든 문명 또한 롤랑 부인을 어머니로 삼지 않을 수 없다. 왜 그런가? 프랑스 대혁명은 유럽 19세기의 어머니이기 때문이다. 그리고 롤랑 부인은 프랑스 대혁명의 어머니이기 때문이다." 梁啓超,「近世第一女傑 羅蘭夫人傳」,『飮氷室文集』, 廣智書局, 1905, 190면.

[42] ""오호라, 자유, 자유여! 천하 고금에 얼마나 많은 죄악이 너의 이름을 빌려 행해졌던가?"라 하니, 이는 프랑스 여걸인 자유모 롤랑 부인이 죽음을 앞두고 남긴 말이다. / 롤랑 부인은 어떤 인물인가? 그녀는 자유에 살고 자유에 죽었다. 롤랑 부인은 어떤 인물인가? 그녀는 나폴레옹의 어머니요, 메테르니히의 어머니요, 마치니의 어머니요, 코슈트의 어머니요, 비스마르크의 어머니요, 카보우르의 어머니요, 가리발디의 어머니요, 칸트의 어머니다. 본질적으로 말하자면 19세기 유럽 대륙의 온 문명이 롤랑 부인을 어머니로 삼지 않을 수 없고, 프랑스 대혁명이 롤랑 부인을 어머니로 삼지 않을 수 없으며, 19세기 이후 세계의 자유가 롤랑 부인을 어머니로 삼지 않을 수 없고, 20세기 소년 한반도가 롤랑 부인을 어머니로 삼지 않을 수 없고, 우리 어린 청년 사세들이 롤랑 부인을 어머니로 삼지 않을 수 없는 것이다."「자유모」,『소년 한반도』1, 소년한반도사, 1906.11, 7면.

〈그림 3〉「자유모」첫 면

죽임당했다'는 아이러니한 구도를 설계하였다. 롤랑 부인이 프랑스 혁명의 어머니라는 수사는 역사적 사실과 거리가 멀 뿐 아니라 하나의 해석이라고 보기에도 억지에 가깝다. 즉 그 자체가 단지 비극성을 강화하기 위한 의도적 장치인 것이다. 1908년도에 간행된 장지연의 『여자독본』하권에도 롤랑 부인의 소전小傳이 등장하는데, 여기서 롤랑 부인은 "평화함을 주장하여 헌법 의론함으로써 왕실을 보전하려는 자"[43]의 진영에 있었다고 묘사된다. 『여자독본』하권은 장지연이 양첸리楊千里의 『여자신독본女子新讀本』文明書局, 1904을 저본으로 삼은 역서였다.[44] 량치차오와 상관없는 롤랑 부인 텍스트에서 "혁명의 어머니"와 같은 과잉 수사가 발견되지 않는 것은 당연했다.

반면 량치차오의 텍스트를 저본으로 삼은 「자유모」의 경우 량치차오가 차별화한 이 지점, 즉 아이러니를 활용한 비극성을 한층 더 증폭시킨다. 양재건은 두 가지 방식을 사용했다. 하나는 이미지의 확대를 통한 증폭이다. 「자유모」의 첫 문장, 즉 인용문의 진한 글씨는 실제 원문에서는 유례없이 큰 활자

---

43 장지연 편, 『여자독본』, 하, 광학서포, 1908, 97~98면.

44 서여명, 「매개로서의 여성과 번역─『여자독본』의 창작 문제 및 『여자신독본』의 한국 편역에 대하여」, 『20세기 전환기 동아시아 지식 장과 근대 한국학의 형성』, 연세대 근대한국학연구소, 2019.7.19 참조.

가 적용된 부분이다. 또 하나는 내용의 삽입을 통한 증폭이다. 그 아래 본문에서 진한 글씨로 강조한 부분이 이에 해당한다. 양재건은 '나폴레옹拿破崙, 메테르니히梅特涅, 마치니瑪志尼, 코슈트噶蘇士, 비스마르크俾士麥, 카보우르加富爾'를 거론하며 롤랑 부인의 '어머니 됨'을 논한 량치차오에 이어 '가리발디嘉禮巴地, 칸트康德'의 이름을 추가하였다. 왜 하필 가리발디와 칸트인가? 가리발디의 경우, 량치차오가 열거한 인물 중에 이미 마치니와 카보우르가 있었으므로, 필시 「의대리건국삼걸전意大利建國三傑傳」을 읽었을 양재건이 삼걸 중 나머지 한 명도 추가한 것으로 보인다. 칸트는 「자유모」의 화두이기도 한 '자유'와 연관성이 큰 인물로서 양재건에게 일찌감치 포착된 듯하다. 양재건은 「교자제신학」 제2회에서 칸트의 자유론을 소개하기도 했다.[45] 한편 이어지는 '롤랑 부인이 유럽 문명과 프랑스 혁명의 어머니'라는 저본의 내용 다음도 적극적인 변주가 나타난다. 자유의 어머니, 소년 한반도의 어머니 등 거듭 '어머니'의 위치를 두텁게 하는 문맥이 그것이다. 양재건의 이 같은 텍스트 첨가는 저본의 방향성을 강화하는 기능을 했기에 전술한 시각적 효과와 마찬가지로 량치차오의 의도 또한 더 선명해질 수 있었다. 이 두 가지 개입으로 인해 자유의 죄악은 한층 강조되고[전자] 혁명의 어머니로서의 롤랑 부인도 보다 부각되는 것이다.[후자] 그리고 그 결과 아이러니의 효과가 상승한다.

이렇듯 양재건의 개입 방식은 독특했다. 당장 『대한매일신보』의 「라란부인전」 연재본이나 단행본의 해당 대목만 비교해 보아도, 저본 그대로를 옮겨 냈음을 알 수 있다.[46] 하지만 양재건은 활자를 확대하고 텍스트를 첨가하면서까

---

45 하지만 칸트를 「자유모」 속에 끌어들여 '롤랑 부인이 칸트의 어머니'이기도 했다는 식으로 제시한 것은 넌센스일 수밖에 없었다. 1724년생인 칸트는 롤랑 부인보다 30년 일찍 출생하였고 그의 주요 철학서들 역시 프랑스 혁명 발발 이전에 대부분 출판되었기 때문이다.

46 "서문에 왈 오호라 자유여 자유여 천하 고금에 네 이름을 빌려 행한 죄악이 얼마나 많으뇨 하였으니 이 말은 법국 제일 여중 영웅 라란 부인이 임종 시에 한 말이라 라란 부인은 어떤 사람인고 저가 자유에서 살고 자유에서 죽었으며 라란 부인은 어떤 사람인고 저가 나파륜에게도 어미요 매특날에게도 어미요 마치니와 갈소사와 비사맥과 가부이에게도 어미라 할지니 질정하여 말할진대 십구 세기의 구주 대륙에 일절 일물이 라란 부인을 어미 삼지 않음이 없

지 해당 부분을 강조했다. 그 결과 분명히 량치차오의 목소리는 증폭되었다.

다만 번역 양상을 고찰해 보면 이를 량치차오의 사상을 적극적으로 수용한 결과로 보기는 어렵다. 다시 말해 양재건의 의도 자체가 량치차오의 목소리를 보다 효과적으로 전달하는 데 있지는 않았다. 활자 크기를 확대한 첫 문장에서도 양재건의 부분적인 텍스트 변주를 확인할 수 있다. 량치차오가 "차此 법국法國 제일 여걸第一女傑 라란 부인羅蘭夫人 임종지언야臨終之言也"라고 한 것을 양재건은 "차此는 불란서佛蘭西 여걸女傑 자유모自由母 라란 부인羅蘭夫人 임종지언야臨終之言也이라"고 옮겼다. "제일 여걸"을 그냥 "여걸"로 바꾼 것도 변화라면 변화겠지만 핵심은 "라란 부인"을 "자유모 라란 부인"으로 옮기며 "자유모"를 추가했다는 점이다. 양재건은 이 첫 문장에서의 첨가보다 먼저 '자유모'를 전면에 내세운 바 있었다. 제목을 「羅蘭夫人傳」에서 「自由母」로 변경한 것이다. 양재건의 의도는 롤랑 부인의 삶을 조명해서 한국 여성들의 롤 모델로 만들고자 한 것도 아니고, 량치차오의 텍스트를 정밀하게 번역하여 소개하는 것도 아니었다. 결론부터 말하자면 그는 자신만의 자유론을 펼치고자 했다. 앞서 살펴본바 「자유모」는 「교자제신학」이라는 기사에 예속된 형태로 연재되었고 『소년 한반도』 제1호와 제2호에서는 두 기사를 이음질 하는 언설도 확인된다. 양재건은 제1, 2호의 「교자제신학」 연재분에서도 자유론을 다루었을 뿐 아니라 기실 무게 중심도 「교자제신학」에 있었다. 보조재로서 「자유모」는 「교자제신학」과 접점을 형성하며 하나의 큰 메시지를 떠받치는 역할이었다. 「교자제신학」과 「자유모」를 아우르는 그 메시지란 무엇일까?

양재건의 의도는 '자유'의 운동성을 거세하고 일종의 정신적 가치, 다시 말해 윤리적·도덕적 차원으로 환원하는 데 있었다. 자유의 죄악을 되묻는 「자유모」의 첫대목을 그토록 강조한 이유도 여기에 있다. 「교자제신학」의 첫 연

고 십구 세기의 구주 대륙에 일절 문명이 라란 부인을 어미 삼지 않을 수 없도다 무슨 연고요 법국의 대혁명은 구주 십구 세기의 어미가 되고 라란 부인은 법국 대혁명의 어미가 된 까닭이라 하노라." 『근세제일 여중영웅 라란부인전』, 대한매일신보사, 1907, 1면.

재분에는 "청년아, 청년아, 어깨에 짊어진 책임이 어떠하며 버티고 지탱함이 어떠하오. 오호라! 고난을 구제하고 마장魔障을 제거하는 참비결이 이것에 있나니, 단언컨대 '자유, 자유'라 하겠다"[47]라거나 "어린 청년들이여! 구습을 혁파하여 신문물을 추종하고, 헌 줄을 고치고 전철前轍을 바꿔야 20세기 천연계天演界에 설 터인데, 이는 자유라 하겠다, 자유라 하겠다"[48]와 같이 무던히도 '자유'를 강조했다. 하지만 '자유'의 중대함을 수사로서만 강조할 뿐 자유 운동에 잠재된 정치성과 연관된 언설은 찾아볼 수 없다. 「교자제신학」 첫 회의 마지막 부분은 다음과 같다.

其曰自由乎인데 其曰自由乎인저 其曰自由者는 乃建天地懸日月之自由也요 嶽峙淵渟之自由也요 鳶飛魚躍之自由也이니 乃初學入德之門이 是自由也이며 太極四象之旗가 是自由也이며 建少年韓半島가 是自由也이라 自由者는 伊誰之所生고 當十八世紀中하여 我自由母之所生也라 乃譜我自由母하여 與愛我少年韓半島之卅兮 卅兮로 崇拜我自由母하세[49]

자유의 가치는 극진히 상찬되지만, 여전히 비유와 수사만이 넘친다. 그러다 "자유라는 것은 누가 탄생시켰는가?"라며 드디어 구체적인 인물과 사건이 예고되는데, 여기서 이어지는 내용이 바로 이미 상술한 「자유모」 첫 회다. 갖가지 묘사로 자유를 드높이던 「교자제신학」의 흐름을 감안하면 돌연 큰 활자로 "오호라, 자유, 자유여! 천하 고금에 얼마나 많은 죄악이 너의 이름을 빌려

양재건, 「교자제신학」, 『소년 한반도』 1, 소년한반도사, 1906.11, 6면.

48 위의 글, 6면.

49 "그런데 말하기를 "자유인가, 자유인가" 하니, 그들이 말하는 자유라는 것은 바로 천지를 건설하고 일월을 매다는 자유이고, 산악과 연못과 같은 자유이고, 솔개가 날고 물고기가 뛰는 자유이니, 바로 초학자들이 덕(德)에 들어가는 문이 바로 자유이며, 태극 사상의 깃발이 바로 자유이며 소년 한반도를 건설하는 것이 바로 자유다. 자유라는 것은 누가 탄생시켰는가? 18세기에 우리 자유의 어머니(自由母)의 소생이다. 이에 우리 자유의 어머니의 계통을 이어 우리 소년 한반도를 사랑하는 어린이들과 더불어 우리 자유의 어머니를 숭배하세." 위의 글, 6~7면.

행해졌던가?"라며 호통을 치듯 하는 이 대목은 그 의외성만큼이나 독자들에게 깊이 각인되었을 것이다. 물론 모든 것은 양재건이 의도한 바다. 종합해 보면 '자유는 좋은 것이지만 혁명으로 이어지는 자유는 비극을 낳을 뿐'이라는 메시지가 완성된다. 아울러 자유를 훼손하는 혁명에는 자유가 지고至高한 만큼이나 강력한 부정성이 깃들게 된다.

양재건의 자유론은 「교자제신학」 제2회 연재분의 후반부에서도 이어졌다.[50] 아래는 「자유모」 제2회 바로 앞에 위치한 마지막 대목이다.

十八世紀의 中에 德國, 大哲學家, 康德先生이 曰하되 人이 苟, 其, 自由의 善意를 自持하면 天下의 公益이 是에서 莫大하리라 故로 自由者는 自以自로 爲目的하고 自以自로 爲法令하니 惟能實守此法令者이라야 乃能實有其自由라 質而言之하면 則我命我하여 使勿受我以外之牽制하고 而貫徹我, 良知之所自安者云이라 是故로 講此有本之學者이 苟以眞我之自由以外之物로 爲目的이면 雖有善言이나 終不免於 奴隷之學이요 民賊之學이라 自由者는 寔漢土古聖人堯舜授受之心法也이니 堯舜之 殂落也에 斯學이 與之俱亡이라 가 當十八世紀之初하여 羅蘭夫人이 唱之하니 從而和之 者이 拿破侖이 其人也오 噶蘇士이 其人也오 栢特涅이 其人也오 俾士麥이 其人也오 瑪 志尼이 其人也오 加里波的이 其人也오 加富珥가 其人也오 康德이 其人也니 誠能講此 有本之學하여 以全我自由하고 以養我直德者는 存하고 反是者는 亡하나니 先繼以譜我 自由毋하노라[51]

여기서 양재건은 칸트의 이론을 인용하며 자유를 선의와 도덕률의 틀에서 해석하였고, 이를 다시 양명학의 양지良知나 요순 같은 성인의 도와 연결하기

---

50 『소년 한반도』 제2호의 「교자제신학」 전반부는 근본 있는 교육(有本之學)과 근본 없는 교육(無本之學)의 차이를 설명하는 일반적인 교육론에 가깝다. 하지만 결국 후반부의 자유론과 이어져 있기도 하다. 자유를 목적으로 하는 것이 '유본지학'이기 때문이다.

51 "18세기 중엽 독일의 대철학자 칸트(Kant) 선생이 말하기를 "사람이 그 자유의 선의를 스스로 유지한다면 천하의 공익으로 이보다 큰 것이 없을 것이다" 하였다. 그러므로 자유란 자이

도 한다.[52] 그에게 있어서 자유는 자아나 내면의 문제이자 사람이 마땅히 지향해야 할 정신적 가치일 뿐 국가적 위기에 맞서 싸울 동력은 아니었다. 오히려 「자유모」를 통해 자유가 그러한 동력이 되어서는 안 된다고 주지시키는 것이야말로 그의 의도였다.[53] 이는 물론 매체의 정치성과 직결된 문제다. 『소년 한반도』가 빈번히 일본 모델을 긍정하면서도 자유민권운동을 소개하는 기사는 전혀 싣지 않은 것 역시 비슷한 맥락일 것이다. 대한매일신보사에서 나온 순국문체 『라란부인전』의 마지막 첨가분에 현실 정치를 환기하는 '자유'론이 담겨 있었다는 점도 대조군으로서 상징적이라 할 수 있다.[54]

자(自以自)를 목적으로 삼고, 자이자(自以自)를 법령으로 삼는 것이다. 오직 이 법령을 실로 준수할 수 있는 자여야 비로소 그 자유를 실로 소유할 수 있는 것이다. 실질로써 말하자면, '자신이 자신에게 명하여 자신 이외에 견제되지 않게 하고 자신의 양지(良知)가 편안한 상태를 관철되게 하는 것이라' 하겠다. 이러한 까닭으로 이 유본의 학문을 강구하는 자가 실로 진아(眞我)의 자유 이외의 사물을 그 목적으로 삼는다면, 설령 선언(善言)이 있다고 하더라도 노예의 학문 내지 민적(民賊)의 학문됨을 끝내 면하지 못할 것이다. / 자유란 한토(漢土)의 옛 성인인 요순이 전수한 심법(心法)이니, 요순이 사망한 이래로 이 학문도 아울러 다 사라졌다. 그런데 18세기 초기에 이르러 롤랑 부인이 이를 창도하니, 그에 따라 화답한 자가 나폴레옹이 그 사람이요 코슈트가 그 사람이요 메테르니히가 그 사람이요 비스마르크가 그 사람이요 마치니가 그 사람이요 가리발디가 그 사람이요 칸트가 그 사람이니, 실로 이 유본지학을 강구하여 자신의 자유를 온전히 하고 자신의 직덕(直德)을 수양할 수 있는 자는 보존될 것이고, 이와 반대로 하는 자는 망하게 될 것이다. 이에 우선 이어서 우리 자유모(自由母)를 기록한다." 양재건, 「교자제신학」, 『소년 한반도』 2, 소년한반도사, 1906.12, 8~9면.

52 이러한 논의의 출처는 다시 한번 량치차오였다. 양재건은 량치차오가 칸트의 학설을 소개한 「近世第一大哲康德之學說」 중 '論自由與道德法律之關係'의 일부에 근간하여 상기 대목을 재구성했다. 해당 글은 물론 1905년판 『음빙실문집』에 수록되어 있었다. 필자가 검토한 판본과 「교자제신학」의 저본이 된 부분은 다음과 같다. 梁啓超, 「近世第一大哲康德之學說」, 『飮氷室合集 1 - 文集』 13, 中華書局, 1989, 64면.

53 '자유'를 논하며 자유의 정치성을 배제하는 양재건의 화법은 『소년 한반도』 제4호의 「논파괴주의」에서 다시 한번 나타난다. 여기서 그는 마찬가지로 '파괴'를 논하며 파괴의 정치성을 배제하였다.

54 "무릇 이 롤랑부인전을 읽는 자여. 여자는 하나님이 나눠주신 보통의 지혜와 동등된 의무를 능히 자유롭게 하지 못하여 집안에 갇혀 있던 나약한 마음을 하루아침에 깨트리고 나와 이 부인으로서 어미를 삼고, 남자는 그 인류의 고유한 활동 성향과 자유의 권리를 능히 붙들지 못하여 남의 아래에 있기를 달게 여기는 비루한 성품을 한칼로 베어 버리고 나아가 이 부인으로서 스승을 삼아, 이천만 인이 합하여 한마음 한낯 한 몸이 된즉, 내한이 유럽 열강과 더불어 동등하게 되지 못할까 어찌 근심하리오." 『라란부인전』, 대한매일신보사, 1907, 40~41면.

한편 롤랑 부인을 요순을 잇는 위치로 소환한 것이 대변하듯 강조 부분은 주인공에 대한 헌사에 해당한다. 이 중 서양 인물들을 열거하는 부분은 인물의 순서만 바뀌었을 뿐「자유모」첫 회의 도입부를 옮겨 놓은 것이기도 하다. 텍스트의 연결고리는「교자제신학1」→「자유모1」→「교자제신학2」→「자유모2」로 계속 이어지고 있었다. 하지만 거기까지였다. 양재건의 입장에서는 『소년 한반도』제2호까지의「교자제신학」과「자유모」의 내용으로 자유에 대한 본인의 생각을 모두 전달한 상태였다. 제3호부터의「교자제신학」은 천체, 시간, 기상, 지리 등 자연과학 중심의 기초 지식을 싣는 방향으로 전환한다. 때문에「자유모」와의 내적 연결 지점도 사라졌다. 이는「자유모」의 유통 기한이 다했음을 의미한다. 양재건의 입장에서는 본인의 자유론을 설파하던「교자제신학」과 그 보조재였던「자유모」의 쓰임이 다한 이상「라란부인전」의 번역을 충실히 이어 나가야 할 이유도 사라진 것이다. 다만「교자제신학」이라는 지면 자체는 이어졌고「자유모」역시 전기물인 이상 중도에 연재를 마칠 수는 없었다. 대신 양재건은 『소년 한반도』제3호부터「자유모」의 번역량을 최소화했고, 제6호에 이르면 제3호부터 이미 다른 길을 가고 있던「교자제신학」의 일부로 보이지 않도록「자유모」의 제목 스타일을「교자제신학」처럼 바꾸기도 했다.[55] 무엇보다 제3호부터는「자유모」의 활자 크기를 줄였다. 여타 기사의 활자는 정상이었기에, 누가 봐도「자유모」의 크기만 일부러 줄였다는 것을 알 수 있었다. 마치 딱히 챙겨 볼 필요는 없다는 무언의 암시와도 같았다. 이는 연재의 첫 회가 이례적으로 커다란 글자와 함께 시작한 것을 상기하면 정반대의 상황이었다.

---

[55] 다시 말해 시각적으로「자유모」는「교자제신학」에 '종속'된 것이 아니라「교자제신학」과 '병존'하는 형태가 된 셈이다. 필자는 이를 근거로 "「자유모」의 효용 가치가 연재를 거치며 커져 간 듯하다"(손성준, 앞의 글, 2020, 229면)고 추정한 바 있으나, 전술한 논의를 종합해 볼 때 이 견해는 수정되어야 한다.「자유모」는 편집 구성상의 독립에도 불구하고 여전히 목차에서는 찾아볼 수 없다.

5. 도구로서의 량치차오

이 글은 『소년 한반도』 소재 「자유모」를 중심으로 대한제국 말기의 량치차오 수용 양상을 새로운 관점에서 고찰해 본 것이다. 「자유모」는 량치차오의 롤랑 부인 전기인 「羅蘭夫人傳」을 한국 최초로 번역한 결과물이었다. 지금까지의 연구는 『대한매일신보』에 연재되었다가 단행본으로 나온 순국문체 『라란부인전』에만 집중되어 있었다. 따라서 이 글은 「자유모」에 대한 첫 연구인 동시에 기존의 『라란부인전』 관련 논의를 재구성할 수 있는 실마리를 제공하는 것이기도 하다.

우선 이 글에서는 「자유모」의 역자를 『소년 한반도』의 사장이자 주필이던 양재건으로 특정하고, 여성 영웅의 전기가 『대한매일신보』 판본과는 달리 국한문체로 번역된 이유를 탐색하였다. 「자유모」는 「교자제신학」이라는 기사 하부에 위치하여 잡지 목차에는 노출되어 있지 않았다. 양재건은 「교자제신학」의 첫 두 회 연재분에서 자신만의 자유론을 설파하였는데, 애초에 「羅蘭夫人傳」은 그 방향성에 부합하는 보조 재료로서 선택된 것이었다. 양재건의 자유론은 '자유'의 운동성을 거세하고 그 가치를 도덕적·정신적 차원으로 한정하는 데 특징이 있었다. 이는 '혁명의 어머니가 혁명에 의해 죽는다'는 비극적 아이러니를 내재한 「羅蘭夫人傳」의 성격과 잘 호응했다. 이러한 「자유모」의 번역 방식은 오히려 자유의 운동성을 강조한 순국문체 『라란부인전』과 대척점에 있었다. 이렇듯 대한제국기의 량치차오 수용은 번역 주체의 배치와 변주에 따라 전혀 다른 목적으로 활용될 수 있었다.

『소년 한반도』의 「자유모」 연재 양상을 보건대, 이 텍스트의 번역은 량치차오의 사상을 적극적으로 수용한 결과가 아니라 필요에 따른 전략적 배치였다. 「교자제신학」이 제3회 연재부터 천체나 지리 등 다른 기초 학문을 취급하게 되면서 「자유모」와의 접점도 사라지자, 이때부터 「자유모」는 분량과 활자가 모두 축소된 형태로 명맥만 유지되다시피 했다. 물론 번역을 중단하지 않고 이어갔다는 점은 중요하다. 제3호부터 양재건은 별다른 첨삭을 가하지 않고 번역에 임하였다. 그렇게 옮겨진 내용 중에는 「羅蘭夫人傳」의 보수적 혁명관이 고스란히 전달되는 또 다른 대목도 존재했다.[56] 이는 양재건의 입장에서도 유용했을 것이다. 그러나 제3호 이후 확연해진 그의 소극적 번역 태도는, 그런 유용함에도 불구하고 「羅蘭夫人傳」을 계속 번역하는 데에서 오는 부담감이 더 컸으리라는 점을 짐작케 한다. 롤랑 부인 전기는 결국 혁명을 둘러싼 서사였고, 량치차오 역시 프랑스 혁명의 발발 자체는 불가피했던 것으로 서술하기도 했다.[57] 량치차오 이상으로 혁명의 운동성을 경계한 양재건의 태도는 이러한 지점과 충돌을 일으켰을 가능성이 크다. 「교자제신학」 첫 회에서부터 자유의 어머니로까지 극찬한 인물 전기를 스스로 돌연 중단하는 것도, 혁명 서사를 계속 번역해 나가는 것도 내키지 않았던 양재건은 결국 연재 분량과 글자 크기를 모두 축소하는 방식을 택했다. 이는 양재건에게 있어서 량치차오의 텍스트가 도구적 성격을 갖고 있었다는 또 하나의 증좌다.

---

56 가령 "雖然, 彼之理想이 則然耳오 至於言實事하여는 彼固望生息於革新王政之下하여 爲王家一忠實之臣民이러라", "嗚呼라 以肫肫煦煦之羅蘭夫人으로 而其究也이 乃至投身於千古大慘劇之盤渦中하여 一死로 以謝天下丁니." 「자유모」, 『소년 한반도』 4, 소년한반도사, 1907. 3, 7면.

57 가령 "嗚呼라 自古革命時代之仁人志士이 何一非高尙潔白之性質과 其視民如傷之熱情이리오 苟非萬不得已면 夫登樂以一身之血과 與萬衆之血로 相注, 相搏, 相糜爛하여 以爲快也리오 望之에 無可하 望고 待之에 無可待하여 乃不得不割慈, 忍愛, 茹痛, 揮淚하여 以出於此一途하니." 위의 글, 7면.

참고문헌

권보드래, 『한국 근대소설의 기원』, 소명출판, 2000·2012(증보판).

김성연, 『영웅에서 위인으로-번역 위인전기 전집의 기원』, 소명출판, 2013.

다지리 히로유키, 『이인직 연구』, 국학자료원, 2006·2015.

서여명, 「매개로서의 여성과 번역-『여자독본』의 창작 문제 및 『여자신독본』의 한국 편역에 대하여」, 『20
　　　세기 전환기 동아시아 지식 장과 근대 한국학의 형성』, 연세대 근대한국학연구소, 2019.7.19.

손성준, 「번역과 원본성의 창출-롤랑 부인 전기의 동아시아 수용 양상과 그 성격」, 『비교문학』 53, 한
　　　국비교문학회, 2011.

_____, 「대한제국기 잡지의 정치성과 애국 운동의 접변-『소년 한반도』를 중심으로」, 『한국근대문학연
　　　구』 42, 한국근대문학회, 2020.

_____, 「대한제국기 잡지와 애국론의 혼종성」, 『상허학보』 70, 상허학회, 2024.

송명진, 『역사·전기소설의 수사학』, 서강대 출판부, 2013.

신승하, 「구한말 애국계몽운동 시기 양계초 문장의 전입과 그 영향」, 『아세아연구』 100, 고려대 아세아
　　　문제연구소, 1998.

안자산, 최원식 역, 『조선문학사』, 을유문화사, 1984.

양은정, 「구국을 위한 중역(重譯)-「라란부인전」 한역본 연구」, 『통번역교육연구』 17(1), 한국통번역교
　　　육학회, 2019.

엽건곤, 『양계초와 구한말 문학』, 법전출판사, 1980.

우림걸, 『한국 개화기 문학과 양계초』, 박이정, 2004.

임상석, 「근대계몽기 가정학의 번역과 수용-한문 번역 『신선가정학(新選家政學)』의 유통 사례」, 『한국
　　　고전여성문학연구』 27, 한국고전여성문학회, 2013.

조선혜, 「노블 부인의 선교 생활 연구」, 감리교신학대 박사논문, 2013.

허재영, 「근대계몽기 량치차오 『음빙실문집』 역술의 의미」, 『우리말글』 74, 우리말글학회, 2017.

이질적 타자를 비춘 거울

일제강점기 한국문학에서
중국 5·4신문학 수용 양상

장내우張乃禹
쑤저우대학교
한국어학과 교수

1. 새로운 타자와의 만남

한국은 예로부터 한자 문화권의 일원으로서 지정학적으로 중국과 밀접한 관계를 맺고 있으며, 역사·문화·문학적으로 중국과 수많은 연관성을 유지해왔다. "문자 자료나 출토 유물을 통해서 춘추 시대부터 중국 문화가 이미 한반도에 전파되었다는 것을 알 수 있다."[1] 당시 중국과 한반도의 문학적 관계는 거의 일방적인 영향 관계인 셈이다. 하지만 근대에 이르러 서세동점 및 중국과 일본 세력의 기복이 이어지면서 동아시아의 문화적 지형이 급변하기 시작했다. 특히 일본이 한일병합조약을 통해 한반도를 식민 체제로 완전히 편입시켰을 때 중국은 역사적으로 천조상국天朝上國에서 서구 열강의 반식민지로 전락함으로써 쇠락의 길을 걸었으므로 지척에 있는 한반도를 돌볼 겨를이 없어지게 되었다. 19세기 말 청일전쟁부터 대한제국 시기까지 한반도에서 중국은 사대

---

1   張伯偉, 「朝鮮古代漢詩總說」, 『文學評論』, 1996(2), 120면.

주의의 대상이었던 정치적 토템에서 절대적인 타자로 탈바꿈했다고 할 수 있다. 이로써 중국과 한반도 간의 문학적 영향의 궤적은 역사적 전환기를 맞이하게 되었다. 기존의 '영향 관계'에서 '평행적 발전'의 구도로 바뀐 것이다.

바꿔 말하자면, 근대 동아시아의 정세가 중요한 변혁과 재구성을 거치는 역사 문화적 맥락 속에서 중국과 일본의 틈바구니에 놓인 한국은 점차 화이질서에서 벗어나기 시작했고, 문학적 측면에서는 점차 일본으로 관심을 돌려 일본을 통해 서양문명을 받아들이기 시작했다는 것이다. 이때 중국은 이국적인 '타자'가 되었고, 한반도에 대한 영향력은 갈수록 미미해졌다. 그러나 한반도에 대한 중화 전통문화의 영향력은 동아시아 문화 지형의 변화에 따라 뚝 그치거나 빠르게 소멸하지 않고 비교적 강한 관성적 역량을 유지했다. 일제 강점기 한국문학의 진화와 발전에 끼친 중국 5·4신문화운동과 신문학혁명의 영향이 바로 그 대표적인 예다.

한국과 중국의 근현대문학의 관계에 관한 연구는 위와 같은 문화 지형의 변화와 문화 전파의 관성이 병존하는 시대 상황에 토대를 두고서 전개되어 왔다. 기존의 연구는 대체로 한중 문학 교류에 주안점을 두고서 논의하거나, 혹은 백화 양건식을 예로 들 수 있는, 개별적 지식인에 초점을 맞춘 경우가 많았다. 이러한 기존 연구에서 관심이 미흡한 부분이자 문화 전파라는 관성의 맥락에서 중요하게 다뤄야 할 부분은 바로 중국 신문학, 특히 5·4신문화운동과 긴밀히 결부된 5·4신문학혁명에 대한 한국 지식인들의 인식과 수용 양상이다.

근현대적 맥락에서 비록 한반도에 대한 중국의 문화적 영향력이 점차 미미해지고 중국의 문화운동 및 문학혁명에 대한 관심과 연구는 시대에 뒤떨어진 듯하지만 한국의 일부 지식인들은 연대와 제휴 의식을 바탕으로 5·4신문학을 시대적 거울로 삼았다. 그들은 5·4신문학에 대한 적극적인 번역과 소개를 통해 중국의 경험을 한국 신문학혁명의 실천에 이식하고 접목하려고 시도했는데, 그런 가운데 후스胡適와 루쉰은 각각 문학혁명 사상과 문학 창작 실천의 측면에서 주목의 대상이 된다.

당시 식민지 현실의 제약으로 인해 중국 5·4신문학에 관심을 가지려면 일본 학계의 관련 성과를 빌려야 하는 상황임에도 불구하고, 한국 지식인들은 간접적이고 우회적인 방식을 취해서라도 중국 문학운동의 일거수일투족을 지켜보았다. 이를 바탕으로 중국에 대한 서구와 일본의 고정관념에 얽매이지 않고 '5·4 중국'에 대한 주체적 인식을 확립해서, 중국 신문학운동의 경험을 어떻게 한국적 상황에 맞추어서 적용하는가에 관심을 기울였다. 이 논문의 의의는 주로 일제강점기의 중국 현대문학 수용사를 되돌아보고, 동시에 중국을 매개로 하는 새로운 근대적 경로를 탐색하는 데 있다.

2. 일본을 거쳐 중역된 5·4문학혁명과 '연대 의식'

"청일전쟁은 전통 시기 한국인의 중국 인식을 결정적으로 변화시킨 중요한 계기였다. (…중략…) 소중화주의에 입각한 기왕의 청나라에 대한 인식에 서구 문명론이 새로이 가미되면서, 중국청은 '문명개화의 낙오자'이자 조선 근대화의 장애물로 타자화되었다"[2]는 견해가 있다. 이러한 견해는 기본적으로 근대 동아시아의 문화 지형이 바뀌는 현실과 부합하기는 한다. 그러나 한국의 지식인들 사이의 중국에 대한 인식을 부정 일변도로만 규정할 수는 없다. 1876년 조선 개항 이후 철도나 선박 등 교통수단이 발전하면서 국가 간의 공간적 이동이 전례 없이 편리해졌다. 이에 따라 1910년 한일병합 이후 유교적 뿌리가 깊은 지식인들은 중국을 독립운동과 사상적 활동의 중요한 거점으로 삼았다. 서세동점의 시대적 맥락에서 이들은 같은 (반)식민지 처지에 처한 중국에 대해 깊은 연대감과 제휴 심리를 갖고, 일본이 한반도에 절대적인 영향

---

2   정문상, 「근현대 한국인의 중국 인식의 궤적」, 『한국근대문학연구』 13(1), 한국근대문학회, 2012, 227면.

력을 행사한다는 시대적 상황에서도 중국을 망명지이자 독립운동의 거점으로 선택함으로써 이전과 다른 형태의 한중 교류 관계를 이어 갔다.

국가의 독립과 민족의 해방을 위해 중국으로 망명한 독립운동가와 유학하러 중국에 간 지식인들은 열강이 노리는 중국에 대해 더 많은 '연대 의식'을 품고 또 다른 중국 인식을 형성했다. 이동곡, 양건식, 정내동, 이윤재 등은 5·4신문학에 적극적으로 관심을 갖고 신문학의 대표적 인물인 후스와 루쉰을 중심으로 문예 이론의 수용, 신문학 사상의 차용과 문학 창작 등에서 5·4신문학운동을 '타산지석'이자 중요한 귀감으로 삼아 한국의 신문화운동을 추진하였다.

1922년 이동곡은 『개벽』에 「현 중국의 구사상, 구문예의 개혁으로부터 신동양 문화의 수립에 타산의 석石으로 현 중국의 신문학 건설 운동을 이야기함」이라는 글을 발표해 후스의 「문학개량추의文學改良芻議」와 「문학혁명론文學革命論」을 상세히 소개한 뒤 후스와 천두슈陳獨秀가 일으킨 문학혁명이 "우리의 문화운동에 다소의 자격刺激과 참고를 주리라고 사思하나이다"[3]라고 명시했다. 양건식은 1922년 8월 22일 『동아일보』에 「중국의 사상혁명과 문학혁명」을 발표했는데, 그중에 중국 문학혁명을 소개하려는 목적의식이 뚜렷하게 드러난다.

중국이 어느 점으로 관찰하면 우리 조선과 사정이 비등하다. 그 사상에 재在하여 도덕에 재하여 사회 조직과 정치 제도에 재하야 더욱이 계몽 시대에 처한 것과 혁명의 기운이 온양醞釀하는 점에 재하여 그러하다. 신중국이 건설되는 과정이 신조선의 건설되는 과정과 비등비등할 것이요 또 구중국의 파괴되는 것이 역 구조선의 파괴되는 것과 동일한 운명을 경과할 것이다. 그러기에 우리는 신중국 운동에 대하여 다대한 흥미를 유有하며 청년의 혁명운동에 대하여 심열深烈한 동정을 표한다.[4]

---

3   북여동곡(北旅東谷), 「현 중국의 구사상, 구문예의 개혁으로부터 신동양 문화의 수립에 타산의 석(石)으로 현 중국의 신문학 건설 운동을 이야기함」, 『개벽』 30, 개벽사, 1922.12, 23~33면.

여기에서 양건식은 중국 신문화운동을 소개하는 동기를 밝히고 있다. 한국과 중국은 구체제의 파괴와 새 국가의 건설이라는 측면에서 유사하기 때문에 한국은 중국의 혁명운동에 관심을 갖고 지켜볼 필요가 있다고 생각했다. 이러한 연대 심리에 바탕을 둔 중국 인식은 19세기 말 '문명개화의 낙오자', '조선 근대화의 장애' 등 부정적 중국 인식과는 완전히 다른 것으로, 비슷한 처지에 있는 중국을 재인식하고 5·4신문화운동과 신문학혁명을 적극적으로 수용하려는 내적 의도를 드러낸다.

양건식은 중국 신문화운동에 대한 소개에서 그치지 않고 이듬해 후스의 「오십 년래 중국문학五十年來中國之文學」을 번역하고 『동아일보』에 연재하여 신문학운동 당사자의 시각에서 중국문학의 현황을 밝혔다. 1930년에 양건식은 그가 발표한 「문학혁명에서 혁명문학」에서 중국 신문학운동을 다시 언급했는데, 5·4문학혁명을 "문언문학의 폐지, 국어문학 즉 언문일치 문학의 새로운 건설"이라고 정의했다. 그리고 이 글에서 5·4신문화운동을 통해 백화문의 영향력이 크게 증대되고, 신조사新潮社와 신청년사新靑年社의 창작이 중국 사상계의 대혁명을 일으켰다고 피력했다. 양건식은 5·4신문학혁명에 대한 여러 차례의 소개를 통해 사상혁명이 문학혁명과 깊은 관련이 있다는 것을 밝히고, 이러한 경험을 한국 신문학혁명에 적용하려 했다.

양건식의 중국 신문학운동과 작품 번역 활동을 살펴보면 그의 관련 글 대부분이 일본의 연구 성과에 힘입은 사실을 발견할 수 있다. 이는 물론 당시 한국이 직면한 문화적 곤경과 무관하지 않다. 일제의 식민지였던 한국은 학문 연구를 비롯한 모든 분야가 일제의 식민 담론의 그늘에 가려져 있었기 때문에 양건식도 이런 딜레마에서 벗어날 수는 없었다. 아울러 양건식 개인적으로는 중국 유학 체험과 그에 상응하는 중국어 구사 능력이 부족했기 때문에 일본 학계를 거쳐 5·4신문학에 우회적으로 관심을 기울일 수밖에 없었다고 본다. 예를 들

---

4   양백화, 「중국의 사상혁명과 문학혁명」, 『동아일보』, 1922.8.22, 1면.

어 1920년 11월 양건식은 『개벽』에 「후스 씨를 중심으로 한 중국의 문학혁명」을 발표했다. 이 글은 "근대 한반도에서 처음으로 중국 현대문학과 문학혁명에 대해 논평한 글이며, 후스를 한반도에 소개한 최초의 글"이라고 평가된다.[5] 이 글은 한국 학계에서 최초로 5·4신문학의 현주소를 비교적 포괄적으로 소개한 평론문으로서, 후스를 비롯한 당시의 많은 중국 작가들을 소개했으며, 소설·연극·백화시의 창작에 대해서도 언급했다. 그러나 꼼꼼히 대조해 보면 이 글은 양건식 본인의 원작이 아니라 일본 학자 아오키 마사루靑木正兒가 일본 저널 『지나학支那學』에 발표한 「후스를 중심으로 한 문학 혁명胡適を中心に渦いてゐる文學革命」을 번역한 것임을 알 수 있다. 아오키 마사루의 이 글은 『아사히신문』의 단편 기사 외에 세계 최초로 5·4문학혁명을 상세히 소개하고 분석한 글이다.

「후스 씨를 중심으로 한 중국의 문학혁명」이라는 글에서 양건식은 「문학개량추의」와 5·4신문화운동을 한국 학계에 소개했다. 일본 학자의 글을 옮긴 것이지만 양건식의 개인적 견해와 분석도 담겨 있다. 양건식은 이 글의 서문에서 중국 문단의 혁신적 분위기를 소개하며 문학혁명을 백화문학의 고취로 귀결시킨 데 이어 후스가 『신청년』에 발표한 「문학개량추의」를 언급하며 '문학운동의 서막'이라고 높이 평가한 뒤 후스 본인에 대한 간략한 소개와 함께 후스의 '문학개혁의 8원칙'에 대해 상세히 설명했다. 아울러 「문학개량추의」의 창작 배경, 『신청년』의 유래, 천두슈의 「문학혁명론」 등도 언급했다. 양건식은 후스와 천두슈의 사상이나 이론이 상호 보완적이며 5·4신문화혁명의 내재적 추진력이 된다고 보았다. 이어 후스의 『상시집嘗試集』, 푸쓰녠傅斯年의 「문언합일 초의文言合一草議」, 후스의 「건설적 문학혁명론」 등도 소개했고, 마지막으로 루쉰의 「광인일기」를 거론하고 높이 평가하면서 루쉰의 신작에 대한 기대감을 드러냈다.

1921년 양건식은 후스와 가오이한高一涵이 『개벽』에 격려의 글을 써준 것에 대해 사의를 표하기 위해 후스에게 편지를 보낸 적이 있다.[6] 그리고 후스에

---

5   張乃禹, 「朝鮮半島的五四新文學譯介－以梁建植的翻譯硏究爲例」, 『中國社會科學報』, 2019(4), 8면.

대한 흠모의 감정을 표하면서 후스에 대한 아오키 마사루의 평론을 번역하려는 생각을 제시했고, 후스에게 "저희 조선 청년을 깨우쳐 줄 수 있는 고견을 可以警醒我朝鮮靑年之高論" 제출해 달라고 하며 후스의 사진을 요청했다. 양건식이 "각하의 명성을 오랫동안 경모했다景仰閣下之大名久矣"며 후스를 "중국 문단의 권위中國文壇之權威"라고 극찬한 것을 보면 그는 이미 후스를 "동양을 위해 문단에 횃불을 들어 올리는 위업爲東洋擧炬火於文壇之偉業"을 달성한 동아시아의 정신적 상징으로 삼았다.

아오키 마사루는 「胡適を中心に渦いてある文學革命」에서 후스의 시집인 『상시집』도 언급했고, 『지나학』의 '신간 소개'란에서도 후스가 서문을 쓴 『신식 표점 수호전』을 소개한 바 있다. 따라서 아오키 마사루 관련 평론문의 중역과 일본 학계와의 밀접한 관계를 감안할 때 양건식은 후스에게 보낸 편지에서 언급한 『상시집』과 『신식 표점 수호전』도 일본을 통해 관련 정보를 얻었음을 알 수 있다.[7]

그리고 1922년 양건식이 『동아일보』에 연재한 「중국의 사상혁명과 문학혁명」은 『일본 및 일본인』에 실린 동명의 글을 중역한 것이다. 같은 해 발표된

---

6 서신의 원문은 다음과 같다. "敬啟者, 恭惟歲新! 起居安適, 春祺懋介, 至以爲頌. 曩日爲雜誌 『開闢』, 閣下贈大筆褒揚, 並得高一涵先生貴重懇辭, 不但『開闢』社之光榮, 生亦與有光焉. 生乃 最先得紹介閣下於朝鮮之榮之一人之故也. 生於『開闢』社實無關系, 不過一投稿家者也. 景仰 閣下之大名久矣, 而知閣下現今以中國文壇之權威, 起文學之革命, 與今日中國文學新生命也. 竊欲一次奉呈書翰, 祝閣下爲東洋擧炬火於文壇之偉業, 而並爲朝鮮靑年欲紹介閣下之偉跡. 生殆寡聞, 只以報上得見的片鱗, 其於紹介閣下之業績恐有疏漏, 至於今日不敢執筆. 適得日本 人靑木正兒氏對閣下論文, 雖未免疏略, 若幹訂正譯述, 且於二三個月揭載『開闢』誌上以紹介閣 下也. 未知閣下之或讀過此也, 恐多有乖誤, 幸望寬恕. 生原來硏究中國文學, 而尤以戲曲小說 爲主者也, 從此幸望閣下之指導也. 顧今日之勢, 中國與朝鮮先爲革命文學, 然後乃可也. 幸望 閣下將可以警醒我朝鮮靑年之高論, 和閣下肖像一枚送附, 爲揭載此於『開闢』誌上, 欲以勸獎我 景仰閣下之朝鮮靑年也. 惟願閣下爲中國文學, 爲東洋文學自愛焉. 對高先生致『開闢』社感謝 之意, 竊望之. 恭候! 道安惟希, 朗照! 再, 閣下曾前有所著之『嘗試集』及作序說之新式標點『水 滸傳』, 生必欲一次拜讀, 幸望知照其發行之書鋪及其所在地名, 若何之? 一千九百二十一年一 月十七日, 朝鮮梁建植頓首."

7 董晨, 「朝鮮半島近代文化轉型中的中國文學硏究－以梁建植中國古代小說戲曲硏究爲中心」, 『文學遺産』, 2016(6), 168면.

『인형의 집』도 일본어 번역본 2종과 영문 번역본 1종을 참고했다. 사실 양건식이 일본의 중국문학 연구 성과를 중역한 것은 1917년으로 거슬러 올라갈 수 있다. 그의 「소설『서유기』에 대하여」는 사사가와 린푸笹川臨風와 구보 덴지久保得二의 『지나문학사支那文學史』를 참고했다. 1918년에 발표한 「『홍루몽』에 대하여」는 1916년 일본 문교사에서 간행한 『홍루몽』을 참조한 흔적이 뚜렷하다. 그래서 "적어도 1920년대 초반까지만 해도 양건식의 중국 신문화운동과 후스 및 고대소설 연구 동향은 일본 학계를 통해 파악됐다"[8]고 할 수 있다.

이로 보아 양건식은 후스와 서신 교환 등 직접적인 교류가 있었지만 5·4 신문학혁명에 대한 소개와 문학 작품의 번역은 대부분 일본 관련 성과를 중역한 것으로 보인다. 이는 한반도가 전통적인 조공 체계에서 벗어나 일본 식민지로 전락하는 급속한 전환에서 겪었던 문화적 진통을 반영하는 한편 한국의 지식인들이 우회적으로라도 5·4신문학운동에 관심을 갖고 시대적 귀감으로 삼아야 한다는 문화적 심리가 내포되어 있다고 할 수 있다. 그리고 그 내면에는 표층적 영향 관계를 뛰어넘는 강한 연대 의식이 깊이 스며 있다.

한편 양건식과 같은 부류의 한국의 지식인들은 중국 신문학이 내세운 '반전통'의 슬로건과 현대성 추구의 시대적 과제에 직면하는 동시에 일본의 현대적 학문과 접촉하는 상황에서 비교적 심각한 내적 갈등을 겪을 수밖에 없었다. 왜냐하면 그들은 연대 심리를 바탕으로 5·4신문학운동에 공감을 나타내면서도 일본의 문화적 헤게모니의 그늘에서 완전히 자유로울 수 없었기 때문이다. 일본 현대 문명을 어쩔 수 없이 따르면서도, 문화적 유전으로서 자신들의 유학적 소양에서 비롯한 중국 신문학에 대한 관심을 배제하지 못했던 것이다.

양건식이 정통 문학으로 간주하지 않는 통속소설과 희곡에 대한 연구에 전념했던 것은 서구 문학관과 일본 학문의 영향을 받은 것은 사실이다. 하지만 양건식 본인의 한문 소양과 학문적 취향에 연유된다는 점 또한 부인할 수 없

---

8   위의 글, 168면.

다. 한중 양국의 역사 문화적 연원과 근대계몽기 이후에도 끊이지 않는 교류 등의 요소 외에 양건식의 교육 배경_{한문 교육}, 생활 경력_{불교 거사의 신분}과 문학적 취향_{통속문학 선호} 또한 그의 중국에 대한 연대 의식을 지속시키는 연결 고리가 된다. 양건식은 서양과 일본으로부터 받은 영향과 중국에 대한 연대 의식 간의 갈등을 겪으면서도 중국 고전문학과 신문학을 넘나들며 중국문학을 바라보는 시선을 근대적으로 전환시켰다. 그의 시선으로 말미암아 식민지라는 역사적 한계를 넘어 한국에서 번역과 학문 연구의 대상으로서의 5·4신문학이 정식으로 성립되기에 이른다.

3. '5·4중국'에 대한 주체적 인식

1919년 3월 1일 한국에서는 일본의 강제적인 식민지 정책에 항거하고 국가 독립을 쟁취하고자 하는 3·1운동이 일어났고, 같은 해 5월 4일 중국에서는 5·4운동이 일어났다. 3·1운동과 5·4운동은 어느 정도 내재적 동질성을 가지고 있다. 두 운동은 민족의 독립과 해방을 목적으로 한 사회 운동의 형태로서 반제국주의와 반식민지의 정치적 요구를 표출하여 제1차 세계대전 이후 국제 질서의 새로운 재구성에 동참하고자 한 것이다. 그리고 "먼저 일어난 3·1운동은 후발의 5·4운동에 어느 정도 영향을 미쳤다"고 평가된다.[9] 그렇다면 3·1운동 이후 중국에 대한 한국의 인식은 어떻게 달라졌을까? 서양과 일본의 식민 담론에서 벗어나는 것이 불가피한 상황에서 5·4신문화운동과 신문학혁명에 대한 인식과 평가에서 자국의 입장에 바탕을 둔 주체적 인식을 드러낼 수 있을까?

이동곡은 1922년 10월 '북여동곡_{北旅東谷}'이라는 필명으로『개벽』에「조선 대

---

9   韓琛,「朝鮮鏡鑑與五四中國－現代東亞視角中的「牧羊哀話」」,『中國現代文學研究叢刊』,
       2019(7), 30~44면.

중국의 금후 관계관朝鮮對中國之今後關係觀」이라는 글을 발표했다. 이 글에서 이동곡은 "중국의 문제는 사소些少가 아니요 중대이며 국부적이 아니요 세계적이었다. 다시 말하면 세계적 중심 문제"라고 강조했다.[10] 이동곡은 중국 문제를 전통적인 시각이 아니라 세계의 시각에서 객관적으로 들여다보고 '세계의 중심 문제'로 격상시켜야 된다고 주장한다. 이에 따라 이동곡은 이 글에서 먼저 방관자의 시각으로 중국의 민족관, 정치관, 문화관을 고찰한 뒤 중국의 장래를 예측하면서 차이위안페이蔡元培의 민주 운동 이론과 천두슈의 사회주의 운동 사상을 소개하고 중국의 신문화 건설이 반드시 성공할 것이라고 단언했다.

조선 대 중국의 관계는 과거에는 더 말할 것 없거니와 현재와 장래에 누구보다도 무엇보다도 가장 긴절한 관련이 되어 있음은 누구나 부인치 못할 바이다. 그런데 중국에 대한 우리 조선인의 진정한 비판이 있어 왔는가. 이상 서언叙言에 약급略及한 바와 여如히 순연한 무조건의 선모羨慕와 망숭妄崇이 있었으며, 최근에는 과거의 관계로 인한 일종의 분개하에 반대하였으며 비난하였다. 그러나 절실한 견지하에서 조선 대 중국의 문제를 과현過現 급及 장래를 물론하고 일시적 신문 잡지에서나마 비판하여 보았으며 발의發議하여 보았는가. 참으로 우리의 너무나 무의식함을 감愍치 않을 수 없다.[11]

당시 중국에 대한 한국의 인식은 전통적인 '사대주의'의 시각도 배척하고, '동아시아의 병자'식 모욕적 중국관에도 동조하지 않았으며, 일제강점기 한국 지식인들이 고수하던 '제국의 시선'도 버리고 세계사적 시각에서 주체적 인식의 전환을 이룩하였다. 이동곡은 중국 문제를 무시하는 여론 방향을 비판하면서 "탈식민과 근대 지향이라는 세계사적 관점에서 중국의 민족, 정치, 문화를 바라보고 있다."[12]

---

10   북여동곡, 「朝鮮對中國之今後關係觀」, 『개벽』 28, 개벽사, 1922.10, 46·60면.
11   위의 글.

한국 지식인들은 동서양 문화를 대하는 5·4신문학가의 태도를 인식하고 이를 자국의 신문화운동에 적용하려 했다. 1922년 11월 『개벽』에 발표된 「동서의 문화를 비판하여 우리의 문화운동을 논함」에서 이동곡은 3·1운동 이후 일어난 신문화운동을 통해 민족의 개조와 국가의 독립을 심층적으로 추진하자고 호소했다. 그는 민족의 변혁은 문화의 건설을 의미하고 문화의 건설은 민족의 부흥을 의미하므로 중국의 경험을 참고하여 새로운 문화운동을 전개하는 것은 전 민족의 공통된 요구라고 지적했다.

이동곡은 영국, 중국, 일본 학자들의 동서양 차이에 관한 이론을 인용하고 비교함으로써 정신생활, 물질생활, 사회생활 등 측면에서 신문화운동의 근본적 태도와 방향을 제시했다. 그중에 『신청년』에 발표된 천두슈의 「동서 민족의 근본 사상의 차이東西民族根本思想之差異」를 언급하며 그 요점을 간추려 서술했다. 이와 함께 『언치 계간言治季刊』에 발표된 리다자오李大釗의 「동서 문명의 근본적 차이東西文明根本之異點」를 소개하면서 동서양 문화의 8가지 다른 점을 피력했다. 이로써 보자면 한국 지식인들이 5·4신문화운동을 주목할 때 먼저 신문화를 받아들이는 정신과 태도의 차원에서 천두슈와 리다자오의 동서양 차이에 관한 이론에 주의를 기울이고 이를 바탕으로 한국 신문화운동의 발전 방향과 추진 방안을 고민했음을 알 수 있다.

문화운동이라 함은 동양 문화를 익진益進하자 함인가 서양 문화를 수입하자 함인가. 또는 양 문화를 초월한 독창의 문화를 신건新建하자 함인가. 차此를 이상의 양 문화 대조 비판에 의하여 제1절 중 재거再擧한 양 문화의 문안問案에 그 답안答案만 구求케 되면 이상 삼문三問 중에서 한 태도를 취取케 될지라. 차에 그 단안을 내리려 하면

　1. 동양 문화는 서양 문화와 근본의 정신과 원출源出의 점이 정반대되어 있으므로 동일하다 할 수 없으며 또는 조화키 불능함.

12　이시활, 「일제강점기 한국 작가들의 중국 현대문학 바라보기와 수용 양상─양건식, 이동곡, 양명을 중심으로」, 『중국학』 33, 대한중국학회, 2009, 440면.

2. 동양 문화는 문화의 의식에서 가치를 인認할 수 없은즉 서양 문화와 비교할 수 없음.

3. 동양 문화는 인간을 본위로 아니 하였은즉 현대의 생활에 부적不適함.

4. 동양 문화는 인간의 생활에 부적한즉 현대에 자연히 상용相容치 못할 바이다. 그러면 우리 조선인은 문화운동을 하려 하는 동시에 동양 문화는 근본으로 부인 우又는 포기하고 서양 문화를 전반으로 승수承受할 것.[13]

"동양문화는 근본으로 부인 우又는 포기하고 서양 문화를 전반으로 승수承受할 것"이라는 관점은 전통문화를 비판하고 서양 문화를 흡수하는 5·4신문화운동의 사고방식과 궤를 같이한다고 할 수 있다. 이동곡은 천두슈의 「동서 민족의 근본 사상의 차이」와 리다자오의 「동서 문명의 근본적 차이」를 읽은 뒤 그들의 동서 문명관을 받아들여 어떻게 하면 자국의 신문화운동에 창조적으로 변용할 것인가에 논의의 초점을 맞추고자 한다. 한국 지식인들은 중국이 동양 문화의 모태이며, 중국의 신문화운동은 서구 민주주의와 과학을 수용하고 전통사상을 배척하는 토대 위에서 진행되고 있다고 생각했다. 따라서 5·4 중국의 '신新'과 '구舊'를 재인식해야 하며, 동양 문화의 부흥이나 동서양 문화의 융합이라는 이론적 주장을 비판했다. 이동곡은 「동서의 문화를 비판하여 우리의 문화운동을 논함」 끝부분에서 량치차오의 『구유심영록歐遊心影錄』을 예로 들어 서구 문화의 쇠락을 설파하고 동양 문화의 우위를 강조하는 관점은 일부 학자들의 감정적인 생각일 뿐이라고 지적했다.[14]

실제로 5·4신문화운동의 영향을 받아서 서구 문화를 전면적으로 수용하자는 신문화운동 방안을 제시한 학자는 이동곡뿐 아니라 이돈화와 김기전 역

---

13 북여동곡, 「동서의 문화를 비판하여 우리의 문화운동을 논함」, 『개벽』 29, 개벽사, 1922.11, 81~94면.

14 "중국 학자 간에도 양계초 씨는 자저(自著) 『구유심영록(歐遊心影錄)』의 중에 서양 문명의 파산을 선언하여 동양 문명의 이처(利處)를 논하였나. 그러면 자(此)기 금후 세계 문화운동의 한 추세가 아니 될는지 모르겠다. 그러나 차는 학자의 한 객기에 불과한 것이요." 위의 글, 94면.

시 일제 치하 한반도의 사회 현실에 착안하여 서구 문화 수용론을 제출하고 '5·4 중국'의 주체적 인식을 통해서 자국 문화운동의 방안을 구축하려 했다. 그 후 이동곡은 김기전의 부탁을 받고 1922년 12월 『개벽』 「현 중국의 구사상, 구문예의 개혁으로부터 신동양 문화의 수립에 타산의 석石으로 현 중국의 신문학 건설 운동을 이야기함」을 발표하여 구사상, 구문예를 개혁하는 5·4 신문화운동을 창조적으로 변용하자고 했다.

이동곡의 이 글은 한국의 입장에서 처음으로 5·4신문학운동의 전반적인 발전 상황을 요약한 것으로, 한국의 신문학운동을 자극하기 위해서 중국을 타산지석으로 삼자고 했다. 이 글에서 이동곡은 중국이 서양 문화를 받아들인 지 300여 년이나 지났지만 중국 문화의 강한 포용성으로 인해 중국이 받아들인 서양 문화는 중국화를 거쳐 변형된 것이라고 주장했다. 이에 따라 양무운동은 민주와 과학적 정신을 비롯한 서구문화를 받아들이지 않기 때문에 드디어 패배의 운명을 맞이하게 되었다. 신해혁명 이후 중국 지식인들은 모든 개조는 정치의 변화뿐 아니라 민중과 사회의 개조, 즉 새로운 사상의 개혁과 새로운 문화의 건설에 있다고 뼈저리게 깨달았다.

『신청년』 잡지가 창간된 지 3년이 지나서야 중국 사회에 민중운동이 일어나 5·4신사상의 주역이 됐다. 이동곡은 중국 신구사상의 충돌 과정을 거쳐 신문학의 정립이 이루어졌다고 보고, 나아가 린수林紓와 차이위안페이의 신구사상 논쟁을 상세히 소개하면서 이런 논쟁과 변론을 거쳐 후스가 발표한 「문학개량추의」를 "파천황의 대논문"[15]이라고 높이 평가했다. 그리고 천두슈의 「문학혁명론」과 후스의 「건설적 문학혁명론」의 발표는 신문학운동의 이론적 초석이 되었고, 저우쭤런周作人의 「사람의 문학人的文學」의 등장은 신문학 건설의 의의를 충분히 보여주었다. 이어 이동곡은 「문학개량추의」, 「문학혁명론」과 「사람의 문학」을 상세히 설명했는데, 특히 「문학개량추의」를 언급했을 때

---

15 북여동곡, 「현 중국의 구사상, 구문예의 개혁으로부터 신동양 문화의 수립에 타산의 석(石)으로 현 중국의 신문학 건설 운동을 이야기함」, 『개벽』 30, 개벽사, 1922.12, 23~33면.

"후 씨胡氏의 주장이 중국문학 급及 사조에만 병폐가 되어 있을 뿐만이 아니라 소위 한문학의 순연한 정복을 받은 우리 조선문학의 개량에도 동일한 책략이 안 될는지?"[16]라며 반성했다. 이동곡은 한문학으로 대표되는 중국 전통문학의 영향에서 벗어나 5·4신문화운동의 경험을 수용하고 자국의 신문학혁명의 실천에 어떻게 활용할 수 있을지에 대한 한국의 현실적 맥락에 착안한 문화적 고민을 제시한 것이 분명하다.

한국은 3·1운동 이후 5·4신문화운동의 현대적 가치와 정신에 지속적인 관심을 기울였다. 중국에 대한 주체적 인식을 전제로 천두슈와 후스 등 중국 신문학 대표 인물들의 사상을 이론적으로 분석하여 한국 버전의 신문학혁명의 실천에 적극 나서게 된다. 한국 신문학혁명가들의 눈에 비친 5·4신문화운동은 단순한 문화적 차원의 운동이 아니라 낡은 것을 타파하고 새로운 것을 세우는 현대적 정치 사회 운동, 사상 변혁 운동과 문학혁명 운동이었다.

적지 않은 한국의 지식인들은 "서양 → 일본 → 한국"이나 "일본 → 한국"의 수용 패턴에 얽매이지 않고 "서양 → 중국 → 한국" 또는 "중국 → 한국"이라는 직접적인 영향 경로로 관심을 돌리고 있었다. 주지하듯이 근대 동아시아에서 문화적 지형의 재편에 따라 일본이 동아시아의 선두 주자가 된 데 반해 중국은 서양 열강들에 의해 반식민지로 전락한다. 이후 일본에 비해 중국은 특히 문화 전파의 측면에서 한국에 대한 기존의 영향력을 상당 부분 상실하게 되었는데, 서양 문물의 매개체적 역할에서도 그것은 마찬가지였다. 당시 한국은 거의 일방적으로 일본을 경유한 서양 문명을 받아들이기 시작했다.

그러나 "서양 → 중국 → 한국" 또는 "중국 → 한국"이라는 직접적인 영향 경로 역시 비록 상대적으로는 미미했지만, 기본적으로 한반도에 대한 중화 전통문화의 관성적 영향력에 토대를 두고서 그 명맥을 유지하고 있었다. 그런 상황에서 양건식, 이동곡, 정내동 등으로 대표되는 당시의 지식인들은 중

---

16 위의 글.

국과의 전통적인 연대 의식을 바탕으로 중국 신문학에 대한 관심을 표방하게 되고, 거기서 나아가 중국을 경유한 보다 직접적인 서양 문화 전달의 경로를 더욱 중시하게 되었다. 이에 따라 서양과 일본의 식민 담론을 어느 정도 배격하고 주체적인 중국 인식이 이루어지는 토대 위에서 한국 지식인들은 일제강점기 사회 현실 갈등의 극복에 착안하고 탈식민 투쟁과 근대성 추구라는 이중 목표에 직면하여 세계사적 시각에서 중국을 재조명함으로써 중국의 경험으로 자국의 사상운동과 문학혁명을 이끄는 목적을 달성하려고 애썼다.

4. '동시대적 호흡'과 중국 신문학의 이중 자극

신문학이 나타난 사회 문화적 맥락에서 보면 한국과 중국은 공통되게 외세의 식민 침탈에 직면하여 식민지 담론 체계 속에 놓여 있었다는 것을 상기할 수 있다. 따라서 문화적 심리를 따져 보면 역사적으로 오랫동안 존속되어 온 긴밀한 문화 교류 관계를 의식하여 한국 지식인과 문인들은 중국이 처한 반봉건 반식민지 상태에 공감하고, 그로 인해 '연대 의식'이 자연히 생겨나게 되었다. 결과적으로 5·4신문학은 그들의 높은 관심과 사상적 공감을 불러일으킨다. 이러한 사상적 공감을 바탕으로 한국 지식인들은 중국 5·4신문학가들과 동시대적 호흡을 통해서 '문학혁명 사상의 흡수'와 '문학 작품 창작의 실천'이라는 두 가지 측면에서 중국 신문학의 자극을 받았다.

양건식[17]과 달리 정내동은 8년간 중국에서 유학하며 1920년대 중국 문학

---

17 기존의 양건식의 중국 유학설에 대하여 이미 이시활(2009), 董晨(2011), 박진영(2014), 송인재(2015) 등 여러 연구자가 반론을 제기하고 있다. 그가 일본에서 유학한 경력이 있는지 여부는 현재의 자료로서는 확인할 수 없다. 다만 1927년 1월에 발표한 「출발」 가운데 "나는 홀연 지난날 일본에 유학하던 일을 생각하였다"는 대목에서 어렴풋이 짐작할 수 있는 것 같지만, 그 자료 이외에 양건식의 일본 유학설에 대해 아무런 언급도 없는 것으로 보아 설사 일본에 유학을 간 적이 있어도 정규 학교에 다니지 않았거나 적어도 정식으로 졸업하지 못한 것 같다고 조심스럽게 추측할 수 있다. 왕염려, 「백화 양건식의 중국 현대문학 번역 수용에

혁명의 현장을 직접 체험했다. 베이징에서 유학하는 동안 정내동은 후스, 저우쮜런 등과 직접 교류했고 루쉰과 빙신冰心의 강연을 수차례 들었다. "중국 신문학에 관여한 문인의 수는 거의 백으로서 헤이게 되는 중 필자가 일견이라도 한 사람은 이십 좌우에 불과하고 또 그중에서 소개할 만한 필요를 느끼고 일반에 알려져 잇는 문인은 십여 인에 불과하다."[18] 그래서 그는 「중국 문인 인상기」에서 유학했을 때 직접 대화하거나 강연을 통해 접촉한 루쉰, 후스, 저우쮜런, 빙신, 정전둬鄭振鐸, 류반눙劉半農 등 6인을 한국에 소개했다.

정내동이 5·4신문학의 현장에서 느낀 '연대 의식'은 누구보다도 더 강렬했다고 할 수 있다. 그는 "일반으로 외국문학을 수입하는 데는 그 태도가 동일할 것이나 조선에서 중국문학을 수입하는 데는 그 역사가 길고 중국의 정세가 조선과 비슷한 점이 많은 만큼 여러 가지 주의할 점이 많을 것"[19]이라고 지적하면서 한중 교류의 역사가 길고 양국 정세도 비슷해서 중국문학을 연구하고 수용할 때 각별히 주의해야 한다는 것을 강조했다. 그리고 "새로운 입장에서 과학적 방법으로 과거의 태도는 다르게 중국 신구문학을 수입할 필요가 있다"[20]고 말하는 것에서 보면 5·4신문학을 수용하는 데 대한 뚜렷한 자각 의식을 가지고 있다는 것을 확인할 수 있다. 정내동은 '살아 있는 문학活文學'과 '죽은 문학死文學'을 이원적으로 대립시킨 5·4신문학 이론에 찬사를 보내며 고전문학은 죽은 문학이라서 배척해야 하며 민간에서 생겨나고 발전하는 문학이야말로 강한 생명력을 지닌 진정한 문학이라고 주장했다. 이로 보아 당시 한국 학계에는 연대 의식을 바탕으로 5·4신문학에 관심을 갖고 수용하고자 하는 공감대가 이미 형성되어 있었음을 알 수 있다.

대한 재고찰」, 『한국학연구』 52, 인하대 한국학연구소, 2019, 9~41면.

18 정내동, 「중국 문인 인상기」, 『동아일보』, 1935.5.1, 3면.

19 정내동, 「문단 숙청과 외국문학 수입의 필요4」, 『동아일보』, 1935.8.7, 3면.

20 위의 글.

필자가 중국에 유학한 것은 우리나라 삼일운동 후요 중국의 오사운동 후이다. 따라서 우리나라에서는 어문일치의 운동이 상당한 성과를 거두고 있었으며, 중국에서는 오사운동에서 문학혁명으로 방향을 돌려서 백화문운동으로 발전하던 시기이었다. 따라서 우리나라 신문학의 발전과 중국의 백화문학의 진도는 비슷한 점이 많다. 그런 만큼 피차의 관심은 컸으며, 필자의 중국문학 소개문 같은 것도 우리나라 지紙·지誌에서는 우대해 주었었다.[21]

여기서 주목할 만한 것은 정내동이 한국과 중국의 공통점은 정치 정세와 사회 현실뿐 아니라 언문일치, 백화문운동 등 문학 분야에도 있다고 보았다는 것이다. 이는 5·4신문학운동에 대한 한국 지식인들의 관심이 문학 관념에 그치지 않고 문학 형식의 변화에도 관여하고 있음을 보여준다. "필자의 중국문학 소개문 같은 것도 우리나라 지紙·지誌에서는 우대해 주었었다"는 것은 1920년대 초 『개벽』이 5·4신문화운동에 관심을 보인 이후 한국에서 중국에 대한 관심이 끊이지 않고 있다는 사실을 보여준다.

정내동의 5·4신문학에 관한 논술에서 후스와 루쉰은 핵심 인물로 등장했다. 그는 중국 문단을 요약한 글에서 중국의 '문예 부흥'으로 불리는 문학혁명의 제기 배경을 정확히 밝히고 후스와 천두슈를 문학혁명의 제창자로, 루쉰을 문학혁명의 실천자로 꼽았다. 정내동은 루쉰이 "문학 작품 특히 단편소설을 능란한 백화로 쓰고 그 소설의 내용이나 형식에 조금도 중국 구사상을 찬미한다든지 혹은 구소설의 형식을 습용襲用한다든지 한 것이 없이 처음으로 새 형식과 새 내용과 새 체재를 창용創用한 사람"이라고 하면서[22] "과거 십수 년간 중국 문단에서 독보하다시피 한" 사람이라고 극찬했다. 그리고 "이러한 의미에서 노신을 중국 문학혁명의 실행자라고 부르고 싶다"고 덧붙였다.[23] 그

21 정내동, 『정내동 전집』 1, 금강출판사, 1971, 1면.
22 정내동, 「중국 단편소설가 노신과 그의 작품1」, 『조선일보』, 1931.1.4, 7면.
23 위의 글.

가 5·4신문학에 관심을 갖게 된 것은 오랜 기간의 중국 유학과 중국 문단 동향에 대한 직접적인 체험으로 귀결할 수 있지만, 한편으로는 한국과 중국의 역사적 연원을 고찰하면서 생겨난 '연대 의식'과도 밀접한 관련이 있다. 그의 궁극적 목적은 5·4신문화운동과 신문학혁명의 경험을 한국 신문학 발전에 접목하는 데 있었다.

연대 의식에 의해 한국 지식인들은 문학혁명 사상과 문학 창작 실천의 이중적 차원에서 후스와 루쉰을 중요한 귀감의 대상으로 삼았다. 앞서 언급한 바와 같이 후스의 「문학개량추의」, 「건설적 문학혁명론」, 「오십 년래 중국문학」, 「담신시談新詩」 등 문학 이론 저술은 전부 한국에 번역·소개되었다. 한국 지식인들이 집중적으로 고민했던 것은 후스의 문학 사상과 그 문학혁명의 경험을 어떻게 자국의 신문학혁명에 적용하느냐에 있다. 이은상은 『조선일보』에 「중국문학 범론汎論」이라는 글을 발표하며 후스가 신문학운동을 추구한 공적을 높이 평가했다. 정내동은 「중국 현대 문단 개관」에서 후스를 이탈리아의 단테, 독일의 마르틴 루터, 영국의 제프리 초서와 견주어 오랫동안 이어져 온 '죽은 문학'을 배척하고 '자연스럽고 자유로운' 새 언어 도구를 발견한 문학적 업적을 극찬했다.

또 후스가 제시한 '국어의 문학·문학의 국어' 사상은 이윤재, 이태준, 김기림 등의 언문일치 운동에 중요한 참고가 되었다. 이윤재는 민족주의적 입장에서 후스의 국어문학론에서 이론적 근거를 찾아 한국 버전의 언문일치 운동을 전개했다. 그는 '문학'을 한문의 속박에서 해방시키고, 중국의 백화문운동을 '타산지석'으로 삼아 중국 백화문의 역사 형태와 유사한 한글 문학을 창조해야 한다고 주장했다. 김태준도 후스의 『백화문학사』의 서사 패턴에서 영감을 얻어 그의 『조선 한문학사』는 서사의 공간적 지향성에 있어서 후스의 진화론적 문학사관의 흔적이 엿보인다. 김태준은 민간문학과 속문학을 중요시하는 후스의 서사적敍史的 시각을 의식해서 속문학을 중시하는 입장에서 조선 한문학사를 편찬하게 되었다.

아울러 3·1운동 후 베이징대학에서 유학했던 경험을 가진 사회주의 운동가인 양명梁明은 후스의 신문학혁명 이론을 한국의 현실에 융합시켜 새롭게 재창조했다. 그는 「신문학 건설과 한글 정리」라는 글에서 "현금 중국의 신문학 비평가로 유명한 호적 군은 그의 「건설적 문학혁명론」에서 '고금 중국의 문학 중 조금이라도 가치 있고 조금이라도 생명 있는 문학은 모두 백화거나 또는 백화에 가까운 것이다. 그 밖은 모두 생기 없는 고동古董이니 박물원의 진열품에 지나지 못한다'고 단언하였다"[24]고 후스의 말을 직접 인용해서 "어느 민족 어느 시대를 물론하고 그네들 일용의 언어와 도무지 부합되지 않는 죽은 문자로 생명 있는 문학, 가치 있는 저작은 산출하지 못하였다"기에 "우리 현재의 언어를 표준하여 완전한 국어문活문자을 건설하여야겠다"[25]는 주장을 내세웠다. 이어서 한국 신문학을 건설하기 위해 제출한 여섯 가지 전제 조건[26]은 후스의 「문학개량추의」에서 제기한 '팔불주의八不主義'를 참고해서 한국적인 논의로 변용시켰다. 그리고 '신문학과 구문학'의 차이를 피력할 때 천두슈가 「문학혁명론」에서 제기한 '삼대주의三大主義'를 한국적 상황에 맞추어 패러디했다. 이처럼 양명은 후스의 「문학개량추의」, 「건설적 문학혁명론」과 천두슈의 「문학혁명론」 등의 중국 신문학 이론을 거울삼아 한국적 현실에 맞게 수용하면서 재창조했다.

루쉰 문학의 개방적이고 다의적인 성격은 서로 다른 사상 경향을 가진 한국 지식인들에게 흡수되고 참고될 수 있게 해 주었고, 또 이를 통해서 루쉰 문학만의 뛰어난 문화적 침투력이 드러날 수 있었다. "루쉰 문학의 세계적 의미는 동아시아에서 먼저 드러났다고 할 수 있는데, 여기서 루쉰은 학계의 연구 대상뿐만 아니라 사회 개조와 사상 투쟁의 실천에 직접 참여했기 때문으

---

24 양명, 「신문학 건설과 한글 정리」, 『개벽』 38, 개벽사, 1923.8.1, 7~19면.
25 위의 글.
26 "일, 현재의 우리말대로 쓸 것. 이, 한자를 제한할 것. 삼, 문법에 맞추어 쓸 것. 사, 구점(句點)과 부호를 사용할 것. 五, 글을 위하여 글을 쓰지 말 것. 육. 번역은 번역으로, 창작은 창작으로 할 것."

로 볼 수 있다."[27]

　근현대 한국에서는 세계주의 또는 무정부주의의 사상적 경향을 가진 지식인과 계급 사관을 수용한 사회주의 지식인들이 루쉰 문학을 번역·비판·수용하는 주요 단체가 되었다. 사실 무정부주의와 사회주의는 일제강점기 루쉰문학을 받아들이는 양대 사상적 계보를 이루고 있는데, 무정부주의 성향을 가진 대표 인물로는 류수인, 정내동, 김광주가 있고, 사회주의 성향의 대표주자로는 김태준, 이명선 등이 있다.

　심오하면서 입체적인 텍스트로서의 루쉰 문학은 여러 해석의 가능성을 내포하고 있다. 일제강점기 한국에 번역·소개된 루쉰 작품은 소설 8편과 시극 1편「過客」으로 집계된다. 양건식, 정내동, 신언준, 이육사 등은 한국의 정치 문화적 상황과 결합하여 루쉰과 그 작품을 다양한 각도에서 다층적으로 해석하여 루쉰의 문예 계몽 이론에 대한 사상적 연대 의식을 나타냈다. 당시 한국은 국민 계몽과 민족 독립이라는 이중적인 시대 과제를 안고 있었고, 지식인들은 루쉰 작품에 대한 해석과 비평을 통해 루쉰의 반봉건·반전통적 반항 의식과 국민성에 대한 비판 정신에 동시대적 공감을 느꼈다.

　총괄적인 측면에서 여기서 눈여겨볼 수 있는 점은 먼저 한국에서의 국민성 비판에 루쉰과 동일한 궤적을 그리는 문학 정신이 숨어 있다는 점이다. 식민지에 처해 있던 한국 지식인들은 루쉰이 그의 문학에서 보여준 사상적 고뇌와 항쟁 정신을 깊이 공감했고, 그중에서도 가장 유명한 문학 형상인 아큐阿Q에 대해 문학 정신적 차원의 동감을 이루었다. 1920년대 루쉰은 이미 한국에 널리 알려진 대문호가 되었고, 1930년 일본의 전면적인 중국 침탈을 전후하여 루쉰의 문학 사상은 한국의 문학 창작 실천의 중요한 본보기가 되었다.

　김사량의 「Q백작」은 「아Q정전」을 참고해 일제강점기에 직면한 문화적 곤경을 결합해 아Q의 이미지를 한국 지식인에게 이식한 것으로, 지식인을 주

27　趙京華, 「日本戰後思想史語境中的魯迅論」, 『文學評論』, 2021(1), 123면.

체로 하는 국민성 비판과 개조에 대한 저자의 의도를 보여준다. "좌익 작가 김사량은 루쉰의 영향을 받은 것이 분명하다. 1941년 발표된 단편 「천마」는 성격적 결함이 있는 문인을 그렸다. 「Q백작」은 식민지 지배하에 자기를 스스로 학대하고 '정신적 승리법'에 도취된 지식인의 이미지를 형상화했다."[28] 피해망상증을 앓고 있는 'Q백작'은 정신적 상상 공간에서 공격을 받을 때 갈등과 충돌이 반복되는 인물이다. 김사량은 타이완 작가 룽잉쭝龍瑛宗에게 쓴 편지에서 "나는 작가 루쉰을 좋아한다. 그는 위대하다. 형은 대만의 루쉰으로서 자신감을 가지십시오"[29]라고 루쉰에 대한 숭배와 루쉰으로부터 받은 영향을 토로한 적이 있다.

'아Q'가 루쉰이 신해혁명 이후 암울한 중국 현실을 직시하고 일반 대중을 위해 그린 자화상이라면 'Q백작'은 식민지 말기 존재감을 잃은 한국 문인들의 사실적인 서술이다. 김사량의 소설에 나온 현룡과 Q백작은 광인의 정신 질환 증세와 아Q의 자기기만적 성격을 동시에 띠고 있다. 그들은 스스로를 위해 '문화 정체적 상상의 공간'을 만들었다. 이 공간이 잔혹한 식민 침략으로 무너질 때 현룡의 정신 상태도 무너지고 문화적 정체성도 흐려져 산산조각이 났다.

또 이육사의 사상과 작품에도 루쉰의 철저한 자기 해부 정신을 발견할 수 있다. 이것은 당시 한중 양국이 처한 비슷한 역사 문화적 상황뿐 아니라 이육사 본인과 루쉰의 정신적 공감과도 밀접한 관련이 있다고 본다. 특히 루쉰 서거 후 이육사는 「루쉰 추도문」을 통해 루쉰의 문학 사상과 문예 계몽 이론을 깊이 천명하고, 루쉰의 투철한 자기비판과 자기 해부 정신을 직관적으로 제시하여 비슷한 문화적 처지에서 연유한 사상적 귀감을 재현했다.

「루쉰 추도문」에서 이육사는 "루쉰에 있어서는 예술은 정치의 노이가 아닐 뿐 아니라 적어도 예술이 정치의 선구자인 동시에 혼동도 분립도 아닌즉 우

---

28 朴宰雨, 『韓國魯迅硏究精选集』, 北京 : 中央編譯出版社, 2016, 36면.
29 嚴英旭, 「韓國近代作家金史良文學創作對魯迅創作的吸收借鑑」, 『중국인문과학』 54, 중국인문학회, 2013, 9~41면.

수한 작품 진보적인 작품을 산출하는 데만 문호 루쉰의 지위는 높아 갔고 아Q도 여기서 비로소 탄생하였스며 일세의 비평가들도 감히 그에게는 함부로 머리를 들지 못하였다"[30]고 루쉰에 대해 높이 평가했다. 그는 루쉰의 문학과 사상을 평론할 때, 문학혁명을 주창한 루쉰의 역사적 공적을 칭송하는 데만 중점을 두지 않고, 봉건제도에 대한 비판과 민족정신에 대한 개조 등 루쉰의 사상적 주장에 더욱 치중했다. 바로 그 부분에서 이육사는 루쉰으로부터 영향을 받고 루쉰과 문학적 공감대를 형성하게 되었던 것이다.

덧붙여 주목할 수 있는 것은 루쉰의 반항 의식의 계승과 광인이라는 문화적 형상의 한국적 재구성에 관한 것이다. 한국 프롤레타리아 작가인 한설야는 지식인 이미지의 형상화와 광인 문화 정신의 구축에 루쉰의 영향을 받았다.「루쉰과 조선문학」에서 한설야는 루쉰을 중국 현대문학사와 사상사의 '거장'이자 중국 신문학의 '기수'[31]로 극찬했다.

나 자신의 경우를 말한다면 고리키의 문학적 영향을 많이 받은 것은 물론이다. 또한 로신의 소설들에서 철학적 깊이를 발견하고 일종의 동양적인 풍격을 감촉하게 되어 감옥에서도 로신의 작품들에 나오는 인물들의 성격에 대하여 많이 생각하게 되었다. 그리하여 출옥 후에 쓴 나의 단편들인「모색」과「파도」기타에 취급된 인텔리들은 로신의 소설「광인일기」,「쿵이지」에서 적지 않은 암시를 받은 형상들이었다.[32]

한설야는 5·4신문학운동과 문학혁명에 자극을 받아 루쉰 소설에서 철학적 깊이와 동양의 품격을 읽었다고 밝혔고, 옥중에서 접한 루쉰 작품이 본인

---

30 이육사,「루쉰 추도문」,『조선일보』, 1936.10.27, 5면.
31 한설야,「로신과 조선문학—그의 서거 20주년에 제하여」,『조선문학』, 평양 : 문학예술출판사, 1956.10.
32 위의 글.

의 사상적 전환과 문학 창작에 영향을 미쳤다고 지적하면서 「모색」, 「파도」, 「이녕」 등의 작품을 내놓았을 때 루쉰의 '광인' 이미지를 참조했다는 것을 털어놓았다. 루쉰이 창작한 '광인'이 봉건적 예교 질서에 저항했다면, 한설야가 만들어낸 '광인'은 소시민의 생활고와 문화적 곤궁과 관련된 형상이다. 김사량이 조선 지식인들의 '문화적 당혹감'을 집중적으로 조명했다면 한설야는 루쉰의 '광인'을 통해 조선 지식인들의 '생존의 딜레마'를 여실히 보여줬다. 그는 루쉰 문학의 차용과 변용을 토대로 해서 현실을 관찰하고 분석함으로써 자아 성찰을 수반한 한국 지식인의 형상을 창출하였다.

일제강점기의 한국의 아나키스트와 사회주의자들은 루쉰의 작품을 해독함으로써 루쉰의 반항 의식과 국민성에 대한 비판 정신을 뚜렷하게 인식하게 되었고, 루쉰의 문예 계몽 이론에 깊은 공감을 갖게 되었다. 동시에 한국 작가들은 '광인'이라는 문화 형상을 바탕으로 식민 통치의 특수한 사회 현실과 역사 문화적 상황을 결합하여 루쉰 작품의 인물상을 한반도라는 문화 공간에 이식하여 일련의 지식인 광인 형상을 만들어냄으로써 루쉰이 내세운 광인의 문화적 형상을 한국적으로 재구성하였다.

동아시아 근대의 문화 지형의 전환과 특수한 정치 문화적 상황으로 인해 중국은 한국에서 이질적인 '타자'가 되어 버렸다. 그런데 한국 지식인들은 '연대 의식'와 '동시대적 호흡'에 대한 노력을 통해 서양과 일본의 식민 담론을 배제한 채 중국에 대한 주체적 인식을 확립하려고 노력했다. 이에 따라 일제강점기에 처한 한국은 5·4신문화운동과 신문학혁명에 대한 관심도가 점점 커졌다. 그들의 주목 대상은 5·4신문학의 주창자인 후스와 천두슈, 그리고 5·4신문학의 주요 실천자인 루쉰이었다. 이들은 각각 문학혁명 이론과 문학 창작의 실천에서 일제강점기 한국 신문학의 발전을 이중적으로 자극했다.

. 한국과 중국 근현대문학 관계는 양국의 근대적 전환을 거치며 외세의 침략을 막아 내는 과정에서 형성된 가치관과 사상, 지식과 학문의 교류다. 이 과정에서 양국

근현대문학은 '중심-변두리'의 일방적 관계에서 상호 타자화의 패러다임 전환을 경험했다. 따라서 한중 근현대문학 관계의 연구는 사례에서 전체로, 통시적 방법에서 공시적 방법으로 전환해서 한중 문학 교류의 역사적 진행 과정, 발전 법칙, 나아가 당대적 의의를 밝혀야 한다.[33]

위의 견해를 참고하면서 이 글은 '5·4신문학'을 핵심 키워드로 설정하여 일제하 한국 지식인들이 중국 5·4신문학을 어떻게 바라보고 수용했는지 밝히고자 했다. 이를 통해 한국 신문학의 외국 영향과 수용을 탐구하는 데에서 새로운 근거를 제시함과 동시에 문학에서 동아시아 삼국이 서로 연결되는 근대적 전환의 실체를 어느 정도 실필 수 있었다. 이 연구를 토대로 삼아 향후 일제강점기의 식민주의에 공동으로 저항한 경험에서 비롯된 한중 간의 인적 교류와 문학 작품의 번역과 수용, 이질성을 초월한 문학 정신의 공유 등을 핵심 내용으로 하는 보다 심층적이고 확장적인 연구를 진행하고자 한다.

---

33 崔一, 「中韓近現代文學關系研究的歷史與現狀」, 『中國現代文學研究叢刊』, 2017(12), 148면.

참고문헌

왕염려, 「백화 양건식의 중국 현대문학 번역 수용에 대한 재고찰」, 『한국학연구』 52, 인하대 한국학연구소, 2019.

이시활, 「일제강점기 한국 작가들의 중국 현대문학 바라보기와 수용 양상-양건식, 이동곡, 양명을 중심으로」, 『중국학』 33, 대한중국학회, 2009.

정내동, 『정내동 전집』 1, 금강출판사, 1971.

정문상, 「근현대 한국인의 중국 인식의 궤적」, 『한국근대문학연구』 13(1), 한국근대문학회, 2012.

董晨, 「朝鮮半島近代文化轉型中的中國文學硏究-以梁建植中國古代小說戲曲硏究爲中心」, 『文學遺産』, 2016(6).

朴宰雨, 『韓國魯迅硏究精選集』, 北京 : 中央編譯出版社, 2016.

嚴英旭, 「韓國近代作家金史良文學創作對魯迅創作的吸收借鑑」, 『중국인문과학』 54, 중국인문학회, 2013.

張乃禹, 「朝鮮半島的五四新文學譯介-以梁建植的飜譯硏究爲例」, 『中國社會科學報』, 2019(4).

張伯偉, 「朝鮮古代漢詩總說」, 『文學評論』, 1996(2).

趙京華, 「日本戰後思想史語境中的魯迅論」, 『文學評論』, 2021(1).

崔一, 「中韓近現代文學關系硏究的歷史與現狀」, 『中國現代文學硏究叢刊』, 2017(12).

韓琛, 「朝鮮鏡鑑與五四中國-現代東亞視角中的「牧羊哀話」」, 『中國現代文學硏究叢刊』, 2019(7).

크리스마스 문학의 수용사

헨리 반 다이크 『제사 박사』의
1920년 조선어 번역

김성연金成妍
연세대학교 미래캠퍼스
국어국문학과 교수

1. 고난과 구원의 성탄 서사의 등장

이 글은 "별이 빛나는 창공을 보고" 새로운 왕이 탄생한 곳을 향해 떠났지만 결국 제때 도달하지 못한, 그래서 성서에도 기록되지 못한 한 순례자의 이야기를 다룬 소설 *The Other Wise Man*[1896]의 조선어 번역본 『第四博士』[1920]에 주목한다.[1] 루카치가 파악한 중세는 "별이 빛나는 창공을 보고, 갈 수가 있고 또 가야만 하는 길의 지도를 읽을 수 있던"[2] 행복한 시대였다. 이 소설은 "세계와 자아, 천공의 불빛과 내면의 불꽃" 그 사이에 슬며시 벌어진 간극에 놓여 있다. 신탁과 같은 별의 계시를 따르는 길과 이웃을 향한 연민 사이의 딜레마 속에 번민하며 중세적인 신앙의 방식에 이별을 고하는 이 작품은 20세기 초, 3·1운동 직후 식민지 조선에 도착했다.

---

1 헨리 반 다이크, 밀의두·김동극 역, 『第四博士』, 조선예수교서회, 1920. 이하 『제사 박사』로 표기한다.
2 게오르그 루카치, 반성완 역, 『소설의 이론』, 심설당, 1998, 25면.

근대 초기 한국과 중국에서 적극적으로 번역된『제사 박사』는 번역문학사, 기독교 소설사, 문화 수용사 세 가지 차원에서 주목할 만하다. 한국 근대소설의 형성기에 번역소설, 특히 서구 기독교 번역문학이 미친 영향에 관한 연구는 주로『천로역정Pilgrim's Progress』에 집중되어 있었다.『제사 박사』는 한국 번역문학사에서 최초이자 가장 영향력 있는 기독교 번역 소설로 간주되어 온『천로역정』의 계보를 잇는 구원의 여정에 관한 서사이면서 그것을 성탄의 의미와 결합시킨 소설이다. 서구문학에서도 관련 모티브에 기반한 소설의 계보가 있으며, 이 작품들은 여러 언어로 번역되면서 상호 영향을 주었다.『제사 박사』의 동아시아 번역 역시 그러한 작품들의 유입 속에서 함께 살필 필요가 있다. 그리고『제사 박사』는 3·1운동 직후 문화통치기를 맞이하여 기독교 출판사가 비기독교인 독자까지 염두에 둔 문학 번역을 본격화하며 발간한 첫 작품이기도 하다. 무엇보다도 이 작품은 문화 수용사 차원에서 서구의 성탄절 문화가 본격적으로 유입되어 토착화되기 시작한 1920년에 번역된 새로운 성탄 서사이며, 일제강점기 민족 해방과 구원의 메시지를 품고 상연된 성탄극을 탄생시킨 문학 작품임에 주목할 필요가 있다. '죽음-고난-이웃 / 동포-구원'에 집중하는『제사 박사』서사는 '탄생-기쁨-가족-선물 / 자선'이 지배적인 정조인 크리스마스 소비문화와 담론, 문학과 결을 달리하는 메시지를 담고 있다. 서로 충돌하지만 공존했던 이 두 가지 계보의 성탄 서사는 종교와 일상의 영역에서 빚어지는 성탄의 의미의 간극의 기원이기도 하다. 일상과 제도적 차원에서 복합적으로 유입되는 문화 번역이 가장 구체화된 언어의 뼈대를 획득하게 되는 영역이 문학 번역이라면, 소위 '크리스마스 문학'의 유입은 한국 근대 '성탄 문화'의 형성에서 밝혀져야 할 대상이다.

『제사 박사』에 관한 선행 연구는 중국어 번역본의 백화문체 구현에 관한 연구,[3] 식민지 시기의 희곡과 공연에 관한 연구[4]가 있다. 이들 선행 연구는 중

3　원명영·오순방,「基督教飜譯小說『第四博士』的敘事飜譯特點研究」,『중국소설논총』48, 한국중국소설학회, 2016, 123~152면.

국을 포함한 동아시아의 지평 속에서, 그리고 문서만이 아닌 공연과 운동의 차원에서 『제사 박사』의 수용사를 살펴보아야 할 시사점을 남겨 주었다. 이러한 문제의식 속에서 이 글은 『제사 박사』라는 번역문학이 놓인 시공간적인 맥락 속에서 그 문화사적인 위치를 밝히고자 한다. 우선 '동아시아 번역 장'이라는 확장된 공간 속에서 살피기 위해 영어 원본과 함께 중국어본을 참조로 하여 조선어본의 성격을 이해한다. 근대 초기 한국과 중국은 서구 기독교 문서의 수용 시 유사한 경로와 방법을 공유하거나 영향을 주고받았기 때문이다.[5] 또한 '문화 번역'이라는 문화적 현상 속에서 '번역문학'이 차지하는 위치를 조명하고자 한다. '크리스마스 문화'[6]가 유입되고 형성되어 가는 과정에서 소위 '크리스마스 문학'은 어떠한 역할을 하였는지 파악한다. 나아가 '기독교 문서 활동'의 일환으로 이루어진 일제강점기 한글 번역 출판이 종교적 차원과 사회적 차원에서 어떤 의미를 지니고 있었는지 이해한다.

이를 위하여 본론은 네 개의 장으로 구성되어 있다. 먼저 『제사 박사』가 번역 출간된 1920년대의 크리스마스, 즉 성탄절 문화를 살핀다. 한국형 성탄절 문화의 전형성이 형성되던 당시의 풍경을 담론, 이미지, 서사로 살피고 그 속에서 제출된 『제사 박사』의 차별화된 위치를 파악한다. 다음으로 『제사 박사』와 유사한 주제와 소재에 기반한 소설, 즉 「마태복음」에서 파생된 서구 소설들이 조선어로 번역된 정황을 확인한다. 나아가 1920년대 조선어 번역본을 중국어본, 그리고 동일 번역가의 다른 문서 번역본과 대조하며 차이와 유사성을 밝힌다. 이렇게 번역 텍스트로서 살핀 이후, 『제사 박사』가 갖는 기독교 소설로서의 의미를 원작자와 선교사의 신학적 입장과 함께 검토하되 그것이

---

4 윤진현, 「제4박사의 여정과 성패의 해석－헨리 반 다이크, The Story of The Other Wise Man 의 각색 희곡을 중심으로」, 『한국극예술연구』 80, 한국극예술학회, 2023, 11~48면.

5 기독교 번역 출판에 있어 중국과 조선의 유사성에 관해서는 김성연, 「식민지 시기 지식의 형성과 기독교의 역할－동아시아 지형 속 기독교 출판사 번역문학의 유통과 중국이라는 매개항」, 『민족문학사연구』 81, 민족문학사학회, 2023, 295~333면.

6 이 글에서는 '크리스마스'와 '성탄'이라는 용어를 문맥에 따라 함께 사용하기로 한다.

원작자와 번역자의 손을 떠나 민족 해방과 투쟁의 기치와 결합되어 소비되는 지점까지 보기로 한다.

2. 1920년대 크리스마스의 표상과 담론의 형성

성탄절은 근대 초기 유입된 서구 기독교의 축일이다. 당시 언론과 출판은 성탄절의 종교적 유래에 관한 역사적 혹은 신학적 설명을 하며 독자 대중들에게 낯선 '명절'의 개념을 이해시켰다. 유입된 존재가 도착지의 풍토 속에서 그들의 언어와 실천으로 정착하는 과정은 '문화 번역'의 과정이었다. 이때 문화 번역은 대칭적인 상상력을 요구하는바, 성탄절이라는 낯선 시간의 축은 전통 절기인 음력 '동지'와 시기적으로 유사한 것, 그리고 가족과 마을 단위의 세시풍속처럼 아이와 가족과 약자가 함께하는 '명절'로 설명되었다. 이렇게 성탄절은 농경 사회의 세시풍속이 점차 사라지고 도시 사회의 도시 세속으로 변화하는 도입부를 연 상징적인 날이 되었다.[7] 가정 중심으로 성탄절을 보내던 서구 문화와 달리, 조선에서는 종교교회, 교육학교, 언론, 상업 각 분야가, 그리고 개인, 가정, 사회 단위가 모두 참여 주체가 되었다. 성탄절은 일제강점기부터 해방 후 오늘날에 이르기까지 정치적·경제적 조건에 따라 그 존재 의미와 역할이 다소 변모하며, 개인과 집단이 연말 행사로 향유하는 문화적 실천의 장으로 존재했다.[8]

그렇게 구성된 '성탄절'의 대중적 이미지는 몇 가지 인물, 사건, 배경, 그리고 의미로 이루어졌다. '아기 예수, 마리아, 동방 박사, 별, 말구유, 황금·유

---

7 성탄절을 세시풍속의 관점에서 접근한 연구는 염원희, 「크리스마스의 도입과 세시풍속화 과정에 대한 연구」, 『국학연구』 22, 한국학진흥원, 2013, 299~330면.

8 한국 사회의 정치 경제 조건에 따라 크리스마스의 의미와 소비가 다르게 작동해 온 방식에 대한 정리는 강준만, 「한국 크리스마스의 역사―'통금 해제의 감격'에서 '한국형 다원주의'로」, 『인물과 사상』 125, 인물과사상사, 2007, 156~205면.

향·몰약'이 성탄절을 설명하는 역사적 장면을 이루고, '트리, 선물, 산타클로스, 흰 눈, 연극과 합창, 예배, 자선 행사'가 축제로서의 일상의 풍경을 이룬다. 그리고 '기쁨'의 정서가 지배적인 성탄절의 정신은 '구원과 희생', '사랑과 평화'라는 종교적이면서도 보편적 가치로 호환될 수 있는 메시지로 언어화된다. 이렇게 20세기 초 문화적으로 구축된 '성탄제聖誕祭'는 제의와 축제가 합쳐진 종교적이고 세속적인 연말의 의례가 되어 오늘날에 이르고 있다.

성탄절이 언론에 소개된 것은 대한제국기였으나 문화통치기인 1920년대에 민간 언론과 출판이 확산되면서 보다 일상적 차원에서 성탄절 문화가 체감되며 빈번히 거론되기 시작했다.[9] 일간지와 잡지류 발간이 본격화되기 시작되면서 연말의 지면은 성탄절에 관한 담론이 펼쳐지는 공론장으로 활성화되었다. 성탄절을 소재, 주제, 배경으로 한 국내외 보도기사, 논설이나 설명문, 소설·시·수필 등의 문예물, 사진과 삽화 등이 다양한 형태로 게재되었고 성탄절은 종교적 의례로서뿐 아니라 교육, 예술, 소비, 사회 운동 등의 차원에서 진행되는 전방위적 문화 행사로 인식되기 시작했다.

1920년대 『동아일보』, 『조선일보』의 사회면과 문예면, 부인란에서는 매년 12월이 되면 성탄 특집을 볼 수 있었다. 연일 "메리 크리스마스"[10]나 "산타클로스"[11]를 제목으로 한 기사 아래에 산타클로스 삽화, 성탄절 트리 장식 사진, 성탄 축하 공연 예배 사진 등이 게재되었다.[12] 그 대표적인 삽화와 사진 이미지는 아래와 같다.

---

9 '크리스마스'를 근대에 구축된 담론이자 표상으로 접근한 시도로는 조익상,「크리스마스 담론과 표상 연구−근대 문자매체를 중심으로」, 연세대 석사논문, 2013.

10 「메리 크리스마스」,『조선일보』, 1924.12.19.

11 「산타클로스 영감」,『조선일보』, 1924.12.20.

12 이화여학교 트리와 선물 장식, 정동세일교회 성탄 예배 사진 등이 게재되었다.『조신일보』, 1925.12.22.

〈표 1〉 1920년대 일간지에 게재된 크리스마스 시각 이미지

〈산타클로스와 베들레헴의 별〉, 『동아일보』, 1927.12.25

〈이화여학교의 구제물〉,
『조선일보』, 1925.12.22

〈정동제일예배당 성탄축하음악예배〉,
『조선일보』, 1925.12.22

사진과 삽화 이미지를 보건대 1920년대에도 오늘날과 크게 다르지 않은 성탄절의 풍경이 시각적으로 연출되었음을 알 수 있다. 1926년 12월 25일 『동아일보』에 실린 작자 미상의 시 「크리스마스 밤」은 이러한 성탄절의 전형적인 이미지를 온전히 담고 있다.

크리스마스 밤[13]

오늘이 『크리스마스』/ 간밤부터 오는 눈 함박눈 / 눈이 쌧네 산에도 들에도 / 오 죽이나 치우셨을까요 / 산타크로스 할아버지는 / 구두 버선 속에는 / 우리들의 장난 감 / 가득히도 들었네 / 아이들의 선물일세

아무도 모르게 굴뚝으로 와 / 아무도 모르게 갔다가 주네

눈은 그치고 별은 반짝반짝 / 눈썹 같은 고운 달도 반짝반짝 / 눈 세상을 비추어 주네

온 세계가 모조리 기뻐하는 / 오늘 밤의 크리스마스

크리스마스트리도 보기 좋고 / 크리스마스 과자도 맛이 있네 / 크리스마스 메리 크리스마스

시 속의 성탄절은 함박눈이 오고 별과 달이 환하게 빛난다. 산타클로스는 굴뚝으로 들어와 양말에 선물을 놓고 가고, 아이들은 평소 볼 수 없는 아름다운 트리에 맛있는 과자를 맛볼 수 있다. 반짝이는 것, 새로운 것, 풍요로운 것, 갖고 싶은 것으로 가득한 그 풍경 속에서 절로 "메리 크리스마스"가 외쳐진다. "온 세계가 모조리 기뻐하는" "크리스마스"에 동참하는 것이다.

이렇게 '산타클로스, 트리, 선물, 장식'이 크리스마스의 분위기를 감각적으로 연출해 주는 상업적이고 일상적인 심벌이었다면, 성탄절의 유래와 본질에 관하여 설명하는 글은 성서의 예수 탄생 장면을 그린 종교화가 함께 소개되었다. 산드로 보티첼리의 〈예수 탄생도〉[14]나 이탈리아 화가의 〈동방 박사의 예배〉[15]와 같

---

13 『동아일보』, 1926.12.25.
14 〈보티첼리의 예수 탄생의 상상화〉 삽화, 『조선일보』, 1928.12.25.

〈메리 크리스마스 예수 성탄〉, 『조선일보』, 1924.12.19	〈산타클로스와 베들레헴의 별〉, 『동아일보』, 1927.12.25

〈보티첼리의 예수 탄생의 상상화〉, 『조선일보』, 1928.12.25	〈보티첼리의 마리아와 아기 예수〉, 『조선일보』, 1929.12.24

은 회화가 게재되었는데, 여기서 주인공은 전경에 있는 '아기 예수와 마리아'이고 주위에는 동방 박사와 선물, 별과 주변 인물들이 배치되어 있다.

아기 예수, 마리아, 동방 박사, 별, 그리고 탄생 선물로 이루어진 풍경은 이

---

15   〈동방 박사의 예배〉 그림의 일부, 『동아일보』, 1927.12.25.

미지만이 아니라 서사로서도 서술되었다.[16] 성탄절의 유래를 종교적 관점에서 설명할 뿐 아니라 역사적 사실을 확인하고 비신자가 가질 수 있는 의문점들에 대해 설명하는 글들이 연말 지면을 채웠다. 이때 아기 예수, 마리아를 제외한 주요 인물은 동방 박사가 있다. 별을 보고 예수 탄생을 경배하러 떠나 선물을 바친 이방인 동방 박사[17]의 행위는 구원과 희생의 상징인 예수의 탄생에 임하는 인간의 자세에 대한 본보기이기도 했다.

성탄절을 맞이하여 인류가 기려야 하는 정신적 가치들이 좀 더 강조되어 언급되기도 했다. 1차 세계대전 직후인 이 시기에는 '평화'의 정신을 극적으로 부각시키는 글이 소개되었다. 독일과 러시아 군인들이 전쟁 중 성탄절을 맞이하자 칼과 총을 놓고 그 하루를 평화로이 기린 일이 있다는 전쟁 후일담 등이 그것이다.[18] 하지만 성탄의 정신으로 전쟁 중의 '평화'보다 빈번히 언급된 것은 일상에서의 '자선'이었다. 취약 계층에 대한 기부는 사회면에서 즐겨 다루는 기사였고, 따라서 1920년대 연말 지면을 주로 달군 것은 "빈민 구제 운동"이었다. "성탄절을 기회로 걸인 구제와 기부"[19]를 하는 실천에 대한 보도가 연이었다. "성탄절을 앞두고 빈민 동정금"을 모아 "가난한 동포들 동정하고"[20] 노인을 위해 양로연을 열고,[21] 걸인과 고아를 위해 구세군과 선교사 연합으로 수용소를 설치하고[22] 주린 자에게 국밥을 주는 선행한 자들에 대한 이야기들이었다.[23]

성탄절의 사회적 의미는 '빈민 구제'라는 자선 사업에 집중되긴 했지만, 때로는 사회 체제 유지를 위한 자원의 재분배라는 온건한 수준에서가 아니라

---

16 「'크리스마스'의 내력」, 『동아일보』, 1927.12.21.
17 "동방에 박사들은 동방에 별을 보고, (…중략…) 예물을 바쳤습니다." 「메리 크리스마스」, 『조선일보』, 1931.12.25.
18 『조선일보』, 1925.12.26.
19 「성탄절을 기회로 걸인 구제와 기부」, 『동아일보』, 1924.12.30.
20 「평양 소년 척후대」, 『동아일보』, 1928.12.29.
21 「성탄 가절에 양로연 개최」, 『동아일보』, 1927.12.28.
22 「걸인 수용소 설치, 구세군과 선교사 연합으로」, 『동아일보』, 1924.12.25.
23 「주린 자에게 국밥을 쥐어 준다」, 『조선일보』, 1928.12.22.

체제 모순과 변화를 비판적으로 이야기하는 적극성을 띠기도 했다. 1928년의 한 일간지 기사는 유대 민족의 역사적 상황에 식민지 조선인으로서 감정이입하는 데에서부터 시작한다. 이 글은 예수를 "로마 병사에 유린당하는 민족 중 한 사람"으로 보고 당시의 유대 민족은 "로마를 향하여 반항 운동을 일으키려 하였으나" 결국 폭력 대항이 아닌 무저항적 대항을 시도하였다는 서술을 한다.[24] 그리고 억압받던 민족의 저항에 관하여 언급하는 데에서 멈추지 않고 더 나아간다. 예수는 "공상적 사회주의자의 선구자"라는 것이다. 당시 검열하에서는 민족적으로나 사상적으로 도발적이고 '불온한' 것으로 인식될 수 있는 해석을 담은 이 기사는 다음 성탄절에도 거의 유사한 관점을 담고 재차 게재되었다. "당시 로마에게 박해받던 유대인의 생애"는 "조선인의 가슴에도 사무"치게 하며, "십자가에 피를 흘리고 귀한 희생정신은" "세계적 종교가"인 "동시에 세계 공상적 사회주의자의 시조"라는 것이다.[25] 이렇게 성탄절을 계기로 하여 "민족적 저항"과 "계급적 평등"이라는 사회 변혁적 메시지를 전하는 기사는 "메리 크리스마스"라는 명랑한 제목하에 게재되었다.

성탄절을 계기로 하여 기독교 정신이 현대조선의 문제를 해결하는 데에 어떻게 기여할 수 있을지 모색하는 논설문도 찾아볼 수 있었다. 이러한 논설은 "기독교의 근본 정신"을 점검하는데, 그것의 본질은 "이기적 자아를 버리고 선량한 관리자로서" "인도적 용사가" 되는 데에 있다고 한다.[26] "소시민적 자기 만족의 회피의 생활"을 버리고 "구국적 정열"을 태우는 데에 비로소 기독교 정신의 "진면목"이 발휘될 것이라고 촉구한다.

논설이 성탄절을 기회로 '소시민적 자기만족에서 구국의 인도적 용사로 나아가는 것'이 진정한 기독교 정신임을 강조했다면, 소설은 소위 '크리스마스 정신'을 실현하는 구체적인 삶의 모습을 보여주었다. 대표적 소설로는 찰스

---

24 「메리 크리스마스」, 『조선일보』, 1928.12.25.
25 「메리 크리스마스」, 『조선일보』, 1930.12.25.
26 「현대 조선과 기독교」, 『조선일보』, 1931.12.25.

디킨스의 『크리스마스 캐럴』[1843]이 있는데, 이 작품은 자선으로 특징지어지는 자본주의 도시 중산 계급의 크리스마스 이데올로기를 압축적으로 담고 있다고 평가된다.[27] 이 작품은 사적 행위를 통해 자본주의의 구조적 모순을 보완하려는 자선의 이데올로기가 중산층과 빈곤층 사이의 관계를 재설정하거나 강화하는 장면을 보여주는 서사로서 분석되기도 한다.[28] 『크리스마스 캐럴』은 1926년 조선예수교서회에서 『성탄의 환희』라는 제목으로 선교사 허아각許雅各, W. Hitch에 의해 번역 출간되었는데,[29] 이타적 행위인 자선을 거부한 스크루지의 비참한 최후를 통해 그에 대한 경계를 주는 반면교사 이야기로서 수용되었다.

　일제강점기 유입된 또 다른 크리스마스 문학으로는 오 헨리의 『크리스마스 선물The Gift of the Magi』[1905]이 있다. 자신의 전 재산을 바쳐 상대방에게 가장 필요한 물건을 선물한 가난한 부부의 이야기를 담은 작품의 원제는 「동방 박사의 선물The Gift of the Magi」이다. 단편인 이 작품은 1920년대 중반 세 차례 일간지와 잡지에 번역 소개되었다.[30]

　　역자 미상, 「동방 박사의 예물」, 『우라키』 1, 북미학생총회, 1925.9.
　　윤백남 역, 「월자와 시계」The Gift of Magi, 『동아일보』, 1926.1.9~14.
　　금도순 역, 「머리빗과 시곗줄」, 『신생』 3, 신생사, 1928.12.

　이 작품은 원제가 「동방 박사의 선물」이다. 가장 소중한 이에게 가장 필요한 것이 무엇인지 고심하는 마음과 자신이 가진 모든 것을 선물하는 행위의 고결함을 부각시킨다. 하지만 '시곗줄'과 '머리빗'이라는 물질 자체가 인상적

27　John Storey, "The Invention of the English Christmas," Sheila Whiteley edt., *Christmas, Ideology and Popular Culture*, Edinburgh University Press, 2008, 17~31면.

28　문상화, 「개인적 자선과 공공 자선 ― 「크리스마스 캐럴」에 나타난 디킨스의 자선관」, 『영어영문학21』 25, 2012, 37~50면.

29　Charles Dickens, W. Hitch(許雅各) 역, 『성탄의 환희(*A Christmas Carol*)』, 조선예수교서회, 1926.

30　김병철, 『한국 근대 서양문학 이입사 연구』, 을유문화사, 1980, 432면.

으로 각인되기 쉬웠고, 그래서 번역본 제목 역시 소재를 부각시키는 방식으로 「머리빗과 시곗줄」, 「월자와 시계」로 소개되기도 했다.

그 밖에도 성탄절을 배경으로 한 소설들이 다수 번역되었다. 위다의 『플란다스의 개』, 빅토르 위고의 『레미제라블』, 헨리크 입센의 『인형의 집』 등이 그것이다.[31] 한국문학의 경우 박태원의 「성탄제」[1937], 이효석 「성수부」를 비롯하여 성탄을 배경으로 한 연재소설들도 다수 창작되었다. 이태준의 콩트 「천사의 분노」『신동아』, 1932.5는 성탄절을 맞이하여 빈민 노숙자에게 크리스마스 자선표를 발급하며 자선 운동을 하는 귀부인의 위선을 폭로하기도 한다.

이렇게 성탄절을 배경으로 한 문학은 성탄의 의미와 감각을 주조하는 서사적 구심적으로 작용했다. 크리스마스 문학 번역이 갖는 의미는 폴 리쾨르의 번역관을 통해서도 찾을 수 있다. 그에 따르면 "번역가는 폭넓은 읽기를 통해 한 문화의 정신에 깊이 침잠하면서 텍스트에서 문장으로 그리고 끝으로 단어 차원으로 내려가야 한다는 것이다. 번역가의 마지막 행위란, 다시 말해, 마지막으로 결정할 일이란 단어들 차원에서의 어휘집을 확립하는 것이다."[32] 찰스 디킨스의 『크리스마스 캐럴』과 오 헨리의 『크리스마스 선물』을 비롯한 크리스마스 문학의 번역은 이러한 점에서 주목할 필요가 있다. 두 작품은 성탄절의 사랑의 의미를 일상적 차원에서 실천하는 자의 정신적 풍요로움과 자선을 거부하는 인간의 비참한 말로를 인물과 언어로 형상화하여 보여준다. 자선과 선물이라는 이타적 증여 행위의 사회적 가치를 강조하는 이러한 문학들은 대중 독자로 하여금 성탄절의 정신을 자선과 사랑으로 인식하게 한다.

이렇게 일제강점기 성탄 문화의 핵심 개념들과 연동되어 있던 대표적인 크리스마스 번역문학은 찰스 디킨스의 『크리스마스 캐럴』과 오 헨리의 『크리스마스 선물』이었다. 그런데 그보다 앞서 번역된 또 다른 작품, 성탄의 의미를 조금 달리 서술하며 일제강점기 성탄극에 영향을 미친 작품이 있다. 바로

---

31 이들 작품의 번역에 관해서는 박진영, 『번역가의 탄생과 동아시아 세계문학』, 소명출판, 2019.

32 폴 리쾨르, 윤성우·이향 역, 『번역론―번역에 관한 철학적 성찰』, 철학과현실사, 2006, 138면.

1920년 단행본으로 번역 출간된 헨리 반 다이크의 『제사 박사』다. 이어지는 장에서 이 작품의 의미와 번역에 관해 살핀다.

3. 헨리 반 다이크의 『제사 박사』 번역 수용 정황

1) 『제사 박사』의 원작에 관하여

헨리 반 다이크Henry van Dyke, 1852~1933의 『제사 박사The Other Wise Man 』New York : Harper & Brothers Publishers, 1896[33]는 1920년 서양인 선교사와 조선인 공역자에 의해 조선예수교서회에서 단행본으로 출간되었다. 이는 성경에는 기록되어 있지 않은 동방 박사 '아스타반'이라는 허구의 인물이 떠난 또 다른 여정을 다룬 기독교 소설이다. 아스타반은 『크리스마스 캐럴』의 스크루지와는 반대로 자신의 전 재산을 이웃을 위해 사용한다. 그 여정에서 세 번 약자를 만나는 과정은 스크루지가 세 번 유령을 만나는 것과도 대구를 이룬다.

원작의 작가 헨리 반 다이크는 프린스턴대학에서 문학사와 신학을 공부하고 1877년 장로교 목사 안수를 받고 목회 활동을 시작했다.[34] 이후 프린스턴대학 신학대 교수로 재직하는 중 *The Other Wise Man*을 창작하였다. 1913년 윌슨 대통령 재임기에는 네덜란드와 룩셈부르크 주재 미국 대사로 임명되었으며 대사직을 사임한 이후에도 미국문예협회 회장을 역임하고 작품 활동을 활발히 하였다. 그는 크리스마스 정신에 관하여 본격적으로 이야기하는 저서 *The Spirit of Christmas*Charles Scriber's Sons, 1905를 남기기도 했다. 이를 포함하여 그

---

33 동방 박사를 가리키는 "Wise Man"은 성경의 버전에 따라서 "Maji"(NIV : The New International Version)와 "Wise Man"(KJV : King James Version)으로 표기되었다. 김영희, 「예이츠의 「동방 박사」와 엘리엇의 「동방 박사의 여정」에 대한 성서적 비교 연구와 현대적 의미」, 『한국예이츠저널』 55, 한국예이츠학회, 2018, 235면.

34 이 글에서 밀러 선교사에 관한 정보는 당시 일간지 기사와 본문에서 언급할 신학, 출판, 건축 분야의 연구 및 송현강, 「이주일의 역사―밀러 선교사」, 『기독신문』, 2010.7.11을 토대로 대조하여 정리했다.

의 작품 중 상당수가 일제강점기 조선에 유입되었고 당시 서구 기독교 출판물 확보에 적극적이었던 미션스쿨 연희전문^현 연세대학교 도서관에 수집되어 현존하고 있다. 해방 전에 헨리 반 다이크 저서 중 최소 2편 이상이 조선어로 번역 출간된 것으로 파악된다.

『제사 박사』의 서사는 신약성서 「마태복음」과 긴밀히 연동되어 있다. 「마태복음」 제2장 제1~12절에는 하늘의 새로운 별을 발견한 동방 박사가 예수가 탄생한 베들레헴으로 향하여 황금, 유향, 몰약 세 가지 선물을 바친 이야기가 간략히 기록되어 있다. 기록된 선물이 세 가지였으므로 동방에서 온 현자는 3인이었다고 이해되어 왔으나, 헨리 반 다이크는 여기에서부터 새롭게 이야기를 시작한다. 기실은 동일한 여정을 출발한 현자가 한 명 더 있었고, 그는 자기 구원이 아니라 곤경에 처한 이웃을 구하는 데 준비한 선물을 사용하고 결국 다른 동방 박사와 약속한 시간에 맞추어 도착하지 못하여 기록에도 남지 못했다는 것이다. 그리고 예수 탄생일에 맞추어 도착하지 못했던 '아스타반'은 이웃을 구제하는 데 한평생을 쓰다가 33년 후 예수의 십자가 처형 날에 예루살렘으로 돌아오게 된다. 그가 마지막 남은 선물을 가지고 메시아를 구하러 가는 순간 또 다시 노예로 팔려 가는 소녀를 만난다. 그는 메시아를 구하기 위해 가져가던 선물로 그녀를 돕다가 죽음을 맞이하게 되는데, 하나님의 음성을 듣고 구원을 얻게 된다. "네가 구한 불쌍한 사람들이 모두 나였다." 이웃에게 자비와 사랑을 실천하는 것이 바로 신의 말씀을 따르는 삶이었던 것이다. 「마태복음」 제2장 제1~12절 동방 박사의 이야기에서 시작하여 「마태복음」 제25장 제40절 "내가 진실로 너희에게 이르노니 너희가 여기 내 형제 중에 지극히 작은 자 하나에게 한 것이 곧 내게 한 것이니라"[35]는 구절로 마무리되는 『제사 박사』는 「마태복음」에 대한 문학적 재창작이었다.[36]

「마태복음」 제2장과 제25장을 모티브로 한 작품, 혹은 신을 만나러 가는

35 새한글성경, 대한성서공회; https://www.bskorea.or.kr. 2024.1.6.

36 「마태복음」은 조선 문인들의 작품에서 가장 빈번히 등장한 성서였다. 이광수의 소설 「선도

여정에서 약자를 만나 돕는 이야기를 모티브로 한 문학 작품들은 영국뿐 아니라 독일, 프랑스, 러시아에서도 발견된다. 동방 박사를 모티브로 재창작한 최근의 소설로는 미셀 투르니에의 『동방 박사와 헤로데 대왕Gaspard, Melchoir et Balthazar』Paris : Gallimard-Folio, 1980이 있다.[37] 시인 중에서는 T. S. 엘리엇이 1927년 영국 국교로 개종하며 쓴 시 「동방 박사들의 여행Journey of the Magi」이 있다.[38] 신을 만나러 가는 여정에 세 명의 약자를 만나는 소설로는 프랑스 작가 루벤 사이얀Ruben Saillens, 1885~1942의 『마틴 아저씨Le père Martin』1882와 러시아 작가 톨스토이의 「사랑이 있는 곳에 신이 있다」1885, 그리고 독일 작가 샤퍼Edzard Schaper, 1908~1984의 『네 번째 왕의 전설Die Legende vom vierten König』Köln und Olten : Jakob Hegner Verlag, 1961이 있다. 『제사 박사』는 신을 만나고 진리를 찾는 동방 박사의 구원의 여정과 이웃을 향한 사랑의 실천, 즉 마태복음 제2장과 제25장의 내용을 다루는 서구문학의 계보 속에서 이 둘을 결합한 작품이다.

그중 톨스토이의 「사랑이 있는 곳에 신이 있다」는 흥미롭게도 『제사 박사』와 동일한 시기인 1885년에 창작되었고 유사한 이야기 구조를 갖추고 있다. 톨스토이는 잡지 『러시아 노동자』제1호, 1884에 번역된 프랑스 작가 루벤 사이얀의 『마틴 아저씨』를 개작하여 「사랑이 있는 곳에 신이 있다」를 창작하였다.[39] 하지만 빈민과 약자에 대한 사회적 구제가 존재하지 않는 자비 없는 현실을 종교적 우언의 형식으로 이야기한 그의 단편집은 1887년 러시아 제정 검열을 통해 출판이 금지되었다. 현실 사회 체제에 대한 비판적 메시지를 담고 있다고 판단되었기 때문이다. 이 작품은 일제강점기에도 번역되었다. 나도향은

자」는 평양서 옥에 들어갔을 때 양대인이 순국문 번역본 마태복음을 주고 간 이후 "이 책을 하루도 안 본 날이 없"이 "동포를 위하야 몸을 희생하는 기쁨과 용기를 얻"고 "'오직 그 나라와 그 의를 구하라'는 구절을 몇 번인지 모르게 외우고 또 외"우는 장면이 나온다. 장백산인, 「선도자」, 『동아일보』, 1923.4.10. 이광수의 경우 「그 여자의 일생」, 「그의 자서전」 등 여러 작품에서 「마태복음」의 각 장을 인용하고 있다.

37   미셀 투르니에, 이원복 역, 『동방 박사와 헤로데 대왕』, 종문화사, 2002.
38   최의섭, 『엘리엇 시의 기독교적 전기』, 한빛문회, 2012, 240·249면.
39   톨스토이, 박형규 역, 『톨스토이 단편선』, 인디북, 2003, 386~387면.

톨스토이 단편집 번역본 『사람은 무엇으로 사느냐』^{박문서관, 1925}에 「사랑이 있는 곳에 하느님이 있다」를 수록하였다.[40] 이 작품은 자신의 욕망을 위해서가 아니라 하느님을 위해 사는 삶에 관해 고민하던 수선공 마르틴의 손에 『신약성서』가 주어지면서 시작된다. 그는 「누가복음」 제6~7장의 "너희가 남에게 바라는 대로 남에게 해 주어라"는 구절과 그리스도를 초대한 바리새인과 죄 많은 여자의 이야기에 주목한다. 그리고 성서의 내용처럼 하나님이 자신에게 손님으로 올 수도 있다는 생각이 들자 그간 무심히 손님을 대해온 자신의 자세를 반성한다. 그는 신분이 낮은 이를 더 보살피라는 성경 구절에 따라 이웃들과 손님들을 유심히 관찰하게 된다. 그가 초대하고 베푼 세 명의 사람은 퇴역한 늙은 병사와 가난한 아기 엄마, 그리고 죄를 지은 아이였다. 그리고 마지막에 "너희가 있는 형제 중 가장 보잘것없는 사람에게 해 준 것이 바로 나에게 해 준 것이다"는 「마태복음」 제25장 제40절을 보고 깊은 깨달음을 얻는다.

헨리 반 다이크의 『제사 박사』 역시 세 명의 고통받는 자들을 만난다. 죽어가는 늙은 이방인과 쫓기는 아기와 엄마, 그리고 채무 관계로 인해 노예로 팔려 가는 소녀로, 톨스토이의 「사랑이 있는 곳에 신이 있다」에 등장하는 3인과 유사한 약자들이다. 그리고 역시 톨스토이의 작품과 같이 「마태복음」 제25장 제40절로 마무리한다.[41] 『제사 박사』는 동방 박사를 다룬 문학의 계보 중에서 가장 신학적이고 설교적인 작품으로 평가받는다.[42] 그렇다면 기독교적 메시지를 담되 사회 비판적 해석의 가능성을 품고 있었던 서구문학 『제사 박사』의 조선어 번역 정황은 어떠했는지 다음 절에서 살펴보기로 한다.

---

40 박진영, 앞의 책, 284~285면.

41 헨리 반 다이크, 박미현 역, 『네 번째 동방 박사』, 생명의말씀사, 2001, 92면.

42 Vladimir Tumanov, "The First Temptation of the Last Magus : a Comparison of Michel Tournier's Taor, prince de Mangalore, Edzard Schaper's Die Legende vom vierten Konig and Henry van Dyke's The Story of the Other Wise Man," *Orbis Litterarum* 52, University of Western Ontario, 1997, 280~297면.

2) 『제사 박사』의 조선어 번역 정황

일제강점기에 출간된 『제사 박사』 번역본은 그 존재가 기독교 출판물 목록에 기록되어 있으나 본격 연구된 바는 없다. 『대한기독교서회 백년사』[43]의 '계획 출판-종교 서적' 목록에는 영어본 제목이, 『한국 기독교 문서 간행사 연구-1882~1945』[44] 목록에는 판권지 정보가 기록되어 있다. 원본은 연세대학교 학술정보원에 소장되어 있으며 원문 파일이 공개되어 있다.

조선어본 『제사 박사』는 미국 북장로교 선교사 밀러E. H. Miller, 1873~1966와 조선인 김동극金東極이 공동 번역했다. 밀러는 미국 펜실베니아 출신으로 옥시덴탈대학을 졸업하고 샌프란시스코신학교에 입학했다. 그는 1898년 선교사 빈튼C. C. Vinton의 강연을 듣고 조선 선교에 자원하여 1901년부터 조선 이름 밀의두密義斗로 활동한다. 그런데 일제강점기 'Miller'라는 이름의 재조선 선교사는 다수였으며 각자의 문서 선교 활동도 활발히 했기 때문에 혼동을 방지하기 위하여 이들의 이름을 변별해 둘 필요가 있다.[45] 가장 먼저 1892년 미국에서 입국한 프레드릭 밀러F. S. Miller의 조선 이름은 민노아閔老雅이고 그의 부인은 안나 밀러Anna R. Miller다. 1899년 영국에서 입국한 휴 밀러H. Miller의 조선 이름은 민휴閔休다. 1901년 미국에서 입국한 에드워드 밀러E. H. Miller의 조선 이름은 밀의두密義斗이고, 매티 헨리Mattie Henry와 결혼하여 부인의 이름은 밀러 부인M. H. Miller이 되었다. 여기에 또 다른 밀러 부인인 'Mrs. E. H. Miller'이 있는데, 그는 밀러 선교사의 어머니로서 함께 조선에 와서 활약했다.

민노아, 민휴, 밀의두 중 마지막 인물 밀의두, 즉 'E. H. Miller'가 『제사 박사』의 번역자 밀러다. 밀러는 게일J. S. Gale과 함께 경신학교에서 일하다가 연희전문 물리화학 교수에 봉직하게 된다. 1927년도 조선 교육계에 공헌자 이

---

43 이장식, 『대한기독교서회 백년사』, 대한기독교서회, 1984.

44 김봉희, 『한국 기독교 문서 간행사 연구-1882~1945』, 이화여대 출판부, 1987, 90면.

45 일제강점기 선교사들 중 Miller 이름을 가진 이들에 대한 정리는 서신혜, 「지리 교과서 『시민필지』와 『초학디지』」, 『문헌과 해석』 61, 문헌과해석사, 2012, 101면.

들을 소개하는 일간지의 특집 기사는 사진과 함께 그를 소개하고 있다.

　시외 연전학교 밀의두 씨

　신학과 화학을 가르치는 중이다

　밀의두 씨는 미국 가주加州에다 본적을 두고 방금 시외 신촌에 있으면서 연전 교
수를 담임하고 있다는데 씨는 상항桑港 고등학교를 졸업하고 로산젤스에 있는 악시
덴탈 대학을 졸업한 후 다시 상항에 있는 신학교를 마친 후 곧 조선으로 건너와서
민간 교육에 종사하기 이미 이십육 년이나 된다 한다.

　씨의 약력

　1901년부터 경신학교 교사로 있었고 1914년부터는 평양숭실대학 교수로 있다
가 1915년부터 지금까지는 시외 연희전문학교 교수로 있다더라.[46]

　1933년에는 밀러 박사 부처의 선교 30년을 기념하는 모임이 종로 예수교
서회 회의실에서 개최됨을 알리는 기사가 실린다.[47] 그가 교육계와 선교계에
이룩한 공적이 간략히 소개되어 있다. 또한 박사 부처에게 직접 수업을 들은
이들은 발기인이 되어 주기를 바란다는 선전의 말도 포함되어 있다.

　앞서 언급한 것처럼 여러 밀러가 있었을 뿐 아니라 『제사 박사』 번역가인
밀러의 가문에도 세 명의 밀러E. H. Miller, M. H. Miller, Mrs. E. H. Miller가 있었으니, 이
들의 활동도 구분할 필요가 있다. 밀러는 1902년 매티 헨리와 결혼했고, 결
혼 후 밀러 부인M. H. Miller은 정신여학교와 연동여학교 교장을 지내며 찬송가
도 작사 작곡한다. 산수와 지리 교과서의 저자로 언급되기도 하지만 이는 밀
러 선교사의 어머니와 혼동이 빚어진 것이다. 산수 교과서인 『산수책Elements of
Arithmatic, Part 1』조선예수교서회, 1903의 경우 『대한기독교서회 백년사』에서는 그 저자
이름이 "E. H. Miller"107면와 "E. M. Miller"393면라고 면수마다 달리 표시되어

46　「시외 연전학교 밀의두 씨 신학과 화학을 가르치는 중이다」, 『동아일보』, 1927.7.30.

47　「밀의두 박사 부처의 선교 삼십 년 기념」, 『조선일보』, 1933.1.12.

있는데, 저자 이름은 "Mrs. E. H. Miller"로 밀러의 어머니다. 그녀는 초등 지리 교과서인 『초학지지Elementary geography』대한예수교서회, 1907의 저자이기도 한데, 역시 밀러 부인으로 오해받기도 했다.[48]

교육자로서 밀러는 평양숭실학교를 거쳐 1915~1941년 연희전문 화학과 교수로 재직한다.[49] 그는 1924년에는 안식년을 활용하여 컬럼비아대학에서 박사학위를 딴다. 또한 1933년 연희전문 노천극장의 건설에 적극 참여하여 동양 최초의 캠퍼스 노천극장으로 완공한다.[50] 문서 선교자로서 밀러는 1919 년까지 조선예수교서회의 서기 및 회원 대표이사로, 1920년부터 위원이자 심사위원으로, 그리고 1934년 서회의 이사로 활동했다.[51] 그는 1922년도에 클라크C. A. Clark, 드밍C. S. Deming과 함께 다종의 성서 주석서를 공동으로 간행하는 데 매진하는데, 이 시기 성경 주석서를 포함한 번역 활동은 아래와 같다.

<표 3> 밀러(E. H. Miller)의 번역물 목록

저자	역자, 편자 표기	제목	출판 연도	소장처
Kerr, John H	편자 밀의두	사복음 대조 기술 (Harmony of the Gospels)	1910	연세대학교 (원문제공)
Mrs.Steven Menzies	밀의두 역술	천로지남 (The Traveller's Guide from Death to Life)	1914	연세대학교 (원문제공)
Henry Van Dyke	밀의두 김동극 공역	제사 박사 (The Other Wise Man)	1920	연세대학교 (원문제공)
Henry Van Dyke	밀의두 역술	사람을 낚는 미끼 (Bait for Fishemen)	1922	소재 불명 (The Korean Bookman의 Fiction 목록에 수록, 1924.10, 19면)

---

48 『초학디지』(1908) 판본은 독립기념관 한국독립운동사 정보시스템에서 원문이 제공된다. search.i815.or.kr, 2024.1.6.

49 "연희전문학교 물리학과 100년사 : 1915~2015", web.yonsei.ac.kr_board.pdf, 2024.1.6. 그의 재직 연도는 문서별로 다소 상이하게 기록되어 있어 이 기록을 따랐다.

50 징칭윈, 『韓國ミソョン建築の歷史的研究』, 도쿄대학대학원, 2004, 235면.

51 이장식, 앞의 책, 230~231면.

저자	역자, 편자 표기	제목	출판 연도	소장처
-	Clark, C. A., Miller, E. H., Deming, C. S.	갈라디아 에베소 주석	1922	연세대학교 (원문제공)
-	Clark, C. A., Miller, E. H., Deming, C. S.	고린도 전후 주석	1922	연세대학교 (원문제공)
-	Clark, C. A., Miller, E. H., Deming, C. S.	빌립보 골로새 주석	1922	연세대학교 (원문제공)
-	Clark, C. A., Miller, E. H., Deming, C. S.	데살로니가 전후 주석	1922	연세대학교 (원문제공)
-	Clark, C. A., Miller, E. H., Deming, C. S.	로마인서 주석	1922	연세대학교 (원문제공)
-	Clark, C. A., Miller, E. H., Deming, C. S.	사도행전 주석	1922	연세대학교 (원문제공)
-	Clark, C. A., Miller, E. H., Deming, C. S.	요한 1, 2, 3 유다서 주석	1922	연세대학교 (원문제공)
Henry Van Dyke	-	*The Rulling Passion*	-	소재 불명 (*The Korean Bookman*의 'Fiction' 목록에 수록, 1924.10, 19면)

위 목록 중 헨리 반 다이크가 저술한 *Fisherman's Luck*과 *The Rulling Passion*의 조선어 번역본은 현존본을 찾을 수 없으나, *Fisherman's Luck*의 경우에는 『사람을 낚는 미끼』라는 한글 번역본 제목의 광고가 1924년도 잡지에서 발견되어 그 출간 사실을 확인할 수 있다. *The Rulling Passion*의 경우는 "New English & American Books in Stock of the CLS"[52]의 소설Fiction 분류 목록에서만 보이므로 영어 원본으로만 수입된 것으로 보인다. 실제로 1920년대까지 출간된 헨리 반 다이크의 원서들은 당시 조선예수교서회 출간 및 서구 기독교 출판 수

---

52 *The Korean Bookman*, CLS, 1924.10, 19면.

입 서적을 가장 많이 보유하던 당시 연희전문 도서관, 현 연세대학교 학술정보원에 다수 소장되어 있다.[53]

밀러는 헨리 반 다이크 작품을 두 권 이상 번역하며 적극 소개하고자 하였으나, 그의 번역본 중 가장 적극적인 지원을 받아 출간되고 재판再版된 책은 『천로지남』1918이었다. 『천로지남』의 「특별광고」란을 보면 영국 교우의 재정 지원으로 "원문 영문을 조선 보통말로 번역"하여 인쇄비의 절반 가격으로 "특별히 염가 발행"을 할 수 있었다는 내용이 실려 있다.[54] 서적 광고는 좀 더 적극적으로 이 책을 구입해야 할 이유를 설득하고 있다.[55] 우선 이 책이 해외에서 높은 인기를 얻은 검증된 도서임을 드러내기 위해 영어본과 중국어본이 각각 2백만 부, 13만 5천 부 출간되었음을 밝힌다. 그리고 316면의 두터운 볼륨이라 책값으로 통상 50전은 받아야 하지만 재정 지원으로 발간되는 도서라서 10전이라는 싼값에 판매하고 있음을 강조한다. 그리고 교인이 아닌 자나 입문하는 자에게도 적절한 책이라고 선전한다.

조선예수교서회는 『천로지남』은 적극적으로 광고 홍보한 데 반하여 『제사 박사』는 다소 조용히 출간했다. 하지만 출간 주체인 서회와 수용자인 독자들에게 이 책은 존재감이 있는 책이었다. 우선 『제사 박사』는 조선예수교서회에서 1920년도 새롭게 출간한 첫 번역문학이었다. 1919년 3・1운동 이후 문화통치가 시작되었고, 서회는 이에 발맞추어 1921년부터 대약진의 해를 선포하고 번역 출판물의 양적 확장에 박차를 가했다. 그러한 분위기 속에서 기존 서회 번역 소설의 대표작이었던 『천로역정』에 다시 눈을 돌려 1920년 『천로역정』 제2부를 출간했으며, 같은 시기 『제사 박사』도 출판한다.[56] 『제사 박사』는 초판본 2천 부를 인쇄한 이후 재판을 했다는 기록은 없지만, 이 판본이 목

53 Henry van Dyke, *The Story of the Other Wise Man*, Harper & Brothers, 1895(1920・1923 판본도 보유); Henry van Dyke, *The Ruling Passion : Tales of Nature and Human Nature*, Charles Scribner's Sons, 1901.

54 Mrs. Stephen Menzies, 밀의두 역, 『텬로지남』, 조선예수교서회, 1914; 1918(재판), 1면.

55 *The Korean Bookman*, CLS, 1920.9, 10면.

56 이장식, 앞의 책, 305면.

회자 및 선교사들에게 갖는 의미는 컸고, 청년 독자들을 통해 극본으로 각색이 되어 연극계, 특히 성탄극에 미친 여파는 적지 않았다. 관련 논의는 5장에서 연결해서 진행한다.

4.『제사 박사』의 영어-중국어-조선어 번역본

1) 영문본, 중국어본, 조선어본 비교

헨리 반 다이크의 *The Other Wise Man*은 1895년 미국에서 출간된 이래로 1899년 재판을 시작으로 1920년까지 4판이 발간되었다. 그와 함께 독일, 프랑스, 터키, 중국, 조선 등 여러 국가에서 번역되었다. 동아시아에서의 번역은 중국과 조선의 순서로 이루어졌으며 1920년 이전까지 일본어 번역본은 존재하지 않은 것으로 보인다. 중국에서는 1903년 상하이 기독성교서회에서『제사 박사』라는 제목으로 번역 출간된 이후, 1930년대까지 출판사 및 게재 지면을 바꾸어 네 번 이상 중국어로 번역 소개되었다. 당시 중국에서 번역 혹은 창작된 순례 여행의 서사는 피상적이거나 관념적인 데 반하여,『제사 박사』는 구원의 여행의 과정을 구체적으로 형상화하였다. 특히 1903년도 중국어 번역본의 문체와 이국화라는 번역 기법은 중국 근대 백화문체 소설 창작이 본격화되는 데에 선도적 영향을 미쳤다고 평가되고 있다.[57]

중국어 번역본은 두 사람의 공역으로 이루어졌다. 영국인 목사 부인英國費師母, Mary McLellam Fitch과 중국인 황마리아黃馬利亞, Wang Hang-Tong가 '역술 및 저술'하여 Hankou Chinese Holy Church Book Association에서 출간되었다. 중국에서『제사 박사』는 '크리스마스 서적'으로 소개된 대표적인 종교소설이었다. 중국의 사역자들은 설교에서 구세주의 탄생을 맞이하여 길을 떠나는 동방 박사에 관한

---

57 같은 장에서『제사 박사』의 근대 초기 중국어 번역 및 수용 정황과 그 의미에 관하여는 원명영·오순방, 앞의 글 참조.

이야기를 즐겨 언급하였다. 성탄절에는 연극으로도 공연되곤 했는데 1926년에는 수필가 피천득이 유학하기도 했던 후장대학에서 학생들이 공연한 기록이 있다. 조선에서 역시 1920~1930년대 교회, 청년회, 극단에서 공연된 기록이 있으니[58], 중국과 조선의 성탄극에 주요 레퍼토리로 활용되었던 것으로 보인다.

중국어 번역본은 지속적으로 단행본 혹은 연재본으로 출간되었다. 1903년, 1923년, 1931년, 1934년에 출간된 중국어본의 제목은 모두 『제사 박사』였다.[59] 중국어본의 경우 1903년 최초 번역본 원문을 직접 볼 수 없으나, 1948년 동일 역자본으로 재판된 판본의 원문 파일이 제공되고 있어 이를 통해 확인할 수 있다.[60]

1920년에 간행된 조선어본 제목 역시 『제사 박사』였다. 해방 이후 한글 번역본의 제목은 『또 한 사람의 동방 박사』, 『네 번째 동방 박사』, 『아르타반』 등 다양하게 붙여진 것을 보면[61] 1920년대 번역본은 중국어본 제목의 영향을 받은 것으로 보인다. '博士'의 경우 기존에 존재하던 한자어인데, 1911년 『마태복음 주석』[이원긍 역, 동양서원]에 "박사는 학문이 넓고 재주가 많은 사람이다"와 같은 주석이 달려 있는 것을 보면, 기독교계에서 'wise man'을 지칭하는 현자로서의 의미로 사용하게 된 것으로 보인다.

제목의 유사성을 토대로 보면 『제사 박사』 조선어본은 중국어본을 저본으로 중역했으리라 추측할 수 있다. 조선어본이 부호를 사용하는 방식 또한 중국어본과 유사하다. 두 판본 모두 인명에는 한 줄, 장소명에는 두 줄, 작품 제목 및 대화에는 낫표를 부호로 사용하여 구분하였다. 하지만 전반적으로 살펴보면 조선어본은 중국어본을 참조하되, 영어본과 차이가 있는 경우 영어본

58 일제강점기 『제사 박사』를 각색한 희곡과 공연에 관해서는 윤진현, 앞의 글 참조.

59 원명영·오순방, 앞의 글, 13면.

60 "혁명 문헌과 민국 시기 문헌 연합 목록", http://pcpt.nlc.cn, 2024.1.16.

61 헨리 반 다이크, 오현미 역, 『또 한 사람의 동방 박사(*A Treasury of Christmas Stories*)』, 기독교문사, 1994; 헨리 반 다이크, 박미현 역, 『네 번째 동방 박사(*The Fourth Wise Man*)』, 생명의말씀사, 2001; 헨리 반 다이크, 차영지 역, 『아르타반(*The Story of the Other Wise Man*)』, 내로라, 2022.

을 선택하였다. 이는 우선 조선어본의 서문에 추가된 '大要대요'와 '창가체 구문'를 보아도 알 수 있다. 중국어본에서는 보이지 않는 이 두 종의 글은 영어 초판본 서문의 내용을 번역한 것이다. 중국어본과 조선어본이 공통적으로 번역 원본으로 삼은 영문 저본은 1899년도의 재판본이며 따라서 재판본에 새롭게 수록된 서문을 전문 번역하여 실었는데, 조선어본은 영문 초판본의 서문까지 살려 수록한 것이다.[62]

조선어본에만 번역된 '대요'와 '창가체 구문'은 소설의 줄거리와 교훈을 창가와 같은 운율이 있는 문장으로 짧게 소개하고 있다. 전체 작품의 얼개를 소개하는 관점이 담겨 있으며 표기법의 특징이 잘 드러나 전문을 소개한다.

〈표 4〉조선어본의 대요와 창가체 구문

서문 앞 창가체 구문	대요

'창가체 구문'은 영문 초판본의 서두에 실린 것으로 그 원문은 아래와 같다.

62 　조선어본과 1899년도 영문본의 유사성에 대해서는 윤진현, 앞의 글, 18면.

Who seeks for heaven alone to save his soul,

May keep the path, but will not reach the goal;

While he who walks in love may wander far,

Yet God will bring him where the blessed are.

이를 다음과 같은 자연스러운 조선어로 번역한 솜씨는 예사롭지 않다. 예컨대 'May keep the path'를 '미로에 들지 않더라도'로 번역한 대목도 그러하다.

자기의 영혼만 구하려고 / 천국을 찾아가는 이는

미로에는 들지 않을지나 / 목적지까지는 못 가리라

사랑으로서 가는 이는 / 멀리 방황할지라도

하나님께서 인도하시사 / 복지로 데려가시리라

'대요'는 이야기의 배경과 주인공을 포함하여 전체적인 줄거리를 요약해서 전달하고, '창가체 구문'은 보다 직접적으로 이 이야기의 메시지를 전달한다. 자기 영혼을 구하려는 자는 어려운 길에 빠지진 않아도 천국이라는 목적지에 가지 못하고, 사랑으로 방황하는 이가 그곳으로 가게 된다고 설명한다. 이때 '대요'의 한 문장을 집중적으로 살펴보면 조선어 번역본 문장의 문학적 수준이 상당하다는 것을 알 수 있다.

I would tell the tale as I have heard fragments of it in the Hall of Dreams, in the place of the Heart of Man.

마음 대궐 꿈 집에서 / 낱낱이 들은 대로 전함세

예컨대 문장 중 "fragments"를 "낱낱이"로, "Hall of Dreams"를 "마음 대궐 꿈

집"으로 번역한 대목 등이 그러하다.[63] 도착 언어에서 자연스러운 표현으로 의역하되 출발 언어의 원의를 잘 전달하는 성취를 얻은 것이다. 당시 번역어의 가치는 이후 발간된 한글 번역본과의 대조를 통해 더욱 명백히 드러난다.

다음으로, 조선어본의 장별 제목 역시 그 한자어 선택이나 구문, 의미에 있어서 중국어본과는 상이하고 영어본을 직역한 모습을 보인다. 조선어본은 중국어본의 한자를 사용하지 않고 영어 원문의 의미를 직역한 조선식 한자어나 한글로 번역했다.

〈표 5〉영어본, 중국어본, 조선어본 목차의 장 제목 비교

영어본(1896)	중국어본(1903)	조선어본(1920)
The sight in the sky	在天上的記號	空中(공중)의 奇事(기사)
By the waters of babylon	巴比倫的河邊	바벨논 江(강)가으로
For the sake of a little child	爲了一個小孩	어린ᄋᆞ히 爲(위)하야
In the hidden way of sorrow	苦惱隱藏的路	슯흠의 숨은 길노
A pearl of great price	値重價的珠子	고가의 보옥

위 표에서 볼 수 있는 바, "babylon" 지명을 중국식 음차 표기 한자어인 "巴比倫"이 아니라 한글 발음 표기 "바벨논"으로, 감정어인 "sorrow"를 한자어 "苦惱"로 하지 않고 "슬픔"이라는 한글 단어로 번역했다. 또한 "sky"를 "天上"이 아닌 "空中"으로 번역하였다. 즉 한자어로 표기할 때도 중국식 한자 표기나 어휘를 조선식으로 바꾸고, 가급적 한자어 자체를 한글 단어로 변환하는 등, 중국어본의 어휘나 구문에 큰 영향을 받지는 않았다. 무엇보다도 조선어본은 국한문혼용체를 사용하되 한자어의 한글 발음을 모두 루비로 달아 표시하였다.

또 중국어본은 영어본에 없는 대목을 추가했는데 조선어본은 이 문장은 포함시키지 않고 있다. 예컨대, 중국어본은 영어본의 '이 이야기가 독일, 프랑스,

---

63 번역어의 성취에 대해서는 윤진현, 앞의 글, 19면.

미국, 러시아 등에 번역되었다'는 문장에 '현재 중국어로 번역 중'이라는 서술을 추가하였으나, 조선어본에서 이 추가된 문장은 없다. 표지와 본문 삽화 역시 조선어본과 중국어본이 다르다. 즉, 조선어본은 번역 작업 시 중국어본을 일부 참조하되, 그 내용은 원서인 영문을 충실히 따르고 형식과 번역 문체는 조선어의 어감을 십분 살려 진행한 완역본이었다.

2) 1920년대 『제사 박사』의 조선어 번역 장 내에서의 비교

앞서 살펴본바, 1920년 『제사 박사』는 국한문 혼용체에 루비를 달되 한자어로 번역할 수 있는 대목도 가급적 한글 어휘를 선택하였음을 확인하였다. 이는 중국어본과의 비교를 통해 확인하였는데, 그렇다면 번역자 밀러의 번역이 항상 그러했던 것인지, 혹은 1920년의 시대적 특수성 때문인지 확인해 볼 필요가 있다. 다음은 1910년과 1920년 밀러가 동일한 성경 구절을 다르게 번역한 예시다.

내가 진실노 너희ᄃ려 닐ᄋ노니 너희가 내 동생 즁에 지극히 젹은이 ᄒ나의게 ᄒᆡᆼᄒ 거시 곳 내게 ᄒᆡᆼᄒᆢᆷ이라 하시고밀의두 역, 『사복음 대조 기술』, 조선예수교서회, 1910, 236면

내가 眞實노 너희게 닐ᄋ노니 너희가 내 兄弟들 가온ᄃᆡ ᄀᆞ쟝 젹은이 ᄒ나의게 ᄒ 거시 곳내게 行ᄒᆢᆷ이라ᄒ시더라헨리 반 다이크, 밀의두 · 김동긱 역, 『제사 박사』, 조선예수교서회, 1920, 63면

이 문장에서 보면 동일 단어의 표기가 1910년대 한글 표기에서 1920년대 한자 표기로 바뀌었다. "진실노"가 "眞實노"로, "형제"가 "兄弟"으로, "행함"이 "行ᄒᆢᆷ"으로 바뀐 것이다. 이제 밀러의 1910년대 '성경' 번역에서 1920년대 '소설' 번역으로 가는 변화의 과정을 살피기 위해 그의 1914년 또 다른 소설 번역본 표기도 함께 살피고자 한다.

『사복음 대조 기술』(1910)	『천로지남』(1914)	『제사 박사』(1920)

1910년, 1914년, 1920년 밀러의 번역본 세 권이 보이는 공통점은 다음과 같다. 모두 아래아 표기를 사용하고 고유명사에는 밑줄 표시를 하며, 외국어의 경우 발음을 한글로 표시한다. 종결어미는 '하다'가 아닌 '더라'체를 사용하는데, 다만 『제사 박사』의 경우 '~다'와 '~더라'를 일부 혼용한다.

각 번역본의 차이는 다음과 같다. 1914년 번역본은 1910년에는 잘 지켜지지 않던 띄어쓰기를 사용하고 있고, 1920년 번역본은 1914년까지 보이지 않던 한자 표기가 등장하고 그 옆에 루비 표기를 하고 있다. 시대의 흐름에 부합하게 점차적으로 아래아 표기가 사라지고, 띄어쓰기와 '하다'체 사용이 정착되는 흐름을 보인다. 그리고 근대 초기 출판에는 의식적으로 순한글 표기와 문체를 강조했던 기독교 출판사의 출판물들이 1920년대에는 역으로 한자 표기 및 한자어 사용이 대거 등장하게 됨은 눈여겨 볼 지점이다. 1910년 『사복음 대조 기술』이 성경의 이해를 돕는 종교 서적이라면 1914년 『천로지남』과 1920년 『제사 박사』는 비기독교인도 읽을 수 있는 이야기책과 소설책으로서 출간되었다. 『천로지남』은 책의 보급과 확산을 위해 서적 판매가를 염가로 책정했을 뿐 아니라 책을 널리 퍼트리는 데 주력해 줄 것을 강력히 당부하며 "조선 보통말", 즉 순한글로 번역했다. 따라서 같은 소설 장르인 『제사 박사』가 갑자기 한자어를 채택한 것은 장르적으로도 자연스럽지 않다. 하지만 『천로역정』 또한 1910년을 기점으로 순한글에서 국한문혼용으로 바꾸어 재출간한 것을 보면, 밀러 번역의 『제사 박사』만이 아니라 서회 번역물 전반에서 한문학에 기반한 지식인층을 의식하고 개념어의 전달에 유리한 한자 표기를 선택하는 움직임을 보였음을 알 수 있다.

앞서 살펴본바, 『제사 박사』에는 비록 한자 표기가 등장하지만 그 번역의 과정에서 영어 원본을 자연스러운 한글 어휘나 문체로 옮기려는 노력을 했고, 중국어본은 일부를 참조하되 중국식 한자 표기는 지양했기에 한자 표기의 등장 자체가 중국어본의 영향이라고는 볼 수 없다. 기독교 출판이 1920년대 선택한 표기법의 방향성이 그러하기도 했거니와, 또 다른 변수를 고려하자면 밀러가 출간한 번역물 중 조선인 공역자와 함께 출간한 유일한 번역물이니만큼 김동극이라는 조선인 공역자의 역할과 영향이 변수가 되었을 수도 있다. 그런데 문제는 김동극에 관해서는 알려진 바가 없다는 데 있다. 판권지란에 '경성부 이선동 43번지 조선인 김동극'이라는 주소와 성명이 남아 있을 뿐이다. 서회는 1923년 이후 편집국을 개편한 이후 김필수, 오천영, 이원모,

이창직, 최상현, 김태원 등의 조선인 조사를 클락, 게일, 하디에게 배정해 주었으며 이들 조선인들은 대체로 지속적으로 협력 작업 결과물을 낸 데 반하여 김동극은 일회적으로 등장한다. 밀러 역시 문학 번역 작업에 집중했던 게일이나 언더우드 부인에 비해서는 번역가로서 알려진 바가 없다. 일기나 편지, 회고록 등 선교사의 번역 작업을 추적할 때 활용하곤 하는 개인 문서도 발견된 바가 없어 그의 번역 활동을 추적할 자료도 없다. 따라서 『제사 박사』 공역자의 작업 방식은 당대 이루어진 통상적인 방법을 미루어 추정할 수밖에 없다. 선교사 게일은 이원모, 이창직과 공역 작업 시, 중국어본을 적극 활용하며 번역했으며,[64] 릴리어스 호튼 언더우드와 박태원 역시 중국어본을 참조로 1921년 번역된 『지킬 박사와 하이드』를 번역하였다. 그 밖에도 1920~1930 년대 기독교 출판을 통해 번역된 서구문학 작품들은 대체로 영어 원서와 중국어 번역본을 대조하며 번역되는 형국이었다.[65] 이러한 정황을 참작하면 조선인 김동극이 중국어본을, 그리고 밀러가 영어 원본을 대조하며 번역하였을 것으로 추정된다. 하지만 국한문체로 번역되었음에도 불구하고 중국어본의 한자가 아닌 조선식 한자나 표기를 사용하고 영어 원서와 중국어본이 다른 대목에서는 영어 원서를 따랐으며, 원서와 중국어본에 없는 항목을 추가한 것을 보면 영어 원서를 적극적으로 번역하되 중국어본을 참조하고 조선의 현실에 맞추려는 절충적인 시도를 한 것으로 보인다.

이렇게 번역된 조선어본 『제사 박사』는 기독교 소설 번역사에서도 의미있는 위치를 차지한다. 우선 1920년은 조선예수교서회가 번역 출간물을 중심으로 출판 활동에 박차를 가하고자 선언했던 대약진의 해인 1921년으로 넘어가기 직전으로, 번역 활동을 촉구하는 요청이 빈번히 일었으며 헨리 반다이크는 선교사들이 일 순위로 주목하는 번역 대상 작가였다. 선교사 영문 잡

---

64 게일의 중국어본 활용에 대해서는 로스 킹, 「게일과 조선예수교서회」, 김용규·이상현·서민정 편, 『번역과 횡단』, 현암사, 2017, 603~614면에 상세히 논구되어 있다.

65 김성연, 앞의 글, 295~333면.

지 *Korea Mission Field*는 『제사 박사』가 출간된 해인 1920년 12월호에 책 출간을 소개하며 목회자들에게 구입을 권고했고[66] 이듬해 조선예수교서회의 서적 소개 저널인 *The Korea Bookman*도 독자 청년들에게 『제사 박사』를 추천한다.[67] 이후 이 책이 재판되거나 문단에서 주요하게 언급되지는 못했지만 본격 번역문학의 출간을 알리는 시기의 출간물일 뿐 아니라 일제강점기에도 일본보다도 중국의 기독교 번역 출간물과 유사하게 진행된 작업들이 있었음을 알 수 있게 하는 대표적인 작품이다.[68]

기독교 문학 번역사에서 『제사 박사』는 『천로역정』의 계보를 잇는 고난과 구원의 기독교 서사이기도 하다. 『천로역정』이 한국 근대소설사에서 근대 문체와 서사에 주요한 영향력을 끼친 번역소설로 평가받는 것을 고려하면 두 작품의 관계는 한번 살펴볼 필요가 있다. 『천로역정』은 임화와 김태준에 의해 한국 근대소설의 창작에 영향을 미친 번역소설의 기원으로 언급된 바 있다. 물론 『제사 박사』는 『천로역정』만큼의 반향과 확산이 일지는 않았지만, 고난과 구원의 서사이면서 중국어본 중 백화문으로 쓴 관화 역을 저본으로 선택한 것 등 유사한 지점이 있다. 우선 『천로역정』과 『제사 박사』 서사는 천국 / 신 / 진리를 만나러 가는 여정을 떠나고 방황과 번민의 여로를 거쳐 천국의 문에 이른다는 공통점이 있다. 하지만 그 방법은 다르다. 『천로역정』의 순례자가 외부의 유혹과 방해에도 성경의 교리에 따라 굳건한 내면의 믿음으로 홀로 고독히 정진하는 데 반하여, 『제사 박사』의 아르타반은 예언과 교리라는 대의를 실현하는 데 몰입하기보다는 당장 주위의 이웃을 돌보는 실천을 한다. 아르타반의 번민은 약자에게 자비를 베푸느라 정작 그리스도의 탄생을 경배하지도 못하고 순교를 막는 데 힘을 보태지도 못했다는 데 있다.

그리고 1920년대 밀러 번역본의 문체에 대해 이해하기 위해서는 『제사 박

---

66   Koons, E. W., "Time to Spend Money on Books," *Korea Mission Field*, 1920.12, 263면.

67   "Interesting Books for Young People", *The Korea Bookman*, CLS, 1921.3, 12면.

68   김성연, 앞의 글, 318~319면.

사』와『천로역정』의 표기 문체도 비교할 필요가 있다. 1895년에 초역된『천로역정』은 1910년, 1919년, 1926년 재판되었는데, 앞서 언급한 것처럼 초기의 순한글 문체는 이후 국한문 혼용체로 바뀌게 된다. 한글 이름 뒤에 한자를 병기하거나 띄어쓰기가 시작된 것 또한『천로역정』 초역본과 재판본 사이의 차이다. 이처럼 1900~1920년대 보이는 기독교 번역소설의 표기 문자나 문체의 변화들은 근대 초기 어문 질서의 형성 과정에 발생한 필요와 개선의 지점들을 살필 수 있는 하나의 경로가 된다.[69] 무엇보다도『천로역정』을 집단 음독을 하는 향유의 이야기라기보다는 개인이 묵독하는 성찰과 계몽의 독서물로 본다면, 한자어는 시각적으로 개념의 이해를 돕는 데 필요한 존재였다. 이러한 정황 속에서 1920년『제사 박사』의 번역자들은 중국어본을 참조하되 조선 지식인들에게 익숙한 한자어로 교체하고, 한자와 가나 표기를 혼용하며 효율적으로 의미를 전달하는 일본식의 번역 방법에서 유용한 지점들을 따올 필요가 있었다.[70] 그 결과,『제사 박사』는 개념어는 한자로 표기하고 루비를 달아 주며 인명, 지명 등 고유명사는 그 발음을 한글로 표기하는 절충적 표기법을 택하였다. 아래아 표기와 '더라'체는 여전히 사용하고 있으나 띄어쓰기와 줄 바꿈과 여백을 활용했던 것이다.

5. 기독교 소설『제사 박사』의 사회적 확산

지금까지『제사 박사』조선어 번역본에 대하여 판본 내용과 문체를 비교하는 작업을 하였으나, 결국 이 작품은 태생적으로 기독교 소설이라는 점을 간과할 수 없다. 물론 원본과 번역본에 담긴 종교적 메시지는 수용자에 따라 다

---

69 장문석, 「판식의 증언」, 김용규·이상현·서민정 편, 앞의 책, 520~527면.

70 김성은, 「선교사 게일의 번역 문제에 관하여−천로역정 번역을 중심으로」, 『한국기독교와 역사』 31, 한국기독교역사학회, 2009, 219~220면.

양한 해석과 변용을 낳을 수밖에 없고, 따라서 이 두 가지 측면을 함께 살필 때 번역이라는 실천이 불러일으킨 창조적 지점을 파악할 수 있을 것이다. 이번 장에서는 기독교 소설로서 『제사 박사』를 작가와 번역가의 종교적 정체성에 입각하여 살펴본다. 그리고 이러한 원작자와 번역가, 출판 주체의 의도와는 또 달리 식민지 조선 사회에서 그 메시지가 사회 운동의 차원에서 공명되며 확산된 수용사도 살핀다.

우선 원본의 저자 헨리 반 다이크는 신학과 교수이자 목회자였으며, 번역자 밀러는 선교사, 출판사 조선예수교서회도 기독교 출판사였다. 헨리 반 다이크는 1907년 베토벤의 곡 '환희의 송가'에 찬송시를 붙여 "기뻐하며 경배하세Joyful, joyful, we adore Thee"를 완성했고, 이는 1911년부터 찬송가64장에 실려 널리 불려지게 된다. 그는 신학을 전공한 목회자였고, 따라서 성경의 일부를 소설화할 때도 자유롭게 허구화할 수만은 없는 지점이 있었다. 예컨대 성경에서 지극히 간략히 언급되어 있는 동방 박사라는 존재를 소설에 등장시켜야 할 때에는 구체적인 묘사를 곁들인 인물로 형상화해야 하는 지점에서부터 그러하다. 그간 신학 연구는 새로운 문헌을 발굴하고 성경 내부의 참조 지점들을 활용하며 동방 박사의 인종과 연령, 출신 지역에 관해 논의해 왔다.[71] 그에 대한 합의는 대략 '페르시아의 조로아스터교 상위 계급에 속하던 사람'이라는 설로 모아졌는데[72] 이러한 신학적 해석에 기반하여 헨리 반 다이크는 『제사 박사』의 '아르타반'을 페르시아의 조로아스터교 현자로 설정하였다.

또 그는 1877~1879년 베를린대학에서 신학 공부를 하였는데, 당시 이곳

---

71 「마태복음」에서 파생된 동방 박사 이야기의 외전 혹은 재창작물에 관해서는 김영희, 앞의 글, 238면.

72 최근 제기된 논거는 다음과 같다. Robert, P. W. *Journey of the Magi : In Search of the Birth of Jesus*, Toronto : Stoddart, 1995; Vladimir Tumanov, "The First Temptation of the Last Magus : A Comparison of Michel Tournier's Taor, prince de Mangalore, Edzard Schaper's Die Legende vom vierten König and Henry van Dyke's *The Story of the Other Wise Man*," *Orbis Litterarum* 52, 1997, 281면 재인용. 그 밖에 유대인 디아스포라 혹은 아라비아나 시리아 사막에서 왔다는 주장 등이 있다. 김영희, 앞의 글, 237면.

은 헤겔과 슐라이어마허의 철학과 신학적 사고에 기초한 '독일 자유주의 신학'의 산실이었다. 독일 자유주의 신학은 성경에서 인간의 이성이나 과학에 배치되는 신화적 요소들을 제거해야 한다고 주장했다. 당시 미국에서 역시 20세기로의 전환기에 약 3세기 전 제정된 신앙고백서를 개정해야 한다는 운동이 일었다. 헨리 반 다이크는 대표적인 개정파였는데, 그는 기존의 신앙고백서가 그리스도의 구원에 관한 설명이 불분명하거나 부족하다는 문제를 제기했다.[73] 그는 '하나님의 모든 사람들을 위한 무한한 사랑'을 기독교 신학의 핵심으로 보았고, 신앙고백서에 은혜와 구원이 '선택적'으로 이루어지는 것처럼 해석될 여지가 있는 대목들을 수정해야 한다고 주장했다. 예컨대 유아 사망 시 신앙과 구원의 문제에 대해서도 그는 선택적인 것처럼 기술되어서는 안 된다고 주장했다.

그리고 이렇게 헨리 반 다이크가 제기했던 문제들은 『제사 박사』에서도 찾아볼 수 있다. 그는 구원의 선택을 받은 자들이 특정한 계층, 인종, 나이에 한정되지 않고 모든 인간에게 적용될 수 있다는 것을, 그리고 인간에 대한 '그리스도의 사랑과 긍휼'을 '말씀'만이 아닌 '실천'으로 미천한 자들에게까지 행해질 수 있다는 내용을 서사에 담아냈다.[74] 제사 박사 '아스타반'은 그리스도를 만나러 가는 여정에서 병자인 이방인 노인, 예수 탄생으로 인해 영아 살해가 벌어지는 예루살렘에 숨어 있던 아기와 어머니, 그리고 빚을 진 노예 소녀를 만나 이들에게 조건 없는 사랑을 베푼다.

또 이러한 헨리 반 다이크의 신학적 입장들은 파견 선교사들에게 공명되는 바가 있었다. 현장 선교사들은 이방인에게 복음을 전파하는 미션을 일상적 차원에서 실천해야 했고, 그들 역시 신앙고백서 개정을 요청하고 있었다.[75]

---

73 헨리 반 다이크의 웨스트민스터 신앙고백서 개정에 대한 입장에 관해서는 신종철, 「웨스트민스터 신앙고백서 개정 논의(1887~1893)에 관한 고찰―벤자민 워필드와 헨리 반 다이크를 중심으로」, 『신학지남』, 신학지남사, 2012, 78~79·83~84면.

74 위의 글, 87~90면.

75 위의 글, 97면.

성서의 교리 실천이 보다 현실적이고 이방인을 포용하고 수용하는 방향으로 나아가야 할 것을 절감했기 때문이다. 그러한 영향 속에서 조선에 파견된 선교사들 역시 번역 출판해야 할 저자 일 순위로 헨리 반 다이크에 주목하고 있었다. 이방인에 대한 포용적 메시지는 또한 「마태복음」의 동방 박사 이야기에 대한 해석에서도 드러난다. 예수를 경배한 동방 박사의 서사에는 이방인을 수용하려는 신학적 의도가 다분히 깔려 있다는 것이다.[76] 동방 박사의 인종과 출발 지역을 둘러싼 다양한 해석들이 있는데, 선교와 번역의 현장에서 이방인으로서 존재하며 때로는 교리를 고수하기보다 현지인과 공존하는 길을 선택해야 했던 선교사들에게 신앙고백 개정이라는 취지와 더불어 '제사 박사'의 메타포는 중요한 의미를 가질 수밖에 없었다.

　흥미로운 점은 1920년 『제사 박사』가 기독교 소설로서 번역 소개된 이후 식민지 조선의 현실에 공명하는 방식으로 각색되기 시작했다는 점이다. 우선 1920년 12월 『기독신보』는 이 책의 출간 소식을 적극적으로 알리며 그 줄거리를 소개한다.[77] 그리고 밀러와 김동극이 번역한 『제사 박사』를 토대로 각색 번안했음을 밝히는 희곡 작품들이 연이어 기독교 계열 청년 잡지에 게재되고 각처에서 공연되고 라디오로 방송된다.[78] 한석원의 「아르다반의 여행」『청년』, 1922.12, 방인근의 「다른 박사」『기독신보』, 1929.11, 강승한의 「불멸의 미소」『기독신보』, 1934.11.21~12.19가 대표적인 각색된 희곡이었다.[79] 이 중 방인근이 사회적 실천으로서 구제 행위를 강조하는 방식으로 각색하고, 강승한이 민족 해방과 계급 해방을 강화하는 희곡으로 각색하며 저항과 투쟁의 정조를 이끌어 낸 것은 주목할 만한 현상이다. 그리고 이 각본들은 출판 검열에 비해 상대적으로 자유로운 공연의 형식으로 현장에서 조선인 청중들을 만났다. 성탄극이 식민지

76　신인철, 「동방 박사의 예수 경배 서사에 내포된 이방인 수용의 신학적 의도」, 『신약논단』 18, 2011.
77　「뒤떨어진 순례자」, 『기독신보』, 1920.12~1921.1.
78　『제사 박사』의 희곡, 공연, 방송 등 2차 산물에 관해서는 윤진현, 앞의 글, 14~15면에 자세히 정리되어 있다.
79　같은 단락의 희곡과 공연에 관해서는 윤진현, 앞의 글, 12면.

민의 "독립과 해방"이라는 메시지와 결합되어 상연되는 데, 『제사 박사』의 번역 출간은 중요한 기점, 혹은 계기가 된 것이다. 이 글의 도입부에서 살펴보았던 것처럼 1920년대 논설이 성탄 서사를 통해 민족적 억압과 구원의 메시지를 이끌어 냈다면, '번역소설'은 공연이라는 집단적 정동을 이끌어 낼 수 있는 희곡을 양산하는 데에 이야기 틀거리라는 거점으로 기능하게 되었다.

6. 문화 번역의 시야 속에서 문학 번역을 살피기

이 글은 문학 작품의 번역이라는 사건과 결과물을 번역문학사, 기독교 출판 번역사, 문화사라는 시야 속에서 살피고자 했다. 이를 위해 일상적, 담론적, 종교적 차원에서의 문화 번역과 실천이라는 맥락 속에서 번역 문학의 역할을 이해하고자 했다. 또한 3·1운동 직후 문화통치기를 맞이하여 기독교 출판사가 비기독교인도 대상으로 하는 문학 번역을 본격화하며 발간한 첫 작품이 갖는 의미를 밝히고자 했다.

헨리 반 다이크의 *The Other Wise Man*은 1920년 『제사 박사』라는 제목으로 조선어로 번역되며 당시 대중적으로 확산되던 크리스마스 문화와 대표적인 크리스마스 문학 속에서 차별적인 메시지를 전달하고 있었다. 그 번역본의 영향 관계와 특이점을 밝히기 위해 영어 원본, 그리고 중국어본과 대조해 보니 조선어본은 중국어본을 부분적으로 참조하되 영어 원본을 토대로 유려한 조선어 번역으로 완역했음을 확인하였다. 국한문 표기를 채택했지만 이는 의미 전달을 위해 한자를 표기하고 루비를 단 것으로, 가급적 한자어보다는 한글 어휘를 선택하고자 했음을 알 수 있었다. 또 조선예수교서회의 번역 출간물과 번역자 밀러 선교사의 번역 작업들을 살펴보며 1920년이라는 번역 시기의 특수성을 확인하였다. 『제사박사』는 '탄생-기쁨-가족-선물 / 자선'이 대중적으로 유포된 성탄 서사의 주류였던 당시, '죽음-고난-동포-구원'이라는 새로운 서사로 등장했다. 무엇보다도 기독교적 신앙이 강한 원작자와 번역자, 출판 주체를 통해 창작되고 번역된 이 텍스트는 일제강점기 조선에 유입되면서 민족 해방과 투쟁의 정신을 고양시키는 서사로 개작되며 희곡과 공연으로도 확산되었다.

다만 본문 마지막 장에서 다룬 기독교 문서로서의 의미, 그리고 그것이 민족주의적이고 사회 운동적인 목소리로 재해석되어 확산된 지점에 대해서는 좀 더 살펴볼 필요가 있을 것이다. 1920년대 중반을 거쳐 1930년대 중후반으로 치달으며 민족주의와 사회주의가 보인 행보는, 번역된 기독교 출판물이 새로운 가능성 혹은 한계로 작용했던 시대의 특수성을 이해하는 데 도움이 될 것이다. 또 번역과 출판 주체로서 기독교 출판을 살필 때는 특정 장르에 한정되지 않는 교차적인 대조가 필요하다. 문서 선교는 성경과 종교 서적, 이중어 사전, 의학서와 교과서, 인문 교양서와 아동서 등 다방면에서 동시다발적으로 그 번역과 저술이 이루어졌기 때문이다. 이번에 살펴본 『제사 박사』의 경우처럼 성서와 신학, 소설이 원작자와 번역자, 그리고 텍스트 간 상호 연동되어 있다면, 이들 텍스트에 대한 연구는 종합적으로 접근될 때, 주요 개념과 사상, 언어와 서사가 형성되어 가던 국면을 보다 명확히 이해할 수 있게 될 것이다.

참고문헌

강준만, 「한국 크리스마스의 역사-'통금 해제의 감격'에서 '한국형 다원주의'로」, 『인물과 사상』 125, 인물과사상사, 2007.

게오르그 루카치, 반성완 역, 『소설의 이론』, 심성당, 1998.

김병철, 『한국 근대 서양문학 이입사 연구』, 을유문화사, 1980.

김성연, 「식민지 시기 지식의 형성과 기독교의 역할」, 『민족문학사연구』 81, 민족문학사학회, 2023.

김성은, 「선교사 게일의 번역 문체에 관하여-천로역정 번역을 중심으로」, 『한국기독교와 역사』 31, 한국기독교역사학회, 2009.

김영희, 「예이츠의 「동방 박사」와 엘리엇의 「동방 박사의 여정」에 대한 성서적 비교 연구와 현대적 의미」, 『한국예이츠저널』 55, 한국예이츠학회, 2018.

로스 킹, 「게일과 조선예수교서회」, 김용규·이상현·서민정 편, 『번역과 횡단』, 현암사, 2017.

박진영, 『번역가의 탄생과 동아시아 세계문학』, 소명출판, 2019.

방원일, 「한국 크리스마스 전사 1884~1945-이원적 크리스마스 문화의 형성」, 『종교문화연구』 11, 종교문화연구소, 2008.

서신혜, 「지리 교과서 『사민필지』와 『초학디지』」, 『문헌과 해석』 61, 문헌과해석사, 2012.

신인철, 「동방 박사의 예수 경배 서사에 내포된 이방인 수용의 신학적 의도」, 『신약논단』 18(1), 한국신약학회, 2011.

신종철, 「웨스트민스터 신앙고백서 개정 논의에 관한 고찰-벤자민 워필드와 헨리 반 다이크를 중심으로」, 『신학지남』, 신학지남사, 2012.

실비아 페데리치, 황성원·김민철 역, 『캘리번과 마녀』, 갈무리, 2011.

염원희, 「크리스마스의 도입과 세시풍속화의 과정에 대한 연구」, 『국학연구』 22, 한국국학진흥원, 2013.

원명영·오순방, 「基督敎飜譯小說『第四博士』的敍事飜譯特點研究」, 『중국소설논총』 48, 한국중국소설학회, 2016.

윤진현, 「제4박사의 여정과 성패의 해석-헨리 반 다이크, The Story of The Other Wise Man의 각색 희곡을 중심으로」, 『한국극예술연구』 80, 한국극예술학회, 2023.

이덕주, 「'낯선 것에서 익숙한 것으로'-초기 성탄절 문화에 나타난 기독교의 토착화」, 『종교와 문화』 18, 종교문제연구소, 2010.

이만열, 『한국 기독교 문화 운동사』, 대한기독교출판사, 1987.

장문석, 「판식의 증언」, 김용규·이상현·서민정 편, 『번역과 횡단』, 현암사, 2017.

조익상, 『크리스마스 담론과 표상 연구-근대 문자매체를 중심으로』, 연세대 석사논문, 2013.

톨스토이, 박형규 역, 『톨스토이 단편선』, 인디북, 2003.

편무영, 「한국 종교 민속 시론 서설」, 『한국 종교 민속 시론』, 민속원, 2004.

폴 리쾨르, 윤성우·이향 역, 『번역론-번역에 관한 철학적 성찰』, 철학과현실사, 2006.

John Storey, "The Invention of the English Christmas," Sheila Whiteley edt., *Christmas, Ideology and Popular Culture*, Edinburgh University Press, 2008.

P. W. Robert, *Journey of the Magi : In Search of the Birth of Jesus*, Toronto : Stoddart, 1995.

Vladimir Tumanov, "The First Temptation of the Last Magus : a Comparison of Michel Tournier's Taor, prince de Mangalore, Edzard Schaper's Die Legende vom vierten Konig and Henry van Dyke's *The Story of the Other Wise Man*," *Orbis Litterarum* 52, University of Western Ontario, 1997.

독립기념관 한국독립운동사 정보시스템 (search.i815.or.kr. 2024.1.6)

새한글성경, 대한성서공회 (https://www.bskorea.or.kr. 2024.1.6)

연희전문학교 물리학과 100년사 : 1915~2015 (web.yonsei.ac.kr_board.pdf, 2024.1.6)

혁명 문헌과 민국 시기 문헌 연합 목록 (http://pcpt.nlc.cn, 2024.1.6)

제3부

식민지를 가로지르는 시선

1920~1930년대 한국에서
장광츠 문학의 수용 양상

한효韓曉
산둥사범대학교
한국어학과 교수

1. 장광츠와 한국문학

장광츠蔣光慈, 蔣光赤는 1901년에 태어나 1931년에 젊은 나이로 세상을 떠난 초기 중국 좌익 문학의 대표적 작가다. 그는 중국 혁명문학의 개척자로 일컬어지고 있으며 시, 소설과 무산계급 혁명 이론 등 다양한 방면에서 저술을 남겼다.

장광츠는 1921년 모스크바에서 유학하면서 무산계급 사상을 공부하게 되고 1924년에 귀국한 후 다양한 문학 활동을 펼쳤으며, 모스크바에서 창작·번역한 시들을 묶어 첫 시집 『신몽新夢』을 발간하고 1926년 「압록강 위에서鴨綠江上」와 「소년 표박자少年漂迫者」 등 일련의 소설을 발표하여 큰 인기를 끌었다. 또 태양사를 설립하고 「혁명문학에 관하여」 등 혁명문학 이론에 관한 글을 발표하여 1920년대 후반 중국 문단에서 혁명문학과 관련된 논쟁을 일으키기도 했다. 그는 1930년 루쉰 등과 함께 중국 좌익작가연맹 준비위원회를 조직하여 상무위원으로 선임되기도 했다.

그는 1920년대 지식 청년들의 혁명 투쟁과 정신적 고뇌를 반영한 '혁명+연애'라는 창작 패턴을 확립하고 중국 혁명문학의 개척자로 평가받았다. 이러한 작품 창작 양식은 한때 문학계의 모범이 되기도 했다. 당시의 문학평론가 첸싱춘錢杏邨은 "장광츠는 30년을 살았을 뿐이지만 그의 전 생애를 혁명에 바쳤다"고 평했다.[1]

장광츠는 생전에 이미 한국 문단에 이름을 알렸다. 그의 작품은 정내동, 김태준 등 중국문학 연구자들에 의해 한국에 소개되어 일정한 반향을 일으켰다. 이는 1920~1930년대 한중 문학 교류와 한국에서 좌익 문학의 전파를 연구하는 데 중요한 자료일 뿐 아니라 식민지 시기 한국 지식인들의 가치 선택을 고찰하는 데에도 의미 있는 참고가 된다.

지금까지 한중 양국 학계에서는 장광츠와 그의 문학에 대한 연구가 지속적으로 진행되어 왔으며 많은 성과를 거두었다. 예컨대 왕옌리는 20세기 전반기에 중국문학이 한국어로 번역된 배경, 주요 번역자 및 번역의 특징 등을 비교적 거시적인 시각에서 분석했는데,[2] 그 가운데 한국 연구자의 중국 좌익문학에 대한 평론도 포함되어 있다. 남정희는 이명선이 번역·출판한 『중국 현대 단편소설 선집』을 대상으로 분석했는데,[3] 그 가운데 장광츠의 소설 「압록강 위에서」의 한국 내 번역을 다루었다. 남정희는 이명선의 작품 선택 경향에 대한 분석을 통해 그의 반제국주의 의식을 엿볼 수 있다고 평가했다.

이들의 연구 성과는 장광츠와 그의 문학을 언급했지만 한국에서의 수용에 대한 집중적인 연구 성과는 많지 않았다. 대표적인 성과로는 1930년대 김광주가 번역한 장광츠의 「압록강 위에서」에 대한 엄진주의 연구를 꼽을 수 있다.[4] 이 글은 조선총독부의 검열 정책이 문단에 가한 억압과 더불어 해당 번역본이 결국 출간되지 못한 원인을 고찰했다. 또 이용범은 김태준이 중국 현

---

1 方英(錢杏邨), 「在發展的浪潮中生長, 在發展的浪潮中死亡」, 『文藝新聞』(제2판), 1931.9.15.

2 王豔麗, 「二十世紀上半期韓半島對中國現代文學的譯介」, 『한중인문학연구』 60, 한중인문학회, 2018, 253~279면.

3 남정희, 「이명선의 중국 현대문학 번역과 문학의 임무−『중국 현대 단편소설 선집』과 『노신잡감문 선집』을 중심으로」, 『우리문학연구』 52, 우리문학회, 2016, 61~91면.

4 엄진주, 「1930년대 식민지 조선에서의 중국 소설 검열 연구−장광츠 소설 「압록강 위에서」를 중심으로」, 『한중인문학연구』 61, 한중인문학회, 2018, 53~75면.

대문학 연구의 길로 나가게 된 과정을 상세히 분석하고,[5] 특히 김태준이 중국 학계 및 지식계와 교류한 내용에 대해 논의하여 해당 시기 김태준의 장광츠 문학 연구를 조명하는 데 유의미한 시각을 제공했다.

따라서 이 글은 1920~1930년대 한국 문단에서 발표된 장광츠 관련 문헌 자료를 최대한 발굴·정리하는 것을 바탕으로, 당시 장광츠와 그의 문학이 한 국에서 어떻게 번역되고 수용되었는지 고찰하고자 한다. 나아가 한국에서 장 광츠 문학의 영향을 분석함으로써 당시 한국 지식인들이 중국 문학을 어떻게 인식하였는지, 그리고 그 이면에 어떠한 사상적 경향과 가치 선택이 담겨 있 었는지 탐구하는 데 목적이 있다.

2. 장광츠 문학의 번역과 수용

신문화운동 이후 '현대'적 중국 문학의 이미지가 한국에서 점차 인식되기 시 작했다. 천두슈陳獨秀, 후스胡適, 리다자오李大釗 등 신문화운동 선구자들의 사상과 일부 작품이 한국에 번역·소개되었으며, 1920~1930년대에는 중국 유학 경험 이 있는 정내동, 김광주, 그리고 경성제국대학 출신의 김태준 등 중국문학 전공 지식인들이 중국문학의 번역과 평론에 본격적으로 나서면서 중국문학의 한국 내 수용이 한층 촉진되었다. 한편 같은 시기 중국에서도 다양한 경로를 통해 여 러 한국 작가들의 작품이 번역되어 양국 문학의 상호 인식을 높이며 국경을 초 월한 상호 조망의 문학적 지형을 형성했다. 장광츠 문학이 한국에 번역·해석되 기 시작한 것도 바로 이러한 역사적 맥락 속에서다. 이는 당시 양국에서 활발히 전개된 프롤레타리아 문학운동의 산물일 뿐 아니라, 실질적 인문 교류가 이루 어진 사례로서 당시 한국문학의 지형을 이해하는 데 중요한 단서를 제공한다.

---

5 이용범, 「김태준의 사상 자원과 학술 실천」, 성균관대 박사논문, 2019.

1) 장광츠와 그의 문학에 대한 소개

한국 문단에서 장광츠와 그의 문학이 처음 소개된 것은 1929년으로, 창조사의 주요 구성원이었던 그는 정내동에 의해 처음 언급되었다.[6] 그런데 정내동의 글에서는 장광츠를 혁명문학의 주창자 가운데 한 명으로 간략히 언급하는 데 그쳤으며, 그를 본격적으로 한국에 소개한 인물은 김태준이었다. 1930년 김태준은 『동아일보』에 「문학혁명 후의 중국 문예관」이라는 글을 연재했다.[7] 같은 해 그는 학부 졸업논문 주제를 찾기 위해 잠시 베이징을 방문했는데, 귀국 후 이 글을 집필했다. 베이징 체류 경험은 김태준의 세계관에 중대한 전환점을 마련했다. 당시 중국 민중은 '제국주의 타도'와 '봉건사상 퇴치'를 외치면서 투쟁하고 있었고, 김태준은 이에 깊이 공감했다.[8] 그는 좌익 사상이 이미 세계적 흐름이 되었음을 확신하게 되었고, 마음속에 하나의 신념을 품게 되었다.[9] 이러한 배경 아래, 그는 중국 신문학 연구를 자신의 사명으로 삼고, 중국 신문학을 적극적으로 소개·번역·전파하는 데 힘쓰게 되었다.[10]

「문학혁명 후의 중국 문예관」에서 김태준은 비교적 긴 지면을 할애하여 문학혁명 이후 중국 문단의 상황을 분석하며, 혁명문학이 중국 문단의 주류로 자리 잡게 된 배경과 원인을 고찰했다. 그는 "1926년 혁명군이 지난濟南 반벽半壁의 지地를 석권한 후로는 혈조血潮의 고동鼓動과 정조情操의 비약에 환상 문학을 태생하여 창작의 홍수 시대를 이루고 그중 기교에 승勝한 것으로는 곽궈모뤄의 『나의 유년我之幼年』, 장장광츠의 「소년 표박자」와 「압록강상」, 「국분菊芬」, 첸싱춘錢杏邨의 「즐거운 무도歡樂的舞蹈」, (…중략…) 등이 있다"고 언급했다.[11] 이는 한국 문단에서 혁명문학이라는 거시적 맥락 속에서 장광츠의 창작 활동을 언

---

6   정내동, 「중국 현 문단 개관 3」, 『조선일보』, 1929. 7. 28.
7   천태산인, 「문학혁명 후의 중국 문예관」, 『동아일보』, 1930. 11. 12~12. 8.
8   박희병, 「천태산인의 국문학 연구 (상)−그 경로와 방법」, 『민족문학사연구』 3, 민족문학사학회, 1993, 252면.
9   홍석표, 『근대 한중 교류의 기원』, 이화여대 출판부, 2015, 119면.
10   김태준, 「외국문학 전공의 변(辯)」, 『동아일보』, 1939. 11. 10.
11   천태산인, 「문학혁명 후의 중국 문예관9」, 『동아일보』, 1930. 11. 27.

급한 첫 사례로, 김태준이 국민대혁명 발발이 혁명문학의 형성과 발전을 촉진했다고 인식했음을 보여준다. 또 혁명문학이 지닌 의미와 가치를 긍정적으로 평가했다.

이 글에서 김태준은 장광츠의 대표작 「압록강 위에서」가 「부서진 마음碎了的心」혹은 그 외의 다른 제목으로도 판매되고 있음을 언급했는데, 이를 통해 그는 당시 중국에서 장광츠 문학이 얼마나 큰 인기를 끌고 있는지 인지하고 있었음을 알 수 있다. 1928년부터 1930년 사이 장광츠의 소설은 출간 즉시 재판이 이루어질 정도로 반응이 뜨거웠으며, 해적판까지 빈번하게 유통되었다. 실제로 「압록강 위에서」는 『부서진 마음과 사랑을 찾아서碎了的心與尋愛』1930라는 제목으로 출판되기도 했고, 심지어 마오둔茅盾의 단편소설집 『들장미野薔薇』1929마저도 장광츠의 작품으로 위장하여 『한 여성과 자살—個女性與自殺』1930이라는 제목으로 출간된 사례도 있었다.[12] 이러한 현상은 당시 상하이 출판계가 시장 수요에 부응하고자 의도적으로 도서를 기획·포장했음을 보여주는 동시에, 장광츠 소설의 폭발적인 인기와 판매력을 방증한다. 위다푸郁達夫가 언급했듯이 "1928년, 1929년 이후 프롤레타리아 문학이 중국 문단의 주류를 장악하게 되었고, 장광츠만큼 열광적인 독자와 숭배자를 거느린 작가가 바로 이 시기에 급격히 늘어났다."[13] 이처럼 장광츠가 중국 문단에서 '인기 작가'로 부상한 현상은 한국 문단에도 일정한 영향을 미쳤을 가능성이 있다. 실제로 경성제국대학 도서관에는 1928년부터 1932년 사이 중국에서 출판된 장광츠의 소설과 시집 총 21권이 소장되어 있었는데, 장광츠는 당시 소장된 중국 백화문 서적 중 가장 높은 비중을 차지한 작가였다.[14] 따라서 경성제국대학에 재학 중이던 김태준은 장광츠의 문학 작품 원본을 통해 그의 문학 전반에 대해 깊이 있게 이해했을 가능성이 크다.

12 　吳騰凰·徐航, 『蔣光慈評傳』, 北京 : 團結出版社, 2000, 388면.

13 　郁達夫, 「光慈的晩年」, 『現代』 3(1), 1933.5, 72면.

14 　이윤희, 「경성제국대학 부속도서관 내 백화체 문학 장서의 구성 연구」, 『중국소설논총』 57,

1931년 김태준은 「신흥 중국 문단에 활약하는 중요 작가」[15]에서 장광츠의 작품을 비교적 포괄적으로 소개했다. 그는 장광츠의 작품이 혁명성을 지녔기에 자유로운 비평이 어렵다는 점을 안타까워하며, 이를 통해 간접적으로 당시 식민 통치 정책에 대한 불만을 드러냈다.

또 장광츠의 이름은 1930년대 초반 한국의 신문·잡지 등 많은 매체에 여러 차례 등장했다. 예컨대 『삼천리』는 중국 좌익작가연맹이 발표한 「선언」을 번역·게재한 데 이어 중국 좌익작가연맹에 대한 해설도 붙였는데,[16] 그 가운데 장광츠는 주요 구성원으로 루쉰, 귀모뤄 등 유명 작가들과 함께 소개되었다. 한편 김광주는 「중국 프로 문예」[17]에서 장광츠의 「리사의 애환麗莎的哀怨」과 「구름 속을 뚫고 나온 달沖出雲圍的月亮」을 소개하며, 장광츠가 창작한 프롤레타리아 문학 작품을 높이 평가했다.

이로써 장광츠의 혁명적 주장과 대표 작품, 사상적 경향이 다양한 경로를 통해 한국 문단에 비교적 전면적으로 소개되었으며, 그의 문학이 한국에서 번역되고 심층적으로 해석되는 데 중요한 토대를 마련한 셈이다.

2) 「압록강 위에서」와 「베이징」의 한국어 번역

앞서 언급한 장광츠와 그의 문학에 대한 비교적 집중적인 소개 외에도 1930년대에는 장광츠의 단편소설 「압록강 위에서」와 시 「베이징」이 한국어로 번역되었다.

「압록강 위에서」는 한국인을 주인공으로 하여 한국인의 항일 정신을 형상화한 작품으로 1926년에 발표되었으며, 초기 프롤레타리아 문학의 대표작으로 평가받았다. 소설은 1인칭 화자 '나'의 시선으로 한국 청년 이맹한李孟漢의

한국중국소설학회, 2019, 57~81면.

15 천태산인, 「신흥 중국 문단에 활약하는 중요 작가」, 『매일신보』, 1931.1.1~24.

16 「선언」, 『삼천리』 16, 삼천리사, 1931.6.

17 김광주, 「중국 프로 문예」, 『조선일보』, 1931.8.4~7.

혁명과 사랑 이야기를 서술하며, 이맹한의 입을 통해 일본 침략자가 한국 민중에게 가한 압박을 고발한다. 또 이맹한과 그의 연인 운고雲姑를 비롯한 조선 청년들을 대표로 한 민중의 저항을 생생하게 보여준다.

이 소설은 한국인의 용감한 저항 정신을 묘사하여 한국 지식인들로부터 호응을 얻었다. 일제의 식민지 통치 아래 한국 작가들이 모국어로 항일 정신을 직접 표현하기 어려운 상황에서 해외 작가의 이러한 묘사는 더욱 값지고 소중하게 여겨졌다. 「압록강 위에서」의 주제와 내용은 한국 민중의 민족 독립 요구와 절묘하게 맞아떨어졌으며, 이에 따라 이 작품은 1931년 김광주에 의해 한국어로 번역되어 같은 해 12월 발간 예정이었던 『문예월간』에 게재될 계획이었다. 그러나 일제 총독부의 검열로 인해 게재가 철회되었으며[18] 이 번역작은 끝내 세상에 나오지 못하였다. 『조선출판경찰월보』의 관련 기록에 따르면, 해당 번역문은 원작 소설의 주요 줄거리를 포함하고 있으며, 일본 제국주의의 억압에 대한 고발과 더불어 혁명에 헌신한 운고에 대한 찬미, 그리고 망명지에서 조국 해방을 위해 투쟁하는 이맹한의 모습을 긍정적으로 묘사하는 내용을 담고 있다. 엄진주는 1946년에 출간된 이명선의 번역본을 토대로 『조선출판경찰월보』의 검열 기록과 총독부의 검열 기준을 면밀히 대조하고 분석한 결과, 이 소설이 강한 반일 정신과 독립 사상을 내포하고 있어, 1928년 제정된 총독부의 '신문출판물요항'을 위반했으며, 이로 인해 출판이 불허되었음을 밝혔다.[19]

김광주의 번역본은 비록 1931년에 발표되지 못하였으나, 그 상징적 의미는 결코 무시할 수 없다. 김광주를 비롯하여 『문예월간』의 편집진이나 관련 인사들은 해당 작품을 읽었거나 적어도 그 존재를 들어본 적이 있었을 가능성이 크다. 한국인을 주인공으로 한 항일 주제의 작품은 중국 동북 지역과 상하이에서 수년간 생활했던 김광주에게 자연스러운 친밀감을 불러일으켰을

---

18 엄진주, 앞의 글, 53~75면.
19 위의 글, 67~68면.

것이다. 현재까지 발견된 자료만으로는 김광주가 이 소설을 번역한 구체적인 의도를 명확하게 밝히기 어려웠으나, 그의 개인적 경험과 창작 활동을 고려할 때 당시 그는 프롤레타리아 문학에 관심을 가지고 있었으며, 이로 인해 장광츠와 그의 작품에 주목하게 된 것으로 보인다.

분명한 것은 탄압에도 불구하고 한국 지식인들의 외국문학에 대한 열망이 꺾이지 않았다는 점이다. 김태준은 「문학혁명 후의 중국 문예관」에서 「압록강 위에서」를 비교적 상세히 해석했을 뿐 아니라 장광츠의 또 다른 소설 「부서진 마음」에 대해서도 별도의 평론을 남겼다. 또 1934년 노자영은 「중국 문예의 백화진」에서 "장광츠는 일본 유학 시대부터 혁명문학을 위하여 붓을 든 사람인데 초기에 있어서는 비평가들에게 다소 악평을 받았으나 그의 꾸준한 노력은 그로 하여금 견고한 토대를 가지게 되었다. 시집으로 『신몽』이라는 것이 있고 창작으로 「소년 표박자」, 「야제野祭」, 「리사의 애환」, 「최후의 미소最後的微笑」, 「압록강 위에서」 등이 있는데 더욱이 전기 「압록강 위에서」는 조선 청년을 주인공으로 한 것으로 우리의 주목을 끄는 바가 많다"고 거론했다.[20] 이 점은 수년 뒤 한설야가 루쉰을 회고한 글에서도 확인된다. "이 시기로부터 우리나라에 알려진 중국 작가는 노신만이 아니었다. 곽말약, 장광자, 정진탁 기타의 이름을 들 수 있다. 장광자도 모스크바에서 돌아와 조선 청년을 취급한 작품 「압록강상」을 발표하여 한층 우리들에게 친숙되었다"고 말했다.[21] 이를 통해 장광츠의 작품이 한국에 일정 정도 전파되었음을 알 수 있다.

더 나아가 1935년 3월 노자영은 자신이 주관하여 주요 필진으로 활동한 『신인문학』에 「시가에 나타난 '청년 중국'」을 발표했다. 이 글에는 장광츠를 비롯한 중국 현대 시인 8명의 시 작품이 수록되었는데, 그중 장광츠의 「베이징」이 발췌 번역되었다. 필자가 확인한 바에 따르면 노자영이 번역한 이 작품

---

20   노자영, 「중국 신문예의 백화진」, 『삼천리』 6(7), 삼천리사, 1934.6.1.
21   한설야, 「로신과 조선문학—그의 서거 20주년에 제하여」, 『조선문학』, 평양 : 문학예술출판사, 1956.10, 189면.

은 일본어 번역본을 중역한 것으로 보인다. 1929년 일본 금성당金星堂에서 모모타 소지百田宗治가 편집한 『현대시강좌現代詩講座』 시리즈를 간행했는데, 그중 제3권 『세계 신흥 시파 연구』에 중·일 혼혈 작가 황잉黃瀛이 집필한 「중국 시단의 현재中國詩壇的現在」, 제8권 『현대 세계 사화선現代世界詞華選』의 마지막 부분에는 황잉이 번역한 루즈웨이陸志韋, 원이둬聞一多, 귀모뤄, 장이핑章衣萍, 장광츠, 펑나이차오馮乃超, 왕두칭王獨淸 등의 시가 작품이 실려 있다. 여기에 수록된 장광츠의 작품이 바로 「베이징」이다.

「베이징」이라는 시는 1925년 장광츠가 베이징에 거주하던 시기에 창작된 작품으로 원래 총 9연으로 구성되어 있다. 이 시는 작가가 베이징 생활 속에서 체감한 빈부 격차를 중심 주제로 삼아 계급 사회의 부조리와 사회 모순에 대한 고발을 담고 있다. 노자영이 번역한 시 제목인 「베이징」은 원제와 일치하지만, 내용 면에서는 원시의 첫 세 연만 번역되었으며, 세 번째 연의 마지막 구절도 원문과 달리 다소 변형되었다.

노자영은 원시 후반부에 나타난 빈부 격차를 폭로하는 구절을 세 번째 연의 마지막 구절로 옮겨 시가 표현하려는 핵심 주제인 '베이징은 회색빛 지옥'이라는 이미지를 보다 선명하게 드러냈다.[22] 원시의 처음 세 연에서 시인은 자신을 번화하고 위대한 도시의 떠돌이로 규정하며 도시와의 부조화와 소외감을 드러낸다. 이어 붉은 대문과 푸른 정원이 상징하는 왕공 귀족과 관료 정치가들의 존귀함을 묘사하여, 뒤이은 '가난한 아이'와 대비시킴으로써 당시 사회의 계급 분화를 비판한다. 노자영의 번역에서는 이러한 내용의 배치가 매우 의미심장하다. 그는 원문 뒷부분에 등장하는 '가난한 아이'를 세 번째 연으로 끌어올려, 부와 존엄을 상징하는 왕공 귀족 및 관료 정치가들과 강렬한 대비를 이루게 함으로써 시의 핵심 주제를 한층 부각시켰다. 노자영에 따르면 "장광자의 시는 중국의 현실을 타매打罵한 시인 것이다. 중국 신인들의 기개를 알 수가 있다."[23]

---

22   蔣光慈, 『光慈詩選』, 上海 : 現代書局, 1929, 41면.
23   노자영, 「시가에 나타난 '청년 중국'」, 『신인문학』, 청조사, 1935. 2, 13면.

그러나 식민지 검열 정책의 지속적인 영향과 1937년 이후 점차 강화된 통치 정책으로 인해 장광츠뿐 아니라 중국문학에 관한 다른 번역과 해석은 거의 정체 상태에 빠졌다. 1946년 이명선이 『중국 현대 단편소설 선집』을 번역·출간했는데, 이 선집의 수록 작품 중 첫 번째가 바로 「압록강 위에서」였다. 이때에야 「압록강 위에서」의 한글 번역본이 비로소 한국 독자와 공식적으로 만나게 되었다. 이 선집의 서문에서 이명선은 선집에 수록된 소설의 선정 기준을 명확히 밝혔는데, 이는 3·1운동과 조선 해방을 기념하기 위해 특별히 한국인의 항일 정신을 표현한 작품을 번역하는 데 중점을 두었음을 보여준다. 서문을 통해 이명선의 번역 동기가 민족 해방의 개념과 깊이 연관되어 있음을 확인할 수 있으며, 번역을 통해 조국 해방에 대한 기쁨과 감격이 한국 독자에게 전달되었음을 알 수 있다.

3. '혁명문학'으로서의 장광츠 문학

장광츠 문학과 사상에 대한 평가 및 해석은 주로 김태준에 의해 이루어졌다. 김태준은 1930년부터 1933년까지 불과 몇 년 동안 비교적 집중적으로 장광츠와 그의 문학을 소개하고 비평했다.[24] 그중 「문학혁명 후의 중국 문예관」, 「신흥 중국 문단에 활약하는 중요 작가」, 「연구실을 찾아서」에서 장광츠가 언급되었고, 「장광츠 씨 저 『쇄요적심』을 읽고」와 「중국 신흥 문단의 총아 장광츠」는 장광츠에 대한 전문적인 평론에 해당한다.

「문학혁명 후의 중국 문예관」은 현재 한중 학계에서 김태준의 중국 현대문

---

24 김태준, 「문학혁명 후의 중국 문예관」, 『동아일보』, 1930.11.11~12.8; 「신흥 중국 문단에 활약하는 중요 작가」, 『매일신보』, 1931.1.1~24; 「연구실을 찾아서」, 『조선일보』, 1932.11.30; 「장광츠 씨 저 『쇄요적심(碎了的心)』을 읽고」, 『조선일보』, 1933.1.20~21; 「중국 신흥 문단의 총아 장광츠」, 『문학 타임스』 1, 1933.2.

학 인식을 분석할 때 자주 언급되는 글이다.[25] 관련 연구는 김태준이 이 글을 집필하는 데 영향을 받은 사상적 배경과 그의 계급적 입장 등을 중점적으로 분석하고 있다. 주목할 만한 점은 이 글 가운데 "중국 신문예 운동에 나타난 조선"이라는 절이다. 이 절에서 김태준은 비교적 시야를 바탕으로 중국문학 속 조선에 대한 자신의 견해와 평가를 제시할 뿐 아니라 보다 거시적인 역사적 배경 속에서 『조선통사』, 『안중근』, 『산하루山河淚』 등 조선의 망국 혹은 조선인의 항쟁을 그린 중국문학 작품들을 언급했다. 특히 그는 궈모뤄의 「목양애화」와 장광츠의 「압록강 위에서」 두 편의 소설을 집중적으로 분석했다.

중국 현대의 2대 작가라고 할 만한 곽말약과 장광자의 작품 속에 전자는 금강산, 후자는 압록강을 배경으로 한 두 단편이 있는 것도 이상하다면 이상하고 이상치 않다면 이상치 아니하다. 왜? 이 두 제목은 절호한 제재로서 시대의 선구가 되려 하는 대작가의 안광에 빨리 비치어야 할 것이다. 전자는 세계 유일한 풍경에 있어서, 후자는 비장한 국경의 군가적 정조에 있어서 조선에도 많이 있어야 할 금강 문학과 국경 문학이다.[26]

위의 인용문에서 알 수 있듯이, 한국을 배경으로 한 두 편의 소설에 대해 김태준은 매우 높은 평가를 내리고 있다. 그는 궈모뤄와 장광츠를 당대를 대표하는 중국의 두 작가로 꼽았다. 물론 실제 당시 문단의 성과만 놓고 본다면 이들보다 더 명성이 높은 작가들도 존재했을 것이다. 그러나 김태준이 이 두 작가에게 특별한 애정을 보이는 이유는, 그들이 모두 한국의 운명에 깊은 관심을 기울이며, 작품 속에서 한국인의 저항 정신을 열정적으로 찬미하고 있기 때문이다. 이러한 맥락에서 김태준은 장광츠의 『이방과 고국異邦與故國』이라

25 관련 연구로는 이용범, 앞의 글, 94~97면; 홍석표, 앞의 책, 120~122면; 王豔麗, 「殖民地朝鮮 京城帝大中國語文學系的中國現代文學硏究」, 『東北亞外語硏究』 2020(4), 59~60면.

26 천태산인, 「문학혁명 후의 중국 문예관 16」, 『동아일보』, 1930.12.7.

는 작품도 주목하게 되었다. 이 작품은 1929년 장광츠가 도쿄에 체류하던 시기에 쓴 일기로, 뜨거운 애국심과 문단에 대한 깊은 관심이 담겨 있다. 김태준은 이 책에서 장광츠가 수많은 조선 청년들의 고뇌를 묘사하고 있다고 언급했다.[27] 그러나 실제로는 장광츠가 이 저서에서 한국에 관해 언급한 부분은 많지 않으며, 망국의 한국인에 대한 비통한 공감을 드러낸 몇몇 대목만 있을 따름이다. 그럼에도 불구하고 김태준은 이에 대해 깊은 인상을 받았으며, 이는 그가 내심 한국인의 운명을 반영한 작품의 존재를 더 많이 갈망하고 있었음을 은연중에 보여준다.

「문학혁명 후의 중국 문예관」의 제9절에서 김태준은 장광츠의 '혁명문학'에 대한 주장에도 깊이 공감하는 태도를 보인다. 그는 장광츠의 「혁명문학에 관하여」의 주장을 직접 인용하며 1920년대 중국문학을 '혁명문학'으로 규정한다. "나는 장 씨의 「혁명문학에 관하여」라는 일문一文을 빌려서 본 장의 제목인 '혁명문학'을 정의하고자 한다."[28] 장광츠는 "혁명문학은 억압받는 대중을 출발점으로 하는 문학이다! 혁명문학의 첫 번째 조건은 모든 낡은 세력에 저항하는 정신을 갖는 것이다! 혁명문학은 개인주의에 반대하는 문학이다! 혁명문학은 현대의 삶을 인식하고, 사회를 개조할 새로운 길을 제시해야 한다!"고 주장했다.[29] 이로 미루어 볼 때 김태준은 장광츠의 혁명문학론에 동의하고 그가 구상한 혁명문학의 개념이 장광츠의 것과 크게 다르지 않음을 알 수 있다.

같은 글 제15절에서 중국 문단의 창작을 논하며, 김태준은 장광츠와 그의 작품을 비교적 긴 분량으로 소개했다. 그는 장광츠를 "태양사의 주력", "무관의 명장無冠之名將"이라 칭했다. 또 장광츠의 작품이 미학과 비평가들의 비판을 받았음에도 불구하고, 민중의 희로애락을 대변하며 민중의 이익을 위한 투쟁 정신을 드러내어 일반 민중의 요구에 부합한다고 평가했다.[30] 이러한 평가는

---

27 위의 글.
28 천태산인, 「문학혁명 후의 중국 문예관 9」, 『동아일보』, 1930.11.27.
29 蔣光慈, 「關於革命文學」, 『太陽月刊』, 1928.2, 13면.

앞서 언급한 "혁명문학은 억압받는 대중을 출발점으로 하는 문학"이라는 장광츠의 주장에서 비롯된 것으로, 김태준이 구축한 혁명문학의 내포를 다시금 확인시켜 준다.

「압록강 위에서」 외에도 김태준은 장광츠의 또 다른 단편소설 「부서진 마음」에 대해 별도의 평론을 남겼다. 「부서진 마음」은 혁명가 왕하이핑汪海平과 우위에쥔吳月君의 사랑 이야기다. 기독교 신자였던 우위에쥔은 시위에 참여했다가 경찰에 구타당한 혁명가 왕하이핑을 간호하는 과정에서 그에게 호감을 품게 된다. 그러나 하이핑은 끝내 사망하고, 위에쥔은 이를 계기로 종교의 허무함을 깨닫고 순절을 택한다. 이 작품은 장광츠 초기 창작에서 드러난 '혁명+연애'의 패턴을 쓰고, 기독교의 위선을 비판하는 데 그 목적이 있기는 하나, 더 중요한 점은 혁명가가 혁명의 길로 나아가는 과정을 형상화했다는 데 있다. 김태준은 이 소설이 반종교적 의미와 색채를 지니고 있다고 보았으며, 당시 한국 사회에 천도교, 청림교, 보천교, 태극교 등 다양한 종교가 성행했던 점을 고려할 때 종교 문제를 청산할 필요가 있다고 보았음을 짐작할 수 있다.

중국에서는 1922년부터 1927년 사이에 '비기독교 운동'이 전개되었다. 이는 민족주의적 입장에서 출발한 기독교 비판 운동으로, 무산계급 혁명의 성격을 띠고 있다. 1924년 비기독교동맹은 「비기독교 대동맹 선언」을 발표했는데, 그 내용은 "그들이 중국에 와서 선교와 교육을 하는 데 있어 의도적이든 비의도적이든, 국제 자본주의의 국제주의 관념을 선전하여 중국의 민족 각성과 애국심을 파괴하고 있으므로 우리는 모든 종교 중에서 특히 기독교에 반대해야 한다"는 것이었다.[31] 이 운동이 중국 현대문학에 끼친 가장 뚜렷한 영향은 작가들이 기독교의 부정적 측면에 민감하게 반응하고, 이에 대한 비판 작품이 다수 등장했다는 점에 있다. 예컨대 톈한田漢은 희곡 「점심 식사 전에午飯之前」에서 기독교를 '제국주의'의 대명사와 동일시했다.[32] 김태준은 선언

---

30 천태산인,「문학혁명 후의 중국 문예관 15」,『동아일보』, 1930.12.5.
31 「非基督教大同盟宣言」,『民國日報』, 1924.8.19.

문의 일부를 인용하며, 기독교가 민중을 마비시켜 "모든 생멸영고生滅榮枯는 신이 천명한 것으로 인간의 힘과는 무관하며, 이에 따라 폭군에게 저항할 필요도 없고, 부호와 다툴 필요도 없다"[33]는 허위성을 비판했다. 아울러 그는 제국주의가 종교를 내세워 식민지와 반식민지 국가를 침략하는 행위를 강하게 규탄했다. "특수한 의미에서는 예수교는 자본 제도의 지배 계급의 유력한 무기일 뿐이다. 본국에서는 공인 계급을 마비케 하고 빈부는 신의니 계급 ××으로서 현 제도의 ××을 기도함은 불가하다고 한다. 그들은 온 식민지 반식민지 민중에 대하여는 그들의 군함 군대의 파견은 상제의 복음 교화 기타 일절의 문화를 선물하기 위하여 거비를 아끼지 않고 하는 것이라고 말한다."[34]

비기독교 운동과 「부서진 마음」을 함께 살펴보면 김태준은 이 작품 속에 내재한 혁명적 의식을 정확히 포착하였으며, 이는 곧 그가 자신이 처한 시대적 맥락을 깊이 성찰하고 있었음을 보여준다. 한국은 중국과 마찬가지로 근대기에 기독교의 충격과 영향을 크게 받았다. 제국주의 열강의 약탈과 일본의 식민지 억압 속에서 '민족 각성'과 '애국심'은 식민지 조선 지식인들이 소중히 여긴 핵심 가치였다. 따라서 식민지 담론의 굴레를 깨고 민족적 입장을 견지하는 일은 지식인들이 당면한 중요한 과제였다. 기독교의 합리성과 정당성을 문제 삼는 것은 곧 민족의식과 정체성에 맞닿아 있으며, 강한 민족주의적 성격을 띨 수밖에 없었다.

김태준은 「부서진 마음」에 담긴 기독교 비판을 조선에 이식시키고 중국 사회의 상황을 빌려 우회적이고 은유적인 방식으로 기독교가 대표하는 제국주의에 대한 불만을 표출했다. 이 짧은 글에서 검열로 인해 '×× 형태로 처리될 수밖에 없었던 부분들이 적지 않아, 이를 통해서라도 김태준이 이 작품을 비평하는 데 기울인 심혈을 엿볼 수 있다. 김태준의 평론을 통해 그는 자신의 민

---

32 楊世海, 「非基督教運動對中國現代文學的影響」, 『學術月刊』 45, 2013, 125면.

33 천태산인, 앞의 글.

34 위의 글.

족이 처한 위기와 긴박함을 분명히 인식하고 있었음을 알 수 있다. 이는 그가 계급 문학에 대해 갖고 있던 동정심과도 연결된다. 이러한 이유로 김태준은 당시 중국 문단에서도 크게 주목받지 못한 채 비교적 덜 알려진 이 작품을 선택했다. 이는 김태준의 중국문학 연구 활동에서 드러난 정체성, 즉 무산계급 문학에 대한 높은 평가가 반영된 결과라고 볼 수 있다. 다시 말해 김태준이 중국 현대문학을 소개한 출발점은 조선 현실의 변혁적 요구를 고려하거나 조선 현상에 대한 문제의식에서 비롯된 것이었다고 할 수 있다.[35] 이러한 이유로 「부서진 마음」의 결말이 종교의 허위성 비판에 그치고 구체적인 행동으로까지 승화되지 못한 점에 대해 김태준은 아쉬움을 표명했다.

이 글이 발표된 지 한 달도 채 지나지 않은 1933년 2월, 김태준은 『문학 타임스』 창간호에 「중국 신흥 문단의 총아 장광츠」[36]라는 평론을 발표하여 장광츠와 그의 작품을 회고했다. 이는 당시 한국 문단에서 나온 장광츠에 대한 가장 상세한 평론으로 꼽힐 수 있다. 특히 앞서 살펴본 김태준의 일관된 주장으로 미루어 볼 때, 그는 장광츠와 그의 문학에 깊은 열정을 가지고 있었으며 장광츠의 요절에 대해 깊은 안타까움을 드러냈다.

이 글은 먼저 1931년 이후 중국 문예 단체들이 점차 파괴되어 가는 상황을 소개하며, 특히 '좌련 오 열사' 사건을 비교적 구체적으로 설명한다. 이어서 좌익 작가 펑셰장馮憲章이 체포되어 옥사했다는 소식을 전하고, 시인 쉬즈모徐志摩 역시 요절했다는 사실에 안타까움을 표한다. 중국 문단 청년 작가들의 비정상적인 죽음을 언급한 것은 앞서 서술한 중국 문단 전반의 위기 상황에 대한 보충이자 타국 청년 작가들의 요절에 대한 연민을 표현한 것이라 할 수 있다. 이 글에서는 장광츠의 학업 과정, 공산주의 사상을 수용하게 된 배경, 그리고 좌익 문학 창작의 길에 들어선 여정을 소개한다.

그러나 이 글 역시 검열을 피할 수 없었다. 예를 들어, 글 속 '혁명'과 관련

---

35 이용범, 앞의 글, 101면.

36 천태산인, 「중국 신흥 문단의 총아 장광츠」, 『문학 타임스』 1, 문학타임스사, 1933.2.

된 모든 단어는 'XX'로 대체되었으며, 원문에서 논하려고 했던 장광츠의 시 「중국 노동가」는 강한 반제국주의 의식을 담고 있다는 이유로 아예 생략되었다. 김태준의 글 흐름으로 미루어 볼 때, 그는 1924년 장광츠가 소련에서 귀국한 후 열정적으로 10월 혁명을 찬양하고 중국 혁명을 촉구한 점을 논하고자 했던 것으로 보인다. 그러나 「중국 노동가」가 노동자들에게 제국주의 억압에 맞서 싸울 것을 호소하고 사회주의 혁명을 촉구하는 내용을 담고 있었기에 생략될 수밖에 없었다.

이 글에서 김태준은 또 「압록강 위에서」를 언급하며 「중국 노동가」와 결합하여 분석했다. "그가 「중국 노동가」에서도 말한 바와 같이 군벌 타도와 병행하여 부르짖는 것은 XX주의에 대한 XX이다. XX주의 하에 XX받는 노동자와 XX당인들은 동원하여 대중의 것으로 대중 자신을 해방하도록 강조한 것이다. 필자가 이미 『동아일보』에 소개하였던 「압록강 위에서」 같은 작품은 아마 이에 해당할 것이다."[37] 특히 김태준은 「압록강 위에서」의 여주인공 운고의 민족 정체성을 상세히 해석했으나, 글 속에서 운고의 신분과 그녀가 살해당한 부분에 관한 표현은 검열로 인해 모두 'XX'로 대체되었다.

장광츠는 「중국 노동가」에서 이렇게 썼다. "일어나라, 중국의 고된 동포들이여. 만약 우리가 일어나 반항하지 않는다면, 우리는 영원히 어두운 심연에 빠질 것이다. …… 우리는 군벌의 짓밟힘을 극도로 당했으니, 만약 우리가 다시 스스로 구원할 방법을 찾지 않는다면, 우리는 영원히 도살당하는 고기와 피가 될 것이다. …… 우리는 선명한 붉은 깃발을 높이 들고 사회 혁명을 향해 힘써 나아간다. 이것은 우리의 일이며, 빨리, 빨리, 빨리 행동하라!"[38] 이 시가 표현하려는 주제를 종합해 보면, 김태준의 평론에서 'XX'로 대체된 부분은 사회주의 혁명에 대한 호소와 제국주의 타도에 대한 요구였음을 알 수 있다. 김태준의 지적처럼 「압록강 위에서」는 장광츠의 혁명 사상의 구체적 구현

---

37 위의 글.
38 蔣光慈, 『戰鼓』, 上海 : 北新書局, 1929, 58면.

이며, 이 두 작품을 통해 혁명문학의 특징을 뚜렷이 드러낸다. 또 그는 1928년 3월 출간된 『현대 중국문학 작가』[39]에서 첸싱춘의 평론을 인용하여, 장광츠의 혁명문학이 중국에서 유일한 대중의 대변인임을 확인하며, 장광츠가 혁명문학 발전에 기여한 바를 높이 평가했다.

첸싱춘이 장광츠에 대한 평가를 인정하는 것 외에도, 김태준 자신 또한 장광츠의 작품에 대해 매우 높은 평가를 내렸다. "장 씨의 연애관은 「압록강 위에서」, 「구름을 뚫고 나온 달」에 이르러 비약적으로 로맨티시즘과 센티멘탈리즘을 극복하였다. 씨는 이 작품에서 용맹한 투사와 각성한 대중들의 지하운동의 강력을 보여주었다. …… 장 씨는 결국 ××대중을 대변하는 충실한 문인으로서 시종하였다고 불 수 있다. 불과 삼십 세의 소장기에 중도로에 요절한 씨는 신흥 중국을 위하여 얼마나 통탄할 일인가! 호야빈胡也頻, 유석柔石도 죽고 장 씨도 죽었다. 그러나 아직도 제이, 제삼의 장광자는 이상지李尚志, 만영曼英과 함께 영원히 그칠 리가 없다."[40]

검열로 인해 인용문 속의 '혁명', '프롤레타리아 대중' 등의 표현은 일괄적으로 '××'로 대체되었지만, 그럼에도 김태준이 장광츠가 대중의 대변인으로서 높이 평가하고 있음을 어렵지 않게 확인할 수 있다. 이는 곧 혁명문학의 의의를 강조한 것으로, 김태준은 요절한 좌익 청년 작가 호야빈과 유석에 대해서도 깊은 애도와 안타까움을 표한다. 그리고 그는 단순한 비애를 넘어 "제이, 제삼의 장광츠"와 이상지, 만영 등 현실과 소설 속의 혁명가들을 통해 식민지 지식인이 품은 혁명에 대한 열망을 은유적으로 드러내며, 제국주의 지배자에 대한 저항 의식을 우회적으로 표현한다.

비록 본문 전체에서 '제국주의'라는 표현이 검열로 인해 복자로 대체되었지만, 김태준이 평가한 장광츠의 가장 완성도 높은 작품 속 두 청년 주인공의 혁명적 형상은, 제국주의의 침략을 받는 조국에도 이와 같은 청년들이 끊임

---

39 錢杏邨, 『現代中國文學作家』 1, 上海 : 泰東圖書局, 1928, 142~186면.
40 천태산인, 앞의 글.

없이 태어나기를 바라는 염원을 은유적으로 담고 있다. 따라서 장광츠 작품의 수용은 결코 우연한 선택이 아니라 김태준이 중국 혁명 작가의 생애와 창작을 종합적으로 고찰한 결과인 동시에 자국 문단의 발전 방향을 모색하려는 의도가 반영된 것이라 할 수 있다. 이는 곧 그가 프롤레타리아 혁명문학과 그 운동에 대해 깊은 관심과 동경을 품고 있었음을 잘 보여준다.

4. 장광츠 문학의 수용 요인

장광츠는 생애가 짧았고 창작 활동 기간 또한 길지 않았으나, 그의 작품은 생전에 이미 한국에까지 전파되었으며 식민지 시기 유일한 대학이었던 경성제국대학 도서관에 소장된 중국 백화문 도서 가운데 무려 21권을 차지하여 루쉰, 궈모둬 등을 넘어 중국 현대 작가 중 가장 많은 소장 기록을 남겼다. 이는 주목할 만한 현상이라 하지 않을 수 없다. 한국의 1세대 중국문학 연구자들은 장광츠의 작품을 번역·소개하며 그 전파에 기여하기도 했다. 이러한 현상은 다음과 같은 역사적·사회적 배경에서 이해될 수 있다.

우선 중국의 문학혁명과 신문화운동 이후 일부 한국 지식인들은 중국 사회에 일어난 급격한 변화를 예리하게 포착하고, 막 시작된 중국 현대문학에 주목하기 시작했다. 더불어 3·1운동 이후 일부 한국 청년들이 중국으로 유학을 떠났고, 중국에서의 학습과 생활을 통해 중국 사회의 변화를 직접 체험했다. 그들은 귀국 후 적극적으로 중국을 한국 사회에 소개함으로써, 중국 현대문학이 한국 문단에 유입되고 확산되는 데 중요한 매개 역할을 담당했다. 예컨대 정내동은 자신의 중국문학 연구의 계기를 회고하며 "필자가 중국에 유학한 것은 우리나라 삼일운동 후요 중국의 오사운동 후이다. 따라서 우리나라에서는 어문일치의 운동이 상당한 성과를 거두고 있었으며, 중국에서는 오사 정치 운동에서 문학혁명으로 방향을 돌려서 백화문학 운동으로 발전하던 시기이었다. 따라서 우리나라 신문학의 발전과 중국의 백화문학의 진도는 비슷한 점이 많았다. 그런 만큼 피차의 관심은 컸으며, 필자의 중국문학 소개문 같은 것도 우리나라 지紙·지誌에서는 우대하여 게재하여 주었었다."[41] 한설야 역시 "오사운동 이후의 중국의 신문학 운동이 우리들에게 보도되고 그 작품들이 번역 소개되었을 때 그것은 전혀 새로운 연계성을 띠게 되었다."[42] 즉 중국 현대문학에 대한 관심이 고조되는 과정에서 한국 문단은 1920~1930년대의 혁명 운동과 혁명문학에 자연스레 주목하게 되었다. 게다가 식민지 조선과 반식민지 반봉건의 중국 사회는 많은 유사성을 지니고 있었으며, 한설야의 표현처럼 "일본 제국주의의 침략을 다 같이 받게 된 조건에서 조중 양국 인민들의 반일 투쟁은 일찍부터 혈연적인 유대로써 맺어졌었"[43]던 것이다. 이와 같은 역사적 맥락 속에서 장광츠는 혁명문학의 대표 작가로서 한국 문단의 주목을 받게 되었다.

둘째, 1920년대 중후반부터 1930년대 전반기에 이르는 시기는 한국 무산계급 문학이 싹트고 발전하던 시기였다. 동시에 당시 중국 사회의 주도적 사조 역시 좌익 사조였으며, 중국 좌익 문학이든 한국 좌익 문학이든 모두 세계 무산계급 문학의 중요한 구성 부분으로서 "세계 진보적 문학의 일환으로서 국제적인 연계성을 띠게 되었다."[44] 따라서 이 시기 중국 현대 문단에 주목한 한국 문인들은 자연스럽게 좌익 문학에 시선을 돌릴 수밖에 없었다. 예컨대 1930년 전후 한국 문단에서는 「새로 일어난 상해의 좌익극」, 「문학혁명에서 혁명문으로학」, 「중국 프로 문예」, 「중국 현대문학」[45] 등 중국 좌익 문학과 관련된 글이 다수 발표되었다. 홍석표가 지적했듯이, 1930년 전후 한국 내 중국

---

41 정내동, 「서문」, 『정내동 전집』 1, 금강출판사, 1971, 1면.

42 한설야, 앞의 글, 188~189면.

43 위의 글, 189면.

44 위의 글, 189면.

45 「새로 일어난 상해의 좌익극」, 『조선일보』, 1930.4.22; 양백화, 「문학혁명에서 혁명문학」, 『동아일보』, 1930.4.1; 김광주, 「중국 프로 문예」, 『조신일보』, 1931.8.4~7; 궈모줘, 「중국 현대문학」, 『삼천리』 16, 삼천리사, 1931.6.

문학 소개 및 연구는 좌익 문예 비평가의 관점에 의거해 이해되고 있었다.[46] 김태준의 장광츠에 대한 관심 또한 이러한 맥락 속에서 이해할 수 있다. 1930년대 초반 김태준은 사상적으로 이미 좌파에 가까워졌으며, 이에 따라 장광츠는 초기 혁명문학의 주창자이자 중요한 작가로서 자연스럽게 그의 주목을 받았다. 다시 말해 장광츠가 중국 문단에서 지닌 명성은 그의 한국 내 확산에도 직접적인 영향을 끼쳤다. 그가 개척한 '혁명+연애'의 서사 방식이 한때 유행했으며, 그의 작품은 독자들로부터 큰 호응을 얻었다. 개성의 자유를 호소하면서도 혁명의 시대적 주제를 겹쳐 당시 사회가 혁명에 대한 상상과 맞닿아 있었으며, 이는 장광츠의 명성을 높이고 그의 문학이 한국에 전파되는 데 중요한 동력이 되었다.

그 외에도 장광츠 문학 자체를 살펴보면 그의 작품에는 한국에 대한 관심이 직접적으로 드러난다. 「압록강 위에서」를 예로 들자면 이 소설은 일본 식민 통치에 맞서 싸우려는 한국인의 결의와 의지를 형상화하고 있다. 주인공 이맹한과 운고는 각각 해외와 본토에서 저항하는 인물로, 한민족이 민족 독립을 간절히 열망하며 투쟁하는 정신을 보여준다. 이러한 직설적이고 진솔한 반제국주의적 표현은 식민지 검열 정책의 제약 속에서 한국 작가들이 창작하거나 발표하기 어려운 주제였다. 특히 중국 작가가 한국인의 항일 투쟁을 소재로 삼았다는 점은, 외부인의 시각에서 한국인의 저항을 조명하고 긍정한 것이기에 한국 독자들에게 더 큰 자부심과 투지를 불러일으켰다. 따라서 이 작품의 번역본이 일제 시기 게재 금지의 '처분'을 받았음에도 불구하고, 김태준, 노자영, 한설야 등 문인들은 기꺼이 이를 언급했다. 이는 중국인이 창작한 한국인을 주제로 한 작품이 식민지 지식인들에게 강한 공감을 불러일으켰음을 보여준다. 또 이러한 맥락은 해방 이후에도 이어졌다. 일제 식민 통치가 끝나고 민족 정체성의 재확립이 긴급히 요구되던 역사적 조건 속에서, 한국인의 투쟁을 다룬 서사는 다시

---

46 홍석표, 앞의 책, 126면.

금 한국 지식인들의 시야에 들어왔으며, 장광츠의 작품은 재차 번역되었다. 이는 장광츠 문학이 단순한 문학적 성취를 넘어 일부 한국 지식인들의 혁명적 기대와 염원을 반영하며, 동시에 독특한 상징적 의미를 지니고 있음을 입증한다.

5. 장광츠 문학 수용의 의의

장광츠 문학의 한국 내 수용은 국경을 넘어 맺은 한중 문학의 연대성을 잘 보여준다. 중국 현대문학이 막 발생하고 발전하던 시기에 장광츠의 소설과 시는 이미 한국에서 비교적 폭넓게 소개되었다. 「압록강 위에서」, 「베이징」, 「중국 노동가」 등 혁명 의식과 군벌 혹은 제국주의 압박에 대한 저항을 드러낸 작품들은 한국 지식인들의 적극적인 노력으로 전파되었다. 비록 「압록강 위에서」의 번역본이 출간되지 못했으나 이에 대한 한국 지식인들의 깊은 관심과 반복된 언급은, 이 작품이 한국 문인들의 심금을 울렸으며 그들의 혁명에 대한 기대와 열망을 자극했음을 보여준다.

이 글은 장광츠 및 그의 문학이 한국에서 수용된 양상을 고찰함으로써, 식민지 시기 한국 지식인들이 장광츠와 그의 문학을 한국 문단에 소개했으며, 중국 문학과의 동시성을 공유했음을 확인할 수 있다. 동시에 그들은 장광츠 문학을 해석하는 과정에서 정체성과 혁명에 대해 나름대로 성찰을 표현했다. 「압록강 위에서」가 한국인의 투쟁을 생생히 묘사함으로써 한국 지식인들 사이에서 자주 언급된 사실, 「부서진 마음」이 강한 반제국주의 의식을 드러내어 김태준의 주목을 받은 것도 이런 맥락을 잘 보여준다. 따라서 장광츠 문학의 한국 내 전파는 단순한 번역과 소개 차원을 넘어, 정신적 공명을 매개로 한 계승과 변용의 과정이었다. 이는 한중 양국 문학이 서로를 비추며 이해를 심화시킨 동시에 식민지와 반식민지 지식인이 공유한 혁명적 열망을 하나의 공동된 서사로 엮어 낸 사례라 할 수 있다.

참고문헌

남정희, 「이명선의 중국 현대문학 번역과 문학의 임무-『중국 현대 단편소설 선집』과 『노신 잡감문 선집』을 중심으로」, 『우리문학연구』 52, 우리문학회, 2016.

박희병, 「천태산인의 국문학 연구 (상)-그 경로와 방법」, 『민족문학사연구』 3, 민족문학사학회, 1993.

엄진주, 「1930년대 식민지 조선에서의 중국 소설 검열 연구-장광츠 소설 「압록강 위에서」를 중심으로」, 『한중인문학연구』 61, 2018.

이윤희, 「경성제국대학 부속도서관 내 백화체 문학 장서의 구성연구」, 『중국소설논총』 57, 한국중국소설학회, 2019.

이용범, 『김태준의 사상 자원과 학술 실천』, 성균관대 박사논문, 2019.

정내동, 『정내동 전집』 1, 금강출판사, 1971.

홍석표, 『근대 한중 교류의 기원』, 이화여대 출판부, 2015.

謝昭新, 「論蔣光慈小說創作與三十年代上海都市文化市場」, 『文學評論』, 2011(3).

楊世海, 「非基督教運動對中國現代文學的影響」, 『學術月刊』 45, 2013(5).

吳騰凰·徐航, 『蔣光慈評傳』, 北京：團結出版社, 2000.

王艷麗, 「二十世紀上半期韓半島對中國現代文學的譯介」, 『한중인문학연구』 60, 한중인문학회, 2018.

_____, 「殖民地朝鮮京城帝大中國語文學系的中國現代文學研究」, 『東北亞外語研究』, 2020(4).

세계 안의 조선을 (비)가시화하기

중국의 『조선현대동화집』 번역자와
세계동화총서 발간의 정치성

조운정趙胤妍
국민대학교
교양대학 교수

1. 호명된 민족, 선택된 이야기

조선에 대한 일본인들의 학문적 관심은 조선총독부의 식민지 조사 사업과 같은 정책 입안의 단초가 되고, 일본뿐 아니라 조선과 중국의 지식 장에도 자극을 주었다. 우스다 잔운薄田斬雲의 『암흑의 조선暗黑なる朝鮮』1908이나 다카하시 도루高橋亨의 『조선의 이야기집朝鮮の物語集』1910이 닛칸쇼보日韓書房에서 발간된 후 조선총독부의 『전설동화조사사항傳說童話調査事項』1913이 발행되었다. 조선의 이야기를 수집하고 '동화'로 분류하는 일련의 작업은 그 이후에 본격화되었다. 1919년 9월 조선평양고등보통학교 교사였던 미와 다마키三輪環는 조선의 구비전설을 수집해 도쿄 하쿠분칸博文館에서 『전설의 조선傳說の朝鮮』이란 제목의 책으로 간행했다. 『전설의 조선』은 제1편이 '산천', 제2편이 '인물', 제3편이 '동식물 및 잡雜', 제4편이 '동화'로 구성되어 있다. 이때의 동화란 어린이의 읽을거리로 널리 받아들여진 옛이야기 성격이 강한 순수 민담이다.[1] 1924년 조선총독부에서는 25편의 이야기를 모아 『조선동화집』을 발간했다. 같은 해,

일본의 세계동화대계간행회에서는 『세계동화대계世界童話大系』에 일본 편을 넣되, 그 안에 일본·조선·아이누를 포함시켰다. 1926년 2월 나카무라 료헤이中村亮平는 도쿄 후잔보富山房에서 『조선동화집朝鮮童話集』을 출판하며 제1부는 '동화', 제2부는 '모노가타리物語', 제3부는 '전설'로 구성했다.[2]

1926년 10월 심의린이 조선 한성도서주식회사에서 한글로 『조선동화대집』을 간행한 것은 앞서 제시한 일련의 일본어 도서가 발간된 후의 일이었다. 일본과 조선에서 발행된 조선 전래동화집들은 "구전설화가 어린이용 전래동화로 엮이면서 근대 아동문학의 한 장르로 새롭게 인식되기 시작한 당시의 시각"을 보여준다는 점에서 중요하다.[3] 그리고 일본의 조선 식민화 과정에서 이루어진 동화 수집·정리가 조선의 동화집 간행에 자극을 주었다는 점, 더 나아가 중국의 조선동화집 간행에도 영향을 미쳤다는 점은 특기할 사실이다.

1925년 5월 중국의 저우쭤런周作人은 미와 다마키가 1919년에 펴낸 『전설의 조선』 제2편 인물 부분에서 두 편, 제4편 동화 부분에서 한 편을 번역하여 카이밍開明이라는 필명으로 『위쓰語絲』에 소개하였다.[4] 그는 번역문의 앞에 "조선이 중국과 일본 사이에서 두 나라 문화를 전달해 주었기에 동아시아 문명을 연구하는 사람이라면 간과해서는 안 된다"는 것, 그리고 "조선 예술에 대

1 염희경, 「「해와 달이 된 오누이」에 나타난 호랑이상 – 설화와 전래동화 비교를 중심으로」, 『동화와 번역』 5, 건국대 동화와번역연구소, 2003, 10~11면.

2 일본에 의해 출판된 '조선동화집'에 관한 선행 연구에서는 동화집의 두드러진 교훈성(효, 우애, 인내, 지혜, 선행, 성실, 보은 등)이 조선의 아동들에게 피지배자로서의 '순종적이고 수동적인 인간상'을 조장할 수 있음을 언급했다. 또 일본에서 문인들에 의해 간행된 조선동화집이 '조선적인 것'들을 소재로 하되 조선동화집의 개작이 '일선동조론'을 의식해 이루어진 문제점이 있음이 밝혀졌다. 권혁래, 「『조선동화집』(1924)의 인물 형상과 이데올로기」, 『퇴계학논총』 20, 퇴계학부산연구원, 2012, 249~270면; 이현진, 「일제강점기에 간행된 『조선동화집』 연구 – 1920년대 동화집을 중심으로」, 『일본어문학』 63, 한국일본어문학회, 2014, 501~520면; 김광식, 「1920년대 일본어 조선동화집의 개작 양상 – 『조선동화집』(1924)과의 관련 양상을 중심으로」, 『열상고전연구』 48, 열상고전연구회, 2015, 317~349면.

3 염희경, 앞의 글, 20면.

4 김학철, 「20세기 한국문학 중역사(中譯史) 연구」, 서울대 박사논문, 2009, 48면.

해 경의를 표하기 위해 이 글을 소개한다"고 썼다.[5] 저우쩌런은 일본인이 수집한 조선의 전설을 중국 매체에 소개하며 조선의 문화적 위상과 조선 예술의 가치를 부각했다. 특히, 그는 학문적 탐구 대상으로서 조선에 주목하며 누군가 조선의 예술을 중국인에게 소개해 주길 바란다고 부연했다.

조선의 이야기가 단행본으로 엮여 중국 독자들에게 본격적으로 읽히게 된 것은 1930년대에 이르러서였다. 1930년 6월 칭예清野가 번역·편집하여 상하이 아동서국兒童書局에서 발행한『조선전설朝鮮傳說』, 1932년 6월 류샤오훼이劉小惠가 번역하여 상하이 여자서점女子書店에서 출판한『조선민간고사朝鮮民間故事』, 1934년 2월 우짜오시吳藻溪가 번역·편집하여 베이징 세계과학사世界科學社에서 출판한『조선동화朝鮮童話』가 그것이다.[6] 그런데 중국에서 발간된 세 경우 모두 중국인이 수집한 조선의 이야기가 아니다.

칭예의『조선전설』은 앞서 언급한 미와 다마키의『전설의 조선』에 수록된 총 139편의 이야기 가운데 40편을 번역한 것이다.[7] 류샤오훼이의『조선민간고사』는, 러시아인 가린-미하일롭스키N. G. Garine-Mixailovskii가 64편의 이야기를 모아 간행한『조선설화Корейские сказки』1904에 기원을 둔다. 세르쥐 페르스키Serge Persky는 그 64편 중 20편을 프랑스어로 번역하여『한국의 이야기Contes Coréens』1925로 펴냈고, 류샤오훼이는 그것을 다시 중국어로 번역하여『조선민간고사』로 출판한 것이다.[8] 또 우짜오시의『조선동화』는 1924년 일본 도쿄에

5 開明,「朝鮮傳說」,『語絲』 28, 語絲社, 1925.5.25, 1면.

6 권애영,「중국어 번역본『朝鮮現代兒童故事集』(1936)의 가치와 작품에 나타난 식민지 어린이 형상」,『한국학연구』 52, 인하대 한국학연구소, 2019, 52~55면.

7 권애영,「1920~30년대 중국의 조선 설화 번역 의도 고찰―미와 다마키(三輪環)의『전설의 조선』과 마쓰무라 다케오(松村武雄)의『일본동화집』「조선부」를 중심으로」,『중국문화연구』 57, 중국문화연구학회, 2022, 55면.

8 『朝鮮民間故事』는 류반눙(劉半農)이 프랑스 유학 시기 중에 세르쥐 페르스키(Serge Persky)가 프랑스어로 번역·출간한『한국의 이야기(Contes Coréens)』(1925)를 구입해서 자신의 딸인 류샤오훼이(劉小惠)에게 번역시키고 직접 교열을 본 후 출판한 것이다. 그리고 세르쥐 페르스키의『한국의 이야기』는 러시아인 가린-미하일롭스키가 1904년 러시아어로 출간한『조선 설화(Корейские сказки)』를 중역(重譯)한 것이다. 가린-미하일롭스키는 1898년 '러시

서 발간된 『세계동화대계』 제16권 '일본 편'의 '조선 부'에 수록된 동화 27편을 번역한 결과다.[9] 일본인이나 러시아인이 수집한 조선의 옛이야기가 저우쭤런을 비롯한 중국 지식인의 일본어 혹은 프랑스어 중역을 거쳐 중국에 전해졌다는 사실은 이야기의 수집·편찬 속도와 언어의 위계를 환기한다. 조선 이야기의 수집과 편찬의 속도 면에서 일본이 조선보다 앞서 있었기에 일본인이 선별하고 전파한 조선의 이야기가 중국에 먼저 유통될 수 있었던 것이다.

중국인이 수집하여 번역한 조선의 동화집은 1936년 11월에 출판되었다. 앞서 살핀 전설 및 동화 모음집이 조선 전래의 이야기를 대상으로 삼고 있다면, 샤오린성邵霖生, 1913~2005이 중화서국中華書局에서 발행한 『조선현대동화집朝鮮現代童話集』은 '현대'라는 표제어에서 알 수 있듯 동시대 잡지 『어린이』와 『별나라』에서 뽑은 작품들을 묶은 책이다.[10] 특히 중국인 번역자가 조선어 작품 가운데 '어린이' 독자가 읽어야 할 작품을 직접 선별하였다는 점에서, 앞서 일본어-중국어 혹은 러시아어-프랑스어-중국어를 거쳐 번역된 동화집과 차이를 지닌다.

흔히 특정 국가의 구성원은 '우리들'의 이야기 속에서 자신의 모습을 확인하고 그러한 '이야기'를 공유함으로써 '국민'이 될 수 있다고 생각해 왔다. 여기에는 개인이 자신의 인생과 정체성을 타자의 시선 앞에서 이야기로 설명하는 내력의 구조와 기능이 적용되어 있다. 이러한 사고방식에는 개인의 정체성과 '우리'라 불리는 '국민'의 정체성이 동일한 구조를 갖는다는 등식이 깔려 있다.[11] 이 때문에 집단의 이야기를 누가, 어디에서, 어떻게 편집하고 번역

아 지리학회'의 재정적인 지원을 받아 탐사단의 일원으로 1898년 9월 13일부터 10월 18일까지 한국의 북부 지방을 탐사한 바 있다. 이때 그는 지리적 탐사 이외에 한국의 풍속과 설화(민담)에 관심을 기울였는데, 『조선 설화』는 그때 채집한 것이다. 가린의 『조선 설화』는 총 64편의 한국 설화를 수록하고 있으며, 페르스키의 『한국의 이야기』는 가린의 『조선 설화』 중에서 20편을 골라 프랑스어로 번역한 것이다. 홍석표, 「조선민간고사(朝鮮民間故事)의 중역(中譯)과 쉬베이훙(徐悲鴻)의 삽화」, 『중국어문학지』 74, 중국어문학회, 2021, 125~126면.

9   권애영, 앞의 글, 2022, 56면.

10   권애영, 「일제 시기 중국어 번역본 『朝鮮現代童話集』(1936) 소고」, 『한국아동문학연구』 35, 한국아동문학학회, 2018, 14~15면.

11   이와사키 미노루, 이규수 역, 「망각을 위한 '국민의 이야기' – '내력론'의 내력을 생각한다」,

하는가 하는 헤게모니의 문제를 묻는 과정이 생략되었다. 그러나 우리는 어떤 집단의 이야기를 수집하고 재구성하는 작업이 무엇을 포함/배제하고, 폭로/은폐하였으며, 기억/망각하려는 것인지 문제 삼아야 한다.

근래까지 『조선현대동화집』에 대해서는 발간 여부 정도만 언급되다가 나루미 도모코成實朋子와 권애영에 의해서 그 연구가 본격화되었다.[12] 나루미 도모코는 이 동화집이 "중국에서 번역·소개된 동시대의 조선 동화로 가장 이른 것"이라 말하며, "이 시기에 동시대의 조선 동화를 중국에 번역·소개하려는 자세는 당연히 조선의 민족의식·독립운동과 깊은 관계가 있을 것"이라 해석했다.[13] 또 권애영은, 이 동화집이 5·4운동 전후 중국 문단을 풍미했던 '인간 문학'론과 1930년대 프로문학의 경향성 속에서 '약소민족 문학'에 대한 관심이 증폭되어 탄생한 것이라 언급했다.[14] 특히, 권애영은 동화집에 수록된 작품들의 출처를 대부분 밝힘으로써 중국에서 이루어진 동화 번역의 동시대성을 확인해 주었다.

앞선 연구들은 『조선현대동화집』 발간이 식민지 조선의 정치적 상황과 연결되어 있음을 공통적으로 언급했다. 이것은 동화집에 수록된 작품들의 내용과도 상통한다. 다만 번역자인 샤오린성이 서문에 조선인 공역자가 있었음을 언급했으나 그가 누구인지 밝히지 않았다. 나루미 도모코는 서문을 쓴 '탕예

고모리 요이치·다카하시 데쓰야 편, 『내셔널 히스토리를 넘어서』, 삼인, 2002, 221~222면. 이와사키 미노루는 국민의 이야기, 내력을 논의할 때 '이야기'의 '재구성성'이라는 차원으로부터 '표상 가능성'을 둘러싼 비판적인 물음을 시작해야 한다고 강조했다. 이 글에서는 그의 문제의식을 동화의 수집과 번역 과정에 차용했음을 밝혀 둔다.

12 김학철, 앞의 글, 55~57면; 李麗, 「生成與接受－中國兒童文學飜譯研究(1898~1949)」, 香港中文大學 博士論文, 2006, 255면; 김재욱, 「文獻資料－學術研究的基礎和根據: 中國現代文學中有關韓國創作和譯作的文獻問題」, 『중국현대문학』 52, 한국중국현대문학학회, 2010, 176~183면; 孫鶴雲·楊昭全, 「중국 내 한국 현대문학의 전파와 번역－흐름과 사고」, 『아시아리뷰』 13, 서울대 아시아연구소, 2017, 75면.
13 나루미 도모코, 「민국 시기 중국에서 일본 동화와 조선 동화 번역」, 『아동문학평론』 168, 아동문학평론사, 2018, 52면. 나루미 도모코의 이 글은 제14차 중국 아시아아동문학대회 발표문을 한국어로 번역하여 수록한 것이다.
14 권애영, 앞의 글, 2018, 16~20면.

워湯冶我'가 샤오린성과 함께 작품을 번역했다고 언급했지만 탕예워가 번역에 참여했다는 근거는 찾을 수 없다. 또 권애영은 샤오린성 이외에 다른 번역자의 이름을 밝히지 않은 가운데 책 발간에 도움을 준 한진교韓鎭敎의 역할을 강조하는 데 그쳤다.

이에 따라 이 글에서는 샤오린성과 함께 『조선현대동화집』을 번역한 인물이 누구인지 밝힐 것이다. 그리고 '세계동화총서'의 일부분으로 발행된 『조선현대동화집』의 의미를, 동화집에 수록된 작품들이 조선을 표상하는 방식을 통해 분석하고자 한다. 마지막으로 표제 때문인지 동화집에 수록된 작품들이 선행 연구에서 '창작 동화'로 간주되었으나[15] 동화들 가운데 서양 이야기가 있기에 그 출전을 밝힐 것이다. 이로써 본 연구에서는 『조선현대동화집』의 출판 의도가 지닌 정치적 의미와 한계를 드러내겠다.

2. 지워진 번역자 이름을 상하이 인성학교 안팎에서 찾기

『조선현대동화집』의 편역자는 상하이 인성학교 중국어 교사 샤오린성이다. 그는 장쑤성 이싱宜興 출신으로 1933년경부터 상하이 인성학교 중국어 교사로 일했으며, 인성학교 폐교 이후 1938년부터 대학에 입학하여 농업을 전공했다. 대학 졸업 후 1946년에는 상하이 신농출판사新農出版社를 설립하여 농업 서적과 잡지 편집자로 일하기 시작했다. 신농출판사는 1953년 중화서국에 통합되어 오랜 기간 존재하지는 않았지만, 최소 70여 종의 농업과학 서적을 출판하여 농업과학의 교육과 대중화에 기여했다.[16] 이처럼 샤오린성은 20

---

15 위의 글, 14면.

16 샤오린성(1913~2005)은 강소성 이싱(宜興) 출신으로 1933년경부터 상하이 인성학교 중국어 교사로 근무했다. 인성학교 폐교 이후, 그는 1938년부터 낮에는 난퉁학원(南通學院) 농학과에 다니고, 저녁에는 새로 개교한 치용대학(致用大學) 농과대학에 다녔다. 1940년 푸젠협화대학(福建協和大學) 농업대학 농업경제학과에 입학하여 1944년 졸업했다. 그는

대 초반부터 중국 독자를 위해 책을 편집하고 발행하는 일을 시작해 지식의 보급과 대중화를 평생의 업으로 삼았던 인물이다.

샤오린성의 부탁으로 『조선현대동화집』에 서문을 써준 탕예워는 샤오린성이 인성학교에서 오랫동안 학생들을 가르쳐 왔으며 수년간의 '연구'와 '수집'을 통해 이 동화집을 엮을 수 있었다고 언급했다. 그리고 그는 『조선현대동화집』이 "중국 최초의 조선 아동문학 작품집"이며, 이 책에 실린 "20여 편의 짧은 이야기들이 조선의 이국적인 풍취와 정조를 소개"할 것이라 말했다.[17] 샤오린성은 『조선현대동화집』을 간행한 해에 『조선현대아동고사집朝鮮現代兒童故事集』을 간행할 만큼 조선의 이야기에 관심을 두고 있었다. 『조선현대아동고사집』의 「전기前記」에서 그는 "공부를 가르치는 틈틈이 조선에서 출판된 아동도서에서 동요, 이야기, 동화를 중국어로 번역했다. 이 교과 외 읽을거리는 아이들의 중국어 실력을 향상시켰다"고 썼다.[18] 상하이 한인 거류민의 자제들이 다녔던 인성학교의 교사 샤오린성은 조선의 아동문학을 번역하여 아이들에게 읽힘으로써 중국어 공부에 도움을 주었던 것이다.

지금까지 그가 두 편의 동화집을 출간한 것 이외에 '조선'과 관련하여 어떤 활동을 했는지 알려지지 않았다. 필자가 조사한 바에 따르면, 그는 동화집이 출판되기 전인 1935년에 『푸인광福音光』이란 기독교 잡지에 「조선 동시 세 편朝鮮童詩三首」을 번역하여 실었다. 『푸인광』은 감리교 동삼성東三省 선교부에서 월간으로 출판한 잡지다.[19] 샤오린성이 번역한 동시 앞부분에는 번역자에 대한 소개가 담긴 '소언小言'이 있다. 그에 따르면 당시 샤오린성은 상하이 인

1946년 상하이 신농출판사를 설립했고, 1947년부터 주로 농업과학에 관한 책을 출판하기 시작했다. 샤오린성은 신농출판사에서 농업 서적과 저널의 편집자로 일했다. 그는 1953년에는 중화서국 편집국 농업편집실에서 편집자 겸 평론가로 일했다. 그리고 1954년 재정경제출판사에서 농업편집실 편집장이 되었다. 謝振聲, 「邵霖生和新農出版社」, 『出版史料』 1, 北京 : 開明出版社, 2007, 105~107면; 김재욱, 앞의 글, 182~183면.

17　湯冶我, 「湯序」, 『朝鮮現代童話集』, 上海 : 中華書局, 1936, 1~2면.

18　邵霖生, 「前記」, 『朝鮮現代兒童故事集』, 南京 : 止中書局, 1936, 1면.

19　馬光霞, 『中西竝重－監理會在華事業硏究(1848~1939)』, 臺灣 : 臺灣基督敎文藝出版社,

성학교에서 3년째 근무하고 있었다. 그는 틈날 때마다 조선 아동문학 작품을 중국어로 번역하여 『조선현대동화집』과 『조선현대고사집』으로 묶어, 전자는 상하이 중화서국에서 후자는 난징 정중서국正中書局에서 출판할 예정이라고 밝혔다. 그리고 그는 향후 조선현대동시집을 엮어 출판할 것이라고 썼다.[20] 이로써 그가 『조선현대아동고사집』에서 말한 것처럼 조선의 아동 도서에서 작품을 뽑아 번역하되, 향후 동시집 출판까지 계획하고 있었음을 알 수 있다.

그런데 더 놀라운 사실은, 샤오린성이 인성학교에 재직하기 2년 전인 1931년에 이미 「조선 민족의 독립운동朝鮮民族的獨立運動」이란 글을 『청년진보青年進步』라는 잡지에 게재했다는 점이다. 조선에 대한 그의 관심은 일본의 식민지로 전락한 조선의 정치적 상황과 밀접하게 관련을 맺고 있었다. 그는 글의 마지막에 자신이 글을 작성하는 중에 샤쿠오 순쬬釋尾春芿의 『조선병합사朝鮮併合史』, 황옌페이黃炎培의 『조선朝鮮』, 박은식의 『조선 독립운동』을 참고했다고 밝혔다.[21] 마지막 책은 박은식이 상하이에서 집필하여 1920년 상하이 유신사維新社에서 발행한 『한국독립운동지혈사韓國獨立運動之血史』의 오기로 보인다. 샤오린성은 조선 민족의 독립운동과 관련한 글을 쓰기 위해 일본, 중국, 조선 지식인이 집필한 서적을 모두 참고한 것인데, 이는 여러 측면에서 시사하는 바가 있다. 우선 그가 세 나라의 서적을 섭렵할 만큼 언어에 능숙했다는 것이다. 둘째, 조선의 정치적 상황과 관련하여 글을 쓰되 어느 한쪽으로 편향될 것을 저어하여 삼국의 입장을 두루 참고하는 노력을 기울였다는 것이다. 셋째, 그가 조선의 식민 상태에 대한 역사·정치적 이해를 토대로 하여 조선의 동시나 동화를 수집하고 연구했다는 점도 알 수 있다.

샤오린성은 「조선 민족의 독립운동」의 마지막에 "'자유가 아니면 죽음을 달라'는 프랑스 혁명의 구호"를 인용하며 "오늘날 조선 인민이 일본 제국주의

　　　2016, 140면.

20　　邵霖生, 「小言－朝鮮童詩三首」, 『福音光』 11(10), 蘇州 : 天賜莊聖約翰堂, 1935.12, 39면.

21　　邵霖生, 「朝鮮民族的獨立運動」, 『靑年進步』 140, 上海 : 靑年協會書局, 1931.2, 62면.

의 압제하에서 독립을 꾀하고 자유를 얻으려면 프랑스 혁명의 동지들과 같은 결의를 가져야 한다"[22]고 주장했다.『청년진보』는 사회 및 경제 문제에 대한 논의를 통해 기독교 가르침을 전파하는 방법의 모범이 되었던 잡지로 평가된다.[23] 샤오린성이 이 잡지에 글을 실어 조선인들이 "결사 투쟁의 각오로 일본과 맞서야" 한다고 강조했다는 것은, 그가 기독교계의 독립운동 사상과 관련을 맺고 있었음을 뜻한다. 평등과 자유를 지향하며 조선 민족의 독립을 옹호했던 샤오린성이 상하이 인성학교 중국어 교사가 된 것은 우연이 아니다.

공공 조계의 한인들은 미국 조계였던 홍커우虹口 일대에 많이 정착했고, 상하이 한인교회를 중심으로 네트워크를 형성하여 공동체를 이루었다. 홍커우 일대에는 미국 영사관이나 미국 교회, 학교 시설 등이 집중되어 있어 종교 및 사회생활에 많은 도움을 받을 수 있었다.[24] 상하이 인성학교는 1916년 9월 상하이 교회에서 선우혁, 한진교, 김철 등이 상하이 한인 자제들의 교육기관을 설립할 것을 결의하여 상하이한인기독교소학이라는 이름의 사립학교로 개교했다. 학교 설립에 필요한 비용은 한인교회 교민들이 낸 비용으로 충당했으나 그 가운데 가장 큰 비용을 부담한 것은 해송양행海松洋行의 한진교였다. 1918년 9월 상하이 한인사회 최초의 공식적인 교민 단체인 고려교민친목회가 조직되자 상하이한인기독교소학의 경영은 고려교민친목회에 넘겨졌다. 이때 교명이 인성학교로 개칭된 것으로 보인다. 1919년 4월 상하이 임시정부가 수립된 후 고려교민친목회는 임시정부 산하단체 대한교민단으로 개편되었고 사립으로

---

22 위의 책, 같은 면. 샤오린성이 인용한 "자유가 아니면 죽음을 달라(不自由, 毋寧死)"는 슬로건은 미국 독립전쟁 시기 패트릭 헨리가 1775년 3월 23일 버지니아에서 한 연설의 한 구절이지만 원문에 "프랑스 혁명의 구호(法國革命的口號)"라고 쓰여 있어 그대로 인용했음을 밝혀둔다. 원문은 다음과 같으며, 밑줄 역시 원문을 따랐다. "不自由, 毋寧死'! 是法國革命的口號, 今日朝鮮人民在旦帝國主義壓迫之下, 要想謀獨立而得自由, 也應當和法國革命同志有同樣的決心!"

23 陳建明・王在興,『基督敎在華出版事業(1912~1949)』, 成都 : 四川大學出版社, 2004, 230~234면.

24 상하이 인성학교의 설립 과정에 영향을 미친 기독교의 영향과 학교의 운영에 대해서는 김평재, 「상해 인성학교 설립과 운영」,『동국사학』 50, 동국대 동국역사문화연구소, 2011, 212면 참조.

운영되던 인성학교는 임시정부가 인정한 공립학교가 되었다.[25]

인성학교의 초대 교장은 여운형이었으며, 샤오린성이 인성학교에서 교사로 재직하던 시절의 교장은 선우혁이었다. 둘 모두 상하이에서 조선인 단체를 기반으로 독립운동을 하던 인물이다. 인성학교는 학생들에게 '조선혼'을 심어 주는 것을 교육의 근본 목표로 삼아 조선어와 역사를 중요하게 가르쳤으며, '자유 덕성'과 '민족적 원기'를 배양하기 위한 교육 방법을 도모했다.[26] 조선 민족의 독립을 옹호했던 샤오린성의 사상적 지향과 인성학교의 설립 취지는 공명하고 있었던 셈이다.

1936년 11월에 발행된 『조선현대동화집』의 서문에 샤오린성은 이 동화집의 번역 과정에 다른 동료가 있었음을 언급했지만 동료의 이름을 밝히지 않았다. 이 때문에 지금까지 동화를 번역한 나머지 인물이 누구인지 알 수 없었고, 샤오린성이 서문에서 책 발간에 도움을 준 한진교에게 감사 인사를 전한 사실을 토대로 한진교일 가능성이 추측되기도 했다. 선행 연구에서는 언급되지 않았지만, 『조선현대동화집』의 발간을 1년 5개월 남짓 앞둔 1935년 5월 25일 『조선중앙일보』에는 이 동화집의 출판을 예고하는 기사가 실렸다. 조선중앙일보사의 사장이 여운형이었을 시절의 이 기사는 인성학교 교원 두 명이 조선의 동화를 번역하고 있음을 알려준다. 그리고 번역자 두 사람의 이름과 동화집이 발간될 출판사명까지 상세히 밝히고 있다.

전집의 3분의 1은 동료 모 군이 번역하고 초고를 제가 편집한 것이고, 나머지 3분의 2는 전적으로 제가 번역했습니다. 다른 이유로 인해 제 이름으로만 인쇄된 것이 유감스러워 여기에 말씀드립니다.[27]

中國에 있어 屈指의 大書店인 上海에 있는 中華書局에서는 특히 朝鮮 童話를 中

---

25 위의 글, 213~216면.

26 이유필, 「상해에 모범소학교」, 『동아일보』, 1924.1.4, 2면.

27 邵霖生, 「自序」, 『朝鮮現代童話集』, 上海 : 中華書局, 1936, 2면.

國에 紹介하려고 多年 懸案 中에 있던바 금번에 當地 仁成學校 敎員 邵霖生中國人 鄭子平朝鮮人 兩氏에게 依賴하여 朝鮮 童話 數十 篇을 飜譯 中이던 바 최근에 번역을 끝내고 近近 朝鮮現代童話撰이라는 이름으로 출판되리라 하며 商務印書館에서도 右 兩氏에게 의뢰하여 조선동화 수 편을 번역 출판 중이라고.[28]

첫 번째 인용문에서 샤오린성은 자신의 이름만으로 동화집이 출판된 데 대한 아쉬움을 표함으로써 동료에게 어떤 사정이 있었음을 암시할 뿐이다. 서문의 작성 날짜가 1935년 6월 2일로 기록되어 있다. 1935년 5월 25일 『조선중앙일보』에 동화집 관련 기사가 실렸으니, 출판사와 동화집 발간 논의가 된 것은 그보다 전일 것이다. 두 번째 인용문을 보면, 샤오린성과 함께 동화를 번역한 인물이 조선인 '정자평鄭子平'이라고 쓰여 있다. 기사에는 그가 인성학교 교원이라고 언급되어 있다. 샤오린성이 서문에서 '동료'로 칭했던 것과 통하는 부분이다. 동화집의 제목이 '朝鮮現代童話撰'으로 잘못 쓰여 있지만, 책 발간 과정에서 제목이 '조선현대동화집'으로 변경되었을 가능성도 배제할 수 없다.

여기서 짚고 넘어가야 할 것은, 샤오린성이 재직할 당시인 1934년 3월 18일 『동아일보』가 발표했던 인성학교의 교원 명단에는 '정자평'이란 인물의 이름이 없었다는 사실이다. 기사에서 언급된 명단을 보면, '교장 선우혁鮮于赫, 남교원 박기복朴基福, 안창손安昶孫, 엄상빈嚴尚斌, 여교원 선우애鮮于愛, 차영애車永愛, 중국 교원 소림심邵霖深'으로 되어 있으며, 박기복의 이름 옆에 '금번 사직'이라는 내용이 덧붙어 있다.[29] 그리고 1934년 6월 23일에 작성된 프랑스 외무부 문서 중 상하이 '한인 단체 현황과 한인 활동에 관한 보고'를 보면, 정자평이

28 「조선 동화 중국어로 번역 출판」, 『조선중앙일보』, 1935.5.25, 4면. 강조 표시는 인용자.
29 「상해 인성교 내용을 더 확충」, 『동아일보』, 1934.3.18, 2면. 지금까지 邵霖深이 邵霖生의 오기라고 알려져 있었다. 권애영, 앞의 글, 2018, 10면. 하지만 프랑스 외무부 문서에 샤오린성의 이름이 '邵霖深'으로 쓰인 것으로 보아 이명(異名)일 가능성도 배제할 수 없다. 홍용진 외 역, 국가보훈저 · 국사편찬위원회 편, 『프랑스 외무부 문서보관소 소장 한국 독립운동 사료』 3, 과천 : 국사편찬위원회, 2016, 335면.

인성학교 교사로 재직했던 사실을 확인할 수 있다.[30] 1934년 12월 7일 『동아일보』 기사에 인성학교 교원이 '전임교원 다섯 명, 중어과에 중국인 한 명'[31]인 것으로 보아 '정자평'이 '박기복'의 후임으로 부임했을 가능성이 높다.

위에 제시된 인성학교 교장과 교사 명단은 흥사단과의 연관성 속에서 좀 더 살필 필요가 있다. 안창호는 상하이에 원동위원부遠東委員部를 두었고 각 반회를 조직하여 매월 모임을 개최했다. 이로써 단원 상호의 인격 향상과 실력 양성에 노력하였다.[32] 안창호와 흥사단 원동위원부 단원들은 인성학교 경영과 인성학교 유지회에 참여해 학교 운영에 깊이 관여했다. 안창호는 1921년 11월부터 1년간 교장직을 맡았으며, 흥사단원으로 인성학교 교장을 역임한 이로 손정도, 이유필, 조상섭, 선우혁 등이 있다. 또 박춘근, 김공집, 유상규, 이선실, 박기복, 엄상빈, 차영애, 신언준, 나창헌, 백기준, 김연실, 정인과, 김홍서 등이 인성학교 교사로 재직했다.[33] 앞서 『동아일보』 기사에서 샤오린성과 함께 인성학교 교원에 이름을 올렸던 선우혁, 박기복, 엄상빈, 차영애가 모두 흥사단원이었다.

흥사단 원동위원부는 안창호의 체포 이후 원동지방위원회로 이름을 바꾸고 새로운 임원을 선출했다. 이 단체는 "혁명을 목표로 하는 사람들이 기초 지식을 습득하고 자기 수양을 위해 설립"되었다.[34] 원동 각 반의 조직을 결성하여 월례회와 같은 정기 모임을 개최했다. 단장은 구익균이었으며, 원동지방위원회 위원에 조상섭, 신언준, 선우혁 등이 있었다. 구익균과 신언준은 인성학교 교사로, 조상섭과 선우혁은 인성학교 교장으로 재직했던 인물이다. 그런데 흥사단 관련 보고서에서 '정자평'이 이 상하이 흥사단 원동지방위원

---

30 위의 책, 329면.
31 「상해 동포의 유일한 교육 기관—경영난 중의 인성학교」, 『동아일보』, 1934.12.7, 2면.
32 內務省警保局, 「上海を中心とする朝鮮人の不穩策動狀況」, 『社會運動の狀況』 7, 東京 : 三一書房, 1972, 1621~1622면.
33 이명화, 『도산 안창호의 독립운동과 통일노선』, 경인문화사, 2002, 141면.
34 內務省警務局編, 앞의 책, 1623면.

회에서 활동했던 이력을 확인할 수 있다. 정자평은 1935년 흥사단에 입단했다.[35] 입단 후 그는 '원동지방위원회 제4반 반장'으로 활동한 것으로 기록되어 있다. 다만 이 단체는 안창호의 체포 후 상하이 한인 사회에 검거령이 내려지면서 단장 구익균이 1935년 5월 25일 검거되고, 일제의 탄압으로 정치적 활동을 하기 어려운 상황에 처하게 되었다. 샤오린성이 『조선현대동화집』의 서문을 쓴 때가 바로 이 시기다. 그 후 인성학교도 일본어 교육 강요에 대응하여 1935년 11월 11일 전 직원 총사직을 결의하고 무기 휴교 상태에 들어가 문을 닫았다.

이와 같은 정황을 통해 볼 때 1935년에 흥사단에 입단한 정자평이 인성학교 교원으로 일하며 샤오린성과 함께 조선의 동화를 중국어로 번역한 인물이었음을 알 수 있다. 『조선현대동화집』에서 번역자의 이름에 그의 이름을 지울 수밖에 없었던 이유 역시 상하이 내 정치 운동 단체들에 대한 대대적인 검거 분위기와 관련하여 생각해 볼 수 있다. 동화집의 출판을 알리는 『조선중앙일보』 기사, 동료 샤오린성의 서문, 인성학교와 관련한 흥사단의 활동 기록을 바탕으로 인성학교에서 조선 동화를 중국어로 옮겼을 '정자평'의 이름과 흔적을 추적해 보았다. 중국 최초의 조선 아동문학 작품집의 번역자가 상하이 인성학교에서 아이들을 가르치며 조선의 독립을 바라던 중국인과 조선인이었다는 점은 특기할 사실이다. 그것은 제국 일본이 조선의 이야기를 수집·번역하여 일본의 관점에서 전유하려 했던 일방성과는 대조되기 때문이다.

---

35 이명화, 앞의 책, 428면.

3. 세계동화총서 발간의 의도와 조선의 심상 지리

『조선현대동화집』은 상하이 중화서국에서 발행한 '세계동화총서' 시리즈 중의 한 권이었다. 책의 표지나 판권지에도 이 동화집이 세계동화총서로 발행되었음이 표시되어 있다. 번역자 샤오린성 역시 『조선현대아동고사집』 서문에 『조선현대동화집』이 중화서국에서 '세계동화총서에 속한 단행본'으로 출간되었다고 썼다.[36] 『조선현대동화집』을 세계동화전집의 발간이라는 맥락 안에서 보면 1930년대 중화서국에서 발간된 이 책이 다소 특이하다는 점을 발견하게 된다. 우선 '조선'의 동화들이 세계동화총서에서 독립된 하나의 단행본으로 편집되었다는 점, 그리고 1930년대 중화서국에서 출판된 다른 나라 동화집에는 없는 '현대'라는 표제가 기입되어 있다는 점, 그리고 총서 내의 다른 동화집보다 가격이 저렴하다는 점이 그러하다.

우선 첫 번째 특이점에 대해 서술하기 위해서는 비교항이 필요하다. 중국보다 앞서 세계동화전집을 발간한 일본의 경우를 살펴보면, 1924년 일본의 세계동화대계간행회는 『세계동화대계』에 일본 편을 넣되, 그 안에 일본·조선·아이누를 포함시켰다. 1929년 도쿄의 긴다이샤近代社에서 발행된 『세계동화전집世界童話全集』의 제5권은 조선·대만·아이누 편으로 구성되어 있다. 이 전집의 제1권은 바로 '일본동화집'이다. 전자든 후자든 세계동화전집에 '조선'을 포함시킨 것은 제국 일본의 위상을 앞세우고 식민지의 이야기를 일본이 자국화하기 위한 전략임이 분명하다. 1930년에 세이분도誠文堂에서 전 20권으로 발간되었던 『세계동화대계世界童話大系』를 보면 1·2권이 '일본동화집'이고, '조선'이나 '아이누'는 아예 사라진다. 세계라는 이야기 공간에서 일본

---

36 邵霖生, 「前記」, 앞의 책, 2면. 샤오린성이 1936년 1월에 출판한 『조선현대아동고사집』은 같은 해 11월에 출판한 『조선현대동화집』보다 출판 시기가 10개월 앞서 있지만, 『조선현대동화집』의 서문 작성 날짜가 『조선현대아동고사집』의 전기 작성 날짜보다 4개월 이상 앞서 있다. 샤오린성이 예상했던 바와 달리 『조선현대동화집』이 『조선현대아동고사집』에 비해 한참 늦게 출판된 것을 알 수 있다.

의 입지를 점점 확장하고 식민지는 일본에 편입시켜 버리는 제국주의 욕망이 세계동화전집 발간 기획에도 분명히 나타났다.

그러나 상하이 중화서국에서 발행된 세계동화총서는 다른 방향성을 보여 준다. 더욱 놀라운 사실은, 중화서국에서 발행한 세계동화총서가 일본 긴란 샤(金蘭社)에서 1925~1929년에 발행한 세계동화총서를 바탕으로 만들어졌다 는 것이다. 조선과 네덜란드를 제외하면, 중화서국이 발행한 세계동화총서와 일본 긴란샤에서 발행한 세계동화총서의 원저자가 동일함을 알 수 있다.[37]

〈표 1〉 일본 긴란샤(金蘭社)에서 1920년대에 발행한 세계동화총서의 구성

책 제목	저자	삽화가	발행 연도	면수	가격
지나 동화집(支那童話集)	小泉一雄	小糸源太郎	1925	306	1원 50전
인도 동화집(印度童話集)	豊島二郎	高坂元三	1925	308	1원 50전
러시아 동화집(ろしや童話集)	永橋卓介	高坂元三	1925	308	1원 50전
프랑스 동화집(フランス童話集)	永橋卓介	高坂元三	1925	309	1원 50전
독일 동화집(ドイツ童話集)	甲田正夫	高坂元三	1925	306	1원 50전
페르시아 동화집(ペルシヤ童話集)	永橋卓介	高坂元三	1925	300	1원 50전
이탈리아 동화집(イタリー童話集)	永橋卓介	高坂元三	1926	304	1원 50전
이집트 동화집(エジプト童話集)	永橋卓介	高坂元三	1926	300	1원 50전
영국 동화집(イギリス童話集)	永橋卓介	高坂元三	1926	306	1원 50전
미국 동화집(アメリカ童話集)	仲木貞一	高坂元三	1927	300	1원 50전
스페인 동화집(スペイン童話集)	豊島次郎	高坂元三	1927	304	1원 50전
일본 동화집(日本童話集)	甲田正夫	高坂元三	1928	306	1원 50전
네덜란드 동화집(オランダ童話集)	加治亮介	池上浩	1928	206	1원 50전
덴마크 동화집(デンマルク童話集)	大戸喜一郎	高坂元三	1929	307	1원 50전
터키 동화집(トルコ童話集)	永橋卓介	高坂元三	1929	308	1원 50전

일본 긴란샤에서는 지나, 인도, 러시아, 프랑스, 독일, 페르시아, 이탈리아, 이집트, 영국, 미국, 스페인, 일본, 네덜란드, 덴마크, 터키 동화집으로 세계동 화총서를 구성했다. 중화서국에서는 일본 긴란샤에서 1920년대 발행한 세계 동화총서 가운데 자국의 이야기인 『지나동화집』을 우선 제외했다. 그리고 러

---

37 〈표 1〉은 일본 국립국회도서관과 와세다대학에서 제공하는 서지사항과 원문 파일을 바탕으로 작성되었다.

시아, 독일, 영국, 미국, 일본의 동화집을 제외한 후 일본 세계동화총서에 없는 『조선현대동화집』을 추가했다. 1930년대 중화서국에서 발간된 세계동화총서 목록을 정리하면 다음과 같다.[38]

〈표 2〉1930년대 중화서국에서 발행된 세계동화총서 목록

책 제목	저자	번역자	발행일	면수	가격
프랑스 동화집(法國童話集)	永橋卓介	許達年許亦非	1933	253	5.5角
터키 동화집(土耳其童話集)	永橋卓介	許達年	1933	263	5.5角
인도 동화집(印度童話集)	豊島二郎	許達年	1933.4	295	5.5角
이탈리아 동화집(意大利童話集)	馬場睦夫	康同衍	1934.3	223	5.5角
네덜란드 동화집(荷蘭童話集)	William Elliot Griffis	康同衍	1934.3	250	5.5角
덴마크 동화집(丹麥童話集)	大戸喜一郎	許達年	1934.10	265	5.5角
스페인 동화집(西班牙童話集)	豊島次郎	許達年	1934.10	252	5.5角
조선현대동화집(朝鮮現代童話集)	-	邵霖生*	1936.11	202	4角
이집트 동화집(埃及童話集)	永橋卓介	許達年	1937.4	263	5角
이란 동화집(伊朗童話集)	永橋卓介	許達年	1937.5	241	5角

* 샤오린성의 경우에만 번역자가 아니라 편역자로 쓰여 있음

〈표 1〉에서 알 수 있듯 1930년대 중화서국에서는 프랑스, 터키, 인도, 이탈리아, 네덜란드, 덴마크, 스페인, 조선, 이집트, 이란의 동화집을 간행했다. 중화서국이 위치한 상하이가 프랑스 조계지였기에 프랑스 동화를 제일 처음으로 출판한 것으로 보인다. 중화서국이 일본의 세계동화총서를 바탕으로 간행한 동화집을 보면 1930년대 세계의 지정학상 강대국이라 칭할 만한 국가보다는 점점 그 세력이 약해지거나 식민 상태에 있는 국가가 많다. 이 같은 총서의 경향은 기획 단계에서부터 의도된 것이다.

1930년대 중국 지식인들은 조선의 프롤레타리아문학을 적극적으로 소개했는데, 이러한 프로문학적 경향성은 '약소민족'이라는 기표 하에 확산되었

---

38 이 목록은 1937년에 중화서국에서 발행한 도서 목록을 기반으로 하되, 각 도서의 원문(초판 및 재판)을 바탕으로 작성하였다. 『法國童話集』과 『土耳其童話集』 동화집의 경우, 판권지가 누락되어 발행년까지만 표기했다. 編輯委員會, 『中華書局圖書目錄』重編 6, 上海: 中華書局, 1937.4, 243면; 編輯委員會, 『中華書局圖書目錄』重編 7, 上海: 中華書局, 1939.1, 217면.

다. 이것은 1920년대 이후 루쉰魯迅, 저우쩌런, 마오둔茅盾이 '약소민족 문학', 특히 북유럽 쪽에 보였던 관심과 연결된 것이었다.[39] 제1차 세계대전 이후 일본의 팽창과 중국의 식민화를 직접적으로 경험하게 된 중국 지식인들은 정치적 위기에 놓인 세계 여러 나라에 주목할 수밖에 없었다. 『조선현대동화집』을 번역한 샤오린성 역시 서문에서 "조선은 억압받는 약소민족이기 때문에 그들의 작품 중 상당수는 우리가 읽을 만한 가치가 있다"고 썼다.[40] 그는 중국의 독자가 조선의 이야기를 읽어야 하는 이유를 '약소민족'이라는 정치적 국면에서 찾은 것이다. 약소민족의 이야기를 중국의 어린이들에게 보여주는 일은 여러 의미를 지닌다. 그것은 강대국에 종속되어 상대적으로 덜 부각되고 결국엔 잊힐 수 있는 민족을 중국 독자들에게 가시화하는 역할을 한다. 또한, 중국의 독자가 약소민족의 현재에 중국의 현실을 비춰보게 할 수 있다.

중화서국에서 세계동화총서를 발간하며 선택한 국가들의 특징은 일본의 세계동화전집과 비교해 보면 명징해진다. 일본의 세계동화전집의 경우, 1920년대에는 희랍-로마-이태리-독일-북유럽-러시아-영국-스코틀랜드-아일랜드-프랑스-네덜란드-스페인-인도-터키-페르시아-사우디아라비아-지나·대만-일본·조선·아이누 순으로 구성되었다.[41] 그리고 1930년대에는 일본-영국-아일랜드-프랑스-이탈리아-러시아-지나-인도-네덜란드-스페인-터키와 같은 국가 순으로 구성되었다.[42] 일본은 서양 제국을 모방하며 일본 영토를 확장해 나가려는 욕망을 세계동화전집 발간에도 투영했다. 일본

---

39 조벽암의 「구직(求職)과 고양이(猫)」, 『산령(山靈)』에 실린 장혁주의 「被驅逐的人們」, 「山靈」, 「上墳去的男子」, 이북명의 「初陣」, 정우상(鄭遇尙)의 「聲」은 모두 '약소민족 문학 특집호' 내지 '약소민족 문학'의 차원에서 소개되었다. 신정호·이등연·송진한, 「'조선 작가' 소설과 중국 현대 문단의 시각」, 『중국소설논총』 18, 한국중국소설학회, 2003, 506~507면.

40 邵霖生, 「自序」, 앞의 책, 1면.

41 1926년에 일본 근대사(近代社)에서 발행한 '세계동화대계'의 동화집 순서를 따랐다. 「世界童話大系」, 『경성일보』, 1926. 3. 17, 1면.

42 1930년에 일본 성문당(誠文堂)에서 발행한 '세세동화내계'의 동화집 순서를 따랐다. 「世界童話大系」, 『경성일보』, 1930. 12. 27, 3면.

의 출판사는 유럽 중심으로 '세계동화대계'를 기획했다. 그에 반해 중화서국에서 세계동화총서를 기획하며 선택한 국가들은 일본의 '세계동화대계' 시리즈에서 후순위에 놓인 국가들이다.

또 〈표 1〉에서 중화서국에서 발행된 세계동화총서의 원저자를 보면 네덜란드와 조선의 동화집을 제외하곤 모두 일본인임을 알 수 있다. 이것은 당시 중화서국이 세계 여러 나라의 동화를 일본 서적을 통해 중역重譯했음을 뜻한다. 그러나 『조선현대동화집』은 현지의 언어, 즉 조선어를 중국어로 옮긴 작품집이다. 이 번역서에는 원저자가 생략되어 있는데, 『조선현대동화집』은 조선에서 1920~1930년대 발간된 동화집이나 어린이 잡지에 실린 작품들을 모아 편역했기 때문이다. 그러므로 다른 나라의 동화집의 표제에는 없는 '현대'라는 수식어가 붙어 있다. 이처럼 『조선현대동화집』은 번역어나 작품 선택의 동시대성 등의 면에서 중화서국에서 출판된 세계동화총서 중에서도 이채를 띤다.

한 가지 더 언급할 점은, 다른 동화집의 번역자는 쉬다니엔許達年이나 캉통옌康同衍이지만 『조선현대동화집』의 번역자만 샤오린성이었다는 것이다. 여기에는 두 가지 이유가 있다. 우선 쉬다니엔과 캉통옌이 조선어 텍스트를 번역할 능력이 없었다는 점을 들 수 있다. 그리고 샤오린성이 출판사에 제출한 번역본의 내용과 구성이 세계동화총서 기획과 잘 맞았던 것을 들 수 있다. 비록 번역본의 분량이 다른 동화집들에 비해 적어 가격이 저렴하지만, 이는 편역자인 샤오린성이 기성 동화집을 중역하지 않고 작품 선택부터 공을 들였기 때문이다. 샤오린성은 동시대 조선의 현실을 보여주고 아동에게 교훈을 줄 수 있는 이야기를 선별하여 중국의 어린이 독자에게 보여주려 했고, 그의 의도는 중화서국의 총서 기획과 부합했다.

그렇다면 『조선현대동화집』이 중국 어린이에게 보여준 조선은 어떤 모습일까? 선행 연구에서 지적된 것처럼 이 동화집에 수록된 많은 수의 작품들은 식민지 상태의 조선을 환기한다. 이 작품들은 자유를 박탈당하고 이유 없이 억압받는 존재의 내면을 드러내거나, 오랫동안 공포의 대상이었던 자와 맞서 싸우는 어린 세대의 용기를 부각한다. 「호랑이와 곶감老虎和柿餠」, 「탈 쓴 호랑이戴了假面的老虎」, 「울지 않던 민충이bu hui jiao de chong, 不會叫的蟲」, 「자각돌小石頭」, 「달님이 혼자서月兒的話」, 「세 마리 숫염소三雙公山羊」 같은 작품이 대표적이다. 또 1930년대 사회주의의 영향하에서 하층 계급을 억압하는 부르주아를 비판하고 그에 저항하는 내용의 동화도 수록되어 있다. 여기에는 노동자의 삶을 칭송하는 내용의 동화가 포함된다. 「사과나무蘋果樹」, 「제비와 박사燕子和博士」, 「두 켤레의 구두兩雙皮鞋」, 「병아리小雞」, 「목장의 소牛乳牧場」가 그 사례다. 이 밖에 시대를 초월하여 아이들에게 줄 수 있는 교훈, 즉 욕심이나 거짓말을 경계하고 선량함, 소박함, 정직함을 강조하는 동화가 수록되어 있다. 「바위의 슬픔巖石的悲哀」, 「대머리 할아버지老禿子」, 「타락한 여승墮落了的行脚僧」, 「신기료장수의 행복老皮匠的快樂」, 「금 닭金雞」 등이 그에 해당한다.

동화집의 저본에 해당하는 조선의 잡지 『어린이』와 『별나라』를 보면, 연작동화가 아닐 경우 동화의 내용을 반영한 삽화가 삽입되는 사례는 거의 없다. 「달님이 혼자서」를 제외한 작품들에는 삽화가 없거나 다른 작품에 쓰인 삽화가 제목 위아래에 재사용되었다. 그러나 『조선현대동화집』에 수록된 28편의 작품 가운데 최청곡의 「사과나무蘋果樹」와 안운파의 「강아지小狗」를 제외한 26편에 삽화가 실려 있다. 동화집에 삽화가의 이름이 밝혀져 있지는 않지만 삽화가는 독자가 상상하기 어려운 내용을 그림으로 그려 내용의 이해를 돕고, 주인공의 내면에 독자가 공감할 수 있게 구성했다.

동화의 중간에 배치된 삽화는 자연스럽게 독서 과정에 영향을 미칠 수밖에 없다. 소설과 삽화의 상호 텍스트적인 소통이 만드는 독특한 효과들은 독자들에게 이전에는 느껴보지 못했던 새로운 미적 만족감을 가져다준다.[43] 가령 여우가 소머리를 쓰고 호랑이를 위협하는 상황<그림 1>, 바위가 새의 도움으로 자기 몸을 쪼개 몸 안의 보석을 드러내는 상황<그림 2>, 대머리 할아버지가 땅 밑에서 뜨거운 물

43　공성수, 『소설과 삽화의 예술사—한국 근대소설의 형성과 소설 삽화』, 소명출판, 2020, 21면.

<그림 1> 「호랑이와 곶감」 삽화, 6면   <그림 2> 「바위의 슬픔」 삽화, 35면   <그림 3> 「대머리 할아버지」 삽화, 41면

을 뒤집어쓰고 솟아 나오는 상황<그림3>은 어린 독자가 쉽게 떠올리기 어렵다.

『조선현대동화집』의 삽화가는 동화의 주요 사건을 그림으로 재현하되, 현실에서 일어나기 어려운 상황을 형상화하여 동화 속 주인공이 느꼈을 감정을 실감 나게 전달하기 위해 노력했다. 사실적인 재현의 질서를 뛰어넘는 왜곡되고 과장된 이미지들은 소설 속 상황을 더욱 효과적으로 전달한다. 더욱이 삽화의 아랫부분에 이미지에 관한 설명을 첨가함으로써 삽화가는 자신이 그린 그림이 동화의 어느 대목에 해당하는지 알려주었다. 사건이나 행위가 발생하는 시공간을 시각적으로 구체화하며, 때로는 동화의 언어가 직접 보여주지 못한 부분들마저 독자의 눈앞에 그려냄으로써 삽화라는 그림 텍스트는 그 자체로 이야기성narrativity을 지니게 된다.[44] 삽화는 문자 텍스트보다 오랫동안 독자의 기억에 남는다. 이로써 실체를 알 수 없는 공포의 대상이 지닌 기괴함, 사람들에게 천대받는 바위와 새가 보여준 이타심, 욕심과 거짓말 때문에 벌을 받는 할아버지에 대한 이미지는 독자에게 보다 선명한 교훈을 남기게 된다.

게다가 삽화가는 텍스트의 소비자이면서 생산자라는 이중적인 성격을 지

---

44 위의 책, 10면.

〈그림 4〉 (좌) 「달님이 혼자서」 삽화, 『어린이』 12(5), 46면
〈그림 5〉 (우) 「달님의 말」 삽화, 『조선현대동화집』, 56면

닌 존재로서 동화를 적극적으로 해석하고 재창조하는 면모를 보여준다. 다음
은 저본 「달님이 혼자서」에 삽입된 삽화〈그림 4〉와 번역본 「달님의 말月兒的話」의
삽화〈그림 5〉이다.

「달님이 혼자서」는 감옥에 갇혔던 죄수가 깊은 숲으로 이동하는 날 밤, 눈
물을 흘리며 감옥 안의 벽에 "이별의 노래"[45]를 적어 놓지만 달은 글자를 몰
라 읽을 수 없다는 내용의 동화다. 이 동화는 작품의 말미에 김영수가 1934
년 4월 24일 도쿄에서 썼다는 내용이 덧붙어 있다. 『조선현대동화집』의 「달
님의 말月兒的話」에는 원작자가 김영수로 되어 있으며, 번역자가 "이별의 노래離
別的歌"[46]에 밑줄을 쳐서 감옥을 떠나는 죄수의 슬픔을 강조했다. 하지만 이 작
품은 덴마크 작가 안데르센의 연작 단편집 『그림 없는 그림책Billedbog uden Billed-
er』1847에 수록된 '서른두 번째 밤'이라는 작품을 김영수가 다시 쓴 것이다. 안

---

45   김영수, 「달님이 혼자서」, 『어린이』 12(5), 개벽사, 1934. 5, 47면.
46   邵霖生, 「月兒的話」, 앞의 책, 55면.

데르센은 달이 본 풍경을 외로운 화가에게 이야기해 주는 형식으로 창작했지만, 김영수는 달이 독백하는 것처럼 내용을 재구성했다.

조선의 삽화가인 이병현은 감옥 안의 죄수나 마차꾼은 그리지 않고 마차가 서 있는 감옥 밖의 상황만을 그렸다. 감옥 안을 들여다보는 달의 모습에 더 방점을 둔 것이다. 그러나 『조선현대동화집』의 삽화가는 감옥 앞에 서 있는 마차, 감옥 밖으로 나온 죄수와 그를 끌고 가는 마차꾼의 모습을 함께 그렸다. 그리고 삽화 아래 "그는 내 얼굴을 올려다 봤어요他仰視着我的面孔"라는 동화 속 문장을 적어 두었다.

특히 『조선현대동화집』의 삽화가는 독자의 입장에서 동화를 읽고 서사적 추론을 통해 달이 본 죄수의 얼굴과 그를 끌고 가는 마차꾼의 얼굴까지 구체적인 이미지로 형상화했다. 서사적 추론이란, 말해진 것으로부터 말해지지 않은 내용들을 유추할 수 있는 능력이다. 동화집의 삽화가는 "다양한 이유로 해서 언급되지 않은, 필수적이거나 있음 직한 사건, 특성, 대상을 채워 넣어" 서사에 언급되지 않은 빈틈을 유추 가능한 것으로 채운다.[47] 깡마르고 수염이 덥수룩한 얼굴에 머리는 흐트러진 채 포승줄에 묶여 가는 죄수의 모습은 그를 끌고 가는 마차꾼의 사나운 얼굴 때문에 더 초라하고 불쌍해 보인다. 감옥 벽에 이별의 노래를 새기고 떠나는 죄수에게 이후 어떤 일이 일어났는지는 알 수 없다. 다만 이 동화는 1930년대 감옥에 갇혔다 어디론가 끌려갔던 식민지인들의 억울하고 슬픈 사연을 떠올리게 한다.

삽화가는 서사 텍스트를 매개로 텍스트 생산자인 동화 작가와 소비자인 독자의 단순한 소통 과정을 넘어서 새로운 소통 상황을 창출한다. 번역본을 읽은 최초의 독자였을 삽화가는 자의적 해석을 바탕으로 조선의 동화를 억압받는 조선인의 이야기로 재구성했다. 삽화가 창출하는 소통의 문제는 여기에서 끝나지 않는다. 위에 제시된 〈그림 3〉이나 〈그림 5〉에서도 알 수 있듯 『조선현

---

47   서사 독해의 원리인 서사적 추론과 선별 과정에 대해서는 시모어 채트먼의 논의를 참고했다. 시모어 채트먼, 김경수 역, 『영화와 소설의 서사 구조-이야기와 담화』, 민음사, 1990, 30~33면.

대동화집』에 수록된 삽화에 등장하는 인물들
은 조선인보다는 중국인의 모습에 가깝다. 동
화집의 표지에는 〈그림 6〉처럼 한복을 입은 조
선 소녀들의 사진이 수록되어 있고, 동화 내에
삽입된 삽화 역시 조선 이야기를 바탕으로 하고
있다. 그러나 동화집에 수록된 삽화는 조선인의
의복이나 가옥을 중국풍의 이미지로 표현했다.
이 때문에 중국의 독자들은 자연스레 중국인의
모습에 비춰 조선의 이야기를 읽게 된다.

삽화가 재현한 동화 속 주인공들은 중국인
이 본 조선인의 모습이면서 조선인에게 투영
된 중국인의 모습이라는 점에서 문제적이다.

〈그림 6〉『조선현대동화집』(1936) 표지

『조선현대동화집』은 조선인과 중국인의 공동 작업으로 시작되었지만, 번역
과 출판이 이루어진 중국이라는 공간은 동화집의 내용에 강한 영향을 미쳤
다. 번역은 외국 텍스트와 외국 문화에 대한 자국적 재현을 구축한다. 이 과정
에서 자국적 주체 또한 구축되는데, 자국적 주체는 자국 내 사회 집단들의 규
범, 관심, 의제들로 구성된 이해 가능한 입장 혹은 이념적 위치를 의미한다.[48]
당시 『조선현대동화집』의 번역가와 삽화가를 포함한 중국 독자들은 동화집
에서 약소민족인 조선인의 현실을 응시했고, 그 속에서 자국민에게 닥친 식
민화의 비극을 보았다. 그런 의미에서 동화집에 수록된 중국풍의 조선은 중
국인의 시선에 의해 굴절된 조선이며, 식민화된 약소민족의 이미지에 갇힌
조선이라는 점에서 정치성을 띤다. 중국에서 번역된 조선의 이야기는 제국
일본이 만든 '조선 이야기'라는 정전에 대한 도전이면서, 중국의 정치적 위기
를 자각하고 극복하기 위한 일종의 메타 텍스트였던 셈이다.

---

48   로렌스 베누티, 임호경 역, 『번역의 윤리』, 열린책들, 2006, 120면.

4. 조선의 현대 창작 동화로 오해된 이야기들

샤오린성은 『조선현대동화집』의 서문에서 동화집에 수록된 "작품들은 현대 조선 아동문학 작가들의 작품으로, 어린이들에게 조금이라도 의미가 있는 작품을 선별하여 엮었다"고 썼다.[49] 또 『조선현대아동고사집』의 서문에서는 『조선현대동화집』의 제목을 이렇게 지은 이유에 대해 "내용이 모두 고대의 전설이 아니라 현대 조선의 아동문학 작가들이 창작한 것이기 때문"이라고 썼다.[50] 번역자의 말에 따라 『조선현대동화집』에 수록된 작품은 조선의 창작동화로 알려져 있었다. 그러나 이는 사실과 다르다.

마해송이 쓴 「호랑이・고깜」은 전래동화를 패러디한 작품이다. 마해송은 『어린이』에 작품을 실으며 '비고備考'를 달아 옛날이야기 '호랑이와 곳감'의 줄거리를 간단히 소개하고 "이 옛날이야기를 가지고 내가 새 이야기를 꾸민 것"이라고 썼다.[51] 마해송이 동화 끝에 덧붙인 설명은 번역 과정에서 사라진다. 이 동화의 경우, 작가가 사람들에게 널리 알려진 이야기를 의도적으로 다시 쓴 것이기에 '현대 동화집'에 수록되는 것에 문제가 없다. 하지만, 이 밖에 조선의 설화가 현대 동화로 수집, 정리된 사례가 있기에 짚고 넘어갈 필요가 있다.

『조선현대동화집』에는 1930년대 아동문학 작가들이 창작한 작품 이외에도 「임금님 귀는 나귀 귀國王的耳朶驢耳朶」나 「은혜 갚은 범虎的報恩」처럼 조선의 설화가 실려 있다. 전자의 경우, 홍복련이 해당 작품을 쓰며 어른이 아이에게 이야기를 들려주는 형태로 재구성했다. 그러나 『조선현대동화집』의 「임금님 귀는 나귀 귀國王的耳朶驢耳朶」에서는 번역자가 첫 문장과 마지막 문장을 번역하지 않음으로써 어른이 잠자리에서 아이에게 이야기를 들려주는 것으로 설정된 내용이 사라진다. 또 「은혜 갚은 범虎的報恩」의 경우에는 임병철이 작품의 말미

---

49 邵霖生, 「自序」, 앞의 책, 1면.
50 邵霖生, 「前記」, 앞의 책, 2면.
51 마해송, 「호랑이・고깜」, 『어린이』 11(11), 개벽사, 1933.11, 29면.

에 "「조선 동화」에서"[52]라는 내용을 덧붙였다. 그러나 『조선현대동화집』에 수록될 때는 이 내용이 사라지고 "林炳哲 原著"라는 내용과 함께 '지게'를 설명하는 주석만 달린다.[53] 번역 과정에서 조선의 설화가 조선 현대동화로 수록되는 상황이 발생한 것이다.

더 놀라운 것은, 위에서 살핀 「달님의 말月兒的話」처럼 『조선현대동화집』에 서양 이야기가 수록된 점이다. 「일곱 마리 까마귀七隻烏鴉」, 「신기료장수의 행복老皮匠的快樂」, 「세 마리 숫염소三隻公山羊」가 그 예다. 「신기료장수의 행복老皮匠的快樂」은 원저자가 표기되어 있지 않지만, 「일곱 마리 까마귀七隻烏鴉」와 「세 마리 숫염소三隻公山羊」의 원저자는 각각 김복진과 이기영으로 기재되어 있다. 이 가운데 "李箕永 原著"로 기재된 「세 마리 숫염소」가 노르웨이 동화 「염소 삼형제The Three Billy Goats Gruff」의 번역 텍스트라는 점이 선행 연구에서 밝혀졌다.[54] 세 작품은 각각 독일, 프랑스, 노르웨이 작품이다. 김복진과 이기영은 이 작품들을 일본어 텍스트로 접하고 중역했을 가능성이 크다.

「일곱 마리 까마귀」는 『어린이』 제1권 제8호1923.9, 2~6면에도 있고, 11권 11호1933.11, 32~35면에도 있다. 전자는 염원모의 이름으로 수록되었고, 후자는 김복진의 이름으로 수록되었다. 그리고 『조선현대동화집』에는 작품의 말미에 김복진 창작으로 표기되어 있다. 그러나 염원모의 작품이나 김복진의 작품은 제목이 같을 뿐 아니라, 전체적인 내용이 비슷하다. 이는 이 작품들이 창작동화가 아니라, 독일 그림 형제Brüder Grimm의 「일곱 까마귀Die sieben Raben」를 번역한 것이기 때문이다.

염원모나 김복진은 일본어 판본을 한국어로 번역했을 것이다. 실제 이 작

---

52 임병철, 「은혜 갚은 범」, 『어린이』 11(10), 개벽사, 1933.10, 35면.

53 邵霖生 編譯, 「虎的報恩」, 『朝鮮現代童話集』, 1936, 上海 : 中華書局, 74면. 이 작품의 말미에는 "(註) 支械是朝鮮人用來背負而搬運柴捆的東西"(지게는 조선인이 장작 다발을 등에 짊어지고 운반할 때 사용하는 도구다)라는 내용이 쓰여 독자의 이해를 돕는다.

54 엄진주·손제, 「근현대 중국 번역 장 속 이기영 문학−서지적 관섬 및 주류 담론을 中심으로 고찰한 수용 양상 연구」, 『한국현대문학연구』 67, 한국현대문학회, 2022, 82면.

품은 일본에서 1924년에 간행했던『세계동화대계 그림동화집世界童話大系グリム童話集』에 수록되었다. 또 1929년 이와나미서점嚴波書店에서 문고 시리즈로 간행했던『그림동화집グリム童話集』제1권에도 수록되었다. 이 동화는 까마귀로 변해버린 일곱 오빠를 살리기 위해 한 여자아이가 세상을 헤매다가 자신의 손가락을 잘라 유리산 안에 있는 오빠들을 찾아 원래 모습으로 되돌린다는 이야기다. 이 작품은 자식을 향해 함부로 저주의 말을 뱉은 아버지를 통해 말에 대한 경각심을 불러일으키면서, 손가락을 잘라내는 희생을 감수하면서까지 오빠들을 구해 낸 여동생의 용기를 교훈으로 남긴다. 김복진이 번역하여 잡지『어린이』에 수록한 동화는 전반적으로 일본어판과 비슷하나 내용이 축약되고, 여자아이의 이름이 조선식 이름인 '고분이'로 바뀌어 있다.

『조선현대동화집』에 수록된 번역본은 여자아이 이름을 고분羔芬으로 하고, 김복진이 번안한 내용을 대부분 반영했다. 다만 번역본에는 마지막 부분에 8남매가 돌아온 것을 본 엄마 아빠가 기뻐하고, 엄마가 고분에게 7년이나 지나 집에 돌아올 줄은 몰랐다는 말을 했다는 내용의 두 문장이 첨가된다.[55] 번역 과정에서 이루어진 문장의 첨가는, '고분이'가 집을 떠난 지 얼마나 오래되었는지를 강조하고, 남매가 돌아왔을 때 부모가 느낀 기쁨을 실감 나게 표현하기 위한 것이다. 그리고 번역자는 김복진의 텍스트에는 없던 주석을 첨가했다. 그 내용은 "까마귀는 우리나라 사람들이 불길한 존재로 생각하는 것처럼 조선인들에게도 쓸모없고 해로운 존재로 여겨집니다"다.[56] 이 주석은 동화에서 아버지가 아들들에게 화가 나서 까마귀가 돼 버리라고 저주를 퍼붓는 장면에 붙어 있다. 이 주석의 내용은 번역자가「일곱 마리 까마귀」를 조선의 동화라고 생각하고 있음을 보여준다.

---

55 邵霖生 編譯,「七隻烏鴉」, 앞의 책, 113면. 첨가된 문장은 다음과 같다. 他們回到家裏, 爸爸媽媽自然歡喜得了不得. 媽媽對羔芬說："你離家已是七個年頭, 我料不到你再能回家呀."(그들이 집에 돌아왔을 때 엄마와 아빠는 매우 기뻐했습니다. 엄마는 고분에게 "네가 집을 떠난 지 7년이나 지났는데 다시 돌아올 줄은 몰랐다"라고 말했습니다.)

56 위의 책, 같은 면. (註) 烏鴉, 朝鮮人指爲無用之害物, 好像我國人說牠是不祥一樣.

그런데 놀라운 사실은,『조선현대
동화집』에 수록된 이 작품의 삽화
다. 앞서 다른 동화의 삽화에서 조
선인인 주인공이 중국인의 모습으
로 그려졌다면, 이 삽화 속 인물들
은 서양인의 얼굴로 그려져 있다.
이는 삽화가가 이 동화를 서양 작품
으로 알고 있었음을 의미한다. 중국
에서는 1934년 상하이 상무인서관
商務印書館에서 그림 형제의 동화집이
『그림 동화 전집格林童話全集』상·하권
의 형태로 발행되었다. 삽화가가 그
림 형제의 동화집을 접했는지는 알

〈그림 7〉「일곱 마리 까마귀」의 삽화

수 없다. 그러나 번역가는 조선의 이야기로 읽고 번역한 작품을 삽화가는 서
양의 이야기로 읽고 그림을 그렸다는 점은 흥미로운 부분이다. 세계 동화의
번역과 전집 발행의 열기 속에서 한 편의 이야기가 독일-일본-조선-중국을
거치는 중에 이야기와 삽화가 어긋나는 현상이 일어나고 그것이 문화적 혼재
상태를 내포하고 있기 때문이다. 여기에는 번역가와 삽화가가 특정 텍스트를
접한 독서의 시차時差가 담겨 있기도 하다.

「신기료장수의 행복」은『조선현대동화집』에 원저자의 이름이 밝혀져 있지
않고, 조선의 어느 잡지에 수록되었던 작품인지 아직 출처가 확인되지 않았
다. 다만 이 동화는 조선의 현대 동화가 아니라 프랑스 시인이자 동화 작가인
장 드 라 퐁텐Jean de La Fontaine, 1621~1695이 라틴 자료를 각색하여 쓴 우화를 번안
한 것이다. 이 작품은『라 퐁텐의 우화Fables de La Fontaine』제8권1678에 수록된 두
번째 우화「구두 수선공과 금융가Le Savetier et le Financier」다. 가난하지만 항상 노
래를 흥얼거리며 일하는 낙천적인 신발 수선공과 돈 벌 궁리로 불면증에 시

달리는 금융가 사이의 이야기다. 신발 수선공은 어느 날 금융가에게 큰돈을 받고 기뻐하지만, 그 돈을 누가 훔쳐갈까 걱정하며 잠을 이루지 못하고 노래도 부르지 못하다가 결국 금융가에게 받은 돈을 돌려준다.

이 동화 역시 일본 세계동화집에 수록되었던 작품이다. 실업일본사実業之日本社에서 1918년에 발행한『세계동화집 서양권世界童話集 西洋の巻』의 프랑스 동화 편에「금과 노래金と歌」라는 제목으로 실렸다. 또 세계동화대계간행회에서 1926년에 발행한『세계동화대계 프랑스·네덜란드 편世界童話大系 佛蘭西·和蘭篇』에「구두 수선공과 부자靴直しと金持」라는 제목으로도 수록되었다. 이 작품에서 구두 수선공은 성실한 노동을 바탕으로 꾸려가는 소박하고 낙천적인 삶의 가치를 잘 보여준다. 그리고 부자에게 돈을 받은 이후 구두 수선공의 모습을 통해 작가는 무언가를 소유한다는 것은 그만큼 무언가에 얽매이는 것을 뜻함을 알려준다.

구두 수선공과 부자의 삶을 대비하여 제시한 이 작품은 1930년대 사회주의의 영향을 받은 어린이 잡지의 성격과 잘 이어진다. 남에게 빚을 지게 하고 자기 재산을 늘리며 돈 벌 궁리를 하는 부자의 불안은, 가난한 구두 수선공이 누리는 노동의 기쁨과 대조된다. 그뿐 아니라 부자는 구두 수선공에게서 삶의 교훈을 얻고, 구두 수선공은 금융가가 준 돈을 기꺼이 반납하는 용기까지 보여준다.

〈그림 8〉에서 알 수 있듯, 라 퐁텐의 우화에서 강조되었던 것은 구두 수선공이 금융가에게 돈을 다시 주며 자신의 노래를 돌려 달라는 장면이다. 그리고 〈그림 9〉에서 볼 수 있듯,『조선현대동화집』에서 강조되는 것은 가난한 구두 수선공이 돈을 만지며 "우리는 부자가 되었어요我們發了財了"라고 말하면서도 웃지 못하는 장면이다. 삽화에서 해진 옷과 금 간 컵, 칠이 벗겨진 벽 등은 구두 수선공의 가난한 삶을 재현하고 있다. 그러나 구두 수선공은 큰돈을 손에 쥔 채 걱정스러운 표정을 짓고 있다. 이는 노래를 흥얼거리며 일하던 구두 수선공의 이전 모습과 대조되는 효과를 낳는다.

구두 수선공과 금융가의 이야기가 프랑스-일본-조선을 거쳐 중국에서 번

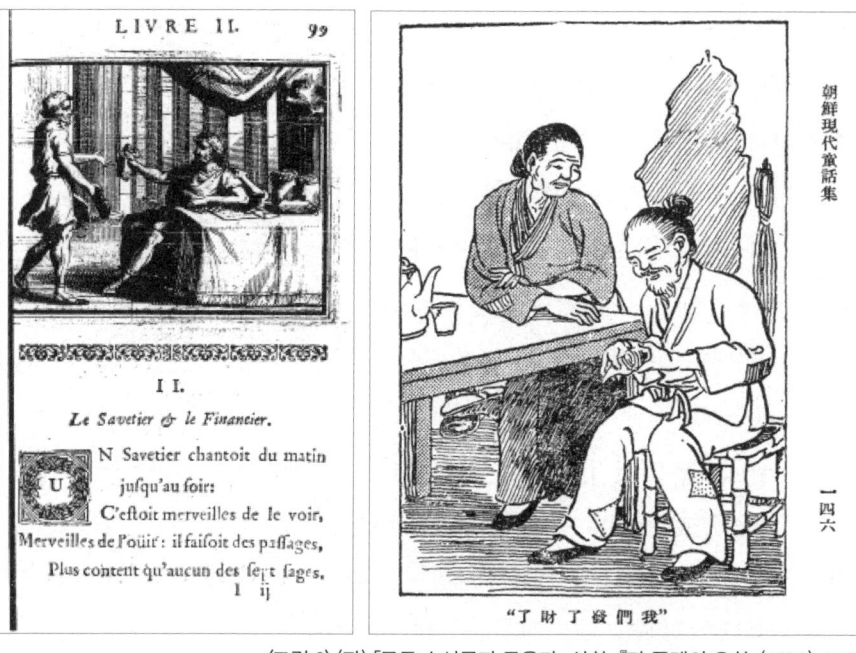

〈그림 8〉(좌) 「구두 수선공과 금융가」 삽화, 『라 퐁텐의 우화』(1678), 99면
〈그림 9〉(우) 「신기료장수의 행복」 삽화, 『조선현대동화집』(1936), 146면

역되며, 조선의 현대 이야기로 받아들여질 수 있었던 이유는 무엇일까? 가장 먼저 떠올릴 수 있는 이유는, 이 작품이 조선이 아니라 프랑스에서 창작되어 전파된 이야기라는 점을 번역자가 모르고 있었다는 데 있다. 그러나 더 궁극적인 이유는 가까운 조선의 이야기를 통해 중국의 어린이에게 전달하고자 하는 교훈에 있었을 것이다. 이 작품은 노동의 신성함을 일러 주는 동시에 부르주아의 피폐한 삶을 드러낸다. 또 가난 속에서도 생활의 기쁨을 누릴 줄 알고, 부자가 준 돈을 되돌려 주는 구두 수선공의 의지를 담고 있다. 이러한 동화의 내용은 중국인이 약소민족인 조선인의 삶에서 기대하고 발견하고자 했던 이상적 가치에 부응한다. 가난한 노동자의 낙천적인 삶의 태도를 보여주고, 그것을 조선인의 가치관으로 정형화하여 표상하려 했던 번역자의 욕망은 이 작품을 조선 현대 동화로 오인하게 만들었다.

『조선현내동화집』에서 「세 마리 숫염소」는 원저자가 이기영으로 기재되어 있지만, 조선어 원문 출처는 아직 밝혀지지 않았다. 다만 이 작품은 이기영이

창작한 작품이 아니라 노르웨이의 페테르 아스비에른센Peter Christen Asbjørnsen, 1812~1885과 예르겐 엥게브레센 모에Jørgen Engebretsen Moe, 1813~1882가 수집한 민담 중 하나다. 「염소 삼 형제De tre bukkene Bruse」는 『노르웨이 민담집Norske Folke-Eventyr』 제3권1843에 수록된 작품이다. 이 작품도 일본 이데아쇼인イデア書院에서 1925년에 발행한 『소학아동문학독본小學兒童文學讀本』 제2권에 「세 마리 염소트匹ノヤギ」라는 제목으로 번역되었다. 또 분카쇼보文化書房에서 1934년에 발행한 『동화범례童話範例』에도 「세 마리 염소트匹の山羊」라는 제목으로 수록되었다.

이 동화는 염소 삼 형제가 다리 너머의 풀을 먹기 위해서 다리 아래 사는 귀신을 상대하는 이야기다. 가장 작은 첫 번째 염소와 중간 크기인 두 번째 염소가 귀신에게 잡아먹힐 위기를 모면하며 다리를 건너자 가장 몸집이 큰 세 번째 염소가 뿔을 이용해 귀신을 물리치게 된다. 노르웨이의 민담집에는 귀신이 트롤로 등장한다. 그런데 『조선현대동화집』에 수록된 「세 마리 숫염소」는, 『노르웨이 민담집』에 수록된 「염소 삼 형제」와는 결말 부분에서 차이를 보인다. 원작의 결말은 가장 큰 염소가 트롤을 잔인하게 죽여 시냇물로 던져 버린 후에, 풀을 뜯으러 간 염소 삼 형제가 다시 집으로 걸어갈 수 없을 정도로 살이 찐다는 내용이다. 중국어 번역본인 「세 마리 숫염소」에서는 가장 큰 염소가 뿔을 이용해 귀신을 강바닥으로 떨어뜨리고 다리를 건너가 풀을 먹는데, 나머지 두 염소가 "큰 염소야, 너는 정말 용감해!大山羊, 你真是勇敢!"[57]라고 말하는 것으로 끝난다.

한 가지 짚고 넘어갈 것은, 큰 염소가 귀신을 물리치는 구체적 묘사의 생략이 일본어 번역본에서부터 나타났다는 점이다. 옛날이야기는 원래 아이를 위해 존재했던 것은 아니다.[58] 그러나 옛날부터 전해 내려온 민담이 어린이 독자를 대상으로 한 동화집에 수록되기에 이르자 내용의 조정이 필요해진다. 노르웨이 민담의 결말 부분에 나타난 잔인성이 동화집에서 사라지는 양상은

---

57   邵霖生 編譯, 「三雙公山羊」, 앞의 책, 153면.
58   가라타니 고진, 박유하 역, 『일본 근대문학의 기원』, 민음사, 2005, 166면.

독자를 고려한 수위의 조절로 이해될 수 있다. 노르웨이 민담과 일본어 번역본 사이의 관계에서 볼 때, 이기영은 일본어 텍스트를 바탕으로 이 동화를 중역했을 가능성이 높다.

중국어 번역본에 추가된 "큰 염소야, 너는 정말 용감해!"라는 문장이 이기영에 의한 것인지 중국어 번역자에 의한 것인지 현재로서는 알 수 없다. 다만 이 문장이 첨가됨으로써 동화는 공포의 대상을 정면 돌파하는 염소의 용기에 초점을 둔 작품이 된다. 이는 노르웨이의 민담 「염소 삼 형제」에 등장하는 염소가 세 마리이지만 사실 한 마리이고 그 염소가 점점 성장하는 과정으로 읽힐 수 있는 것과 다른 부분이다. 실제 이 동화의 일본어 번역본에도 염소는 이름이나 서열이 아닌 소, 중, 대로 구분된다.[59] 동화는 위기를 거치며 염소가 성숙하는 방향에서도 해석될 수 있는 것이다. 그런데 중국어 번역본에서는 두 마리의 염소가 한 마리를 칭찬할 뿐 아니라, 삽화에는 먼저 다리를 건너간 두 마리 염소가 풀을 뜯고, 제일 큰 염소가 귀신과 대결하는 장면이 담겨 있다. 중국어 번역본은 세 마리 중 가장 몸집이 큰 염소의 용기를 부각하는 내용으로 집약된다.

선행 연구에서 언급된 것처럼 이기영이 번역한 이 작품은 의인화된 주인공을 통해 "투쟁적인 태도로 부조리한 현실을 극복할 것을 유도하는 일종의 선동적 내용을 담고 있는 텍스트"다.[60] 샤오린성은 인접국 조선에서 유통된 아동문학을 통해 중국 아동들을 계몽하고 반제국주의 사상을 배양하고자 했던 것이다. 그런 맥락에서 볼 때, 그가 동화집에 수록한 작품들이 애초에 그의 수업을 들었던 학생들을 위한 읽을거리였다는 점은 의미심장하다. 그는 상하이 인성학교에서 중국어를 가르치며 조선어 잡지에 수록되었던 동화를 번역하고 그것을 학생들과 함께 읽는 중에 사상적 자극을 주고받았을 것이다. 인성학교에서 만난 조선인 정자평과 중국인 샤오린성은 일본을 경유해 세계 동화를 만났지만, 그 텍스트를 번역하고 학생들에게 읽히며 일본과 맞서고 있었던 셈이다.

---

59   村上寬, 『家庭竝低學年 童話範例』, 東京 : 文化書房, 1934, 58~60면.
60   엄진주·손제, 앞의 글, 83면.

5. 조선 동화집을 통해 본
동아시아의 정치적 기대와 전유의 욕망

　지금까지 1936년 중국 상하이에서 번역 출판되었던『조선현대동화집』의 조선인 번역자를 찾고, 인성학교 및 세계동화총서와 이 동화집의 관련성 속에서 조선 이야기의 수집과 번역이 지닌 의미를 고찰했다. 그간 이 동화집의 번역자는 중국인 샤오린성으로만 알려져 있었다. 그러나 그가 서문에서 밝혀 둔 것처럼 이 동화집의 번역과 편집에는 샤오린성 이외의 다른 인물이 참여했다. 이 글에서는 당시 신문 기사와 상하이 독립운동 단체 관련 기록 등을 통해 또 한 명의 번역자가 상하이 흥사단에서 활동했던 정자평임을 밝혔다.

　『조선현대동화집』을 세계동화총서라는 맥락 안에서 살피면, '조선' '현대' 동화를 모아 세계동화전집 시리즈로 출판하는 일의 정치성을 확인할 수 있다. 일본의 종속국으로 세계동화전집에 이름을 올렸던 조선의 이야기는 중국 상하이 중화서국을 통해 독립성을 지니게 되었으며 다른 나라의 동화들과는 다르게 '현대'라는 표제어로써 동시대성을 획득했다. 그리고『조선현대동화집』에 수록된 삽화들이 조선이 아닌 중국을 배경으로 하거나 인물 역시 조선인이 아닌 중국인의 모습이라는 점에서 이 동화집은 문화적 변용을 보여주었다. 약소민족 조선이 중국적 이미지로 표상됨에 따라 독자는 조선의 동화를 자국화하여 식민화의 비애, 독립의 희망을 경험했을 것이다.

　마지막으로 이 글에서는『조선현대동화집』에 수록된 동화 중에 독일, 프랑스, 노르웨이 작품이 있는 것을 밝히고 내용상 차이를 분석했다. 이 작품들은 원저자가 조선인으로 기재되었거나 원저자의 이름이 없는 상태로 번역되었지만 조선 작가가 일본에서 발간된 세계동화집을 중역한 것일 가능성이 높다. 필자는 이 세 작품의 서양 원작,『조선현대동화집』이 발간되기 이전의 일본어 번역본, 조선어 번역본과 비교하여 중국어 번역본이 지닌 특징을 고찰했다. 세 작품은 주인공이 무언가에 종속되거나 위기에 처한 상황에서 스스로 문제를 해결하고 행복을 되찾는다는 공통점을 지닌다. 당시 조선과 중국은 제국 일본에 식민화되어 있던 상태였다. 이 같은 정치적 상황을 감안할 때, 동화집의 내용상 특징은 번역자가 어린이 독자에게 반제국주의 사상과 해방을 향한 용기를 고취하기 위한 텍스트를 선택한 결과다.

국가명을 앞세운 작품집은 그 국가의 정체성에 대한 표상의 정치를 비껴갈 수 없다. 조선이 독립된 국가로 존재할 수 없었던 시대, 중국에서 선택된 조선 이야기는 조선이라는 약소민족의 심성과 문화에 대한 중국인의 다층적 호기심을 반영한다. 더욱이 그 텍스트의 선정과 번역 과정에 조선인이 개입했기에, 동화집에는 고향을 떠나 중국어로 조선 이야기를 읽어야 하는 조선인의 비극적 현실에 대한 절박함까지 더해졌을 것이다. 그러므로 『조선현대동화집』은 번역자의 이력, 수록 작품의 내용, 삽화 이미지, 저본과의 차이 등을 통해 문화 수용자인 중국인의 관심이 식민지 조선을 향한 지적 호기심을 넘어 정치적 기대와 전유의 욕망을 내포하고 있었음을 보여준다.

참고문헌

가라타니 고진, 박유하 역, 『일본 근대문학의 기원』, 민음사, 2005.

공성수, 『소설과 삽화의 예술사 – 한국 근대소설의 형성과 소설 삽화』, 소명출판, 2020.

홍용진 외역, 국가보훈처·국사편찬위원회 편, 『프랑스 외무부 문서보관소 소장 한국 독립운동 사료』 3, 과천 : 국사편찬위원회, 2016.

권애영, 「일제 시기 중국어 번역본 『조선현대동화집』(1936) 소고」, 『한국아동문학연구』 35, 한국아동문학회, 2018.

_____, 「중국어 번역본 『조선현대아동고사집』(1936)의 가치와 작품에 나타난 식민지 어린이 형상」, 『한국학연구』 52, 인하대 한국학연구소, 2019.

_____, 「1920~30년대 중국의 조선설화 번역 의도 고찰 – 미와 다마키(三輪環)의 『전설의 조선』과 마쓰무라 다케오(松村武雄)의 『일본동화집』 「조선부」를 중심으로」, 『中國文化硏究』 57, 중국문화연구학회, 2022.

권혁래, 「『조선동화집』(1924)의 인물 형상과 이데올로기」, 『퇴계학논총』 20, 사단법인 퇴계학부산연구원, 2012.

김광식, 「1920년대 일본어 조선동화집의 개작 양상 – 『조선동화집』(1924)과의 관련 양상을 중심으로」, 『열상고전연구』 48, 열상고전연구회, 2015.

김광재, 「상해 인성학교 설립과 운영」, 『동국사학』 50, 동국대 동국역사문화연구소, 2011.

김재욱, 「文獻資料 – 學術硏究的基礎和根據 : 中國現代文學中有關韓國創作和譯作的文獻問題」, 『중국현대문학』 52, 한국중국현대문학학회, 2010.

김학철, 「20세기 한국문학 중역사(中譯史) 연구」, 서울대 박사논문, 2009.

나루미 도모코, 「민국 시기 중국에서 일본 동화와 조선 동화 번역」, 『아동문학평론』 168, 아동문학평론사, 2018.

로렌스 베누티, 임호경 역, 『번역의 윤리』, 열린책들, 2006.

孫鶴雲·楊昭全, 「중국 내 한국 현대문학의 전파와 번역 – 흐름과 사고」, 『아시아리뷰』 13, 서울대 아시아연구소, 2017.

시모어 채트먼, 김경수 역, 『영화와 소설의 서사 구조 – 이야기와 담화』, 민음사, 1990.

신정호·이등연·송진한, 「'조선 작가' 소설과 중국 현대 문단의 시각」, 『중국소설논총』 18, 한국중국소설학회, 2003.

엄진주·손제, 「근현대 중국 번역 장 속 이기영 문학 – 서지적 관점 및 주류 담론을 중심으로 고찰한 수용 양상 연구」, 『한국현대문학연구』 67, 한국현대문학회, 2022.

염희경, 「「해와 달이 된 오누이」에 나타난 호랑이상 – 설화와 전래동화 비교를 중심으로」, 『동화와 번역』 5, 건국대 동화와번역연구소, 2003.

이명화, 『도산 안창호의 독립운동과 통일노선』, 경인문화사, 2002.

이와사키 미노루, 고모리 요이치·다카하시 데쓰야 편, 이규수 역, 「망각을 위한 '국민의 이야기'－'내력론'의 내력을 생각한다」, 『내셔널 히스토리를 넘어서』, 삼인, 2002.

이현진, 「일제강점기에 간행된 『조선동화집』 연구－1920년대 동화집을 중심으로」, 『일본어문학』 63, 한국일본어문학회, 2014.

홍석표, 「조선민간고사(朝鮮民間故事)의 중역(中譯)과 쉬베이훙(徐悲鴻)의 삽화」, 『중국어문학지』 74, 중국어문학회, 2021.

內務省警保局, 「上海を中心とする朝鮮人の不穩策動狀況」, 『社會運動の狀況』 7, 東京 : 三一書房, 1972.

馬光霞, 『中西竝重－監理會在華事業研究(1848~1939)』, 臺灣 : 臺灣基督教文藝出版社, 2016.

謝振聲, 「邵霖生和新農出版社」, 『出版史料』 1, 北京 : 開明出版社, 2007.

李麗, 「生成與接受－中國兒童文學飜譯研究(1898~1949)」, 香港中文大學 博士論文, 2006.

陳建明·王在興, 『基督教在華出版事業(1912~1949)』, 成都 : 四川大學出版社, 2004.

村上寬, 『家庭竝低學年 童話範例』, 東京 : 文化書房, 1934.

編輯委員會, 『中華書局圖書目錄』 重編 6, 上海 : 中華書局, 1937.

_____, 『中華書局圖書目錄』 重編 7, 上海 : 中華書局, 1939.

La Fontaine, Jean de, *Fables choisies*, 3 vols. Paris : Denys Thierry et Claude Barbin, 1678.

동아시아의 장혁주 현상

이동매李冬梅

칭다오빈하이대학교

한국어학과 교수

1. 장혁주에게 주목하며

1930~1940년대에 장혁주張赫宙, 1905~1998는 조선을 넘어 동아시아 문단에서 매우 독특한 존재로 부상했다. 그는 「아귀도餓鬼道」로 일본 『개조』의 현상 소설에 2등으로 입선하여 일본 문단으로 진출했으며, 이를 계기로 타이완과 중국 대륙 문단으로부터 큰 주목을 받았다. 그전에 일본에서는 이북명 등의 프로문학 비평 등 몇 편의 글만 번역되었을 뿐이었다. 중국에서는 이광수라는 이름이 잘 거론되지도 않고, 현진건의 「피아노」, 권환의 「이 꼴이 되다니」 등 몇 편의 작품만 번역되던 당시에 장혁주의 소설이나 글은 18회, 책은 5권이나 중국어로 번역되어 게재되거나 출판되었다.[1] 비록 일본어 글쓰기로 문단

---

1 김장선은 장혁주 작품의 중국어 번역을 부분적으로 정리했으며, 최말순은 타이완 문단의 장혁주 인식을 정리하였다. 김장선, 「20세기 전반기 중국에서의 장혁주 작품 번역 수용」, 『한중인문학연구』 51, 한중인문학회, 2016, 119~139면; 최말순, 「1930년대 대만 맥락 속의 장혁주」, 『사이間SAI』 11, 국제한국문학문화학회, 2011, 61~92면.

에 진출했지만 조선 작가라면 장혁주라는 이름이 가장 먼저 떠오를 정도로 장혁주는 일본뿐 아니라 타이완과 중국 대륙에서도 대표적인 조선 작가로 인식되었다. 조선 문단에서 제국의 언어를 택한 장혁주의 소설을 조선문학에서 제외해야 한다는 목소리가 높아질 때 해외 문단에서는 그를 조선의 대표적인 작가로 받아들였다는 독특한 장혁주 현상이 출현했다.

장혁주 현상의 발생은 장혁주도 예상하지 못한 일이었다. 그는 일본 문단에서 인정을 받으려고 노력했지만 타이완, 특히 중국 대륙 문단에 진출하려는 움직임은 잘 보이지 않았다. 오히려 해외 문단이 적극적으로 그의 작품을 번역하고 그를 대표적인 조선 작가로 부각시켰다. 이는 그의 『개조』 입선에서 기인된 것이지만 『개조』 입선만으로는 장혁주를 하나의 현상으로 만들 수 없었다. 장혁주 현상이 나타나는 데 여러 가지 요소가 작용했는데 가장 중요한 요소는 만주사변과 중일전쟁이라는 시대, 시국에 따라 움직이는 각국 문단의 역사적 현실, 그리고 식민지 지식인이라는 장혁주의 정체성이다.

이 글은 1930~1940년대 장혁주에 대한 동아시아 각국 문단의 소개와 평가 등의 자료를 토대로 동아시아의 장혁주 현상이라는 독특한 문학 현상을 살펴볼 것이다. 아울러 장혁주 현상의 출현을 둘러싼 각국 문단의 상황을 고찰하여 식민과 반식민이라는 역사적 조건 아래 동아시아 각국 지식인의 시대적 대응을 살펴볼 것이다.

2. 장혁주 현상의 출현

1932년 4월 조선인 장혁주가 「아귀도」로 일본 『개조』가 주최한 제5회 현상 공모에 당선되어 일본 문단에 진출했다. 연이어 그는 「쫓겨 가는 사람들追はれる人々」1932.10, 「분발하는 사람奮い起つ者」1933.9, 「권이라는 사나이權といふ男」1933.12, 「인왕동 시대仁王洞時代」1934, 『인간의 굴레人間の絆』1941, 『고독한 혼孤獨なる魂』1942 등을 발

표하여 왕성한 문필 활동을 전개했다. 해방 전까지 그는 장편소설 15편, 중단편 소설 60여 편을 발표하고 30권에 달하는 단행본을 출판했다.

조선의 근대문학이 일본으로 처음으로 소개된 것은 1925년 9월 일본 『문장구락부文章俱樂部』에 실린 현진건의 「화차」와 채순병의 「조선문학의 근대문학」이며 이후 이북명과 안막의 글이 『나프』 등 사회주의 계열 잡지에 소개되었다.[2] 하지만 1932년에 「아귀도」가 『개조』의 현상공모에 당선될 때 이르러서야 일본 문단에서는 이른바 조선 작가와 조선문학을 발견하게 되었다.

금년도 최대의 기쁨은 조선 청년 작가 장혁주의 역작을 얻었다는 것이다. 이는 아마도 조선 작가로서는 우리나라 문단에 웅비하는 최초의 인물이 될 것이고 또한 넓게는 세계를 향해 조선문학의 존재를 힘차게 주장하게 될 것이다.[3]

"조선에 있어서는 근세는 거의 예술다운 예술은 없다. (…중략…) 자유가 없는 곳에 문예는 생기지 않는다."[4] 조선문학 내지 조선을 비하하는 발언까지 나오는 당시에 「아귀도」가 당선되었고 『개조』의 편집진으로부터 매우 높은 평가를 받았을 뿐 아니라 "자연주의 문학을 확립한 대가 마사무네 하쿠조, 극좌익 고바야시 다키지, 『개조』 출신 현상 작가 세리자와 고지로, 당대의 유행 작가 사토 하루오와 어깨를 나란히"[5] 게재되었다. 그것은 일본 지식인에게 장혁주가 "자신이 대변하는 민족적 고뇌를 선혈과 같이 지면에 퍼부어"[6] 조선이라는 곳을 잘 보여주었기 때문이다. 따라서 『개조』를 비롯한 일본 문단은 장혁주의 작품에서 "조선문학의 존재"를 발견하여 장혁주의 일본어 작품을

---

2 任展慧, 「日本に飜譯・紹介された朝鮮文學について」, 『日本文學誌要』 16, 法政大學國文學會, 1966.

3 「第五回懸賞創作當選發表」, 『改造』, 改造社, 1932.4, 274면.

4 木下奎太郎, 「張赫宙の'がルボウ'」, 『文藝』, 改造社, 1935.1, 93면.

5 고영란, 「일본 출판시장 재편과 미디어 이벤트」, 『사이間SAI』 6, 국제한국문학문화학회, 2009, 138면.

6 氷川烈, 「四月の雜誌－『改造』」, 『東京朝日新聞』, 1932.3.3, 9면.

조선문학으로 분류했다. 뿐만 아니라 일본 문단은 장혁주의 작품을 조선문학의 존재를 세계로 알리는 역할을 잘 수행한 대표적인 조선문학으로 간주했다. 따라서 일본 문단에 있어 장혁주라는 문자는 조선문학의 발견이라는 의미를 지니고 있었다. 물론 일본 문단에 있어 조선문학은 일본의 지방문학을 뜻하는 것이었다.

일본 지식인들이 チョウ・カクチュウ장혁주가 쓴 「餓鬼道」를 조선문학으로 규정했지만 조선 문단은 일본어로 창작된 「餓鬼道」를 조선문학으로 간주하지 않았다. "장혁주 씨의 동경 문단에 발표한 작품, 강용흘 씨의 영문 작품들은 中西伊之助나카니시 이노스케의 예와 같이 다 조선인의 생활을 제재로 해서 창작한 것뿐이니, 모르나 역시 조선문학은 될 수 없다."[7] 1936년 조선문학에 관한 『삼천리』의 설문에 이광수가 속문주의를 내걸고 장혁주의 일본어 글쓰기가 조선문학이 아니라고 주장했고, 박영희도 같은 주장을 펼쳤다. 비록 염상섭이 "외국어로 표현하였다고 반드시 조선문학이 아니라고는 못할 것"이라고 조선인의 외국어 글쓰기를 조선문학 안으로 포섭하려 했지만 대부분의 조선 지식인은 장혁주의 일본어 글쓰기를 조선문학에서 제외시켰다. "외국인이 볼 때에는 그 내용이 조선이라는 점에서 조선문학이라 할지 모르나, 우리로 보아서는 결코 조선문학이라고 할 수 없다."[8] 김광섭의 대답이 당대 일반 조선 지식인의 주장을 잘 보여주었다. 장혁주가 당선되기 전해에 일제의 식민 통치가 강화됨에 따라 카프 1차 검거 사건이 발생했는데, 이런 상황에서 장혁주의 일본어 글쓰기는 사실상 조선 문단으로부터 인정받기 어려웠다.

하지만 김광섭이 지적한 바와 같이 외국 문단에서는 모두 장혁주의 소설을 조선문학으로 규정했다. 1936년 중국 문예비평가 후펑胡風이 조선과 타이완의 소설을 번역해서 『산령山靈』이라는 소설집을 펴냈다. '조선대만 단편소설집'이라는 부제가 달린 『산령』은 장혁주의 「산신령」, 「성묘하러 가는 남자」를

---

7   박영희, 「조선 사람이 읽을 것만이」, 『삼천리』 8(8), 삼천리사, 1936.8, 83면.
8   김광섭, 「언어에서 결정된다」, 위의 책, 86면.

수록했을 뿐 아니라 장혁주의 작품명을 소설집의 표제로 삼았다. 장혁주의 소설을 '조선 타이완 단편소설집'의 제목으로 정한 것은 중국 문단에서 일본어로 창작된 장혁주의 작품들이 대표적인 조선문학이었다는 점을 말해 준다. "이 소설집은 총 7편의 단편을 수록하였다. 그중 4편이 조선의 것이고, 3편은 타이완의 것이다. 4편의 조선소설 중에 「산신령」과 「성묘하러 가는 남자」의 저자가 장혁주다."[9] 『산령』을 읽고 감상문을 쓴 중국 지식인도 「산령」과 「성묘하러 가는 남자」를 조선문학으로 간주했다.

1933년부터 조선문학이라는 명목으로 장혁주의 작품이 중국어로 번역되기 시작했다. 1933~1945년 장혁주의 글 14편이 18회나 게재되었고「쫓겨 가는 사람들」과 「권이라는 사나이」가 각각 3회 게재, 그의 이름으로 출판된 책이 5종이나 된다. 일제 강점기에 중국어로 번역되어 신문·잡지에 게재된 한국 근대문학 작품은 총 42편에 불과했다.[10] 그중 박영희, 현진건 등 각 1편, 장혁주만 14편이었다. 단행본의 경우, 중국어로 번역되어 조선 작가의 이름으로 출판된 단행본으로는 장혁주의 작품밖에 없었다.[11] 이 점을 감안하면 중국에서 장혁주의 영향력이 어느 조선 작가보다도 크다고 할 수 있다.

〈표 1〉 중국어로 번역·게재된 장혁주의 작품

	연도	작품명	번역자	출처	중역 출처	기타
1	1933	쫓겨 가는 사람들	王笛	文學雜志	-	-
2	1934	쫓겨 가는 사람들	葉君健	申報月刊	에스페란토 역본	-
3	1934	권이라는 사나이	黃源	文學	『改造』, 1932	-
4	1935	조선문학의 근황	馬士	客觀	『文學案內』	-
5	1935	황무지	葉君健	大衆知識	장혁주의 원고	-
6	1935	산신령	馬荒	世界知識	『權といふ男』, 改造社, 1934	-
7	1936	조선 문단의 작가와 작품	蔣俊儒	文海	『文學案內』, 1936	-

9 周剛鳴, 「『山靈』」, 『讀書月刊』 4(7), 上海光華書局, 1936.8, 365면.
10 조영추, 「중국에서의 한국 근대문학 수용 양상 연구—1926~1949」, 南京大學 碩士論文, 2014.
11 이동매·우림걸, 「일제 시기 중국에서 출판된 조선인 저서에 대한 고찰」, 『한중인문학연구』 62, 한중인문학회, 2009, 〈부록 1〉 참조.

	연도	작품명	번역자	출처	중역 출처	기타
8	1936	조선 문단의 작가	王琳	燕然半月刊	『文學案內』	-
9	1936	성묘하러 가는 남자	胡風	國聞周報	『改造』, 1935	-
10	1939	춘향전	外文	藝文志	『新選文學叢書』, 新潮社	-
11	1940	조선의 문학계	紅筆	華文大阪每日	-	-
12	1941	流蕩(쫓겨 가는 사람들)	葉君健	에스페란토 역본	-	-
13	1941	우리 문학의 실체	-	華文大阪每日	-	-
14	1936	권이라는 사나이	黃源	現代日本小說譯叢	-	단행본 수록
15	1937	산령	馬荒	弱小民族小說選	-	단행본 수록
16	1941	늑대	夷夫	朝鮮短篇小說選	-	단행본 수록
17	1941	권이라는 사나이	黃源	弱國小說名著	-	단행본 수록
18	1941	이치삼	遲夫	朝鮮短篇小說選	-	단행본 수록

〈표 2〉 장혁주의 이름으로 출판된 중문 단행본

	연도	표제	번역자	출판사	기타
1	1941	流蕩	馬耳	文藝新潮社	-
2	1946	黑白記	範泉	永祥印書館	1948년 재판
3	1936.4	山靈	胡風	文化生活出版社	朝鮮臺灣短篇小說集 1948년, 1951년 재판
4	1936.5	山靈	胡風	開明書店	朝鮮臺灣短篇小說集
5	1943	朝鮮春	範泉	文星出版社	-
6	1946	朝鮮風景	範泉	永祥印書館	1950년 재판

"예전에 조선에서 적지 않은 작가가 나왔지만 그들은 모두 상아탑에 숨어 있는 사람이고, 작품의 내용도 매우 빈약하다. (…중략…) 장혁주는 조선의 신진 청년 작가로 그의 작품이 조선에서 큰 반향을 일으켰을뿐더러 일본에서도 호평을 받았다."[12] 조선 문단의 상황을 잘 파악하지 못한 중국 지식인들은 조선 문단을 상아탑에 숨어 있어 조선의 현실을 묘파하지 못한 작가들로 판단했던 것이다. "그장혁주-인용자는 주로 조선 민중의 일상생활을 작품의 주제로 삼는다."[13] 그리고 장혁주를 일제의 식민 통치를 받고 있는 조선의 현실을 잘

---

[12] 葉君健, 「被驅逐的人·序」, 『申報月刊』 2(2), 上海申報館, 1933, 109면.
[13] 위의 글, 109면.

보여준 작가로 인식했다. 따라서 중국에서는 장혁주가 조선의 대표적 작가, 그의 소설은 조선의 대표작으로 부상되었다. 요컨대 「아귀도」가 당선된 후부터 중국에서는 장혁주라는 기표가 조선과 조선문학을 뜻하는 이름이 되었다.

타이완 문단의 경우, 장혁주가 당선된 후 타이완 문단에서 큰 주목을 받았다. 타이완 문단의 요청에 응해 장혁주는 「타이완의 신문학에 소망하는 비臺灣の新文學に所望する事」『臺灣新文學』, 1935.12, 「엽서明信片」『新文學月報』, 1936.3 「제가 소식諸家芳信」『文藝臺灣』, 1941.3 등 3편의 글을 써서 타이완으로 보냈다. 또 1944년에 「새로운 출발新しき出發」, 「어느 독농가의 술회ある篤農家の述懷」, 「화이더촌懷德農村」, 「랴오허에서遼河にて」, 「황은皇恩」 등 친일적인 글을 묶어서 『새로운 출발新しき出發』이라는 제목으로 타이완에서 출판했다. 『새로운 출발』은 초판만 5,000부가 팔렸다. 같은 해 타이완의 대표적 작가 뤼허뤄呂赫若, 본명 呂石堆의 소설집 『맑게 갠 가을淸秋』은 3,000부가 판매되었다는 사실을 감안하면 타이완에서 장혁주의 영향력을 짐작할 수 있다.

중국 대륙에서 조선의 대표적 작가로 인식된 장혁주가 타이완에서는 조선의 대표적 작가일 뿐 아니라 모방해서 따라잡아야 할 모범 롤 모델까지 되었다. 장혁주가 『개조』 현상공모에 당선된 후, 타이완의 지식인들도 적극적으로 일본어 글쓰기를 취해 이른바 중앙 문단 진출에 노력하였다. 1934년 양쿠이楊逵가 『문학평론』, 1935년 쨩원환張文環이 『중앙공론』, 1937년에 룽잉쭝龍瑛宗이 『개조』의 현상공모에 당선되었는데 이는 모두 장혁주의 일본 문단 진출을 모방하는 것이다. 또한 1935년에 뤼허뤄의 「우차牛車」라는 소설이 『문학평론』에 게재되어 이름을 날렸다. "허뤄赫若라는 이름이 어떻게 지어졌느냐는 질문에 그는 "나는 장혁주보다 젊어서 허뤄라는 이름을 지었다. 일본어로 '약'은 젊다는 뜻"[14]이라 답했을 정도로 장혁주의 영향력이 컸던 것이다.

---

14 巫永福, 「呂赫若的点点滴滴」, 『巫永福全集』, 傳神出版社, 1999, 116면.

본 연구회의 동인들이 대부분 유학생이다. (…중략…) 이들 중에 우리 "타이완의 장혁주"라는 명예로 중앙 문단에 진출할 사람이 나올 것이라고 믿는다.[15]

조선의 장혁주를 모방하지 말라. 장혁주는 조선적이어서 위대해진 것이다. 우리 섬에서 타이완의 장혁주가 나와야만 한다. 장혁주가 위대한 작가지만 이 섬에서 장혁주보다 더 위대한 작가가 많이 나와야 한다.[16]

1934년에 타이완의 좌익 문예 이론가 류제劉捷가 「타이완 문학 조감」이라는 글에서 일본과 중국의 영향을 받아 조선의 문학이 활발하게 전개되었다고 지적하면서 "타이완의 장혁주"가 나와서 타이완의 문예를 이끌 것을 호소했다. 그것은 장혁주가 뤼허뤄 등 개인을 넘어 온 타이완 문단의 본보기가 되었다는 사실을 말해 준다. 타이완 문단의 지식인들에게 중앙 문단에 진출한 장혁주라는 조선인은 위대한 인물이고, 그의 위대함은 조선적인 것을 일본어 글쓰기를 통해 세계로 알리는 데 있었다. 따라서 "타이완의 장혁주"가 호명되었던 것이다.

여기서 "타이완의 장혁주"라는 용어는 간과할 수 없는 표현이다. "우리 '타이완의 장혁주'라는 명예로 중앙 문단에 진출할 사람이" 나와야 한다는 말에서 알 수 있듯이 "장혁주"는 중앙 문단에 진출한 식민지 지식인으로 해석되었다. 즉 타이완 문단의 지식인들은 장혁주라는 기표에 성공적으로 중앙 문단에 진출했다는 의미를 부여해 준 것이다. 타이완은 조선보다 15년 더 빠른 시간인 1895년에 일본의 식민지로 전락했고, 일본어 보급률은 조선보다 훨씬 높은데도 조선인 장혁주가 먼저 일본 문단의 인정을 받았다는 사실이 타이완 문단을 자극했다고 볼 수 있다.

조선인 장혁주는 일본 문단에 의해 발견되고 지방문학으로서의 조선문학이라는 의미를 부여받게 되었다. 하지만 조선으로 돌아온 장혁주는 조선 문

---

15   劉捷, 「臺灣文學鳥瞰」, 『日治時期臺灣文藝評論集雜誌編』, 臺灣文學館籌備處, 2006, 110~116면
16   「二言, 三言」, 『臺灣文藝』 2(7), 臺灣文藝聯盟, 1935, 131면.

단으로부터 긍정적 평가보다는 부정적 평가를 더 많이 받았다. 조선 문단의 입장에서는 장혁주의 일본어 글쓰기를 조선문학으로 받아들일 수 없는 것이다. 같은 식민지 처지에 처한 타이완 문단은 일본어 글쓰기를 문제로 삼지 않고 오히려 장혁주를 중앙 문단에 성공적으로 진출한 모범으로 여겼다. 따라서 타이완으로 전파되는 과정에서 장혁주라는 기표가 "중앙 문단 진출"이라는 의미를 갖게 되었다. 이와 동시에 중국 대륙은 식민지 지식인의 중앙 문단 진출이라는 의미를 은폐시킨 채 일본 문단과 같이 장혁주에게 조선 작가와 조선문학이라는 의미를 부여해 주었다. 요컨대 조선을 제외하고 동아시아 문단은 장혁주를 대표적인 조선 작가로 인식했다.

3. 조선의 재발견

해외 문단에서 조선의 대표적 작가로 뽑힌 장혁주는 1936년 조선을 떠나 일본에 이주하고 말았다. 그의 일본 이주에 대하여 일본 문단은 그다지 좋게 보지 않았다. 『개조』 제3회 현상공모의 1등 수상자 세리자와 고지로芹澤光治良가 1937년에 발표한 글이 대표적이다.

고향에 거주해야 향토적인 향기를 냄으로써 비참한 민족을 대신하여 격렬한 분노를 외칠 수 있다. 도쿄에 거주한다면 그 예민함이 둔해지고 (…중략…) 반도의 대중을 대표해야 할 작가가 반도를 떠나 중앙으로 이주해서 자신의 예술성을 둔화시키는 것은 일본 독자만의 손실이 아니다. 지방의 향토적인 영혼을 우리의 문학의 제재로 활용하는 것이 얼마나 중요한 일인데.[17]

---

17   芹澤光治良, 「文藝時評」, 『都新聞』, 1937. 5. 4, 5면.

1935년 "개조 현상 창작의 기억"이라는 설문 조사에서 장혁주는 "세리자와 씨의 「부르주아」를 보고, 이 정도면 나도 당선할 수 있다는 자신을 가졌다"고 자신을 세리자와 고지라와 같은 위치에 놓았다. 하지만 일본인 세리자와 고지로는 그렇게 보지 않았다. 같은 현상 작가이지만 세리자와 고지라는 장혁주를 "반도 작가"로 위치시키면서 반도 작가가 중앙으로 이주해서는 안 된다고 주장했다. 장혁주가 이른바 일본의 중앙 문단까지 진출했지만 일본 지식인에게는 반도에 머물러 "향토적 영혼"으로 중앙 문단에 읽을거리를 제공하는 것은 반도 작가 장혁주가 해야 하는 일이었다. 요컨대 일본 문단이 필요한 것은 장혁주가 아니라 향토적, 즉 조선적인 것이다.

조선적인 특색에 대한 요구가 세리자와 고지라만의 주장이 아니다. 1932년 하야시 후사오林房雄가 「쫓겨 가는 사람들」을 언급하면서 장혁주의 조선적인 특성을 지적한 바 있다. "조선을 그리면서 이만큼 구체성을 가진 작품은 없다. 그것은 작가 張과 그 동지들만이 그릴 수 있는 것이다. 조선에는 좋은 작가가 그려야 할 제재가 너무나 많다."[18] 조선적인 것은 장혁주나 그의 동지 등 조선인만이 잘 그릴 수 있다는 지적인데, 그것은 장혁주가 일본 문단에 진출하게 된 것이 조선 특색 때문이라는 말이다. 물론 조선은 일본의 지방을 가리키는 것이다. "조선의 지방색이 잘 나타난 것으로, 그런 것을 더 보고 싶다. 대범하고 소박한 문장도 야취가 있어 흙내 나는 제재와 딱 알맞다."[19] 1933년 『개조』에 실린 글을 평가하면서 스기야마 헤이스케杉山平助가 「권이라는 사나이」가 조선의 지방색을 잘 나타낸다고 지적하면서 조선적인 것을 더 보고 싶다고 밝혔다. 그리고 1년 후 그는 『신조新潮』의 「문예 시평」을 통해 장혁주에게 조선적인 것을 요구했다. "이 작가에게는 이러한 내용의 것을 계속 발표해 주기를 바라고, 우리에게 조선이라는 것을 잘 알게끔 해 주기를 바란다."[20]

18　林房雄, 「夜明け前」その他 – 反動の味方が進步の友が」, 『朝日新聞』, 1932.10.1, 6면.

19　杉山平助, 「十二月の雜誌 – 『改造』」, 『朝日新聞』, 1933.12.4, 9면

20　杉山平助, 「文藝時評」, 『新潮』 32(3), 新潮社, 1934.1, 95면.

일본 문단이 장혁주에게 요구한 것은 식민지로서 조선의 지방적 특색이었다.

조선적인 것에 대한 일본 문단의 요구가 이른바 '조선 붐'을 불러일으켰다. 1936년 『오사카마이니치신문大阪每日新聞』에서 「조선 여류 작가 특집」, 1937년 『문학 안내文學案內』에서 「조선 현대 작가 특집」, 그리고 1940년 『문예文藝』에서 「조선문학 특집」을 편성했다. 또 1940년 장혁주는 아키타 우자쿠秋田雨雀 등과 함께 『조선문학선집』을 펴냈다. 장혁주가 일본 문단에 진출할 때 일본 문단이 조선문학에 주목하기 시작했고, 그 후 이른바 '조선 붐'이 형성되었다. 물론 '조선 붐'의 기틀을 잡은 사람이 장혁주다. 그리고 '조선 붐'이 본격적으로 전개될 때, 『조선문학선집』을 펴낸 장혁주가 역시 그 중심에 서 있었다. 하지만 그 '조선 붐'은 일본 군국주의 식민 확장의 산물이라고 할 수 있다.

일찍이는 동경 문단의 주조가 사회적인 방향으로 흘렀을 때 조선과 대만이 문학적 제재의 대상으로서 혹은 인접 지방의 문학으로서 관심을 끈 일도 있다. 장혁주씨가 『개조』에 데뷔한 것도 이러한 조건 가운데서였으며 (…중략…) 조선문학을 급작스레 밝은 각광 앞으로 끌어낸 것은 역시 동경 문단의 새로운 환경이다. 물론 그것은 시국이다. 시국이 비로소 일본문학 앞에 지나와 만주와 그리고 조선이라는 새 영역을 전개시켰다. 이른바 대륙에의 관심이다.[21]

1940년 6월 임화가 『인문평론』에 「동경 문단과 조선문학」이라는 글을 발표하여 장혁주가 데뷔한 후부터 형성된 '조선 붐'에 대하여 분석했다. 그에 의하면 일본 문단의 사회적인 흐름이 장혁주의 일본 문단 진출을 가능하게 만들었고, 그 후에 형성된 '조선 붐'은 시국의 산물이다. "지나라는 것이 일본의 앞에 출현하면서 만주 그중에도 조선이라는 것의 객관적인 위치가 선명히 드러나고 그 중요성이 새삼스럽게 인식된 것도 역시 사실이다. 다시 말하면 단

21　임화, 「동경 문단과 조선문학」, 『임화 문학예술 전집 5 – 평론』 2, 소명출판, 2009, 211~212면.

순한 국내의 특수한 일 지방으로서가 아니라 지나 사변이라는 돌연한 대사변을 통하여 출현한 대륙이라는 것의 한 부분 혹은 그것과 연결된 중요 지점으로서 각개의 지역이 전혀 신선한 양자를 정하고 일본문학의 면전에 출현한 것이다."[22] 여기서 말하는 시국 즉 지나사변은 1937년에 발발한 중일전쟁을 가리킨다. 임화에 의하면 중일전쟁의 발발이라는 시국에 일본 문단은 대륙과 연결되어 있는 조선을 재발견하였다.

하야시 후사오 등 일본 지식인들이 장혁주 등 조선 문인에게 조선적인 문학만을 원할지 몰라도, 조선을 일본 문단으로 끌어낸 출판계, 그리고 그 배후의 군국주의 세력이 착안한 것은 식민지 조선의 물적·인적 자원이다. 대륙과 연결되어 있는 중요한 지점으로서의 조선반도는 병참기지로 매우 적합한 곳이었다. "중일전쟁 발발로부터 태평양전쟁에 돌입하기까지 일본의 출판계에서 일던 이상하리만큼의 '조선 붐'은 그 규모와 내용에 있어 '한일합방' 전후의 그것을 훨씬 상회했다."[23] 일본의 군국주의가 조선의 물적·인적 자원을 총동원하기 위해 "선전·선동 공작에 일본의 저명한 작가나 학자, 문화인, 언론인, 예능인, 스포츠맨을 총동원했을 뿐 아니라 조선의 매국노나 글을 팔아사는 자들을 선두로 하여 대대적으로 활용한 것이다."[24] 장혁주의 작품 활동을 포함한 '조선 붐'은 중일전쟁이라는 시국에서 일본 문단이 군국주의의 전시 총동원 체제에 응해 만든 것이다.

'조선 붐'만 시국의 산물인 것은 아니었다. 조선문학의 존재를 보여준 장혁주의 데뷔도 역시 시국의 산물이다. 장혁주가 『개조』 현상공모에 당선된 것이 1932년 초인데 반년 전인 1931년 9월 만주사변이 일어나고, 1932년 1월에는 상하이사변이 발생하며, 1932년 3월 만주국이 세워졌다. 그리고 1932년 『개조』 4월호에 「아귀도」를 게재하며 "조선문학의 존재"를 발견했다고 선

---

22 위의 글, 212면.

23 朴春日, 『增補近代日本文學における朝鮮像』, 未來社, 1985, 363면.

24 위의 책, 363면.

언했다. 장혁주로 대변되는 조선문학 혹은 조선의 발견도 역시 시국과 깊은 관련이 있는 것이다. 개조사의 사장 야마모토 사네히코山本実彦는 1930년 일본 입헌민정당立憲民政黨 소속의 중의회 의원이 되었고 장혁주가 당선된 후 그는 개조사 사장 겸 정치인의 신분으로 만주와 조선을 방문했다.[25] 또 주목해야 할 것은 장혁주의 당선 소식을 전하는 문장 앞에 만주사변과 상하이사변이 "국제 무역 대비약의 계기"라고 써 놓았다는 점이다. 임화의 지적과 같이 1937년 발발한 중일전쟁으로 인해 "대륙이란 것의 한 부분 혹은 그것과 연결된 중요 지점"으로서 조선이 일본문학 앞에 출현했다. 장혁주가 당선된 전해인 1931년 일제가 만주를 침략했고, 만주와 연결되어 있는 조선은 이미 새로운 양상으로 일본 문단 앞에 출현했다. 따라서 장혁주의 일본 문단 데뷔도 '조선 붐'과 같이 시국의 산물로 조선을 재발견한 결과라 볼 수 있다.

일본 문단은 장혁주, 그리고 '조선 붐' 시기의 문학 작품을 일컬어 "식민지 문학"이라 불렀다. "식민지 문학의 진출도 금년도의 특징이다. 장혁주의 식민지 문학은 더욱이 구사가리 로쿠로草刈六郎의 「소다쓰育つ」, 양쿠이의 「신문 배달부送報夫」 등을 계속 이어 가게 만들고 있다."[26] 1935년 『개조』는 장혁주와 타이완 작가 양쿠이의 작품을 식민지 문학으로 규정했다. "우리들은 일본의 프로 작가가 금후에도 따뜻한 동지의 입장에서 식민지 문학을 육성하고 지도해 주기를 간절히 희망하고 있다."[27] 프롤레타리아의 국제 연대를 추구한 일본 프로문학도 장혁주와 양쿠이 등 식민지 작가의 작품을 식민지 문학으로 분류하였다.

흥미로운 것은 일본 군국주의의 대륙 진출이라는 시국에 출현하여 식민지 문학으로 분류된 장혁주를 비롯한 조선문학, 그리고 양쿠이로 대변되는 타이

---

25 고영란, 앞의 글, 139면. 이 글에서 고영란은 장혁주가 일본의 출판 시장이 만든 상품이라는 점을 지적하고 있다.

26 『改造年鑑』, 改造社, 1935, 287면; 나카네 다카유키, 「1930년대에 있어서 일본 문학계의 동요와 식민지 문학의 장르적 생성」, 『일본문화연구』 4, 동아시아일본학회, 2001, 314면 재인용.

27 賴明弘, 「植民地文學を指導せよ」, 『文藝評論』 4, 白水社, 1934.11, 37면.

완 문학이 "탈식민"을 뜻하는 약소민족 문학이라는 명의로 중국 대륙으로 소개되었다는 점이다.

> 지난해 『세계지식』 잡지에서 몇 차례에 나누어 약소민족의 소설을 번역하여 게재할 때 나는 동방의 조선과 타이완에 생각이 미쳤고, 지금 응당 그들의 문학 작품을 중국 독자들에게 소개해 주어야 한다는 생각이 들었다. 「신문 배달부」를 번역해서 보냈더니 독자들은 열렬한 감동을 받았다고 했고, 친구들도 매우 좋아했다. 그래서 「산신령」을 번역했는데, 동시에 자료를 수집하여 책으로 펴낼 생각이 들었다.[28]

「산신령」은 1933년 12월에 출판된 단행본 『권이라는 사나이』에 수록된 단편소설인데, 1935년 좌익 문학 이론가 후펑이 이를 번역하여 『세계지식』에 발표했다. 그리고 1936년 4월 단행본 『산령』을 출판했다. 『산령』은 장혁주의 「산신령」과 「성묘하러 가는 남자」, 이북명의 「초진」, 정우상의 「성」, 타이완 작가 양쿠이의 「신문 배달부」와 뤼허뤄의 「우차」를 엮어서 '조선대만 단편소설집'이라는 부제를 달고 출판한 것이다.[29] "나는 조선어를 잘 모르고, 타이완 쪽의 자료를 구하지도 못해서 일본의 출판물에서 수집할 수밖에 없었다."[30] 후펑은 일본 문단에 의해 '식민지 문학'으로 분류된 작품들을 중국어로 번역하면서 '식민지 문학' 대신 '약소민족 문학'이라고 불렀다.

즉 장혁주, 양쿠이, 뤼허뤄 등 식민지 지식인의 작품을 놓고 일본 문단이 '식민지 문학', 중국 문단은 '약소민족 문학'이라 일컬었던 것이다. '식민지 문학'과 '약소민족 문학'은 같은 대상을 가리키지만 내포하는 의미는 상당한 차이가 있다. '식민지 문학'은 일본 제국주의가 식민지의 인적·물적 자원을 총동원하기 위해 조선과 타이완을 재발견한 결과다. 반면에 '약소민족 문학'은 일본의

---

28 胡風, 「序」, 『山靈』, 上海 : 文化生活出版社, 1936, 1면.
29 재판 표지에 "장혁주 등 저"라는 내용이 추가되었다.
30 胡風, 앞의 글, 1면.

침략을 대항하기 위해 일본의 식민지가 된 조선과 타이완을 재발견한 결과다.

"약소민족의 소설을 번역하여 게재할 때 나는 동방의 조선과 타이완에 생각이 미쳤다"는 말에서 알 수 있듯이 조선은 약소민족으로 재발견된 것이다. 약소민족은 제국주의의 침략을 받은 민족과 국가를 가리키는 용어인데, 1921년 천두슈陳獨秀의 「태평양회의와 태평양 약소민족」이라는 글에서 최초로 사용되었다. "그들이 서로 타협하면 중국인, 조선인, 시베리아인 등 태평양 연안의 약소민족들은 해방의 희망이 없어질 것이고 피압박의 정도도 심해질 것이다."[31] 이 글에서 천두슈가 중국 그리고 일본의 식민지로 전락한 조선을 약소민족으로 분류했다. 같은 해『소설월보』에서 "피해 민족 문학호被損害民族文學號"를 개설하여 약소민족 문학을 소개하기 시작하였다. 이에 따라 약소민족이라는 개념이 널리 사용되기 시작하였다. 그리고 1934년『문학』에서 "약소민족 문학 특집호弱小民族文學專號"를 만들어 17개국의 28편의 소설을 게재했다.

서양과 일본의 침략을 받고 있는 중국은 약소민족이라는 개념을 내세우는 목적이 매우 선명하다. "열강 자국 국내의 피압박 계급의 연합이 이루어지고, 약소민족이 제휴하여 세계를 개조하기 전에는 제국주의와 자본주의의 박탈과 유린을 면하지 못할 것이다."[32] 이 용어를 최초로 만든 천두슈가 지적했듯이 약소민족이 서로 제휴해서 열강의 침략을 저항해야 제국주의의 박탈로부터 해방될 수 있다. 즉 약소민족이라는 용어는 식민 침략을 받는 민족이나 국가를 가리키지만 동시에 반反식민과 반제국주의라는 의미도 함축되어 있다.

1931년 만주사변의 발발로 조선이라는 약소민족이 매우 중요한 위치로 떠올랐다. 만주사변 직후 1932년 3월 일본의 식민지인 만주국이 세워졌다. 중국인에게 이는 망국을 예시하는 사건이나 다름이 없다. 망국할지도 모른다는 위기 앞에 중국 지식인들이 일본의 침략을 물리치자고 호소하였다. 전 국민의 항일 의지를 환기하기 위해 일본의 식민지가 된 약소민족 조선을 재발견했다. 만

---

31 陳獨秀,「太平洋會議與太平洋弱小民族」,『新靑年』9(5), 新靑年社, 1921.9, 2면.
32 위의 글, 3면.

주사변이 발생한 지 2개월 후, 즉 1931년 11월 조선 애국지사 김재천이 중국 허베이성 지존중학志存中學에서 조선의 망국과 관련하여 강연을 하였으며 강연 원고가 12월 1일 『익세보益世報』에 실렸다. 망국 후 조선인의 비참한 삶을 소개 한 이 강연 원고는 1932~1933년 사이 『경보京報』, 『인민평론人民評論』, 『군성軍聲』 등 신문·잡지에 10회 넘게 전재되었으며, 『한국 망국 후의 참상』, 『망국통』 등 의 제목으로 중국인에 의해 9회나 출판되었다.[33] 하나의 강연이 이렇게 널리 전파된 것은 김재천도 예상하지 못했던 일이다. 중국인이 적극적으로 조선의 망국을 소개하는 것은 바로 시국 때문이다. "조선 혁명가 김재천 씨가 보정시 지존중학에서 조선 망국 후의 참상에 대하여 강연했는데, 이것이 그 원고다. (…중략…) 여기서 다시 게재하게 된 것은 우리 동포들로 하여금 망국의 고통 을 깊이 알게끔 하려는 것이다."[34] 일본의 식민지가 된 조선의 참상을 보여줌 으로써 중국인의 저항심을 불러일으키려는 것이었다. 다시 말하면 만주사변 이라는 시국에 약소민족 조선은 비참한 식민지로 재발견되었다.

나는 그들 삶의 실상을 소개하려는 생각이었다. 작품으로서의 장단점을 지적하 는 것이 여기서는 오히려 중요하지 않은 일이 되었다.[35]

이때 정치적 임무를 수행하는 것 같은 일을 하였다. 타이완과 조선 작가의 소설 을 소개하는 것이었다. (…중략…) 조선은 우리의 형제 민족인데 일본 침략자의 통 치를 받게 되어 조선인들이 망국노가 되었다. 우리는 당연히 그들의 운명에 눈을 돌려야 한다. 나는 일본어 출판물에서 이 작품들을 보았는데, 일본 제국주의를 규탄 하는, 구하기 극히 어려운 재료라 생각해서 번역하였다.[36]

---

33   이동매·우림걸, 앞의 글.
34   「朝鮮是如何亡國的」, 『大俠魂』 2(9), 南京 : 大俠魂週刊社, 1932, 11면.
35   胡風, 앞의 글, 2면. 이 문장은 1936년 초판의 서문에만 나왔고, 이후 재판할 때 삭제되었다.
36   胡風, 『胡風回議錄』, 人民文學出版社, 2005, 42~43면.

장혁주 소설에 대한 번역과 장혁주의 이름으로 책을 펴내는 것도 김재천 강연 원고의 전재와 같은 맥락에 놓여 있으며, 작가 본인의 뜻과 무관한 시국의 산물이다. 『산령』의 초판 서문에서 후펑은 출판 목적이 작품으로서의 장단점을 지적하는 데 있지 않고 식민지의 비참한 삶을 보여주는 데 있다고 밝혔다. 소설집인데도 불구하고 작품의 문학성을 보지 않고 작품이 보여주는 식민지 조선의 사회 현실만 보겠다는 것이다.

간과할 수 없는 것은, 장혁주의 작품을 번역하는 원인에 대한 후펑의 설명이다. "일본 제국주의를 규탄하는, 구하기 극히 어려운 재료라 생각해서 번역하였다"는 것이다. 장혁주의 작품을 번역한 것은 작품의 뛰어난 예술성이 아니라 "구하기 극히 어려운 재료"이기 때문이다. 망국노로서 조선인의 비참한 삶을 묘사한 작품을 구하기 어려워서 일본어로 발표한 장혁주의 소설을 번역하게 되는 것이다. 또 후펑의 회고록에서 밝히듯이 『산령』의 번역과 출판은 "정치적 임무를 수행하는 것 같은 일"이다. '조선대만 단편소설집'을 펴내는 것이 문학적 행위가 아니라 정치적 임무를 수행하는 것이었던 셈이다. 이는 문학이 아니라 정치적 차원에서 식민지 조선의 사회 현실을 묘사하는 장혁주를 조선의 대표적 작가로 내세웠다는 점을 말해 준다. 요컨대 이 시기에 중국 문단이 필요한 것이 소설가 장혁주와 그의 소설이 아니라 '식민지 조선' 혹은 '약소민족 조선'이다.

장혁주 소설의 최초 중국어 번역은 1933년에 이루어졌는데, 시간상으로 보면 만주사변이 발생한 이후였다. 또 장혁주의 「산신령」을 표제작으로 명명한 『산령』의 출간 시점이 1936년이니 중일전쟁이 전면적 폭발하기 직전으로 중국에서는 전쟁의 암운이 가득하였다. 그리고 "장혁주 등 저"로 표시하고 「쫓겨 가는 사람」을 단행본 제목으로 명명한 『유탕流蕩』은 1940년에 편집되고 1941년 초에 간행되었다. 이 시기에 일본군의 맹렬한 공세로 중국의 항일전쟁이 가장 어려운 상황에 빠졌다. 정치적으로 군대와 국민의 항일 사기를 북돋워야 하는 시기에 식민지로 전락한 약소민족의 참상을 보여준 소설집을 펴낸 것이다. "제국주의가 그 검은 손을 세계 각 구석으로 미치는 오늘날 착취를 당하는 대상이 바로 약소민족과 국가다. 강압을 받고 있는 그들의 삶은 고통스러움과 고난으로 가득 차 있다. 창작에 투영된 내용도 그들의 고통과 항전 의지다."[37] 『산령』의 독후감도 역시 일본의 식민주의를 비판하고 일본의 침략을 물리쳐야 한다고 항일 의지를 환기시키는 데 주력했다. 중일전쟁이라는 특수한 시기에 중국 문단은 거울로서 약소민족 조선을 필요로 했고, 약소민족으로서 조선문학은 중국 문단의 바람과 같이 정치적 임무를 수행했던 것이다.

만주사변과 중일전쟁의 발발로 일본은 전쟁 자원을 해결하기 위해 병참 기지로서 조선을 재발견했다. 이에 따라 '조선 붐'으로 대변되는 식민지 문학이 대두되었다. 한편 일본의 대륙 진출을 막기 위해 중국도 역시 조선을 내세웠다. 중국 문단은 중국인의 항일 의지를 굳건히 하는 목적으로 일본의 식민지인 조선의 참상을 다루는 소설을 번역했던 것이다. 일본과 중국의 식민과 반식민 전쟁 속에 조선은 식민과 반식민의 대변인으로 재발견되었던 것이다. 표면상 일본과 중국 문단이 모두 장혁주를 통해서 조선문학을 발견했다고 했지만, 실은 전쟁이라는 시국으로 인한 조선에 대한 재발견이라는 정치적 흐름 속에서 식민지 지식인 장혁주가 조선의 대표적인 작가로 만들어진 것이다.

4. 세계문학에 대한 상상

조선 문단 전체를 들어 어느 외국의 문단에 비한다면 아직은 질로나 양에 있어 수 보步의 뒤져 있음을 느끼지 않을 수 없습니다.[38]

하야시 후사오 : 지금부터 여러분은 작품을 내지어內地語로 차차 써 주시기를 바람

---

37 宇林, 「『山靈』」, 『華北日報』, 1936.11.16, 3면.
38 이광수, 「조선문학의 세계적 수준관」, 『삼천리』 8(4), 삼천리사, 1936.4, 308면.

니다. 그 반향은 반드시 있을 겁니다.

이태준 : 그것은 일본 문화를 위해서입니까? 조선 문화를 위해서입니까?

하야시 후사오 : 세계 문화를 위해서입니다.[39]

「산신령」은 평원의 토지로부터 쫓겨나 처자식을 이끌고 깊은 산속으로 들어가 화전민이 된 농민 박춘호의 삶을 소재로 한 소설이다. (…중략…) 이 같은 소설은 국제 문단의 어디에서도 보기 드문 소설이며, 조선의 대표작으로 추천할 만하다.[40]

1936년 『삼천리』에서 「조선문학의 세계적 수준관」이라는 설문 조사를 실시했는데, 이광수는 김동인의 「감자」 등은 서양 일류 작가의 작품에 뒤지지 않는다고 하면서도 조선문학은 전체적으로 세계문학에 들지 못한다고 답했다. 박영희, 유진오, 김억 등도 비슷한 답을 내놓았다. "문학이 낳을 생활 환경, 사상 등의 토양이 조선과 같이 비참한 곳에서 무슨 아름다운 꽃을 벌써 바랄 수가 있습니까?"[41] 임화의 지적과 같이 조선 문단은 신문예 운동이 전개된 지 오래되지 못하고 일본의 식민 통치로 조선의 문학이 아름다운 꽃을 피우지 못해 "이 강산에는 아직 문운文運의 봄이 먼 듯"[42]하다고 판단했다.

중일전쟁이 발발한 후 전시 총동원 체제가 선포됨에 따라 조선문학이 더 어려운 지경에 빠졌다. 1939년 『문학계』가 개최한 좌담회에서 일본 문인들이 조선인에게 매우 당연하게 일본어 글쓰기를 요구했다. 조선인의 일본어 글쓰기가 일본을 위한 것이냐 조선을 위한 것이냐는 이태준의 질문에 좌익 작가였던 하야시 후사오는 '세계 문화'를 위한 것이라고 답했다. 물론 전향을 선언한 하야시 후사오가 말하는 세계는 대동아공영권으로 대변되는 일본의

39 「朝鮮文化の將來」(좌담회), 『경성일보』, 1938.12.6, 4면.

40 周剛鳴, 앞의 글, 365면.

41 임화, 「조선문학의 세계적 수준관」, 앞의 책, 325면.

42 김안서, 「조선문학의 세계적 수준관」, 위의 책, 311면.

식민 판도를 가리키는 것이다.

태평양전쟁이 발발한 후 일본 지식계가 새로운 세계사적 질서를 모색하기 시작했다. '근대의 초극'과 '세계사적 입장과 일본' 좌담회를 열어 일본을 중심으로 한 현대로 서양의 근대를 초극하려고 하는 것이 대표적인 예다. 이때 제국 주권 권력은 "서양과 동일시되었던 '세계'가 붕괴하고 동양에서 서양 귀신을 내쫓고 있는 일본에 의해 비로소 '세계적인 세계'가 개시되며 기존의 역사 개념으로 설명될 수 없는 새로운 사실이 등장하고 있다고 환호"하기도 했다.[43] 그리고 일본 지식계의 계획으로 조선은 지방문학으로서 일본의 세계문학으로 편입되어야 하였다. "지방문화의 길은 국민문화로 통하고, 국민문화가 광역 동아문화로 진전하는 것이 성과인 것이다. 세계 문화의 모태인 일본 문화의 창조는 이러한 단계를 밟아서 가능한 것이다."[44] 일본문학이 서양을 초극하여 새로운 세계문학의 모태가 되고 조선문학은 일본어 글쓰기를 통한 국민문학으로 세계문학 속으로 진입할 수 있다는 것이 제국 지식인의 주장이다.

이광수 등이 조선문학이 세계문학에 몇 걸음 뒤떨어진다는 결론을 내린 해, 즉 1936년에 위의 인용문과 같이 중국 좌익 지식인 저우강밍周剛鳴이 장혁주의 「산신령」을 읽고 국제 문단에서도 보기 드문 소설이라고 하면서 장혁주의 소설이 세계적 수준을 뛰어넘었다고 높이 평가했다. 또 1939년 좌익 시인 후밍쑤胡明樹가 조선문학이 이미 세계적 수준에 이르렀다고 선언했다. "일본『개조』가 주관하는 문학상을 받은 장혁주의 존재를 알고 있다. (…중략…) 조선의 문학이 세계적인 수준에 이르렀음은 의심할 여지가 없다 하겠다."[45] 후밍쑤는 조선과 조선 문화에 대하여 많은 관심을 가지고 있고『조선부朝鮮婦』라는 시집까지 출판한 인물이다. 1939년『동방전우』에 발표한 글에서 그는 "조선 민족의

---

43 차승기, 「비상시의 문/법―식민지 전시 레짐과 문학」, 『사이間SAI』 12, 국제한국문학문화학회, 2012, 19면.

44 上泉秀信, 「國民文化と地方文化」, 『地方と文化』, 高山書院, 1942, 16면.

45 胡明樹, 「歷史與文學看朝鮮」, 『東方戰友』 6, 東方戰友社, 1939, 3면.

소리 없는 외침"을 잘 표현한 장혁주의 소설이 세계적 수준에 도달한다고 하면서 조선문학을 세계문학 속에 위치시켰다. 물론 저우강밍과 후밍쉬가 말하는 세계는 하야시 후사오가 말하는 세계와 거리가 상당히 큰 것으로, 조선인 민족해방의 외침이 가능한 세계이며 민족해방을 추구하는 세계다.

세계문학과 거리가 멀다는 조선 문단의 자기 진단이 내려져 있음에도 불구하고 일본과 중국 문단은 모두 조선문학을 각자의 '세계문학' 속으로 끌어들이려고 했던 것이다. 일본 제국주의의 세계문학 속에서 조선은 식민지 문학으로 간주되고, 중국 문단이 제시한 세계문학에서는 조선문학이 약소민족 문학으로 분류되었다. 하지만 간과할 수 없는 것은 중국 문단이 장혁주의 소설에서 조선문학의 국제성을 발견한 것은 일본 프로 문단을 통해서였다는 점이다.

장혁주 소설 중 최초의 중역인「쫓겨 가는 사람」은 일본어와 에스페란토를 통해서 이루어졌다. 1933년 왕디王笛가 일본어에서 중국어로 번역했지만 게재지『문학잡지』가 폐간되는 바람에 큰 반향을 일으키지 못하였다. 1934년 좌익 문인 예쥔젠葉君健의 재번역은 장혁주를 널리 알렸다. "이 소설은 오시마 요시오大島義夫 군의 에스페란토 역본을 재번역한 것이다."**46** 예쥔젠이 서문에서 밝힌 바와 같이「쫓겨 가는 사람」은 에스페란토 번역을 통해 중국으로 소개된 것이다.「쫓겨 가는 사람」이『개조』1932년 10월호에 게재된 후 일본 에스페란티스토 오시마 요시오가 대구에 있는 장혁주에게 편지를 써 에스페란토 번역 허락을 받고 에스페란토로 번역하여 "La Forpelataj Homoj"라는 제목으로 출판해서 여러 나라로 보냈던 것이다.

원저자는 한 체제에 대한 자발적인 저항으로써 일본 식민지에서 한국 농민들의 비참한 운명을 현실주의로 묘사한 것이었습니다. 그리고 일본의 억압에 대항하는 그의 작품 성격이라든지 그의 국제성 때문에 그의 작품을 에스페란토로 발간할 생

46　葉君健, 앞의 글, 109면.

각에 사로잡혔습니다.[47]

장혁주 소설을 에스페란토로 번역한 까닭에 대해 번역자 오시마 요시오는 일본의 억압에 대항하는 국제성 때문이라고 밝혔다. 이 국제성은 프롤레타리아의 국제 연합이라는 의미에서 쓰인 것이다. 동아시아에서는 에스페란토 운동과 프롤레타리아 운동이 한동안 결합했던 것이다.[48] 에스페란토는 1887년에 자멘호프에 의해 창제된 국제어로 초국가적 소통과 연합뿐 아니라 세계 민족의 평등을 추구한 언어다. 1906년 일본에스페란토협회가 성립되어 기관지『일본 에스페란티스토』를 간행하고『에스페란토 강의』를 출판하는 등 큰 반향을 일으켰다. 1922년 일본공산당이 성립된 후 에스페란토 운동이 좌익 운동과 결부되기 시작했다. 1930년 프롤레타리아를 표방하는 에스페란토 단체 일본프롤레타리아에스페란토협회PEA가 성립되었다. "에스페란토를 프롤레타리아의 무기로 사용할 것"이라는[49] PEA의 강령이 규정한 바와 같이 일본의 에스페란토 운동은 프롤레타리아 운동과 긴밀한 관계를 유지하였다.

이러한 국제적 투쟁을 지휘하는 코민테른Komintan은 러시아 민족만의 기관이 아니라 전 세계 프롤레타리아 피압박민족의 이익을 대표하는 우리의 전위다. (…중략…)

---

47 김삼수, 「1930년대 초기 문학작품 「쫓겨 가는 사람들」(1932)에 반영된 농촌 경제의 궁핍화와 그의 에스페란토 번역문학 "La Forpelataj Homoj"(1933)에 의한 세계에의 고발」, 『논문집』 18, 숙명여자대학교, 1978, 65면 재인용.

48 사실상 에스페란토의 프롤레타리아화가 동아시아 특유의 현상이 아니다. 에스페란토가 창제된 후 1906년에 파리에서 에스페란토 단체가 결성되기도 했으며, 1921년에 이르러 세계적 조직인 "전세계 무민족협회"(Sennacieca Asocio Tutmonda, SAT로 약칭)가 성립되었다. 하지만 SAT 안에 아나키즘, 마르크시즘 등 파벌이 즐비했으며 갈등이 많아 1930년에 SAT는 해제되었다. 그리고 1932년에 마르크스주의를 옹호하는 에스페란티스토들은 코민테른의 지도를 받겠다고 선언하면서 "프롤레타리아 에스페란토 동맹(Internaciode Proleta Esperantistaro, IPE로 약칭)"을 결성했다. 일본의 PEU와 중국의 CPEU가 모두 이 IPE에 가담하였지만, 발족 시간에 있어서 일본의 PEU와 중국의 CPEU는 모두 IPE보다 일렀다.

49 宮本正男, 孫明孝 譯, 「網領」, 『日本世界語運動略史』, 濟南 : 山東大學出版社, 2015, 113면.

제국주의를 타도하는 것은 우리와 조선 등 민족들이 자유를 획득하는 유일한 길이
다. 이는 바로 프롤레타리아의 국제주의다. 우리 프롤레타리아 에스페란티스토들은
식민지 민족의 자유와 독립을 반드시 지지해야 한다.[50]

　그리고 1931년 PEA가 전국적인 조직 프롤레타리아에스페란토동맹PEU으
로 발전되었다. PEU는 프로조직과 더 긴밀한 관계를 맺었다. 일본 군국주
의의 검거로 구성원 사노와 나베야마가 전향 성명을 발표했는데, 이에 대해
1933년 PEU가 「사노, 나베야마의 배신 행위에 대한 성명」을 발표했다. 이 성
명에서 일본 프롤레타리아에스페란토동맹은 전향자의 주장을 반박하는 동
시에 일본의 식민 침략을 비판했다. 주목할 것은 이 에스페란토동맹이 세계
공산주의 조직인 코민테른을 "우리의 전위"라 규정하고 있다는 점이다. 또 코
민테른을 내세우면서 국제주의를 내걸고 있다. 이는 일본 일부의 에스페란토
운동이 프롤레타리아 운동에 합류했다는 것을 말해 준다.

　그리고 "일본 제국주의 통치하에 있는 조선 민중들이 자유와 독립을 바라
고 있다"[51]며 일본의 프롤레타리아 운동에 합류한 이 에스페란토 조직이 조
선의 독립을 적극적으로 지지했다. 또 식민지의 독립을 지지하는 것이 '프롤
레타리아 국제주의'라고 밝혔다. 1848년 마르크스가 『공산당 선언』에서 "전
세계의 프롤레타리아여 단결하라"고 프롤레타리아 국제주의를 주장했다. 그
리고 1919년 코민테른을 창설할 때 레닌은 이를 "전 세계의 프롤레타리아와
피압박 민족이여 단결하라"로 발전시켜 식민지 민중을 프롤레타리아에 포함
시켰다. 그리고 코민테른은 1927년 2월 브뤼셀에서 반식민회의를 열고 반제
민족독립운동동맹을 성립했으며, 일본 좌익 지식인들이 세계 프롤레타리아
동맹의 구축에 동참하고 일제의 조선 침략에 반대했다.

　PEU의 성명은 바로 프롤레타리아 운동의 국제주의를 반영하는 것이다. 특

50　「檢事竹內次郞報告書」, 『プロレタリア・エスペラント運動に付て』, 司法省刑事局, 1939, 200면.
51　위의 책, 200면.

히 간과할 수 없는 것은 「쫓겨 가는 사람」을 에스페란토로 번역한 오시마 요시오가 바로 PEA와 PEU의 주된 구성원이었다는 점이다. 그는 일제의 침략으로 날로 비참해지는 식민지 조선의 현실을 묘파한 장혁주의 소설에서 프롤레타리아의 국제성을 읽어 내고 에스페란토로 번역하여 전 세계로 돌린 것이었다. "제가 이 작품을 에스페란토로 번역하고 간행했을 때 일본에서 프롤레타리아·에스페란토 운동은 일본 정부의 탄압하에 있었으며 약화 일로에 있었습니다."[52] 일본 좌익 문단이 프롤레타리아의 퇴조로 식민지 문학을 발견했다는 것은 주지의 사실이다. 일본 좌익 문단은 식민지 문학으로 프로문학의 부흥을 시도했지만 1932년 6월부터 군국주의의 강한 탄압으로 코프^{일본프롤}^{레타리아문화연맹} 지도부가 검거되고 좌익 문인들이 잇따라 전향했다. '세계 문화'라는 이름으로 조선어 사용의 폐지를 강요한 하야시 후사오는 바로 그 대표적인 전향 작가다. 일본 좌익 문인의 대규모 전향에 따라 프롤레타리아의 국제성에 대한 추구는 "세계 문화의 모태인 일본 문화"를 중심으로 한 침략적 세계문학에 대한 욕망으로 바뀌었다.

이때 1930년 중국좌익작가연맹이 성립되어 프롤레타리아 운동을 적극적으로 전개했다. 그리고 1931년 중국프롤레타리아에스페란토동맹^{CPEU}이 성립되었다. CPEU는 중국좌익작가연맹과 함께 중국좌익문화동맹의 하부 조직으로 일본의 PEU와 같이 좌익 운동에 힘을 기울였다. 오시마 요시오의 에스페란토 역문으로부터 「쫓겨 가는 사람」을 중국어로 번역한 한 예췬젠이 바로 CPEU의 창시자다. 즉 장혁주 소설의 최초 외국어 번역이 PEU에서 CPEU로 이어지는 것이다. 일본어에서 에스페란토로, 에스페란토에서 다시 중국어로 번역된 것인데 그 뒤에서는 에스페란토 운동, 프롤레타리아 운동, 그리고 코민테른을 비롯한 마르크스주의 조직들이 추구하는 국제성이 중요한 요인으로 작동하고 있었다.

---

52 김삼수, 앞의 책, 65면 재인용.

중국 좌익 문단은 앞서 언급한 약소민족에서 국제성을 발견하여 이를 근거로 새로운 세계문학을 구축하려고 했다. 장혁주의 「산신령」을 약소민족 문학으로 게재한 『세계지식』을 통해서도 중국 문단의 '세계'관을 알 수 있다. "중국은 '세계의 중국'이 되었고, 세계는 어떠한 세계가 될 것인가?"[53] 좌익 지식인, 에스페란티스토 후위쯔胡愈之가 창간사에서 제1차 세계대전 이후 중국은 제국주의의 '문명 세계'로 휩쓸렸다고 지적했다. 그리고 그는 1930년 초의 세계 국면이 제1차 세계대전의 전야와 비슷하지만 약소민족들의 각성과 반항으로 인해 세계 판도가 바뀔 것이라고 예언했다. "20년 전의 세계대전은 제국주의 간의 전쟁이었고 식민지 약소민족이 피지배의 소극적인 위치에 있었지만 지금은 상황이 달라졌다. 이제 세계 인구의 반 이상을 차지한 피압박 민족은 가만히 앉아서 죽음을 기다려서는 안 되고, 또 그럴 수 없어졌다."[54] 반식민지로 전락한 중국의 좌익 문단은 자본주의 세계 질서를 전복하는 희망을 식민지의 탈식민 운동에 걸었다.

전쟁이 다가오고, 전쟁의 끝에 세계 질서가 바뀔 것을 일본 문단뿐 아니라 중국 문단도 잘 알고 있었다. 전시 총동원 체제에 들어간 일본 문단과 달리 중국 문단은 식민지 약소민족의 반항으로 제국주의의 통치를 전복시켜 새로운 세계를 만들려고 하였다. 이에 따라 세계문학으로서의 약소민족 문학이 부상했다. 약소민족 문학 특집호[1934], 「아시아 약소민족 윤곽亞洲弱小民族剪影」[1936] 등 잡지의 칼럼과 『약소민족 소설선弱小民族小說選』[1936], 『약소국가 소설 명저弱國小說名著』[1937] 등 번역소설은 바로 새로운 세계문학을 구축한 결과물들이다. 물론 장혁주의 작품은 약소민족 조선의 대표작으로 이 새로운 세계문학 속으로 끌려 들어갔다.

장혁주는 1939년 일제의 대륙개척문예간화회大陸開拓文藝懇話會에 참석하고 제2차 펜부대에 참가하여 3개월간 만주 시찰 여행을 했다. 이른바 친일 작가

---

53 胡愈之, 「創刊辭」, 『世界知識』 1, 上海 : 世界知識出版社, 1934, 1면.

54 위의 글, 3면.

가 되어 하야시 후사오가 말하는 일본의 '세계'로 완전히 투신한 셈이다. 하지만 중국 문단은 해방 전까지 그의 친일 행적에 대하여 아무 소식도 전하지 않았다. 태평양전쟁이 발발한 1941년에 그의 「권이라는 사나이」가 『약소국가 소설 명저』에 수록되기도 했다. 일본 문단에서 조선을 재발견하는 산물로서 장혁주의 부가가치가 펜부대로서의 활동으로 이어졌다. 반면에 중국 문단은 그가 친일했다는 사실을 은폐하고 친일 이전의 작품을 약소민족 문학의 상징으로 반복적으로 실었다. 새로운 세계를 만들려는 중국에서도 장혁주는 그의 가치를 다한 것이다.

5. 만들어진 장혁주

동아시아 문단에서 장혁주는 매우 독특한 존재였다. 일본어 글쓰기로 이른바 중앙 문단으로 진출한 식민지 작가로서 장혁주는 자국 문단에서는 좋은 평가를 많이 받지 못했지만 해외 문단에서는 상당히 높은 평가를 받았다. 조선 문단과 사이가 좋지 않아 일본 이주까지 한 장혁주가 오히려 더 큰 범위인 동아시아 문단에서 조선의 대표적 작가로 부상하여 하나의 현상으로 나타났다.

하지만 장혁주 현상의 출현은 장혁주도 예상하지 못한 일이었다. 장혁주 현상은 만주사변 및 중일전쟁이라는 시국에서 식민지 조선이 재발견된 산물이다. 중국 대륙과 연결되어 있는 조선은 일본과 중국의 식민과 반식민 전쟁 속에 각각 병참 기지와 식민지의 거울로 여겨졌던 것이다. 조선에 대한 재발견은 일본 문단 내지 동아시아 문단으로 진출한 장혁주를 만들었다.

그리고 장혁주라는 존재를 알리는 데 에스페란토가 큰 역할을 담당했다. 일본 에스페란티스토 오시마 요시오가 장혁주의 일본어 작품을 에스페란토로 번역했고, 중국 에스페란티스토 예쥔젠이 이를 다시 중국어로 번역했다. 그 뒤에서는 에스페란토와 프롤레타리아 운동의 결합, 그리고 프롤레타리아의 국제 연합에 대한 추구가 작동하고 있었다. 그 후 일본 좌익 문인들이 전향하여 일본을 중심으로 한 세계문학을 추구하기 시작했으며, 중국 좌익 문단은 약소민족을 중심으로 하는 세계문학을 구축하는 데 힘을 기울였다. 그 결과 장혁주, 그리고 그가 대변한 조선문학은 일본과 중국의 세계문학 판도 속으로 끌려 들어갔다.

참고문헌

고영란, 「일본 출판시장 재편과 미디어 이벤트」, 『사이間SAI』 6, 국제한국문학문화학회, 2009.

이동매·우림걸, 「일제 시기 중국에서 출판된 조선인 저서에 대한 고찰」, 『한중인문학연구』 62, 한중인
　　　문학회, 2019.

임화, 『임화 문학예술 전집 5-평론』 2, 소명출판, 2009.

차승기, 「비상시의 문/법-식민지 전시 레짐과 문학」, 『사이間SAI』 12, 국제한국문학문화학회, 2012.

宮本正男, 孫明孝 譯, 『日本世界語運動略史』, 濟南 : 山東大學出版社, 2015.

巫永福, 「呂赫若的点点滴滴」, 『巫永福全集』, 傳神出版社, 1999.

劉捷, 「臺灣文學鳥瞰」, 『日治時期臺灣文藝評論集雜誌編』, 臺灣文學館籌備處, 2006.

任展慧, 「日本に飜譯·紹介された朝鮮文學について」, 『日本文學誌要』 16, 法政大學國文學會, 1966.

조영추, 「중국에서의 한국 근대문학 수용 양상 연구-1926~1949」, 南京大學 碩士論文, 2014.

胡風, 『胡風回議錄』, 北京 : 人民文學出版社, 2005.

이동과 창작 언어로 본
김사량 문학의 생성

일본과 중국으로의 이동 경험을 중심으로

다카하시 아즈사高橋梓
니가타현립대학교
국제지역학부 교수

1. 조선인 작가의 '이동' 경험이 만든 네트워크

김사량金史良, 1914~1950?의 생애를 살펴보면[1] 몇 차례의 '이동' 경험을 확인할
수 있다. 첫 번째는 일본으로의 이동이다. 1914년 평양에서 태어난 김사량은
평양고등보통학교 재학 중 동맹 휴교에 참여하여 권고 퇴학 처분을 받은 후
도항 증명서 없이 일본 밀항을 시도했다. 형의 도움으로 '밀항'을 하지 않고
무사히 일본으로 건너간 김사량은 구제舊制 사가고등학교佐賀高等學校와 도쿄제
국대학 문학부 독일문학과에서 수학하면서 일본어 창작을 시작했다.[2]

---

1 김사량(본명 김시창(金時昌))에 대한 연보는 安宇植, 「金史良年譜」, 『評傳金史良』, 東京 : 草
   風館, 1983, 261~271면; 안우식, 심원섭 역, 「김사량 연보」, 『김사량 평전』, 문학과지성사,
   2000, 350~366면.
2 김사량이 사가고등학교 시절에 발표한 작품에 대해서는 白川豊, 「佐賀高等學校時代の金
   史良」, 『朝鮮學報』 147, 奈良 : 朝鮮學會, 1993.4; 白川豊, 『植民地期朝鮮の作家と日本』, 岡
   山 : 大學教育出版, 1995; 시라카와 유타카, 곽형덕 역, 「사가고등학교 시절의 김사량」, 김재
   용・곽형덕 편역, 『김사량, 작품과 연구』 1, 역락, 2008. 또 도쿄제국대학 재학 중에 친구들과

두 번째는 중국으로의 이동이다. 김사량은 도쿄제국대학을 졸업한 1939년 3월 말부터 4월 상순까지 목적 없이 베이징을 '만유漫遊'했다.[3] 베이징 '만유'에서 돌아온 김사량은 1939년 4월부터 경성 조선일보사의 문예부 기자로 근무했고, 같은 해 6월 초부터는 도쿄에 돌아가 야스타카 도쿠조保高德藏가 주재한 문예 동인지 『문예수도文藝首都』의 동인으로 창작 활동을 시작했다. 『문예수도』에 발표한 소설 「빛 속으로光の中に」1939.10가 제10회1939년 하반기 아쿠타가와상 후보작으로 『문예춘추文藝春秋』1940.2에 전재된 것을 계기로 김사량은 일본 문단의 주목을 받기 시작했다. 이후 김사량은 일본에서 많은 작품을 발표했다. 그러나 1941년 12월 9일 그는 치안유지법의 사상범 예방구금 조항에 의해[4] 가마쿠라鎌倉 경찰서에 구금되었고, 이듬해 1월 말 석방과 함께 고향 평양으로 돌아갔다.

이러한 김사량의 생애와 '이동' 경험을 간략한 표로 정리해 보면, 김사량이 일본으로 이동한 시기는 일본어 창작을 시작하기 직전이었으며, 중국으로 이동한 시기는 본격적으로 일본 문단에서 작품을 발표하기 직전이었음을 알 수 있다.

〈표 1〉 김사량의 '이동' 경험

	주요 사항	'이동' 경험에 관한 수필
1931	평양고등보통학교 재학 중 동맹 휴교에 참여하여 권고 퇴학 처분을 받은 후 밀항 시도	-
1933	4월 구제 사가고등학교에 입학하여 일본어 창작 시작	-
1936	3월 사가고등학교 졸업 4월 도쿄제국대학 문학부 독일문학과 입학 6월 독일문학과 학생들과 같이 문예동인지	-

같이 동인지 『제방(堤防)』을 발행한 것에 대해서는 安宇植, 위의 책, 65~84면; 안우식, 심원섭 역, 위의 책, 96~124면.

3 김사량은 우메자와 지로(梅澤二郎)에게 보낸 편지(1939년 3월 25일)에서 베이징에 체류하게 된 것을 "소위 만유"라고 표현하고 있다. 金史良, 金史良全集編集委員會 編, 『金史良全集』 4, 東京: 河出書房新社, 1974, 99면; 김재용・곽형덕 편역, 위의 책 4, 2014, 392면. 이 글에서는 편지의 표현을 빌려와 김사량의 베이징 체류를 '만유'라고 지칭하기로 한다.

4 장문석, 「김사량과 독일문학」, 『인문논총』 76(3), 서울대 인문학연구원, 2019, 176면의 각주 12.

	주요 사항	'이동' 경험에 관한 수필
	『제방』 창간(1937년 6월 제5호로 폐간)	
1939	3월 도쿄제국대학 졸업 3월 말~4월 초 베이징 만유 4~6월 경성 조선일보사 취직 6월 일본의 문예동인지 『문예수도』 동인으로 활동 시작	김시창(김사량), 「북경 왕래」, 『박문』, 1939.8 김사량, 「에나멜 구두의 포로」, 『문예수도』, 1939.9 김시창(김사량), 「밀항」, 『문장』, 1939.10
1940	2월 「빛 속으로」가 제10회 아쿠타가와상 후보작으로 『문예춘추』에 전재	김사량, 「현해탄 밀항」, 『문예수도』, 1940.8
1941	12월 9일 치안유지법의 사상범 예방구금 조항에 의해 가마쿠라 경찰서에 구금	-
1942	1월 고향 평양으로 돌아감	-

일본 및 중국으로의 '이동'은 김사량의 창작과 상당한 관련이 있을 수 있지만 그동안 연구자들은 그의 이동에 충분히 주목하지 않았다. 예컨대 김사량은 조선어 수필 「밀항密航」『문장』, 1939.10과 일본어 수필 「현해탄 밀항玄海灘密航」『문예수도』, 1940.8에서 자신의 일본 '밀항' 시도를 다루었고, 조선어 수필 「북경 왕래北京往來」『박문』, 1939.8와 일본어 수필 「에나멜 구두의 포로エナメル靴の捕虜」『문예수도』, 1939.9에서는 베이징 '만유' 경험을 기술했다. 하지만 이들 수필은 김사량의 전기적 사실을 정리할 때 함께 언급되었을 뿐 그의 작품과 함께 검토한 경우는 지금까지 거의 없었다. 이 글은 김사량이 수필에서 기술한 '이동' 경험이 그의 문학 생성에 어떠한 영향을 미쳤는지에 관해 고찰하고자 한다.

한 가지 유의할 점은 김사량의 일본 및 중국 '이동' 경험이 그의 고유한 경험이기보다는 당시 적지 않은 식민지 조선인들이 선택한 '이동'의 경험과 겹쳐 있었다는 사실이다. 1920년대 일본의 식량 부족을 해소하기 위해 식민지 조선에서는 산미증식계획 등의 농업 개발 정책이 시행되었고, 그 결과 농촌이 궁핍해지면서 많은 조선인들이 어쩔 수 없이 이농離農을 선택했다.[5] 이농한 조선인들 중 일부는 일자리를 찾아 도시로 나왔지만 도시의 공업 부문 노동

---

5 식민지 시기 농촌의 경제적 상황 등에 대해서는 許粹烈, 保坂祐二 譯, 『植民地朝鮮の開發と民衆－植民地近代化論, 收奪論の超克』, 東京 : 明石書店, 2008, 248~258면.

자 수요는 충분하지 않았고, 많은 농민들은 도시의 날품팔이 노무자로 전락했다. 그리고 나머지 농민들은 일본과 만주 이민을 선택했다. 또 1937년 중일전쟁 발발 이후 일거리를 찾아 중국으로 건너간 조선인들이 늘어났다.[6] 이처럼 제국 일본과 그에 연동한 총독부의 정책은 조선인의 '이동'을 추동했다.

다른 한편 제국의 팽창은 조선문학 역시 '이동'하도록 했다. 중일전쟁 발발 이후 일본에서는 아시아에 대한 관심이 고조되었다. 이 시기 일본 문단에서는 소위 '조선 붐'[7]이 일어나 조선의 문화 및 문학이 활발하게 소개되었다. 『모던 일본モダン日本』을 간행하고 있었던 모던일본사モダン日本社는 임시 증간호인 『모던 일본 조선판』1939.11·1940.8을 간행했고, 1940년에는 이광수의 작품집 『가실嘉實』, 『유정有情』, 『사랑愛』을 연이어서 출판했다. 같은 해인 1940년 『조선소설대표작집朝鮮小說代表作集』신건(申建) 편역, 東京 : 敎材社과 『조선문학선집朝鮮文學選集』전 3권, 장혁주(張赫宙)·유진오·아키타 우자쿠(秋田雨雀)·무라야마 도모요시(村山知義) 편, 東京 : 赤塚書房 등도 출판되면서 일본 독자들은 여러 종의 단행본을 통해 다양한 조선문학 작품에 접할 수 있었다.

조선문학의 일본 '이동'은 제국 일본의 '국민문학'에 일방적으로 포섭된 것으로 보이기도 하지만, 동시에 새로운 네트워크와 연결을 산출할 가능성도 일정 부분 내포하고 있었다. 예를 들면 중국 문학자 후펑胡風은 장혁주를 비롯한 조선인 작가와 양쿠이楊逵 등 타이완인 작가의 일본어 작품 6편을 번역해서 『산령山靈 − 조선 타이완 단편집朝鮮臺灣短篇集』上海 : 文化生活出版社, 1936을 출판했다.[8] 후펑은 일본과 타이완에 대해 충분한 정보를 갖추지 못했지만, 조선 및

---

6 木村健二·申奎燮·幸野保典·宮本正明, 「戰時下における朝鮮人の中國關內進出について」, 『靑丘學術論集』23, 東京 : 韓國文化硏究振興財團, 2003.12.

7 일본 문단의 '조선 붐'에 대해서는 任展慧, 「植民地政策と文學」, 『法政評論』復刊 1, 東京−法政大學第一文化連盟, 1970; 任展慧, 「朝鮮側から見た日本文壇の'朝鮮ブーム'」− 1939~1940」, 『海峽』12, 東京 : 朝鮮問題硏究會, 1984 등 참조.

8 『산령』에는 장혁주의 일본어 작품 「山靈」(『權といふ男』, 東京 : 改造社, 1934.6)과 「墓參に行く男」(『改造』, 1935.8), 그리고 『文學評論』에 게재되었던 조선인 작가 이북명(李北鳴)의 작품 「初陣」(1935.5), 정우상(鄭遇尙)의 「聲」(1935.11)이 수록되었다. 타이완인 작가 양쿠이

타이완 작가가 일본어로 쓴 작품을 중국어로 번역하여 식민 지배하의 조선과 타이완 상황을 중국의 독자에게 전할 수 있었다.[9] 조선문학의 일본 '이동'은 분명 제국 일본의 팽창에 의해 추동된 것이었지만, 그 '이동'은 일본에서 멈추는 것이 아니라 다른 언어로의 번역을 통해 또 다른 '이동'의 잠재적 가능성을 가지고 있었다.

본론에서 살펴보겠지만 김사량의 일본과 중국베이징 '이동' 경험 역시 제국 일본의 팽창에 완전히 포섭된 것이 아니라 또 다른 네트워크를 생산할 가능성을 갖추고 있었다. 이 글은 그 점에 유의하여 김사량의 '이동' 경험이 작가로서 김사량의 문제의식 형성에 어떤 영향을 미쳤는지 고찰하고자 한다. 김사량은 일본으로 '이동'한 결과 문예 동인지 『제방』과 『문예수도』에 참가하여 제국 및 식민지 출신의 작가들과 교류했다. 그리고 김사량은 중국으로 '이동'한 결과 베이징 '만유'를 다룬 조선어 수필 「북경 왕래」와 일본어 수필 「에나멜 구두의 포로」를 남겼다. 상당한 내용을 공유하지만 분명한 차이도 포함한 조선어 수필과 일본어 수필을 비교하면서 김사량이 중국으로의 '이동'을 통해 어떠한 문제의식을 가지게 되었는지에 대해 고찰하기로 한다.

2. 김사량의 일본 '이동' 경험 문예 동인지 『제방』과 『문예수도』

먼저 김사량이 일본 '이동' 경험을 통해 어떠한 문제의식을 가지게 되었는지 그가 참여했던 문예 동인지 『제방』과 『문예수도』에서의 활동을 통해 살펴보고자 한다.[10]

의 「新聞配達夫」(1934.10), 뤼허뤄(呂赫若)의 「牛車」(1935.1)도 수록되었다.

9　후펑이 번역한 『산령』에 대해서는 下村作次郎, 『文學で讀む臺灣－支配者・言語・作家たち』, 東京 : 田畑書店, 1994.

10　이 장에서 제시한 『제방』과 『문예수도』에 관한 서술은 다카하시 아즈사, 「김사량의 일본어 문학, 그 형성 장소로서의 『문예수도』－'제국'의 미디어를 통한 식민지 출신 작가의 교류」,

김사량의 일본 생활은 '밀항' 시도에서 시작한다. 그리고 그는 조선어 수필 「밀항」과 일본어 수필 「현해탄 밀항」에서 자신의 '밀항' 시도를 기록했다. 두 수필 모두 그의 '밀항' 시도를 기록하고 있을 뿐 아니라 일본의 조선인 밀항 단속에 대해 민감한 반응을 보인다. 하지만 조선어 수필과 달리 일본어 수필에서 김사량은 '밀항'에 관한 설명을 보충하고 밀항 경험자의 이야기를 추가하여 조선인에게 '밀항'이란 목숨을 걸어야 하는 위험한 행위라는 점을 강조한다. 또 일본어 수필의 결말 부분에는 김사량이 친구와 함께 규슈 가라쓰唐津 해안에 놀러 간 장면도 삽입되어 있는데, 바닷가에서 "흰옷을 입은 여자들白い 着物を着た婦達"95면을 목격하고 "깜짝 놀라서, 그리고 보니 뿔뿔이 흩어진 밀항단의 한 무리가 아닌가ぎくりとして、さてはちりぢりになつた密航團のかたわれではなからうか"95면 라며 놀라는 묘사가 보인다. 이것은 조선인 밀항에 대한 김사량의 민감한 반응을 제시한 것으로 보인다.

그런데 여기서 주목하고 싶은 것은 "때마침 저녁노을이 끼쳐 그것이 너무나 아름답게 보였다夕方頃となり、それが汕も美しく映えて見えるのだつた"95면, "조가비를 줍고 있는 모습은 아름다웠다貝殻を拾つてゐる様は美しい"95면 등 조선인 여성들을 둘러싼 묘사다. 여기서 김사량은 조선의 밀항 단속을 상징이었던 '흰옷'을 입은 조선인 여성에게서 적극적으로 아름다움을 발견하려고 한다. 이는 조선인 이주자로부터 어떤 새로운 가능성을 발견하고자 한 김사량의 문제의식이 미적으로 표현된 것으로 해석할 수 있다. '흰옷'에서 아름다움을 발견한다는 서술은 조선어 수필의 결말에는 없는 것이다.

조선어 수필 「밀항」과 일본어 수필 「현해탄 밀항」은 '밀항' 시도라는 같은 소재를 활용했지만 두 수필 사이에서 시각의 차이를 확인할 수 있다. 김사량

『인문논총』 76(1), 서울대 인문학연구원, 2019, 277~322면; 高橋梓, 「金史良の日本語文學が生成された場所としての『文藝首都』─「土城廊」の改作過程を中心に」, 小平麻衣子 編, 『『文藝首都』─公器としての同人誌』, 東京 : 翰林書房, 2020, 104~120면에 근거하되, 두 잡지를 중심으로 한 김사량의 활동과 7의 '밀항' 시도가 그려진 수필을 함께 분석한 서술을 새롭게 가필했다.

이 일본에서 작품을 창작한 1939년부터 1941년 사이에 그는 학생이었던 자신과 다른 계층의 조선인을 만나며 조선인 이주민의 삶에 대해 관심을 가졌고, 조선인 이주 노동자를 다룬 작품을 창작했다. 조선인 이주자의 삶에 대한 김사량의 관심이 심화하는 과정에서 조선어 수필과 일본어 수필의 차이가 발생한 것으로 추론할 수 있다. 그렇다면 일본으로 '이동'한 김사량이 조선인 이주자에게 관심을 가지게 된 계기는 무엇일까? 이에 대한 답은 그가 활동했던 문예 동인지 『제방』과 『문예수도』에 주목할 때 얻을 수 있다.

도쿄제국대학 독일문학과 학생들이 중심이 된 문예 동인지 『제방』은 1936년 6월에 창간되어 1937년 6월 제5호로 폐간되었다.[11] 『제방』 동인은 모두 14명으로 독일문학과 학생뿐 아니라 그들의 친구와 지인들도 포함되어 있었다.[12] 대학생이 중심이 된 동인지의 성격상 『제방』은 널리 유통되거나 다양한 계층의 독자들이 읽는 잡지는 아니었다. 하지만 김사량은 『제방』이 간행될 때마다 작품을 게재하는 등 동인 활동에 적극적으로 참여했다. 김사량은 구민具珉이라는 필명으로 『제방』을 통해 수필 1편「잡음(雜音)」, 제1호, 1936.6,[13] 소설 1편「토성랑(土城廊)」, 제2호, 1936.10, 시 1편「빼앗긴 시(奪はれの詩)」, 제4호, 1937.3을 발표했다. 창간호에 게재된 김사량의 수필 「잡음」은 "조선의 현실을 충실하게 써 보고 싶다朝鮮の現實を忠實に書いてみたい"는 문장으로 시작하는데, 이 점에서 볼 때 김사량은 『제방』을 읽는 주요 독자인 다른 동인들에게 조선의 현실을 충실히 전하고자 했음을 알 수 있다.

---

11 『제방』이 간행된 경위 및 당시 동인들에 대해서는 澤開進,「雜誌『堤防』をつくった頃ー思い出の金史良君」,『文藝』, 1971.5; 鶴丸辰雄,「『堤防』小史」,『金史良全集月報』 3, 河出書房新社, 1973 참조. 『제방』에 게재된 작품들은 『金史良全集』 1·4, 1973~1974 수록. 『제방』의 실물은 제2호가 가나가와근대문학관(神奈川近代文學館)에 소장되어 있다. 그리고 2024년 자료조사를 통해 일본근대문학관(日本近代文學館)에도 제3~5호가 소장되어 있음을 확인했다. 이 잡지의 성격에 대해 더욱 깊이 있게 고찰하기 위해서는 잡지에 수록된 작품과 참여한 동인에 관한 조사 등을 진행할 필요가 있다.

12 鶴丸辰雄, 위의 글, 2~3면. 또 『제방』 제4호에는 「『제방』 유지 회원을 모집한다(堤防維持會員を募る)!!」라는 글이 게재되어 있는데, 거기에도 "누구라도 좋으니, 『제방』에 관심을 가져주는 자는 월 50전의 회비를 내고 유지 회원이 되어 주었으면 한다"(74면)고 쓰여 있다.

13 『金史良全集』 4, 53~54면.

김사량은 『제방』 동인 활동을 통해서 여러 동인들을 만나게 되며, 그것은 그의 창작에 많은 영향을 미치게 된다. 『제방』 대표자인 신타니 도시로^{新谷俊郞}는 도쿄제국대학 학생들이 중심이 된 빈민 구제 사업 '도쿄제국대학 세틀먼트'에서 활동하고 있었다.[14] 많은 연구자들이 주목한 것처럼 김사량의 대표작 「빛 속으로」의 주인공인 조선인 유학생 '남南'이 노동자들에게 영어를 가르치고 있는 "대학S협회大學S協會"3면는 도쿄제국대학 세틀먼트를 모델로 한 것이다.[15] 「빛 속으로」는 "S협회" 주변에 있는 "고토 근처의 공장가江東近くの工場街"3면의 "정거장 뒤에 있는 진펄驛裏の沼地"3면에 조선인 집단 거주지가 있다고 서술하는데, 실제로 당시 도쿄 고토구江東區에는 조선인 이주 노동자의 집단 거주지가 있었다.[16] 김사량은 『제방』을 통해 세틀먼트에서 일하고 있던 신타니를 알게 되었고, 신타니를 통해 도쿄의 조선인 이주 노동자들을 만난 것으로 추측할 수 있다.

희곡 작가 무라야마 도모요시의 회상에 의하면 김사량은 『제방』 동인으로 활동하던 대학 재학 시절 이주 노동자의 집단 거주지를 무대로 한 희곡을 썼다. 김사량이 무라야마를 알게 된 것은 도쿄제국대학 학생이었던 1936년 무렵이었으며,[17] 1938년 무라야마의 신협극단新協劇團이 일본과 조선에서 〈춘향전〉

---

14 신타니가 도쿄제국대학 세틀먼트 활동에 관여한 것에 대해서는 安宇植, 앞의 책, 263~264면; 안우식, 심원섭 역, 앞의 책, 353~354면.

15 "S대학협회"는 '도쿄제국대학 세틀먼트'를 지칭하는 듯하다. 이 협회는 1924년 6월 호쓰미 시게토(穗積重遠)·스에히로 이즈타로(末弘嚴太郞) 교수를 중심으로 "무산 시민의 구제 및 향상을 도모하고, 교육의 기회를 제공하여 이에 보다 다양한 조사 연구를 한다"(규약)는 목적으로 '東京市本所區橫川橋四丁目七番地二號'에 설립되었다. 그 목적과 사업을 수행하기 위해 총무부, 탁아부, 아동부, 시민교육부, 도서부, 조사부, 법률상담부, 의료부를 두었다." 任展慧, 「解題」, 『金史良全集』 1, 376면.

16 江東·在日朝鮮人の歷史を記錄する會 編, 『東京のコリアンタウン―枝川物語』, 東京 : 樹花舍, 2004, 15~34면.

17 村山知義, 「金史良を憶う」, 『新日本文學』 7(12), 1952.12, 55면. 여기서 무라야마는 김사량이 자신을 찾아온 시기에 대해서 1938년이라고 회상하고 있지만 안우식은 두 사람이 알게 된 것은 무라야마가 조선예술좌(朝鮮芸術座)에 관여한 이유로 검거된 1936년 10월 28일 이전일 것이라고 하면서 김사량이 무라야마를 찾아온 시기를 1936년이라고 추측하고 있다.

을 공연할 때 공연에 협조하기도 했다.[18] 무라야마의 기억에 의하면, 김사량은 무라야마를 처음 만났을 때 "시바우라 매립지에서 판잣집을 짓고 도쿄東京都로부터 참혹하게도 쫓겨나면서도 버티고 있는 조선 사람들"[19]이 등장하는 희곡을 쓰고 싶다고 이야기했다고 한다. 또 무라야마는 김사량이 마지막으로 "'불가사리'이상한 벌레라는 200장 가까운 희곡"[20]을 완성했다고 회상하고 있다.

이처럼 김사량에게 동인지 『제방』은 조선에 관해 자신의 관심을 표현할 수 있는 장소인 동시에 다른 동인들의 활동을 접하며 활동 반경을 넓히고 새로운 창작으로 나아갈 계기를 얻은 곳이었다.[21] 이후 김사량은 『문예수도』를 통해 더 많은 동인들과 교류하면서 창작을 이어 갔다.

신인 작가의 발굴이라는 목적으로 창간된 『문예수도』는 신인 작가와 작가를 지망하는 독자에게 발표의 기회를 제공하고 있었다. 신인 작가들은 '신인 투고란'에 작품을 실을 수 있었고, 각 지역 회원들의 '독자회讀者會'를 통해 독자의 반응을 바로 확인하면서 창작을 수련할 수 있었다. 『문예수도』를 주재한 야스타카 도쿠조가 식민지에 대해 깊은 관심을 가지고 있었기 때문에 『문예수도』에는 김사량 이외에도 식민지 출신인 신인 작가들이 적극적으로 참여했다. 조선인 작가 장혁주, 김달수필명 김광순(金光淳),[22] 타이완 작가 룽잉쭝龍瑛宗[23]

安宇植, 앞의 책, 75면; 안우식, 심원섭 역, 앞의 책, 111면.

18 村山知義, 「金史良を憶う」, 『新日本文學』 7(12), 1952.12; 村山知義, 「演出家の言葉」, 『テアトロパンフレット春香傳』 7, 東京 : テアトロ社, 1938.3.

19 村山知義, 「金史良を憶う」, 『新日本文學』, 1952.12, 55면.

20 위의 글.

21 『제방』을 살펴보면 동인과 김사량의 교류 흔적도 확인할 수 있다. 제3호(1936.12) 편집 후기(116면)에는 김사량의 「토성랑(土城廊)」에 대한 동인의 소감("지난번에 게재된 구민(具珉) 군의 「토성랑」이야말로 현대 일본문학의 완벽이라 할 만하다! 하지만 어떤 강하고 나쁜 힘이 이번 호에서 군을 말살해 버렸다")도 확인할 수 있다. 또 제5호(1937.6)에는 조선을 방문한 동인들의 글도 수록되어 있다(越川春郎의 「旅だより」, 本田覺의 「春燈記」). 『제방』 동인과 김사량의 교류에 대해서는 보다 면밀한 문헌 조사를 통해 살펴볼 필요가 있다.

22 재일 조선인 작가로 알려진 김달수가 '김광순(金光淳)'이라는 필명을 가졌던 것에 대해서는 金達壽, 『わが文學と生活』, 東京 : 靑丘文化社, 1998, 95~96면. 또 김달수의 연보 및 해방 후의 활동에 대해서는 廣瀨陽一, 『金達壽とその時代—文學·古代史·國家』, 東京 : 圖書出版ク

등이『문예수도』동인이었다.[24]

'독자회'의 기록은 바로 다음 호『문예수도』에 실렸는데, 그 기록을 살펴보면 당시『문예수도』의 일본인 동인과 독자들이 식민지 출신 작가 김사량에게 어떤 작품을 기대했는지 엿볼 수 있다. 아쿠타가와상 후보작으로 선정된 김사량의 대표작「빛 속으로」는 독자회에서 호평을 받았다. 아쿠타가와상 심사자들은「빛 속으로」를 "민족의 비통한 운명"[25]을 그린 작품으로 높이 평가했는데『문예수도』의 '독자회' 역시 비슷하게 평가했다. '독자회'는「빛 속으로」를 "안정되고 윤기 있는 문장으로 영원한 문제라고 할 민족 감정"[26]을 다룬 작품, 혹은 "우리가 알 수 없었던 미지의 세계를 똑똑하게 그려"[27] 준 작품으로 호평했다. 하지만 식민 지배로 몰락한 소작농이 도시 주변부에 형성한 집단 거주지를 무대로 한「토성랑土城廊」1940.2은 '독자회'에서 좋은 평을 받지 못했다.『문예수도』의 일본인 독자들은「토성랑」에 대하여 "지루해서 끝까지 못 읽었다는 사람도 있었다. 그 말을 듣고 보니 하기야 이것저것 정리가 안 되어서 의미가 분명히 통하지 않는 듯한 인상도 받는다",[28] "인물과 사건은 이해가 되지만 장면과 광경은 전혀 이해가 안 된다"[29] 등 비판적인 평가를 내렸다. 나아가 "김 씨가「빛 속으로」를 그린 것과 같은 태도로「빛 속으로」처럼 작품을 그려 주기를

　　レイン, 2016; 廣瀬陽一,『日本のなかの朝鮮－金達壽傳』, 東京 : 圖書出版クレイン, 2019.

23　룽잉쭝은 제9회『개조』현상 창작 공모에서「파파야가 있는 마을(パパイヤのある街)」(1937년 4월호 게재)로 입선했다. 수상 후 그는 일본을 처음으로 방문하게 되어 일본에서 '개조친우회' 등에 참석한 것이 계기가 되어 나중에『문예수도』의 동인이 되었다. 룽잉쭝의『문예수도』동인으로서의 활동에 대해서는 王惠珍,「龍瑛宗の改造第九回懸賞創作佳作受賞訪日旅行覚え書」,『現代臺灣硏究』24, 大阪 : 臺灣史硏究會, 2003; 王惠珍,「龍瑛宗と『文藝首都』同人との交流」,『天理臺灣學會年報』12, 奈良 : 天理臺灣學會, 2003.

24　『문예수도』를 통해 형성된 식민지 출신 작가들의 네트워크에 관해서는 다카하시 아즈사, 앞의 글, 290~312면.

25　佐藤春夫,「芥川龍之介賞經緯」,『文藝春秋』, 1940.3, 352면.

26　N·K,「東京讀者會」,『文藝首都』, 1939.11, 170면.

27　大澤肇,「京都讀者會」, 위의 책, 172면.

28　K,「東京讀者會」,『文藝首都』, 1940.3·4, 184~185면.

29　玉井廣文,「城西讀者會」, 위의 책, 188면.

다 같이 원한 것 같다"[30]는 언급에서 볼 수 있듯이『문예수도』의 일본인 동인과 독자들은 김사량에게 「빛 속으로」와 유사한 작품을 기대했다.

그러나 김사량이『문예수도』를 통해 일본인 동인과 독자들의 반응만 접했던 것은 아니다. 그는『문예수도』를 통해 식민지 출신의 동인들과도 교류하면서 문제의식을 공유했다. 김사량은『문예수도』를 통해 조선인 작가 김달수를 알게 되고, 서로 편지를 주고받았다. 김사량은 김달수에게 엽서를 보내 일본 가나가와현 요코스카橫須賀에 거주하는 조선인 이주 노동자의 운동회를 구경하고 싶다는 뜻을 전한다.[31] 김달수에게 보낸 엽서에서 김사량은 "'이슬람교도나 벌레'들의 운동회에는 꼭 가겠습니다"1941.11.19, "요코스카는 저의 메디나メヂナ입니다"1941.11.28라는 문장에서 볼 수 있듯이 '이슬람교', '벌레', '메디나' 등의 표현을 사용한다. 이러한 표현은 그가 도쿄 시바우라芝浦에 거주하는 조선인 이주 노동자를 그린 소설 「벌레蟲」『신조(新潮)』, 1941.7에서 사용한 표현이기도 하다. 김사량의 작품에서 사용한 용어를 암호처럼 사용할 정도로 김사량과 김달수는 친밀한 관계였으며, 조선인 이주 노동자에 대한 관심을 공유하고 있었다. 이주 노동자의 '운동회'를 함께 구경한 두 사람은 이후 조선인 이주 노동자의 집단 거주지를 무대로 한 작품을 각각 발표했다. 김사량의 「십장곱새親方コブセ」『신조』, 1942.1와 김달수의 「쓰레기塵」『문예수도』, 1942.3가 그것이다.

이처럼 김사량이 참여한 문예 동인지『제방』과『문예수도』를 살펴보면 일본에서 활동한 김사량의 인적 네트워크를 확인할 수 있다. 김사량은 동인지를 통해 구축한 네트워크를 통해 자신의 관심을 심화해 가는데, 그의 관심은 특히 일본에 이주한 조선인 노동자의 삶을 향해 확장되었다. 이 관심은 당시 일본 독자들에게는 이해받지 못했지만, 같은 식민지 출신의 작가들과는 충분

---

30 若杉惠(若杉慧),「神戸讀者會」, 위의 책, 186면.

31 김사량이 김달수에게 보낸 엽서(1941년 11월 15일, 19일, 28일, 1942년 1월 30일)는『金史良全集』4, 1974; 김재용·곽형덕 편역, 앞의 책 4, 2014에 전문이 수록되어 있다. 현재 엽서들은 가나가와근대문학관에 실물이 소장되어 있다. 이 글은 한국어 번역을 참고했지만, 일본어 원문을 참고하면서 전체적인 어조와 번역어를 새롭게 선택했다.

히 공유 가능한 문제의식이었다. 앞서 언급한 1939년 조선어 수필 「밀항」과 1940년 일본어 수필 「현해탄 밀항」의 차이는 일본의 조선인 이주민에 대한 김사량의 관심과 문제의식이 심화하는 과정에서 발생한 것으로 추측할 수 있다. 1939년 조선어 수필의 결말과 다르게 1940년 일본어 수필의 결말은 '흰 옷'을 입은 조선인 이주민 여성들에 대한 아름다움으로 맺어진다. 조선인 이주자로부터 무언가 가능성을 발견하고자 하는 김사량의 시각은, 일본의 조선인 이주민에 대한 김사량의 관심이 심화하는 과정의 산물이라 할 수 있다.

3. 김사량의 베이징 '이동' 경험
조선어 수필 「북경 왕래」와 일본어 수필 「에나멜 구두의 포로」

다음으로는 중국으로의 '이동'이 김사량의 창작 활동과 어떤 관계가 있는지 검토해 본다.[32] 지금까지의 연구는 「향수鄕愁」『문예춘추』, 1941.7나 『노마만리駑馬萬里』양서각, 1947 등 중국을 소재로 한 김사량의 여러 작품을 두루 검토하면서 그 중 하나로서 베이징 '만유'에 관한 조선어 수필 「북경 왕래」와 일본어 수필 「에나멜 구두의 포로」를 간략히 언급했다.[33] 혹은 김사량의 전기적 사실을 재구성하는 자료로 수필을 활용하면서 그의 베이징 경험을 재구성했다.[34] 결과적으로 선행 연구는 「북경 왕래」와 「에나멜 구두의 포로」를 수필 자체로서는

---

32 이 장에서 제시한 김사량의 중국 '이동'에 관한 서술은 高橋梓, 「金史良の二言語文學硏究─植民地期の朝鮮語/日本語による創作を中心に」, 東京外國語大學 博士論文, 2019 제5장에 근거하되, 조선어 수필과 일본어 수필의 차이에 대한 분석을 가필하면서 새롭게 서술했다.

33 박남용·임혜순, 「김사량 문학 속에 나타난 북경 체험과 북경 기억」, 『중국연구』 45, 한국외대 중국연구소, 2009; 임경순, 「김사량 문학에 나타난 중국 체험과 의식」, 『우리어문연구』 38, 우리어문학회, 2010; 郭炯德, 「金史良日本語小說期硏究」, 早稻田大學 博士論文, 2014, 159~173면; 곽형덕, 『김사량과 일제 말 식민지 문학』, 소명출판, 2017, 307~333면.

34 徐昌源, 「金史良と中國, そして在日朝鮮人─'光'を求める流離い人」, 杉野要吉 編, 『交争する中國文學と日本文學─淪陷下北京 1937~1945』, 東京:三元社, 2000, 김새용, 「김사량과 중국」, 김재용·이해영 편, 『한국 근대문학과 중국』, 소명출판, 2016.

충분히 논의하지 못했다. 따라서 이 글은 김사량의 수필이 '이중어'로 창작되었다는 사실에 유의하면서, 역사적 배경을 염두에 두고 조선어 수필과 일본어 수필 사이의 표현 및 구성의 차이를 검토하겠다. 나아가 '이중어 수필'을 통해 김사량의 문제의식이 형성되는 과정 또한 살펴보겠다.

1939년 3월 하순에서 4월 중순에 이르는 시간 동안 김사량이 『제방』 동인으로 함께 활동한 친구들에게 보낸 편지를 살펴보면, 김사량이 베이징을 '만유'한 시기와 '만유'의 구체적인 내용을 알 수 있다.[35] 1939년 3월 25일 김사량이 우메자와 지로梅澤二郎에게 보낸 편지에는 "지금 베이징을 향해 급히 여행을 떠나게 되어서"라고 쓰여 있으며, 그는 베이징행의 목적에 대해 "소위 만유"라고 썼다.[36] 그 후 4월 12일 쓰루마루 다쓰오鶴丸辰雄에게 보낸 편지에서 김사량은 자신이 조선일보사에 취직했기 때문에 베이징을 떠났으며 4월 5일부터는 조선일보사 학예부에 근무하고 있다는 소식을 전했다.[37]

두 통의 편지를 통해 볼 때, 김사량의 베이징 체류는 1939년 3월 하순부터 4월 상순까지였다. 당시 식민지 조선인에게 베이징행은 어떤 의미였는가 하는 질문을 염두에 두고 조선어 수필 「북경 왕래」의 서두를 살펴보자.

지난번 북경에 갔다 왔지마는 가면서도 막연한 길을 떠났다. 그렇기에, 안동을 건너서면서, 순경에게 무슨 장사꾼이냐고 신문을 당할 적에는 대답하기가 어색하였다. 여행권을 내어보이니 고개를 끄떡끄떡한다. 그럴 법도 한 일이다. 거창스럽게도 북경 고대 문화의 시찰이라 하였으니. 그러나 초만원을 이루어 북지北支로 몰려

---

35 김사량은 베이징에 체류하는 동안에 우메자와 지로(1939년 3월 25일)와 쓰루마루 다쓰오(1939년 3월 28일)에게 편지를 보냈고, 베이징에서 조선으로 돌아온 직후에는 또 쓰루마루 다쓰오(4월 12일, 4월 30일)에게 편지를 보냈다. 『金史良全集』 4, 99~103면; 김재용·곽형덕 편, 앞의 책, 392~397면.

36 김사량이 우메자와 지로에게 보낸 편지(1939년 3월 25일), 『金史良全集』 4, 99면; 김재용·곽형덕 편, 앞의 책, 392면.

37 김사량이 쓰루마루 다쓰오에게 보낸 편지(1939년 4월 12일), 『金史良全集』 4, 100면; 김재용·곽형덕 편, 앞의 책, 393면.

가는 이 차에는 수를 피우려는 축들만이 몰려가는 모양이다. 순경은 고개를 끄떡끄떡한 뒤에는 "그럼 당신은 골동품 장사인 게로군" 한다. 흔한 색시 장사가 아닌 것만이 좀 신기하다는 이야긴가 싶다.

— 「북경 왕래」, 3면

"막연한 길을 떠났다"는 문장의 '막연'이라는 표현에서 베이징행을 결정한 김사량의 태도와 마음을 읽을 수 있다. 또 수필은 김사량의 태도를 그가 만난 순경과 주변 승객들의 태도와 다른 것으로 서술한다. 인용문에서 순경은 김사량을 상인이라고 단정하고 있다. 순경이 김사량을 상인이라 판단한 이유는 "수를 피우려는 축들"이라는 표현에서 볼 수 있듯이 당시 많은 조선인들이 장사를 위해 베이징으로 몰려들었기 때문이다. 중일전쟁 발발 이후 일확천금을 기대하면서 베이징으로 가는 조선인들이 급증했고, 그들은 일본군 통역이나 잡화 운반 및 판매, 식당 운영 등의 업무에 종사하면서 '전쟁 경기'를 누렸다. 하지만 조선인의 베이징 '진출'은 일본군의 침공과 점령을 배경으로 하고서야 가능한 것이었고, 실제 베이징으로 이주한 대다수 조선인의 경제적 기반은 그다지 안정적이지 못했으며 실업자가 만성적으로 존재했다.[38]

수필 「북경 왕래」의 서두에서 김사량은 일본의 중국 침공이라는 상황이 조선인의 이동에 영향을 주고 있음을 포착한다. 이후 그는 일본의 중국 침공이 베이징 지식인과의 교류에도 영향을 주고 있음을 기술한다. 김사량은 베이징 '만유'를 본격적으로 서술하기 전에, 베이징에서 우연히 만난 사람들의 이름을 나열한다. 동향의 곤충학자 석주명石宙明, 1908~1950, 일본군 병사 "야마다 군山田君", 일본 프롤레타리아 시인들과 극작가, 그리고 조선 및 중국 유학생과도 교류한 타이완 작가 우쿤황吳坤煌, 1909~1989[39] 등이 그들이다.

---

38 木村健二·申奎燮·幸野保典·宮本正明, 앞의 글, 70~72면.

39 우쿤황에 대해서는 下村作次郎, 「臺灣人詩人吳坤煌の東京時代(1929~1938年) − 朝鮮人演劇活動家金斗鎔や日本人劇作家秋田雨雀との交流をめぐって」, 『關西大學中國國學會紀要』

김사량이 나열한 이름 중에서 루쉰의 동생으로 베이징대학에 근무 중이던 작가 저우쭤런周作人의 이름도 발견할 수 있다. 김재용이 언급했듯이 "미리 소개를 받은 전前 문과 교수 주작인 씨를 만나려고 구내에 있는 북지문화협의회인가 한 곳에 들었다"[3]라는 서술은 김사량이 베이징에서 저우쭤런을 만나기를 희망했음을 보여준다.[40] 하지만 "미리 소개를 받"았음에도 불구하고, 김사량의 수필에서 저우쭤런에 대한 서술과 다른 인물에 대한 서술이 큰 차이가 없다는 점은, 그가 저우쭤런과 충분히 교류하지 못했음을 암시한다.

일본 점령하의 베이징에서 유학한 다케우치 요시미竹內好는 그의 일기에 중국 지식인과의 교류를 거의 쓰지 않았다. 쑨거는 다케우치가 중국 지식인과의 교류를 쓰지 않은 것은 당시 베이징대학이나 칭화대학淸華大學의 교수 대부분이 남쪽으로 이동했기 때문이었을 것이라 추측했다.[41] 이러한 역사적 맥락을 염두에 둔다면, 김사량의 조선어 수필에 저우쭤런에 관한 기술이 그다지 많지 않은 것은 당시 일본 침공하에서 위축된 베이징 지식인 사회의 상황을 드러낸다.

조선어 수필 「북경 왕래」의 후반부는 김사량의 '만유'를 중심에 두고 있다. 김사량은 이 부분에서 당대 베이징이 일본 침공의 영향 아래에 완전히 포섭된 것은 아니라는 사실을 제시한다. 조선어 수필의 후반부에서 김사량은 베이징의 여러 장소를 방문한 사실을 서술한다. 우선 그는 일본군이 폭격한 톈진 난카이대학南開大學을 방문한다. 폭격을 당한 대학에서 김사량은 "여기 대학생은 완전히 공산화한 무장 부대였다는데 많이 학교의 주춧돌을 베고 죽었으며, 나머지는 현재 북경 만수산 뒤의 험준한 산악에 반거蟠居하여 저항하고 있다 한다"[4]면는 소감을 기록했다. '만유'를 통해 김사량은 침략군 일본군의 시각에서 베이징을 바라본 것이 아니라 '저항'하는 중국 대학생의 시각에서 베

27, 大阪 : 關西大學中國文學會, 2006.

40　김재용, 앞의 글, 21~22면.

41　孫歌, 『竹內好という問い』, 東京 : 巖波書店, 2005, 140면; 쑨거, 윤여일 역, 『다케우치 요시미라는 물음』, 그린비, 2007, 211면.

이징을 이해하고자 했다. 이후 김사량은 베이징의 여러 명소를 찾아다니면서 베이징 사람들의 목소리를 듣고자 유의한다.

또 그는 거대한 자금성紫禁城을 바라보며 "우리의 고아古雅와 소담素淡이 없음이 습습하였다"4면고 느끼고 '우리' 조선 문화와 중국 문화의 차이에 주목한다. 또 「북경 왕래」의 결말 부분에서 김사량은 중일전쟁에 대한 중국인의 입장이 조선인과 다르다는 점을 제시한다. 그는 중국인 상인에게 고급 가죽 구두로 속아서 구입한 에나멜 구두가 찢어진 후 "게릴라전법이 유행하는 시절이 되어 그런지, 장사도 게릴라 전법에 의하여 무장된 것 같다"4면는 소감을 밝힌다. 앞서 「북경 왕래」의 서두에서 김사량은 중일전쟁으로 인해 조선인들이 중국에 진출하게 된 상황을 제시했다. 그리고 「북경 왕래」의 후반에서 김사량은 '만유'를 통해 중국의 문화를 발견하는 한편 일본에 '저항'하는 대학생의 시각에 유의했다. 나아가 그는 중국인들이 중일전쟁에 '게릴라 전법'으로 응하고 있음을 자각한다. 이처럼 조선어 수필 「북경 왕래」는 '만유'를 통해 김사량이 중국인의 주체성을 자각해 가는 과정을 서술한다.

일본어 수필 「에나멜 구두의 포로」는 조선어 수필 「북경 왕래」와 마찬가지로 베이징을 '만유'한 김사량의 경험을 기록하는데, 그 구성과 초점에 상당한 차이가 있다. 일본어 수필의 서두는 베이징에 도착한 직후 김사량이 당황스러움과 놀라움을 느끼는 장면에서 시작한다. 자신이 베이징에 있는 이 형李兄에게 보낸 전보가 아직 도착하지 않은 사실을 확인하고 당황한 김사량은 자신이 "베이징에 도착한 저녁부터 갈팡질팡하고 있을 뿐이다北京に着いた晩からまごつき通しである"118면라고 서술했다.

조선어 수필의 전반부에서 김사량은 베이징에서 만난 사람들의 이름을 나열하지만, 일본어 수필의 전반부에서 그는 베이징에 대한 자신의 관심을 상세히 제시한다. 중학교 시절부터 베이징 유학을 꿈꾸었던 김사량은 "베이징에 관해서는 예전부터 도서관에서 자세하게 조사했北京のことなら前々から圖書館で詳しく調べてゐた"118면으며, 따라서 그는 자신이 베이징에서 "어떤 것을 보아야 할지 정도는 어림잡을 수 있었다どんなものを觀るべきであるか位は見當がついてゐた"118면고 서술한다. 그럼에도 불구하고 그는 베이징에 도착하여 "갈팡질팡"하고 당황했는데, 그 이유는 그의 베이징 '만유'가 상상했던 것과는 무척 다른 경험이었기 때문이다.

또 김사량은 베이징대학의 학부 대부분이 폐쇄된 것을 목격하고 일본 점령하 베이징의 대학생들이 "모두 전쟁터에 갔다みな戰地に行つた"119면는 것을 실감하게 된다. 또 푸런대학輔仁大學 교수의 부인으로부터 "대학생은 현재 비통한 우민憂悶 가운데 있다大學生は現在悲痛な憂悶の中にゐる"119면는 이야기를 듣기도 한다. 그리고 그는 자금성과 극장 장식 등을 보고 "중국 귀족 문화의 위대함에 압도中國貴族文化の偉大さに壓倒され"119면 되면서도 귀족 문화와는 어울리지 않는 "너덜너덜한 옷よれよれの着物"119면을 입은 중국인들의 모습을 발견한다.

김사량이 일본어 수필 「에나멜 구두의 포로」에서 서술한, 베이징에서 목도한 여러 상황과 그곳에서 들은 이야기는 그가 베이징 도착 이전에 예상했던 베이징의 모습과는 어긋난 것이었다. 그런데 예상과 달랐던 김사량의 베이징 경험에서 특히 주목해야 할 점은, 그가 베이징의 조선인 이주자 거주지를 방문했다는 사실이다. 베이징의 조선인 이주자 방문 에피소드는 일본어 수필에만 실려 있다. 김사량은 일본군 통역 조선인 청년 M 군의 안내로 "구중중한 뒷골목薄汚ない裏街"119면에 있는 조선인 거주지를 찾아간다. 그곳에서 그는 제대로 된 직업을 가지지 못한 채 아편을 밀매하는 한 가족을 만나게 된다.

두 사람이 들어간 곳은 아편 밀매를 하는 작은 집이었다. 주인인 젊은 사내는 도쿄의 대학까지 유학했다고 말하고 있었다. 어딘가 음흉해 보이는 자였다. 하지만 그의 어머니나 아버지나 선량해 보이는 사람들이었다. 그들도 다만 어찌할 바를 모르고 있는 것이다. 사내는 득의양양하게 자신이 방금 전 집세를 받으러 온 집주인에게 일본어로 일갈하자 헐레벌떡하며 도망갔다고 말하는 것이었다. 하루라도 빨리 빈궁한 이주민들이 떳떳한 직업을 갖도록 노력하지 않으면 안 되리라.

—「에나멜 구두의 포로」, 120면[42]

김사량은 아편 밀매상 가족에 대해 "선량해 보이는 사람들"이지만 "다만 어찌할 바를 모르고 있는 것"이라고 평하면서, 베이징 조선인 이주자의 현실에 대해 한탄했다. 김사량은 일본 유학 경험이 있는 "주인인 젊은 사내"가 일본어로 일갈하며 중국인 집주인을 쫓아버렸다는 에피소드를 제시한다. 당시 일본 경찰이나 총독부가 남긴 기록에 따르면, 중국에 사는 조선인들은 중국인에게 "방약무인하게 횡행"하거나 "부정행위"를 하곤 했다.[43] 그리고 그들은 조선인이 중국인을 함부로 대하는 이유로 "나라의 위력", "일본인으로서의 우월감", "일본군의 위력" 등을 제시했다.[44] 김사량의 일본어 수필 역시 제대로 된 직업을 갖지 못하고 아편 밀매로 생계를 이어 가던 조선인 이주자가 오히려 중국인에게 "방약무인"한 태도를 취하는 상황을 제시하고 있다.

하지만 중국인에게 "방약무인"했던 조선인 이주자의 에피소드는, 김사량 자신이 중국인 상인에게 속아서 에나멜 구두를 구입한 결말부의 에피소드와 병치되면서 그 의미가 변화한다. 조선어 수필과 마찬가지로 에나멜 구두를 속아서 구입한 김사량은 스스로 중국인 상인의 '게릴라전ゲリラ戰'120면에 포획된 '포로'121면라는 점을 자각한다. 그런데 조선어 수필과 다르게 일본어 수필에서 김사량은 그러한 자각에서 한 걸음 더 나아가 "나 이외에도 에나멜 구두의 포로가 이 도쿄 부근을 제법 활보하고 있다고 생각한다 私以外にもエナメル靴の捕虜がこの東京あたりを大部歩いてゐると思ふ"121면는 서술을 남긴다.

---

42 "二人がはいつて行つた所は小さな阿片密商の家だつた. 主人の若い男は東京の大學にまで遊んだと云つてゐた. 何だか陰氣くさい人だつた. だが彼の母にしろ父にしろ實に善良さうな人たちばかりだつた. 彼等もただ途方に暮れてゐるだけに過ぎないのだらう. 男は得々として自分が今先家賃を貰ひに來た大家さんを日本語で一喝したらほうほうの態で逃げて行つたと語るのだつた. 一日も早く貧窮移住人たちを正業につかしめるやう努力しなければならないであらう."

43 在中華民國(北京)日本帝國大使館警務部, 『昭和15年 北支領事館警察署長會議錄』; 粟屋憲太郎・茶谷誠一郎 編集・解說, 『日中戰爭對中國情報戰資料』10, 東京: 現代史料出版, 2000; 朝鮮總督府政局, 「昭和16年12月 第79回帝國議會說明資料」; 『朝鮮總督府帝國議會說明資料』3, 東京: 不二出版, 1994.

44 木村健二・申奎燮・幸野保典・宮本正明, 앞의 글, 70면.

스스로 중국의 '게릴라전'에 걸린 '포로'로 자각하는 김사량의 태도는 조선어 수필에서도 확인할 수 있다. 하지만 조선어 수필이 중국 상인의 '게릴라전'이라는 행위 자체를 강조한 것과 달리 일본어 수필은 조선인이 중국인의 '게릴라전'에 포획된 '포로'라는 점을 강조한다. 일본어 수필의 제목이 "에나멜 구두의 포로"라는 사실을 감안한다면 김사량은 이 점을 무척 강조한 것으로 볼 수 있다.

자신이 중국인의 '게릴라전'의 '포로'라는 김사량의 자각은, 앞서 중국인에게 "우월감"을 가지고 "방약무인"한 태도를 보였던 조선인 젊은 사내의 태도와 대비되면서, 그 사내를 비롯하여 중국인에게 방약무인한 조선인의 태도를 비판적으로 성찰한다. 나아가 「에나멜 구두의 포로」는 중국과 전쟁 중이던 제국 일본의 수도 도쿄에서 일본어로 발표되었으며, 그 마지막은 에나멜 구두의 포로가 "도쿄 부근을 제법 활보하고" 있다는 서술로 맺어진다. 김사량에 따르면 "에나멜 구두의 포로"는 조선인뿐 아니라 일본인을 포함한 것이었다. 일본어 수필 「에나멜 구두의 포로」는 중국인에 대한 조선인의 태도를 반성적으로 성찰하는 한편 중일전쟁을 벌이고 있는 제국 일본에 대해서도 비판적인 입장을 취하고 있다.

4. 유동적이고 불안정한 정체성에 대한 탐색

이 글은 김사량이 일본에서 본격적으로 작품 활동을 하기 직전 일본과 중국으로 '이동'한 경험이 있으며, 작품 활동 중에 그 경험을 이중언어 수필로 발표했다는 사실에 유의했다. 중일전쟁이 발발한 이후 일본에서 아시아에 대한 관심이 고조되었고, 조선문학 작품 다수가 일본어로 번역·소개되었다. 이 시기에 김사량이 일본어 작품을 여럿 발표했다는 사실은 일견 그의 창작 역시 제국 일본의 '국민문학'에 포섭된 것처럼 보이기도 한다. 하지만 일본으로의 '이동'에 주목하면 김사량이 『제방』이나 『문예수도』를 통해 자신의 경험과 네트워크를 확장하며, 식민지 출신 작가들과 교류하고 조선인 이주 노동자들의 삶에 다가간 것을 확인할 수 있다.

또 중국으로의 '이동'을 다룬 수필에서 김사량은 일본의 침공 아래에 있던 베이징의 모습을 포착한다. 그는 비록 베이징이 일본의 침공하에 있지만 중국의 고유문화가 남아 있으며, 중국인들이 '게릴라전'의 형태로 제국 일본에 '저항'하고 있음을 발견한다. 특히 일본어 수필에서 김사량은 제국 일본의 확장과 함께 베이징에 진출한 일본인과 조선인이 중국인에게 "방약무인"한 태도를 취하는 것을 비판하면서, 실은 그들이 중국인들의 '겔리라전'의 '포로'라는 점을 성찰한다.

두 가지 이동 경험을 통해 김사량은 제국 일본의 '국민' 안에서 조선인의 유동적이고 불안정한 위치를 확인했다. 김사량은 일본으로의 '밀항' 시도, 그리고 일본에서의 창작 활동을 통해 제국의 '국민'에서 배제된 조선인 이주 노동자의 삶에 관심을 가지게 된다. 그리고 그는 중국에서의 '만유' 경험을 통해 베이징의 조선인들이 '국민'의 입장에서 중국인들에게 "방약무인"한 태도를 취하는 것을 비판적으로 성찰했다.

그리고 '이동' 경험 이후 김사량은 그의 작품에서 제국 일본의 '국민'으로서 조선인의 유동적이고 불안정한 정체성에 대한 탐색을 이어 간다. 베이징에서 돌아온 후 1939년부터 1941년에 걸쳐 발표한 작품에는 제국 일본의 '국민'으로 행동하고자 하는 식민지 조선인의 모습이 나타난다. 예컨대 「천마天馬」『문예춘추』, 1940.6에는 일본 문단에 진출하려는 소위 '친일 작가'인 주인공 겐류玄龍가 등장하며, 「풀숲 깊숙이草深し」『문예』, 1940.7에는 당시 조선에서 생활 개선 운동의 하나였던 '색복 장려 운동色衣奬勵運動'에 대해서 제국의 '국어'인 일본어로 사람들에게 연설하는 주인공의 삼촌인 군수郡守가 등장한다.

김사량의 작품들에 등장하는 조선인들은 제국 일본의 '국민'이 되고자 하지만 그 목적에는 도달하지 못한다. 「천마」에 등장하는 일본 지식인과 작가들은 겐류에게서 조선적인 특징을 읽어 낸다. 이를 통해 김사량은 겐류가 제국의 '국민'으로 인정받지 못한다는 사실을 보여준다. 또 김사량은 「풀숲 깊숙이」에서 군수의 연설에 어색한 일본어를 삽입하면서 그 인물의 '국어'가 완전한 것이 아니라는 점을 지적한다.[45]

김사량이 제국 일본의 '국민'으로서의 정체성과 어긋나는 식민지 조선인의 정체성에 주목할 수 있게 된 것은 일본으로 이동하여 '국민'에서 배제된 존재들과 만난 경험 덕분이라 할 수 있다. 또 김사량은 중국으로 이동 중에 제국 일본의 시선으로 중국의 현실을 이해하지 않았다. 그는 일본의 지배 아래 있으면서도 거기에 저항하는 중국인의 '게릴라전'에 주목하는 한편 그 자신을 중국인들의 '포로'로 인식했다. 김사량의 시선은 중국인의 저항에 식민지 작가로서 공감한 것이었으며, 나아가 그가 식민지 조선인의 '국민'으로서의 정체성을 재고할 수 있었을 것으로 추론할 수 있다.

이처럼 김사량의 일본과 중국으로의 '이동' 경험은 그의 창작에도 큰 영향을 주었다고 할 수 있다. 이 문제를 보다 깊이 있게 고찰하기 위해서는 중국에 대한 김사량의 관심에 대해 보다 깊게 논의할 필요가 있다. 베이징에서 돌아온 후에도 김사량은 중국에 대한 관심을 유지했다. 앞서 살펴본 것처럼 그는 『문예수도』를 통해 식민지 출신 작가들과 교류했으며, 그가 교류한 문학자 중에는 타이완인 작가 룽잉쭝도 있었다. 1941년 2월 8일 룽잉쭝에게 보낸 편지에서 김사량은 타이완 문학자에 대한 질문을 적어 두었다. 이 편지에서 김사량은 "형이야말로 문학을 하면서 여러 고민이 있으리라 생각합니다",[46] "역시 귀형

---

45 김사량 작품에 나타난 식민지 조선인의 정체성과 제국 일본 '국민'으로서의 정체성의 어긋남에 대해서는 윤대석, 「식민지인의 두 가지 모방 양식-『문예』지 「조선문학 특집」을 중심으로」, 『한국학보』 104, 일지사, 2001, 58~66면; 윤대석, 「경성의 공간 분할과 정신 분열」, 『국어국문학』 144, 국어국문학회, 2006, 101~107면; 윤대석, 『식민지 국민문학론』, 역락, 2006.

46 김사량이 룽잉쭝에게 보낸 편지(1941년 2월 8일). 이 편지는 下村作次郎, 앞의 책에 전문이 인용되어 있고, 大村益夫·布袋敏博 編, 『近代朝鮮文學日本語作品集(1908~1945)-セレクション』 6, 東京:綠蔭書房, 2008에 영인본이 수록되어 있다. 이 편지는 황호덕, 「제국 일본과 번역 (없는) 정치-루쉰·룽잉쭝·김사량, '阿Q'적 삶과 주권」, 『대동문화연구』 63, 성균관

은 타이완인 문학을 하고 있고, 또 해야 하는 것이고, 저는 조선인의 문학을 하고 있고, 또 해야 하겠다고 생각합니다"[47]라고 적었다. 이러한 문장은 식민지 작가 김사량이 같은 식민지 작가인 룽잉쭝의 입장을 잘 이해하고 있으며 공감과 연대의 뜻을 표현한 것으로 볼 수 있다. 이 편지의 후반부에서 김사량은 룽잉쭝의 「초저녁달^{宵月}」『문예수도』, 1940.7에 대한 소감을 적기도 했다. 김사량은 룽잉쭝과의 교류를 통해 조선문학 이외의 또 다른 식민지 문학인 타이완 문학에 대한 관심을 확장하고, 동시에 같은 식민지 작가로서 타이완 작가의 고민과 과제에 대하여 공감하고 연대하고자 했다.

또 김사량이 룽잉쭝에게 보낸 편지에서는 중국의 작가에 대한 언급 역시 찾아볼 수 있다. 김사량은 같은 식민지 작가로서 조선 작가와 타이완 작가의 공감 가능성을 언급한 후 "귀형은 그 마오둔茅盾[48]이라든가 그렇게 하는 작가를 어떻게 생각하시는지요. 그렇게 훌륭한 작가는 아닐지도 모릅니다만, 하긴 좋은 작가인 듯합니다. 루쉰은 제가 좋아하는 편입니다. 그는 훌륭했어요. 귀형이야말로 타이완의 루쉰으로서 자신을 쌓아 올려 주십시오"[49]라고 썼다. 중일전쟁 시기 마오둔은 전쟁하의 중국인의 삶과 현실을 그린 작가였다. 김사량은 식민지 작가로서 조선인 작가와 타이완 작가의 이해와 연대에 대해서 기술한 후 룽잉쭝을 "타이완의 루쉰"이라고 명명했다. 이를 통해 김사량은 식민지 작가로서 타이완 작가와 조선 작가의 공감과 이해에, 중일전쟁하 중국인의 '저항'을 연결하고자 한 것이라 할 수 있다.[50]

대 대동문화연구원, 2008, 378~379면; 김사량, 「김사량이 룽잉쭝에게 보낸 서간」, 김재용·곽형덕 편, 앞의 책, 408~410면에 한국어로 번역한 전문이 게재되어 있으며, 그 외의 다른 많은 논문들에도 인용되어 왔다. 이 글에서는 기존의 번역을 참고했지만, 원문을 참고하면서 전체적인 어조와 번역어를 새롭게 선택했다.

47 김사량이 룽잉쭝에게 보낸 편지(1941년 2월 8일).
48 마오둔(1896~1981)은 중국의 소설가이며 평론가다. 1920년대에는 상하이에서 활동하다가 중일전쟁이 발발한 이후 홍콩으로 이동하여 중일전쟁하 상하이의 모습을 그린 작품을 발표했다.
49 김사량이 룽잉쭝에게 보낸 편지(1941년 2월 8일).
50 김사량의 제2작품집인 『고향(故鄕)』(東京·京都 : 甲鳥書林, 1942)에 수록된 소설 「Q백작(Q

지금까지 김사량 문학은 주로 제국 일본과 식민지 조선의 관계 속에서 이해되어 왔다. 그러나 지금 간단히 살펴본 것처럼, 베이징에서 돌아온 후 김사량은 중국에 대한 관심을 유지했다. 이 점에서 중국에 대한 김사량의 관심을 보다 섬세하게 살펴본다면 1940년을 전후한 시기 김사량의 문학을 보다 깊이 있게 이해할 수 있을 것이다. 그리고 김사량 개인에 대한 연구를 넘어 중일전쟁에서 아시아 태평양전쟁으로 이어지는 시기, 식민지 조선의 작가들이 중국에 대해 어떤 관심을 가졌으며 어떤 작품을 번역 및 소개했는지 살펴본다면, 전시 체제 시기의 조선문학을 보다 입체적으로 이해할 수 있을 것이다. 이점을 추후의 과제로 남긴다.

伯爵)」이 루쉰의 소설 「아큐정전(阿Q正傳)」과 유사한 제목이 지어진 것도 김사량이 중국과 중국문학에 대해 관심을 유지했던 것을 제시하고 있다고 할 수 있다.

참고문헌

곽형덕,『김사량과 일제 말 식민지문학』, 소명출판, 2017.

김재용,「김사량과 중국」, 김재용·이해영 편,『한국 근대문학과 중국』, 소명출판, 2016.

_____·곽형덕 편역,『김사량, 작품과 연구』1~4, 2008~2014.

다카하시 아즈사,「김사량의 일본어 문학, 그 형성 장소로서의『문예수도』-'제국'의 미디어를 통한 식
　　민지 출신 작가의 교류」,『인문논총』76(1), 서울대 인문학연구원, 2019.

박남용·임혜순,「김사량 문학 속에 나타난 북경 체험과 북경 기억」,『중국연구』45, 한국외대 중국연구
　　소, 2009.

쑨거, 윤여일 역,『다케우치 요시미라는 물음』, 그린비, 2007.

안우식, 심원섭 역,『김사량 평전』, 문학과지성사, 2000.

윤대석,「식민지인의 두 가지 모방 양식-『문예』지「조선문학 특집」을 중심으로」,『한국학보』104, 일지
　　사, 2001.

_____,「경성의 공간 분할과 정신 분열」,『국어국문학』144, 국어국문학회, 2006.

_____,『식민지 국민문학론』, 역락, 2006.

임경순,「김사량 문학에 나타난 중국 체험과 의식」,『우리어문연구』38, 우리어문학회, 2010.

장문석,「김사량과 독일문학」,『인문논총』76(3), 서울대 인문학연구원, 2019.

황호덕,「제국 일본과 번역 (없는) 정치-루쉰·룽잉쭝·김사량, '阿Q'적 삶과 주권」,『대동문화연구』63,
　　성균관대 대동문화연구원, 2008.

江東·在日朝鮮人の歷史を記錄する會 編,『東京のコリアンタウンー枝川物語』, 東京：樹花舍, 2004.

高橋梓,「金史良の二言語文學硏究-植民地期の朝鮮語/日本語による創作を中心に」, 東京外國語大學
　　博士論文, 2019.

_____,「金史良の日本語文學が生成された場所としての『文藝首都』-「土城廊」の改作過程を中心に」,
　　小平麻衣子 編,『『文藝首都』-公器としての同人誌』, 東京：翰林書房, 2020.

郭炯德,「金史良日本語小說期硏究」, 早稻田大學 博士論文, 2014.

廣瀬陽一,『金達壽とその時代-文學·古代史·國家』, 東京：圖書出版クレイン, 2016.

_____,『日本のなかの朝鮮-金達壽傳』, 東京：圖書出版クレイン, 2019.

金達壽,『わが文學と生活』, 東京：靑丘文化社, 1998.

金史良, 金史良全集編集委員會 編,『金史良全集』1~4, 東京：河出書房新社, 1973~1974.

木村健二·申奎燮·幸野保典·宮本正明,「戰時下における朝鮮人の中國關內進出について」,『靑丘學術論
　　集』23, 東京：韓國文化硏究振興財團, 2003.

白川豊,「佐賀高等學校時代の金史良」,『朝鮮學報』147, 奈良：朝鮮學會, 1993.

_____,『植民地期朝鮮の作家と日本』, 岡山：大學敎育出版, 1995.

徐昌源,「金史良と中國, そして在日朝鮮人－'光'を求める流離い人」, 杉野要吉 編,『交争する中國文學と
　　　日本文學－淪陷下北京1937~1945』, 東京：三元社, 2000.

孫歌,『竹内好という問い』, 東京：巖波書店, 2005.

安宇植,『評傳金史良』, 東京：草風館, 1983.

王惠珍,「龍瑛宗の改造第九回懸賞創作佳作受賞訪日旅行覚え書」,『現代臺灣研究』24, 大阪：臺灣史研
　　　究會, 2003.

＿＿＿,「龍瑛宗と『文藝首都』同人との交流」,『天理臺灣學會年報』12, 奈良：天理臺灣學會, 2003.

任展慧,「植民地政策と文學」,『法政評論』復刊 1, 東京：法政大學第一文化連盟, 1970.

＿＿＿,「朝鮮側から見た日本文壇の'朝鮮ブーム'－1939~1940」,『海峽』12, 東京：朝鮮問題研究會,
　　　1984.

村山知義,「金史良を憶う」,『新日本文學』, 1952.12.

澤開進,「雜誌『堤防』をつくった頃－思い出の金史良君」,『文藝』, 1971.5.

下村作次郎,『文學で讀む臺灣－支配者・言語・作家たち』, 東京：田畑書店, 1994.

＿＿＿＿,「臺灣人詩人吳坤煌の東京時代(1929~1938年)－朝鮮人演劇活動家金斗鎔や日本人劇作
　　　家秋田雨雀との交流をめぐって」,『關西大學中國文學會紀要』27, 大阪：關西大學中國文學會,
　　　2006.

鶴丸辰雄,「『堤防』小史」,『金史良全集月報』3, 河出書房新社, 1973.

許粹烈, 保坂祐二 譯,『植民地朝鮮の開發と民衆－植民地近代化論, 収奪論の超克』, 東京：明石書店,
　　　2008.

제4부

번역되는 한국전쟁

선전물로서의 번역,
전쟁터로서의 여성

한국전쟁기 『새조선新朝鮮』의
여성 영웅 서사 번역

등천鄧倩
중국해양대학교
한국어학과 교수

1. 포화 속에서 번역된 여성 영웅

이 글은 한국전쟁기 북한의 대외 홍보 기관지 『새조선新朝鮮』에 게재된 소설
에 나타난 여성 인물의 번역 양상을 젠더적 독법으로 검토하는 데 목적을 두
고 있다. 이를 통해 한국전쟁 당시 대외 선전을 목표로 한 북한의 번역 장에서
여성이 수행한 역할을 조명하고자 한다. 한국전쟁기 육박전을 벌이고 생사를
다투었던 전쟁터 외에 여러 '총성 없는 전쟁터'도 존재했다. 전시 상황에 펼쳐
진 북한의 문학 장과 번역 장은 바로 그 대표적인 공간이다. 당시 북한의 종군
작가와 후방 작가들은 다양한 전쟁 서사를 창작하여 국내 독자를 대상으로
하여 선전 선동 임무를 수행했다. 이와 동시에 외국어에 능통한 번역자들은
이런 전쟁 서사를 선정하여 외국어로 번역함으로써 외국 독자를 대상으로 대
외 선전 임무를 수행했다. 이처럼 1950년대 초반 북한의 문학 장과 번역 장

〈그림 1〉 1950.1 러시아어판 표지　　〈그림 2〉 1951.1~2 중국어판 표지　　〈그림 3〉 1951.1~2 영어판 표지

은 긴밀한 연동 관계를 맺고 있었는데, 이 가운데 번역 장에서 대외 선전 임무를 담당한 매체는 바로 『새조선』이라는 잡지다.

『새조선』은 "세계 인민과의 우호 관계를 강화하며 그들의 동정과 지지를 쟁취"하기 위해 발행된 대외 선전용 미디어다.[1] 1950년 1월 러시아판 『새조선Новая Корея』이 먼저 출간되었으며, 1951년 1월부터 중국어판 『새조선新朝鮮』과 영문판 『New Korea』가 동시에 출간되었다.[2] 필자가 확인한 바에 의하면 러시아판, 중국어판, 영어판 『새조선』은 간행 언어가 다를 뿐 게재 내용은 동일하다. 중국어판 『새조선新朝鮮』은 1951년 12월호까지 발행된 후 전쟁으로 휴간되었다가 1952년 8월 다시 복간되었다. 전쟁이 끝난 후에도 계속 간행되었는데 1975년 『금일조선今日朝鮮』으로 제호를 변경하여 간행하다가 2021년 3월호에 종간되었다.[3] 1950년대부터 중국어판 『새조선新朝鮮』은 기증·교환

1　1989년 12월 북한 외국문출판사 창사 40주년을 즈음하여 중국어판 『금일조선(今日朝鮮)』에서는 신조선사(외국문출판사의 전신) 창립과 『새조선』 창간 과정을 밝힌 바 있다. 이 글에 의하면 1949년 12월 4일 김일성의 지시 아래 "세계 인민과의 우호 관계를 강화하며 그들의 동정과 지지를 쟁취"하기 위해 신조선사를 설립한 것이다. 「以更好更多的出版物奉獻全世界 -外文綜合出版社建社四十周年的回顧與展望」, 『今日朝鮮』, 1989.12, 40면.

2　다종 판본의 잡지명을 구별하기 위해 이 글에서는 모든 판본을 통칭할 때 『새조선』으로 표기하고, 중국어 판본을 『새조선(新朝鮮)』으로 표기하기로 한다.

3　최근 들어 뉴미디어의 발전에 따라 북한의 대외 홍보 방식도 계속 업데이트하고 있다. 2016

등의 방식으로 중국 주요 기관 및 대학 도서관에 배포되어 다양한 계층의 독자들에게 널리 읽혔고 중국 민중이 '항미원조抗美援朝'를 인식하고 상상하는 중요한 매체가 되었다.[4]

　동시대 발행되었던 북한 매체와 비교해 볼 때『새조선』의 가장 큰 특징은 러시아, 중국, 영어권을 포함한 외국 독자를 대상으로 발행한 대외 선전용 잡지라는 점이다.『새조선』에 실린 대부분의 원고는『로동신문』,『민주조선』,『문학예술』,『조선문학』등 당시 북한의 주요 매체에 게재되었던 글을 전재轉載해서 러시아어, 중국어, 영어로 번역한 것이었다. 이런 사실을 감안하여 적절한 작품 선정과 번역을 통해 본국 작품에 내포된 '내부적 결속력'을 '외부적 연대력'으로 전환시키는 것이『새조선新朝鮮』의 번역 주체[5]가 직면한 가장 큰 임무라 할 수 있다.

　『새조선』의 또 다른 특징은 문예지 지면이 엄격한 제한을 받고 있다는 사실이다. 1951년 1~12월에 간행된 중국어판『새조선新朝鮮』은 모두 58면으로 제한되어 있고, 1952년 8월부터 다시 복간된『새조선新朝鮮』은 1953년 12월

년 1월부터 북한에서 '조선의 출판물'(www.korean-books.com.kp)이라는 웹사이트를 통해 영어, 러시아어, 중국어, 일본어, 프랑스어, 스페인어, 독일어, 아랍어 등 다종 외국어로 간행된 전자판 정기간행물과 도서들을 정기적으로 올리면서 뉴미디어 대외 홍보 시대에 접어들게 된다. 웹사이트에 전시된 중국어판 정기간행물은 화보(畫報)『조선(朝鮮)』(1957년 창간), 종합 월간지『금일조선(今日朝鮮)』과 경제 동향을 소개하는 계간『대외무역(對外貿易)』등 세 가지 잡지가 있다.『금일조선』은 2021년 3월에 중단되었지만 화보『조선』과 계간『대외무역』은 지금까지도 계속 온라인으로 간행되고 있다.

4　필자가 검토한 도서관 소장 자료에 따르면 옌볜대학, 베이징대학, 푸단대학, 산둥대학 등 중국 주요 대학 도서관에『새조선(新朝鮮)』잡지가 소장되어 있다. 또한 성립(省立)이나 시립(市立)뿐 아니라 현립(縣立) 도서관에도 상당한 분량의『새조선(新朝鮮)』잡지가 비치되어 있다. 관련 도서관 소장 목록은 다음의 도서를 참조. 南京大學圖書館 編,『南京大學圖書館館藏中文報刊目錄』, 南京大學圖書館, 1989; 復旦大學圖書館 編,『復旦大學圖書館期刊目錄』, 復旦大學圖書館, 1959; 北京圖書館 編, 北京圖書館 中文期刊目錄』, 北京圖書館, 1955; 北京師範大學圖書館 編,『北京師範大學圖書館 中文期刊目錄 1949~1980』, 北京師範大學圖書館, 1982; 山東省圖書館 編,『濟南地區期刊聯合目錄 第一輯 1949~1957』, 山東省圖書館, 1958.

5　『새조선(新朝鮮)』의 번역 작업은 한 사람에 의해 완성된 것이 아니라 문고 선정 및 편집, 번역 및 윤색, 교정 등 차례를 거쳐 여러 사람의 협력으로 완성된 것이다. 따라서 이 글에서는『새조선(新朝鮮)』의 편집진과 번역진을 통틀어서 '번역 주체'라고 규정한다.

호까지 모두 63면으로 제한되어 있었다. 지도자 강화, 정론, 신문 기사 등 비문학적인 내용이 지면의 대부분을 차지했고, 문학 작품을 게재할 수 있는 '문예란'은 10면도 채 되지 않았다. 더 세분하자면 시가는 1~2면, 소설은 적으면 2면, 많아야 8면을 차지했다. 그러므로『새조선新朝鮮』의 번역 주체는 충실한 직역을 수행하지 못하고 대폭적인 첨삭을 통해 원작에 대한 '다시 쓰기'로 나아갈 수밖에 없었다.

그렇다면 첨삭이 불가피한 상황에서『새조선新朝鮮』은 도대체 어떤 문학 작품들을 선정했으며, 또 그 안에서 어떤 내용을 선택하고 어떤 내용을 삭제했을까? 필자의 통계에 의하면 1951년 1월부터 1953년 12월까지 중국어판『새조선新朝鮮』에는 총 32편의 시가 및 24편의 소설이 기획 번역되어 전쟁문학의 이례적인 번역 계보를 구축했다.[6] 이 작품들은 크게 인민군의 전투 과정에 집중한 영웅 서사, 북한 인민을 형상화한 수난·저항 서사, 조소·조중의 친선 관계를 다룬 우호 서사로 유형화할 수 있다.[7] 소설 장르를 보면 전장에서 헌신적으로 싸운 각종 전사들의 이야기를 서사화하는 영웅 서사가 15편으로 가장 큰 비중을 차지하고 있다.『새조선新朝鮮』의 번역 주체는 수많은 전쟁 서

---

6 1951년 창간호부터 1953년 12월호까지『새조선(新朝鮮)』의 겉표지에 '해방탑' 사진을 계속 사용하다가 1953년 1월호부터 표지에 다양한 그림과 사진을 삽입하기 시작했다. 이런 점에서 보면 1953년 12월을 분수령으로『새조선(新朝鮮)』은 '조국해방전쟁'을 소재로 한 문학작품의 번역 작업은 일단락을 짓고 번역의 중점은 전후 '사회주의 건설'로 이행된 것이다. 따라서 이 글에서는 1950년 1월부터 1953년 12월까지『새조선(新朝鮮)』에 게재된 문학 작품을 연구 대상으로 한정 짓는다.

7 영웅 서사는 한설야의「金斗燮(김두섭)」과「黃草嶺(황초령)」, 이기영의「復仇的記錄(복수의 기록)」, 황건의「燃燒著的島(불타는 섬)」과「他的歸路(그가 돌아간 길)」, 김만선의「黨證(당증)」, 현덕의「可愛的人(아름다운 사람들)」, 박웅걸의「特等電話員(상급전화수)」, 윤세중의「兩個戰士(구대원과 신대원)」, 윤시철의「司號員的功勛(사팔수의 공훈)」, 조정국의「火花(불꽃)」, 임순득의「趙玉姬(조옥희)」, 김영석의「蘋果樹(사과나무)」, 신룡전의「海岸砲(해안포)」, 이상현의「高壓線(고압선)」등 15편이다. 인민 수난·저항 서사는 한설야의「狼(승냥이)」, 이북명의「報仇(악마)」, 최명익의「機師(기관사)」, 박웅걸의「渡口(나루터)」, 김형교의「趙家嶺索道(조가령삭도)」, 박찬모의「耕田(밭갈이)」, 변희근의「幸福的人們(행복한 사람들)」등 7편이며, 조중(朝中) 우호 서사는 이태준의「高貴的人們(고귀한 사람들)」, 권정룡의「渡江(도강)」등 2편이다.

사에서 15편의 영웅 서사를 선정하고 번역함으로써 해안포 사수, 전투기 비행사, 공병대 분대장, 기관총 사수, 전화수, 나팔수를 망라한 남성 영웅과 간호병, 여자 통신수, 여자 유격대원을 비롯한 여성 영웅을 중국 독자에게 전면적으로 보여주었다. 『새조선新朝鮮』에서 여성 영웅이 등장한 작품들을 정리하면 〈표 1〉과 같다.

〈표 1〉『새조선(新朝鮮)』의 여성 영웅 서사(1951.1~1953.12)

권호	작품명	저자 및 저본	주요 인물	주요 내용
1951.3	可愛的人	현덕,「아름다운 사람들」	전투기 비행사 백기락, 여자 간호병 안양	전투→남성영웅 부상→치료→간호병의 정성스러운 간호로 치유→전선 복귀
1951.12	趙玉姬	임순득,「조옥희」『문학예술』1951.6	여자 유격대원 조옥희 (초점인물), 유격대 남성 동무들	조옥희 유격대 가담→전투→체포→고문→희생
1952.9	黃草嶺 (節譯)	한설야,「황초령」『문학예술』1952.6	군용차 기사 준식, 여자 간호병 복실, 군의	전투→남성영웅 부상→치료→간호병의 정성스러운 간호로 치유→전선 복귀
1952.10	燃燒著的 孤島	황건,「불타는 섬」『로동신문』1952.1.20~1.21	해안포 분대장 이대훈, 여자 통신수 김명희 (초점인물)	전투→분대장과 통신수의 대화→전원 희생
1953.3	蘋果樹	김영석,「사과나무」『문학예술』1953.1	기관총 사수 이찬식, 여자 간호병 현숙	전투→남성영웅 부상→치료→간호병의 정성스러운 간호로 치유→전선 복귀
1953.9	高壓線	이상현,「고압선」『문학예술』1953.8	영예군인 진수, 전공 (電工) 반장 응선, 여전공 원희	영예군인 귀향→노동현장 복귀→옛 친구와 애인의 관계를 오해→화해→전후 건설에 가담

〈표 1〉에서 볼 수 있듯이 『새조선新朝鮮』에 선정된 영웅 서사에 나타난 여성 영웅은 크게 세 가지 유형으로 분류할 수 있다. 우선 가장 큰 비중을 차지한 여성 인물은 남성 영웅의 신체적 상처를 치유하고 심리적 트라우마를 극복하는 데 도와주는 간호사, 즉 치유자 역할이다. 예컨대 한설야의 「황초령」에서 부상한 군용차 기사를 정성껏 간호해 준 간호병 복실, 현덕의 「아름다운 사람들」에서 부상한 비행사를 간호해 준 간호병 안양, 그리고 김영석의 「사과나

무」에서 부상한 사격수를 간호해 준 간호병 현숙을 들 수 있다. 또한 「고압선」에서 영예 군인의 심리적 트라우마를 극복하는 데 일조한 여공 원희도 치유자 역할로 볼 수 있다. 둘째, 여성 작가 임순득의 「조옥희」처럼 유격대원으로서 미군과 맞서 싸우는 여전사 역할이다. 셋째, 황건의 「불타는 섬」처럼 전장에서 남성 영웅과 어깨를 나란히 하는 동반자 역할이다.[8]

『새조선新朝鮮』 문예란에 선정된 남성 영웅에 비해 여성 영웅이 차지하는 비중이 적기는 하지만 대외 선전에서 결코 간과할 수 없는 역할을 담당하고 있다. 전쟁에서 온갖 수난을 겪은 여성은 적군의 폭력성을 고발하고 전쟁의 정의성과 필요성을 역설하는 증거이자 맹우의 동정심과 적개심을 불러일으키는 매개이기 때문이다. 또 천편일률적인 승전보의 기록으로 구성된 남성 영웅 서사[9]와 달리, 여성 영웅 서사는 모성성이 드러난 가족사, 이성 간의 사적 감정이 노출한 애정담 등 젠더적 요소들을 삽입하여 전쟁 이면의 이채로운 풍경을 재현하기도 한다. 여성은 전쟁 당시 이데올로기와 미학의 충돌, 거대 담론과 개인 담론의 길항 관계를 조명하는 절호한 표상이라 하겠다. 따라서 필자는 여성 영웅에 주목하여 한국전쟁 기간 동안 북한의 대외 홍보지 『새조선新朝鮮』의 선전 전략을 일별하고자 한다.

여성 영웅이 나타난 일련의 소설에서 임순득의 「조옥희」와 황건의 「불타는 섬」은 남성 영웅 못지않게 용맹하게 싸우다가 목숨을 바친 주체적인 여성 영웅을 형상화한다는 점에서 특히 주목된다.[10] 또 여성 영웅을 초점 인물로 설

8　『새조선(新朝鮮)』에 선정된 인민 수난·저항 서사와 조중(朝中) 우호 서사에도 여성 인물들이 종종 등장한다. 전자의 경우 여성은 적군에게 학살, 착취, 강간을 당한 피해자로 나타나고, 후자의 경우 북한 여성은 중국 지원군을 간호해 주고 보호해 주는 구원자로 등장하곤 한다. 여성 구원자의 번역은 조중 친선 관계를 구축하는 데 중요한 역할을 담당하고 있다.

9　이은자, 「북한 전시소설에 나타난 여성상 연구」, 『한국사상과 문화』 27, 한국사상문화학회, 2005, 63면.

10　여성 영웅의 죽음을 서사화하는 희생담과 달리, 치유자 역할을 담당한 여성 인물은 남성 영웅과의 애정담을 전개하면서 해피엔딩을 맞이한다는 점에서 공통점을 보인다. 『새조선(新朝鮮)』에 선정된 애정담의 번역 양상은 등천, 「북한 전쟁 서사에 나타난 애정담의 번역 양상 연구-북한 대외 홍보지 『새조선』의 중국어 번역을 중심으로」, 『한국학연구』 74, 인하대 한

정하고 생사를 오가는 전쟁 통에 그녀들의 내면세계를 가시화한다는 점에서 두 소설은 공통점을 보인다. 그렇다면 첨삭이 불가피한 상황에서『새조선新朝鮮』의 번역 주체는 두 편의 여성 영웅 희생담을 어떻게 번역했을까? 원작에 드러난 주체적인 여성상이 과연 번역을 통해 중국 독자에게 전달했을까? 이런 문제의식을 바탕으로 이 글에서는『새조선新朝鮮』에서 실린「조옥희」와「불타는 섬」의 중국어 번역본을 원작과 면밀하게 대조함으로써 여성 영웅이 나타난 변용과 전용 양상을 조명하고 그 배후의 번역 동기를 밝히고자 한다. 이를 통해 한국전쟁 당시 대외 선전을 목표로 한 북한 번역 장에서 여성이 수행한 역할을 조명하고자 한다.

2.「조옥희」다시 쓰기 여성성을 거세당한 여자 유격대원

여성 작가 임순득이 창작한「조옥희」는 북한 최초의 여성 '공화국 영웅' 칭호를 받은 조옥희의 일대기를 문학적으로 재현한 실화 문학이다. 조옥희는 황해남도 출신으로 1947년 2월 조선로동당에 입당하였으며, 리여맹위원장을 거쳐 군여맹위원장으로 일했고, 한국전쟁이 일어나자 전선 원호사업에 가담했다. 1950년 하반기 황해남도 지남산 인민유격대로 활동하다 정찰 임무 중 미군에게 체포되어 고문을 당하다가 희생된 것으로 알려져 있다.[11] 1951년 3월 7일, 사망 4개월 만에 조옥희는 북한 최고인민위원회의 상임위원회의 정령政令으로 첫 여성 '공화국 영웅'으로 제정되었다. '공화국 영웅' 칭호 제정 후 배출된 첫 여성 영웅으로서 조옥희는 북한 문단에서 즉각적인 관심을 받

국학연구소, 2024, 347~383면.

11 '조옥희',『전자사전프로그램『조선대백과사전』』, 백과사전출판사·삼일정보센터, 2001~2005. 김은정,「북한의 영웅 서사, 60년의 간극─『조옥희』를 중심으로」,『민족문학사연구』60, 민족문학사학회, 2016, 485면 재인용.

게 되었다. 1951년 6월 『문학예술』에 임순득이 창작한 소설 「조옥희」를 게재했다.[12] 6개월 후 이 소설은 『새조선』 12월호에 선정되어 러시아어, 중국어와 영어로 번역되어 북한의 첫 여성 '공화국 영웅'은 소련, 중국과 영어권 나라 독자와 만나게 되었다.

「조옥희」는 총 5장으로 구성된 단편소설이다. 제1~3장에서는 조옥희가 유격전을 가담하고 여성 동포를 구출하는 과정을 서술하고, 제4~5장에서는 조옥희가 적군과 싸우다 체포되어 모진 고문당한 끝에 희생된 과정을 묘사했다. 『문학예술』에서 21면을 차지한 「조옥희」는 『새조선新朝鮮』의 번역을 거쳐 5면에 불과한 콩트로 축약되었다. 그렇다면 『새조선新朝鮮』의 번역 주체는 과연 어떤 내용을 삭제했을까? 원작에서 조옥희의 일대기는 부모, 남편과 아들을 회상한 개인 서사와 유격대원으로서 활동한 집단 서사로 구성된다. 『새조선新朝鮮』 번역 주체는 '여성 영웅'의 집단 서사를 집중적으로 번역한 반면 '영웅 여성'의 개인사를 의도적으로 삭제하거나 교묘하게 다시 썼다.

임순득은 해방 전 일제강점기 때부터 해방 후 재북 시기까지 활발하게 여성 해방 의식을 표명한 여성 작가다.[13] 전쟁 통에 창작된 「조옥희」도 임순득의 독특한 여성 의식을 내포하고 있다. 소설은 여주인공이 밤하늘을 우러러 바라보면서 어머니와 아들을 그리워하는 장면부터 시작한다. 이어서 과거 회상을 통해 남편이 병사하고 옥희가 홀로 유복자를 출산하고 양육한 고통을 비롯한 개인사를 펼친다. 가족사진을 보고 옥희는 "이미 죽고 없는 사람은 애써 잊고 살아도 왔거니와 어린것만은 다시 한번 품에 안아 보고 싶었다. 혈육에 대한 애정이 참기 괴로웠다"고 자백함으로써 강렬한 모성애를 드러낸다.

---

12 조옥희를 원형으로 창작한 작품은 이북명의 중편소설 「조선의 딸」, 박팔양의 장편 서사시 『황해의 노래』(1957, 조선작가동맹출판사) 등이 있다. 『황해의 노래』는 1965년 왕문광(王文光)에 의하여 중국어로 번역되어 『黃海之歌(황해지가)』라는 제목으로 중국작가출판사(作家出版社)에서 출판되었다.

13 이슬하, 「해방 후 임순득의 '여성해방 의식'과 북한의 '장르문학' 창작—오체르크와 뿌블리찌스찌까에 대하여」, 『근대서지』 26, 근대서지학회, 2022, 740면.

이처럼 원작에서 조옥희는 전사, 당원 등 탈성화된 거대 주체이기 이전에 어머니의 딸이자 아들의 어머니로 등장한다. 그러나 『새조선新朝鮮』에서는 조옥희의 여성성이 두드러지게 드러난 개인사를 대부분 삭제했다. 예컨대 원작 서두에서 조옥희의 1인칭 주인공 시점에서 펼쳐진 야경 장면과 내면 묘사는 『새조선新朝鮮』에서 모두 삭제되었다. 중국어판 번역본은 3인칭 전지적 시점에서 1950년 10월 유격전을 전개하라는 명령을 받고 군당 대원들이 입산 준비에 착수하는 장면부터 시작한다. 이처럼 시점의 전환을 통해 『새조선新朝鮮』판 「조옥희」의 서사 중점은 '영웅 여성'으로부터 '여성 영웅'으로 이전된다.

또 제2장에서 조옥희와 정치위원 김승용과의 대화를 통해 포화 속에서 이성 간의 감정이 움직이는 순간들을 포착하고 재현했다. 김승용은 옥희 동무의 생명 안전을 염려하여, 그녀에게 몸을 소중히 하라고 간곡히 충고한다. 그러나 옥희는 이것을 자신의 능력에 대한 폄하로 받아들이며 확고하게 반론을 제기한다. 두 사람이 팽팽하게 맞서는 대화 속에는 김승용의 은밀한 감정이 숨어 있었다. 원작에서는 김승용이 "언젠지도 모르게 옥희를 사랑하고 있는 것"이라고 명확하게 밝혀져 있다.[14] 김승용의 감정은 단순한 전우애를 넘어서 남녀 간의 '사랑'으로 나아간 것이 분명하다. 그러나 『새조선新朝鮮』에서는 김승용이 나타난 대목을 전부 삭제하여 이 인물이 완전히 사라졌다. 이에 따라 남성 욕망의 대상이었던 옥희는 순전히 적개심과 전투 의지로 무장된 탈성화된 영웅으로 정화淨化된다.

제1장에서 유격전 명령이 내려지자 조옥희의 참전 여부를 둘러싸고 논쟁이 벌어진다. 조옥희는 참전을 간절히 요청하지만 군당위원장과 주변 남성 동무는 옥희의 요구를 기각한다.

〈가-1〉 "동무는 녀성의 몸이오. 또 어린것도 있고 하니 제발 안전한 후퇴를 하십시오."

14　임순득, 「조옥희」, 『문학예술』, 1951.6, 23면.

그날 밤 — 1950년 10월 16일 밤. 벽성군 당에 모인 여러 동무들이 그렇게 말하였을 때, 옥희는 심한 모욕을 받았을 때처럼 얼굴이 파랗게 질려 꼼짝도 않고 한동안 앉아 있었다.

— 후퇴라니… 안전한 후퇴라니 나 혼자만 어떻게?

그렇지 않아도 검고 옴폭한 옥희의 큰 눈의 긴 속눈섶이 실내의 사람들에게 화살로써 쏘아보며 돌아갔다.

이윽고 그는 마음속에 몇 번이고 곱색였던 음성으로 물었다.

"동무들! 그건 저를 생각해서 하신 말씀인가요? 혹은 제가 단지 아이 달린 몸이라 해서 거치장스러워서인가요?"

"뭘 그리 따지듯이 그럽니까? 어서 어머니 모시고 어린것과 떠나십시오."

군당 위원장은 언제나 다름없는 은후한 음성으로 그러나 서두르듯 말하였다. 다른 동무들도 시각을 다토아 속히 떠나라는 재촉이었다.[15]

〈가-2〉郡黨委員長皺着眉頭琢磨了一下, 很愼重的對大家說 :

"我想游擊這個工作不比別的工作, 女同志們是搞不來的. 尤其玉姬同志是有老母和幼兒, 是更不便參加游擊隊的, 最好請她早一點向後方撤退, **大家的意見如何?**"

郡黨委員長的話還沒有說完, 大家便你一言我一語地嚷開了. 這個說'這話對', 那個說'我早就這麼想.' 玉姬聽了這些話, 覺得好像给人罵了一頓, 臉都氣青了, 一時說不出話來. 幾十對眼睛在親暱地注視着她. 她那黑溜溜的兩雙大眼, 向大家掃視了一下, 便氣憤憤地說 :

"你們這話從那裡說起, 難道你們只准男子抗敵, 不准女子抗敵麼?"

她的聲音顫顫抖抖, 明明是带了些怒氣的. 如今坐在一旁吸着煙不說話的郡人民委**員長把煙卷踩在脚底下踏了一踏, 很和氣地對她說** :

"玉姬同志, 黨委員長同志的話是經過了愼重考慮的; 他不是說不要你愛國不要你

---

15 위의 글, 18면. 인용문에서 강조된 부분은 원작과 번역이 일치하지 않는 부분이다.

抗敵, 不過是說每個人都有他最適當的工作和鬥爭形式罷了; 要是不打游擊就不算愛國不算抗敵, 那麼, 難道後方的一切工作人員, 老百姓們都不愛國不抗敵嗎? 你到後方去, 自然也有更適當的工作做的; **共產主義者無論在什麼樣的情況下不許只看事情的一面, 更不能單憑主觀去瞎干; 我看你還是要多加一點考慮的好.**"**16**

인용문 〈가-1〉에서 볼 수 있듯이 조옥희의 참전 토론은 "동무는 녀성의 몸이오, 또 어린것도 있고 하니 제발 안전한 후퇴를 하십시오"라는 군당위원장의 발화부터 시작한다. 이것은 대화를 주고받는 토론이라기보다는 일방적으로 하달한 명령에 더 가깝다. 이어서 조옥희는 참전 요청을 제기하자 군당위원장은 "뭘 그리 따지듯이 그럽니까? 어서 어머니 모시고 어린것과 떠나십시오"라고 강경하게 반박하고 주변 남성 동무도 "속히 떠나라고 재촉"한다. 이처럼 남녀 인물의 불균형한 대화를 통해 가부장적 위계질서로 구성된 군대 분위기와 남성 헤게모니의 폭력성을 은밀히 드러내고 있다. 그러나 안타깝게도 임순득의 젠더적 비판 의식은 『새조선新朝鮮』의 역본에서 모두 사라졌다. 군당위원장의 독단적인 발화는 북한의 남성 군인이 여성 전우를 폄하하는 증거로 '오독'할 수 있기 때문이다. 그러므로 『새조선新朝鮮』의 번역 주체는 이런 발화에 내포된 문제성과 위험성을 예민하게 반응하여 옥희와 남성 동무의 대화를 다시 썼다.

---

16 『새조선(新朝鮮)』의 중국어 역본을 한국어로 재번역하면 다음과 같다. **군당위원장은 눈살을 찌푸리며 궁리해 보더니 신중하게 말했다.** / "유격대는 다른 작업과 비교할 수 없는 일이고 여성 동무들은 해낼 수 없는 일이오. 특히 옥희 동무는 노모와 어린 아들이 있어 빨치산 활동이 더욱 불편하니 좀 더 일찍 후방으로 퇴각하는 것이 좋을 것 같은데 다들 어떻게 생각하느냐"고 물었다. (…중략…) 옆에 앉아 담배를 피우며 말을 하지 않던 군인민위원장이 담배꽁초를 발밑에 밟으며 화기애애하게 말했다. / "옥희 동무, 당위원장 동무는 심사숙고한 끝에 한 말이오. 애국하지 말라는 뜻이 아니라 단지 사람마다 가장 적절한 업무와 투쟁 형식이 있을 뿐이오. 빨치산하지 않으면 애국도 아니고 항적(抗敵)도 아니란 것이라면 후방 인민들은 모두 애국하지 않고 항적하지 않은 것인가요? 후방에 가면 더 적당한 업무를 맡을 수도 있단 말이에요. **공산주의자들은 어떤 상황에서든 한 단면만을 보아서는 안 되고 주관적 생각을 가지고 함부로 해서는 안 돼요. 내가 보기에 좀 디 많은 고려를 히는 것이 좋겠어.**" 任淳得, 「趙玉姬」, 『新朝鮮』, 1951.12, 48면.

〈가-2〉에서 확인할 수 있듯이『새조선新朝鮮』의 역본에서 군당위원장이 발화하기 전에 "눈살을 찌푸리며 궁리해 보더니 신중하게 말했다"는 세부 묘사를 첨가하며, 발화가 끝나고 "다들 어떻게 생각하느냐"라고 주변 동무의 의견을 물어보는 대목도 덧붙였다. 이렇듯 두 군데의 추가를 통해 군당위원장의 태도가 한층 부드러워지고 부하의 의견에 귀를 기울이는 민주적인 지도자 이미지를 부각시킨다. 그뿐만이 아니다.『새조선新朝鮮』에서 '군인민위원장'이라는 새로운 인물을 추가함으로써 옥희의 참전을 거절한 원인을 아래와 같이 부연 설명한다. 군인민위원장은 "공산주의자들은 어떤 상황에서든 한 단면만을 보아서는 안 되고 주관적 생각을 가지고 함부로 해서는 안 된다"고 옥희를 논리적으로 설득하려고 한다. 실은 이 말은『새조선新朝鮮』의 번역 주체가 중국 독자에게 전달하기 위해 의도적으로 삽입한 것이다. 여기서『새조선新朝鮮』의 번역 주체는 '공산주의자'라는 탈성화된 상위 주체를 내세워서 여전사의 사상과 행위를 규율한다. 이처럼『새조선新朝鮮』의 번역 주체는 다양한 수법을 통해 원작에서 남성 동무의 독단적인 발화로 일으킨 젠더적 갈등을 완화시키는 동시에 남성 당 지도자가 여성 부하를 배려하는 우애 관계를 부각시킨다. 이에 따라 임순득이 비판하려던 여성 '차별 대우'는 여성을 배려하는 '특별 우대'로 재구성된다. 이런 치환은 민족, 국가, 공산주의로 표상된 가부장적 헤게모니가 여성 영웅을 훈계하려는 선전 전략으로 엿볼 수 있다.

그 외에는 조옥희가 모진 고문에도 항복하지 않고 결국 총살당한 부분에 대해『새조선新朝鮮』의 번역 주체는 첨가, 삭제, 서사 순서 바꾸기 등 다양한 전략을 통해 조옥희의 숭고한 죽음의 가치를 최대한 부각시켰다. 우선 고문 장면을 살펴보자. 북한의 전쟁 서사에서 처녀, 소녀 등 여성의 학대 장면을 전시하는 것은 관습적인 묘사 방법이다.[17] 이는 여성의 육체를 통한 민족의 수난사를 강조하는 은유법이라 볼 수 있다.[18] 적군과 맞서 싸워 피를 흘리고 목숨

17　김미숙,「북한 교과서에 나타난 민족국가 담론과 젠더」,『여/성이론』4, 여성문화이론연구소, 2001, 118~135면.

을 바치는 것은 남성이 영웅으로 거듭나는 통과의례라면, 몸에 가한 고문을 견디고 끝까지 항복하지 않는 것은 여성이 영웅으로 격상되는 통과의례다.

조옥희의 고문 장면에 대한 다시 쓰기는 세 군데에 집중되어 있다. 첫째, 원문에서 언급하지 않았던 형구刑具들을 일일이 나열함으로써[19] '문명국가'로 자칭한 미국, 영국 군인의 비인간성을 역설적으로 폭로했다. 둘째, 원작에서 옥희가 고문당하다가 인사불성에 빠진 환상을 의도적으로 삽입하여 고문 과정을 두 장면으로 나누어서 서술했다. 『새조선新朝鮮』의 번역본에서 서사 순서를 조정하여 미군이 조옥희를 고문하는 끔찍한 장면을 연이어 번역하고 옥희의 환상을 맨 뒤로 재배치했다. 서사 순서의 도치를 통해 여성의 육체가 훼손되는 과정을 반복적으로 전시함으로써 학대 장면의 자극적인 선동 효과를 극대화한다. 셋째, 미군의 투항 권고를 듣고 조옥희는 "넌 미 제국주의의 앞잡이, 우리 조선 인민의 원수다! 나는 오늘 불행히도 붙잡혔으나 영광스럽게 죽는 길을 택할 수밖에 없다. 죽이면 죽는다. 나는 아무 말도 하지 않겠다"[20]는 원작에 없던 발화를 덧붙였다. 이와 같은 영웅다운 발화를 첨가함으로써 옥희와 미군의 갈등을 미 제국주의와 북한 인민의 적대 관계로 확대해서 중국 독자의 적개심을 불러일으키려고 한다. 『새조선新朝鮮』의 번역 주체는 세 군데의 다시 쓰기를 통해 여성 영웅 조옥희의 수난과 불굴한 정신을 강화함으로써 중국 독자의 동정심을 불러일으켜 북한과 중국의 연대를 공고히 한다.

또 조옥희가 감방에서 어린 동무의 죽음을 목도하고 희생을 각오하는 대목에서도 『새조선新朝鮮』은 원작과 다른 방법으로 처리했다.

---

18 전지니, 「전사형 여성상으로 본 1950년대 북한 연극의 젠더 체계—〈탄광 사람들〉(1951)을 중심으로」, 『한국연극학』 82, 한국연극학회, 2018, 132면.

19 "過不多時, 許多刑具給拿來了, 這裡頭有棍棒, 解條, 水壺, 鉗子, 也有火爐, 烙線, 錐子, 火剪等東西." 任淳得, 앞의 글, 51면.

20 "玉姬聽了氣得臉色都發青了. 她很嚴正的說 : "你是美帝國主義的爪牙, 是我們朝鮮人民的仇敵! 我今天不幸落在你們的手裡, 只有光榮犧牲的一條路, 殺就殺, 我是什麼都不說的."" 위의 글, 51면.

〈나-1〉 주검을 앞에 놓고 생각하는 모든 사실 — 그렇게 주검이란 힘든 줄은 몰랐다. 이미 주검을 각오한 사람에게 무섭고 두려움이란 있을 수 없는 것이였으나 역시 사람은 그것을 초월한다는 게 힘든 일이다.

무슨 이리 숱한 생각이 머리 속에 소용도리쳐 오는 것일까. (…중략…)

이제 그 모든 것은 없어져 가고 있다.

네가 죽는 것이 두려웁지는 않다. 허나 내가 몸부림쳐 걸어온 길이 좀 더 보람차고 걸었어야 할 것이 아닌가. 나는 젊다. 아직도 三〇을 바라기엔 멀다.[21]

〈나-2〉 在已經覺悟了犧牲的革命志士的面前不會再有有什麼可怕的東西了; 可是'死'究竟是一件平常而又不平常的東西. 人到了最後的瞬間, 常常會想起種種有意義或沒有意義的事情. 玉姬也不是一個超乎人間的存在, 免不了對往事有一番回憶. (…중략…)

現在這一幅美人奮鬥圖快要終結它的最後一筆了.

玉姬忽然叫起來了: "我死不得. 我要活; 祖國給我的任務, 我還沒有完成; 老百姓還呻吟在塗炭裡; 我怎要能够死的呢!" 她慢慢地閉住眼睛想了一下, 又輕輕地睜開, 呆呆地望着北方, 很惋惜的自言自語: "啊! 金日成同志! 我眞對不起您了; 我没有完成您代表祖國和黨交給我們的光榮的任務, 就這樣悄悄的離開人間了…"[22]

소년 인찬이 고문당하고 죽어 가는 장면을 보고 옥희는 죽음에 대한 공포를 순간적으로 드러내다가 과거에 대한 회상에 빠진다. 어린 시절에 어머니에게 매를 맞은 기억, 미망인의 고초 많은 삶을 비롯한 개인사 회고, 그리고 8·15광복, 입당, 당 학교 졸업 등으로 구성된 민족사 회상이 마무리되자 옥희는 생에

---

21 임순득, 앞의 책, 34~35면.

22 "(…중략…) 옥희는 갑자기 소리를 질렀다. "나는 죽으면 안 된다. 나는 살아야 한다. 조국이 나에게 준 임무를 아직 완수하지 못했고 인민들은 아직도 고통 속에서 신음하고 있는데 내가 어떻게 죽을 수 있겠는가!" 그녀는 천천히 눈을 감고 생각했다가 다시 살며시 떠서 멍하니 북쪽을 바라보며 안타까운 말투로 혼잣말을 했다. "아! 김일성 동지! 정말 죄송합니다. 당신이 조국과 당을 대표하여 우리에게 주신 영광스러운 임무를 완수하지 못한 채 이렇게 조용히 세상을 떠납니다……"" 任淳得, 앞의 글, 52면.

대한 의욕이 다시 타오른다. 원작에서 생의 의지를 일으킨 원인은 두 가지 측면에서 연유한 것인데, 하나는 더 보람차게 살지 못했던 과거 생활에 대한 안타까움, 다른 하나는 "나는 젊다. 아직도 三〇을 바라기엔 멀다"는 고백처럼 젊은 생명에 대한 미련이다. 이처럼 임순득은 조옥희의 죽음 각오를 한 인간이 더 살고 싶다는 본능적인 욕망으로 처리했다. 그러나 『새조선新朝鮮』의 번역 주체는 옥희의 내면 독백을 인민을 대상으로 한 '연설'로 다시 썼다. 〈나-2〉에서 볼 수 있듯이 『새조선新朝鮮』에서 회상이 끝나자 옥희는 "조국이 나에게 준 임무를 아직 완수하지 못했고 인민들은 아직도 고통 속에서 신음하고 있는데 내가 어떻게 죽을 수 있겠는가!"라고 외친다. 조국과 인민에 대한 책임감을 토로하고 나서 바로 수령을 호명하여 "김일성 동지! 정말 죄송합니다. 당신이 조국과 당을 대표하여 우리에게 주신 영광스러운 임무를 완수하지 못한 채 이렇게 조용히 세상을 떠납니다"라는 수령에 대한 고백으로 죽음의 각오에 마침표를 찍는다. 즉 『새조선新朝鮮』의 번역 주체는 옥희의 생에 대한 의욕을 조국과 인민에 대한 사랑, 더 나아가 수령에 대한 충성심으로 치환했다. 이에 따라 임순득이 그려낸 생명력이 넘치는 한 젊은 여성이 조국, 인민과 수령에 대한 충실성으로 무장된 '영웅'으로 변모되었다. 이는 남성 영웅 서사에서 '인간'을 '신'으로 격상시키는 관습적인 수법을 차용한 것으로 보인다.

이런 치환법은 조옥희의 유언을 번역하는 대목에서도 적용했다. 조옥희가 사형장에 나가서 비장한 유언을 고함치는 장면을 대조해 보면 아래와 같다.

〈다-1〉 어떤 창백한 청년이 눈을 수건으로 가리워 달라고 애걸하는 것을 보고 옥희는 두 눈에 총구처럼 불을 뿜으며 외쳤다.

"우리의 주검은 헛되지 않았다. 로동당원의 영예를 고수하라!"

"이년이!"

뭇놈의 손이 옥희의 찢어진 옷자락을 잡아채 전신주에 동여매 놓았다. 등 뒤에서 파도 소리가 쏴— 하고 밀려왔다 밀려간다.

"탕! 탕!"

총소리는 계속해서 난다. 화약 냄새가 옥희의 타는 목을 더욱 불붙게 하였다.

"미제 놈들아 저주와 멸망을 받으라! 나는 죽지만 나의 배후에는 수백만 우리 로동당원이 있다. 민주 녀성이 있다. 인민군대가 있다. 청소한 공화국이 있다."

길게 부르짖으며 휘두르던 옥희의 팔이 햇볕에 녹는 고드럼처럼 툭 떨어졌다. 그러나 원쑤놈들의 총은 솟구치는 핏발에 젖어 그 빛을 잃고 말았다. 떨어진 팔이 푸들푸들 뒤챔과 함께 옥희는 마지막 힘을 모아 심장에 또 하나의 총탄을 맞으며 외쳤다.

"우리 수령 김 장군 만세!"

그 소리에 뒤이어 잠시 조용했던 룡당포 파도 소리는 더욱 높아졌다.[23]

〈다-2〉兇手們的射擊開始了, 年輕勇士們一個又一個地犧牲了! 在犧牲前的一瞬間, 玉姬慷慨激昂地高呼:

"同志們! 我們是光荣的, 我們是為祖國和人民而死的. 我們雖然死了, 但我們的背後有金日成將軍, 有由他領導的劳動黨, 人民軍隊和三千萬人民, 他們一定能够替我們報仇雪恨. 打倒美帝國主義! 打倒李匪賣國賊! 朝鮮勞動黨萬歲!"

她這最後的吼聲壓倒了敵人的槍聲, 壓倒了他們的吵嚷和狂笑.

龍塘浦海洶湧澎拜著, 像在憤怒地控訴人類公敵的滔天罪行.[24]

겉으로 보면 『새조선新朝鮮』의 역본이 훨씬 간결해졌으나 그 짧은 글에 내포된 희생의 가치가 한층 더 확대된다. 원작에서 조옥희는 "나는 죽지만 나

---

23 임순득, 앞의 책, 36면.
24 "회자수들의 사격이 시작되고 젊은 용사들이 하나둘씩 희생되었다! 죽음을 앞둔 순간 옥희는 격앙된 목소리로 외쳤다. "동지들! 우리는 영광스럽습니다. 우리는 조국과 인민을 위해 죽었습니다. 비록 죽지만 우리 뒤에는 김일성 장군과 노동당, 인민군, 그리고 삼천만 인민이 있습니다. 그들은 반드시 우리의 원수를 갚고 원한을 풀어줄 것입니다. 미제국주의를 타도하라! 이승만 매국노를 타도하라! 조선로동당 만세!" 그녀의 마지막 고함소리는 적군의 총소리와 함성, 웃음을 삼켰다. 용당포 파도는 마치 인류 공공의 적이 저지른 엄청난 죄상을 분노로 고발하듯이 출렁거리고 있다." 任淳得, 앞의 글, 52면.

의 배후에는 수백만 우리 로동당원이 있다. 민주 녀성이 있다. 인민군대가 있다. 청소한 공화국이 있다"고 외치며 사형장에 나선다. 임순득은 '로동당' → '민주 녀성' → '인민군대' → '공화국'이라는 순서로 여성 영웅 조옥희의 배후에 뒷받침하는 상위주체를 서열화한다. 여기서 임순득은 '민주 녀성'을 '로동당' 뒤에 배치함으로써 당원과 군인, 남성과 여성이 함께 구성된 공화국의 비전을 제시했다. 그러나『새조선新朝鮮』의 번역 주체는 '민주 녀성'을 삭제하고 조옥희의 배후에 서는 주체를 '로동당', '인민군대', '삼천만 인민'으로 재편했다. 또 이 모든 주체 앞에서 '김일성 장군'을 내세워서 당, 군대와 인민은 모두 수령의 지도 아래로 포섭시켰다. 환언하자면『새조선新朝鮮』의 번역 주체는 조옥희의 유언을 통해 중국 독자에게 김일성을 중심으로 로동당, 군대, 인민이 함께 구성하는 민족 공동체를 제시했다. 이런 가부장적인 공동체에는 여성은 '삼천만 인민'의 일원일 뿐 독립적인 주체로 나서지 못한다.

요컨대『새조선新朝鮮』의 번역 주체는 여러 군데의 삭제와 다시 쓰기를 통해 옥희가 갖는 여성의 얼굴이 점차 사라지고 인민의 일원, 김일성 장군의 전사로서의 여전사 조옥희를 재창작했다. 이를 통해 대외 선전을 목표로 한 북한의 번역 장에서 여성이 수행한 역할을 확인할 수 있다. 조국과 인민의 딸, 김일성 장군의 전사, 즉 남성과 다르지 않은 탈성화된 주체로 거듭나서야 다른 나라의 독자와 만나는 '영웅'으로서의 자격을 획득할 수 있다.

3.「불타는 섬」다시 쓰기   내면세계가 은폐된 여자 통신수

황건의「불타는 섬」은 인천상륙작전 과정에서 월미도를 사수하려던 인민군들의 이야기를 서사화한 단편소설이다.[25] 소설은 1950년 9월 12일 밤 김명

---

25   황건의「불타는 섬」은 이대훈 해안포 중대의 이야기와 인천 우편국 여자 교환수 이야기를 합친 작품이다. 황건은 6·25전쟁기 '조국전선조사단성원'으로 옹진, 의정부를 지나 낙동강 다

희[26]를 포함한 3명의 여성 통신수가 월미도 이대훈 해안포 중대에 배속되면서 이야기가 시작된다. 동시대 작가가 흔히 사용한 전지적 시점과 달리, 황건은 김명희를 초점 인물로 설정하고 관찰자 시점에서 이대훈 중대장을 비롯한 해안포 대원들의 영웅적인 모습을 재현한다. 김명희의 눈을 통해 펼쳐진 월미도 전투는 불사신처럼 싸운 해안포 영웅 군상을 그린 집단 서사 및 이대훈과 김명희의 감정 세계를 그린 개인 서사로 구성된다. 두 서사는 각각 다른 기능을 맡고 있는데, 집단 서사는 인천 상륙을 저지하기 위해 목숨을 바친 해안포 대원들의 영웅주의를 고양시키며 개인 서사는 명희가 절박한 상황에서 스스로 죽음을 선택하게 된 계기와 동기를 섬세하게 묘사한다.

「불타는 섬」은 1952년 1월 20~21일 『로동신문』에 연재되었고[27] 같은 해 10월 동명의 소설집 『불타는 섬』에 수록되어 단행본으로 출판되었다. 발표 이후 「불타는 섬」은 월미도 전투를 바탕으로 한 '대중적 영웅주의'를 형상화한 단편소설로 평가받은 바 있다.[28] 이후 1950년대 중반, 1970년대에 여러 번의 개

부원 계선(界線)까지 갔다가 미군의 인천상륙작전 때문에 서울에 며칠 머무르면서 월미도에서 최후를 마친 '이대훈 해안포 중대원들의 인천 전투 기록'을 읽는다. 이 전투 기록을 6개월이 지나도록 작품화하지 못하다가 신문에서 읽은 '인천 우편국에서 싸운 여자 교환수의 이야기'를 떠올린다. 그는 이 전화 교환수를 무전 통신수로 바꾸고 월미도 해안포 중대에 옮겨 놓아서 단편소설을 완성했다. 남원진, 「창조포과 기성품―황건의 「불타는 섬」의 창작과 개작에 대한 연구」, 『우리어문연구』 48, 우리어문학회, 2014, 256~257면.

26 「불타는 섬」이 1959년 황건의 단편소설집 『목축기』에 수록되었을 때 여자 통신수 '김명희'는 '안정희'로 개명되었다. 이후 판본은 모두 '안정희'로 개명했지만, 이 글에서 다루는 『새조선(新朝鮮)』의 중국어 번역본은 초판을 저본으로 번역한 것이기 때문에 '김명희'라는 이름을 그대로 사용한다. 황건, 『목축기』, 평양 : 조선작가동맹출판사, 1959.

27 1953년 「불타는 섬」은 재중 조선인 류수인(柳樹人)에 의하여 중국어로 옮겨져 번역소설집 『불타는 섬(燃燒的月尾島)』에 수록하여 중국 신문예출판사(新文藝出版社)에서 단행본으로 출판되었다. 이 소설집은 황건의 「불타는 섬」과 「그가 돌아간 길」, 한봉식의 「어머니」, 김만선의 「사냥군」, 강형구의 「임진강」 등 5편의 단편소설을 수록했다. 류수인은 1952년 1월 20~21일 『로동신문』에 실린 「불타는 섬」을 중국어로 옮겼음을 밝혔다. 柳樹人 輯譯, 『燃燒的月尾島』, 上海 : 新文藝出版社, 1953, 27면.

28 한효는 황건의 「불타는 섬」에 대해서 '인민군 용사들의 영웅성'에 주목해서 평가하지만, 현재처럼 '조국해방전쟁기 소설 문학의 가장 훌륭한 대표작'으로 평가되지는 않는다. 한효, 「조선문학에 있어서 사회주의 레알리즘의 발생 조건과 그 발전에 있어서의 제 특징」, 『문학

작이 이루어지면서 2012년 『현대조선문학선집』 제60권 단편소설집 『불타는 섬』에 재수록되었다. 북한의 다변한 정치 풍랑 속에서 「불타는 섬」은 지속적으로 고평되며 "조국해방전쟁 시기의 가장 대표적인 작품"[29]으로 정전화된다.

북한의 공식적인 역사 서술에 따르면 "월미도를 수호하던 인민군 용사들은 최후의 한 사람까지 조국의 촌토를 사수하여 싸웠"고[30] "월미도 방어 전투는 인천 상륙을 지연시키고 아군의 전략적인 일시 후퇴를 위한 귀중한 시간을 보장"한 전투로 기억되고 있다.[31] 이와 같은 중요한 전투를 서사화한 「불타는 섬」은 창작 9개월 후, 즉 1952년 10월 『새조선新朝鮮』에서 「불타는 고도燃燒著的孤島」라는 제목으로 번역되어 중국 독자와 만나게 되었다. 『새조선新朝鮮』에 실린 다른 소설과 마찬가지로, 지면의 제한으로 인해 「불타는 섬」 역시 대폭 삭제와 다시 쓰기를 거쳐 원작과 상당히 다른 작품으로 변모했다. 결론부터 말하자면 『새조선新朝鮮』의 번역 주체는 집단 서사를 최대한 충실하게 번역함으로써 미군의 방대한 화력 앞에서 굴하지 않고 끝까지 싸운 인민군의 투쟁 모습을 중국 독자에게 전달했다. 반면에 명희의 내면 묘사와 남녀 주인공의 대화로 이룬 개인 서사는 생략, 삭제, 다시 쓰기 등을 거쳐 대폭 축소되었다.

「불타는 섬」에서 남녀 주인공의 대화와 심리 묘사를 통해 패전이 불가피한 경우에 평범한 인간이 어떻게 죽음에 대한 공포를 극복하고 기꺼이 죽음을 선택하게 되었는지, 그 심층적인 원인을 형상화하고 있다. 특히, 여자 통신수 명희의 내면 묘사를 통해 그녀는 굳이 죽음을 선택하지 않아도 되는 상황에서 죽음의 각오를 다지게 되는 과정을 점진적으로 보여준다. 명희가 죽음을

예술』 5(6), 1952.6, 96면; 한효, 「우리 문학의 새로운 성과──一五九二('一九五二'의 오타)년 상반기에 발표된 작품들에 대하여」, 『문학예술』 5(8), 1952.8, 106면; 한효, 「자연주의를 반대하는 투쟁에 있어서의 조선문학 4」, 『문학예술』 6(4), 1953.4, 140면.

29 최광일, 「단편소설집 『불타는 섬』에 대하여」, 유항림 외, 『불타는 섬』, 평양 : 문학예술출판사, 2012, 4면.

30 조선민주주의인민공화국 과학원력사연구소, 『조선통사』 하, 평양 : 과학원출판사, 1958, 197면; 남원신, 「황건의 「불타는 섬」 새론」, 『현대문학의 연구』 51, 현대문학연구회, 2013, 478면 재인용.

31 최광일, 앞의 글, 4면.

각오한 동기는 아래 두 군데 인용문을 통해 확인할 수 있다.

〈가-1〉 중대장 이대훈도 여전히 타는 듯한 열 오른 눈을 명희에게 돌렸으나 기쁨에 거북스레 눈을 껌벅이었다. 물 흐르듯 하던 땀이 아직 채 잦아들지 못한, 흙먼지에 얼룩이 진 얼굴이며, 너덜이 난 셔츠며, 바지며, 그 사이로 비죽비죽 내어민 피 흘리는 살이며 명희는 중대의 모든 동무들과 함께 그에게 벌써부터 **마음이 흠뻑 사로잡혀 버렸다.**

이들과 함께면 죽음의 두려움 외로움까지도 잊어버릴 것이었다.[32]

〈가-2〉『새조선新朝鮮』 삭제

〈나-1〉 동무에게 명령을 전달하기에 앞서 명희는 어쩌면 좋을지 모를 괴로운 생각에 잠겨 버렸다. 싸움을 중간에 놓고 포중대 동무들과 헤어지겠거니는 명희는 조금도 생각 못 했었다.

일종의 절망에 가까운 말 못 할 쓰라림 없이 당장에 명희는 일들과 헤어질 일은 생각할 수 없었다. 그중에는 싸움 속에 마음도 몸도 불붙는가 싶은 대훈의 모습은 지울 길 없는 진한 영상으로 혈육과도 같이 가슴에 하나 가득해 왔다. 그리고 명희는 벌써 오래전부터 하여 온 생각이면서 지금에야 한 생각처럼 생명을 내어놓고 싸우는 한 **자기도 함께 남아 생명을 바치는 것은 자기의 가장 귀중한 의무**라는 생각이 들었다. 자기 생애에는 이보다 더 절박하고도 더 중대한 시간이 있지도 않았지만 있을 것 같지도 않고, 이 시간이야말로 자기의 가장 귀중한 것이 결정되는 시간이라는 생각이 가슴 허비듯 했다. 아직도 적정은 보고되어야 할 것이고 중대는 사령부와 연락되어야 할 것이고, 또 포중대 동무들의 싸움은 모든 부모 형제들에게 전하여져야 할 것이었다. 어려운 이 전국에 당하여 중대원 자신들의 비장한 각오도 그러려니와, 사령관도 또 뒤에 있는 모든 사람들도

32   황건, 「불타는 섬」, 남원진 편, 『'북한문학'은 없다─북조선 대표 소설 선집』, 경진출판, 2019, 222면.

비장한 마음 없이 지금 월미도에서 싸우는 이들을 생각할 수는 없을 것이었다.[33]

〈나-2〉明姬接到了這個電報之後, 不覺心裡糾著一個疙瘩, 渾身就被**深深的**煩惱給鎖住了. 在戰鬪最激烈的時候, 就得和這裏的同志們分手, 這是她夢裏也沒有想過的. **丟下剩不幾個的同志們到司令部去**…還有那**和藹可親的連長**在這裏…這怎麼使得![34]

월미도에 도착한 후 명희는 해안포 대원들이 중대장 이대훈을 축으로 삼아 일사불란하게 전투를 준비한 모습을 목도한다. 인용문 〈가-1〉에서 확인할 수 있듯이 전투가 가열해질수록 명희는 "중대의 모든 동무들과 함께 그에게 벌써부터 마음이 흠뻑 사로잡혀 버렸"으며 "이들과 함께면 죽음의 두려움과 외로움까지도 잊어버릴 것"이라고 스스로 밝힌다. 이대훈의 뛰어난 리더십과 동무들의 굳센 전투 의지는 명희가 동무들과 같이 월미도를 사수하겠다는 심리적 계기를 마련해 준다. 그러나 『새조선新朝鮮』의 역본에서 명희의 눈에 비친 이대훈의 모습과 이로 인한 심리의 변화를 모두 삭제했다. 이에 따라 명희가 전쟁의 공포를 극복하고 죽음의 의미를 각오한 최초의 계기가 은폐되고 첫 번째 서사적 공백을 남긴다.

중대원들은 용맹하게 월미도를 지켰으나 포 한 문만 남고 포탄도 부족해서 전세가 점점 위급해진다. 명령부에서 "무전수들은 전부 들어오라"는 명령을 받고 명희는 어쩌면 좋을지 모를 괴로운 생각에 잠겨 버린다. 〈나-1〉에서 볼 수 있듯이 황건은 섬세한 심리묘사를 통해 명희가 군이 죽음을 선택하지 않아도 되는 상황에서 죽음을 선택하게 된 내적 동기를 세 가지 차원에서 설명한다. 우선 "절망에 가까운 말 못 할 쓰라림 없이" 명희의 머릿속에서 먼저 떠

---

33 위의 책, 224면.

34 "전보를 받자 명희는 마음이 뭉클해지고 온몸이 깊은 번뇌에 잠겨버렸다. 전투가 가장 격렬할 시점에 동무들과 헤어지다니 꿈에서도 생각해 본 적이 없는 일이다. / 몇 명 남지 않은 동무들을 남겨 두고 사령부로 간다니… 또 상냥하고 친절한 중내상도 여기 계신데… 절내 안 돼!" 黃健, 「燃燒著的孤島」, 『新朝鮮』, 1952.10, 60면.

오른 것은 "싸움 속에 마음도 몸도 불붙는가 싶은 대훈의 모습"이다. 이런 모습은 "지울 길 없는 진한 영상"으로 명희의 마음 깊숙이 파고든다. 이는 명희가 전선에 남기로 한 가장 중요한 내적 동기로 작용한다. 이어서 명희는 사령부에 적정敵情을 보고하고 동무들이 싸우는 모습을 동포에게 전달해야 하는 사명감을 상기하며 결심이 한층 더 견고해진다. 마지막으로 명희는 생명을 바쳐 끝까지 싸우는 것이 "가장 귀중한 의무"라고 여기며 동무들과 최후의 순간을 같이 보내기로 했다. 이처럼 중대장에 대한 개인감정, 통신수로서의 사명감과 숭고한 헌신 정신으로 인해 명희는 동무들과 같이 월미도를 사수하기로 결심한다. 황건은 섬세한 심리 묘사를 통해 명희가 사명감과 헌신 정신으로 무장된 '영웅'으로 재현하는 동시에 개인감정과 자유 의지를 갖는 한 여성으로 형상화한다. 이로 인해 김명희라는 여성 영웅은 전쟁의 무기로 서사화된 동시대 북한의 남성 영웅상과 확연한 차이를 보인다.

그러나 황건이 보여주는 여성 영웅의 은밀하고도 리얼한 내면은 『새조선新朝鮮』 번역 주체의 눈에는 문제적인 내용으로 포착되었다. 그 문제성은 명희가 죽음을 선택하는 세 가지 동기가 배치되는 순서에 숨어 있다고 보인다. 원작에서 중대장에 대한 사적 감정이 먼저 서술되고 헌신 정신과 사명감은 그 뒤로 배치된다. 또 명희의 가슴을 가득 차지한 대훈의 모습은 영웅에 대한 숭배를 넘어서는 애매모호한 해독 가능성도 존재한다. 따라서 『새조선新朝鮮』의 번역 주체는 명희의 내면 심리에 대해 손댈 수밖에 없었다. 〈나-2〉에서 볼 수 있듯이 『새조선新朝鮮』에는 명희의 복잡한 심리는 "몇 명 남지 않은 동무들을 남겨 두고 사령부로 간다니… 또 상냥하고 친절한 중대장도 여기 계신데… 절대 안 돼!"라고 세 마디로 대폭 압축되고 나머지 부분은 모두 줄임표로 처리되었다. 명희가 죽음의 공포를 극복해 낸 과정을 너무나도 간편하게 처리했다. 이처럼 과격한 삭제로 인해 명희의 내면세계는 은폐되어서 그녀가 죽음을 선택하게 된 심리적 동기도 불분명해진다. 선택의 결정적인 순간의 부재로 인해 두 번째 서사적 공백을 남겨 번역문은 서사의 개연성이 한층 더 떨어진다. 그 결과 명희는 자유 의지로 갖는 여성 주체부터 동기가 불분명한 '도구적 인물'로 전락하게 된다.

이 대목에서 또 주목할 만한 것은 원작에서 나타난 대훈에 대한 명희의 복잡한 정서를 "화애가친和藹可親"이라는 표현으로 치환했다는 점이다. 중국어에서 화애가친이라는 형용사는 상냥하고 친절하다는 뜻으로 손윗사람에게 쓰는 표현이다. 이런 다시 쓰기를 통해 명희의 눈에 비친 이대훈은 이성적 매력을 선보인 남성으로부터 부하를 배려하는 중대장, 후배를 보살펴 준 강부장적 이미지가 한층 강화된다. 『새조선新朝鮮』의 번역 주체는 원작에 내포된 이성 간의 애매한 감정을 의식해서 이 부분을 의도적으로 수정한 것으로 보인다. 이처럼 남녀 주인공의 사적 감정에 대한 다시 쓰기는 『새조선新朝鮮』 역본 곳곳에 드러나고 있는데 남녀 주인공의 감정이 깊어지는 과정을 묘사하는 대목에서 자세히 살펴보겠다.

영웅 희생담에서 대외 선전의 효과를 좌우하는 가장 핵심적인 문제는 영웅이 도대체 누구를 위해 죽음을 선택한 것이냐 하는 문제다. 삶과 죽음이 갈리는 순간에, 명희는 한 개인을 위해 죽음을 선택한 것인가? 생사를 같이하는 동무들을 위해 싸운 것인가? 아니면 조국과 인민을 위해 기꺼이 목숨을 바친 것인가? 이에 대한 해답은 아래 명희와 대훈의 대화를 통해 다시 제시된다.

〈다-1〉 대훈은 어성을 고치듯 갖추매 없는 굵은 음성으로, "동무는 죽음이 무섭지 않소?" 하고 물었다. 말을 하는 사이도 눈은 바다 속 놈들의 함정들을 겨누고 있었다.

명희도 한 곳을 지키며 말을 못 하다가, "아니오" 하고 나직이 대답했다. 그러나 명희는 자기도 모를 흥분에 적이 창창한 목소리로, "그보다두 저는…" 하고 다시 입을 열었다. 말은 무엇에 걸리듯 멈춰 서는 때도 있었다.

"그보다두 저는 중대장 동무며 중대 동무들과 알게 된 시일이 짧은 게 안타까운 생각을 하나 있어요… 그렇지만 저는 두렵거나 슬픈 생각이 없이… 어떻게 말루 표현할 수는 없어두 기쁘구 행복한 마음이에요. 참말 저는 중대장 동무며 중대 동무들 때문에 지금은 제 일생의 그중 귀중한 시간에 있다는 생각이 들어요. 저를 욕하지 않으시겠지요?"**35**

〈다-2〉過了一會兒, 連長又说 : "你不怕死嗎?" 他的眼睛仍盯在海上的敵舰上.
　明姬也瞭望着海的一角, 停了一會才從嘴裡低低地擠出了一聲 : "不!" 可是停了一會, 明姬卻興奮地以一種淸脆的聲音接下去 : "不但如此, 而且我…" 說到這裡, 彷彿話被噎住了, 但即刻又接了下去 : "我…我是在想着連長同志和連上的同志們呢…眞的, 我一想到你們所做的事, 我心裡就感到說不出的驕傲. 雖然我用自己的話表現不出來我心窩裡的話, 可是, 我總覺得和你在一起戰鬪, 是一個不平凡的事情, 是我的幸福, 的確是的."**36**

전투 마지막 날, 죽음이 다가올 때 명희는 "바로 이 시각에 기어코 나누어야 할 것 같은 이제껏 못한 서로의 마음속 그 어떤 이야기를 나누고 싶은 간절한 충동을" 느껴 중대장과 대화를 시도한다. 〈다-1〉에서 볼 수 있듯이 대훈은 지금이라도 돌아가라고 권하고 나서 "동무는 죽음이 무섭지 않소?"라고 묻는다. 이에 대해 명희는 "중대장 동무며 중대 동무들과 알게 된 시일이 짧은 게 안타깝"다고 생각하지만 "두렵거나 슬픈 생각"이 없다고 대답한다. 이어서 중대장과 함께 싸운 것은 매우 "기쁘고 행복"하며 "귀중한 시간"이라고 토로한다. 명희에게는 과거도 아니고 미래도 아닌 현재 겪은 시간이 가장 행복한 시간이다. 이런 소중한 시간을 연장하기 위해 전쟁터에 남은 것이다. 그래서 그녀는 일생

---

35 황건, 앞의 책, 229면.

36 "잠시 후 중대장은 다시 "죽음이 두렵지 않소"라고 묻고 눈은 여전히 바다 속 놈들의 함정들을 겨누고 있었다. / 명희도 바다 한구석을 바라보며 잠시 머뭇거리다가 "아니요!"라고 속삭였다. 잠시 후 명희는 신이 나서 또렷한 목소리로 "그뿐만 아니라 저도…"라고 말하다가 갑자기 목이 막힌 듯이 멈추고 다시 말문을 열었다. "저는…저는 중대장 동지와 중대 동지들을 생각하고 있었는데…정말로 당신들이 한 일을 생각하면 더할 나위 없이 자랑스러워요. 비록 말로 다 표현할 수는 없지만, 당신과 함께 전투하는 것은 정말 특별한 일이고 제 행복이라고 생각해요. 정말로요.'"黃健, 앞의 글, 61면.

의 가장 행복한 시간을 지금 살고 있다고 말한다.[37] 여기서 명희의 대답은 앞서 분석한 〈나-1〉에 나타난 내면 심리와 수미상응하는 것이다.

〈다-2〉에서 볼 수 있듯이 『새조선新朝鮮』의 번역 주체는 명희의 감성이 충만한 대답을 조심스럽게 다시 썼다. 우선 원문에 없던 "저는 중대장과 대원들을 생각하고 있"다는 내용을 추가했다. 여기서 명희가 중대장뿐만 아니라 모든 동무들을 똑같이 생각하고 있다는 점을 강조한 것이다. 이어서 명희는 동무들과 같이 싸운 것은 '자랑스럽'고 '특별'하며 '행복'한 일이라고 말했다. 원작에 비해 『새조선新朝鮮』의 역본에서는 명희와 대훈의 개인적인 연결을 약화시킨 반면 명희와 동무들 간의 연대감을 한층 강화시킨다. 이에 따라 명희는 대훈만을 위해 죽음을 선택한 것이 아니라 모든 동무들과의 연대감 때문에 죽음을 선택한 것으로, 그 동기의 중점이 이전된다.

명희의 고백을 듣고 대훈이 어떻게 반응했을까? 앞서 살펴본 바와 같이 『새조선新朝鮮』에서 명희의 고백이 달라진 만큼 대훈의 반응 역시 원작과 뚜렷한 차이를 드러낸다.

〈라-1〉 대훈은 입을 열지 못했다. 대훈은 명희의 일로 벌써부터 **마음이 괴로웠다.** 그의 마음이 무조건 고맙고 귀중하게 생각되면서 자기도 모르게 그에 대한 생각에 잠기게 되고 그것은 또 이상하게 **마음을 무겁게 하였다.** 대훈은 얼마 후에야 말이 목에 걸리듯 거북스레 입을 열었다.

"지금이야 나는 동무의 일루 **마음이 괴로워지오.** 무어라구 해야 할지 동무에게 나는 그저 감사하는 마음이오. …어쩐지 **나는 동무를 10년두 전에 안 것 같은 그런 생각이 드오.** 같이 있을 시간은 한정이 목전에 있지만 목숨을 바쳐 싸우려는 여기서 동무에 대한 생각까지 겹치게 된 것은 너무나 **기이하게 생각되오.** 물론 이것은 **안타까우면서도 나에게는 기쁘고도 찬란한 일이오**…그러나 나는 그만큼 또 **동무가 괴롭게 생각되오.**"

37　이선미, 「북한소설 「불타는 섬」과 영화 〈월미도〉 비교 연구」, 『현대소설연구』 21, 현대소설연구학회, 2004, 285면.

"저는 용서해 주세요. 저를 참된 길루 그냥 채찍질 주세요" 하고 명희는 자기 생각만 하듯 외우듯 말했다.[38]

〈라-2〉連長說不出話來. 因爲他看到他面前的這個少女雖然在自己的生命已臨最後一刻, 但也沒有半点恐怖的神色, 竟這麼泰然自若, 所以他實任找不出一個適當的話來表達自己的心情. 他只好反覆着三個字 : "好同志, 好同志!"[39]

〈마-1〉기쁨에 서린 눈들은 더함없이 서로의 눈길을 찾았다.

날은 더욱 밝아오고 함포는 더 세차게 주위를 울렸다. 둘은 싸움 속에 있지 않은 사람들처럼 또 모든 이야기를 이 시각에 죄 털어놓아야 하는 사람들처럼 어렸을 적 자라던 이야기며 군대에서 공장에서 자나던 이야기를 시름없이 하여갔다. 시간이 가면 갈수록 애정은 더 깊이 얽혀가는 듯했다.[40]

〈마-2〉連長雖然跟她並沒有長久同過事, 可是他很愛她, 好像熱愛連上的每個正直的戰士一樣; 他非常歡喜這個姑娘, 不願意叫她犧牲.[41]

〈라-1〉에서 볼 수 있듯이 명희의 직설적인 고백은 대훈의 심리적 동요를 일으킨다. 군인으로서 생사를 도외시하고 전투에 몰두해야 하지만 대훈은 "자기도 모르게 명희에 대한 생각에 잠기게" 된다. 이때부터 영웅주의로 무장되었던 대훈의 굳센 내면은 금이 가게 된다. 그렇기에 대훈의 발화에서 명희

---

38 황건, 앞의 책, 229~230면.
39 "중대장은 말문이 막혔다. 그는 눈앞에 있는 소녀가 최후의 순간에는 조금도 두려워하는 기색 없이 이토록 태연자약한 것을 보았기 때문에, 자신의 마음을 표현해 낼 적당한 말을 찾지 못했다. 그는 그저 "좋은 동지, 좋은 동지"라는 말만 반복할 뿐이었다." 黃健, 앞의 글, 61면.
40 황건, 앞의 책, 231~232면.
41 "중대장은 그녀와 오랫동안 함께 일한 적이 없지만 중대의 모든 정직한 전사들을 사랑하듯이 그녀를 매우 사랑하고 있다. 또 그는 이 아가씨를 매우 좋아하기 때문에 그녀의 희생을 원하지 않는다." 黃健, 앞의 글, 61면.

로 인한 "괴로움"과 "기이함"이 다섯 차례나 언급된다. 영웅주의로 표상된 전쟁 담론은 인간의 본능적인 감정 욕구와 충돌되어 영웅 내면의 균열을 일으키기 시작한다. 대훈은 명희의 고백에 부담감과 죄책감을 느끼면서도 그녀와 같이 있는 시간은 "기쁘고도 찬란한 일"이라고 스스로 인정한다. 이처럼 전쟁터에서 꽃핀 로맨틱한 사랑 이야기는 북한의 독자에게 심경을 울리는 '아름다운 낭만의 노래'[42]로 읽힌다. 그런데 입장을 바꿔서 다시 생각해 보자. 전쟁의 제삼자로서 중국 독자가 이런 사랑 이야기를 어떻게 바라볼 것인가? 전쟁이라는 급박한 상황에서 사적 감정은 불온한 변수다. 자칫하면 개인의 감정은 조국, 인민을 위한 대의명분을 압도하여 영웅주의의 숭고함을 상쇄할 수도 있다. 그렇기 때문에 전쟁의 승리에 보탬이 되는 범위에서만 사적 감정이 허가된다. 따라서 동시대 북한의 전쟁 서사에서 공적인 전쟁 담론과 사적인 감정을 서로 충돌된 대립항으로 설정하고 전자를 위해 후자를 포기하는 영웅을 형상화하는 경우가 많다.

그러나 「불타는 섬」에서 남녀 주인공은 모두 사적 감정을 부인하지 않고 오히려 이를 받아들여 사랑하는 사람과 같이 목숨을 바치겠다는 각오를 하게 된다. '대외 선전'의 시각에서 보면 이런 감정은 전쟁의 승리를 보장하는 범위에서 이탈하여 영웅의 윤리적 합리성에 대한 '오독'을 일으킬 수 있다. 그렇기 때문에 〈라-2〉에서 나타나듯이 『새조선新朝鮮』에서는 대훈이 괴로움을 극복하고 명희의 마음을 받아들이는 내밀한 감정 변화를 모두 삭제해 버렸다. 대신에 대훈은 "죽음을 앞두고 전혀 두려워하지 않는" 명희의 태연한 모습을 보고 깊은 감명을 받는다. 감동 끝에 그는 "참 좋은 동지"라는 칭찬만 반복하고 말문이 막혀 버린다. 이처럼 원작에서 섬세하게 펼쳐진 이성 간의 교감과 그로 인해 일

42 북한 비평가 엄호석은 「불타는 섬」이 "적들과 절박한 대치, 무수한 죽음의 희생을 강요하는 절망적 정황 속에서 굴복하지 않는 평범한 우리 청년들의 대중적 영웅주의와 그로 말미암은 심오한 극적 체험에 대한 아름다운 랑만의 노래"라고 평가한 바 있다. 엄호석, 「조국해방전쟁 시기의 우리 문학」, 안함광 외, 『해방 후 10년간의 조선문학』, 평양 : 조선작가동맹출판사, 1955, 209면.

어난 심리적 동요는 『새조선新朝鮮』에서 모두 은폐되었다. 대훈의 눈에는 명희가 이성적 매력을 선보인 여성이 아닌 '소녀'와 '좋은 동지'로 변모된다. 이에 따라 원작에서 그려졌던 남녀 주인공의 애매한 이성적 관계는 선배와 후배, 중대장과 통신수라는 가부장적인 관계로 치환된다. 이를 통해 이대훈의 도덕적인 순결성이 두드러지게 드러나 명실상부한 남성 영웅으로 부각된다.

자신의 마음을 확인한 후 대훈은 명희의 "두 손을 꼭 잡았다." 두 사람은 고향 이야기, 어린 시절의 기억을 나누면서 감정도 점차 실체화된다. 죽음이 가까워질수록 "이름 못할 감정"은 "더 깊이 얽혀 가는 애정"으로 승화된다. 황건은 「불타는 섬」이 "젊은이들의 뜨거운 애국심과 숭고한 혁명 정신, 고귀한 사랑"을 다룬 작품이라고 스스로 밝힌 바 있다.[43] 이에 따르면 남녀 주인공이 전쟁터에서 맺은 '애정'은 이성 간의 '고귀한 사랑', 그리고 생사를 같이하는 전우애로 구성된 복합물로 볼 수 있다. 그러나 『새조선新朝鮮』의 역본에서 남녀 주인공의 대화와 심리 묘사가 대폭 삭제되면서 원작에 나타난 '애정'의 알맹이는 달라질 수밖에 없다. 〈마-2〉에서 나타나듯이 대훈은 해안포 모든 전사를 '사랑'하듯이 명희를 '사랑'하고 있으며, 그는 이 아가씨姑娘를 '좋아해서歡喜' 그녀의 희생을 원하지 않는다. 〈라-2〉에 나타난 '동지'와 '소녀'라는 호칭과 마찬가지로, 여기서 선택한 '전사'와 '아가씨姑娘'라는 호칭은 동일한 서사적 기능을 맡고 있다. '동지'와 '전사'로서의 명희는 여성성을 거세당한 탈성화된 군인으로 변모되고, '소녀少女'와 '아가씨姑娘'로서의 명희는 손윗사람 대 아랫사람이라는 가부장적 서열화 관계로 포섭된다. 전자든 후자든 명희는 모두 성적 욕망의 대상에서 제외된 셈이다. 결국 『새조선新朝鮮』의 역본에서 남녀 주인공의 '애정'은 여자 통신수에 대한 중대장의 전우애, 젊은 여전사에 대한 베테랑 구豩대원의 배려심으로 치환된다.

원작에서 남녀 주인공의 마음이 가까워지면서 스킨십도 점점 친밀해진다.

---

43 황건, 「영웅들의 고매한 정신세계를 그리고저−단편소설 「불타는 섬」을 쓰던 기억」, 『청년문학』 130, 1967. 2, 5~6면.

명희와의 대화를 일단락 짓고 대훈은 "더 말은 없이 말 대신 책상 위에 가지런히 놓인 명희의 두 손을 꼭 잡았다." 서로의 마음을 확인한 후 부상당한 대훈을 보고 명희는 "고패치는 마음 어찌할 길 없이 대훈의 손을 두 손으로 잡자 끝"고 "그 등에 얼굴을 묻었다." 그리고 최후의 결별을 앞두고 전장으로 떠나기 전에 대훈은 "경련하듯 충동적인 동작으로 다시 오른팔을 들어 명희의 목을 안자 자기 얼굴을 명희의 얼굴에 부비듯 맞대었다."**44** 이처럼 원작에서 스킨십에 대한 세부 묘사를 통해 남녀 주인공은 서로에 대한 감정이 점점 깊어지는 과정을 섬세하게 보여준다. 그러나 이런 스킨십은 통신수와 중대장의 신분을 넘어 남성과 여성의 섹슈얼리티를 드러내고 있다. 이런 섹슈얼리티는 영웅성을 파괴할 수 있는 불온한 요소로 『새조선新朝鮮』의 역본에서 모두 삭제되었다.

　남녀 주인공은 사적 감정이 고조된 정점에 명희의 입을 통해 김일성 장군을 호명한다. 이에 따라 개인 경험을 서술하던 남녀 주인공의 대화는 다시 공적 담론과 접목하게 된다.

　〈바-1〉 문득 명희는 이야기를 바꿔,

　"지금 우리들이 월미도에 이렇게 앉아 있는 줄을 장군께서는 아실까요?"

　하고 웃으며 말했다. 대훈이 역시 웃음 어린 눈길을 치떴다 놓으며,

　"알구 계실지두 모르지요"

　하고 혼자말처럼 중얼거렸다.

　"어떻게요?"

　"장군은 지금 지도 앞에서 월미도를 꼭 보구 계실 겁니다. 원쑤들이 더러운 발을 쳐드는 조

44　후에 「불타는 섬」의 개작 과정에서 남녀 주인공 간의 스킨십이 점차 약화되는 경향을 드러냈다. 예컨대 2012년 소설집 『불타는 섬』에서 수록된 판본에서 "명희는 그 등에 얼굴을 묻었다"는 대목은 "그 손등에 얼굴을 묻었다"로 개작했다. 또 "대훈은 경련하듯 충동적인 동작으로 다시 오른팔을 들어 명희의 목을 안자 자기 얼굴을 명희의 얼굴에 부비듯 맞대었다"라는 대목도 "대훈은 정희를 다시 한번 뚫어지게 바라보다가 홱 돌아서더니 진호 밖으로 걸어나갔다"로 개작했다. 남녀 주인공의 '고귀한 사랑'의 순결성을 강조하기 위해 개작한 것으로 보인다.

국 땅 어디에나 자기의 사랑하는 아들딸들이 그중에도 미더운 당원들이 총칼을 들고 서 있을 것을 사람들은 모든 정을 기울여 눈앞에 지키고 있을 겁니다."

역시 이것은 얼마나 귀중한 일인가. 조국은 말로는 표현도 할 수 없는 얼마나 큰 것인가. 명희는 이런 생각을 하며 더 말은 못 했다.[45]

〈바-2〉她又繼續說："我知道, 親愛的金將軍任期待着我們出力. 眞的, 他期待着我們要爲國爭光. 儘管有什麼更艱苦, 更危險的東西橫擋住我們的進路, 我們也要忠實地執行他交給我們的任務. 你不也是這樣的嗎, 連長同志?"[46]

대훈과 명희의 '애정'이 북받쳐 절정에 달한 순간 김일성 장군이라는 거대 주체가 개입하여 애매한 분위기를 중단시켰다. 〈바-1〉에서 볼 수 있듯이 명희와 대훈의 대화에서 김일성 장군은 절대적인 중추로 등장한다. 두 사람이 대화를 주고받으면서 김일성이 전지全知하는 천신처럼 지도 앞에서 월미도를 지키고 있다는 내용을 거듭 확인한다. 이어서 전국 인민이 "사랑하는 아들과 딸", 특히 당원들의 투쟁한 모습을 "정을 기울여 눈앞에 지키고 있"는 상상적 화면을 제시한다. 마지막으로 명희의 내면 고백을 통해 "조국은 말로는 표현할 수 없는 얼마나 큰 것인가"라는 조국에 대한 사랑을 밝힌다. 이처럼 원작에서 김일성, 인민, 조국 등 3대 주체가 병렬 관계에 놓여 남녀 주인공이 죽음을 각오하는 결정적인 동기로 제시된다. 그러나 『새조선新朝鮮』의 번역 주체는 이에 만족하지 않은 모양이다. 〈바-2〉에서 볼 수 있듯이 『새조선新朝鮮』의 번역 주체는 김일성 장군이 전쟁터에서 발휘한 막대한 역할을 일목요연하게 밝혔다. 조국을 위해 온 힘을 바쳐야 한다는 당위성과 시급성은 김 장군의 "기

---

45 황건, 앞의 책, 232면.

46 "그녀는 이어 말했다. "친애하는 김 장군님께서는 우리가 최선을 다하기를 기대하고 계신다는 것을 알고 있습니다. 사실 그분께서는 우리가 조국의 영광을 이룩하기를 기대하고 계십니다. 더 어렵고 위험한 난관들이 앞길을 가로막고 있더라도 장군께서 맡겨주신 임무를 충실히 수행해야 합니다. 중대장 동지도 마찬가지가 아닌가요?"" 黃健, 앞의 글, 62면.

대"에서 연유한 것이고, 모든 난관을 극복하는 원동력도 김 장군의 "기대"에서 비롯된 것이다. 즉 이대훈, 김명희를 비롯한 해안포 대원들이 월미도를 끝까지 사수하는 원동력은 김일성 장군에 대한 충성심으로 수렴된 것이다. 이렇듯 김일성을 절대적인 중심으로 내세운 다시 쓰기를 통해 전쟁 당시 북한 대외 선전의 주된 방향을 엿볼 수 있다. 남원진은 북한에서 출판된 16개 판본 「불타는 섬」을 대조함으로써 1950년대부터 2000년대까지 「불타는 섬」이 '남녀의 애정 → 대중적 영웅주의 → 수령에 대한 충실성'으로 개작된 과정을 조명한 바 있다.[47] 앞서 논의한 바와 같이 사실 『새조선新朝鮮』 역본에 나타난 다시 쓰기의 양상도 이와 유사한 경향을 보인다. 즉 원작에 나타난 '남녀의 애정'을 최대한 여과시킨 반면 '대중적 영웅주의'를 부각시키며 결국 '수령에 대한 충실성'으로 수렴하는 여정이다. 작가 황건이 몇십 년을 거쳐 비로소 완성한 개작은 1952년 10월 『새조선新朝鮮』의 역본에서 이미 완성된 것이다. 이런 측면에서 보면 북한의 대외 선전을 목표로 한 번역 장에서 수령 중심의 노선이 국내 문학 장보다 한 걸음 더 앞서간 것이라 할 수 있다.

「불타는 섬」에서 내면의 욕망을 당당하게 발화하는 명희는 동시대 북한의 전쟁 서사에서 보기 드문 주체적 여성 영웅이다. 그러나 안타깝게도 『새조선新朝鮮』의 대폭 삭제와 다시 쓰기를 거쳐 김명희의 복잡한 내면세계는 통째로 은폐되고 이에 따라 그녀는 속이 텅 빈 '기표'가 된다. 이런 기표에 영웅주의, 애국심, 수령에 대한 충심성 등 거대 담론을 채워야만 대외 선전에서 유효한 '기의'로 전용할 수 있다.

---

47 남원진의 검토에 의하면 16개 판본이 있는데 이들 판본은 크게 1952년 판본, 1955년 판본, 1976년 판본으로 나눌 수 있다. 1950년대 중반 판본에서는 이전 판본의 여러 부분을 수정하는데, 여러 장면들의 묘사를 구체화하는 한편 애정 문제를 축소하고 동지애를 중심으로 한 영웅주의 또는 대중적 영웅주의를 강화하는 방향으로 개작된다. 그런 반면 유일사상 체계가 성립된 후 1970년대 이후 판본은 남한이나 외국의 흔적을 지우면서 '위대한 수령님께서 마련해 주신 조국'과 같은 표현을 추가하여 김일성을 정섬으로 한 북조선 중심의 역사를 창출한다. 남원진, 앞의 글, 2014, 272면.

4. 여성 영웅의 '죽음'과 '부활'

이상에서 한국전쟁 동안 북한의 대외홍보 기관지 중국어판 『새조선新朝鮮』에 선정된 여성 영웅의 다시 쓰기 양상을 살펴보았다. 생략, 삭제 등 뺄셈법으로 남성 영웅의 무용담을 처리한 방식과 달리, 『새조선新朝鮮』의 번역 주체는 뺄셈법, 덧셈법과 치환법, 다시 쓰기 등 다양한 수법을 동원해서 여성 영웅을 재구성했다. 이런 재구성 과정을 통해 대외 선전을 목표로 한 번역 장에서 여성이 수행한 역할을 확인할 수 있다.

「조옥희」에서 임순득은 영웅주의, 인간성과 비판 의식을 겸비한 영웅 여성을 그려냈다. 이런 여성 이미지는 중국 독자에게 연민과 공감의 대상이 될 수 있지만 민족국가 담론과 수령의 권위성을 역설하기에는 역부족이다. 따라서 『새조선新朝鮮』의 번역 주체는 다양한 수법을 통해 여성성이 넘치는 조옥희를 조국, 인민과 수령에 대한 사랑으로 무장된 탈성화된 주체로 다시 썼다. 이는 가부장적 민족국가 담론 속에서 여성 영웅이 재탄생된 과정을 상징적으로 보여주고 있다. 여성은 조국과 인민의 딸, 김일성 장군의 전사, 즉 남성과 다르지 않은 탈성화된 주체로 거듭나서야 외국 독자와 만날 수 있는 '영웅'으로서의 자격을 획득할 수 있다. 환언하자면 『새조선新朝鮮』의 다시 쓰기를 통해 재구성된 '조옥희'는 인민군 내부의 남녀 평등을 선보이는 본보기, 적개심을 불러일으킨 수난자, 수령의 위대함과 절대적 권력을 입증하는 여전사, 더 나아가 북한과 중국의 연대감을 형성하는 '선전물'로 전용되었다. 이에 따라 여성 작가 임순득이 제시하려던 젠더적 색채가 지워지고 중국어판 「조옥희」는 가부장적 민족 공동체를 수호하는 홍보물로 변모되었다.

황건이 회고한 바와 같이 「불타는 섬」은 "젊은이들의 뜨거운 애국심과 숭고한 혁명 정신, 고귀한 사랑"을 다룬 작품이다. 그러나 『새조선新朝鮮』의 번역 주체는 남녀 주인공의 '고귀한 사랑'을 표출한 내용을 깨끗이 여과시켜서 월미도 해안포 대원들의 '뜨거운 애국심'과 '숭고한 혁명 정신'만을 중국 독자에게 전달했다. 「불타는 섬」에서 대외 선전의 승패를 좌우하는 핵심적인 문제는 명희가 도대체 누구를 위해 죽음을 선택한 것이냐 하는 문제다. 남녀 주인공의 사적 감정을 그대로 번역한다면 명희가 사랑하는 사람과 같이하기 위해 죽음을 선택했다는 결론을 도출할 수 있다. 이런 맥락에서 보면 남녀 영웅의 사적 감정은 수령, 조국, 인민을 위한 대의명분을 압도하는 불안한 요소로 '오독'되며 북한 인민군의 영웅주의를 먹칠하는 부작용을 초래할 수 있다. 따라서 『새조선新朝鮮』의 번역 주체는 남녀 주인공의 애매한 대화와 스킨십을 교묘하게 다시 써서 남녀 영웅 간의 "깊이 얽혀 가는 애정"을 순수한 전우애로 치환했다. 이에 따라 명희의 풍부한 내면세계와 주체적인 자각은 모두 은폐되어 그녀는 중대장 이대훈의 영웅성을 방증하는 '도구적 인물'로 전락되었다.

요컨대 임순득의 「조옥희」와 황건의 「불타는 섬」은 폭화 속에 북한 여성 영웅의 죽음을 재현한 희생담이다. 여성 유격대원 조옥희와 통신수 김명희는 비록 소설 속에서는 생을 마쳤지만, 『새조선新朝鮮』의 번역을 통해 중국 독자와 만나게 되고 중국 문학 장에서 다시 '부활'하게 된다. 전쟁의 참화 속에서 온갖 고통을 겪으면서도 남성 못지않게 적군과 맞서 싸우는 용맹하고 유능한 북한 여성은 국경을 넘어 중국 독자에게 빛나는 여성 영웅으로 기억된다. 예컨대 1950년대 중국 『인민일보人民日報』에서 조옥희 관련 기사를 수차례 게재하여 그녀를 "조국을 수호하는 영웅"으로 호명하여 중국 민중이 '항미원조운동'에 적극적으로 참여하도록 고무했다.[48] 이처럼 번역을 통해 중국 독자와 만나게 된 여성 영웅은 북한과 중국의 연대를 공고히 하는 가교 역할을 담당했다.

그러나 번역을 통해 이루어진 여성 영웅의 '부활'에는 전제 조건이 달려 있다. 조옥희는 『새조선新朝鮮』의 다시 쓰기를 거쳐 여성성이 넘치는 한 인간으로부터 조국, 인민과 수령에 대한 사랑으로 무장된 탈성화된 주체로 변신했

---

48 「英勇頑強的朝鮮姐妹們」, 『人民日報』, 1952.3.9; 「朝鮮人民的英勇鬪爭」, 『人民日報』, 1953.6.26; 「我見到了劉胡蘭的母親」, 『人民日報』, 1954.4.18; 「信川人民的仇恨和歡笑」, 『人民日報』, 1961.8.13.

다. 이와 마찬가지로 감성이 충만하고 개인 의지를 갖는 여자 통신수 김명희
는『새조선新朝鮮』의 다시 쓰기를 통해 내면이 부재한 텅 빈 '기표'로 전락했다.
이런 기표에 영웅주의, 애국심, 수령에 대한 충성심 등 거대 담론을 채워야만
대외 선전에서 유효한 '기의'로 전용된다. 환언하자면 여성 영웅은 여성적 자
의식을 버리고 집단적 주체, 즉 탈성화된 주체에 합류되어야만 비로소 자국
문학 장에서 대외 번역 장으로 진입하는 입장권을 획득할 수 있는 것이다. 이
를 통해 대외 선전을 목표로 한 북한의 번역 장에 깔려 있는 가부장적 색채를
확인할 수 있다.

참고문헌

김미숙, 「북한 교과서에 나타난 민족국가 담론과 젠더」, 『여/성이론』 4, 여성문화이론연구소, 2001, 118~135면.

김은정, 「북한의 영웅 서사, 60년의 간극-『조옥희』를 중심으로」, 『민족문학사연구』 60, 민족문학사학회, 2016, 475~501면.

남원진, 「황건의 「불타는 섬」 재론」, 『현대문학의 연구』 51, 현대문학연구회, 2013, 471~510면.

_____, 「창조품과 기성품-황건의 「불타는 섬」의 창작과 개작에 대한 연구」, 『우리어문연구』 48, 우리어문학회, 2014, 247~288면.

_____ 편, 『'북한문학'은 없다-북조선 대표 소설 선집』, 경진출판, 2019.

등천, 「총성 없는 전쟁터-1950년대 중국에서의 북한문학 번역 장」, 『민족문학사연구』 74, 민족문학사학회, 2020, 379~412면.

____, 「한국전쟁 시기 북한의 대(對)중국 번역 기획-북한의 대외 홍보 기관지『새조선(新朝鮮)』연구」, 『현대문학의 연구』 79, 한국문학연구학회, 2023, 163~200면.

이선미, 「북한소설 「불타는 섬」과 영화 〈월미도〉 비교 연구」, 『현대소설연구』 21, 현대소설연구학회, 2004, 275~298면.

이슬하, 「해방 후 임순득의 '여성 해방 의식'과 북한의 '장르문학' 창작-오체르크와 뿌블리찌스찌까에 대하여」, 『근대서지』 26, 근대서지학회, 2022, 747~772면.

이은자, 「북한 전시소설에 나타난 여성상 연구」, 『한국사상과 문화』 27, 한국사상문화학회, 2005, 27~51면.

전지니, 「전사형 여성상으로 본 1950년대 북한 연극의 젠더 체계-〈탄광 사람들〉(1951)을 중심으로」, 『한국연극학』 82, 한국연극학회, 2018, 68~105면.

향기로운 자본주의 바람에
대항하기 위하여

1960년대 북한문학의 변화와
번역극 〈네온등 밑의 초병〉

김민선金玟宣
연세대학교
국어국문학과 연구교수

1. 기획된 번역극

1963년 10월과 11월에 북한의 문학지 『조선문학』에 한 편의 번역 희곡이 게재되었다. 두 달간 연재된 이 희곡은 1949년 상하이를 배경으로 부르주아 사상과 문화 침투에 대항하는 청년들의 서사를 담고 있다. 희곡이 실린 잡지 『조선문학』은 조선작가동맹 중앙위원회 기관지로서 1946년 창간 이후부터 현재까지 발간 중인 북한의 대표적인 문예지다.[1] 북한문학을 대표하는 『조선

---

1   『조선문학』은 북한의 문예지로서의 정통성을 담보하고 있는 잡지로서, 발간 초기에는 『문화전선』(1946.7~1947.4)이었다가, 『조선문학』(1947.9~12), 『문학예술』(1948.4~1953.9, 전쟁기인 1950년 8월부터 1951년 3월까지 미간행)을 거쳐 『조선문학』(1953.10~현재)의 계보를 잇고 있다. 주간 『문화전선』 등의 이본이 존재하기는 하지만 『조선문학』의 누계와 편집진이 밝힌 계승론(「편집 후기」, 1962.9) 등을 고려할 때 북한 문예지의 정통을 잇고 있는 문학잡지라 할 수 있을 것이다. 매체 연구의 관점에서 『조선문학』에 주목한 연구는 김성수, 『미디어로 다시 보는 북한문학─『조선문학』(1946~2019)의 문학·문화사 연구』, 역락, 2020.

문학』 지면에 실리는 문학 텍스트의 무게감을 충분히 가늠할 만하다. 이러한 문예지의 위상과 한정적인 지면 탓에 창간 초기나 전쟁기와 같은 특정 시기를 제외하고 번역문에 할애되는 분량은 비교적 적은 편이다.[2] 특히 번역물은 대부분 단막극이나 단편소설, 시와 같이 분량이 짧은 텍스트를 게재하는 것이 일반적이었다.

그런데 관례를 깨고, 이 희곡은 두 달 간 연재되었다. 의도한 것인지는 알 수 없으나 연극이 한창 상영 중이던 10월호에 가장 극적인 순간이라 할 수 있는 부분까지만 게재하여 관객들은 결말을 궁금해하며 관람할 수 있었다. 짧은 시나 소설만 비정기적으로 싣던 잡지에 두 달에 걸쳐 번역극을 연재한 데다가 미리 결말을 알려 주지 않는 섬세한 배려까지 보인 셈이다. 10월 말부터 11월 초까지 국립극장에서 공연된[3] 이 연극에 대한 북한의 반응은 평론가부터 교사에 이르기까지 다양한 관객들의 목소리로 보도되었다. 무엇보다도 해당 번역극의 원작자와 극단이 직접 북한을 방문하여 공연을 관람하고, 관람 소감을 『문학신문』에 발표하며 중국과 북한 사이의 우의를 대대적으로 선전했다. 바로 1961년에 창작·발표되어 1963년 북한에 소개된 중국 희곡 〈네온등 밑의 초병霓虹灯下的哨兵〉 이야기다.[4]

---

2 『조선문학』에 번역문이 비교적 활발하게 실린 것은 문학적 전범을 모색한 해방 직후 (1946~1948)나 전쟁기(1950.8~1953.9)였다. 문학적·미학적 참조가 되었기에 예외적인 소련의 평론문을 제외하면 번역물(시, 소설, 희곡, 수필, 오체르크 등)은 시나 단막극, 단편소설과 같은 비교적 짧은 분량이 게재되는 것이 일반적이었다. 특히 1960년대부터 현재까지는 특별한 정치적·문학적 특집이 기획되지 않는 이상, 번역문학의 전문이 연재되는 일은 매우 한정적이라고 할 수 있다.

3 1963년 9월 9일 중국 극단의 배우와 관계자 출국(「朝鮮排演我國話劇〈霓虹燈下的哨兵〉」, 『戱劇報』, 新華社, 1963.8, 24면), 1963년 10월 24일 연극 개막식이 진행되었으며(「중국 번역극 〈네온등 밑의 초병〉 개막식 진행」, 『로동신문』, 1963.10.24, 6면), 11월 9일에 있었던 중국의 예술 방문단의 귀국 기사(『로동신문』, 1963.11.12)로 미루어 보아, 약 열흘에서 보름 간 공연되었던 것으로 짐작한다.

4 심서몽(沈西蒙)·막안(漠雁)·려흥신(呂興臣) 집체 창작, 심서몽 집필, 최규환 번역, 〈네온등 밑의 초병〉, 『조선문학』, 1963.10~11. 이 글은 혼동을 피하기 위해 살 일려진 정치인을 제외한 작가와 문인의 이름을 『조선문학』 또는 『문학신문』에 실린 표기를 활용하여 논의한다. 이

해방 직후부터 북한의 문학예술 번역 장에서 가장 유효한 영향력을 미친 것은 소련의 문헌이었다. '조쏘문화협회'를 중심으로 진행된 소련과의 교류는 1950년대 후반까지 북한의 문학예술에 유의미한 영향력을 미치고 있었다.[5] 번역된 소련의 문헌은 학습의 대상이자 닮아야 할 전범으로 이해되었던 까닭이다.[6] 이러한 소련 중심의 북한 번역문학에 변동이 생기기 시작하는 것은 1960년대부터인데, 북한의 문학 매체에서 번역문 게재가 크게 감소하는 경향을 확인할 수 있기 때문이다. 물론 문화예술 전반적으로 소련과의 교류가 완전히 단절된 것은 아니다. 같은 해 7월에는 북한과 소련 사이의 우호 협조 및 호상 원조에 관한 조약 체결 2주년을 기념하여 '쏘련영화 감상회'를 진행했으며,[7] 외교 관계 설정 15주년을 기념하는 연회와 영화 감상회가 북한 주재 소련 대사관에서 열리기도 하였다.[8] 그러나 이 시기 북한의 영화 감상회가

에 따라 본문에서는 '선시명(沈西蒙)' 대신 자료의 원문 표기인 '심서몽'으로 표기한다. 이는 등장인물 이름의 표기에서도 동일하게 적용된다.

5 조쏘문화협회는 1945년 11월이라는 비교적 이른 시기에 창립되었다. 출판 사업은 기관지와 문고본, 기타 교양서를 발행으로 구성되었는데, 이로써 대중과 전문가 집단이 소련의 교양을 학습할 수 있는 기반을 마련했다. 조쏘출판사는 1958년부터 역할이 위축되었는데, 이는 소련의 영향을 축소시키는 과정에서의 조치로 판단된다. 한상언, 「『조쏘문화』 및 『조쏘친선』 목차 소개」, 『근대서지』 19, 근대서지학회, 2019; 「북한 번역문학 연구의 현황과 과제」, 『근대서지』 23, 근대서지학회, 2021.

6 1950년대 북한문학에서 소련문학은 선진한 문화적 전범으로서, 문학 텍스트 속 그들의 삶은 혁명을 위하여 투쟁한 열정이자 완성되고 행복한 (현재) 사회의 모습으로 제시되었다. 기관지 『조선문학』을 포함한 문학지에서는 소련의 비평문이 다수 게재되었으며, 당시 북한문학이 당면한 문학적 고민을 해소할 수 있는 실마리를 찾고자 했다. 이 시기 북한문학에서의 소련문학 번역에 대해서는 권보드래, 「북한문학의 전쟁과 행복-1950년대 소설을 중심으로」, 『한국학연구』 76, 인하대 한국학연구소, 2025; 김민선, 「한국전쟁기 북한문학의 번역과 욕망 읽기」, 『국제한인문학연구』 34, 국제한인문학회, 2022; 김태경, 「북한 '사회주의 리얼리즘의 조선화'-문학에서의 당의 유일사상 체계의 역사적 형성」, 서울대 박사논문, 2018; 유임하, 「북한 초기 문학과 '소련'이라는 참조점-조소 문화 교류, 즈다노비즘, 번역된 냉전 논리」, 『동악어문학』 57, 동악어문학회, 2011.

7 이 상영 주간은 '조쏘량국간의 우호, 협조 및 호상 원조에 관한 조약' 체결 2주년을 기념하는 정치적 성격이 강한 이벤트였다. 「쏘련 영화 감상회 진행」, 『로동신문』, 1963.7.6, 3면.

8 「조쏘 량국 간의 외교 관계 설정 15주년에 제하여-주쏘 우리나라 림시 대리 대사 연회 배설, 우리나라 주재 쏘련 대사관에서 영화 감상회 진행」, 『로동신문』, 1963.10.15, 3면.

정치적인 성격의 이벤트로서 주로 활용되었음 또한 주목할 필요가 있다. 이를테면 소련의 영화 감상회가 끝난 7월 11일에는 몽골 인민 혁명 42주년을 기념하는 사진 전람회와 영화 상영회,[9] 그달의 마지막 날에는 중국 인민해방군 창건 36주년을 기념하여 영화 초대 대회가 진행되기도 했다.[10]

　이러한 측면에서 〈네온등 밑의 초병〉 공연이 정치적인 이벤트로서 기획되었다는 점은 분명하다. 이 극은 다음의 세 가지 측면에서 주목할 만하다. 첫째, 〈네온등 밑의 초병〉 극본 전문을 번역하여 문학 매체에 게재했다는 점이다. 이미 상술한 대로 대중적·예술적으로 성공한 사례가 아닌 이상, 연극 또는 영화의 극본을 보수적인 매체인 『조선문학』에 전재한 사례는 매우 드물다. 이는 이 극의 메시지와 '번역'이 당시 북한의 문학 장에서 각별한 바가 있음을 의미한다. 둘째, 다양한 매체에 이 극에 대한 평가와 관람객들의 감상이 동원되었다. 이는 이 극의 서사가 1963년 북한에서 시사하는 것이 무엇이었는가에 대한 질문을 제기한다. 마지막으로 〈네온등 밑의 초병〉 번역과 공연 또한 정치적인 이벤트와 연결되어 있는 까닭이다. 1960년대의 복잡한 정치적·외교적 맥락 속에서 이 극의 번역과 공연은 상징성을 지닌다.

　게다가 〈네온등 밑의 초병〉 이후 번역된 문학이 주요 문학지에 전재되고 공연되며 원작자를 초청하여 그 공연을 관람하게 한 사례는 찾아보기 힘들다. 심지어 이 극은 2000년대 이후에도 재공연, 또는 영화로 재방송되었다. 결국 이러한 측면들은 〈네온등 밑의 초병〉이 번역의 대상으로 선택된 이유는 무엇인가에 대한 질문을 던지게 한다. 단지 급변하는 국제 정세 속에서 외교적 의례로서 번역극을 기획한 것이라면, 잘 알려진 텍스트인 〈홍루몽〉이나 이미 총천연색 영화로 제작되어 북한에서도 상영된 바 있는 〈서유기〉와 같은 다른 고전적 텍스트들을 선택하는 것이 더욱 효과적이었을 것이다. 그런데 1963년의 북

9　「몽고 인민 혁명 42주년에 제하여 영화 감상회와 사진 전람회 진행」, 『로동신문』, 1963.7.11, 3면.

10　「중국 인민 해방군 창건 36주년에 제하여 조선 주재 중국 대사관에서 영화 초대 대회 진행」, 『로동신문』, 1963.7.31, 3면.

한(문학)은 현재의 중국에서도 크게 주목받지 못하는 연극인 〈네온등 밑의 초병〉을 선택하고, 번역과 공연을 기획하여 집중적으로 대중에게 선전했다. 중국에서 번역된 〈붉은 선동원〉의 대중적 인기와는 전혀 다른 모양새다.[11]

이 글은 이 질문들에 답하기 위하여 〈네온등 밑의 초병〉과 이 희곡이 번역되고 상연된 1960년대 북한문학의 맥락을 검토한다. 먼저 〈네온등 밑의 초병〉과 중국에서의 평가를 살펴봄으로써 원작의 의미와 중국문학 및 문화적 맥락을 확인한다. 이어서 〈네온등 밑의 초병〉으로 번역되면서 1963년 북한에서 이 연극이 무엇을 전달하고자 하였는가에 관하여 연극에 대한 비평과 반응을 중심으로 분석한다. 이 과정에서 1960년대 북한문학의 주요 논쟁과 연결된 번역과 수용의 맥락을 파악한다. 이는 새로운 의미가 덧씌워지고 횡단한 문학 장의 맥락 속에서 창안된 번역본에 관한 논의가 될 것이다.

2. '향기로운 바람'에 현혹되지 않는 투쟁

〈네온등 밑의 초병〉은 '해방' 직후의 상하이를 배경으로 인민들을 타락시키려는 국민당 스파이에 맞서서 상하이를 지키는 인민해방군의 활약을 그린 극이다. 전선에서 싸우다 상하이에 주둔하게 된 인민해방군은 난징루南京路 사거리를 지키는 역할을 부여받는다. 격렬한 전투에 익숙해져 있던 인민해방군은 특별한 일이 벌어지지 않는 난징루를 지키는 일의 엄중함을 크게 인식하지 못한다. 열정적으로 전투에 임했던 진희陳喜는 점차 상하이에서의 평온한

---

11 〈붉은 선동원〉은 중국에서 대중적인 인기를 구가한 것으로 알려져 있다. 당시 중국 매체에서는 신문을 통하여 다양한 반응을 보도했는데, 북한에서의 〈네온등 밑의 초병〉에 대한 반응이 발표 직후에만 집중되어 기획된 기사라는 인상을 주는 것과 분명히 다른 반응 양태다. 희곡 〈붉은 선동원〉에 대한 중국의 평가는 당시 중국의 신문 기사 외에도 북한 문예 정책에 대한 비평적 독해를 중심으로 분석한 신선옥, 「황강의 북한 소재 작품집 『리신자구우냥(李信子姑娘)』 연구」, 『국어국문학』 202, 국어국문학회, 2023 , 117~136면; 신선옥, 「1960년대 북한 희곡 『붉은 선동원』의 중국어 번역과 전파」, 이 책의 437~462면.

일상에 익숙해져 고향에서 그를 찾아온 아내 춘니春妮를 부끄러워할 뿐 아니라 동아남同阿男이 여자 친구 림원원林媛媛과 저녁을 먹을 수 있도록 근무 중의 이탈도 허락한다. 그가 자신의 잘못을 뉘우치는 것은 결국 동아남이 제대 의사를 밝히며 분노하여 뛰쳐나가고, 그의 여동생 아향阿香이 국민당 스파이의 모략에 휘말려 죽을 위기에 빠진 이후다. 이 일을 계기로 진희는 자신의 안일함을 반성하고, 동아남은 아버지의 원수가 누구인가를 되새기며 진정한 인민해방군으로 각성한다.

〈네온등 밑의 초병〉은 상하이에서 감정적인 부침을 겪는 진희와 동아남 외에도 다양한 인물을 통해서 인민해방군을 입체적으로 형상화한다. 이를테면 원칙주의자인 중대장 로대성魯大成과 지도 경험이 풍부하여 너그러운 성정의 정치 지도원 로화路華, 강직한 8분대장 조대대趙大大의 인물이 개성적으로 표현되었다. 특히 우직하지만 '인민해방군'으로서의 자부심을 지키는 조대대의 인물 형상화가 두드러진다. 그는 난징루 사거리를 지키면서 자신의 검게 탄 얼굴을 보고 웃음을 터트리는 사람들로 인해 민망해하면서도 진희처럼 부끄러워하지는 않으며, 그로 인해 자신을 다른 곳에 배치하려는 진희의 의도에 순수하게 분노하는 인물이기도 하다. 또 화려한 상하이 거리 풍경에 당혹스러워하면서도 매혹되지는 않는 결기가 있는 인물이다. 그리고 그런 그의 순수하고도 우직한 열정을 부드럽게 지도하는 인물이 바로 로화다. 의심스러운 인물에게 목소리를 높이는 조대대를 진정시키며 인민해방군의 명예를 손상시키려는 계책에 넘어가서는 안 된다고 타이르고, 탈영한 동아남의 집을 직접 방문하여 그의 가족이 진 부당한 빚을 해결해 주려 한다. 순수한 열정이 향해야 하는 방향을 제시하는, 부드러운 지도력을 지닌 인물이다.

이들은 전쟁 이후 인민해방군이 마주한 전장에서 해야 할 새로운 사명이 무엇인가를 암시한다. 즉 스파이의 공작을 기민하게 감지하고 상하이가 최전선 못지않은 격렬한 전투가 벌어지는 공간임을 깨달은 조대대가 대표하는 강직함은 이른바 '자유주의풍' 문화가 만연한 상하이에서 인민들에게 필요한 덕성이 무엇인가를, 로화와 로대성의 전형은 이들을 지도하는 역할의 중요성을, 무엇보다도 내적인 갈등을 겪었던 진희와 동아남은 전선에서의 열정을 잃은 인물들과 새로운 세대의 재교육 혹은 사상 투쟁의 중요성을 의미한다. 이러한 측면에서 이들이 주둔 후 도시에서 인민해방군의 역할을 각각 반영하고 있다는 지적[12]은 이른바 '해방된' 도시에 만연해 있던 '자본주의풍'에 맞서 도시를 재편하는 과정과 이 연극이 맞닿아 있다는 점에서 주목을 요한다. 즉 자본주의풍으로 물들어 있는 도시를 사회주의 문화 도시로 재구성하는 과정의 서사를 담고 있는 것이다.

이 희곡은 인민해방군 주둔 직후인 1949년 상하이의 화려한 도시 풍경을 배경으로 보여준다. 도시를 물들이는 네온사인과 재즈 음악, 수영복 입은 미인이 등장하는 영화 포스터 같은 '자본주의풍'으로 구성된 도시의 풍경은 인민해방군의 검소한 생활 태도와 대조적으로 제시된다. 여러 번 기운 양말을 신은 검소한 복장과 전투로 검게 탄 조대대의 얼굴은 화려한 난징루의 한복판에서 사람들의 시선을 모은다.

　　남경로.
　　가로등이 켜진다.
　　마천루의 네온이 명멸한다.
　　〈백모녀〉와 미국 영화 〈물에서 나온 미인〉의 화려한 광고가 눈에 띄운다. 원유회 입구 곁을 요고대가 지나간다.
　　△ 해방구의 노랫소리와 재즈가 뒤섞여 들려 나온다.

12　기존 논의는 〈네온등 밑의 초병〉이 1946~1964년 중국 도시에서의 물질적 근대성을 추방하기 위한 노력과 그 변화를 보여주고 있음을 지적한다. 그에 따르면 세 캐릭터는 도시 입성 후 혁명 파견대의 경험을 통한 각성(진희), 새로운 세대의 전형(동아남), 수호자 역할 확립 및 인민의 대변인(조대대)으로서 전쟁 이후 평상시 도시 관리의 세 가지 측면을 나타낸다고 평가한다. 晶偉, 「〈霓虹燈下的哨兵〉—戰爭意識形態籠罩下的城市感性」, 『當代電影』, 北京 : 中國電影藝術研究中心·中國傳媒大學, 2005.

△ 석간신문을 파는 아영, 꽃 파는 처녀 아향, 할리우드 영화 화보와 영화표를 일수 판매하는 훼이훼이가 화려하고 얼룩덜룩한 옷을 입은 사람들 속을 왔다 갔다 한다. 주위는 소란하다.

(…중략…)

△ 수도원의 수녀 두 사람이 조용히 걸어 오다가 조대대를 보자 주춤하고 선다. 조대대는 수녀들의 차림새를 보고 놀라서 손으로 총탁을 더듬는다. 두 수녀는 실색하여 옆으로 피한다. 조대대 안도의 숨을 내쉰다. 수녀는 조대대가 손을 대지 않는 줄 알자 그의 뒤로 해서 빠진다. 그들은 멀리 가서 조대대를 향하여 십자를 그으며 공손히 절을 하고 총총히 가 버린다.

△ 파마를 한 여인이 크고 작은 꾸러미를 들고 지나가다가 조대대를 보자 동행하던 남편에게 눈짓을 한다.

파마한 여자 : 야, 저 군대의 얼굴 까맣기도 해라, 오호호호… (돌아서서 조대대에게 새끼 곰 장난감을 준다. 그때 모르고 지갑을 떨군다.)[13]

인용한 부분에서 확인할 수 있듯이 난징루를 배경으로 시작하는 연극의 제 2장은 1940년대의 번화한 도시 상하이를 무대 위에 재현한다. 네온사인이

---

13 심서몽 외, 최규환 역, 〈네온등 밑의 초병1〉, 『조선문학』, 1963.10, 84면. 중국의 자료 공유 사이트 道客巴巴(Daoke Baba)에서 〈네온등 밑의 초병〉의 중국어 극본 전문을 확인할 수 있다. 다만 자료를 확인할 수 있는 플랫폼이 자료 공유 사이트라는 점을 고려하여 이 글에서는 『조선문학』의 번역문을 인용하고, 참조로 중국어 원문을 각주에 표기한다. 인용한 부분에 해당하는 원문은 다음과 같다. "南京路. / 華燈初上. / 摩天樓上霓虹燈光閃閃爍爍. 霓虹燈組成的〈白毛女〉演出海報和美國電影〈出水芙蓉〉的廣告形成鮮明對照. 遊園會門口附近響起一陣鞭鼓聲. / 解放後的革命歌聲和鑼鼓樂聲此起彼落 / 叫"晩報", "夜來香"的阿榮, 阿香和兜售好萊塢電影畫報, 影戲票的非非, 在奇裝異服的人群中穿梭. 人來人往, 熙熙攘攘. (…중략…) 趙大大正欲追去, 兩個修女突然迎面過來. 修女見趙大大, 忙站住. 趙大大見修女打扮, 愕然, 手摸槍托. / 兩個修女見狀失色, 忙掉頭走. 趙大大松了一口氣. / 修女見他無所作爲, 便從他身後飄然而過. 她們邊走邊向趙大大劃十字, 彬彬施禮後, 匆匆跑走. / 卷髮女人抱著大包小包禮物和她的丈夫一同走過, 見趙大大, 向她身邊男人示意. / 卷髮女人 : 解放軍, 你好! 呵, 這個兵, 好黑! (笑) 咯咯…… (回頭向趙大大獻上一只小狗熊, 不在意, 一個小錢包落地) 慰勞的. 沈西蒙, 〈霓虹燈下的哨兵〉話劇劇本; https://www.doc88.com.

명멸하고 재즈가 들리며, 서구 문화의 전통을 상징적으로 보여줄 수 있는 인물인 수녀들과 수도원이 등장한다. 스파이의 계책에 넘어간 동아남은 캬바레에서 수상한 자를 검거하려다가 조대대에게 제지되며, 파마를 한 여성은 조대대에게 테디 베어로 짐작되는 곰 인형을 선물하며 그의 검게 탄 얼굴을 보고 웃음을 터트린다. 무엇보다도 이 장면에서는 혁명가[14]와 재즈가 뒤섞여 들리고 〈백모녀白毛女〉와 〈물에서 나온 미녀〉의 광고가 경쟁하며 사람들의 시선을 빼앗는다. 자본가와 미국인 기자, 상인과 수녀와 같은 다양한 인물군이 혼합되어 카페와 꽃집이 즐비한 거리를 오간다. 이 풍경 속에서 주둔한 부대의 초병은 검은 얼굴로 보초를 서고 있는 것이다.[15]

조대대는 동아남의 미숙함에 분노하다가 그를 보고 주춤거리는 수녀들을 낯설어한다. 처음 보는 수녀들의 복색은 그에게 당혹스러움과 함께 그들이

---

14 『조선문학』 원문에는 '해방구의 노래'로 표기되어 있다. "해방 후의 혁명가요 소리(解放後的革命歌聲)"로 표기된 원문을 그대로 번역한다면, 한반도의 맥락에서 같은 의미로 해석될 여지가 있기에 '해방구(解放區)'의 노래로 의역한 것으로 판단할 수 있을 것이다. 상하이는 한반도와 달리 1942년 조계 시대 이후 국민당 정부에 의해 통치되었으며, 해당 텍스트의 배경인 1949년은 국민정부군과 인민해방군 사이의 내전이 진행되던 시기였다. 한편으로는 혁명기 중국의 역사 문학이자 해방된 지역에서 형성된 문학을 지칭하는 '해방구 문학'에 관한 고려에서 선택된 번역으로 보인다.

15 〈네온등 밑의 초병〉의 번역은 기본적으로는 원작을 중심으로 하되 북한 관객의 이해에 혼돈이 생길 법한 역사적·사회적 맥락을 고려하여 적절한 대사를 선택하거나 지문을 서술한 것으로 보인다. 이에 따라 흥미롭게도 한 편의 영화가 다양한 맥락에서 호명되는 양상을 확인할 수 있는데, 난징루에서 가극 〈백모녀〉와 경쟁적으로 광고를 펼치는 미국영화 〈물에서 나온 미인〉이 그러하다. 새로운 사회는 귀신도 사람으로 되돌려 놓는다는 〈백모녀〉가 '사회주의 사회의 새로운 문화'의 전형으로서 제시된다면, 그 반대 항에는 〈물에서 나온 미인〉이 놓여 있다. '퇴폐적인 자본주의 문화'의 전형으로 제시된 이 영화의 중국어판 제목은 〈출수부용(出水芙蓉)〉이지만, 원제는 〈Bathing Beauty〉(1944)로 싱크로나이즈드 스위밍을 소재로 하는 뮤지컬 로맨틱 코미디다. 싱크로나이즈드 스위밍을 소재로 하는 영화가 잠시 미국에서 유행하는 데 시발점이 된 영화이기도 하다. 한국에서는 〈세기의 전쟁〉으로 1954년 단성사에서 개봉했다. 광고의 빈도수로 보아 일정 정도 이상의 인기를 모았고, 해당 영화의 주인공 여배우가 출연하는 다른 영화가 개봉할 때도 〈세기의 전쟁〉이 거론되는 등 남한에서는 싱크로나이즈 스위밍이라는 독특한 소재를 활용한 로맨틱 코미디로서 성공을 거둔 것으로 보인다. 한반도에서 한 편의 로맨틱 코미디를 그 체제와 문화적 경향에 따라 '전쟁'과 '미녀'라는 서로 다른 방향으로 초점화하는 장면이다.

'적'인지 고민하게 만든다. 게다가 파마를 한 여성은 남편과 함께 지나가다 그에게 인사를 건네며 웃음을 터트린다. 무안함을 느끼는 한편으로 인민해방군의 품위를 지켜야 한다는 의무감, 화려한 음악과 풍경에 매혹되지 않아야 한다는 경계심이 화려하고도 기묘한 풍경 속에서 검은 얼굴로 보초를 선 조대대의 안에서 교차된다. 그래서 그는 "남경로에 왔으니까 이젠 쓸데없는 고집은 버려야"^{제3장} 한다는 진희의 말에 전방으로 돌아가려 하다가도, 빚을 갚지 못해 팔려나갈 처지에 놓인 아향의 사연을 듣고 난징루야말로 새로운 전투의 현장임을 깨닫는다. 이에 그는 로대성에게 "남경로에 오자부터 사상에 병집이 있었"으며 "전의 내 생각이 잘못된 것임을 똑똑히 깨달았"^{제5장}다며 스스로를 비판한다. 인민해방군의 열정과 소박함을 '부끄럽게' 만드는 도시의 화려함은 그 자체로서 경계해야 할 자본주의의 풍경이며, 그 화려함은 적들의 공격을 가리기 위한 장치이자 그 자체로 인민을 타락시키는 독소와 다르지 않다.

그러므로 자본주의 문화를 중심으로 구성되었던 상하이를 사회주의 규범으로 재교육하는 것, 마치 도시의 화려함에 매혹되었던 진희와 제대로 성장하지 못한 동아남을 (재)교육했던 것처럼 이 도시를 사회주의 문화 도시로서 재편하는 것은 진정한 '해방'을 위한 새로운 전투다. 연극은 이를 대조적인 두 문화의 풍경으로 보여준다. 인민해방군이 주둔하여 지역을 '해방'시켰으나 한편으로는 여전히 자본주의의 모략이 지속된다. 인민해방군과 이에 공감하는 시민들이 주축이 되어 공연하는 원유회園遊會가 사회주의적 문화와 규범으로 도시의 시민들을 재교육하고 있다면, 다른 한편에는 타락한 도덕을 그대로 반영한 영화가 음지에서 사람들을 유혹한다. 꽃집과 카페가 원유회를 방해하려는 인물들의 주요 장소가 된 것 또한 이를 방증한다. 이 연극은 자본주의 문화로 구성되었던 한 도시가 사회주의 문화를 중심으로 하는 도시로 재편되는 과정을 극적으로 구성한다.¹⁶

16　상하이의 도시 이미지를 다양한 문화 텍스트를 통하여 분석한 리이는 중국의 현대성 경험 연구의 한 사례로서 상하이에 주목한다. 리이는 〈네온등 밑의 초병〉이 현대적 도시의 경관

이는 인물의 구성에서도 반복되는데, 우직한 조대대가 극의 한 축을 구성한다면 자본주의 문화에 쉽게 매혹되는 진희와 동아남이 다른 한 축에 놓인다. 동아남은 '사상성'이 부족한 미래 세대로서 적절한 교육이 필요한 청년을 상징한다. 로대성의 꾸지람에 금방 군복을 벗어 버리지만 곧 후회하며 아버지의 원수가 누구인지 확인하는 인물이다. 아남의 동요는 여동생 아향이 위험에 빠지는 사건과 아버지의 원수를 확인함으로써 진정된다. 그의 이탈은 단순한 치기에 의한 것으로 그려지며 적절한 교육이 주어진다면 인민해방군으로 성장할 것이라는 전망을 제시한다.

하지만 〈네온등 밑의 초병〉은 진희의 동요를 가장 심각한 것으로 그려낸다. 특히 그가 고향에서 찾아온 아내 춘니에게 냉정하게 대하는 장면은 자본주의풍에 빠져 혁명 정신을 잃어버린 군인의 내면을 잘 보여주는 장면으로 꼽힌다. 애정을 담아 건네는 달걀을 피하며 새 군복을 더럽히지 말라고 타박하고, 이에 손수건으로 닦아 주는 아내에게 손수건에서도 냄새가 난다며 던지는 그의 태도는 원유회에 참석하여 달라는 곡만려의 권유에 활짝 웃는 모습과 대비된다. 그는 전투에 참여했던 인민해방군이지만, 상하이를 해방시켰다는 성취감과 대도시를 충분히 구경해도 좋으리라는 느슨한 마음가짐으로 인해 순수함의 상징인 춘니를 박대한다. 희곡은 진희를 통해서 작은 성취에 연연하여 자본주의 문화에 대한 경계를 늦추는 태도를 비판하는 것이다. 이들은 자본주의 문화가 아주 작은 틈이나 미숙함을 파고들 수 있을 만큼 위험함을 암시한다. 순진한 시골 여성 춘니의 애정으로 형상화되는 도덕적이고도 순수한 사회주의 문화의 도덕성이 그 반대편에 놓여 있다.

물론 상하이라는 새로운 전장에서 이들 부정적 인물이 재영웅화되는 과정

을 담은 난징루를 배경으로 새롭게 개편되어야 할 반역사적 경관이자 사회적 문화적 구조로서 포착하고, 사회주의적 미적 감상으로 재구축하는 과정을 보여주고 있는 것으로 평가한다. 李藝, 「空間的改造, 爭奪和生産 - '文本'敘述與作爲社會主義城市的上海想象」, 華東師範大學碩士論文, 2008.

에는 정치 지도원 로화가 수행한 지도와 세밀한 배려가 주요하게 작용한다. 이는 이들의 성장에 당의 적절한 안배가 작용하고 있음을 암시한다. 정치 지도원 로화는 아남뿐 아니라 그의 가정까지 살뜰히 살피며, 여동생 아향이 홍콩으로 납치될 위험에 처했을 때 그녀를 구한다. 군대를 떠났던 아남이 다시 군대에 돌아올 수 있도록 자리를 마련하고, 춘니의 애정이 가장 소중한 것임을 진희에게 깨닫게 하며, 동아남의 여자 친구이지만 중간 계급에 속한 가족의 반대를 걱정하는 림원원의 용기를 북돋는다. 로화는 다양한 계층의 상하이 인민들을 아우르며 상하이가 사회주의 도시로 재탄생할 수 있도록 노력한다. 단지 공간을 재구성하는 것에서 더 나아가 시민을 재교육하고 이로써 공간 또한 변화할 수 있도록 이끌어 내는 것이다. '자본주의의 향기로운 바람'에 물드는 것을 경계하는 데에서 더 나아가 사회주의 문화로 인민과 도시를 교육하고 재탄생시키는 과정이다.

심서몽을 포함한 작자들은 연극 〈네온등 밑의 초병〉이 국가의 필요에 따라 계획·창작되었음을 밝혔다. 그에 따르면 3년간의 자연재해 이후 인민들의 투쟁 정신을 고취해야 할 시기에 창조에 전념하라는 명령을 받고 난징을 직접 방문했다.[17] 난징에 주둔해 있는 분대를 모델로 심서몽은 〈난징루 행진곡 南京路行進曲〉이라는 제목의 극본을 창작했으나, 이후 이 극은 중국 인민해방군 최전선 연극단의 리허설 과정에서 수정을 거치며 〈네온등 밑의 초병〉으로 명명되었다. 저우언라이周恩來가 여러 차례 공연을 관람하며 적극적으로 수정 및 개작에 의견을 개진한 이 연극은 상하이 해방 10주년을 맞아 시작된 캠페인 '난징루의 제8중대南京路上好八連'와 함께 그 의의를 인정받아 1964년에는 같은

---

17 "〈霓虹燈下的哨兵〉是我國經歷了三年自然災害之後, 特別需要在全國人民中間提倡艱苦奮鬪精神的時候, 我們迫於時代的要求, 奉命投入創作的. 南京部隊黨委向我們交待了任務, 我們便剃了光頭, 下到"好八連"當兵. 和"好八連"戰士生活的過程, 就是接受教育, 改造思想, 理解生活, 解剖典型, 搜集材料的過程. 吸吮了生活的乳汁, 獲得了豐富的營養, 産下的嬰兒才不會先天不足." 沈西蒙·蒙漠雁·呂興臣, 「〈霓虹燈下的哨兵〉創作回顧」, 『戲劇藝術』, 上海: 上海戲劇學院, 1979, 65면.

제목의 영화로도 제작되었다.[18]

작자들은 현실에 기반한 인물의 창조와 전형에서 이 연극의 성공 요인을 찾으면서도 당의 지도력이 없으면 불가능했다고 회고한다. 특히 저우언라이의 섬세한 지도에 관한 서술이 눈에 띄는데, 그는 아향이 조대대에게 셔츠를 주는 장면을 삭제하라는 서사에 대한 수정 지시부터 연출, 연기, 의상과 소품, 메이크업에 이르기까지 상세한 지침을 전달했다.[19] 이 연극이 〈난징루 행진곡〉에서 〈네온등 밑의 초병〉으로 완성되기까지의 과정에서 고위층 인사의 관심이 주요 동력으로 작용했음을 확인할 수 있는 장면이다.

'17년 시기'[1949~1966][20]의 중국문학에서 문화를 통한 이데올로기의 전파가 문학의 중요한 역할로 인정받음에 따라 한 편의 문예 텍스트를 생산 및 전파하는 것에도 권력자의 의지는 매우 주효하게 작용했다. 권력자의 의견에 따라 여러 차례의 수정을 거쳐 완성되었으며, 최고 지도자의 관람과 적극적인 언론의 홍보, 그리고 공식적으로 관리된 전문 지식인층의 비평과 해석은 당대 수용자층에게 감상의 방향성을 적극적으로 개진했다.[21] 정치 지도의 적극

---

18 영화 〈虹灯下的哨兵〉(1964)에 대한 평가는 영화의 내러티브와 미학적 분석을 통해서 캠페인에 참여하는 동시에 영화로서의 미학을 보여준다는 평가와 영화의 형식적인 측면에서 상하이를 배경으로 도시 공간의 감성과 욕망을 보여주는 '도시 문학'으로 바라보는 관점 등이 공존하는 것으로 보인다. 聶偉, 「〈霓虹燈下的哨兵〉−戰爭意識形態籠罩下的城市感性」, 『當代電影』, 2005; 馮波, 「鄉下人進城'文學敘事的政治倫理遮蔽與還原−以〈我們夫婦之間〉·〈霓虹燈下的哨兵〉爲中心」, 『中南大學學報(社會科學版)』, 2013; 劉宇淸, 「作爲類型的政治運動−十七年電影中的象征與意識形態關聯」, 『上海大學學報(社會科學版)』, 2006(4), 2006; 陳犀禾·鮮佳, 「'十七年'時期中國電影中的國家理論和國家形象硏究」, 『當代電影』, 2019.

19 "尤其是敬愛的周總理, 對〈霓〉劇關懷備至. 對劇本, 導演, 表演, 服裝, 道具, 化妝, 效果, 台詞等等, 都作過極爲寶貴的指示. 本來有一段阿香送襯衣給趙大大的戲, 旣不合理, 又欠嚴肅, 經總理指出後刪掉了." 沈西蒙·蒙漠雁·呂興臣, 앞의 글, 71면.

20 건국 초기부터 문화대혁명 이전까지를 지칭하는 '17년 시기'의 중국 희곡과 북한문학 번역에 대한 연구는 김종진, 「전통의 소환과 현재의 정전화−중국 '17년 시기'의 희곡 현대화」, 『중어중문학』 47, 한국중어중문학회, 2017; 신선옥, 「건국 17년 시기(1949~1966) 중국 문단의 북한문학 비평 연구」, 『국어국문학』 196, 국어국문학회 2021.

21 쏭청팡는 17년기의 '사회주의 교육극'을 통하여 이 시기 문화가 생산되고 수용되는 다양한 양상을 살핀다. 그에 따르면 〈네온등 밑의 초병〉은 공식적인 수용을 보여주는, 권력자의 의지에 따라 성공을 거둔 대표적 연극이다. 하지만 동시에 1946년 상하이 거리의 재현에 대한

적인 관심과 개입으로 완성된 연극이기에 〈네온등 밑의 초병〉의 성공은 의심의 여지가 없었다. 사상과 표현의 면에서 비판의 요소가 없는지, 번역을 해도 안전한 텍스트인지 고민해야 하는 곤란함을 던 셈이다. 자본주의의 향기로운 바람香風에 저항하는 인민해방군에 대한 서사는 1960년대 북한의 맥락에서 주효한 것이기도 했다.

〈그림 1〉 연극 〈네온등 밑의 초병〉의 한 장면

3. 사회주의적 감성의 견고화와 국제주의

자본주의 문화에 대한 경계라는 주제를 담은 〈네온등 밑의 초병〉은 천리마 시대에 걸맞은 영웅적인 인물의 전형과 '조선적인'민족적인 미학적 문제에 대한 고민이 시작된 1960년대 북한 문학예술의 자장 속에서 시의적절한 연극이었다. 게다가 결말에서 동아남은 진희와 함께 한국전쟁에 참전하며 항미원조抗美援朝의 의미를 전달한다. 이러한 측면에서 이 연극의 번역은 기실 조선과 중국의 수교를 기념하여 기획된 외교적 성격이 강하다. 조선과 중국이 수교를 맺은 10월을 기념하는 다양한 행사가 기획되었으며, 중국의 상하이 실험가극원歌劇院 무극단舞劇團의 초청 공연 또한 평양에서 열렸다. 희곡 〈네온등 밑의 초병〉의 작자인 심서몽과 극단 예술가들이 초청되었으며, 직접 연극을 관람한 원작자 심서몽은 번안한 극본의 정리와 연출, 연기, 그리고 조직 사업을

향수, 다른 계층을 엿보고 싶은 심리, 그리고 여성 스파이 취만리(북한 번역, 곡만려)에 대한 모호한 수용의 사례도 확인할 수 있음을 지적한다. 宋慶芳, 「'十七年' 社會主義敎育劇接受硏究」, 楊州大學 碩士論文, 2017.

번안한 극의 장점으로 꼽으며 성료를 축하했다. 심서몽의 축하문에서 확인할 수 있는 것은 이 연극의 번안과 대대적인 공연이 '조중 친선'의 메시지를 과시하기 위한 것이었다는 점과 "비교적 짧은 기간에 연극 〈네온등 밑의 초병〉을 이처럼 성공적으로 공연하였다"는 것이다.[22]

'비교적 짧은 기간'이라는 서술은 〈네온등 밑의 초병〉이 북한문학 장 내부에서 기획되어 독서와 토론의 과정을 거쳐 번안 및 상연 준비에 돌입했다기보다는 문학 장 바깥의 요청에 의해 기획되었을 가능성이 높다는 점을 시사한다. 전쟁기의 북한문학이 '뽀레보이 단편소설 연구회'를 조직하여 보리스 폴레보이의 단편소설을 번역하는 한편으로 전쟁의 현실을 어떻게 문학으로 그려낼 것인가에 관한 토론을 지속했던 사례와 비교해 볼 때 〈네온등 밑의 초병〉의 번역과 공연은 '조중 친선' 행사를 위해 기획된 측면이 강하다. 10월 공연 기획 후 짧은 시간 안에 번역하여 공연 준비에 돌입한 것으로 보이는데, 번역자 최규환의 확인할 수 있는 작업이 중국어 중역重譯으로 예상되는 쿠바, 베트남의 번역 글이 다수라는 점에서도 짐작할 수 있다.[23] 이처럼 이 연극의 번역과 공연에는 문학 장 외부의 의지가 강하게 작용했으며, 그에 따라 연극에 대한 반응과 평론 또한 다양한 매체에 실리며 대대적으로 선전되었다. 연극에 대한 반응은 크게 문인 필자들의 비평과 일반 관객의 감상으로 나눌 수 있는데, 비평가들은 인물 및 서사에 대한 분석적인 비평과 함께 연극이 시사하는 바를 제시한다.

오늘 세계적 범위에서 우리 공산주의자들 앞에 긴절히 제기된 문제들은 무엇인가?

---

22 심서몽, 「충심으로부터 축하한다」, 『문학신문』, 1963.11.1, 3면.

23 현재 확인할 수 있는 최규환의 번역 작업은 〈네온등 밑의 초병〉을 제외하면 대부분 짧은 글이나 중역으로 짐작되는 글이 대부분이다. 이 외에 〈네온등 밑의 초병〉에 대한 리히림의 평론을 『조선예술』에 번역한 것을 확인할 수 있다. 이는 전문적인 번역 인력보다는 주로 기자로 활동했던 인력에게서 확인할 수 있는 패턴이다. 전문적인 번역 인력에게 미리 전달하여 충분한 시일을 두고 준비할 수 있었던, 즉 오래전부터 준비된 기획이 아닐 확률이 높다는 뜻이다.

그것은 "사탕 바른 포탄"을 던지는 악랄하고 교활한 미제를 비롯한 국제 반동들과 그에 투항한 혁명의 변절자들을 반대하는 투쟁이며 "승리로 인하여 당 내에 교만한 마음, 큰 공을 세운 듯이 자처하는 마음, 멈춰 서서 더 전진하지 않으려는 마음, 향락을 탐내고 더는 간고한 생활을 하지 않으려는" 진희와 같은 부류의 사람들과 견결한 사상 투쟁을 전개하는 문제다.

그것은 세계 공산당원들과 노동 계급을 비롯한 피착취 계급의 신성한 의무이기도 하다.[24]

중국에서도 높은 인기를 구가한 영화 〈붉은 선동원〉의 작가인 조백령은 〈네온등 밑의 초병〉이 상하이를 배경으로 세계 공산주의자들에게 주어진 현재의 문제를 보여주고 있다고 평가한다. 그것은 '자본주의 향풍'의 유혹과 현재에 머무르고자 하는 안이함에서 비롯된 사상적 위태로움이다. 그 위태로움을 잘 반영한 인물로서 진희를, 그와 반대로 견실한 사상적 토대를 보이는 인물로서 조대대가 형상화되었음을 설명한다. 조백령은 조대대의 검은 얼굴과 큰 목소리가 상하이 부르주아지들에게 웃음거리가 되었지만 조대대는 '바람조차 향기롭다'는 난징루에서 미군 기자의 만행을 폭로하여 우둔하지 않음을 증명했다고 평한다. 간첩에 미혹되어 자신의 낡은 양말을 부끄러워했던 진희가 "꽃 양말을 벗어 버리고 '질기고 든든하며 그걸 신으면 태산도 무너뜨릴' 버선을 신고 괄세하여 내던졌던 원앙을 수놓은 아내의 바느질 쌈을 다시 간직한 것은 응당한 귀결"19면에 이르는 것은 인민해방군의 정신적 위력과 단결의 승리다. 고운 색의 양말과 화려한 재즈 음악에 대한 인간적인 미혹이 가능할 수 있음을 인정하면서도 신념의 승리를 긍정하는 가장 정석적인 비평으로, 〈네온등 밑의 초병〉에 대한 1960년대 북한 및 중국문학의 주도적인 관점을 보여준다.

---

24 조백령, 「시대적 군상들, 위대한 사상—중국 번역극 〈네온등 밑의 초병〉을 보고」, 『조선예술』, 1963.11, 19면.

마찬가지로 작사가이자 희곡 작가인 조령출 또한 이 연극을 "현대 수정주의자들의 비열한 온갖 책동과 맑스-레닌주의 원칙에 대한 왜곡된 온갖 견해들을 견결히 폭로 분쇄하고 있다"고 평가한다.[25] 그는 이 연극의 성취를 '낡은 것과 새것의 투쟁'을 통해서 개변하는 인물의 형상으로 진단한다. "각이한 인간들의 성격을 창조함에 있어서 작가들은 도식과 유형성을 극복하였으며 생동한 생활 화폭을 보여주는 데 성공"했다는 것이다. 그는 '프롤레타리아 국제주의 정신'에 대한 감상을 끝으로 해당 연극에 대한 평가를 마친다. 조령출의 텍스트는 연극에 대한 첫 감상평으로서, 풍부한 인물의 형상화와 내적 갈등을 충분히 표현하면서도 개변하는 현실의 정서에 어긋나지 않는 감성을 이 연극의 장점으로 평가하고 있다. 특히 '수정주의자들'의 책동에 맞서는 조선-중국의 친선과 국제주의 연대의 중요성을 일깨워 준다는 점에서 이 극의 사회적 의의를 꼽는다.

『문학신문』 11월 1일의 제3면 대부분을 차지한 엄호석의 긴 평론 또한 이 관점에서 크게 벗어나지 않는다. 평론가 엄호석은 연극을 "사회적 사실주의의 우월성을 시위한 최대급의 걸작"으로 고평하며, '부르주아 미학'에 대항하는 계급 투쟁이 현재도 진행 중임을 일깨워 주는 작품으로 평가한다. 지면의 3단가량을 차지하는 긴 분량의 평론에서 엄호석은 연극의 배경인 1949년 상하이에서 1930년대 항일 무장 투쟁 시기의 투쟁을 회상하며 "현대 수정주의를 반대하고 맑스-레닌주의 순결성을 고수하기 위한 투쟁에서 튼튼히 단합되어 있"음을 강조한다. 즉 그는 이 연극을 "국제 공산주의 혁명을 배반하며 안일과 '평화적 공존'으로 인민의 계급 의식을 마비시키려는 현대 수정주의"와 대립시킨 작자의 창작 지향이 잘 구현되었다고 평가한다. 조령출이나 조백령의 글에 비해 그의 평론이 좀 더 섬세하게 평하고 있는 것은 연극의 '슈제트syuzhet'인데, 현실의 작은 사건을 전형적 사건으로 보여줌으로써 거대한

25　조령출, 「극 예술 발전과 친선의 공고화─연극 〈네온등 밑의 초병〉을 보고」, 『문학신문』, 1963.10.25, 4면.

사상적 일반화에 도달한 예술적 간결성을 성취했다고 평한다. 특히 '사탕으로 싼 포탄'인 양풍을 반대하는 전선을 독립된 슈제트 선으로 표현하는 것이 아니라 반혁명 분자들과의 투쟁과 내적으로 연결한다. 즉 양풍 반대 투쟁과 반혁명 소탕 투쟁이라는 두 가지 주제가 중심 갈등에 잘 녹아들었다는 것이다. 엄호석의 관점에 따르면 연극 〈네온등 밑의 초병〉은 부르주아 미학과 반혁명 분자들에 대한 투쟁을 하나의 갈등으로 엮어낸 텍스트로서 그 의의를 충분히 지닌다고 할 것이다.[26]

문학가들의 평가에 비해 일반 관객들의 감상은 조금 더 단순하며 당위적이었다. '해방되지 못한' 남녀와 라극문의 형상이 인민들에게 시사하는 바를 떠올리는 감상에서[27] 혁명적 경각심을 높여야 한다는 반응이 대표적이다. 특히 조대대와 닮은 친구가 자신의 소대에도 있다는 관객의 반응[28] 등은 1949년 상하이와 1963년 북한의 현재를 연결시키고 있으며 또 연결시켜야 한다는 메시지를 확인하게 한다. 여전히 미군이 주둔 중인 한국의 현실과 연결하는 동시에 조선과 중국의 연대와 같은 사회주의 국가들 사이의 결속을 공고히 하여 자본주의에 대항해야 한다는 것이다. 비평가들의 언어에 비해 단순하게 보이지만, 연극의 메시지와 관객들 각자의 일상을 연결시키고 있다는 점에서 이 연극이 1960년대 북한 관객들에게 어떻게 인식되었는가를 더욱 생동하게 보여준다.

이처럼 1963년 북한에서 연극 〈네온등 밑의 초병〉이 함의하는 것은 크게 두 가지다. 하나는 현실에서 '부르주아적 양풍'의 '향기로운 향기'에 미혹되지 않고 반역자들에 대한 투쟁을 이어 나갈 것, 즉 사회 문화적으로 '사회주의적'인 감성의 견고화다. '형형색색'으로 표현되는 자본주의의 '향기로운' 바람에

---

26 엄호석, 「사회주의적 사실주의의 우월성을 시위한 최대급의 걸작 ─ 중국 번역극 〈네온등 밑의 초병〉을 보고」, 『문학신문』, 1963.11.1, 3면.

27 리태운(김책공업대학 교원), 「부단 혁명의 사상으로!」, 『문학신문』, 1963.11.5, 4면.

28 본사 기자, 「극장 소묘 ─ 휴게실에서」, 『문학신문』, 1963.11.5, 4면.

미혹되지 않는 견고한 사상적 토대와 사회주의 문화의 우월성을 기억해야 한다는 것이다. 이는 연극이 전달하고자 하는 메시지로서 중국문학 장의 비평과도 그 궤를 같이한다. 주목할 것은 두 번째인데, 바로 조선-중국의 친선으로 대표되는 사회주의 국가 간의 연대 강조다. 이는 〈霓虹灯下的哨兵〉과 〈네온등 밑의 초병〉의 차이, 한 편의 문학예술 텍스트가 나라와 언어, 그리고 문화를 횡단하며 새로운 함의를 얻어 내는 모습이기도 하다. 조백령과 조령출, 엄호석은 사상적 견고함을 재검토할 것을 요청하면서 '현대 수정주의'에 맞서는 세계 공산당원들의 연대를 공통적으로 강조했다. 일반 관객들 또한 언어는 단순하지만 동일한 내용을 강조한다. 경각심을 높이고 사회주의 국가들 사이의 결속을 굳건히 하여 남한을 해방시켜야 한다는 반응이 대표적이다. 그런데 이러한 공산당원의 연계와 자본주의의 향기로운 바람에 대한 경계는 국제 수정주의에 대한 경계의 날을 세워야 한다는 논리로 덧씌워진다.

물론 〈네온등 밑의 초병〉이 조중 친선을 기념하여 기획되었음을 고려하면 국제주의 강조에 대한 북한문학의 반응은 당연한 일이다. 다만 〈네온등 밑의 초병〉이 공연되고, 희곡이 『조선문학』에 연재되는 맥락에는 1960년대 초반 국제 정세와 북한의 외교적 선택이 놓여 있다는 점 또한 고려할 필요가 있을 것이다. 10월 29일에 발간된 『문학신문』 제1면 상단에는 26일 저녁, 김일성 수상이 김창만, 리효순, 홍명희, 정일룡, 하앙천 등의 문학인들, 조선노동당 부장과 기타 기관 간부들, 그리고 북한 주재 중국 대사와 심서몽 단장을 포함한 중국 연극 대표단 일행과 함께 〈네온등 밑의 초병〉을 감상했다는 단신이 실렸다.[29] 단신이지만 『문학신문』의 제목 바로 옆 상단에 게재하여 김일성도 관람하며 관심을 보인 연극임을 강조하는 모양새다. 이 단신과 함께 신문의 제1면을 차지한 것은 「사회주의 진영을 옹호하자」라는 긴 분량의 정론이다. 무려 1~3면에 거쳐 전재된 이 정론은 현재 수정주의자들의 책동을 비난하고 전

---

29 「김일성 동지를 비롯한 당과 정부 지도자들 중국 번역극 〈네온등 밑의 초병〉을 관람」, 『문학신문』, 1963.10.29, 1면.

체 사회주의 진영을 옹호하는 것이 공산주의자들의 국제주의적 의무임을 천명하고 있다. 마지막 장에 해당하는 '6. 수정주의를 반대하고 맑스-레닌주의를 고수하여야 한다'에서는 "그 누구도 수정주의에 끌려 들어가지 않도록 하며 전체 공산주의자들과 군중을 혁명적으로 각성시키고 결속시켜 전 당이 맑스-레닌주의적 입장에 확고히 서게 하여 공산주의적 혁명 대오를 튼튼히 꾸려야 한다"[30]고 적고 있다.

이 시기 북한의 문헌에서 '국제주의'는 단순히 공산주의 국가 간의 연대만이 아니라 '국제 수정주의'에 대항하는 국가들의 연대라는 레토릭으로 강조된다는 점에 주목할 필요가 있다. 이러한 레토릭은 1958년 4월 유고슬라비아 공산주의자 동맹 제7차 전당대회에서 채택된 강령과 연계되어 있다. 1962년 말부터 북한의 문학 장에서는 '찌또이즘'티토이즘으로 대표되는 유고슬라비아 수정주의에 대한 비판이 다시금 활발히 이루어지기 시작했다. 1962년부터 『로동신문』은 레닌의 글 「맑스주의와 수정주의」를 게재하며 수정주의의 위험성을 논증하고자 했으며[31] 유고슬라비아를 수정주의의 대표적인 국가로 지목, 비판했다. 이는 중소 분쟁의 격화와 1962년 10월 쿠바 미사일 위기, 그리고 1963년 9월부터 본격적으로 이루어진 중국의 소련 수정주의 공격 속에서 친중의 위치를 점했던 북한의 태도와도 관련이 있을 것이다.[32]

1960년대 초기 북한과 중국의 관계는 갈등과 관계 회복의 양상을 반복했다. 북중 수교 15주년이 1964년 10월임을 감안하면 이처럼 대대적으로 두 국가의 친선의 의미를 다지는 다양한 행사를 기획하고, 번역극 공연의 적극적인 선전과 대중 관람을 동원하는 시기로서 1963년 10월은 의미상 다소 애매

---

30 「사회주의 진영을 옹호하자」, 『문학신문』, 1963.10.29, 1면.

31 「수정주의를 철저히 반대하자!-'수정주의자들은 사실상 맑스주의의 기초 즉 계급 투쟁론을 개작'한다」, 『로동신문』, 1962.3.5, 3면.

32 1960년대 북한의 대외 문화 교류는 소련의 영향력을 축소하고 중국 및 비동맹 국가와 관계를 맺는 방식으로 전환된다. 이에 따라 체육 혹은 예술 분야의 전문가를 해당 국가에 파견하였으며, 제3세계 국가들로 문화 협정을 확대했다. 북한의 대외 문화 교류에 관해서는 모순영, 「김일성 시기 북한의 대외 문화 교류 연구」, 이화여대 박사논문, 2013.

한 측면이 있다. 하지만 〈네온등 밑의 초병〉이 공연된 1963년은 소련과 중국의 갈등이 깊어지고 있던 시기로, 1962년 10월 쿠바 미사일 사건을 계기로 북한이 친중적 입장을 견지하고 있던 때이기도 했다. 1963년 9월부터 이듬해 11월 사이 중국이 소련의 수정주의를 공격하고 있었으니, 조중 친선의 의미를 다지는 기획이 집중적으로 보도된 날짜의 매체 제1면에 실린 수정주의를 배격하는 정론이 시사하는 바는 매우 정치적이다.[33] 〈네온등 밑의 초병〉 번역과 공연은 새로운 수정주의 비판 대상으로서 소련의 영향력으로부터 다소간 거리를 두고, 중국과 친선과 연대의 방향으로 나아가는 1960년대 북한의 선택과 역사적 흐름을 보여주는 하나의 사례이자 문화적으로 연출된 장면이다. 〈홍루몽〉이나 〈백모녀〉가 아닌 〈네온등 밑의 초병〉이 번역되어 대대적인 선전과 함께 공연되고 비평과 감상이 집중적으로 게재된 장면들 뒤에는 이러한 복잡다단한 배경이 있었다.

4. 수정주의의 향기로운 바람에 대항하여
1960년대 북한문학의 수정주의 논쟁과 번역

1963년 북한에서 〈네온등 밑의 초병〉이 자본주의 문화에 대항하는 국제주의 연대의 중요성을 강조하는 작품으로 평가되는 과정에서, '현대 수정주의'에 대한 비판이 현재의 문제이자 주요한 논의의 틀로 부각된 것을 확인할 수 있다. 북한과 중국의 평론가들은 공통적으로 이전에 열정적으로 전투에 임했던 인민해방군임에도 불구하고 자본주의의 향풍에 빠져 수정주의의 태도를

---

[33] 1960년대 초기 북중 관계의 갈등에 대해서는 이종석, 『북한-중국 관계—1945~2000』, 중심, 2000; 김보미, 「북한 '자주 로선'의 형성 1963~1966—비대칭 동맹의 특수 사례」, 북한대학원대 박사논문, 2013; 박종철, 「문화대혁명 초기 북중 관계와 연변 조선족」, 『민족연구』 63, 한국민족연구원, 2015; 량미화, 「1961년 중소·소조 우호 조약 체결의 재고찰—양면 동맹의 제도화를 중심으로」, 『아시아리뷰』 14(1), 서울대 아시아연구소, 2024.

지니게 된 인물로서 진희를 부정 인물의 전형으로 비판했다. 북한에서는 조백령의 "투항주의적 시대적 조류에 대해 같이 놀아날 것이냐, 아니면 남의 일처럼 묵과하고 팔짱을 낄 것이냐, 아니면 견결히 투쟁하여 원칙적 단결을 쟁취하고 모든 화근의 아성인 미제와 대적하여 최후의 승리를 달성할 것이냐 하는 시대적 목소리에 대한 걸출한 교과서"[34]라는 평가가 이를 대표한다. 주목할 것은 "투항주의적 시대적 조류"라는 표현이다. 조백령은 자본주의의 향기로운 바람과 안개에 휩쓸린 "우리 대열 내에" 있는 인물 진희를 비판한다. 그리고 이러한 해석이 심상하게 보이지 않는 것은 1960년 초반부터 북한 번역문학 장의 변화가 관찰되는 까닭이다. 그러므로 이 장에서는 1963년 희곡 〈네온등 밑의 초병〉이 번역되어 연극으로 공연되기까지의 맥락을 북한문학의 내적 흐름 속에서 파악하기 위해 이 시기 북한문학 장에서 주요한 논쟁점이었던 수정주의 비판 논쟁을 경유한다.

한국전쟁 이후 1956년부터 시작된 도식주의 비판/반비판 논쟁을 거치며 북한의 문학은 점차 경직성이 강화되고 있었다. 개인 숭배에 대한 비판 의견을 제시했다가 종파분자로 지목된 소련파와 연안파에 대한 '반종파 투쟁'이 1958년에 마무리되었으며,[35] 이와 함께 경계해야 할 수정주의가 문학에서의 도식주의 비판에 대한 반론의 근거로 작용되며 역풍을 맞았다. 물론 경직성을 느슨하게 만들 수 있는 동력이 완전히 사라진 것은 아니었다. 도식주의 반비판을 계기로 북한문학의 이론적 관심은 천리마 시대의 전형론으로 이동하

---

34 조백령, 앞의 글, 22면.

35 1956년 8월 전원회의에서 발생한 '8월 종파 사건'은 김일성 수상 중심의 북한 체제를 비판적 관점으로 바라보던 정치 세력이 이를 비판하며 발생했다. 소련공산당 제20차 대회의 마지막 날 흐루쇼프가 스탈린 개인 숭배를 비판한 사건을 계기로 동유럽 사회주의 국가들에서 사회 개혁의 목소리가 높아지자 북한에서 비판적 관점을 지닌 세력이 지도부에 반기를 들며 김일성 개인 숭배 청산과 개혁 과제를 요구했던 사건이다. 이 사건은 비판적 인사들이 모두 제거되는 것으로 귀결되었으며, 결국 김일성 중심의 정치 세력을 중심으로 경직된 북한의 체제가 군어지게 만든 한 요인이 되었다. 8월 전원회의와 반종파 투쟁에 관해서는 서동만, 『북조선 사회주의 체제 성립사—1943~1961』, 선인, 2005; 김재웅, 『예고된 쿠데타, 8월 종파 사건』, 푸른역사, 2024.

여 '천리마 시대'의 전형에 낡은 것과 새것의 갈등이 반드시 필요한지 여부를 두고 갈등론이 대두되었으며, 천리마 기수의 형상화 문제에 관한 논의도 진행되었던 것이다.

이처럼 도식주의 비판／반비판 논쟁에서 촉발된 북한문학 내부의 비평적 동력이 천리마 시대의 전형 창조 문제로 이동하여 이론적·미학적 논의가 지속될 수 있었다면, 소련발 평론과 해빙의 분위기는 외부로부터의 영향력이 가져올 수 있는 또 다른 동력의 가능성으로 자리하고 있었다. 이 당시 흐루쇼프의 스탈린 개인 숭배 비판 이후 소련의 문학은 자연히 리얼리즘적 흐름을 따라 형성되고 있었기 때문이다. 소련문학은 '해빙기'를 맞아 대중과 작가의 관계가 재정립되고 있었으며, 1925년부터 현재까지 출간 중인 문학지『노비 미르Новый мир, 신세계』또한 1960년대 초부터 반체제 성향으로 그 입장을 전환하기 시작했다.[36] 그러나『문학신문』의 적극적 보도와 달리 1959년 3월에 있었던 제3차 소련 작가 대회는 북한의 문학 장에서 비평적 참신함을 가져다주지는 못했던 것으로 보인다.[37] 도리어 소련문학의 변화는 8월 종파 투쟁과 도식주의 비판／반비판 논쟁을 겪은 북한의 문학 장에서 위험한 가능성으로 인

---

36 골롭코프는 1960년대의 해빙 분위기가 러시아 문학의 경향을 리얼리즘으로 전환했다고 판단한다. 그에 따르면 스탈린 시대의 문학에서 대중 독자가 역사와 문화에 대해 가지고 있다고 믿어지는 가상의 권력이 당, 특히 스탈린의 수중에 집중되었으나 이러한 작가와 대중의 관계가 해빙과 함께 변하기 시작했다. 그리고 이러한 해빙기의 의미 있는 변화로 당 정책에 긍정적인 역할을 수행하던 문학지『노비 미르』의 변화를 꼽는다. 그는 해빙기 이후의 러시아 문학에 관하여 1960년대 초부터 리얼리즘적 경향으로 전환했으나 사회적 측면이 아니라 존재의 다른 측면인 무의식적·비합리적으로 예정된 측면 등에 의해 생기는 인간 삶을 포착하지는 못했으며, 1980년대에 이르러 인간 존재의 합리적 이해 가능성을 거부하는 새로운 견해의 등장과 함께 리얼리즘 문학이 쇠퇴하였다고 평가한다. 미하일 골룝코프, 이규환·서상범 역,『러시아 현대문학─분열 이후의 새로운 모색』, 역락, 2006.

37 『문학신문』은 1959년 3월부터 제3차 소련 작가 대회의 현장을 전달하고자 노력했다. 이 시기『문학신문』에는 제3차 소련 작가 대회에서 벌어진 토론은 물론이고 흐루쇼프의 연설, 그리고 위원장이었던 수르코프의 연설 전문을 게재했다. 이는『조쏘문화』와 같이 그 성격이 명료한 매체를 제외하면 북한의 주요 문학 매체에서 소련문학의 영향력을 확인할 수 있는 마지막 장면이라 할 만하다. 북한에서의 제3차 소련 작가 대회에 관해서는 다른 지면에서 논의를 계속할 예정이다.

지되었던 것으로 짐작된다.[38] 북한문학 내부에서는 민족적 특성이 반영된 공산주의자의 전형 창조가 주요 문제로 부상했으며, 이전까지는 사회주의 사실주의 문학의 주요 참조점이던 소련문학, 특히 소련의 번역문이 1959년을 기점으로 감소하기 시작했다.

한편으로는 1960년에 연극과 영화를 활용한 인민 교양이 주요 안건으로 대두되면서, 필요에 따라 희곡과 시나리오에 관한 번역 평론이 잠시 증가하기도 했다. 잡지『극문학』이 1960년에 창간되었고, 희곡과 시나리오 현상 모집이 활발하게 이루어지기 시작한 시기였다. 이에 따라 시나리오와 희곡에 관한 번역 평론이 간간이 게재되었는데, 극 장르의 특성상 갈등이 중요하게 부각되며 무갈등론과 기계적인 인물 형상화에 대한 비판의 내용 또한 번역되었다.[39] 특히 극 장르를 향한 관심은 1961년 9월 제4차 당대회에서 영화 사업의 중요성이 강조되며 폭발했다. 당대회의 결정에 응답하여[40] 소설 분과를 포함한 각 문예 분과들은 시나리오 창작에 집중할 것을 결의했다.[41] 결의와 동시에 경희극輕喜劇 〈산울림〉[42]이 주목을 모았다. 극작가 리동춘의 대표작인 이 연극은 20대 청년이 기성세대의 소극성을 극복하고 개간에 성공한다는 내용

---

38 동시대 소련문학에 대한 경계는 솔제니친의『이반 데니소비치, 수용소의 하루』에 대한 평가에서도 확인할 수 있다. 「이반 데니소비치」는 수정주의자들이 찬탄하는 대표적인 수정주의적 텍스트이자 사회주의 사회에 대한 비방을 퍼붓고 있는 것으로 비판받았다. 장형준, 「긍정적 형상 창조를 거부하는 수정주의를 반대하며」,『청년문학』, 1963.12.

39 아..아나스따씨에브, 박명자 초역, 「드라마와 현대성」,『문학신문』, 1960.4.15, 4면.

40 9월 29일에 실린 사설 「영화 예술의 발전에 모든 력량을 집중하자!」는 4차 당대회의 결정을 계기로 영화 예술의 발전에 역량을 집중할 것을 요구한다. 사설에 따르면 영화는 "대중 교양에 있어서나 예술의 국제적 교류에 있어서 가장 위력한 수단"이다. 이는 작가나 연출가를 비롯한 영화인만의 문제가 아니며, 특히 높은 수준의 시나리오 확보가 긴급한 문제로 거론되었다. 또 합평회를 지속적으로 진행하여 다수의 시나리오를 창작하는 동시에 질을 확보하고 연출의 완성도를 확인하고자 한다는 계획을 제시한다. 「영화 예술의 발전에 모든 력량을 집중하자!」,『문학신문』, 1961.9.29, 1면.

41 「당대회 결정을 받들고─씨나리오 창작에 력량을 집중할 것을 결의, 당대회를 경축하는 작가동맹 중앙위원회 종업원 집회에서」,『문학신문』, 1961.10.3, 1면.

42 리동춘, 「산울림」,『문학신문』, 1961.10.13~24, 2・4면.

으로, 천리마 시대의 형상을 충실히 그려내는 동시에 현실의 오류를 극복하는 이상을 낭만적으로 그려냈다는 평가와 함께 인기를 얻었다.[43]

문제는 〈산울림〉을 모델로 창작된 경희극 〈소문 없이 큰일 했네〉[44]가 수정주의 비판 논쟁을 점화하면서 소련의 평론들 또한 조용히 사라졌다는 점이다. 〈소문 없이 큰일 했네〉는 천리마 시대의 긍정적인 현실을 왜곡했다는 비판에 직면한 텍스트다. 2회에 걸쳐 진행된 상연 후 토론회에서 연극 〈소문 없이 큰일 했네〉의 인물들이 모험주의적인 태도를 보이며 기형으로 표현되었다는 비판이 쏟아졌다. 『문학신문』 제2면을 모두 차지한 연극에 대한 비판의 요지는 연구 사업에 대한 형상화 부재, 당 정책과 천리마 기수의 왜곡된 형상화였다. 첫 번째 토론회 직후에 게재된 장형준의 평은 실험 폭발 사고가 일어나자 과도하게 반응하는 장면과 직장원이 작은 구멍으로 드나드는 장면을 예시로 들며 "구라파 퇴폐 예술에서만 볼 수 있는 그러한 것들"로 강도 높게 비난했다.[45]

주목할 것은 연극의 실패 원인을 지도원이었던 평론가 김창석의 수정주의적 경향에서 찾고 있다는 점이다. 장형준은 그 근거로서 1959년에 출간한 『미학 개론』에서도 김창석의 수정주의적 견해를 확인할 수 있다고 주장한다. 『미학 개론』에서 김창석이 주장한 '사회 계급적 전형'과 '민족적 전형'의 구분에서 전 인류적 전형은 초역사적·초계급적 전형인데, 이것이 전형으로부터 사회 계급적 본질을 부정하는 '부르주아 순수 예술 이론가'와 수정주의 미학자들의 이론이라는 주장이다. 게다가 시연회에서 가해진 비판에 대하여 김창석이 자

---

43 한현철,「희극 쟌르의 발전에서의 커다란 성과 — 강원도민예술극장 연극 〈산울림〉에 대하여」, 『문학신문』, 1961.9.29, 3면;「경희극 〈산울림〉이 얻은 성과를 진지하게 연구하자」, 『문학신문』, 1961.10.17, 2면; 신고송,「천리마 현실과 희극 — 리동춘 작 〈산울림〉에 대하여」, 『조선문학』, 1961.12.

44 권준원 작, 리수익 연출의 〈소문 없이 큰일 했네〉는 비판받은 작품이기에 원전을 확인할 수 없으며 비판 기사 등을 통해 대략적인 내용을 파악할 수 있을 뿐이다. 미학가 김창석은 지도원으로 참여하였다.

45 장형준,「수정주의적 미학 견해를 반대하여 — 청진연극극장의 경희극 〈소문 없이 큰일 했네〉에 대하여」, 『문학신문』, 1962.3.6, 2면.

신의 의견을 주장했던 것도 얼마나 "부르주아적, 수정주의적 미학 사상에 깊이 무젖어 있는가 하는 것을 단적으로 말해 주는 것"으로 해석되었다.[46]

김창석에 대한 비판은 보편적 가치를 우선함으로써 사회적 계급의 문제로부터 주의를 돌리는 수정주의적 태도의 반영으로, 〈소문 없이 큰일 했네〉의 평가는 지도원의 수정주의가 반영된 실패작으로 정리할 수 있을 것이다. 안함광, 김하명, 윤세평 등의 같은 당대의 권위 있는 비평가들은 김창석의 『미학 개론』과 〈소문 없이 큰일 했네〉를 비판함으로써 천리마 시대의 작품 창작에서 국제 수정주의와 교조주의에 반대해야 할 것을 강조했다. 소련의 사회주의 리얼리즘을 민족적 현실에 맞게 변용하지 않고 교조적으로 반영하는 것을 경계해야 한다는 것이다.[47] 이 논쟁은 긍정적인 면모를 낙관적으로 그리는 것으로 북한문학의 방향성을 몰아가고 있었다.[48]

그리고 〈소문 없이 큰일 했네〉로부터 촉발된 수정주의 비판 논쟁은 1963~1964년 '찌또이즘'으로 대표되는 유고슬라비아의 현대 수정주의 노선에 대

---

46 두 번째 토론회에서도 연극의 서양 부르주아적이며 수정주의적인 면에 관한 비판이 계속되었다. 다만 연극에 대한 비판은 김창석의 비평집 『미학 개론』으로 옮아가는 모양새를 보였다. 가장 대표적인 것이 윤세평의 평론이었는데, 이 글은 김창석의 『미학 개론』을 장별로 비판하며 계급성을 무시하는 대신 '전 인류적인 문제'와 '인류적인 미적 가치'에 대해 장황하게 늘어놓는 수정주의적 목소리를 내고 있다고 비난했다. 또 『미학 개론』의 제3부가 주로 도식주의와 사회학적 비속화 반대를 주장하며 그릇된 정형성 문제를 들고 있다고 평가했다. 윤세평, 「수정주의적 미학 리론을 반대하여─김창석의 『미학 개론』을 중심으로」, 『문학신문』, 1962.3.13, 2면.

47 안함광, 「예술적 전형에 대한 수정주의적 견해를 철저히 배격한다」, 『문학신문』, 1962.3.16, 2면; 김하명, 「『미학 개론』과 〈소문 없이 큰일 했네〉에 발표된 그릇된 견해를 반대하여」, 『조선문학』, 1962.4. 이러한 측면에서 김창석에 대한 비판과 배제의 과정을 소련문학의 영향력을 소거하는 작업 중 하나로도 해석할 수 있다.

48 김성수는 김창석의 미학을 보편성과 개별성의 통일로서의 전형이라는 상투적 전형론이나 이상적 인간 형상을 전형으로 설정하는 북한의 도식적 당 문학론과 정치 편의주의적 전형론에 비해 보편 미학에 가깝다고 평가했다. 소련 이론을 축자적으로 번역하다시피 소개한 교조주의적 태도는 인정할 수 있겠지만 그에 대한 과도한 검열과 정치적 단죄는 북한문학의 자기 검열이 더욱 강하게 작동하는 계기가 되었다. 또 김창석 비판과 얽혀 확장된 수정주의 비판은 민족적 특성론, 천리마 기수 형상론, 갈등론 등 관련 비평 논쟁과 함께 주제문예론 형성의 중간 도정으로 기능하게 되었다고 분석한다. 김성수, 『북한문학비평사』, 역락, 2022.

한 비판과 수정주의 미학 비판으로 (재)확장되었다. 안함광은 현대 수정주의자들이 "전형적인 것을 사회 역사적 현상의 본질과 분리된 것으로 주장하면서 그것으로써 문학예술의 전 인류적 의의에 대한 논리적 거점으로 삼고 있다"[49]고 적었다. 전형적인 것과 사회 역사적 현상을 구분하여 계급성과 당성을 거부하게 한다는 것이다. 이는 김창석 수정주의의 비판 요지와 일치하는 내용이다. 전형적인 것으로 눈을 가려 천리마 시대의 현실이라는 계급적·역사적 의식으로부터 인민을 분리시키는 수정주의적 미학에 대한 경계를 강조하는 글로, 1960년대 초반 북한이 인식한 / 인식해야 할 전형적인 세계의 구조를 보여준다. 민족적 특성을 기반으로 한 사회주의 국가 '조선' 및 사회주의 연맹국과 미국으로 대표되는 제국주의 적국의 대립, 그리고 그 사이에서 수정주의적 태도로 내적 결속력을 흔들고자 하는 유해한 국가(들)의 구도다.

> 유고슬라비아의 사회생활에는 퇴폐적인 '서방식 문화'와 '미국식 생활 양식'이 범람하고 있다. 예술은 더욱더 극소수 개인들의 돈벌이를 위한 도구로 전락되고 있다.
> 수정주의자들은 예술의 사상적 내용을 거부하는 부르주아 '순수 예술'에 매달리면서 예술 창작을 그 어떤 이성적인 사고도 상실한 본능적 파경으로, 세계의 모든 실제적 모순을 무시하는 '순수 이성'의 산물로 간주하고 있다.[50]

'찌또이즘'으로 대표되는 국제 수정주의에 대한 비판의 논지는 보편적인 가치에 대한 긍정이 민족적·역사적·계급적 특성으로부터 괴리된 수정주의로, 수정주의적 경향은 서구 문화의 영향을 받은 '반동적', 부르주아적 미학으로 연결된다. 1960년대 초 북한문학에서 국제 수정주의에 대한 비판을 제기하는 텍스트들은 대부분 이와 같은 논지로 정리할 수 있을 것이다.[51]

---

49 안함광, 「예술적 전형에 대한 수정주의적 리론을 반대하여」, 『문학신문』, 1963.10.18, 1면.
50 하수흥, 「찌또 도당의 수정주의적 미학 견해를 반대하여」, 『문학신문』. 1963.9.3, 4면.
51 김창석 비판론이 국제 수정주의 비판으로 이동하면서 비판의 요지는 크게 두 가지로 뻗어 나

1959년 소련 작가 대회 이후부터『문학신문』에 게재되는 번역문학 텍스트 지형은 변동을 보이기 시작했다. 문예총 기관지이기에 다소 보수적인 편집 태도를 취하던『조선문학』과 달리 당시 북한문학 장의 고민과 논쟁을 파악할 수 있는 매체인『문학신문』에서도 소련의 평론은 대폭 축소되고, 시와 소설, 오체르크와 같은 창작물이나 쿠바와 베트남, 중국, 동구 사회주의 국가의 텍스트들이 그 자리를 대신했다. 특히 김창석 비판에서 촉발되어 수정주의 비판론으로 확장되된 1962년 3~4월 동안의『문학신문』제4면에는 단 2편에 불과한 번역 글이 게재되었다. 그마저도 폴란드와 조선의 관계에 대해 적은 글과 일본인이 적은 북한의 긍정적 인상기로서, 문학 텍스트로서의 의미는 희박한 글이다. 그 대신 이 기간에『문학신문』의 제4면을 채운 것은 남한의 실상 폭로, 미 제국주의 비판과 부르주아 미학 투쟁에 관한 내용이 대부분이었다.

김창석의 수정주의적 경향이 소련식 리얼리즘의 교조적 답습에서 기인한 것으로 비판받은 것처럼, 이전까지는 북한문학의 미학적·이론적 참조점이자 문학론 논의의 새로운 자극으로 자리했던 소련의 번역 평론은 1960년대부터 서서히 그 위력을 잃고 있었다. 잠시 소련에 대한 평론이 증가했던 것은 1961년으로, 이 시기 북한의 매체는 김일성이 제22차 소련 공산당 대회에 참가하여 고무된 바를 드러내면서도 한편으로는 영화 및 시나리오와 관련한 소련의 평론을 간혹 번역 게재함으로써 당시 북한문학의 주요 관심사였던 극 장르에 대한 이론적 학습을 이어 나갔다.

그러나 1962년 이후 소련의 번역문은 다시 감소세를 보인다. 소련 영화를 상영하는 '소련영화 상영주간'이 개최되기도 했으나 이에 대한 관객 반응을

갔다. 하나는 안함광, 김하명, 장형준, 박종식 등으로 대표되는 평론으로, 대부분 문학적 논리에 초점이 맞추어져 있다. 김창석 수정주의의 비판론의 논리(보편 가치를 근거로 계급성과 세계관을 인정하지 않는다는 비판)와 유사하거나, 이를 민족적 특성과 연결(박종식)하여 비판하는 논지다. 다른 하나는 국제 수정주의자로 판단되는 문학가들의 텍스트를 분석 비판함으로써 국제 수정주의의 정체를 알리고 사회주의 사실주의 문학과의 경계를 디지는 글이다. 박영근, 최일룡, 하수홍 등의 외국문학 분과 소속의 작가들의 글이 대체로 이에 해당한다.

찾기는 어렵다. 그 외에는 박영근이 번역한 시 2편과 시에 관한 2편의 평론, 북한과 소련에 대한 친선을 적은 기사가 전부다. 1963년 이후에는 더욱 감소세를 보이는데, 1963년은 우화와 시 각 1편, 1964년은 시 1편에 그친다. 그 빈자리에는 국제 정세에 따라 쿠바와 베트남의 창작 텍스트가 자주 게재되었으며, 중국의 창작물, 헝가리나 독일과 같은 동유럽 국가의 시와 짧은 감상기, 가나, 나이지리아와 같은 아프리카의 문학이 게재되었다. 주목할 것은 소련의 문헌이 줄어든 만큼 아시아·아프리카 문학에 대한 문헌이 증가하며 국가가 다양화되었다는 점이다. 『조쏘친선』의 폐간[52]과 함께 북한의 번역 장은 다양화되었지만 그 내용은 대개 유사했는데, 대체로 제국주의에 대항하여 투쟁하는 인민들의 이야기이거나 다른 나라 문인이 본 '조선'에 대한 인상기로 채워져 있었기 때문이다. 이로써 1960년대 초 북한문학의 세계와 세계문학 인식은 다양한 국가로 확장했으나 정작 사회주의 / 제국주의의 구도는 더욱 견고해지는 결과를 낳았다.

이처럼 문학예술에 지도자의 '자애로운' 관심과 지도, 연극과 시나리오에 대한 정치적·문화적 요청과 국제 수정주의에 반대한 문학 장 내부의 보수적 방향으로의 흐름, 동시에 소련의 영향력에서 벗어나 중국과 아시아·아프리카 중심의 새로운 '세계문학'에 대한 구도로의 변화 속에서 중국과 북한의 수교를 기념하기 위해 〈네온등 밑의 초병〉의 번역과 공연이 기획되었다. 향기로운 자본주의의 바람에 대항하는 인민해방군의 투쟁을 다룬 서사는 수정주의에 반대하고 '조선식 사회주의'와 '조선식 사회주의 문학'을 구축하고자 했던 1960년대 초 북한에서 적실한 선택이었다. 지도부가 극의 창작 과정에 적극적으로 개입했던 정황 또한 신뢰할 수 있는 선택의 근거가 되었다. 결국 이

---

52   한상언은 한국전쟁 이후 소련과 동유럽, 중국 등의 정치·사회 관련 논문의 번역을 위해 『번역월간』이라는 잡지가 발행되기도 하는 등 북한에서도 많은 수의 번역서가 발간되었다고 밝힌다. 이는 적어도 조쏘문화협회의 기관지 『조쏘친선』이 발행 중단되는 1963년 무렵까지로, 그 이후에도 발간되기는 하지만 이전만큼 활발하지는 않았다고 평가한다. 현재 확인할 수 있는 『조쏘친선』의 목차는 1963년 6월호(누계 188호)에서 멈춰 있다. 한상언, 앞의 글.

텍스트의 번역과 공연은 북한과 중국의 결속을 다지고 북한의 외교적 입장을 표명하는 한편 북한문학에 오랜 기간 영향을 미쳐 왔던 소련식 사회주의 리얼리즘의 영향과 결별하고 중국과 비동맹 국가 중심의 세계문학으로 전환하는 굴절의 순간을 보여주는 상징적인 한 장면이다. 자본주의 향풍에 휩쓸린 국제 수정주의에 대항하는 사회주의 연대라는 메시지를 전달하고 '진정한' 사회주의 국가들의 연대를 상징하는 텍스트로 〈네온등 밑의 초병〉이 북한의 문학 장에 부상한 것은 바로 이러한 까닭에서였다.

5. 또 하나의 〈네온등 밑의 초병〉

북한 문학예술에서 번역이란 무엇인가?

2009년 8월 12일 〈네온등 밑의 초병〉이 함흥 대극장에서 공연을 시작했다.[53] 김정일은 인민군 장병들과 함께 공연을 관람하고 국립연극단의 성공을 치하했다. 이 연극은 "자본주의의 '향기로운 바람'에 무젖으면 승리한 혁명도 지켜 낼 수 없다는 심각한 교훈과 함께 혁명을 하려면 계급적 각오가 투철해야 하고 계급 투쟁의 무기를 절대로 놓지 말아야 한다"는 의미를 전달하는 높은 사상성으로 고평을 받았다.[54] 연극은 관객들의 호평을 얻었으며, 이에 따라 여러 차례 관람하는 관객들도 증가했다. "계급 투쟁을 떠난 사회주의란 있

---

53 1963년 〈네온등 밑의 초병〉이 2009년에 다시 공연되는 데에도 최고 지도자의 권위가 다시금 작용했음을 확인할 수 있다. 2008년 4월 김정일의 지시로 국립연극단은 이 연극을 "새 세기의 요구에 맞게 재창조하기 위한 창작 전투를 힘 있게 벌려 형상의 모든 요소들을 높은 예술적 수준에서 세련"시켰다. 매체들은 이 연극의 성과가 조선의 21세기는 선군으로 미래를 개척하는 주체의 사회주의가 승리한다는 신념을 보여준다고 평가했다. 〈네온등 밑의 초병〉의 2009년 재창조 및 재공연 지시에 관해서는 「조선인민군 최고사령관 김정일 동지께서 인민군 장병들과 함께 연극 〈네온등 밑의 초병〉 공연을 관람하시었다」, 『로동신문』, 2009.8.13, 1면; 송미란, 「정론―네온등 밑의 초병은 시대에 말한다」, 『로동신문』, 2009.10.14, 2면.

54 위의 글.

을 수 없으며 계급 의식이 흐려진 인간은 정신적 골격이 무너진 사람으로밖에 달리 볼 수 없다"[55]는『로동신문』의 언설은 1963년에 이어 다시 호명된 〈네온등 밑의 초병〉이 놓인 맥락을 가늠케 한다. 1963년판 〈네온등 밑의 초병〉이 조중 친선과 수정주의에 대항하는 국제주의의 맥락에서(소련문학의 영향과 결별하고 내부의 사상적 보수성을 견고하게 하고자 했던 내적 맥락을 감안하더라도) 호명되었다면, 2009년판 〈네온등 밑의 초병〉은 조중 친선보다는 청년들의 계급 의식 고취에 좀 더 초점을 맞춘 모양새다.

연극에 관한 기사를 살펴보자. 1963년 외국 수반으로는 처음으로 〈네온등 밑의 초병〉을 관람한 김일성은 이 연극을 자본주의 생활을 체험하지 못한 청년들에게 좋은 작품이라고 평가했다. 이 연극은 조선과 중국의 연대로 국제 수정주의를 타파하자는 외교적 의미와 함께 번역 및 공연되었으며, 비평가를 포함한 관객들 또한 내·외부적 사상적 해이에 대한 경계를 강화하는 동시에 국제주의적 연대의 필요성을 실감했다고 적었다. 그리고 이로부터 40년 후인 2009년 북중 수교 60주년을 기념하여 새로운 세대의 요구에 맞게 재창조하라는 김정일의 지도에 따라 2009년판 〈네온등 밑의 초병〉이 재창조되었다.[56] 그런데 해당 연극에 대한 평가와 감상은 1963년보다는 비교적 단순화되는 경향을 보인다. 조중 친선의 해를 기념하는 기획임에도 불구하고 조중 친선에 대한 메시지보다는 자본주의풍에 흔들리지 않는 계급 의식을 고취하게 하는 연극이라는 감상이 대부분이다.

특히 집중적인 교양 대상은 청년층이었다. 매체들은 주인공 동아남의 형상을 통해서 적들의 심리적 책동에도 무너지지 않는 강한 의지와 계급성을 배울 것을 반복해서 강조한다. 1963년의 비평에서 동아남은 새로운 세대로서

---

55 「날이 갈수록 대절찬, 대파문을 일으키고 있는 연극 〈네온등 밑의 초병〉」,『로동신문』, 2009. 8. 24, 4면.
56 「새 세대 청년 교양에 이바지하는 연극 〈네온등 밑의 초병〉」,『청년생활』, 2009. 11; 「연극 〈네온등 밑의 초병〉의 원작의 유래」,『대학생』, 2010. 1.

"본래 '기본 군중에 속하는 동무'이며 '우리가 그를 개조하지 않는다면 그는 부르주아들에게 개조될 사람'"[57]으로서 선대의 영향에 따라 달라질 수 있는 계층의 인물로 평가되었다. 1963년의 맥락에서 중요한 것은 진희나 조대대와 같이 청년들에게 영향을 미칠 수 있는 중년층이었으며, 특히 자본주의 문화에 매혹된 진희가 동아남에게 미친 부정적 영향이 비판의 한 초점이 되었다. 이에 비해 2009년의 비평은 청년층에 좀 더 관심을 기울인다. 「총대를 놓으면 모든 것을 잃는다」, 「장미꽃 속에 숨겨진 시한탄」과 같은 기사들은 주로 청년들을 대상으로 〈네온등 밑의 초병〉을 통해 자본주의의 '향기로운 바람'에 휩쓸리지 않는 높은 사상성을 강조한다.[58]

2009년판 〈네온등 밑의 초병〉은 1963년판에 비해 오랫동안 전국 차원에서의 관람이 권유된 것으로 보인다. 8월에 함흥에서 공연을 시작한 연극은 9월부터 동평양대극장에서 공연을 시작했고, 10월까지 해당 연극에 대한 다양한 반응이 게시되었기 때문이다. 또 11월 4일에는 창작자와 예술인들에게 노력 영웅 칭호와 금메달, 인민 배우 칭호 등을 수여하는 표창식이 진행되었다.[59] "혁명 전쟁은 끝났어도 계급 투쟁은 계속된다는 심오한 계급 투쟁의 철리를 완벽한 극 형상을 통하여 사상 예술적으로 힘 있게 확증해 주는 연극"[60]이라는 감상문에서도 확인할 수 있듯이 2009년판 〈네온등 밑의 초병〉에는 수정주의에 대항하는 국제적 연대보다는 계급 투쟁, 정확하게는 '자본주의풍'에 대한 경계의 메시지가 더욱 강력하게 작동하고 있다. 이는 복잡다단한 세계 정세 속에서 수상 중심의 독자적 체제를 구축하고자 했던 1960년대 초반의 맥락에서, 고난의 행군 이후 2009년 헌법의 선군 정치 개정, 11월의 화폐

---

57 조백령, 앞의 글, 21면.
58 「총대를 놓으면 모든 것을 잃는다」・「장미꽃 속에 숨겨진 시한탄」, 『로동신문』, 2009.8.24, 4면.
59 「연극 〈네온등 밑의 초병〉 창작 사업에서 공로 있는 창작가, 예술인, 일군들 표창」, 『문학신문』, 2009.11.14, 1면.
60 「혁명전쟁은 끝났어도 계급투쟁은 계속된다―연극 〈네온등 밑의 초병〉을 보고」, 『민주조선』, 2009.10.16, 4면.

개혁으로 이어지는 2000년대 북한 사회로 변모한 그간의 사정을 내포한다.[61]

1963년판 〈네온등 밑의 초병〉이 투쟁의 장으로 굳어진 1960년대의 세계와 중국과 제3세계 문학을 중심으로 세계문학이 재구성되는 지점에 놓여 있었다면, 2009년판 〈네온등 밑의 초병〉은 경제난으로 인해 배급 체제의 붕괴를 경험하고 난 뒤 개혁을 앞둔 사회의 내부 단속으로 그 의미가 변모했다. 그리고 그 46년의 시간 동안 북한문학의 세계는 점차 축소되어 마침내 '향기로운 자본주의 바람'에 휩쓸리는 국경 안으로, 그것이 '향기롭게' 느껴지는 개인의 내면 안으로 뭉쳐 들었다. 이는 2009년을 넘어 심지어 현재까지도 반복해서 출몰하며 좁아진 세계를 방증한다.[62] 〈네온등 밑의 초병〉은 1963년과 2009년의 맥락 속에서 원본을 전유하고 반복함으로써 북한 문학예술에서 문학, 특히 번역문학이 발언할 수 있는 / 없는 방법을 보여준다. 오히려 '1949년 상하이'이기에 그 바람은 '향기로울' 수 있으며 네온등은 '화려할' 수 있다. 국경이 견고해지고 세계가 협소해지는 맥락 속에서 번역문학은 원본의 의미와 전환의 과정에서 구부러진 의미 혹은 또 다른 향유의 방식을 전달한다. 때로는 그 재부상만으로도 저간의 변화와 맥락을 짐작하게 한다. 북한 문학예술에서 번역의 일이다.

---

61 물론 국제적으로는 2008년 세계 금융 위기로 인한 영향과 2009년 3월 현대아산 근로자 억류로 대표되는 남북 관계의 경색과 개성공단의 침체 또한 내부 결속의 메시지가 필요한 맥락에 포함될 것이다.

62 2006년부터 2016년까지 조선중앙TV에서 방영한 중국 예술영화의 편수가 감소했다. 2015~2016년에는 방영이 끊겼으며, 2013~2014년에는 재방영 비중이 높은데 그마저도 〈상감령〉, 〈네온등 밑의 초병〉과 같은 옛날 영화가 대부분이었다. 이는 양국의 정치적·경제적 관계 변화 외에도 영화라는 문화 콘텐츠의 양적·질적 차이 또한 무시할 수 없는 수준에 이르렀음을 보여준다. 김성은, 「교류하지 못하는 북·중 문화─2006년 이후 예술영화 교류를 중심으로」, 『통일과 평화』 9(1), 서울대 통일평화연구원, 2017.

참고문헌

권보드래, 「북한문학의 전쟁과 행복−1950년대 소설을 중심으로」, 『한국학연구』 76, 인하대 한국학연구소, 2025.

김민선, 「한국전쟁기 북한문학의 번역과 욕망 읽기」, 『국제한인문학연구』 34, 국제한인문학회, 2022.

김보미, 「북한 '자주 로선'의 형성 1963~1966−비대칭동맹의 특수 사례」, 북한대학원대 박사논문, 2013.

김성수, 『미디어로 다시 보는 북한문학−『조선문학』(1946~2019)의 문학·문화사 연구』, 역락, 2020.

_____, 『북한문학비평사』, 역락, 2022.

김성은, 「교류하지 못하는 북·중문화−2006년 이후 예술영화 교류를 중심으로」, 『통일과 평화』 9(1), 서울대 통일평화연구원, 2017.

김재웅, 『예고된 쿠데타, 8월 종파 사건』, 푸른역사, 2024.

김종진, 「전통의 소환과 현재의 정전화−중국 '17년 시기'의 희곡 현대화」, 『중어중문학』 47, 한국중어중문학회, 2017.

김태경, 「북한 '사회주의 리얼리즘의 조선화'−문학에서의 당의 유일사상 체계의 역사적 형성」, 서울대 박사논문, 2018.

량미화, 「1961년 중소·소조 우호 조약 체결의 재고찰−양면 동맹의 제도화를 중심으로」, 『아시아리뷰』 14(1), 서울대 아시아연구소, 2024.

리디아 류, 민정기 역, 『언어 횡단적 실천』, 소명출판, 2005.

모순영, 「김일성 시기 북한의 대외 문화 교류 연구」, 이화여대 박사논문, 2013.

미하일 골룹코프, 이규환·서상범 역, 『러시아 현대문학−분열 이후의 새로운 모색』, 역락, 2006.

박종철, 「문화대혁명 초기 북중 관계와 연변 조선족」, 『민족연구』 63, 한국민족연구원, 2015.

서동만, 『북조선 사회주의 체제 성립사−1943~1961』, 선인, 2005.

신선옥, 「건국 17년 시기(1949~66) 중국 문단의 북한문학 비평 연구」, 『국어국문학』 196, 국어국문학회, 2021.

_____, 「황강의 북한 소재 작품집 『리신자꾸우냥(李信子姑娘)』 연구」, 『국어국문학』 202, 국어국문학회, 2023.

유임하, 「북한 초기 문학과 '소련'이라는 참조점−조소 문화 교류, 즈다노비즘, 번역된 냉전 논리」, 『동악어문학』 57, 동악어문학회, 2011.

이종석, 『북한-중국 관계−1945~2000』, 중심, 2000.

한상언, 「『조쏘문화』 및 『조쏘친선』 목차 소개」, 『근대서지』 19, 근대서지학회, 2019.

_____, 「북한 번역문학 연구의 현황과 과제」, 『근대서지』 23, 근대서지학회, 2021.

畾偉, 「〈霓虹燈下的哨兵〉−戰爭意識形態籠罩卜的城市感性」, 『當代電影』, 北京 : 中國電影藝術研究中心·中國傳媒大學, 2005.

宋慶芳,「‘十七年’社會主義教育劇接受研究」, 楊州大學 碩士論文, 2017.

劉宇淸,「作爲類型的政治運動－十七年電影中的象征與意識形態關聯」,『上海大學學報(社會科學版)』,
  2006.

李藝,「空間的改造, 爭奪和生產－‘文本’敍述與作爲社會主義城市的上海想象」, 華東師範大學 碩士論文,
  2008.

陳犀禾·鮮佳,「‘十七年’時期中國電影中的國家理論和國家形象硏究」,『當代電影』, 北京 : 中國電影藝術硏
  究中心·中國傳媒大學, 2019.

馮波,「‘鄕下人進城’文學敍事的政治倫理遮蔽與還原－以「我們夫婦之間」·「霓虹燈下的哨兵」爲中心」,
  『中南大學學報(社會科學版)』, 2013.

1960년대 북한 희곡
<붉은 선동원>의
중국어 번역과 전파

신선옥申先玉
톈진사범대학교
한국어학과 교수

1. 왜 <붉은 선동원>인가?

조백령의 〈붉은 선동원〉은 리동춘의 〈산울림〉과 같이 1960년대 북한 희곡을 대표하는 작품이자 '천리마 기수'의 전형을 창조하자는 천리마 시기 북한 문학의 대표작이다. 무엇보다 〈붉은 선동원〉은 무대 위에서 공연되고 영화로도 제작되면서 대성공을 거둔 작품이기도 하다. 중국 문예계에서는 이런 작품을 적극적으로 수용하였는데, 그 수용이 〈붉은 선동원〉에 대한 번역과 평론에만 그친 것이 아니라, 〈붉은 선동원〉 중역본中譯本을 저본으로 하여 문자와 그림이 결합된 만화連環畵나 중국의 전통적인 희곡극戱曲劇으로 개작하면서 북한 희곡 〈붉은 선동원〉을 재창작했다. 아울러 중국의 여러 지방 극단에서는 〈붉은 선동원〉을 무대화하여 공연하기도 하였고, 영화사에서는 북한 영화 〈붉은 선동원〉을 중국어로 더빙하여 전국적으로 상영하기도 했다.

〈붉은 선동원〉에 대한 중국어 번역은 장르적 측면에서든지 참여자 측면에서든지 모두 다양성을 띠고 있으며, 중국인 창작자들이 북한문학 작품을 중국에서 현지화하고자 하는 의도도 드러난다. 중국 문예계의 이러한 번역과 재창작은 조백령의 〈붉은 선동원〉이 1960년대 중국에서 널리 전파되고 중국 대중으로부터 환대를 받게 되는 데 적극적인 역할을 했다. 물론 그 당시 중국과 북한 양국의 우호적인 외교 환경과 활발한 문화적 교류 및 정치적 이념의 일치 등 객관적 요소의 작용 또한 간과할 수 없다.

　　중화인민공화국 성립 17년 시기[1949~1966] 중국과 북한의 문학 교류는 그 어느 시기보다 활발했는데, 결정적인 원인은 양국의 공통된 공산주의 이념과 사회주의 이상이었다. 기존의 연구들은 이런 이데올로기적 장치 안에서 중국과 북한의 문학 교류를 논의했으며, 주로 중국에서 번역된 북한의 문학 작품들을 정리함으로써 중국에서의 북한문학 번역 양상을 전체적으로 보여주었다.[1] 이러한 연구는 중국에서의 북한문학 전파 양상을 전체적으로 이해하는 데 도움이 되지만, 부분적인 측면에서 북한의 문학 작품이 중국에서 어떻게 현지화되었는지, 그리고 그 당시 북한의 어떤 문학 작품이 중국인 독자들 사이에서 애독되었는지와 관련해서는 소홀했다. 하지만 이러한 문제에 대한 해답을 찾아야만 북한문학이 그 당시 중국 문단 혹은 중국 대중들에게 미친 영향을 알 수 있고, 나아가 중국에서의 북한문학 번역 양상을 좀 더 역동적으로 그려 낼 수 있다. 따라서 이 글에서는 조백령의 〈붉은 선동원〉 중역본과 이에 대한 중국 문예계의 평론 및 중국인 독자들의 독후감 등의 자료들을 연구 대상으로 하여 1960년대 중국에서 일어난 〈붉은 선동원〉 열풍에 대하여 살펴볼 것이다.

1　金鶴哲,「建國三十年朝鮮和韓國文學譯介硏究」,『東疆學刊』, 2017, 32~39면; 鄭晶,「建國
十七年朝鮮文學飜譯中的意識形態改寫現象硏究」,『東疆學刊』, 2018, 52~58면; 손제·노
정은,「中國'十七年'時期北韓文學譯介硏究」,『중국문화연구』 46, 중국문화연구학회, 2019,
58~85면; 등천,「총성 없는 전쟁터—1950년대 중국에서의 북한문학 번역 장」,『민족문학사
연구』 74, 민족문학사학회, 2020, 379~412면.

2. <붉은 선동원>의 중국어 번역과 개작

조백령의 <붉은 선동원>1961은 제일 먼저 장린張琳에 의해 중국어로 번역되어 『극본劇本』1962년 8월호에 게재되면서 중국에 소개되기 시작했다. 같은 해 12월 중국희극출판사中國戱劇出版社에서 장린이 번역한 <붉은 선동원>을 단행본으로 출판하였다. 장린의 중역본 <홍색 선전원紅色宣傳員>이 중국에서 유통되기 시작하면서, 조백령의 <붉은 선동원>은 중국적 예술 형식으로 개작되어 중국 국내에서 전파되었다.[2]

<붉은 선동원> 중역본이 중국에 처음 공개된 1962년부터 문화대혁명이 일어나기 직전인 1966년까지는 북한의 천리마 문학이 중국에서 환대를 받던 시기였다. 그 당시 북한문학에 대한 중국 문학계의 관심은 관영 매체에서 주목하는 북한의 이슈, 중국의 정치적 자아비판과 동시성을 지니고 있었다. 따라서 중국 국내에서는 '대약진운동'1958~1960 이후 그 운동에 대한 경험 총결과 자아비판이 이루어지면서 북한의 천리마 문학 작품을 활발하게 번역했다.[3] 특히 천리마 시기 북한문학의 대표작인 <붉은 선동원>은 북한의 기타 문학 작품보다 더 친근하게 중국 대중에게 다가왔는데, 그 이유 중 하나는 조백령의 <붉은 선동원>이 번역됨과 동시에 중국의 전통적인 희곡극으로 개작되어 무대 위에 옮겨지면서 중국 대중들의 문예적 수요를 만족시켰기 때문이다.

1) 중역본과 희곡극의 유통 상황

조백령의 <붉은 선동원>은 번역과 개작 두 단계를 거쳐 중국 국내에서 유통되었다.

---

2   조백령, 『붉은 선동원』, 북한문학예술총동맹출판사, 1963; 趙白嶺, 張琳 譯, 『紅色宣傳員』, 人民文學出版社, 1964; 趙白嶺, 紫荊 譯, 『紅色宣傳員』, 中國電影出版社, 1964; 趙白嶺, 張琳 譯, 『評劇 紅色宣傳員』, 北京出版社, 1964.

3   신선옥, 「건국 17년 시기(1949~1966) 중국 문단의 북한문학 비평 연구」, 『국어국문학』196, 국어국문학회, 2021, 290면.

첫 번째 단계는 〈붉은 선동원〉이 중국어로 번역되어 중국에서 문자 독본
으로 유통된 단계다. 〈붉은 선동원〉을 중국어로 번역한 첫 번째 번역자는 장
린이고 두 번째 번역자는 쯔징紫荊이다. 이 두 번역자가 번역한 〈붉은 선동원〉
중역본은 조백령의 〈붉은 선동원〉이 중국의 예술 형식으로 개작되어 중국에
서 전파되는 데 기반을 마련해 주었다. 출판 당시 장린의 중역본 표지에는 연
극 극본話劇本이라고 표기를 하였고, 쯔징의 중역본 표지에는 영화 문학 극본
電影文學劇本이라고 표기했다. 장린은 조백령의 희곡 원작을 번역하고, 쯔징은
『북한영화』 1963년 3월호에 실린 조백령의 영화 각본을 번역했기 때문이다.
따라서 〈붉은 선동원〉 중역본은 두 개의 판본으로 중국에서 발행하게 되는
데, 필자가 조사한 〈붉은 선동원〉의 중역본과 그 출판 상황을 출판 연도에 따
라 정리하면 다음과 같다.

〈표 1〉 중역본 《紅色宣傳員》 출판 상황

번역자	출판사	출판 연도	출판 횟수 및 인쇄 수량
張琳	中國戲劇出版社	1962.12	초판, 2,500권 인쇄
張琳	作家出版社	1963.4	초판, 인쇄 수량 불확실
紫荊	中國電影出版社	1963.8	초판, 18,500권 인쇄. 解放軍報印刷廠에서 5,000권, 人民日報印刷廠에서 13,500권 인쇄
		1964.8	人民日報印刷廠에서 10,000권 재인쇄
張琳	人民文學出版社	1964.9	초판, 11,000권 인쇄
		1965.5	16,000권 재인쇄
紫荊	中國電影出版社	1965.4	세 번째 인쇄, 인쇄 수량 불확실
합계			최소 58,000권 이상(불확실 제외)

〈표 1〉에서 알 수 있듯이 정확하게 통계할 수 있는 대상에 한하여 집계해
보더라도 1962년부터 1965년까지 〈붉은 선동원〉 중역본은 모두 58,000권
의 단행본이 인쇄되어 출간되었다. 장린의 번역본은 중국의 전문적인 문학
출판사 세 곳에서 출판되었고, 쯔징의 번역본은 영화 문학이라고 강조한 만
큼 영화출판사에서만 세 번이나 출판되었다. 출판 시기로부터 볼 때 이 두 종
류의 번역본은 출판 간격이 모두 1년이다. 1962년을 제외하고는 1963년부터
1965년까지 두 종류의 번역본이 매년 각각 한 차례씩 인쇄되어 출간되었다.

이러한 발행 빈도수와 인쇄 수량은 그 당시 중국에서의 북한문학 도서 시장 수요를 반영하는 동시에 〈붉은 선동원〉에 대한 중국 문예계와 중국인 독자들의 관심을 반영한다. 이처럼 두 종류의 〈붉은 선동원〉 중역본은 북한문학이 중국에서 전국적으로 전파되는 데 기초를 다져 놓았다고 말할 수 있다.

두 번째 단계는 중국인 창작자들이 조백령의 〈붉은 선동원〉을 중국의 문예적 정서에 맞게 개작하면서 현지화시킨 단계다. 필자가 조사한 바에 의하면 〈붉은 선동원〉은 주로 장린의 중역본을 저본으로 하여 두 종류로 개작되었는데, 하나는 아동이나 청소년을 위한 독본으로서 만화이며, 다른 하나는 중국 대중들의 문예적 취향에 맞춘 전통 희곡이다. 조사한 자료들을 출판 연도에 따라 정리하면 다음과 같다.

〈표 2〉 만화 형식으로 개작한 《紅色宣傳員》 출판 상황

저자	그림	출판사	출판 연도	출판 횟수 및 인쇄 수량
雷	–	中國電影出版社	1963.9	초판, 7만 5000권 인쇄
子青	杜滋齡	天津美術出版社	1963.12	초판, 5만 1000권 인쇄
			1964.6	32,000권 재인쇄
李大發	盛亮賢 沈悌如	上海人民美術出版社	1964.5	초판, 120,000권 인쇄
			1964.12	80,000권 재인쇄
任明	–	上海人民美術出版社	1964.5	초판, 70,000권 인쇄
합계				428,000권

〈표 3〉 중국 전통 희곡극으로 개작한 《紅色宣傳員》 출판 및 공연 상황

저자	장르	출판 및 공연 기관	출판 및 공연 연도
王冠亞, 陳生久	黃梅戲	安徽省文化局劇目硏究室	1963
戴戰友, 任永華, 淡明芳	皐劇(碗碗腔)	陝西省戲曲劇院	1963
–	蘇劇	江蘇省蘇尾劇團	1963
梅阡	評劇	北京出版社	1964
聿人, 文錫	贛劇(靑陽腔)	江西省贛劇院	1964

〈표 2〉에서 알 수 있듯이 1963년에서 1964년까지 만화 형식으로 개작되어 출판된 〈붉은 선동원〉 중국어 독본은 무려 824,000권에 달한다. 이 통계 수치는 2년이란 짧은 시간 내에 중국어 만화 〈붉은 선동원〉이 꽤 많이 유통

되었다는 증거이며, 아동이나 청소년 독본으로서 역할을 충분히 이행하였음을 알려 준다. 여기에서 지적해야 할 점은 리다파李大發가 개작한 중국어 만화 〈붉은 선동원〉은 2005년 10월 상하이인민미술출판사上海人民美術出版社에서 재출판되는데 3,500권이나 인쇄되어 발행되었다. 40년 만에 다시 아동 독본으로서 출판되었다는 이 사실에 큰 의미를 부여할 필요는 없다. 그러나 21세기에 들어서서 〈붉은 선동원〉의 중국어 만화 판본이 재발행된 이 사실은 최소한 조백령의 〈붉은 선동원〉이 중국에서 교육적 독본으로서의 여력을 지니고 있다는 점을 잘 설명해 주고 있다.

〈표 3〉에서 정리한 자료들은 중국의 문예 창작자들이 장린의 번역을 기반으로 하여 중국의 전통적인 희곡극으로 개작한 작품들이다. 중국의 희곡극은 경극京劇, 평극評劇, 월극越劇, 황매희黃梅戲, 예극豫劇 등 5대 희곡극을 중심으로 하여 지방적 특색이 있는 전통 희곡극들이 한데 어우러져 발전해 왔다. 〈표 3〉에서 열거한 것처럼 중국 문예계에서는 〈붉은 선동원〉을 톈진과 탕산 등의 지역 문화에 맞는 평극, 소주나 강서 지역 문화에 맞는 소극蘇劇이나 감극贛劇, 서북 지역 문화에 맞는 화극華劇, 안휘 지역 문화에 맞는 황매희 등의 희곡극으로 개작했다. 그리고 개작 대본에 따라 지방 극단에서는 중국적 특색이 있는 희곡극 〈붉은 선동원〉을 무대 위에서 공연하면서 중국 대중으로 하여금 북한의 '붉은 선동원' 이야기를 쉽게 수용하도록 했다.[4] 이렇게 개작된 희곡극들은 내용과 주제, 인물 설정 등 측면에서 원작과 별다른 차이를 보이지 않

---

4 사실 연극 〈붉은 선동원〉은 베이징인민예술극원(北京人民藝術劇院)에서 무대 공연을 맡아 1962년 12월 베이징에서 첫 공연을 하였다. 그러다가 베이징인민예술극원에서 거의 100회 공연을 마쳤을 무렵인 1963년 4월부터는 상하이영화배우극단(上海電影演員劇團)과 상하이시청년연극단(上海市靑年話劇團)이 연합하여 상하이에서 공연하기 시작했다. 이어서 하얼빈연극원(哈爾濱話劇院), 푸젠연극단(福建話劇團), 후베이연극단(湖北話劇團), 항저우연극단(杭州話劇團) 등 중국 내 각 지방의 극단에서 〈붉은 선동원〉을 무대에 올렸다. 「朝鮮傑出的文學藝術的代表 〈紅色宣傳員〉在滬上演」, 『文匯報』, 1963.4.7, 1면; 歐陽山尊, 「歌頌友誼和社會主義建設的大合唱」, 『文匯報』, 1963.4.7, 2면. 이러한 공연들은 장린의 중역본을 대본으로 하고 중국 배우와 감독이 창작자가 되어 무대로 옮긴 것이다.

는다. 다만 중국의 각 지방 관중들의 취향과 그 지방의 문화에 적합하게 원작의 장면이나 원작 인물들의 대사들을 중국 특유의 희곡으로 재창작했을 뿐이다. 즉 중국인 창작자들은 북한의 이야기를 중국적 예술 형식으로 풀면서 중국 대중들에게 북한의 이야기에 담긴 사상 의식을 전달하고자 한 것이다.

만화와 전통 희곡극 외에 왕둥王侗이 장린의 중역본을 저본으로 하여 영화 각본으로 각색한 〈홍색 선전원〉海燕電影製片廠, 1964.2도 있는데, 현재 필사본만 확인할 수 있어 이 영화 각본이 책자로 출판되었는지 혹은 영화로 제작되었는지는 알 길이 없다. 그러나 상하이영화더빙스튜디오上海電影譯製廠에서 북한 영화 〈붉은 선동원〉을 중국어로 더빙하여 1963년에 전국적으로 상영했는데, 이 또한 번역에 속하는 것이라 할 수 있겠다.

이처럼 중국 문예계에서는 번역과 개작 두 단계를 거쳐 조백령의 〈붉은 선동원〉을 중국 국내에서 전파시켰다. 그런데 북한 희곡 〈붉은 선동원〉이 당시 중국에서 어째서 환대를 받았을까 하는 문제에 대한 해답을 찾기 위해서는 세부적으로 이 작품이 어떻게 번역되었고 또 개작되었는지 살펴보아야 할 것이다. 특히 희곡 판본을 중국의 전통 희곡극으로 개작하면서 북한 희곡을 현지화하고자 했으니 좀 더 상세히 들여다볼 가치가 있다. 조백령의 원작 〈붉은 선동원〉북한문학예술총동맹출판사, 1963과 장린의 중역본 〈홍색 선전원〉人民文學出版社, 1964 및 희곡극으로 개작된 〈홍색 선전원〉을 대조하면서 중국에서의 〈붉은 선동원〉 수용을 고찰하기로 하자.

2) 원작과 중역본 및 희곡극의 차이

(1) 원작과 장린의 중역본

모두 7장으로 구성된 희곡 작품인 원작과 장린의 중역본은 주로 두 가지 측면에서 차이가 드러난다.

첫째, 자중 인물들의 대사에 대한 중국어 번역에서 번역자는 수식어를 첨가함으로써 사회주의 노동 주체가 당의 방침에 따라야 한다는 점과 집권당의

보편타당성을 강조했다. 원작과 번역문을 대조하면서 구체적으로 살펴보면
다음과 같다.

〈표 4〉 수식어 첨가

출처	원문	번역문
제1장	① 리선자: 그래서 어제 리당에서 두 밤을 새우며 회의를 했어요. 수상님 말씀 대로 농사를 한 번 잘 지어 보자는 거죠. 그리고 우리도 좀 있으면 새 땅을 일굴 텐데 청산리 모범을 받아야 할 게 안예요?	李善子: 所以昨天裏黨委連夜開了會, 要堅決按照金日成首相的指示辦事, 把莊稼種好, 不久我們也要開墾新田, 向青山裏學習.
제1장	② 박치욱: 하여튼 당에서 하라는 대로 정당 50톤의 비료부터 대서 반원들의 마음을 돌려 세우자구 웅?	樸致旭: 不管怎麼樣, 我們一定要按照黨的指示辦事, 每町步上它五十噸肥料, 瞧著吧, 等到我們的田變成黑油油一片沃土的時候, 班員們的勁頭就會不同了.
제1장	③ 강철수: 발등을 걸면 철마가 구레질하는 것 같은 그런 신품들입니다.	薑鐵洙: 好家夥, 只要發動機一開, 那鐵馬就打著響鼻, 一色嶄新的機器, 簡直要飛起來哩!
제2장	④ 리선자: 저한테 배울 거야 없지요 뭐. 수상님은 부지런한 농민에겐 나쁜 땅이 없다고 말씀하셨어요. 우리는 부지런히 일해서 국가 과제 120톤만 하면 나머진 몽땅 우대곡으로 노나 먹게 돼요.	李善子: 跟我有什麼好學的? 按照金日成首相的話辦事, 是萬萬錯不了的! 金日成首相說, 人勤地肥! 咱們只要加把勁, 完成國家交下來的一百二十噸的生產任務, 還能吃到超產獎勵糧.
제6장	⑤ 아저씨를 굶어 돌아가시라고 공을 매겼겠어요. 조합의 주인이 되시길 바라서죠.	李善子: 不給大叔工分, 也不是想把您餓死呀! 是希望大叔真正成為合作社的主人.

〈표 4〉 인용문에 필자가 강조한 부분을 보면 번역자는 김일성의 지시에 따라야 한다는 내용을 번역하면서 "必須반드시, 一定꼭, 堅決절대적으로" 등 수식어를 첨가하여 지도자의 권위성을 강조하고 지도자에 대한 노동 주체들의 절대적 신뢰를 드러냈다. 아울러 당의 방침에 따라 노동할 때 양호한 결실을 맺게 된다는 내용을 번역함에 있어서도 "簡直그야말로, 眞正진정" 등 부사를 첨가함으로써 집권당의 보편타당성을 강조하였다. 이어서 인용문 ④에 대한 번역문을 보면 "按照金日成首相的話辦事, 是萬萬錯不了的!김일성 수상의 말씀대로 일을 하면 절대 틀리지 않는다!"라는 문구를 첨가했는데, 이것 역시 번역자가 사회주의 노동 주체는 지도자와 집권당의 지시에 따라야 한다는 점을 원문보다 좀 더 강하게 표현한 부분이다.

둘째, 번역자는 번역 과정에서 작중 주인공인 리선자의 이미지가 돋보이도

록 대사의 언어적 뉘앙스를 달리했다. 특히 군인 출신인 박치욱 반장의 대사나 박치욱에 대해 불만을 나타내는 기타 인물들의 대사 번역에 있어서 번역자는 언어적 뉘앙스를 달리 처리함으로써, 박치욱의 이미지를 원작보다 좀더 강압적으로 표현해 냈다. 그러므로 번역본에서는 리선자의 유연함과 융통성이 박치욱과의 대조 속에서 더욱 돋보인다. 예컨대 최관필이 부주의로 농기구를 훼손했는데, 이 사건을 두고 작중 인물들이 대화를 나누는 장면에 대한 번역을 보자.

<표 5> 언어적 분위기 강화

출처	원문	번역문
제2장	⑥ 김봉환 : 반장 동무 큰일났습니다. 관필 동무가 발구 채를 부러뜨렸습니다! 박치욱 : 뭐라구? … 김봉환 : 그 바람에 소까지 다쳤어요! 리선자 : 아니 얼마나요? 김봉환 : 앞 무릎을 깠어, 소가 아무래도 며칠 쉬여야 할 것 같애! 박치욱 : 빨리 같이 가 보자구!(리선자를 일별하고 봉환과 함께 횡하니 현관 쪽으로 나간다.) 리선자 난처하여 깊은 생각에 잠긴다.	金鳳煥 : 班長! 出事了! 官弼弄壞坏了牛車! 樸致旭 : 你說什麼? 金鳳煥 : 牛也受了傷! **樸致旭 : 傷重不重?** 金鳳煥 : 前腿磕破了皮, 少說也得休息幾天! 樸致旭 : 牛也傷了! (向金鳳煥) 走, 去看看吧! (和金鳳煥一同走向現場) 李善子態度尷尬, 沉思!
제3장	⑦ 최진오 : 오늘 낮에 부러뜨린 발구 말이다. 그게 적어두 다섯 공수나 맥인 건데 일두 제대루 못 나간 애가 뭘루 들겠니?	崔鎮午 : 白天他弄壞了牛車, 要賠, 少說也得五个工. 他不常出工, 拿什麼來賠? 李善子 : 班長是這樣說的吗?
	리선자 : 반장 동무가 그러시드나요?	
	최진오 : 한눈을 팔다가 소가 뛰여서 부러뜨린 걸 그럼, 그냥 내버려 두겠느냐고 하면서 조합 재산에 대한 인식이 틀려 먹었으니, 뭐니 하고 윽박으니 이래서야 누가 쟁기를 부리겠냐?	崔鎮午 : 他說官弼的眼不知長在什麼地方, 驚了牛, 碰壞了牛車, 這事一定不能算完 : 還說官弼不愛惜合作社的財產, 強迫命令的勁兒大著啦, 看吧誰還敢隨便使用社里的農具!

<표 5> 인용문에서 필자가 강조한 부분을 보면 번역문의 언어적 뉘앙스는 원작과 약간 다르다. 인용문 ⑥을 보면 소가 다친 사실에 대해 원작에서는 "빨리 같이 가 보자구!"라는 대사와 "횡하니"라는 수식어로 박치욱의 조급한 심리를 강조했지만, 분명 리선자도 박치욱과 같은 심리라는 점을 리선자의 대사 "아니 얼마나요?"로 표현했다. 그러나 번역문을 보면 리선자의 "아니 얼

마나요?"라는 대사는 박치욱의 대사인 "傷重不重?"으로 바뀌어 있다. 그리고 박치욱의 대사에 "牛也傷了!(소도 다쳤어!)"라는 문구도 첨가되어 있다. 이렇게 대사 바꾸기와 첨가를 통하여 완성된 번역문은 박치욱이 사람보다 소를 더 걱정한다는 언어적 분위기가 조성되었고 박치욱의 조급한 심리도 강조되었다. 따라서 번역문은 "리선자, 난처하여 깊은 생각에 잠긴다"라는 방백에 대응하는 "李善子態度尷尬, 沉思!"라는 문구가 강조되면서 리선자의 차분한 성격이 돋보인다.

인용문 ⑥의 내용에 이어 박치욱은 최관필의 아버지인 최진오를 만나 최관필이 농기구를 망가뜨린 사건에 대해 이야기한다. 최진오는 박치욱과의 이야기 내용을 리선자에게 전하는데, 그 장면이 바로 인용문 ⑦이다. 인용문 ⑦을 보면 원작에서는 최진오가 최관필의 부주의를 "한눈팔다가"로 진술하는데, 번역문에서는 좀 더 강하게 "他說官弼的眼不知長在什麼地方(그가 관필이의 눈이 어디에 달렸는지라고 하는 거야)"라고 진술한다. 원작과 번역문에서 최진오가 리선자에게 전하는 말의 의미는 같지만, 번역문의 언어적 분위기는 원작보다 강해져서 박치욱의 명령적이고 강압적인 성격이 더 두드러진다. 최진오의 김매기 사건에 대해 리선자와 박치욱이 나누는 담화 장면에 대한 번역 처리에서도 이런 점을 발견할 수 있다.

〈표 6〉 대사의 종결어미 치환

출처	원문	번역문
제5장	⑧ 박치욱 : 그러고도 토백이 실농군이라고? 할 수 없어. 오늘 그 아저씨 로력에 대해선 공을 매겨줍시다.	樸致旭 : 可人家還自稱是咱們這帶地方的老把式哩! 眞的……今天不能給他工分!
	⑨ 리선자 : 허지만 일한 것 만큼이야 평가를 해 줘야죠… 박치욱 : 하! 참, 가만 둬두면 딴 사람까지 물들어요. 대중적 교양을 줍시다.	李善子 : 要不, 就幹多少活算他多少工分吧! 樸致旭 : 眞是! 要是這麼把他放過, 會影響別人也不注意質量的, 開個群衆會批評他一下!
	⑩ 박치욱 : 누가 그걸 모르는가? 풀을 당장 묻고 가는 게 아니라 다치고만 가는데도 차차 교양을 주자고 하니까 그렇지, 오늘은 내 말 대로 그렇게 하자요.	樸致旭 : 這我不是不知道, 你看他是怎麼鋤的! 草根還留在地裏, 像狗啃一樣! 必須對他進行教育. 今天就得按我的話辦!

〈표 6〉의 인용문 ⑧, ⑨, ⑩ 대사에 대한 번역 처리를 보면 번역문에서 박치욱의 말투가 강해졌다. 작중 인물인 최진오가 김매기를 형편없이 한 사건에 대해 박치욱의 태도는 강경한데, 원문에서는 "공을 매겨 줍시다", "대중적 교양을 줍시다", "오늘은 내 말대로 그렇게 하자요"라는 표현을 사용했다. 원문에서 박치욱은 "~ㅂ / 읍시다", "~자요"와 같은 청유형 어미를 사용하여 리선자에게 같이 행동할 것을 요청한 반면에 번역문에서는 "不能給他工分!(점수를 주면 안 된다!)", "批評他一下!(비평하라!)", "必須對他進行教育(반드시 교육을 진행해야 한다)", "今天就得按我的話辦!(오늘은 반드시 내 말대로 해야 한다!)" 등 명령형 언어를 사용했다. 게다가 이런 번역문 끝에 번역자는 문장부호도 원문에 없는 느낌표를 첨가함으로써 원문보다 강한 언어적 분위기를 만들어 냈다. 따라서 박치욱의 강직하고 강압적인 태도가 원문보다 더 돋보이며, 박치욱과의 대조 속에서 리선자가 지니고 있는 사회주의적 주체의 이상적인 성격이 한층 더 두드러진다. 중화인민공화국 성립 초기 중국의 선동원은 주로 당과 대중을 연결하는 유연제로 생산 현장에서 모범을 보이며 적당한 기교와 전략으로 대중들에게 당의 정책 및 사상 등을 심어 주어 그들이 생산 노동에 참여하도록 이끄는 임무를 맡았다.[5] 그러므로 번역자는 당시 중국 실정에 맞게 번역문에서 선동원 직무를 맡은 리선자의 이런 이상적인 인격 특징을 강조하였으며 선동원의 역할을 강조하는 문구를 첨가하기도 했다. 예를 들면 제1장 마지막 부분에서 리선자를 격려해 주는 안병훈의 대사에 대한 번역도 마찬가지다.

⑪ 원작 : 자고로 이 동촌벌은 가난했지. 땅은 많은데 왜 가난했는지 알아? 옛날엔 지주들 착취 때문에 지금은 이 낡은 의식 때문에 그렇거든, 내 말을 알겠소?

번역문 : 自古以來咱們這裡就是一個窮地方. 可是這裡的土地並不少, 你知道這是

5　楊麗萍, 「1949~1952年宣傳員制度建設研究」, 中華人民共和國史網, 2019; http://hprc. cssn.cn/gsyj/zzs/zzzds/201908/t20190814_4957304.html (검색일 : 2025.8.4).

爲什麽嗎? 當然啦, 過去是因爲有地主的剝削, 現在呢? 地主是沒有了, 可是舊的思想還有. **善子, 你這個宣傳員的責任不小啊!** 明白我的意思嗎?

인용문 ⑪에서 강조한 부분을 보면 번역문에서는 선동원의 책임이 무겁다는 대사가 첨가되어 있다. 제1장의 막이 내리면서 등장하는 이 대사는 작품의 주제와 사건 전개의 실마리를 드러내는 핵심 부분이다. 대사에 대한 이러한 번역 처리를 보면 번역자는 주인공 리선자가 담당하는 역할과 그 책임의 무게에 대해 원작보다 좀 더 직설적으로 표현했다. 번역자는 "善子, 你這個宣傳員的責任不小啊!선자 씨가 맡은 선동원의 책임은 가볍지 않아요!"라는 문구를 첨가함으로써, 중국인 독자들로 하여금 독서의 초점을 리선자와 그녀가 선동원 역할을 어떻게 완수할 것인지에 맞추도록 하였다.

이처럼 〈붉은 선동원〉 중역본은 원작에 없는 수식어들을 첨가하면서 사회주의 노동 주체가 지도자의 지시와 당의 정책에 따라야 양호한 결실을 맺게 된다는 점을 강조했다. 아울러 작중 인물들의 대사를 번역하는 데 언어적 뉘앙스를 달리함으로써 박치욱 반장의 이미지를 원작보다 좀 더 강압적으로 드러냈다. 그러므로 박치욱과 대조되는 인물인 리선자의 유연하고 포용할 줄 아는 이미지가 번역문에서 더욱 돋보인다. 이처럼 강한 대조적 수법의 응용은 번역자가 제1장 마지막 부분에서 안병환의 대사에 "선자 씨가 맡은 선동원의 책임은 가볍지 않아요!"라는 문구를 첨가한 것과 잘 어울리는 처리다. 번역자는 이런 번역 처리를 통하여 중국인 독자들에게 사회주의적 노동 주체인 리선자의 이미지와 사회주의의 주체로 되는 방식을 각인시켜 주고자 한 것이다. 즉 번역자 장린은 원작의 독자로서 북한의 희극 작품인 〈붉은 선동원〉을 교육적인 문학 텍스트로 수용한 것이다. 이렇게 완성된 중역본 〈붉은 선동원〉은 중국의 전통적인 희곡극 개작에 필요한 저본으로 활용되었다.

(2) 장린의 중역본과 희곡극 개작

앞서 〈표 3〉에서 제시했듯이 중국 문예계에서는 〈붉은 선동원〉을 평극, 소극, 감극, 화극, 황매희 등의 다양한 희곡극으로 개작하였다. 이러한 희곡극들은 장린의 번역을 바탕으로 하여 원작 〈붉은 선동원〉을 개작했으므로 리선자의 이미지와 당의 보편타당성을 드러내는 데 있어서는 장린의 중역본과 크게 다르지 않다. 그렇다면 중역본과 희곡극 판본 사이에 어떤 차이가 있는지 메이첸梅阡이 개작한 평극 〈홍색 선전원〉北京出版社, 1964을 사례로 살펴보기로 한다.

메이첸은 장린의 번역을 바탕으로 하여 〈붉은 선동원〉을 중국의 북방 지역 대중들이 좋아하는 평극으로 개작했다. 메이첸은 곡曲과 극劇이 어우러지는 예술 형식인 평극의 특징에 맞추어 사건을 둘러싸고 이야기하고 있는 작중 인물들의 대사와 그 장면들을 주로 창곡唱曲으로 재창작했다. 또 전 7장으로 구성된 원작을 전 6장으로 압축시켰고, 작품의 주제 의식이나 스토리의 전개를 작중 인물들의 대사로 표현해 내기보다는 창곡으로 표현했다. 평극 판본 〈홍색 선전원〉을 살펴보면 재창작한 창곡이 무려 85수나 된다. 주로 주인공인 리선자가 소위 사상적 낙후자인 리복선, 최관필, 최진오와 대화를 나누고 갈등을 해소하며 그들을 감화시키는 장면, 그들이 자기 신세에 대해 한탄하는 장면, 리선자가 자신이 선동원으로서 짊어질 책임이 크다는 점을 의식하는 장면, 작중 인물들이 농촌 마을의 현황에 관해 이야기하는 장면 등이 모두 창곡으로 재창작되었다. 창곡으로 재탄생한 이러한 장면들은 장린의 중역본보다 농촌 마을의 활기와 작중 인물들의 노동 열정 및 사건의 갈등을 좀 더 생동감 있게 전달한다.

예컨대 선동원의 역할이 중요하다는 주제를 전달하는 장면을 비교해 보자. 장린의 중역본은 제1장 마지막 부분에서 안병환이 리선자에게 건네는 대사에 "善子, 你這個宣傳員的責任不小啊!(선자 씨가 맡은 선동원의 책임은 가볍지 않아요!)"라는 문구를 첨가함으로써 주제 전달을 완성했다. 반면에 메이첸은 평극으로 개작할 때 리선자가 무대에 등장하면서 꺼내는 첫 대사와 안병환이 리선자에게 조언해 주는 대사를 모두 창곡으로 재창작했는데, 다음과 같다.

⑫ 李善子 (唱) 春風又綠垂楊柳, 布穀聲聲叫不休. 莫誤春耕好時候, 也應未雨早綢
繆. 去年咱社落了後, 一定要爭取豐産在今秋. 社員們心思未摸透, 這事叫人很發
愁. 宣傳員工作要趕上, 百折千撓我不低頭.

⑬ 安炳勛 (唱) 要栽甜瓜紮深根, 要喝甜水井挖深, 要跟群衆心貼緊, 要作群衆的知
心人. 要改變人的舊思想, 宣傳員可要有耐心. 不怕寒風寒刺骨, 冬天過去是陽
春, 山窮水盡疑無路, 柳暗花明柳又一村,
善子, 打起精神來吧! 多少工作要我們作呀, 給你, 這是新出版的『宣傳員手册』.

인용문 ⑫와 ⑬에서처럼 평극 판본에서는 원작의 대사를 톈진이나 탕산 지
역 사람들이 좋아하는 창곡으로 재창작함으로써 독자들에게 혹은 관객들에
게 선동원의 책임이 무엇이고 선동원으로서 해야 할 일이 얼마나 중요한지
전달했다. 이는 중국적 예술 형식으로 중국적 정서를 첨가하여 북한 희곡의
주제 의식을 표현한 것이다.
평극 판본에는 창곡 외에 중국의 북방 지역 사람들이 좋아하는 예술 형식
인 수판數板도 등장하는데, 작중 인물 김선초 노인이 최진오에게 참외 농사가
잘되었다고 이야기하는 대사를 수판 형식으로 바꾸었다.

⑭ 金善初 (數板) 香瓜結得個個圓, 淸香酥脆實蜜甛, 姣黃嫩綠實好看, 誰人見了不
眼饞. 背著筐子滿村串, 送瓜送到大門前, 人人誇獎咱老漢, 都說瓜甛人更甛.

인용문 ⑭에 나오는 수판은 중국 희곡의 한 형식인데 노래를 부르지 않고
박판을 치면서 그 박자에 맞춰 가사를 읊는 것이다. 원작과 장린의 중역본에
서는 김선초 노인이 참외를 들고 최진오 병문안을 와서 참외 농사가 잘되어

평양에 가져갔는데 순식간에 다 팔렸다고 자랑하는 장면을 "참외 배급을 주러 다니는 걸일세. 오늘두 새 땅에서 참외를 세 도라꾸나 따서 평양에 보냈네. 동천벌 참외는 옛부터 먹으면 입문이 부르렀느니", "글쎄 평양에 갖다 놓자마자 눈 깜짝할 사이에 다 팔린다는군. 이렇게 참외를 따 가지고 집집마다 다니느라니 치하받기에 볼일 못 보겠네그려. 허허……" 등 김선초 노인의 기쁨 어린 말투로 표현해 냈다. 이러한 대사를 평극 판본에서는 인용문 ⑭처럼 수판 형식으로 참외의 겉모습과 맛을 표현하면서 수확을 거둔 김선초 노인의 기쁨을 드러냈다. 이런 예술적 형식은 박자와 가사가 어우러져 짙은 오락성을 드러내기에 작중 인물의 기쁜 정서를 관객에게 전달하는 데에서 대사보다 더 효과적이다. 따라서 중국 관객들은 그들에게 익숙한 예술 형식으로 구성된 북한의 이야기를 듣게 되며, 작품 속에 등장하는 사회주의 주체들의 노동 열정과 사회 참여 의식을 좀 더 쉽게 수용하게 된다.

평극 판본 〈홍색 선전원〉에서는 작중 인물들의 대사를 중국의 북방 지역 관객들의 문예적 취향에 맞추어 평극의 예술적 형식으로 북한의 이야기를 풀었다면, 〈표 3〉에서 열거한 소극, 감극, 화극, 황매희 등의 희곡극 판본들은 각자의 지역 문화에 맞게 그 지역의 전통적인 예술 방식으로 〈붉은 선동원〉을 표현하여, 북한의 희곡 작품 〈붉은 선동원〉이 중국 대중들에게 쉽게 다가갈 수 있도록 하였다. 메이첸을 비롯한 희곡극 창작자들은 장린의 중역본 독자로서 조백령의 〈붉은 선동원〉을 중국적 예술 형식으로 재창작할 텍스트로 수용했으며, 조백령의 〈붉은 선동원〉이 중국에서 현지화되어 광범위하게 전파되는 데 큰 역할을 담당했다. 북한의 일차적 문학 독본을 읽을 수 없는 중국인들에게 희곡극 판본 〈홍색 선전원〉은 익숙하면서도 낯선 문화를 즐길 수 있는 오락 대상이었다.

요컨대 조백령의 〈붉은 선동원〉은 장린과 쯔징에 의해 번역됨으로써 중국에서 문자 독본으로 먼저 유통되었고, 그다음 중국인 창작자들이 중역본을 저본으로 하여 만화나 중국의 전통 희곡극으로 개작하면서 북한의 희곡 작품을 중국에서 현지화시켰다. 번역과 개작의 두 단계를 거쳐 중국어 판본 〈홍색선전원〉은 리선자의 이미지와 당 정책의 보편타당성이 더욱 돋보였을 뿐 아니라, 중국 대중들의 문예적 취향에 맞게 변용이 되면서 도시에서 농촌으로, 중앙에서 지방으로 전파되었다. 따라서 붉은 선동원 '리선자'는 중국에서 북한의 영웅적 기호, 사회주의적 인물의 롤 모델로 떠오르게 된다. 이 점은 당시 여러 매체에 발표된 〈붉은 선동원〉 관련 평론들에서 잘 나타난다.

3. 〈붉은 선동원〉에 대한 평론과 환대

1955년 정전둬鄭振鐸는 중국 기관지 『인민일보』를 통해 중외 문화 교류를 회복하기 위해 해야 할 작업 가운데 하나가 고전문학 혹은 현대문학을 번역하는 일이라 말한 바 있다.[6] 따라서 중화인민공화국 성립 17년 시기 중국 문단에서는 사회주의 진영에 속하는 나라의 문학을 대량 번역하여 소개했는데, 북한문학에 대한 중국 문예계의 번역과 비평도 이 시기에 활발하게 이루어졌다. 특히 조백령의 〈붉은 선동원〉을 대표로 하는 천리마 시기의 북한문학은 중국에서 크게 환대받았다.

〈붉은 선동원〉에 대한 중국인들의 환대는 열렬했다. 여기에는 두 가지 원인이 있다. 하나는 앞서 서술했듯이 번역과 개작이 중국인들이 북한의 원작을 수용하는 데 기반을 마련해 주었다. 조백령의 〈붉은 선동원〉은 중국에서 희곡, 영화 각본, 만화 등으로 번역되었고, 중국의 각 지역 사람들의 문예적 취향에 맞게 개작되어 무대화되었기 때문에, 중국 대중들이 쉽게 수용할 수 있었다. 다른 하나는 영화에 대한 정책이 북한의 붉은 선동원인 리선자의 이미지가 중국에서 대중화되도록 촉진했다. 당시 중국 문화부에서는 농민들의 사상적 각

---

6 신선옥, 앞의 글, 275면.

오와 농업 생산의 질을 높이기 위해 전국의 농촌에서 영화를 보급해야 한다는 정책을 내놓았다. 통계에 따르면 1963년 농촌에서 상영한 장편 영화는 1962년에 비해 20%나 증가했고, 과학교육 영화는 1962년에 비해 1.5배나 증가했다.[7] 문화부의 이러한 정책은 마침 북한 영화 〈붉은 선동원〉이 상하이영화더빙스튜디오에서 더빙되어 상영되던 시기에 나온 정책이다. 이 정책에 힘입어 북한 영화 〈붉은 선동원〉 중국어 더빙 판본은 도시뿐 아니라 농촌에서도 상영되었다. 이에 따라 붉은 선동원 리선자는 중국에서 북한을 대표하는 영웅적 기호로 떠오르면서 환대받게 되었다. 그 환대의 정도는 당시 중국 매체에 실린 〈붉은 선동원〉과 관련된 글들에서 구체적으로 드러난다.

1962년부터 1963년까지 불과 2년 사이에 『대중영화大衆電影』, 『문회보文匯報』, 『극본劇本』, 『희극보戲劇報』, 『상하이문학上海文學』 등 중국의 주요 매체들은 〈붉은 선동원〉 관련 평론이나 독후감 및 관람 후기들을 적극적으로 게재했는데, 대략 헤아려 보더라도 40편이 넘는다. 주인공 리선자의 모티프인 리신자李信子의 이름을 빌려 북한을 소재로 한 보고문학 작품집까지 출판될 정도였다.[8] 중국인들에게 〈붉은 선동원〉은 천리마 시기 북한문학의 대표작일 뿐만 아니라 북한에 대해 집단적 상상을 일으킨 작품이기도 하다. 여기에서는 중국의 여러 매체에 실린 〈붉은 선동원〉 관련 글들을 대상으로 중국에서 일어난 북한의 "붉은 선동원" 열풍을 고찰해 보기로 한다.

1) 〈붉은 선동원〉에 대한 평론

1960년대 중국 문예계에 처음으로 공개된 북한 희곡 〈붉은 선동원〉에 대한 평론은 황강黃鋼의 「突出的作品·先進的經驗―略談〈紅色宣傳員〉的劇本創作」이다. 황강의 이 글은 장련의 번역본과 더불어 월간지 『극본』 1962년 8월호에 실렸다. 이 글에서 황강은 〈붉은 선동원〉의 문학적 성취와 작품의 사상

---

7   新華社 通信, 「文化部加强農村電影放映工作」, 『大衆電影』, 1963.4, 23면.
8   黃鋼, 『李信子姑娘』, 北京 : 作家出版社, 1963.

적 층위 및 중국 문단에 미치게 될 영향에 대해 소개했다. 이 글은 황강이 북한을 방문하여 〈붉은 선동원〉이 성공한 문학적 현장을 직접 경험한 후에 썼다는 점에서 의의가 있다. 황강은 〈붉은 선동원〉을 혁명적 사실주의 문학이라 규정지었다. 그리고 그는 "희곡 창작은 정치적 투쟁을 위해 복무해야 한다. 전형적 인물에 대한 부각은 현실에 존재하는 영웅을 원형으로 하여 예술적 가공을 함으로써 원형을 전형으로 창조해 내야 한다. 이때 전형적 인물은 마르크스 레닌주의 미학적 원칙하에 부각한, 일반성과 현실성을 겸비한 인물이어야 한다"[9]는 혁명문학의 창작 관점을 내세우면서, 이런 측면에서 대성공을 거둔 조백령의 창작 경험을 중국 문예계에서는 배워야 할 것이라고 강조했다. 아울러 그는 "〈붉은 선동원〉에 대한 중국어 번역 작업은 중국과 북한 양국의 희곡 창작 교류를 추진하는 데 적극적인 역할을 할 것이다. 중국인 독자들은 작품을 통하여 북한의 청산리 운동과 청산리 정신의 본질을 이해하고, 작중 인물을 통하여 북한 인민의 정신적 면모를 배우게 될 것이다. 〈붉은 선동원〉은 중국이 북한의 선진적 경험을 배울 수 있는 소중한 자료"[10]라고 결론지었다. 그는 〈붉은 선동원〉이 중국과 북한의 문예 교류에서 중요한 문학적 자료라는 점을 강조했고, 〈붉은 선동원〉이 중국 문예계에 그리고 중국인 독자들에게 미치게 될 교육적 영향에 대해 전망했다. 황강의 이러한 전망은 장린의 중국어 판본 〈붉은 선동원〉이 공개되고 1962년 12월 베이징인민예술극단北京人民藝術劇團에서 〈붉은 선동원〉을 무대 위에 올리면서 실현되었다.

〈붉은 선동원〉 중역본이 중국에서 유통되고 무대 공연과 영화까지 전국적으로 전파되면서 이와 관련된 평론들이 중국의 여러 간행물에 게재되기 시작했는데, 그 텍스트들을 살펴보면 황강의 글과 별다른 차이가 없다. 희곡 판본에 대한 평론으로 「千里馬時代的紀念碑作品-話劇〈紅色宣傳員〉學習札記」[11]

---

9 黃鋼, 「突出的作品·先進的經驗-略談〈紅色宣傳員〉的劇本創作」, 『劇本』, 1962.8, 39~43면.
10 위의 글, 43면.
11 章力揮, 「千里馬時代的紀念碑作品-話劇〈紅色宣傳員〉學習札記」, 『上海戲劇』, 1963.4,

와 「爲反映千里馬運動的戲劇新作而歡呼-試談朝鮮話劇〈紅色宣傳員〉」,[12] 영화에 대한 평론으로 「爲〈紅色宣傳員〉歡呼」[13]와 「光輝的影片〈紅色宣傳員〉」,[14] 그리고 무대 공연에 대한 평론으로 「光輝的"靈魂工程師"-推薦〈紅色宣傳員〉」[15]과 「樸實純淨感人至深-談張瑞芳在〈紅色宣傳員〉中的表演」[16] 등이 대표적이다. 이러한 글들의 공통된 핵심 내용은 〈붉은 선동원〉이 혁명 문학예술의 주제 즉 공산주의 사상으로 사람을 교육하고자 하는 주제를 다루었다는 점에서 현실적 의의가 있으며, '리선자'라는 전형적인 사회주의 영웅을 부각하는 데 성공한 북한 예술가들의 선진적인 경험을 배워야 한다는 것이다. 〈붉은 선동원〉이 중국 문예계에 준 감동은 "리선자의 숭고한 이상과 아름다운 심령 및 북한 예술가들의 진정성이 관중으로 하여금 아름다운 정신세계로 들어서도록 하는데, 이것이야말로 사회주의 교육이고 최고의 예술적 향수"[17]라는 바진巴金의 평가로 대신할 수 있다.

위와 같은 평론들은 혁명문학, 사회주의 예술, 리선자, 숭고함, 원형과 전형 사이, 공산주의 이상, 문예 창작의 범례範例 등의 키워드로 북한 작품 〈붉은 선동원〉의 예술성을 서술하면서 중국 문인들에게 북한 희곡 〈붉은 선동원〉이야말로 사회주의 문예 창작의 기준이라는 점을 숙지시켜 주었다. 또 북한 예술가의 진정성이 예술 작품과 독자 / 관중의 거리를 좁혀 주어 작품이 사회주의적 교육 가치를 드러낸다는 평가는 당시 중국인들에게 〈붉은 선동원〉이 교육적 텍스트로서 의의가 컸다는 점을 말해 준다. 아울러 이러한 평론은 '리선

13~16면.

12 孟超,「爲反映千里馬運動的戲劇新作而歡呼-試談朝鮮話劇〈紅色宣傳員〉」,『戲劇報』, 1962.12, 1~3면.

13 巴金,「爲〈紅色宣傳員〉歡呼」,『大衆電影』, 1963.4, 9~10면.

14 徐景賢,「光輝的影片〈紅色宣傳員〉」,『大衆電影』, 1963.4, 10~11면.

15 姚文元,「光輝的"靈魂工程師"-推薦〈紅色宣傳員〉」,『上海戲劇』, 1963.4, 7~12면.

16 歐陽文彬,「樸實純淨感人至深-談張瑞芳在〈紅色宣傳員〉中的表演」,『上海戲劇』, 1963.4, 17~18면.

17 巴金, 앞의 글, 9면.

자'가 당시 중국에서 북한을 대표하는, 나아가 사회주의를 대표하는 영웅적 기호로 부각되는 데 지침과 같은 역할을 담당했다.

2) 붉은 선동원 '리선자' 열풍

여러 판본의 〈붉은 선동원〉이 중국의 농촌에까지 보급됨에 따라 붉은 선동원 '리선자'는 지식계에서 노동의 현장으로, 도시에서 농촌으로 이동하게 되었다. 이러한 공간적 이동을 통해 '리선자'는 중국 대중들의 영웅으로 부상하게 되었고 '리선자' 배우기 열풍이 일어나게 되었는데, 여기에는 두 가지 기반이 마련되어 있었다. 하나는 당시 중국 문예계에서 〈붉은 선동원〉에 대한 번역과 개작 및 무대 공연을 통하여 '리선자'라는 존재를 전국적으로 알린 것이다. 다른 하나는 '리선자'에 대한 중국 지식인들의 찬양식 평론이 중국 대중들로 하여금 〈붉은 선동원〉을 통해 '리선자'의 무엇을 보고 무엇을 깨달아야 하는지 안내한 것이다. 당시 지식인들의 말은 큰 힘을 갖고 있어서 〈붉은 선동원〉에 대한 중국 지식계의 평론은 중국 대중으로 하여금 사회주의 영웅의 숭고한 인격과 노동의 열정에 초점을 맞추어 〈붉은 선동원〉을 수용하도록 함과 동시에 북한에 대해 선망의 정서를 불러일으켰다. 따라서 중국 대중들은 작중 공간으로부터 자신의 일터를 되돌아보고 '리선자'의 이미지로부터 자신을 반성하게 되었다.

사실 붉은 선동원 '리선자'가 중국 대중들에게 미친 영향은 그리 복잡하지 않다. 바로 '리선자'가 사회주의적 영웅의 인격을 보여줌으로써 중국 대중들에게 '리선자'를 따라 배워야 한다는 마음을 심어 준 것이다. 이 점과 관련해서는 당시 중국에서 이루어진 좌담회 자료나 중국 농촌에서 진행한 인터뷰 자료들을 살펴보면 쉽게 알 수 있는데, 가장 대표적인 것은 1963년 4월 9일 상하이에서 열린 "부녀연합회 좌담회"다.[18]

---

18 1963년 4월 9일 상하이시 부녀연합회 좌담회는 湯茂林과 江俊緖이 기록하고 湯茂林이 정리 했는데, 이를 필자가 요약하여 번역하면 다음과 같다. 湯茂林, 「先進婦女座談〈紅色宣傳員〉」,

이 좌담회의 참가자들은 상하이시 근교의 농촌이나 공장에서 일하는 여성들이었다. 그들의 발언으로부터 알 수 있듯이 당시 노동하는 중국 여성들에게 '리선자'는 일터의 본보기였고, '리선자'의 노동 방식은 곧바로 생산의 질량을 보증하는 기준이었으며, '리선자'의 인격은 진보적인 사상을 대표하는 것이었다. 그러므로 좌담회 참가자들은 모두 '리선자'를 배우고 홍보해야겠다는 결심의 발언을 하게 된 것이다.

그 외에 농민들을 대상으로 진행한 설문 조사 자료를 보더라도 〈붉은 선동원〉은 중국 농민들로 하여금 영웅이 존재하는 북한의 노동 현장을 상상하게 하였다. 이 점을 설명해 줄 수 있는 자료로는 먀오후이항繆恢杭·허우쉬핑侯碩平의 「訪〈紅色宣傳員〉的農村觀衆」, 스시라이施錫來의 「下鄉日記」, 류위劉玉의 「上海市靑年話劇團下鄉演出〈紅色宣傳員〉」 등이 있다. 먀오후이항, 허우쉬핑, 스시라이는 상하이시 근교의 농촌에서 〈붉은 선동원〉 무대 공연을 하면서 느낀 점을 일기 형식으로 적었다. 그들은 〈붉은 선동원〉 공연에 대한 농민 관중들의 반응을 적었는데, 대체로 한민족의 무용을 좋아한다거나, 극중 공간이 자신들

『上海戲劇』, 1963(4), 3~6면. 唐寶慶 : 리선자는 생산의 질을 높이고 다 같이 부유해지기 위해 자신이 맡은 일을 세심하게 완수하였다. 나도 리선자처럼 일터에서 본이 되어 농촌의 발전을 위해 힘쓰겠다. 朱小妹 : 리선자는 사상적으로 낙후한 동료들을 돕기 위해 마음을 다해 그들의 생활적 어려움을 돕고 모두가 한마음 한뜻이 될 수 있도록 인내심 있게 심적 교류를 했다. 나에게 있어서 리선자의 방식은 배워야 할 점이고 앞으로 일은 참을성 있게, 입은 무겁게, 사상은 단단하게 할 것을 다짐하며 일터로 돌아가 리선자에 대하여 홍보하겠다. 馬福英 : 리선자가 나의 꿈에 나타났다. 앞으로 나도 리선자처럼 착실하게 일할 것이고 돌아가서 〈붉은 선동원〉 연극을 홍보할 것이다. 肖引珍 : 동료들의 사상적 건설을 돕는 일은 매우 복잡한 일인데, 리선자는 당의 원칙에 따라 잘 처리하는 것 같았다. 억울할 때도 많지만 말이다. 나도 여공들의 사상적 건설을 책임지고 있기에, 앞으로 리선자처럼 차분하게 알맞은 방식으로 임하고자 한다. 薛引娣 : 나의 일터는 〈붉은 선동원〉에 나오는 일터와 별 차이가 없다. 문자를 모르는 일꾼들이 다수이고 노동 참여 의식도 강하지 않다. 이 연극을 보고 나는 리선자를 배워 원칙대로 맡은 일을 착실하게 하여 생산의 질을 높이도록 하겠다. 吳如意 : 리선자와 비교해 보면 나는 너무 부족하다. 앞으로 일의 복잡성을 헤아리고 리선자처럼 세심하게 착실하게 일에 임하고자 한다. 蔣月芳 : 리선자는 당의 지시에 따라 모두를 이끌고 어려움을 이겨 내면서 앞으로 나아가는 인물이다. 리선자를 본받아 대약진의 자세로 자신이 맡은 일에 최선을 다하며 생산량을 높이도록 하겠다.

이 처한 현실적 공간과 비슷하다고 공감을 해 준다거나, '리선자'를 배워야 한다는 식의 반응들이었다.[19] 또 류위는 "상하시 근교의 농촌에서는 〈붉은 선동원〉과 관련된 좌담회를 열어 작품이 교육적 의의가 있다는 것을 강조하고 리선자를 배움으로써 사람을 중심으로 한 사상적 교육을 잘해야 한다"[20]는 농민 관중들의 발언을 전하기도 하였다. 〈붉은 선동원〉이 중국의 농민 관중들로부터 받은 이러한 환대에 대하여 량빙쿤梁秉坤은 다음과 같이 요약하였다.

희곡은 농업을 위해 복무해야 한다는 취지하에 베이징인민예술극원에서는 베이징 근교의 농촌에서 〈붉은 선동원〉 무대 연출을 하였는데, 현지 농민들로부터 환영을 받아 연극을 관람한 후 농민들의 반응이 열렬하였다. 그 원인은 작품의 사상적 내용 및 리선자의 이미지가 농민 관중들의 마음을 사로잡았기 때문이다. 이는 중국과 북한 양국 인민의 정치적 감정의 일치성을 말해 준다.[21]

이렇게 '리선자'는 중국 대중의 롤 모델로서 중국에서 북한을 대표하는 문화적 상징으로 부상하게 되었고 북한 문화 열풍을 일으켰다. 이 문화는 희곡 작품으로부터 비롯하여 영화, 공연으로 구현된 북한의 대중문화다. 구체적으로는 주인공 '리선자'를 통하여 체현된 공산주의 이념과 사회주의 이상을 실현하는 노동 행위다. 즉 '리선자'가 소위 노동에 소극적인 사람들, 그리고 사상적으로 진보적이지 못한 사람들과 소통하면서 그들을 감화시키고 그들로 하여금 농업 생산에 뛰어들게 하여 다 같이 부유해지고자 노력하는 행위다. 중국인들은 바로 이런 이념에 따라 이상을 실현하는 '리선자'의 구체적인 노동 행위에 공감하면서 '리선자'를 환대하게 된 것이다. 따라서 중국에서 '리선

19 繆恢杭·侯碩平,「訪〈紅色宣傳員〉的農村觀衆」,『上海戲劇』, 1963.7, 16~17면; 施錫來,「下鄕日記」,『上海戲劇』, 1963.7, 17~18면.

20 劉玉,「上海市靑年話劇團下鄕演出〈紅色宣傳員〉」,『上海戲劇』, 1963.6, 23면.

21 梁秉坤,「〈紅色宣傳員〉在農村」,『戲劇報』, 1963.3, 15~16면.

자'는 "사상적 무기의 위력"[22]을 드러내면서 북한의 '청산리 정신'을 중국 대중들에게 전하였다. 그러므로 조백령의 〈붉은 선동원〉이 중국에서 일으킨 문화 열풍은 이념적인 것으로 작중 주인공 '리선자'를 통하여 구체적으로 드러난 노동 모범 이미지와 그 정신이라고 할 수 있다. 이런 노동 정신은 1956년부터 전면적인 사회주의 건설 시기에 들어선 중국이 대중들에게 요구하는 사회주의적 가치관이었다.

1956~1966년 전면적인 사회주의 건설 시기에 형성된 중국의 사회주의적 핵심 가치 체계는 "인민이 주인이 되어 민주 평등관, 사회주의 현대화 강국을 건설하는 공동 이상, 간고 창업하고 헌신하는 도덕 풍조, 인류의 전면적인 발전을 궁극적 목표로 하는 사회 발전관"이었다.[23] 당시 중국에서는 이런 가치관으로 대중을 이끌어 "경제 문화의 급속한 발전에 대한 인민의 요구와 현재 경제 문화가 인민의 요구를 충족시킬 수 없는 상황 사이의 주요 모순"을 해결함으로써 사회 생산력을 집중적으로 발전시키고, 국가의 산업화를 실현하며, 점차적으로 증가하는 인민 대중의 물질적 및 문화적 요구를 충족시키는 목적을 이루고자 했다. 그러므로 당시 중국에서는 대중들의 노동 열정과 생산 적극성을 불러일으키기 위한 한 수단으로 "노동 모범勞模" 표창 대회를 열어 전국적인 범위에서 노동 모범을 선정하고 표창함으로써 그 정신을 홍보했다. 여기에서 주목해야 할 점은 1960년 국가 차원에서 처음으로 "삼팔홍기수三八紅旗手"와 "삼팔홍기집체三八紅旗集体"의 선정 및 표창 활동을 조직했는데,[24] 이는 중화인민공화국 성립 이후 여성 노동 모범으로 상징되는 신중국 여성 이미지에 각성된 정치적 의식, 공산주의 협력 정신, 학습 정신 등의 속성을 부여했다는 점이다. 이러한 "노동 모범" 담론은 북한의 붉은 선동원 '리선자'가 중국에

22　拾風, 「思想武器的威力 - 〈紅色宣傳員〉評介」, 『上海文學』, 1963. 5, 59~62면.

23　張學軍·于非, 「1956~1966年我國社會核心價値觀構建初探」, 『中國特色社會主義研究』, 2012, 103면.

24　「全國婦聯爲在"三八"五十週年表揚"三八紅旗手"三八紅旗集體"給省, 市, 自治區婦聯的通知」, 『婦女工作』, 1960. 3.

서 전국적인 범위에서 전파되는 데 힘을 실어 주었고, '리선자'의 노동 이미지와 그 정신이 확대되면서 중국 대중들의 롤 모델로 부상하였다.

요컨대 〈붉은 선동원〉에 대한 중국 지식인들의 평론은 북한문학 또는 북한 사회에 대한 중국 대중들의 정서를 통일하는 데 잣대가 되었다. 따라서 중국 대중들은 〈붉은 선동원〉을 통해 공산주의 이상과 사회주의 건설 현장 및 영웅적 기질이 어떤 것인지 구체적으로 이해하게 되었다고 좌담회나 인터뷰를 통해 말하기도 했다. 〈붉은 선동원〉에 대한 중국 대중들의 이러한 감수성은 획일적인 것이지만, 북한문학 작품이 중국에서 환대를 받게 된 요소이기도 하고, 북한이 중국에서 일으킨 문화적 열풍의 반영이기도 하며, 또 중국과 북한 양국의 문예 교류가 절정에 달한 징표이기도 하다.

4. 〈붉은 선동원〉 열풍 이후

이 글에서는 1960년대 북한 희곡을 대표하는 조백령의 〈붉은 선동원〉이 번역과 개작의 두 단계를 거쳐 중국에서 널리 전파됨으로써 중국인들로부터 환대를 받았다는 점을 살펴보았다. 〈붉은 선동원〉이 중국에서 환대받게 된 원인은 두 가지인데, 하나는 〈붉은 선동원〉이 중국에서 주인공 리선자의 이미지와 당 정책의 보편타당성이 돋보이도록 번역되고, 중국의 여러 지방의 전통 희곡극으로 개작되어 무대 위에서 연출되면서 중국인들의 문화적 취향을 만족시킨 덕분이다. 다른 하나는 당시 농촌에서 영화를 보급해야 한다는 중국 문화부의 정책에 힘입어 영화 〈붉은 선동원〉의 중국어 더빙판이 도시뿐 아니라 농촌에서도 상영되면서 붉은 선동원 '리선자'가 중국에서 북한을 대표하는 영웅적 기호로 떠오른 점이다.

당시 중국의 여러 매체에 발표된 〈붉은 선동원〉에 대한 평론이나 국내에서 열린 좌담회 및 관중들을 대상으로 진행한 설문 조사나 인터뷰 내용들을 분석해 볼 때, 붉은 선동원 '리선자'는 지식계에서 노동의 현장으로, 도시에서 농촌으로의 이동을 통해 중국 대중들의 영웅으로 부상하게 되었다. 중국에서 '리선자' 배우기 열풍이 일어난 이러한 현상은 당시 중국과 북한 양국의 일치한 이데올로기적 장치 안에서 일어날 수 있는 당연한 일이기도 하다. 그러나 오늘날의 시점에서 당시 〈붉은 선동원〉이 중국에서 일으킨 북한 문화 열풍을 돌이켜 볼 가치가 있다.

조백령의 〈붉은 선동원〉 이후 북한문학은 중국에서 서서히 퇴장했다. '문화대혁명'이 끝난 뒤 1980~1990년대에 서양 이론 및 서양 문학이 중국 지식계에서 열풍을 일으킴에 따라 북한문학은 더 이상 중국 지식계의 주목을 받지 못하게 되었다. 이런 상황은 현재도 진행 중이며, 1950~1960년대 중국에서 북한문학이 이룬 성과는 흔적으로만 남아 있을 따름이다. 이러한 사실을 고려해 볼 때 〈붉은 선동원〉이 중국에서 번역되고 성공적으로 전파된 상황을 돌이켜 보는 일은 1960년대 북한에 대한 중국 지식인들의 열망 또는 중국 대중들의 집단적 상상을 되짚어 보는 일이며, 문학 번역 또는 평론이 문학의 보급에 어떤 역할을 맡는지에 대해 재고하도록 이끈다. 아울러 어느 한 문학 작품이 다른 언어로 번역되어 전파될 때 이데올로기 등의 요소 외에 번역자, 평론가, 독자 등 수용자들의 작용이 무엇인지도 재고하도록 한다. 이 연구는 북한문학에 대한 중국인 수용자들의 반응을 통해 중화인민공화국 성립 이래 중외 문학 교류의 역사를 구축하는 데에서 중요한 계기의 하나가 될 것이다.

참고문헌

등천, 「총성 없는 전쟁터-1950년대 중국에서의 북한문학 번역 장」, 『민족문학사연구』 74, 민족문학사
　　　학회, 2020.

손제·노정은, 「中國"十七年"時期北韓文學譯介研究」, 『중국문화연구』 46, 중국문화연구학회, 2019.

신선옥, 「건국 17년 시기(1949~1966) 중국 문단의 북한문학 비평 연구」, 『국어국문학』 196, 국어국문
　　　학회, 2021.

_____, 「황강의 북한 소재 작품집 『리신자구우낭(李信子姑娘)』 연구」, 『국어국문학』 202, 국어국문학회,
　　　2023.

金鶴哲, 「建國三十年朝鮮和韓國文學譯介研究」, 『東疆學刊』, 2017(1).

張學軍·于非, 「1956~1966年我國社會核心價值觀構建初探」, 『中國特色社會主義研究』, 2012.

鄭晶, 「建國十七年朝鮮文學飜譯中的意識形態改寫現象研究」, 『東疆學刊』, 2018.

楊麗萍, 「1949~1952年宣傳員制度建設研究」, 中華人民共和國國史網, 2019; http://hprc.cssn.cn/gsyj/
　　　zzs/zzzds/201908/t20190814_4957304.html.

초출 일람

홍석표, 「루쉰의 희망과 절망 그리고 페퇴피 시의 번역 - '희망의 방패'냐, '절망의 검'이냐?」, 『중국현대 문학』 108, 한국중국현대문학학회, 2024, 293~332면.

김미지, 「아우구스트 베벨의 『여성과 사회주의』를 둘러싼 번역 실천과 젠더 역학」, 『여성문학연구』 63, 한국여성문학학회, 2024, 43~75면.

박진영, 「펄 벅의 전후 아시아 여성과 혼혈 상상」, 『여성문학연구』 63, 한국여성문학학회, 2024, 270~308면.

두신광, 「論明治政治小說『佳人之奇遇』在近代東亞的傳播」, 『日語學習與研究』, 對外經濟貿易大學, 2024(1), 69~83면.

손성준, 「국한문체 『라란부인전』 「자유모(自由母)」에 대하여 - 대한제국기 량치차오 수용의 한 단면」, 『사이間SAI』 31, 국제한국문학문화학회, 2021, 132~160면.

장내우, 「이질적 타자를 비춘 거울 - 일제 시기 한국문학에서의 중국 오사 신문학 수용 양상」, 『중국어문학논집』 139, 중국어문학연구회, 2023, 167~188면.

김성연, 「헨리 반 다이크 『제사 박사』의 1920년 조선어 번역에 관하여」, 『구보학보』 36, 구보학회, 2024, 11~56면.

한효, 「20世紀二三十年代蔣光慈文學在韓國的接受與解讀」, 『중국학논총』 82, 한국중국문화학회, 2024, 133~149면.

조윤정, "(Un)visualizing Korea in the World : The Issue of the Translator in the *Collection of Modern Korean Fairy Tales* and the Politics of the World Fairy Tale Series", *Korea Journal* 64(3), The Academy of Korean Studies, 2024, 126~157면.

이동매·왕염려, 「동아시아의 장혁주 현상」, 『한국학연구』 61, 인하대학교 한국학연구소, 2021, 383~410면.

다카하시 아즈사, 「이동과 창작 언어로부터 본 김사량 문학의 생성 - 일본과 중국으로의 이동 경험을 중심으로」, 『구보학보』 24, 구보학회, 2020, 113~143면.

등천, 「선전물로서의 번역, 전쟁터로서의 여성 - 북한 대외 홍보지 『새조선(新朝鮮)』에 게재된 여성 영웅 서사의 번역을 중심으로」, 『여성문학연구』 60, 한국여성문학학회, 2023, 169~203면.

김민선, 「향기로운 자본주의 바람에 대항하기 위해서 - 1960년대 북한문학의 변화와 번역극 〈네온등 밑의 초병〉」, 『구보학보』 40, 구보학회, 2025, 327~386면.

신선옥, 「1960년대 조선 희곡 〈붉은 선동원〉의 중국에서의 번역 및 그 전파」, 『한국(조선)어교육연구』 19, 중국한국(조선)어교육연구학회, 2022, 225~254면.

필자 소개 (수록순)

홍석표 洪昔杓, Hong Seuk-pyo
　　서울대학교 중어중문학과 박사. 이화여자대학교 중어중문학과 교수.

김미지 金眉志, Kim Mi-ji
　　서울대학교 국어국문학과 박사. 단국대학교 국어국문학과 교수.

박진영 朴珍英, Park Jin-young
　　연세대학교 국어국문학과 박사. 성균관대학교 국어국문학과 교수.

두신광 竇新光, Dou Xin-guang
　　고베대학교 인문학연구과 박사. 충칭문리대학교 중문학과 교수.

손성준 孫成俊, Son Sung-jun
　　성균관대학교 동아시아학과 박사. 성균관대학교 동아시아학술원 교수.

장내우 張乃禹, Zhang Nai-yu
　　쑤저우대학교 중문학과 박사. 쑤저우대학교 한국어학과 교수.

김성연 金成姸, Kim Sung-yeun
　　연세대학교 국어국문학과 박사. 연세대학교 미래캠퍼스 국어국문학과 교수.

한효 韓曉, Han Xiao
　　산둥대학교 한국어학과 박사. 산둥사범대학교 한국어학과 교수.

조윤정 趙胤姃, Jo, Yun-jeong
　　서울대학교 국어국문학과 박사. 국민대학교 교양대학 교수.

이동매 李多梅, Li Dong-mei
　　인하대학교 국어국문학과 박사. 칭다오빈하이대학교 한국어학과 교수.

다카하시 아즈사 高橋梓, Takahashi Azusa
　　도쿄외국어대학교 종합국제학연구과 박사. 니가타현립대학교 국제지역학부 교수.

등천 鄧倩, Deng Qian
　　고려대학교 국어국문학과 박사. 중국해양대학교 한국어학과 교수.

김민선 金旼宣, Kim Min-sun
　　동국대학교 국어국문학과 박사. 연세대학교 국어국문학과 연구교수.

신선옥 申先玉, Shen Xian-yu
　　조선대학교 국어국문학과 박사. 톈진사범대학교 한국어학과 교수.